CARNETS NOIRS

STEPHEN KING

CARNETS NOIRS

ROMAN

Traduit de l'anglais (États-Unis)
par Océane Bies et Nadine Gassie

Albin Michel

Ce livre est un ouvrage de fiction. Les noms, les personnages, les lieux et les événements relatés sont le fruit de l'imagination de l'auteur et sont utilisés à des fins de fiction. Toute ressemblance avec des faits avérés, des lieux existants ou des personnes réelles, vivantes ou décédées, serait purement fortuite.

Édition originale américaine parue sous le titre :
FINDERS KEEPERS
Chez Scribner, Simon & Schuster, Inc. à New York, en 2015

Une pensée pour John D. MacDonald

« C'est en nous enfonçant dans les abysses
que nous recouvrons les trésors de la vie. »

Joseph Campbell

« Cette connerie c'est des conneries. »

Jimmy Gold

PREMIÈRE PARTIE

UN TRÉSOR ENTERRÉ

1978

« Hé, le génie, on s'réveille. »

Rothstein ne voulait pas se réveiller. Son rêve était trop bien. Il y avait sa première épouse, des mois avant qu'elle devienne sa première épouse : dix-sept ans, parfaite de la tête aux pieds. Nue, corps scintillant. Nus tous les deux. Lui, dix-neuf ans, du cambouis sous les ongles, mais elle s'en balançait, du moins à l'époque, parce qu'il avait la tête pleine de rêves et que c'était ça qui comptait pour elle. Elle croyait à ces rêves bien plus que lui, et elle avait raison d'y croire. Dans ce rêve, elle riait en essayant d'attraper la partie de lui la plus facile à attraper. Il chercha à s'enfoncer plus profondément dans son rêve mais une main se mit à lui secouer l'épaule et le rêve éclata comme une bulle de savon.

Il n'avait plus dix-neuf ans et n'habitait plus un deux-pièces dans le New Jersey : il fêterait ses quatre-vingts ans dans six mois et vivait dans une ferme du New Hampshire où son testament précisait qu'il devait être enterré. Il y avait trois hommes dans sa chambre. Ils portaient des passe-montagnes : un rouge, un bleu, un jaune canari. Voyant ça, il tenta de se convaincre que c'était juste un autre rêve – le chouette qu'il était en train de faire avait glissé vers le cauchemar, comme il arrive parfois – mais c'est là que la main lui lâcha l'épaule, l'attrapa par le bras et le jeta à bas du lit. Sa tête heurta le sol et il poussa un cri.

« Arrête, dit l'homme à la cagoule jaune. Tu veux le sonner ou quoi ?

– Visez-moi ça. » Celui à la cagoule rouge pointait le doigt. « Le vieux a la trique. Devait être en train de faire un putain de rêve. »

Celui qui l'avait secoué, Cagoule Bleue, dit :

« Il a envie de pisser, c'est tout. À cet âge-là, c'est le seul truc qui peut les faire bander. Mon grand-père…

– Ça va, dit Cagoule Jaune. On s'en tape de ton grand-père. »

Bien que sonné et toujours empêtré dans un rideau de sommeil s'effilochant peu à peu, Rothstein savait qu'il était en mauvaise posture. Un mot émergea dans son esprit : *cambrioleurs*. Sa vieille tête lui faisait mal (il allait avoir un énorme bleu sur le côté droit, merci les anticoagulants), son cœur aux parois dangereusement minces cognait contre le côté gauche de sa cage thoracique, mais il leva les yeux vers le trio qui s'était matérialisé dans sa chambre. Trois hommes dressés au-dessus de lui, mains gantées, vestes d'automne à carreaux sous les terrifiantes cagoules. Des cambrioleurs. Et il était perdu ici, à huit kilomètres de la ville.

Rothstein rassembla ses esprits de son mieux, chassant le sommeil tout en se disant qu'il y avait au moins un point positif dans cette situation : si ces types-là ne voulaient pas qu'il voie leurs visages, c'est qu'ils comptaient le laisser en vie.

Peut-être.

« Messieurs », dit-il.

M. Jaune rigola et leva le pouce.

« Bon début, le génie. »

Rothstein inclina la tête, comme s'il venait de recevoir un compliment. Il consulta furtivement le réveil, vit qu'il était deux heures et quart du matin, puis regarda de nouveau M. Jaune, qui était peut-être bien le meneur.

« J'ai un peu d'argent seulement, mais prenez-le, je vous en prie. Pourvu que vous partiez sans me faire de mal. »

Le vent soufflait en rafales, projetant des feuilles d'automne contre le mur ouest de la maison. Rothstein remarqua que la chaudière s'était déclenchée pour la première fois de l'année. Est-ce qu'on sortait pas tout juste de l'été ?

« D'après ce qu'on sait, t'as beaucoup plus qu'un peu. »

Ça, c'était M. Rouge.

« La ferme. » M. Jaune tendit une main à Rothstein. « Relève-toi, le génie. »

Rothstein saisit la main tendue, se remit sur ses pieds en chancelant et s'assit sur le lit. Il respirait fort, affreusement conscient du tableau qu'il devait présenter (sa conscience aiguë de lui-même avait été sa malédiction *et* sa bénédiction toute sa vie) : un vieillard flottant dans un pyjama bleu, ne restant de sa chevelure que quelques pelotes de pop-corn blanc au-dessus des oreilles. Voilà ce qu'était devenu l'écrivain qui, l'année où JFK avait été élu président, avait fait la une du magazine *Time* : JOHN ROTHSTEIN, LE GÉNIE RECLUS DE L'AMÉRIQUE.

Hé, le génie, on s'réveille.

« Reprends ton souffle », dit M. Jaune. Son ton était plein de sollicitude mais ça n'inspirait pas confiance à Rothstein. « Puis on ira au salon, où vont les gens civilisés pour bavarder. Prends ton temps. Retrouve ta sérénité. »

Rothstein respira lentement, profondément, et son cœur se calma un peu. Il essaya de penser à Peggy, avec ses petits seins en pomme (petits mais parfaits) et ses longues jambes lisses, mais le rêve s'était envolé, tout comme Peggy elle-même, vieille bique vivant désormais à Paris – avec le fric qu'il lui versait. Yolande au moins, sa deuxième tentative d'accès au bonheur conjugal, était morte, mettant ainsi un terme au versement de la pension.

Cagoule Rouge quitta la pièce et Rothstein entendit qu'on farfouillait dans son bureau. Quelque chose tomba. On ouvrait et fermait des tiroirs.

« Ça va mieux ? » demanda M. Jaune. Et quand Rothstein acquiesça : « Alors, on y va. »

Rothstein se laissa conduire dans le petit salon, escorté par M. Bleu sur sa gauche et M. Jaune sur sa droite. Dans son bureau, la fouille continuait. M. Rouge n'allait pas tarder à ouvrir le placard, écarter ses deux vestes et trois pulls, et découvrir le coffre-fort. C'était inévitable.

D'accord. Du moment qu'ils laissent les carnets. Pourquoi ils les prendraient ? Des voyous comme ça s'intéressent qu'à l'argent. Ils savent probablement rien lire de plus compliqué que le courrier des lecteurs dans Penthouse.

Sauf qu'il avait des doutes concernant l'homme à la cagoule jaune. Celui-là parlait comme quelqu'un d'instruit.

Toutes les lumières étaient allumées au salon et les rideaux n'étaient pas tirés. Des voisins insomniaques auraient pu se demander ce qui se passait dans la maison du vieil écrivain… s'il avait eu des voisins. Les plus proches étaient à trois kilomètres de là, sur la route principale. Il n'avait pas d'amis, aucun visiteur. Les rares démarcheurs se faisaient rembarrer. Rothstein était juste ce vieux mec bizarre. L'écrivain à la retraite. L'ermite. Il payait ses impôts et on lui foutait la paix.

Bleu et Jaune le conduisirent jusqu'au fauteuil face à la télé qu'il regardait rarement et lorsqu'il tarda à s'y asseoir, M. Bleu l'y poussa sans ménagement.

« Doucement ! » dit Jaune sèchement, et Bleu se recula un peu en marmonnant.

OK, c'était bien M. Jaune le patron. C'était M. Jaune le chef de la meute.

Il se pencha vers Rothstein, les mains sur les genoux de son pantalon de velours côtelé.

« Tu veux une petite goutte de quelque chose pour te détendre ?

– Si c'est d'alcool que vous parlez, j'ai arrêté il y a vingt ans. Ordre du médecin.

– Tant mieux pour toi. T'es allé aux réunions ?

– J'étais pas *alcoolique* », dit Rothstein agacé.

Absurde d'être agacé en pareille situation… ou pas ? Qui sait comment quelqu'un est censé réagir après avoir été jeté à bas de son lit en pleine nuit par des hommes en cagoules colorées ? Il se demanda comment il pourrait bien écrire une telle scène et n'en eut pas la moindre idée : il n'écrivait pas ce genre de trucs.

« Les gens s'imaginent que tous les écrivains blancs mâles du vingtième siècle doivent être *alcooliques*.

– Ça va, ça va », dit M. Jaune. On aurait dit qu'il essayait de calmer un enfant grognon. « Un peu d'eau ?

– Non, merci. Ce que j'aimerais, c'est que vous partiez tous les trois, alors je vais être honnête avec vous. »

Il se demanda si M. Jaune comprenait la règle la plus élémentaire de la communication humaine. Lorsque quelqu'un vous dit qu'il va être honnête avec vous, c'est généralement qu'il ou elle s'apprête à mentir plus vite qu'un cheval au galop.

« Mon portefeuille est sur la commode de la chambre. Il y a un peu plus de quatre-vingts dollars dedans. Et il y a une théière en céramique sur la cheminée… »

Il la montra du doigt. M. Bleu se retourna pour regarder mais pas M. Jaune. M. Jaune continuait d'épier Rothstein, le regard presque amusé sous sa cagoule. *Ça marche pas*, pensa Rothstein. Mais il persévéra. Maintenant qu'il était réveillé, la colère le disputait à la peur, mais il savait qu'il valait mieux pour lui ne pas le montrer.

« C'est là que je garde l'argent pour la femme de ménage. Cinquante ou soixante dollars. C'est tout ce qu'il y a dans la maison. Prenez-le et partez.

– Enfoiré de menteur, dit M. Bleu. T'as beaucoup plus que ça, mon vieux. On est au courant. Crois-moi. »

Comme si c'était une pièce de théâtre, et que cette réplique était son signal, M. Rouge cria depuis le bureau :

« Bingo ! J'ai trouvé un coffre-fort ! Et un gros ! »

Rothstein savait que l'homme à la cagoule rouge finirait par le trouver mais il sentit quand même son cœur chavirer. C'était stupide de garder de l'argent liquide et il n'avait aucune raison de le faire si ce n'était son aversion pour les cartes de crédit, les chèques, les actions et autres instruments de transfert, toutes les chaînes séduisantes qui attachent les gens à l'écrasante, et inéluctablement destructrice, machine à créances et dépenses de l'Amérique. Mais cet argent liquide pouvait être son salut. L'argent peut se remplacer. Les carnets, près de cent cinquante, non.

« Le code, maintenant », dit M. Bleu. Il tapa dans ses mains gantées. « Crache. »

Rothstein était presque assez furieux pour refuser – d'après Yolande, la colère avait été son mécanisme de défense toute sa vie

(« Déjà sans doute dans ton foutu berceau », qu'elle avait dit) – mais il était également fatigué et terrifié. S'il regimbait, ils le frapperaient pour le lui faire avouer. Ça pourrait même lui déclencher une autre crise cardiaque et une de plus finirait à peu près certainement de l'achever.

« Si je vous donne la combinaison du coffre, vous voudrez bien prendre l'argent et partir ?

– Monsieur Rothstein, répondit M. Jaune avec une bienveillance qui semblait sincère (et par conséquent grotesque), vous n'êtes pas en position de marchander. Freddy, va chercher les sacs. »

Rothstein sentit un courant d'air froid quand M. Bleu, alias Freddy, sortit par la porte de la cuisine. M. Jaune, pendant ce temps, s'était remis à sourire. Rothstein détestait déjà ce sourire. Ces lèvres rouges.

« Allez, le génie… accouche. Plus vite tu te décideras, plus vite ce sera terminé. »

Rothstein soupira et récita la combinaison du coffre Gardall qui se trouvait dans le placard de son bureau.

« 3 à gauche, deux tours. 31 à droite, deux tours. 18 à gauche, un tour. 99 à droite, un tour. Et retour sur zéro. »

Sous le passe-montagne, les lèvres rouges s'étirèrent encore, découvrant maintenant des dents.

« J'aurais pu deviner. C'est ta date de naissance. »

Alors que Jaune criait la combinaison à l'homme dans le bureau, Rothstein se livra à certaines déductions déplaisantes. M. Bleu et M. Rouge étaient là pour l'argent. Peut-être que M. Jaune prendrait sa part mais il ne pensait pas que l'argent était l'objectif premier de celui qui s'obstinait à l'appeler *le génie*. Comme pour le confirmer, M. Bleu reparut, accompagné d'une nouvelle bouffée d'air froid. Il rapportait quatre sacs marins vides, deux accrochés à chaque épaule.

« S'il vous plaît », dit Rothstein à M. Jaune, cherchant ses yeux et soutenant son regard. « Ne faites pas ça. Il n'y a rien dans ce coffre qui vaille la peine d'être volé à part l'argent. Le reste n'est qu'un tas de gribouillages sans intérêt pour personne, sauf moi. »

Depuis le bureau, M. Rouge s'exclama :

« Bon sang de Dieu, Morrie ! On a touché le gros lot ! *Youhoouu*, les copains, y a *une tonne* de billets là-dedans ! Encore dans les enveloppes de la banque ! Des dizaines d'enveloppes ! »

Au moins soixante, aurait pu préciser Rothstein, peut-être même quatre-vingts. Avec quatre cents dollars pour les dépenses courantes dans chacune d'elles. Envoyés par Arnold Abel, mon comptable à New York. Jeannie encaisse les chèques et ramène le liquide dans les enveloppes que je range dans le coffre. Sauf que j'ai pas grand-chose comme frais puisque Arnold règle aussi mes plus grosses factures depuis New York. Je donne un pourboire à Jeannie de temps en temps, et au facteur à Noël, mais sinon, je dépense pratiquement rien. Des années que ça dure, et pourquoi ? Arnold me demande jamais à quoi me sert cet argent. Il pense peut-être que j'ai un arrangement avec une prostituée ou deux. Ou que je joue aux courses à Rockingham.

Mais tu veux savoir le plus drôle ? aurait-il pu dire à M. Jaune (alias Morrie). *Moi non plus* je me le suis jamais demandé. Pas plus que je me demande pourquoi je continue à remplir carnet sur carnet. Certaines choses *sont*, voilà.

Il *aurait pu* dire tout ça, mais il se tut. Pas parce que M. Jaune comprendrait pas mais parce que le sourire entendu qui étirait ses lèvres rouges disait au contraire qu'il pourrait bien comprendre.

Et qu'il s'en foutrait.

« Y a quoi d'autre dedans ? » cria M. Jaune. Son regard était toujours rivé à celui de Rothstein. « Des boîtes ? Des boîtes à manuscrits ? La taille que je t'ai dit ?

– Pas des boîtes, des carnets, répondit M. Rouge. Le putain de coffre en est rempli. »

M. Jaune sourit, sans cesser de regarder Rothstein dans les yeux. « T'écris à la main ? C'est comme ça qu'on travaille, le génie ?

– S'il vous plaît, dit Rothstein. Laissez-les. Ces écrits ne sont pas destinés à être vus. Rien de tout ça n'est prêt à être publié.

– Et le sera jamais, si tu veux mon avis. T'es qu'un gros écureuil, t'accumules. » La lueur dans ses yeux – quelque chose d'irlandais dans le regard aurait dit Rothstein – avait disparu. « Et puis, c'est pas comme si t'avais *besoin* de publier autre chose, hein ? Pas comme si t'avais un quelconque *impératif financier*. T'as les droits d'auteur sur *Le Coureur*. Et sur *Le Coureur voit de l'action*. Et *Le Coureur ralentit*. La célèbre trilogie Jimmy Gold. Tirage jamais épuisé. Enseignée dans toutes les universités de notre glorieuse nation. T'as tout un lectorat captif de jeunes étudiants qu'achètent tes livres grâce à une cabale de profs de littérature qui pensent que toi et Saul Bellow, vous êtes les rois du monde. Tout va bien pour toi, non ? Pourquoi risquer de tout gâcher en publiant un truc qui risquerait d'entamer ta réputation en or ? Tu peux rester planqué ici à faire comme si le reste du monde existait pas. » M. Jaune secoua la tête. « Avec toi, mon ami, la *rétention anale* prend un tout autre sens. »

M. Bleu attendait toujours dans l'encadrement de la porte.

« Je fais quoi, Morrie ?

– Va retrouver Curtis. Embarquez tout. Et si y a pas la place pour tous les carnets dans les sacs, fouillez un peu. Même un rat de cale comme lui doit bien avoir une valise. Et perdez pas de temps à compter l'argent, non plus. Je veux qu'on se tire d'ici le plus vite possible.

– OK. »

M. Bleu – Freddy – quitta la pièce.

« Ne faites pas ça », répéta Rothstein, et le tremblement de sa voix l'horrifia. Parfois il lui arrivait d'oublier combien il était vieux. Mais pas ce soir.

Le dénommé Morrie se pencha vers lui, yeux gris-vert le scrutant par les trous de la cagoule jaune.

« Je veux savoir un truc. Si t'es honnête avec moi, peut-être qu'on laissera les carnets. Tu promets d'être honnête avec moi, le génie ?

– Je vais essayer, répondit Rothstein. Et je ne me suis jamais donné ce nom, vous savez. C'est le *Time* qui a parlé de génie.

– Mais je parie que t'as pas écrit de lettre de protestation. »

Rothstein ne dit rien. Fils de pute, pensa-t-il. Petit malin de fils de pute. Tu laisseras rien, hein ? Peu importe ce que je dis.

« Voilà ce que je veux savoir : pourquoi, au nom du Ciel, t'as pas laissé Jimmy Gold tranquille ? Pourquoi il a fallu que tu le rabaisses à ce point ? »

La question était tellement inattendue que d'abord Rothstein ne vit pas du tout à quoi Morrie faisait allusion, même si Jimmy Gold était son personnage le plus célèbre, celui pour lequel on se souviendrait de lui (à supposer qu'on se souvienne de lui). L'article du *Time* qui avait parlé de génie avait qualifié Jimmy Gold d'« icône américaine du désespoir dans un pays de cocagne ». Un ramassis de conneries, mais ça avait fait vendre des livres.

« Si vous êtes en train de me dire que j'aurais dû arrêter après *Le Coureur*, vous n'êtes pas le seul à le penser. »

Mais presque, aurait-il pu ajouter. *Le Coureur voit de l'action* avait assis sa réputation d'auteur américain majeur et *Le Coureur ralentit* avait été le couronnement de sa carrière : encensé par la critique, soixante-deux semaines dans la liste des meilleures ventes du *New York Times*. National Book Award aussi – pas qu'il se soit déplacé pour le recevoir. « L'*Iliade* de l'Amérique d'après-guerre », disait l'éloge, se référant non pas uniquement au dernier tome mais à la trilogie tout entière.

« C'est pas ce que je dis, répondit Morrie. *Le Coureur voit de l'action* était tout aussi bon, peut-être même meilleur, que *Le Coureur*. Ces deux-là étaient *vrais*. Non, c'est le dernier. De la bouffonnerie, ce truc, mec. Dans la pub ? Franchement, *dans la pub* ? »

M. Jaune fit alors un geste qui noua la gorge de Rothstein et changea son estomac en plomb. Lentement, presque pensivement, il retira son passe-montagne jaune, révélant un jeune homme aux traits classiques d'Irlandais de Boston : cheveux roux, yeux verdâtres, peau blafarde qui cramerait toujours et bronzerait jamais. Plus ces insolites lèvres rouges.

« Un *pavillon* de *banlieue* ? Une *berline* Ford dans *l'allée* ? Une femme et deux *gosses* ? Tout le monde retourne sa veste, c'est ça que t'essayais de dire ? Tout le monde mord dans la pomme ?

– Dans les carnets… »

Il y avait deux autres romans de la saga Jimmy Gold dans les carnets, voilà ce qu'il voulait dire, deux romans qui bouclaient la boucle. Dans le premier, Jimmy ouvre les yeux sur la vacuité de sa petite vie bourgeoise et quitte sa famille, son boulot et sa confortable maison du Connecticut. Il part à pied, sans rien d'autre qu'un sac de randonnée et les vêtements qu'il a sur le dos. Il devient une version plus âgée du gosse qui a laissé tomber ses études, renié sa famille matérialiste et décidé de s'engager dans l'armée après un week-end passé à boire et à traîner dans les rues de New York.

« Dans les carnets *quoi* ? demanda Morrie. Allez, le génie, parle. Explique-moi un peu pourquoi tu l'as envoyé au tapis et tu lui as fait bouffer la poussière. »

Dans Le Coureur part vers l'Ouest, *il redevient lui-même*, voulait dire Rothstein. *Il retrouve son être profond.* Sauf que maintenant, M. Jaune avait montré son visage, et il était en train de tirer un revolver de la poche de poitrine droite de sa veste de trappeur. Il paraissait attristé.

« T'as créé l'un des plus grands personnages de la littérature américaine, puis tu lui as chié dessus, dit Morrie. Un homme capable de faire ça mérite pas de vivre. »

La colère revint en force telle une douce surprise.

« Si vous pensez ça, dit John Rothstein, c'est que vous n'avez jamais compris un seul mot de ce que j'ai écrit. »

Morrie pointa le revolver. Le canon ouvrit un œil noir.

En retour, Rothstein pointa un doigt tordu par l'arthrite comme si c'était son revolver à lui et eut la satisfaction de voir Morrie cligner des yeux et broncher un peu.

« Vous pouvez garder pour vous vos critiques littéraires à la con. J'en ai eu ma dose bien avant que vous soyez né. Vous avez quel âge d'abord, vingt-deux ans ? Vingt-trois ? Qu'est-ce que vous connaissez à la vie, sans parler de la littérature ?

– Assez pour savoir que tout le monde retourne pas sa veste. » Rothstein fut stupéfait de voir des larmes briller dans ces yeux irlandais. « Viens pas me donner des leçons de vie, pas après avoir passé les vingt dernières années retranché chez toi comme un rat dans son trou. »

La vieille attaque, plus que réchauffée – comment *osez*-vous déserter le Panthéon de la Renommée ? –, attisa la colère de Rothstein, faisant flamber sa fureur (le genre de fureur à balancer des verres et fracasser les meubles que Peggy et Yolande auraient reconnue) et il en fut soulagé. Plutôt mourir en fulminant qu'en rampant et implorant.

« Comment allez-vous monnayer mon travail ? Vous y avez pensé ? J'imagine que oui. Autant essayer de vendre un carnet d'Hemingway volé, ou une toile de Picasso, ça aussi j'imagine que vous le savez. Mais vos amis sont pas aussi cultivés que vous, pas vrai ? Ça s'entend à leur façon de parler. Ils savent ce que vous savez ? Je suis sûr que non. Mais vous leur avez vendu des salades. Vous leur avez promis la lune, un quartier chacun. Je pense que vous en êtes capable. Je pense que vous disposez d'un réservoir de mots pour ça. Mais je crois que c'est un réservoir superficiel.

– Ferme-la. On dirait ma mère.

– Vous n'êtes qu'un vulgaire voleur, mon ami. Et comme c'est bête de voler quelque chose que vous ne pourrez jamais revendre.

– Ferme-la, le génie, je te préviens. »

Rothstein pensa : Et s'il tire ? Plus de cachets. Plus de regrets d'un passé jonché de relations brisées comme autant d'épaves de voitures accidentées. Plus d'écriture obsessionnelle non plus, de carnets accumulés tels des petits tas de crottes de lapin disséminés le long d'un sentier dans les bois. Une balle dans la tête, ce serait peut-être pas si mal. Mieux qu'un cancer ou qu'alzheimer, la hantise première de quiconque a gagné sa vie grâce à son esprit. Bien sûr, ça ferait les gros titres, et j'en ai récolté à la pelle avant même ce maudit article du *Time*... mais s'il tire, j'aurai pas à les lire.

« Vous êtes un *imbécile* », dit Rothstein. Tout à coup, il éprouvait une sorte d'extase. « Vous vous croyez plus intelligent que les deux autres, mais vous l'êtes pas. Eux au moins comprennent que l'argent, ça se dépense. » Il se pencha en avant, fixant du regard ce visage pâle éclaboussé de taches de rousseur. « Tu sais quoi, gamin ? C'est les types comme toi qui font une mauvaise réputation à la lecture.

– Dernier avertissement, dit Morrie.

– J'emmerde tes avertissements. Et j'emmerde ta mère. Flingue-moi ou dégage de chez moi. »

Morris Bellamy le flingua.

2009

La première dispute entre les époux Saubers pour des questions d'argent – du moins la première que les enfants surprirent – éclata un soir d'avril. C'était pas une grosse dispute, mais même les tempêtes les plus violentes commencent par des brises légères. Peter et Tina Saubers étaient dans le salon ; Pete faisait ses devoirs et Tina regardait un DVD de Bob l'Éponge. Elle l'avait déjà vu avant, des tas de fois, mais elle semblait ne jamais s'en lasser. Et c'était tant mieux, parce que depuis quelque temps, les Saubers n'avaient plus accès à la chaîne des dessins animés. Tom Saubers avait résilié leur abonnement au câble il y avait de cela deux mois.

Tom et Linda Saubers se trouvaient dans la cuisine où Tom était en train de fermer son vieux sac après l'avoir rempli de barres énergétiques, d'un Tupperware de crudités, de deux bouteilles d'eau et d'une canette de Coca.

« T'es complètement cinglé, dit Linda. J'ai toujours su que t'étais une personnalité de type A, mais là, ça dépasse tout ce que j'avais pu imaginer. Si tu veux mettre le réveil à cinq heures, d'accord. Tu peux passer prendre Todd, être au City Center à six heures, et vous serez encore dans les premiers.

– J'aimerais bien, répondit Tom. Mais Todd dit qu'il y a déjà eu une de ces foires à l'emploi à Brook Park le mois dernier et que les gens ont commencé à faire la queue la veille. *La veille*, Lin !

– Todd dit pas mal de trucs. Et toi tu l'écoutes. Tu te souviens quand il a dit que Pete et Tina allaient tout simplement *adorer* cette espèce de show de Monster Trucks...

– Il s'agit pas d'un show de Monster Trucks, là, ni d'un concert au parc, ni d'un feu d'artifice. C'est de nos *vies*, là, qu'il s'agit. »

Pete leva les yeux de ses devoirs et croisa brièvement le regard de sa petite sœur. Le haussement d'épaules de Tina était éloquent : *Les parents, quoi.* Il retourna à ses maths. Plus que quatre problèmes et il pourrait aller chez Howie. Voir s'il avait de nouvelles bandes dessinées. Naturellement, Pete n'en avait aucune à échanger : son argent de poche avait subi le même sort que l'abonnement au câble.

Dans la cuisine, Tom avait commencé à faire les cent pas. Linda le rattrapa et lui prit doucement le bras.

« Je sais qu'il s'agit de nos vies », dit-elle.

Elle avait baissé le ton, en partie pour pas que les enfants entendent et s'inquiètent (elle savait que Pete s'inquiétait déjà), mais surtout pour apaiser la tension. Elle comprenait ce que ressentait Tom et elle était de tout cœur avec lui. C'était dur d'avoir peur ; et c'était pire de se sentir humilié parce qu'on ne pouvait plus subvenir aux besoins de sa famille, ce que Tom considérait comme sa responsabilité première. C'était pas vraiment « humiliation » le terme exact. Ce qu'il éprouvait, c'était de la honte. Durant les dix ans qu'il avait passés chez Lakefront Immobilier, il avait systématiquement été un de leurs meilleurs agents et la photo de son visage souriant avait souvent accueilli les clients à l'entrée. La paye que Linda ramenait en tant qu'enseignante faisait que rajouter du beurre dans les épinards. Et puis, à l'automne 2008, l'économie s'était effondrée et les Saubers étaient devenus une famille à un seul salaire.

Et c'était pas comme si Tom avait été licencié en attendant d'être réembauché lorsque les choses s'amélioreraient ; à présent, Lakefront Immobilier n'était plus qu'un local vide avec des graffitis sur les murs et une pancarte À VENDRE OU À LOUER en façade. Les frères Reardon, qui avaient reçu l'entreprise de leur père en héritage (et leur père du sien), avaient fait de gros placements en actions et pratiquement tout perdu quand le marché avait coulé. Que Todd Paine, le meilleur ami de Tom, soit embarqué dans le même bateau n'était qu'une piètre consolation pour Linda. Pour elle, Todd était un benêt.

« Tu as regardé la météo ? Moi, oui. Il va faire froid. Le brouillard va monter du lac très tôt, avec peut-être même de la bruine verglaçante. De la *bruine verglaçante*, Tom.

– Tant mieux. J'espère bien. Ça réduira le nombre de candidats et augmentera mes chances. » Il la prit par les avant-bras, mais doucement. Il ne la secoua pas, ne cria pas. Ça, ça viendrait plus tard. « Il faut que je trouve quelque chose, Lin, il le *faut*, et la foire à l'emploi est ma meilleure chance ce printemps. J'ai frappé à toutes les portes...

– Je sais...

– Et il n'y a *rien*. *Que dalle*. Si, quelques boulots sur les quais et un petit chantier au centre commercial à côté de l'aéroport, mais tu me vois faire ce genre de boulot ? J'ai quinze kilos et vingt ans de trop. Je pourrais trouver un petit boulot en ville cet été – dans la vente, peut-être – *si* les choses s'améliorent un peu... mais ce genre de boulot, ça paye pas et c'est généralement temporaire. Alors Tom et moi on va y aller à minuit, et on va faire la queue jusqu'à ce que les portes s'ouvrent demain matin, et je te promets de rentrer avec un vrai travail qui rapporte de l'argent.

– Et un virus que tu pourras nous refiler à tous. Comme ça on aura qu'à économiser sur les courses pour se payer le docteur. »

C'est à ce moment qu'il s'énerva vraiment contre elle.

« J'aimerais un peu de soutien, là.

– Tom, pour l'amour du ciel, j'*essa*...

– Peut-être même un *bravo*. "Je te félicite, Tom, de faire preuve d'autant d'initiative. On est contents, Tom, de voir que tu te plies en quatre pour la famille." Ce genre de trucs. Si c'est pas trop demander.

– Tout ce que je dis... »

La porte de la cuisine s'ouvrit et se referma avant qu'elle ait pu terminer. Il était sorti fumer une cigarette sur les marches de derrière. Cette fois-ci, lorsque Pete leva les yeux, ce fut de la détresse et de l'inquiétude qu'il lut sur le visage de Tina. Elle avait que huit ans après tout. Pete sourit et lui fit un clin d'œil. Tina lui rendit un sourire hésitant et retourna à ses aventures à Bikini Bottom, le royaume des profondeurs océaniques où les papas perdaient pas leur travail et levaient pas la voix et où on supprimait pas aux enfants leur argent de poche. Sauf s'ils faisaient des bêtises, bien entendu.

Avant de partir ce soir-là, Tom alla border sa fille et l'embrasser pour lui souhaiter bonne nuit. Il fit aussi un bisou à Mme Beasley, la poupée préférée de Tina – pour se porter chance, lui dit-il.

« Papa ? Est-ce que ça va aller ?

– Je veux, ma chérie, que ça va aller », lui dit-il. Elle se souvenait de ça. La confiance dans sa voix. « Tout ira très bien, tu verras. Dors maintenant. »

Il sortit de la chambre. En marchant normalement. Elle se souvenait de ça aussi, parce que c'était la dernière fois qu'elle l'avait vu marcher comme ça.

En haut de la côte escarpée menant de Marlborough Street au parking du City Center, Tom s'exclama :

« Waouh ! Stop, stop, arrête-toi !

– Hé, mec, y a des voitures derrière moi, dit Todd.

– Juste une seconde. »

Tom brandit son téléphone et prit une photo des gens qui faisaient la queue. Ils devaient déjà être une centaine. Au moins une centaine. Au-dessus des portes de l'auditorium, une banderole annonçait **1 000 EMPLOIS ASSURÉS** ! Et « *Toujours aux côtés de mes concitoyens !* » **– VOTRE MAIRE RALPH KINSLER.**

Derrière la vieille Subaru rouillée de Todd Paine, quelqu'un klaxonna.

« Tommy, je m'en voudrais de jouer les rabat-joie pendant que t'immortalises ce magnifique moment mais…

– Vas-y, vas-y. C'est bon. » Et alors que Todd entrait dans le parking où les places les plus proches du bâtiment étaient déjà prises, il ajouta : « J'ai hâte de montrer ça à Linda. Tu sais ce qu'elle m'a dit ? Qu'en arrivant à six heures, on serait dans les premiers.

– J'te l'avais dit, mon pote. Le Toddster ment jamais. » Le Toddster se gara. Le moteur de la Subaru expira dans un prout et un râle. « Au lever du jour, on sera dans les deux mille ici. Avec la télé aussi. Toutes les chaînes. *City at Six*, *Morning Report*, *MetroScan*. On se fera peut-être interviewer.

– Je me contenterai d'un boulot. »

Linda avait raison sur un point : il y avait de l'humidité dans l'air. On sentait l'odeur du lac : ce léger parfum d'égout. Et la température était presque assez basse pour qu'il voie la condensation de son haleine. Des poteaux avec du ruban jaune marqué NE PAS FRANCHIR avaient été installés, faisant décrire plusieurs virages à la file de demandeurs d'emploi tels les soufflets d'un accordéon humain. Tom et Todd prirent place entre les derniers poteaux. D'autres se rangèrent aussitôt derrière eux, surtout des hommes, certains en épaisse veste polaire d'ouvriers, d'autres en pardessus avec des coupes de cheveux à la Mr Businessman qui commençaient à perdre leurs bords bien rasés. Tom estimait que la file atteindrait le fond du parking d'ici à l'aube, et il resterait encore au moins quatre heures avant l'ouverture des portes.

Son regard fut attiré par une femme portant un bébé dans le dos. Elle se trouvait deux zigzags devant eux. Tom se demanda à quel point il fallait être désespéré pour sortir avec un nourrisson par une nuit aussi humide et froide. Le petit était installé dans un porte-bébé. La femme était en train de parler à un grand costaud portant un duvet sur l'épaule, et le regard du bébé passait de l'un à l'autre comme celui du plus petit fan de tennis du monde. Presque comique.

« Une petite goutte pour te réchauffer, Tommy ? »

Todd avait sorti de son sac une bouteille de cinquante centilitres de Bell's et la tendait à Tom.

Celui-ci, se rappelant la flèche du Parthe que lui avait décochée Linda – *Et ne t'avise pas de sentir l'alcool à ton retour, monsieur* –, faillit décliner, puis il prit la bouteille. Il faisait froid et une petite rasade ne pouvait pas faire de mal. Il sentit le whisky descendre, réchauffant sa gorge et son ventre.

Rince-toi la bouche avant de te présenter aux stands, s'intima-t-il. On embauche pas les types qui sentent le whisky.

Quand Todd lui proposa une autre petite goutte – autour de deux heures du matin –, Tom refusa. Mais lorsqu'il réitéra, à trois heures, Tom prit la bouteille. Vu ce qu'il restait, le Toddster n'avait pas dû lésiner sur les quantités pour se blinder contre le froid.

Oh, et puis merde, pensa Tom, et il s'enfila légèrement plus qu'une petite goutte ; plutôt une grosse gorgée.

« Yi-ha ! fit Todd, la voix à peine un peu pâteuse. Lâche-toi. »

Les demandeurs d'emploi continuaient d'arriver, leurs voitures pointant le nez au bout de Marlborough Street à travers le brouillard qui s'épaissisait. La queue s'étirait loin après les poteaux à présent et elle ne zigzaguait plus. Tom croyait avoir pris la mesure des difficultés économiques qui frappaient actuellement le pays – n'avait-il pas lui-même perdu un travail, un très bon travail ? –, mais alors que les voitures ne cessaient d'arriver et la file de s'allonger (il n'en voyait plus le bout), il commença à voir les choses sous un angle nouveau et terrifiant. Peut-être que *difficultés* n'était pas le mot juste. Peut-être que le mot juste était *désastre*.

À sa droite, dans le labyrinthe de poteaux et de ruban jaune menant aux portes de l'auditorium encore plongé dans l'obscurité, le bébé se mit à pleurer. Tom se retourna et vit l'homme au sac de couchage tenir les côtés du porte-bébé pour que la femme (mon Dieu, se dit Tom, elle a l'air d'une adolescente) puisse en extraire le gosse.

« C'quoi c'bordel ? demanda Todd, la voix plus pâteuse que jamais.

– Un môme, dit Tom. Une femme avec un môme. Une *gamine* avec un môme. »

Todd plissa les yeux.

« Doux Jésus sur un poney, dit-il. On aura tout vu. Je trouve ça isp… irrsp… tu sais, pas responsable.

– T'es bourré ? »

Linda n'aimait pas Todd, elle ne voyait pas son bon côté, et là, tout de suite, Tom non plus n'était pas certain de le voir.

« Un p'tit peu. J'aurai cuvé d'ici à ce que les portes s'ouvrent. Et j'ai des pastilles à la menthe, aussi. »

Tom pensa demander au Toddster s'il avait aussi apporté de la Visine – il avait les yeux super rouges –, puis décida qu'il n'avait pas envie d'avoir cette discussion maintenant. Il reporta son attention sur l'endroit où se tenait la femme avec le bébé qui pleurait. Il crut d'abord qu'elle était partie. Et puis il baissa les yeux et la vit se glisser dans le sac de couchage du grand costaud, avec son bébé contre la poitrine. Le grand costaud lui tenait le sac de couchage ouvert. Le petit, ou la petite, braillait toujours.

« Mais faites-le taire, bordel, cria un homme.

– C'est les services sociaux qu'il faudrait appeler », ajouta une femme.

Tom pensa à Tina au même âge, l'imagina dehors par ce matin froid et brumeux, et réprima son envie de leur dire de la fermer… ou, encore mieux, de donner plutôt un coup de main. Après tout, ils étaient ensemble dans cette galère, pas vrai ? Tous les merdeux et les malchanceux.

Les pleurs se calmèrent, cessèrent.

« Elle doit le faire téter », dit Todd.

Et il joignit le geste à la parole en se pressant le sein.

« Ouais.

– Tommy ?

– Quoi ?

– Tu sais qu'Ellen a perdu son boulot, hein ?

– Bon Dieu, *non*. Je savais pas. » Feignant de ne pas voir la peur sur le visage de Todd. Ni le scintillement humide de ses yeux. Peut-être dû à l'alcool ou au froid. Ou peut-être pas.

« Ils ont dit qu'ils la rappelleraient quand les choses s'arrangeraient, mais ils m'ont dit la même chose et ça fait six mois que j'ai plus de boulot. J'ai encaissé l'argent de mon assurance. Mais tout est parti. Et tu sais ce qui nous reste sur notre compte ? Cinq cents dollars. Tu sais combien de temps on tient avec cinq cents dollars quand un paquet de pain de mie chez Kroger coûte un dollar ?

– Pas longtemps.

– Tu l'as dit, putain, pas longtemps. Faut que je dégote un truc ici. Il le *faut*.

– Tu vas trouver quelque chose. On va trouver quelque chose tous les deux. »

Todd donna un coup de menton en direction du grand costaud qui semblait à présent monter la garde devant le sac de couchage pour que personne ne piétine la femme et le bébé à l'intérieur.

« Tu crois qu'ils sont mariés ? »

Tom l'avait pas envisagé. Maintenant oui.

« Probablement.

– C'est qu'ils doivent tous les deux être au chomdu, alors. Sinon un des deux serait resté à la maison avec le petit.

– Peut-être qu'ils se disent que venir avec le bébé jouera en leur faveur », dit Tom.

Le visage de Todd s'illumina.

« Faire jouer la pitié ! Pas une mauvaise idée ! » Il tendit la bouteille de whisky. « Encore une goutte ? »

Tom en prit une petite en pensant : Si je la bois pas, Todd le fera.

Tom fut tiré d'un petit somme induit par le whisky au cri exubérant de : « De la vie sur Mars ! » La plaisanterie fut accueillie par des rires et des applaudissements. Il regarda autour de lui et vit le jour poindre. Encore timide et enveloppé de brouillard, mais le jour quand même. Derrière la rangée de portes de l'auditorium, un type en uniforme gris – un type qu'avait un boulot, le veinard – poussait un seau à serpillière à travers le hall d'entrée.

« Kess'y s'passe ? demanda Todd.

– Rien, répondit Tom. Juste un homme de ménage. »

Todd scruta en direction de Marlborough Street.

« Seigneur, et ça continue d'arriver.

– Ouais », dit Tom. Pensant : Et si j'avais écouté Linda, on serait tout au bout d'une file qui s'étire pas encore jusqu'à Cleveland mais presque.

C'était une pensée réconfortante, c'est toujours réconfortant d'avoir raison, mais il regrettait de pas avoir refusé le whisky de Todd. Il avait un goût de litière pour chat dans la bouche. Pas qu'il en ait déjà *mangé* ni rien, mais…

Quelques zigzags devant eux – pas loin du sac de couchage – quelqu'un demanda :

« C'est pas une Mercedes ? On dirait une Mercedes. »

Tom aperçut une longue forme arrêtée à l'entrée de l'accès par Marlborough Street, feux antibrouillards jaunes aveuglants. Elle n'avançait pas ; elle restait juste plantée là.

« Qu'est-ce qu'il fout ? » demanda Todd.

Le conducteur de la voiture arrêtée juste derrière dut se poser la même question car il appuya sur son klaxon – un long coup énervé qui fit se retourner les gens en se secouant et en grognant. Un moment, la voiture aux feux antibrouillards jaunes resta où elle était. Puis elle fonça. Pas sur la gauche en direction du parking désormais plein à craquer, mais droit sur les gens parqués dans le labyrinthe de poteaux métalliques et de ruban de signalisation.

« Hey ! » cria quelqu'un.

La foule tangua vers l'arrière dans un mouvement de marée. Tom fut poussé contre Todd qui tomba sur les fesses. Tom lutta pour garder l'équilibre, y parvint presque, puis le type juste devant, criant – non *hurlant* –, lui flanqua son postérieur dans l'entrejambe et son coude dans la poitrine. Tom s'affala sur son copain, entendit la bouteille de Bell's se briser quelque part entre eux et sentit l'odeur âcre du fond de whisky s'écoulant sur le bitume.

Génial, maintenant je vais empester comme un bar un samedi soir.

Tant bien que mal il se releva, à temps pour voir la voiture – c'était bien une Mercedes, oui, une grosse berline aussi grise que ce matin brumeux – charger la foule en décrivant un arc de cercle ivre, fauchant et projetant des corps sur son passage. Du sang dégouttait de la calandre. Une femme atterrit sur le capot et roula, mains en avant, pieds déchaussés. Elle heurta le pare-brise, tenta de se raccrocher à un essuie-glace, le rata et chuta de l'autre côté de la voiture. Les rubans jaunes NE PAS FRANCHIR cassaient les uns après les autres. Un poteau claquait, suspendu au flanc de la grosse berline sans la ralentir le moins du monde. Tom vit les pneus avant rouler sur le sac de couchage et sur le grand costaud qui s'était accroupi au-dessus, mains levées pour le protéger.

Maintenant, elle venait droit sur lui.

« Todd ! hurla-t-il. Todd, *relève-toi* ! »

Il tendit les mains vers Todd, réussit à saisir l'une des siennes et tira. Quelqu'un le percuta et il tomba de nouveau à genoux. Il entendait le moteur de la voiture folle tourner à plein régime. Maintenant tout proche. Il tenta de ramper et un pied le heurta à la tempe. Il vit des étoiles.

« Tom ? »

Todd était derrière lui à présent. Comment était-ce possible ?

« Tom, c'est *quoi* bordel ? »

Un corps atterrit sur lui, puis autre chose, un poids énorme qui l'écrasa, menaçant de le transformer en confiture. Ses hanches cédèrent. Un bruit d'os de dinde secs. Puis le poids se retira et la douleur, avec son poids bien à elle, le remplaça.

Tom tenta de redresser la tête et parvint à la soulever du bitume juste le temps de voir des feux arrière disparaître dans le brouillard. Il vit scintiller des éclats de verre de la bouteille de whisky brisée. Il vit Todd étendu sur le dos. Du sang coulait de sa tête et formait une flaque sur le bitume. Des traces de pneus écarlates s'enfonçaient dans le petit jour brumeux.

Il pensa : Linda avait raison. J'aurais dû rester à la maison.

Il pensa : Je vais mourir, et ça vaut peut-être mieux. Parce que, à la différence de Todd Paine, j'ai pas encore encaissé l'argent de mon assurance.

Il pensa : Même si j'aurais sûrement fini par le faire, avec le temps.

Puis, noir total.

Quand Tom Saubers se réveilla à l'hôpital, quarante-huit heures plus tard, Linda était assise à côté de lui. Elle lui tenait la main. Il lui demanda s'il allait vivre. Elle sourit, lui pressa la main et dit :

« Je veux, mon beau.

– Je suis paralysé ? Dis-moi la vérité.

– Non, mon chéri, mais tu as pas mal de fractures.

– Et Todd ? »

Elle détourna le regard en se mordillant les lèvres.

« Il est dans le coma mais les médecins pensent qu'il va en sortir. D'après ses ondes cérébrales ou quelque chose comme ça.

– Y avait une voiture. J'ai pas pu m'écarter de son passage.

– Je sais. T'es pas le seul. Une espèce de forcené. Il a réussi à prendre la fuite, du moins pour le moment. »

Tom se fichait pas mal du type au volant de la Mercedes. Pas paralysé, c'était bien, mais…

« C'est grave ? Me baratine pas, sois franche. »

Elle le regarda dans les yeux mais ne put soutenir son regard. Détournant à nouveau le sien vers les cartes de prompt rétablissement exposées sur sa table, elle dit :

« Tu… bon. Ça va prendre du temps avant que tu puisses remarcher.

– Combien de temps ? »

Elle lui souleva la main, qu'il avait salement écorchée, la porta à ses lèvres et y déposa un baiser.

« Ils savent pas. »

Tom Saubers ferma les yeux et se mit à pleurer. Linda resta un moment à l'écouter puis, quand elle n'y tint plus, elle se pencha et appuya sur le bouton de la pompe à morphine. Elle continua d'appuyer jusqu'à ce que la machine cesse d'administrer. À ce moment-là, Tom dormait déjà.

1978

Morris attrapa une couverture sur l'étagère du haut dans le placard de la chambre et en couvrit Rothstein, maintenant affalé en biais dans le fauteuil, le sommet du crâne en moins. La cervelle qui avait conçu Jimmy Gold, sa sœur Emma, leurs parents narcissiques et semi-alcooliques – tellement semblables à ceux de Morris – séchait maintenant sur le papier peint. C'était pas un choc pour Morris, pas exactement, mais c'était assurément une surprise. Il s'attendait à du sang, et un trou entre les yeux, mais pas à cette expectoration écœurante de cartilage et d'os. Manque d'imagination, supposa-t-il, la raison pour laquelle il pouvait *lire* les géants de la littérature américaine contemporaine – les lire et les apprécier – mais n'en serait jamais un.

Freddy Dow sortit du bureau, un sac marin plein à craquer à chaque épaule. Curtis le suivait, tête basse, sans rien dans les mains. Tout à coup, il accéléra, contourna Freddy et se précipita dans la cuisine. Le vent fit claquer la porte donnant sur le jardin de derrière contre le mur de la maison. Puis on entendit quelqu'un vomir.

« Y se sent pas très bien », dit Freddy.

Il avait toujours eu le don d'énoncer l'évidence.

« Toi, ça va ? demanda Morris.

– Ouais. »

Freddy sortit par la porte de devant sans se retourner, s'arrêtant juste pour ramasser le pied-de-biche posé contre la balancelle du porche. Ils s'étaient préparés à entrer par effraction mais la porte d'entrée était ouverte. La porte de la cuisine aussi. Apparemment, Rothstein avait placé toute sa confiance dans le coffre-fort Gardall. Tu parles d'un manque d'imagination.

Morris passa dans le bureau, regarda la table de travail en ordre et la machine à écrire recouverte de sa housse. Regarda les photos au mur. Les deux ex-épouses étaient là, souriantes, jeunes et belles en vêtements et coiffures des années cinquante. Que Rothstein garde ces femmes répudiées là, d'où elles pouvaient le regarder écrire, avait quelque chose d'intéressant mais Morris n'avait pas le temps de méditer la question, ni d'explorer le contenu du bureau de l'écrivain, ce qu'il aurait sincèrement adoré faire. Mais quel intérêt ? Il avait les carnets, après tout. Il avait le contenu de l'*esprit* de Rothstein. Tout ce qu'il avait écrit depuis qu'il avait cessé de publier, dix-huit ans auparavant.

Freddy avait emporté le stock d'enveloppes de liquide dans le premier chargement (évidemment ; l'argent était tout ce que Freddy et Curtis comprenaient), mais il restait encore plein de carnets noirs sur les étagères du coffre-fort. C'était des Moleskine, comme en utilisait Hemingway, comme Morris en avait rêvé pendant qu'il était en maison de correction où il avait aussi rêvé de devenir écrivain. Mais au Centre de Détention pour Mineurs de Riverview, la ration était de cinq feuillets de grossier papier Blue Horse par semaine, pas vraiment suffisant pour commencer à écrire le Grand Roman Américain. En mendier davantage n'avait rien arrangé. La fois où il avait offert à Elkins, le délégué de l'économat, de lui tailler une pipe pour une dizaine de feuilles supplémentaires, Elkins lui avait collé son poing dans la figure. Ça avait quelque chose de comique, quand on pensait à tous les actes sexuels auxquels on l'avait forcé au cours de ses neuf mois de détention, le plus souvent à genoux et plus d'une fois avec son caleçon sale fourré dans la bouche.

Il tenait pas sa mère pour *entièrement* responsable de ces viols mais elle méritait sa part de reproches. Anita Bellamy, la célèbre professeure d'histoire dont le livre sur Henry Clay Frick avait été nominé pour le prix Pulitzer. Tellement célèbre qu'elle croyait aussi tout savoir sur la littérature américaine contemporaine. C'était une dispute à propos de la trilogie Gold qui l'avait fait sortir un soir, furieux et résolu à se soûler. Ce qu'il avait fait, même s'il était mineur et que ça se voyait.

Ça lui réussissait pas de boire. Quand il buvait, il faisait des trucs qu'il se rappelait pas ensuite, et c'était jamais des bons trucs. Ce soir-là, ça avait été effraction, vandalisme et agression sur un agent de sécurité du quartier qui tentait de le neutraliser en attendant l'arrivée des flics.

Ça faisait presque six ans, mais le souvenir était vif. Tout ça avait été tellement idiot. Voler une voiture, aller faire un tour en ville avec et puis l'abandonner (peut-être après avoir copieusement pissé sur le tableau de bord), c'était une chose. Pas très malin. Pourtant, avec un peu de chance, on pouvait se tirer de ce genre d'embrouille. Mais entrer par effraction dans une maison de Sugar Heights ? Doublement idiot. Il ne voulait *rien* dans cette maison (du moins rien qu'il ait pu se rappeler par la suite). Et lorsqu'il voulait *vraiment* quelque chose ? Lorsqu'il offrait une pipe pour quelques feuillets pourris de papier Blue Horse ? Poing dans la gueule. Alors il s'était marré, parce que c'était ce que Jimmy Gold aurait fait (du moins avant que Jimmy devienne adulte et vende son âme au diable pour le Billet d'Or, comme il disait), et il s'était passé quoi ensuite ? Deuxième poing dans la gueule, encore plus fort. C'était en entendant le craquement étouffé de son nez qu'il s'était mis à pleurer.

Jamais Jimmy n'aurait pleuré.

Il était encore en train de contempler avidement les Moleskine quand Freddy Dow revint avec les deux autres sacs marins. Il avait aussi un bagage à main en cuir éraflé.

« J'ai trouvé ça dans le cellier. Au milieu de genre un milliard de boîtes de haricots et de thon. Va savoir, hein ? Bizarre, le type. Peut-être qu'il se préparait pour l'Acropolipse. Allez, Morris, bouge-toi. Quelqu'un a pu entendre le coup de feu.

– Y a pas de voisins. La ferme la plus proche est à trois kilomètres. Relax.

– Les prisons sont pleines de types qu'étaient relax. Faut qu'on se tire d'ici. »

Morris commença à rassembler les carnets par poignées mais ne put résister à l'envie d'en ouvrir un, juste pour être sûr. Oui, Rothstein était un type bizarre, et il était pas totalement impossible qu'il ait bourré son coffre-fort de carnets vierges, se disant qu'il pourrait peut-être écrire quelque chose dedans un jour.

Mais non.

Celui-ci, au moins, était saturé de la petite écriture soignée de Rothstein, toutes les pages remplies, de haut en bas et de gauche à droite, avec des marges minces comme des fils.

... n'était pas certain de savoir pourquoi ça comptait pour lui et pourquoi il n'arrivait pas à trouver le sommeil alors que le wagon vide de ce train de marchandises nocturne l'emportait à travers l'oubli du monde rural, en direction de Kansas City et du pays endormi au-delà, le ventre plein de l'Amérique au repos sous son traditionnel édredon de nuit, et pourtant, les pensées de Jimmy s'obstinaient à revenir vers...

Freddy lui frappa sur l'épaule, et pas gentiment.

« Sors ton nez de ce truc et emballe. On en a déjà un qu'est en train de gerber toutes ses tripes et qui sert à peu près à rien. »

Sans un mot, Morris jeta le carnet dans un des sacs et referma les mains sur une autre double poignée de carnets, ses pensées embrasées de possibilités. Il en avait oublié le carnage sous la couverture dans le salon, oublié Curtis Rogers vomissant ses tripes dans les roses, zinnias, pétunias ou peu importe ce qui poussait dans le jardin de derrière. Jimmy Gold ! Partant vers l'Ouest ! Dans un wagon de marchandises ! Rothstein n'en avait pas fini avec lui, en fin de compte !

« Ceux-là sont pleins, dit-il à Freddy. Emporte-les. Je vais mettre le reste dans l'attaché-case.

– Ça s'appelle comme ça ce genre de sac ?

– Je crois, ouais. » Il ne croyait pas, il savait. « Vas-y. J'ai presque fini. »

Freddy suspendit les sacs à ses épaules par leurs sangles, mais s'attarda un instant.

« T'es sûr pour ces trucs ? Parce que Rothstein a dit…

– C'était rien qu'un écureuil qu'essayait de protéger ses réserves. Il aurait dit n'importe quoi. Vas-y. »

Freddy y alla. Morris chargea la dernière fournée de Moleskine dans l'attaché-case et se recula pour sortir du placard. Curtis était debout à côté du bureau de Rothstein. Il avait enlevé sa cagoule ; ils l'avaient tous enlevée. Il était blanc comme un linge et le choc avait laissé des cercles noirs autour de ses yeux.

« T'étais pas obligé de le tuer. T'étais pas *censé* le tuer. Ça faisait pas partie du plan. Pourquoi t'as fait ça ? »

Parce qu'il m'a fait me sentir idiot. Parce qu'il a insulté ma mère et que ça, c'est mon boulot. Parce qu'il m'a appelé gamin. Parce qu'il méritait d'être puni pour avoir fait passer Jimmy dans *l'autre* camp. Surtout parce que personne a le droit, avec un talent pareil, de le cacher au reste du monde. Sauf que Curtis comprendrait pas ça.

« Parce que ça augmentera la valeur des carnets quand on les vendra. » C'est-à-dire pas avant qu'il les ait lus d'un bout à l'autre, mais Curtis comprendrait pas non plus le besoin de faire ça, et il avait pas besoin de savoir. Pas plus que Freddy. Il prit un ton patient et raisonnable : « On est maintenant en possession de toute la production de John Rothstein qui a jamais existé. Ça rend les trucs inédits encore plus précieux. Tu comprends ça, non ? »

Curtis se gratta une joue pâle.

« Ben… ouais… j'imagine.

– Et puis comme ça, il pourra jamais dire que c'est des faux quand ils sortiront. Ce qu'il aurait fait, juste pour se venger. J'ai pas mal lu sur lui, tu sais, à peu près tout ce qu'on peut lire, et c'était un rancunier, ce fils de pute.

– Ouais, mais bon… »

Morrie se retint de dire : C'est un sujet trop profond pour un esprit aussi superficiel que le tien, Curtis. À la place, il souleva l'attaché-case.

« Prends ça. Et garde tes gants jusqu'à ce qu'on soit en voiture.

– Quand même, t'aurais dû nous consulter, Morrie. On est tes *partenaires.* »

Curtis commença à partir, puis se retourna.

« J'ai une question.

– Quoi ?

– Tu sais s'ils ont la peine de mort dans le New Hampshire ? »

Ils prirent des routes secondaires pour traverser l'étroite cheminée du New Hampshire et passer dans le Vermont. Freddy conduisait la Chevrolet Biscayne, qui était vieille et quelconque. Morris était assis à côté de lui, une carte Rand McNally dépliée sur les genoux, allumant de temps en temps le plafonnier pour vérifier qu'ils n'avaient pas dévié de l'itinéraire prévu. Pas besoin de rappeler à Freddy de respecter les limitations de vitesse. Il n'en était pas à son premier rodéo.

Curtis était allongé sur la banquette arrière et ils l'entendirent bientôt ronfler. Morrie le trouva bien chanceux : c'était comme s'il avait vomi l'horreur. Lui par contre, il lui faudrait sûrement du temps avant de retrouver une bonne nuit de sommeil. Il arrêtait pas de revoir la cervelle dégouliner sur le papier peint. C'était pas le meurtre qui l'obsédait, c'était le talent gâché. Une vie entière à l'affûter et le modeler et tout ça détruit en une fraction de seconde. Toutes ces histoires, toutes ces images, et ce qui était sorti ressemblait à du porridge. Alors, à quoi bon ?

« Donc tu crois vraiment qu'on va pouvoir les vendre, tous ces petits bouquins qu'il a écrits ? » demanda Freddy. Voilà qu'il remettait ça. « Pour une bonne somme, je veux dire ?

– Oui.

– Sans se faire choper ?

– Oui, Freddy, j'en suis sûr. »

Freddy se tut si longtemps que Morris crut le sujet clos. Puis il le rouvrit. En deux mots. Froids et secs.

« J'en doute. »

Plus tard, à nouveau sous les verrous – mais pas au Centre de Détention pour Mineurs, cette fois –, Morris se dirait : C'est à ce moment-là que j'ai décidé de les tuer.

Mais parfois, la nuit, quand il n'arrivait pas à dormir, le trou du cul poisseux et brûlant d'une sodomie au savon parmi tant d'autres dans les douches de la prison, il reconnaîtrait que c'était pas la vérité. Il avait su depuis le début. C'étaient des cons, et des criminels de longue date. Tôt ou tard (probablement plus tôt que tard), l'un d'eux se ferait choper pour autre chose et la tentation serait forte d'échanger ce qu'il savait de cette nuit-là contre une peine moins lourde, voire pas de peine du tout.

Je savais qu'ils devaient disparaître, point, se dirait-il par ces nuits carcérales où le ventre plein de l'Amérique reposait sous son traditionnel édredon de nuit. C'était inévitable.

Dans le nord de l'État de New York, les prémices de l'aube commençant à souligner les contours sombres de l'horizon derrière eux, ils prirent à l'ouest par la Route 92, une nationale plus ou moins parallèle à l'I-90 jusque dans l'Illinois où elle déviait vers le sud et se perdait dans la ville industrielle de Rockford. À cette heure-là, la route était encore quasi déserte, même s'ils entendaient (et apercevaient parfois) l'intense trafic de poids lourds sur l'autoroute à leur gauche.

Ils dépassèrent un panneau indiquant AIRE DE REPOS 3 KM et Morris pensa à *Macbeth*. Si, une fois fait, c'était fini, il serait bon que ça soit vite fait. Pas la citation exacte, peut-être, mais on n'allait pas chipoter.

« Arrête-toi là, dit-il à Freddy. Faut que j'aille vidanger.

– Y doivent avoir des distributeurs aussi », intervint le vomito à l'arrière. Curtis était en train de se redresser, les cheveux en pétard. « Je me ferais bien des crackers au beurre de cacahuètes, moi. »

Morris savait qu'il devrait renoncer s'il y avait d'autres voitures sur l'aire de repos. L'I-90 avait absorbé la plupart de la circulation inter-États qui transitait auparavant par cette route, mais une fois que le jour serait levé, la circulation locale reprendrait à tout va, lâchant ses gaz nauséabonds de Ploucville en Ploucville.

Pour le moment, l'aire de repos était déserte, en partie à cause du panneau indiquant STATIONNEMENT DE NUIT INTERDIT AUX CAMPING-CARS. Ils se garèrent et descendirent de voiture. Des oiseaux gazouillaient dans les arbres, commentant la nuit passée et le programme de la journée. Quelques feuilles d'automne – sur cette partie du globe, elles commençaient tout juste à changer de couleur – tombaient en tourbillonnant et s'éparpillaient au sol.

Curtis partit inspecter les distributeurs pendant que Morris et Freddy marchaient côte à côte vers les toilettes pour hommes. Morris ne se sentait pas spécialement nerveux. Peut-être que c'était vrai ce qu'on disait, après le premier, ça devient plus facile.

Il tint la porte à Freddy d'une main et sortit le revolver de la poche de sa veste de l'autre. Freddy lui dit merci sans se retourner. Morris laissa la porte se rabattre derrière lui avant d'élever le flingue. Il plaça le canon à moins de deux centimètres de l'arrière du crâne de Freddy Dow et pressa la détente. Dans la pièce carrelée, la détonation rendit un son fort et sec, mais de loin, n'importe qui aurait cru que c'était une moto pétaradant sur l'I-90. Non, c'était Curtis qui l'inquiétait.

Pas la peine. Curtis était toujours debout dans le coin des distributeurs, sous un avant-toit en bois et un écriteau rustique indiquant OASIS ROUTIÈRE. Il avait un sachet de crackers au beurre de cacahuètes à la main.

« T'as entendu ça ? » demanda-t-il à Morris. Puis, voyant le flingue, sur un ton honnêtement incrédule : « C'est pour quoi ?

– Pour toi », répondit Morris, et il lui tira une balle dans la poitrine.

Curtis s'effondra, mais – ce fut un choc pour Morris – il n'était pas mort. Il ne semblait même pas *près* de mourir. Il se tortillait sur le bitume. Une feuille morte lui tourbillonna devant le nez. Du sang commençait à se répandre sous lui. Il avait toujours la main refermée sur ses crackers. Il leva la tête, ses cheveux noirs et gras lui tombant dans les yeux. Derrière le rideau d'arbres, un camion passa sur la Route 92, vrombissant vers l'est.

Morris ne voulait pas tirer une deuxième fois sur Curtis : dehors, une détonation ne rendrait pas le même son creux, et puis un véhicule pouvait arriver d'un moment à l'autre.

« Si, une fois fait, c'était fini, il serait bon que ça soit vite fait, dit-il, et il posa un genou à terre.

– Tu m'as tiré dessus, dit Curtis, le souffle court, stupéfait. Putain, Morrie, tu m'as *tiré* dessus ! »

Pensant à quel point il détestait ce surnom – il l'avait détesté toute sa vie : même ses profs, qui auraient dû être plus avisés, s'étaient permis de l'appeler Morrie –, il retourna le revolver et se mit à frapper le crâne de Curtis avec la crosse. Trois coups violents accomplirent bien peu. C'était qu'un .38 après tout, et pas assez lourd pour causer plus que des dégâts mineurs. Du sang commençait à couler du cuir chevelu de Curtis et le long de ses joues mal rasées. Il gémissait en levant vers Morris un regard bleu fixe et désespéré. Il agita faiblement une main.

« Arrête, Morrie ! Arrête, ça fait *mal* ! » Merde. Merde, merde, *merde*.

Morris rangea le revolver dans sa poche. La crosse était gluante de sang et de cheveux à présent. Il retourna à la Biscayne en s'essuyant la main sur sa veste. Il ouvrit la portière côté passager, vit que la clé manquait sur le contact et murmura un *putain* dans sa barbe. Le murmura comme une prière.

Sur la 92, deux voitures passèrent, puis une camionnette UPS marron.

Il trotta jusqu'aux toilettes pour hommes, poussa la porte, s'agenouilla et se mit à fouiller les poches de Freddy. Il trouva les clés de la voiture dans sa poche avant gauche. Il se releva et courut jusqu'aux distributeurs, certain que maintenant, une voiture ou un camion serait arrivé sur l'aire de repos ; la circulation devenait toujours plus dense, *quelqu'un* allait bien devoir s'arrêter pour pisser son café du matin, et alors il devrait tuer celui ou celle-*là* aussi, et peut-être bien le suivant. L'image d'une guirlande de bonshommes en papier découpé lui vint à l'esprit.

Mais non, personne pour le moment.

Il monta dans la Biscayne, achetée en toute légalité mais portant maintenant des plaques volées immatriculées dans le Maine. Curtis Roger se contorsionnait lentement le long du trottoir en ciment menant aux toilettes, tirant avec les mains et poussant faiblement avec les pieds, laissant derrière lui une traînée de sang, tel un escargot une traînée de bave. Il était impossible d'en être vraiment sûr mais Morris pensa qu'il était peut-être bien en train d'essayer de rejoindre le téléphone payant fixé au mur entre les toilettes pour femmes et les toilettes pour hommes.

C'était pas comme ça que ça devait se passer, se dit-il en démarrant. C'était de l'improvisation stupide et il allait sûrement se faire prendre. Il repensa à ce que Rothstein lui avait dit à la fin. *Vous avez quel âge d'abord, vingt-deux ans ? Vingt-trois ans ? Qu'est-ce que vous connaissez à la vie, sans parler de la littérature ?*

« Ce que je sais, c'est que je suis pas un vendu, dit-il. Ça, je le sais. »

Il mit la Biscayne en marche avant et roula lentement vers l'homme qui se tortillait comme une anguille sur le trottoir en ciment. Il voulait foutre le camp d'ici, son cerveau lui *hurlait* de foutre le camp d'ici, mais il devait s'appliquer, pas faire plus de gâchis que le strict nécessaire.

Curtis se retourna pour regarder, les yeux immenses et horrifiés derrière la jungle de ses cheveux sales. Il leva une main dans une faible tentative pour dire *stop*, puis Morris cessa de le voir car le capot était entre eux. Il braqua prudemment et continua de rouler lentement. L'avant de la voiture monta dans une secousse le bord du trottoir. Le sapin désodorisant accroché au rétroviseur se balança et tressauta.

Rien… toujours rien… et puis la voiture franchit un autre obstacle. Il y eut un *pop* assourdi, le bruit d'une petite citrouille éclatant au micro-ondes.

Morris donna un coup de volant vers la gauche et il y eut une autre secousse alors que la Biscayne redescendait du trottoir et revenait sur le parking. Il regarda dans le rétroviseur et vit que la tête de Curtis avait disparu.

Enfin, non. Pas vraiment. Elle était toujours là, mais tout aplatie. Réduite en bouillie. Pas de talent gâché dans ce carnage-*là*, pensa Morrie.

Il roula vers la sortie et, après s'être assuré que la voie était libre, il accéléra. Il faudrait qu'il s'arrête pour examiner l'avant de la voiture, surtout le pneu qui avait écrasé la tête de Curtis, mais il voulait d'abord s'éloigner d'une bonne trentaine de kilomètres. Au moins trente.

« Je vois un lavage auto dans un futur proche », dit-il.

Il trouva ça drôle, *incommensurablement* drôle (et voilà bien un mot que ni Freddy ni Curtis n'auraient compris), et il rit longtemps et fort. Il s'en tint exactement à la vitesse limitée. Il regarda les kilomètres tourner au compteur mais même à quatre-vingts à l'heure, chaque tour semblait prendre cinq minutes. Il était sûr que le pneu avait laissé une trace de sang sur la bretelle de sortie, mais elle devait avoir disparu à présent. Depuis longtemps. Quand bien même, il était temps de rejoindre les routes secondaires, peut-être même les chemins de campagne. Le truc intelligent serait de s'arrêter et de jeter tous les carnets – le fric aussi – dans les bois. Mais ça, il le ferait pas. Non, jamais il ferait ça.

Cinquante pour cent de chances de s'en tirer, se dit-il. Peut-être plus. Après tout, personne a vu la voiture. Ni dans le New Hampshire, ni sur l'aire de repos.

Il s'arrêta sur le parking latéral d'un restaurant abandonné et inspecta la calandre de la Biscayne et le pneu droit. Ça allait plutôt dans l'ensemble, mais il y avait un peu de sang sur le pare-chocs. Il arracha une poignée d'herbe et l'essuya. Il remonta en voiture et continua vers l'ouest. Il s'attendait à tomber sur des barrages de police, mais rien.

Passé la frontière avec la Pennsylvanie, à Gowanda, il trouva une station de lavage automatique à pièces. Les brosses brossèrent, les jets rincèrent, et la voiture ressortit propre comme un sou neuf – dessus comme dessous.

Morris roulait vers l'ouest, en direction de la petite ville crade que ses habitants appelaient le Joyau des Grands Lacs. Il fallait qu'il se tienne à carreau pendant un moment maintenant, et qu'il aille voir un vieil ami. Et puis, chez soi, c'est l'endroit où quand t'arrives, on peut pas te demander de repartir – l'évangile selon Robert Frost –, et c'était particulièrement vrai quand personne était là pour pester contre le retour du fils prodigue. Avec ce cher papa envolé depuis des années, et cette chère maman passant le semestre d'automne à Princeton à donner des conférences sur les barons voleurs, la maison de Sycamore Street serait vide. Une maison laissant un peu à désirer pour une professeure prout-prout comme elle – sans parler d'une écrivaine nominée un jour pour le Pulitzer –, mais c'était la faute à ce cher papa. Lui, Morris, ça l'avait jamais dérangé d'habiter là ; c'était le ressentiment de sa mère, pas le sien.

Morris écouta les infos, mais rien sur le meurtre du romancier qui, selon le fameux article du *Time*, avait été « une voix criant aux enfants des silencieuses années cinquante de se réveiller et d'élever eux aussi la voix ». Ce silence radio était une bonne nouvelle, mais pas inattendue : selon la source de Morris à la maison de redressement, la femme de ménage de Rothstein venait seulement une fois par semaine. Il avait aussi un homme à tout faire, mais qui venait seulement à la demande. Morris et ses défunts partenaires avaient choisi leur moment en fonction, ce qui voulait dire qu'il pouvait raisonnablement espérer qu'on ne découvre pas le corps avant les six prochains jours.

Cette après-midi-là, dans la campagne de l'Ohio, il dépassa une grange reconvertie en magasin d'antiquités et fit demi-tour. Après avoir fouiné un peu, il acheta une malle à vingt dollars. Elle était vieille mais paraissait costaud. À ce prix-là, Morris trouva que c'était donné.

2010

Les parents de Pete Saubers se disputaient beaucoup maintenant. Tina appelait ces disputes les ouafis-ouafis. Pete trouvait que sa petite sœur avait de l'idée, parce que ça donnait exactement ça quand ils s'y mettaient : ouaf-ouaf, ouaf-ouaf-ouaf. Des fois, Pete avait envie de s'avancer sur le palier, en haut de l'escalier, et de leur hurler d'arrêter, bon sang, d'arrêter. *Vous faites peur aux enfants*, il avait envie de gueuler. *Y a des enfants dans cette maison,* des enfants*, vous l'avez oublié, bande de patates ?*

Pete était à la maison car les élèves inscrits au tableau d'honneur, ayant seulement étude l'après-midi et activités optionnelles après déjeuner, avaient le droit de rentrer chez eux plus tôt. La porte de sa chambre était ouverte et il entendit son père béquiller rapidement à travers la cuisine à la seconde où sa mère se garait dans l'allée. Pete était quasi certain que les festivités du jour commenceraient avec son père disant que, Ben dis donc, elle rentrait de bonne heure. Sa mère répondrait qu'il se rappellerait donc jamais que maintenant c'était le mercredi qu'elle finissait plus tôt. Alors papa répliquerait qu'il s'était toujours pas habitué à vivre dans cette partie de la ville, disant ça comme si on les avait forcés à déménager dans les bas-fonds les plus obscurs de Lowtown plutôt que dans le quartier des rues aux noms d'arbres de Northfield. Une fois sacrifié aux préliminaires, ils pourraient passer aux choses sérieuses, à la vraie prise de bec.

Pete non plus ne raffolait pas du North Side mais c'était pas si *terrible* que ça, et même à treize ans, il semblait comprendre les réalités économiques de leur situation mieux que son père. Peut-être parce que, à la différence de son père, il n'avalait pas des cachets d'OxyContin quatre fois pas jour.

Ils étaient ici parce que le collège Grace Johnson, où enseignait sa mère avant, avait été fermé dans le cadre du plan de coupes budgétaires décidé par le conseil municipal. Un bon nombre d'enseignants de GJ étaient maintenant sans emploi. Linda, au moins, avait été embauchée comme bibliothécaire *et* surveillante d'étude à l'école primaire de Northfield. Elle terminait plus tôt le mercredi parce que la bibliothèque fermait à midi. Comme toutes les autres bibliothèques scolaires. Coupes budgétaires obligent. Ça faisait enrager le père de Pete qui manquait pas de faire remarquer que les conseillers municipaux, eux, avaient pas baissé leurs *salaires*, et les traitait de foutue bande d'hypocrites du Tea Party.

Ça, Pete n'en savait rien. Ce qu'il savait, c'était que ces temps-ci, Tom Saubers enrageait à propos de tout.

La Ford Focus, leur seule voiture à présent, s'arrêta dans l'allée et maman en descendit, traînant derrière elle son vieux cartable usé. Elle contourna la plaque de givre qui se formait toujours dans le coin d'ombre sous la descente de gouttière du porche. C'était au tour de Tina d'y mettre du sel mais elle avait oublié, comme d'habitude. Maman monta les marches lentement, les épaules basses. Pete détestait la voir marcher comme ça, c'était comme si elle avait un sac de briques sur le dos. Pendant ce temps, les béquilles de papa battaient un rythme à deux temps dans le salon.

La porte d'entrée s'ouvrit. Pete attendit. Espérant quelque chose de gentil genre *Coucou, chérie, c'était comment ta matinée ?*

Tu parles.

Il avait pas exactement *envie* d'écouter leurs ouafis-ouafis mais la maison était petite et c'était pratiquement impossible de faire autrement… si, il pouvait toujours sortir, une stratégie de repli qu'il avait adoptée de plus en plus fréquemment cet hiver. Mais en tant qu'aîné, il avait parfois le sentiment que c'était son *devoir* d'écouter. M. Jacoby, son professeur d'histoire, aimait dire que savoir c'est pouvoir et Pete supposait que c'était pour ça qu'il se sentait obligé de surveiller l'escalade dans la guerre des mots que se livraient ses parents. Parce que chaque prise de bec effilochait un peu plus l'étoffe de leur couple et, un de ces jours, celle-ci finirait par craquer. Mieux valait se préparer.

Mais se préparer à quoi ? Au divorce ? Ça semblait être l'issue la plus probable. D'un côté, les choses s'arrangeraient peut-être s'ils se séparaient – Pete le ressentait de plus en plus fort, même si son esprit ne l'avait pas encore formulé de façon consciente –, mais ça signifierait quoi exactement un divorce *dans la vraie vie* (une autre des expressions favorites de M. Jacoby) ? Qui resterait et qui partirait ? Si c'était son père qui partait, comment se débrouillerait-il sans voiture alors qu'il pouvait à peine marcher ? D'ailleurs, comment l'un ou l'autre pourrait-il avoir les *moyens* de partir ? Ils étaient déjà fauchés.

Au moins, Tina n'était pas là pour l'échange animé de vues parentales du jour : elle était encore à l'école et ne rentrerait probablement pas avant le dîner. Elle avait fini par se faire une copine, une fille aux dents de cheval qui s'appelait Ellen Briggs et qui habitait au croisement de Sycamore et Elm. Pete trouvait que Ellen avait le QI d'un hamster, mais au moins, Tina était pas constamment en train de se morfondre à la maison, nostalgique de ses copines de leur ancien quartier, et aussi parfois en train de pleurer. Pete détestait quand Tina pleurait.

En attendant, éteignez vos portables et vos bipers, les amis. Les lumières baissent et l'épisode de cette après-midi de *On est Dans la Merde Jusqu'au Cou* va commencer.

TOM : Dis donc, tu rentres de bonne heure.

LINDA (avec lassitude) : Tom, on est…

TOM : Mercredi, je sais. La bibliothèque ferme plus tôt.

LINDA : T'as encore fumé dans la maison. Ça sent la cigarette.

TOM (commençant à prendre la mouche) : Une seule. Dans la cuisine. Avec la fenêtre ouverte. Y a du verglas sur les marches de derrière, je voulais pas risquer la chute. Pete a encore oublié de mettre du sel.

PETE (en aparté) : Comme il est censé le savoir, puisque c'est lui qui a fait le tableau des corvées, cette semaine c'est au tour de Tina de saler. Les pilules d'OxyCotin qu'il prend sont pas juste contre la douleur, elles rendent aussi débile.

LINDA : Ça sent quand même et tu sais qu'il est précisément spécifié dans le bail qu'il est interdit…

TOM : Ça va, OK, j'ai compris. La prochaine fois j'irai dehors, au risque de tomber de mes béquilles.

LINDA : C'est pas *seulement* à cause du bail, Tommy. Le tabagisme passif est mauvais pour les enfants. On en a déjà parlé.

TOM : Et reparlé…

LINDA : (s'enfonçant en eaux toujours plus profondes) : Et puis, ça coûte combien un paquet de cigarettes maintenant ? Quatre cinquante ? Cinq ?

TOM : Pour l'amour du Ciel, je fume un paquet par *semaine* !

LINDA (enfonçant les défenses de Tom d'un assaut de panzer arithmétique) : À cinq dollars le paquet, ça fait vingt dollars par mois. Et tout ça pris sur mon salaire puisque c'est le seul…

TOM : Et allez, c'est reparti…

LINDA : … qu'on a maintenant.

TOM : T'aimes remuer le couteau dans la plaie, toi, hein ? Tu crois peut-être que je me suis fait rouler dessus exprès. Pour que je puisse rester à la maison à me tourner les pouces.

LINDA (après un long silence) : Il reste du vin ? J'aurais bien besoin d'un demi-verre, là.

PETE (en aparté) : Dis oui, papa. Dis oui.

TOM : Non, fini. Mais tu veux peut-être que je me traîne en béquilles jusqu'au Zoney's pour en racheter ? Évidemment, tu devras m'accorder une avance sur mon *argent de poche*.

LINDA (au bord des larmes) : Tu te comportes comme si ce qui t'était arrivé était de ma faute.

TOM (criant) : C'est la faute à *personne* et c'est bien ça qui me rend dingue ! Tu comprends pas ça ? Ils ont même pas réussi à choper le type qui l'a fait !

À ce stade, Pete décida qu'il en avait assez. C'était une pièce débile. Ses parents s'en rendaient peut-être pas compte, mais lui, oui. Il referma son manuel de littérature. Il lirait le texte demandé – un truc d'un certain John Rothstein – ce soir. Pour le moment, il fallait qu'il sorte et qu'il respire un peu d'air frais.

LINDA (doucement) : Au moins, t'es pas mort.

TOM (virant totalement dans le mélo) : Des fois, je me dis que ça aurait mieux valu. Regarde-moi, accro à l'Oxy et souffrant quand même le martyre parce que cette merde me fait plus rien sauf si j'en prends assez pour me plonger dans le coma. À vivre sur le salaire de ma femme – amputé de mille dollars grâce à ces putains d'hypocrites du Tea Party…

LINDA : Surveille ton lang…

TOM : Notre maison ? Finie. Le fauteuil roulant électrique ? Fini. Nos économies ? Quasi finies. Et maintenant, je peux même pas fumer une putain de clope !

LINDA : Si tu crois que ça va arranger les choses de pleurnicher, je t'en prie, continue, mais…

TOM (hurlant) : T'appelles ça pleurnicher ? J'appelle ça être réaliste. Tu veux que j'enlève mon pantalon pour que tu puisses bien voir ce qui reste de mes jambes ?

Pete flotta en chaussettes jusqu'en bas des marches. Le salon était juste là, au pied de l'escalier, mais ils le virent même pas : ils étaient face à face, trop occupés à jouer une pièce de théâtre complètement à chier pour laquelle personne achèterait jamais de billets. Son père dressé comme un coq sur ses béquilles, les yeux rouges et les joues broussailleuses de barbe, sa mère tenant son sac à main devant ses seins comme un bouclier et se mordant les lèvres. C'était horrible. Et le pire dans tout ça ? C'est qu'il les aimait.

Son père avait oublié de mentionner le Fonds d'Urgence, mis en place un mois après le Massacre du City Center par le dernier journal papier de la ville, en collaboration avec trois chaînes de télé locales. Brian Williams y avait même consacré un reportage dans *NBC Nightly News* – comment cette petite ville courageuse s'était serré les coudes quand la catastrophe avait frappé, toutes ces âmes charitables, toutes ces mains tendues et tout ces bla-bla-bla, et maintenant, une courte page de pub. Le Fonds d'Urgence avait donné bonne conscience aux gens pendant genre six jours. Ce que les médias avaient omis de dire, c'était que le Fonds d'Urgence avait récolté bien peu, même avec les marches de bienfaisance, les courses à vélo de bienfaisance, et un concert du chanteur arrivé deuxième à *American Idol.* Le Fonds d'Urgence était maigre parce que les temps étaient durs pour tout le monde. Et bien sûr, l'argent collecté avait dû être partagé. La famille Saubers avait reçu un chèque de mille deux cents dollars, puis un de cinq cents, puis un de deux cents. Le chèque du mois dernier, marqué DERNIER VERSEMENT, s'élevait à cinquante dollars.

Waouh.

Pete se faufila dans la cuisine, attrapa ses bottes et son manteau et sortit. La première chose qu'il remarqua, c'était qu'il n'y avait pas du tout de verglas sur le perron de derrière ; son père avait carrément menti. Il faisait trop doux pour que ça gèle, du moins au soleil. Le printemps ne serait pas là avant six semaines mais le dégel avait commencé depuis déjà presque une semaine et il ne restait plus que quelques carrés de neige durcie sous les arbres dans le jardin de derrière. Pete le traversa jusqu'à la clôture et se glissa de l'autre côté du portail.

S'il y avait un avantage à vivre dans les rues aux noms d'arbres du North Side, c'était la friche qui s'étendait derrière Sycamore. Elle était facilement aussi grande qu'un pâté de maisons, deux hectares broussailleux de sous-bois et d'arbres rabougris descendant en pente vers un ruisseau gelé. Le père de Pete disait que le terrain était abandonné depuis longtemps et qu'il y avait fort à parier qu'il le reste encore longtemps, à cause d'une interminable querelle juridique à propos de qui en était le propriétaire et de ce qu'on pouvait y construire.

« En fin de compte, les seuls gagnants dans ce genre de conflits, ce sont les avocats, avait-il dit à Pete. Souviens-toi bien de ça. »

De l'avis de Pete, les enfants qui voulaient se refaire une petite santé mentale loin de leurs parents étaient aussi gagnants.

Un chemin sinueux coupait en diagonale à travers les arbres dépouillés par l'hiver et débouchait sur le Centre Aéré de Birch Street, ce bon vieux foyer des jeunes de Northfield dont les jours étaient à présent comptés. À la belle saison, des grands traînaient sur ce sentier, et autour. Ils fumaient des cigarettes et de l'herbe, buvaient des bières et couchaient probablement avec leurs copines. Mais pas à cette période de l'année. Pas de grands, ça voulait dire pas d'emmerdements.

Parfois, si ses parents se prenaient sérieusement le bec, c'est-à-dire de plus en plus souvent, Pete emmenait sa sœur avec lui. Quand ils arrivaient au Centre Aéré, il tiraient quelques paniers, regardaient des vidéos ou jouaient aux dames. Il ne voyait pas où il pourrait l'emmener une fois que le Centre Aéré serait fermé. Y avait aucun endroit où aller à part au Zoney's, la supérette du quartier. Quand il était seul, il n'allait généralement pas plus loin que le ruisseau où il jetait des cailloux dans l'eau si elle coulait ou faisait des ricochets sur la glace si elle était gelée. Pour voir s'il pouvait faire des trous dedans. En profitant du calme.

Les prises de bec étaient suffisamment inquiétantes comme ça, mais sa plus grande crainte c'était que son père – toujours un peu shooté à l'Oxy maintenant – lève carrément la main sur sa mère. Ça ferait presque à coup sûr craquer l'étoffe déjà bien effilochée de leur couple. Et dans le cas contraire ? Si maman encaissait les coups sans broncher ? Ça serait encore pire.

Ça arrivera jamais, se disait Pete. Papa ferait jamais ça.

Oui, mais, s'il le faisait ?

Le ruisseau était toujours couvert de glace cette après-midi, mais elle avait l'air pourrie et il y avait de grosses taches jaunes dedans comme si un géant s'était arrêté pour pisser. Pete n'allait pas se risquer à marcher dessus. Il ne se noierait pas ni rien si la glace craquait – l'eau n'arrivait pas plus haut que la cheville – mais il n'avait aucune envie de rentrer à la maison et d'avoir à expliquer pourquoi son pantalon et ses chaussettes étaient mouillés. Il s'assit sur un tronc d'arbre couché et lança quelques cailloux (les plus petits ricochaient et roulaient, les plus gros passaient à travers les taches jaunes), puis regarda simplement le ciel un moment. De gros nuages cotonneux flottaient là-haut, plus du genre nuages de printemps que d'hiver, bougeant d'ouest en est. Y en avait un qui ressemblait à une vieille femme avec une bosse dans le dos (ou peut-être un sac à dos) ; y avait un lapin, un dragon, y en avait un qui ressemblait à…

Sur sa gauche, un léger bruit d'éboulement détourna son attention. Il se retourna et vit qu'une partie de la berge en saillie, fragilisée par une semaine de fonte des neiges, avait cédé, exposant les racines d'un arbre qui penchait déjà dangereusement. L'espace dégagé par l'éboulement ressemblait à une grotte, et, sauf méprise – ça pouvait être juste une ombre –, il y avait quelque chose dans le fond.

Pete marcha jusqu'à l'arbre, attrapa l'une de ses branches nues et se pencha pour regarder de plus près. Y avait bien quelque chose là-dedans, et ça avait l'air plutôt grand. Le côté d'une caisse, peut-être ?

Il négocia la pente de la berge, façonnant des marches de fortune en creusant la terre boueuse du talon de ses chaussures. Arrivé en dessous du petit glissement de terrain, il s'accroupit. Il aperçut du cuir noir craquelé et des garnitures en métal rivetées. Il y avait aussi une poignée de la taille d'un étrier sur le côté. C'était une malle. Quelqu'un avait enterré une malle ici.

Aussi excité que curieux à présent, Pete attrapa la poignée et tira. La malle ne bougea pas d'un pouce. Elle était bien calée là-dedans. Pete tira une deuxième fois, mais juste pour la forme. Il n'arriverait pas à la sortir. Pas sans outils.

Il resta accroupi, laissant ses mains pendre entre ses cuisses, comme son père le faisait avant que c'en soit fini pour lui de s'accroupir. Fixant du regard la malle qui pointait hors de la terre noire enchevêtrée de racines. C'était probablement fou de penser à *L'Île au trésor* (et aussi au « Scarabée d'or », une nouvelle qu'ils avaient lue en cours d'anglais l'année d'avant), mais il y pensait. Et était-ce vraiment fou ? Était-ce vraiment si fou que ça ? En plus de leur répéter que savoir c'est pouvoir, M. Jacoby soulignait toujours l'importance de la pensée logique. Et n'était-ce pas logique de penser que personne n'irait enterrer une malle dans les bois si elle ne contenait pas quelque chose de précieux ?

Ça faisait longtemps qu'elle était là, en plus. Ça se voyait rien qu'à la regarder. Le cuir était craquelé et gris par endroits au lieu de noir. Pete avait dans l'idée que s'il tirait de toutes ses forces sur la poignée et continuait de tirer, elle risquait de casser. Les garnitures en métal étaient ternes et piquetées de rouille.

Il parvint à une décision et se dépêcha de remonter le chemin jusqu'à la maison. Il repassa le portail, alla à la porte de la cuisine et tendit l'oreille. Aucune voix et la télé était éteinte. Son père était probablement parti faire la sieste dans la chambre (celle du rez-de-chaussée, où papa et maman devaient dormir maintenant, même si elle était petite, parce que papa pouvait plus trop monter les marches). Maman était peut-être allée avec lui, ils se réconciliaient parfois comme ça, mais il y avait plus de chances qu'elle soit dans la buanderie, qui lui servait aussi de bureau, à travailler sur son CV et à postuler pour des offres d'emploi en ligne. Son père avait peut-être baissé les bras (et Pete devait admettre qu'il avait ses raisons), mais sa mère, non. Elle voulait retourner à l'enseignement à plein temps, et pas seulement pour l'argent.

Ils avaient un petit garage séparé de la maison mais sa mère n'y garait jamais la Focus à moins qu'une tempête de neige soit annoncée. Il était plein de bazar de leur ancienne maison qu'ils ne pouvaient pas caser dans cette maison de location plus petite. Il y avait la caisse à outils de son père (Tom avait mis les outils en vente sur Craigslist ou quelque chose du genre mais il n'avait pas pu obtenir ce qu'il estimait être un prix correct pour le lot), quelques-uns de leurs vieux jouets, la caisse de sel et la pelle, et du matériel de jardinage appuyé contre le mur du fond. Pete choisit une pelle et repartit vers le chemin en courant, la tenant devant lui comme un soldat son fusil.

Utilisant les marches qu'il avait façonnées dans la terre, il redescendit presque jusqu'au niveau de l'eau et s'attaqua au petit glissement de terrain qui avait révélé la malle. À l'aide de la pelle, il remit autant de terre qu'il put dans la cavité sous l'arbre. Il ne parvint pas à couvrir complètement les racines, qui restèrent apparentes, mais il réussit à recouvrir l'extrémité de la malle, et c'était tout ce qu'il voulait.

Pour le moment.

Il y eut un peu de ouafi-ouafi au dîner, mais pas trop, et ça ne sembla pas perturber Tina, mais plus tard elle vint retrouver Pete dans sa chambre juste au moment où il finissait ses devoirs. Elle avait mis son pyjama-grenouillère et traînait derrière elle Mme Beasley, sa dernière poupée-doudou et la plus importante de toutes. C'était comme si elle avait de nouveau cinq ans.

« Pitou, je peux venir dans ton lit pas longtemps ? J'ai fait un mauvais rêve. »

Il envisagea de la renvoyer dans sa chambre, puis (des images de la malle enterrée miroitant dans son esprit) décida que ça pourrait lui porter malheur. Ça serait aussi méchant de sa part, vu les cernes noirs qu'elle avait sous ses jolis yeux.

« Bon, d'accord, pas longtemps. Mais que ça devienne pas une habitude. »

Une des expressions favorites de leur mère.

Tina se glissa dans le lit et se poussa contre le mur – sa position préférée pour dormir, comme si elle avait l'intention de rester là toute la nuit. Pete referma son manuel de Sciences de la Terre, s'assit à côté d'elle et grimaça.

« Alerte à la Poupée, Teenie. J'ai la tête de Mme Beasley qui me rentre dans les fesses.

– Je vais la rouler en boule à mes pieds. Là. C'est mieux comme ça ?

– Et si elle s'étouffe ?

– Elle respire pas, idiot. C'est qu'une poupée et Ellen elle dit que j'en aurai marre bientôt.

– Ellen a rien dans le ciboulot.

– C'est ma copine. » Pete nota avec un certain amusement qu'elle n'avait pas exactement opposé un démenti. « Mais elle a sûrement raison. Tout le monde grandit.

– Pas toi. Tu seras toujours ma petite sœur. Et t'endors pas. Tu retournes dans ta chambre dans cinq minutes.

– Dix.

– Six. »

Elle réfléchit.

« OK. »

Un grognement étouffé leur parvint depuis le rez-de-chaussée, suivi du claquement des béquilles. Pete suivit le bruit jusque dans la cuisine où son père s'assoirait, allumerait une cigarette et soufflerait la fumée par la porte de derrière grande ouverte. Ce qui déclencherait la chaudière, et la chaudière brûlait pas du mazout, d'après leur mère, mais des billets de banque.

« Tu crois qu'ils vont divorcer ? »

Pete reçut un double choc : celui de la question d'abord, puis de son pragmatisme adulte. Il s'apprêtait à dire : Non, bien sûr que non, et puis il se rappela à quel point il détestait les films où les adultes mentent aux enfants, autant dire *tous* les films.

« Je sais pas. Pas ce soir, en tout cas. Les tribunaux sont fermés. »

Tina gloussa. C'était probablement bon signe. Il attendit qu'elle dise autre chose. Mais non. Les pensées de Pete retournèrent à la malle enterrée sous la berge, au pied de l'arbre. Il avait réussi à tenir ces pensées à distance pendant qu'il faisait ses devoirs, mais…

Non, c'est pas vrai. J'y ai pensé tout le temps.

« Teenie ? T'as pas intérêt à t'endormir.

– Je m'endors pas… »

Mais pas loin, d'après le son de sa voix.

« Qu'est-ce que tu ferais si tu trouvais un trésor ? Un coffre enterré rempli de bijoux et de doublons d'or ?

– C'est quoi des doublons ?

– Des pièces d'autrefois.

– Je le donnerais à papa et maman. Pour qu'ils se disputent plus. Pas toi ?

– Si, dit Pete. Allez, retourne dans ton lit maintenant, avant que je doive te porter moi-même. »

L'assurance-maladie de Tom Saubers ne lui donnait plus droit qu'à deux jours de rééducation par semaine maintenant. Un fourgon médical venait le chercher tous les lundis et vendredis à neuf heures et le ramenait à seize heures, après l'hydrothérapie et une réunion où des gens souffrant de blessures de longue durée et de douleurs chroniques s'asseyaient en cercle et parlaient de leurs problèmes. Tout ça pour dire que ces jours-là, il n'y avait personne à la maison pendant sept heures.

Le jeudi soir, Pete alla se coucher en se plaignant d'avoir mal à la gorge. Le lendemain matin, il se leva en disant qu'il avait toujours mal et qu'en plus, il pensait avoir de la fièvre.

« C'est vrai, tu as le front brûlant », dit Linda après avoir posé la face interne de son poignet sur son front. Pete l'espérait bien, après avoir gardé la figure au ras de sa lampe de chevet avant de descendre. « Si ça ne va pas mieux demain, il faudra aller voir le docteur.

– Ça c'est une idée ! » s'exclama Tom depuis son côté de la table où il tripatouillait ses œufs brouillés. On aurait dit qu'il n'avait pas dormi de la nuit. « Un spécialiste, peut-être ! Laissez-moi juste appeler Shorty le Chauffeur. Tina est prioritaire sur la Rolls pour son cours de tennis au country-club mais je crois que la Lincoln est disponible. »

Tina rigola. Linda lança un regard noir à Tom mais, avant qu'elle puisse lui répondre, Pete dit qu'il se sentait pas *si* mal que ça, qu'un jour de repos à la maison suffirait sûrement à le retaper. Et que sinon, le week-end le ferait.

« Je suppose. » Sa mère soupira. « Tu veux manger quelque chose ? »

Oui, il avait faim, mais il jugea préférable de rien dire vu qu'il était censé être malade. Il mit ses mains devant sa bouche et fit semblant de tousser.

« Non, peut-être juste un peu de jus de fruits. Et puis je crois que je vais remonter me coucher. »

Tina quitta la maison la première, sautillant jusqu'au coin de la rue où Ellen et elle discuteraient de tous les trucs bizarres dont discutent les filles de neuf ans en attendant le bus scolaire. Puis, maman partit pour son école avec la Focus. Et enfin papa, qui béquilla dans l'allée jusqu'au fourgon médical qui l'attendait. Pete le regarda s'éloigner depuis la fenêtre de sa chambre, trouvant que son père avait l'air plus petit qu'avant. Les cheveux qui dépassaient de sa casquette Groundhogs avaient commencé à grisonner.

Le fourgon parti, Pete s'habilla en vitesse, attrapa un des sacs de courses réutilisables que sa mère gardait dans le cellier et fila au garage. Il prit un marteau et un burin dans la caisse à outils de son père et les jeta dans le sac. Il s'empara de la pelle, s'apprêta à sortir puis fit demi-tour et prit aussi le pied-de-biche. Il avait jamais été scout mais il croyait à la devise Toujours Prêt.

Le matin était assez froid pour qu'il voie la condensation de son souffle mais, lorsqu'il eut creusé suffisamment autour de la malle pour sentir qu'il avait une chance de la dégager, la température avait monté et il transpirait sous son manteau. Il le suspendit à une branche basse et scruta les environs pour s'assurer qu'il était toujours seul au bord du ruisseau (il avait déjà fait ça plusieurs fois). Rassuré, il ramassa de la terre et se frictionna la paume des mains avec, comme un batteur de base-ball se préparant à frapper. Il saisit la poignée sur le côté de la malle, sans oublier de se préparer à ce qu'elle craque. La dernière chose qu'il voulait, c'était dégringoler la berge cul par-dessus tête. S'il tombait à l'eau, il pourrait réellement choper la crève.

Probablement rien d'autre là-dedans qu'un tas de vieux habits moisis, de toute façon… oui, mais pourquoi quelqu'un irait enterrer une malle remplie de vieux habits ? Pourquoi pas juste les brûler ou les donner au Goodwill ?

Une seule façon de le savoir.

Pete inspira profondément, retint son souffle, et tira. La malle resta où elle était et la vieille poignée poussa un grincement menaçant, mais Pete fut encouragé. Il s'aperçut qu'il pouvait remuer légèrement la malle d'un côté à l'autre. Ça lui rappela quand son père nouait un fil autour des dents de lait de Tina et tirait d'un coup sec lorsqu'elles ne voulaient pas tomber toutes seules.

Il s'agenouilla (en se souvenant qu'il ferait bien de laver son jean en rentrant ou alors de l'enfouir loin dans son placard) et regarda au fond du trou. Il vit qu'une racine s'était refermée sur l'arrière de la malle tel un bras possessif. Attrapant la pelle à la base du manche, il entreprit de la trancher. La racine était épaisse mais, après plusieurs interruptions, il finit par la sectionner. Il posa la pelle de côté et saisit à nouveau la poignée. La malle avait plus de jeu à présent, elle était sur le point d'être dégagée. Il jeta un coup d'œil à sa montre. Dix heures et quart. Il pensa à sa mère l'appelant pendant sa pause pour savoir comment il allait. Pas très grave s'il répondait pas, elle penserait juste qu'il dormait, mais il se dit de pas oublier de vérifier le répondeur à son retour. Il reprit la pelle et creusa autour de la malle, dégageant la terre et sectionnant des racines plus petites. Puis il se saisit à nouveau de la poignée.

« Cette fois-ci, saloperie, dit-il. Cette fois-ci, c'est la bonne. »

Il tira. La malle glissa vers lui si soudainement et avec une telle facilité que Pete serait tombé s'il n'avait pas eu les pieds solidement écartés. La malle penchait en dehors du trou à présent, le couvercle parsemé de terre. Il voyait les fermoirs à levier à l'ancienne sur le devant, comme sur une gamelle d'ouvrier. Et aussi un gros cadenas. Il attrapa de nouveau la poignée, et cette fois elle craqua.

« Enfoirax », dit Pete en regardant ses mains.

Elles étaient rouges et palpitaient.

Bon, on ne va pas s'arrêter en si bon chemin (une autre expression fétiche de maman). Il agrippa comme il put la malle à bras-le-corps et se balança en arrière sur ses talons. Cette fois-ci, elle sortit entièrement de sa cachette, relique humide et sale aux ferrures rouillées revoyant certainement le soleil pour la première fois depuis des années. Elle faisait environ quatre-vingts centimètres de long sur au moins cinquante de profondeur. Peut-être plus. Pete soupesa un côté et estima qu'elle devait peser dans les trente kilos, la moitié de son poids à lui, mais il était impossible d'évaluer le poids du contenu par rapport au poids de la malle seule. Dans tous les cas, c'était pas des doublons : si la malle avait été remplie d'or, jamais il n'aurait été capable de la sortir, encore moins de la soulever.

Il releva les fermoirs, déclenchant de petites avalanches de terre, puis se pencha sur le cadenas, prêt à le faire sauter d'un coup de marteau et de burin. Et s'il s'ouvrait toujours pas après ça – et il s'ouvrirait certainement pas –, alors il prendrait le pied-de-biche. Mais d'abord... qui ne tente rien n'a rien...

Il saisit le couvercle de la malle qui s'ouvrit dans un crissement de gonds encrassés. Plus tard, il présumerait que quelqu'un l'avait achetée d'occasion, probablement à un bon prix puisque la clé manquait, mais pour le moment, il se contentait de la fixer du regard. Oubliés son ampoule à la main, son dos et ses cuisses endoloris, la sueur dégoulinant sur son visage strié de terre. Oubliés sa mère, son père, sa sœur. Oubliés aussi les ouafis-ouafis, du moins pour le moment.

L'intérieur de la malle avait été doublé de plastique transparent afin de protéger le contenu de l'humidité. En dessous, il apercevait ce qui ressemblait à des piles de carnets. Il se servit du tranchant de sa paume comme d'un essuie-glace pour essuyer un croissant de fines gouttelettes sur le plastique. C'était bien des carnets, de beaux carnets, très certainement reliés en cuir. Il devait bien y en avoir une centaine. Mais ce n'était pas tout. Il y avait aussi des enveloppes, comme celles que sa mère ramenait à la maison après avoir encaissé un chèque. Pete écarta le plastique et regarda fixement l'intérieur de la malle à moitié pleine. Les enveloppes portaient les mentions GRANITE STATE BANK et « *Votre Amie Pour La Vie !* ». Plus tard, il remarquerait certaines différences entre ces enveloppes et celles que sa mère ramenait de la Corn Bank and Trust – pas d'adresse e-mail sur celles-ci, et rien sur les retraits par carte –, mais pour le moment, il les fixait juste du regard. Son cœur battait si fort qu'il voyait des points noirs palpiter devant ses yeux et il se demanda s'il allait pas s'évanouir.

Que dalle, oui, il était pas une fille.

Peut-être, mais il se sentait indéniablement vaseux et il s'aperçut qu'une partie du problème venait du fait que depuis qu'il avait ouvert la malle, il avait oublié de respirer. Il inspira profondément, expira et inspira de nouveau. Jusqu'au fond des orteils, on aurait dit. Il retrouva ses esprits, mais son cœur cognait plus fort que jamais et ses mains tremblaient.

Ces enveloppes de banque seront vides. Tu le sais, hein ? Les gens trouvent de l'argent enterré dans les livres et les films, mais pas dans la vraie vie.

Sauf qu'elles paraissaient *pas* vides. Elles paraissaient *archi-pleines*.

Pete tendit la main pour en prendre une, puis retint son souffle en entendant un froissement de l'autre côté du ruisseau. Il se retourna brusquement et vit deux écureuils, pensant probablement que le dégel de la semaine signifiait le retour du printemps, en train de batifoler dans les feuilles mortes. Ils s'élancèrent en haut d'un arbre, queue frémissante.

Pete retourna à la malle et s'empara d'une enveloppe. Le rabat était juste rentré, pas collé. Il le souleva d'un doigt gourd alors que la température avait bien monté maintenant. Il appuya sur les côtés de l'enveloppe pour l'ouvrir et regarda à l'intérieur.

De l'argent.

Des billets de vingt et de cinquante.

« Seigneur Jésus mon Dieu qui êtes aux Cieux », murmura Pete Saubers.

Il sortit la liasse de billets de l'enveloppe et essaya de compter mais ses mains tremblaient trop et il en laissa tomber quelques-uns. Ils voletèrent dans l'herbe et, avant qu'il les rassemble à la hâte, son cerveau surchauffé lui jura avoir vu Ulysses Grant lui faire un clin d'œil depuis un billet de cinquante.

Il compta. Quatre cents dollars. Quatre cents dollars dans cette seule enveloppe, et il y en avait des *dizaines*.

Il réenfonça les billets dans l'enveloppe – pas facile parce que maintenant ses mains grelottaient encore plus que celles de Grampa Fred la dernière ou les deux dernières années de sa vie. Il jeta l'enveloppe dans la malle et regarda autour de lui, les yeux écarquillés et exorbités. Les bruits de la circulation, qui ici dans cette friche broussailleuse lui avaient toujours paru légers, lointains et insignifiants, lui semblaient maintenant proches et menaçants. Non, c'était pas l'île au Trésor ; c'était une ville de plus d'un million d'habitants dont beaucoup actuellement au chômage auraient adoré posséder ce qu'il y avait dans cette malle.

Réfléchis, se dit Pete Saubers. *Réfléchis*, bon sang. C'est la chose la plus importante qui te soit jamais arrivée, peut-être même la chose la plus importante qui t'arrivera *jamais*, alors réfléchis, et bien.

Ce fut d'abord Tina qui lui vint à l'esprit, blottie contre le mur dans son lit. *Qu'est-ce que tu ferais si tu trouvais un trésor ?* lui avait-il demandé.

Je le donnerais à papa et maman, avait-elle répondu.

Mais imagine que maman veuille le rendre ?

C'était une question importante. Papa non, jamais – Pete le savait –, mais maman était différente. Elle avait des idées bien arrêtées sur ce qui était bien et ce qui l'était pas. S'il leur montrait cette malle et ce qu'il y avait dedans, ça risquait de déclencher le pire ouafi-ouafi à propos d'argent de tous les temps.

« Le rendre *à qui*, en plus ? murmura Pete. À la banque ? »

C'était ridicule.

Ou pas ? Imagine que cet argent soit vraiment un trésor de pirates, pas de flibustiers mais de braqueurs de banques ? Mais alors, pourquoi il était dans des enveloppes, comme pour les retraits ? Et tous ces carnets noirs, alors ?

Il pourrait réfléchir à tout ça plus tard, mais pas maintenant : pour le moment, il devait *agir*. Il consulta sa montre et vit qu'il était déjà onze heures moins le quart. Il avait encore du temps, mais il devait l'utiliser.

« Le temps, c'est de l'argent », murmura-t-il.

Et il commença à jeter les enveloppes de liquide GRANITE STATE BANK dans le sac à commissions en toile contenant le marteau et le burin. Il expédia le sac en haut de la berge et le recouvrit de son manteau. Il bourra le plastique dans la malle, referma le couvercle et la repoussa dans le trou à grand renfort de muscles. Il fit une pause le temps d'essuyer son front poisseux de terre et de sueur, puis empoigna la pelle et se mit à pelleter comme un dingue. Il recouvrit la malle – presque entièrement –, s'empara du sac et de son manteau et remonta le chemin de la maison en courant. Il cacherait le sac au fond de son placard, ça ferait l'affaire pour le moment, et irait voir s'il y avait un message de sa mère sur le répondeur. Si tout était OK côté maman (et si papa était pas rentré plus tôt de sa thérapie – ça, ce serait horrible), il pourrait se dépêcher de retourner au ruisseau pour tenter de mieux cacher la malle. Il jetterait peut-être un coup d'œil aux carnets plus tard mais, alors qu'il remontait chez lui par cette matinée ensoleillée de février, sa seule préoccupation était qu'il puisse y avoir d'autres enveloppes d'argent parmi eux. Ou en dessous.

Je dois prendre une douche, se dit-il. Et nettoyer la terre dans la baignoire après, pour pas qu'elle me demande ce que je trafiquais dehors alors que je suis censé être malade. Je dois être vraiment prudent, et je peux en parler à personne. Personne du tout.

Sous la douche, il eut une idée.

1978

Chez soi, c'est là où quand t'arrives, on peut pas te demander de repartir, mais quand Morris arriva à la maison de Sycamore Street, il n'y avait aucune lumière pour éclaircir les ténèbres du soir et personne pour l'accueillir à la porte. Qui aurait-il bien pu y avoir ? Sa mère était dans le New Jersey, en train de donner des conférences sur la façon dont une bande d'hommes d'affaires du dix-neuvième siècle avait essayé de piller l'Amérique. De donner des conférences à des étudiants de master qui prendraient probablement la relève pour voler tout ce dont ils pourraient s'emparer dans leur poursuite du Billet d'Or. Certains auraient sans doute dit que Morris aussi s'était lancé à la poursuite de quelques Billets d'Or dans le New Hampshire, mais c'était pas ça. Il y était pas allé pour l'argent.

Il voulait mettre la Biscayne au garage et hors de vue. Putain non, il voulait *se débarrasser* de la Biscayne, mais ça devrait attendre. Sa priorité immédiate, c'était Pauline Muller. La plupart des gens dans Sycamore étaient tellement scotchés à leur poste de télé qu'une fois la première partie de la soirée commencée, ils n'auraient même pas vu un OVNI atterrir sur leur pelouse, mais c'était pas le cas de Mme Muller : la voisine des Bellamy avait élevé l'espionnage au rang d'art. C'est donc chez elle qu'il se rendit en premier.

« Oh, mais regardez qui voilà ! glapit-elle en ouvrant la porte… comme si elle était pas en train de zieuter par la fenêtre de la cuisine quand Morris s'était garé dans l'allée. Morrie Bellamy ! En chair et en os et beau comme un dieu ! »

Morris afficha son plus beau sourire *oh-vous-alors.*

« Comment allez-vous, madame Muller ? »

Elle le serra dans une étreinte dont Morris se serait passé mais qu'il lui rendit docilement. Elle tourna ensuite la tête, ébranlant ses bajoues et son double menton, et cria :

« Bert ! *Bertie !* C'est Morrie Bellamy ! »

Depuis le salon lui parvint un triple grognement qui aurait pu correspondre à un *Comment tu vas.*

« Entre donc, Morrie ! Entre, entre ! Je vais faire du café ! Et devine quoi ? » Elle remua ses sourcils noirs colorés d'une manière horriblement aguicheuse. « Il y a du quatre-quarts Sara Lee !

– Ça m'a l'air fameux tout ça, mais je rentre à peine de Boston. J'ai fait la route d'une traite, je suis plutôt claqué. Je voulais pas que vous vous inquiétiez en voyant les lumières et que vous appeliez la police. »

Elle lâcha un rire perçant, plutôt un hurlement de singe.

« Tu es si *prévenant* ! Mais tu l'as toujours été. Comment va ta mère, Morrie ?

– Bien. »

Il n'en avait aucune idée. Depuis son séjour en maison de redressement et son échec au City College à l'âge de vingt et un ans, les relations qu'entretenaient Morris et Anita Bellamy se résumaient aux coups de téléphone protocolaires. Glacials mais courtois. Après une ultime dispute, la nuit de son arrestation pour effraction et autres broutilles, ils avaient pour ainsi dire renoncé l'un à l'autre.

« Dieu que tu as pris du muscle, dit Mme Muller. Les filles doivent *adorer* ça. Tu étais si *maigrichon* à l'époque.

– C'est d'avoir travaillé dans le bâtiment, ça.

– Dans le *bâtiment* ! *Toi !* Doux Jésus ! Bertie ! *Morris a travaillé dans le bâtiment !* »

Quelques grognements de plus leur parvinrent du salon.

« Oui, mais le boulot a fini par manquer et je suis rentré. Maman m'a dit que j'étais le bienvenu si je voulais utiliser la maison, sauf si elle arrivait à la louer, mais je vais probablement pas rester longtemps. »

Comme ce pronostic s'était révélé juste…

« Viens donc dans le salon, Morrie, viens dire bonjour à Bert.

– Je ferais mieux de remettre ça à plus tard. » Afin de prévenir tout harcèlement supplémentaire, il cria : « *Salut, Bert !* »

Encore un grognement, inintelligible par-dessus les rires enregistrés de *Welcome Back, Kotter*.

« Demain, alors », dit Mme Muller avec ce même frétillement de sourcils. On aurait dit qu'elle faisait une imitation de Groucho. « Je mets le quatre-quarts de côté. Et je pourrais même *fouetter* un peu de *crème*.

– Super », dit Morris.

Il y avait peu de chances que Mme Muller meure d'une crise cardiaque avant le lendemain, mais c'était toujours possible. Comme disait un autre grand poète : l'espoir jaillit, éternel, dans le cœur humain.

Les clés de la maison et du garage étaient suspendues à leur endroit habituel, sous l'avant-toit à droite du perron. Morris mit la Biscayne au garage et déposa la malle qu'il avait dégotée chez l'antiquaire sur le sol en béton. Ça le démangeait de se mettre à la lecture du quatrième roman de Jimmy Gold, mais les carnets étaient tous en pagaille et, en plus, ses yeux se fermeraient avant qu'il ait lu une seule page de l'écriture minuscule de Rothstein : il était vraiment crevé.

Demain, se jura-t-il. Quand j'aurai parlé à Andy, que j'en saurai un peu plus sur la façon dont il veut gérer ça, je les mettrai en ordre et je commencerai à lire.

Il poussa la malle sous le vieil établi de son père et la couvrit d'un morceau de plastique qu'il trouva dans un coin. Puis il rentra et fit le tour de la vieille maison. Elle était à peu près toujours pareille, c'est-à-dire pourrie. Y avait rien dans le frigo, à part un bocal de cornichons et une boîte de bicarbonate de soude, mais y avait des plats tout prêts Hungry Man au congélateur. Il en mit un au four, régla le thermostat sur 170 et monta à son ancienne chambre.

Je l'ai fait, se dit-il. J'ai réussi. Je suis assis sur dix-huit ans de manuscrits inédits de John Rothstein.

Il était trop fatigué pour éprouver de la jubilation, ou même un tant soit peu de plaisir. Il faillit s'endormir sous la douche, puis devant un plateau réellement dégueulasse de pain de viande et pommes de terre instantanées. Il l'engloutit quand même puis remonta lourdement l'escalier. Quarante secondes après avoir posé sa tête sur l'oreiller, il s'endormit pour ne se réveiller qu'à neuf heures vingt le lendemain matin.

Bien reposé, dans son lit d'enfant inondé de soleil, Morris ressentait *enfin* de la jubilation, et il n'avait qu'une hâte, la partager. Autrement dit, aller voir Andy Halliday.

Il trouva un pantalon de treillis et une jolie chemise madras dans son placard, se coiffa les cheveux en arrière et alla jeter un bref coup d'œil dans le garage pour vérifier que tout allait bien de ce côté-là. Il salua Mme Muller (en embuscade derrière ses rideaux, une fois de plus) d'un signe de la main qu'il espéra désinvolte alors qu'il se dirigeait vers l'arrêt de bus. Il arriva au centre-ville un peu avant dix heures, remonta un pâté de maisons à pied et lorgna dans Ellis Avenue, en direction du Happy Cup où les tables en terrasse étaient surmontées de parasols roses. Et bien évidemment, Andy prenait sa pause-café. Encore mieux, il était de dos, ce qui permit à Morris de l'approcher sans être vu.

« *Bouh !* » cria-t-il en posant la main sur l'épaule de son vieux blazer en velours côtelé.

Son vieil ami – finalement son seul ami dans cette ville bidon remplie d'ignorants – sursauta et pivota sur sa chaise. Son café se renversa sur la table. Morris recula. Il n'avait pas voulu faire peur à Andy, juste le surprendre.

« Oh, pard…

– Qu'est-ce que t'as *fait* ? » demanda Andy dans un chuchotement bas et grinçant. Sous ses lunettes – à monture de corne, le comble de l'affectation, selon Morris –, ses yeux lançaient des éclairs. « Qu'est-ce que t'as *foutu*, putain ? »

C'était pas l'accueil auquel Morris s'attendait. Il s'assit.

« Ce dont on avait parlé. »

Il examina le visage de Andy et n'y trouva rien de la supériorité intellectuelle amusée que son ami affectait d'ordinaire. Andy avait l'air terrifié. Par Morris ? Peut-être. Pour lui-même ? Presque à coup sûr.

« Je devrais pas être vu avec t… »

Morris transportait un sac en papier marron qu'il avait pris dans la cuisine. Il en sortit un des carnets de Rothstein et le posa sur la table en prenant soin d'éviter la petite flaque de café.

« Un échantillon. Parmi beaucoup d'autres. Au moins cent cinquante. J'ai pas encore eu le temps de compter, mais c'est le total jackpot.

– Range ça ! » Andy chuchotait toujours comme un personnage dans un mauvais film d'espionnage. Ses yeux allaient d'un côté à l'autre, revenant sans cesse au carnet. « Le meurtre de Rothstein fait la une du *New York Times* et de toutes les chaînes de télé, espèce de crétin ! »

Morris reçut la nouvelle comme un choc. Trois jours étaient censés s'écouler avant que quelqu'un découvre le corps de l'écrivain, peut-être même six. La réaction de Andy était un choc encore plus grand. Il ressemblait à un rat pris au piège.

Morris se fendit de ce qu'il espérait être une bonne approximation du sourire *je-suis-tellement-intelligent-que-ça-me-fatigue-moi-même* de Andy.

« Calme-toi. Dans ce coin de la ville, y a des gosses qui trimballent des carnets partout. » Il pointa le doigt vers l'autre côté de la rue en direction de Government Square. « Tiens, y en a un juste là.

– Mais pas des Moleskine ! Merde ! La femme de ménage savait quelle marque Rothstein utilisait et le journal dit que le coffre-fort dans son bureau était ouvert et vide ! Range-… moi… *ça* ! »

À la place, Morrie poussa le carnet vers Andy, prenant toujours bien soin d'éviter la tache de café. Andy commençait sérieusement à lui taper sur les nerfs – y me faich', comme aurait dit Jimmy Gold –, mais il retirait aussi une sorte de plaisir pervers à le regarder se ratatiner sur sa chaise comme si le carnet était un flacon rempli de bacilles de la peste.

« Vas-y, jette un coup d'œil. Celui-là c'est presque que de la poésie. Je l'ai feuilleté dans le bus…

– Dans le *bus* ? T'es pas *cinglé* ?

– … et c'est pas terrible, poursuivit Morris comme s'il n'avait rien entendu. Mais c'est bien lui l'auteur, pas de doute. Manuscrit holographe. Extrêmement précieux. On en a déjà discuté. Plusieurs fois. On a discuté de comment…

– Vire-moi ça de *là* ! »

Morris n'aimait pas l'admettre mais la paranoïa de Andy était contagieuse. Il remit le carnet dans le sac et regarda son vieil ami (son *seul* ami) d'un air renfrogné.

« C'est pas comme si je proposais qu'on fasse une vente-trottoir ou quoi.

– Où est le reste ? » Et avant que Morris puisse répondre : « Peu importe. Je veux pas savoir. Tu réalises pas à quel point c'est chaud comme sujet ? À quel point c'est chaud pour *toi* ?

– C'est pas chaud », dit Morris, mais il *avait* chaud : tout d'un coup, ses joues et sa nuque étaient brûlantes. Andy réagissait comme s'il s'était chié dessus au lieu d'avoir commis le crime du siècle. « Personne peut faire le lien entre Rothstein et moi, et je *sais* qu'il va falloir attendre un bon moment avant de pouvoir les vendre à un collectionneur privé. Je suis pas con.

– Les vendre à un coll… Morrie, *t'entends* ce que tu dis ? »

Morris croisa les bras et regarda son ami. Du moins l'homme qui avait été son ami.

« Tu réagis comme si on en avait jamais parlé. Comme si on l'avait jamais projeté.

– On a jamais rien *projeté* ! C'était juste une histoire qu'on se racontait, je pensais que t'avais pigé ! »

Ce que Morris pigeait, c'est que c'était exactement ce que Andy dirait à la police si lui, Morris, se faisait arrêter. Et Andy *s'attendait* à ce qu'il se fasse arrêter. Pour la première fois, Morris prit pleinement conscience que loin d'être un colosse intellectuel désireux de s'associer à lui dans un acte de banditisme existentialiste, Andy n'était rien qu'un minable de plus. Un employé de librairie plus âgé que lui d'à peine quelques années.

Vous pouvez garder pour vous vos critiques littéraires à la con, lui avait dit Rothstein dans les deux dernières minutes de sa vie. *Vous n'êtes qu'un vulgaire voleur, mon ami.*

Ses tempes commençaient à palpiter.

« J'aurais dû m'en douter. Tous tes beaux discours sur les collectionneurs privés, les stars de cinéma, les princes saoudiens et je sais pas qui encore. Que des paroles en l'air. T'as que de la gueule. »

Le coup avait porté, l'impact était tangible. Morris vit ça et en fut content, exactement comme quand il avait réussi à clouer le bec à sa mère à une ou deux reprises lors de leur dernière dispute.

Andy se pencha en avant, les joues écarlates, mais avant qu'il ait pu parler, une serveuse apparut avec une poignée de serviettes en papier.

« Je vais m'occuper de ça », dit-elle en essuyant le café.

Elle était jeune, blond cendré naturel, jolie à sa manière pâle, peut-être même belle. Elle sourit à Andy. Il lui répondit d'une grimace chagrine tout en s'écartant d'elle comme il s'était écarté du carnet Moleskine.

Il est homo, se dit Morris ébahi. C'est un foutu homo. Comment je l'ai jamais su ? Comment j'ai fait pour jamais m'en rendre compte ? Il pourrait aussi bien porter une pancarte.

Enfin, y avait beaucoup de choses concernant Andy qu'il avait jamais vues, pas vrai ? Morris repensa à un truc qu'un de ses collègues de chantier aimait bien dire : *Il a que le pistolet, pas les balles.*

La serveuse partie, emportant avec elle ses vapeurs toxiques de fille, Andy se pencha de nouveau en avant.

« Ces collectionneurs existent, dit-il. Ils accumulent les peintures, les sculptures, les éditions originales... il y a un magnat du pétrole au Texas qui a toute une collection de vieux enregistrements sur cylindres de cire, un autre qui possède les éditions complètes de tous les magazines western, SF et épouvante publiés entre les années 1910 et 1955. Tu crois que tous ces trucs ont été achetés et revendus légalement ? Mon cul, oui ! Les collectionneurs sont cinglés, les pires d'entre eux se foutent carrément de savoir si les trucs qu'ils convoitent ont été volés ou pas, et tu peux être certain qu'ils veulent pas partager avec le reste du monde. »

Morris connaissait la chanson, et ça devait se lire sur son visage car Andy se pencha encore plus près. Leurs nez se touchaient presque à présent. Morris flaira *Cuir Anglais* et il se demanda si c'était l'après-rasage préféré des homos. Genre un signe de reconnaissance secret ou quelque chose.

« Seulement, tu crois vraiment qu'un de ces types m'écouterait, *moi* ? »

Morris Bellamy, qui voyait maintenant Andy sous un nouveau jour, répondit qu'il imaginait que non.

Andy avança la lèvre inférieure en une moue enfantine.

« Ils m'écouteront un jour. Ouais. Quand j'aurai ma propre boutique et que je me serai fait une clientèle. Mais ça prendra des *années*.

– On avait parlé d'attendre cinq ans.

– *Cinq ?* » Andy aboya un rire et se renfonça dans sa chaise. « J'aurai peut-être réussi à ouvrir *ma librairie* dans cinq ans – j'ai repéré un petit local sur Lacemaker Lane, il y a un magasin de tissus pour le moment mais ça marche pas très fort –, mais ça prend beaucoup plus de temps de trouver des clients friqués et d'établir des relations de confiance. »

Ça fait beaucoup de mais, se dit Morris, et y avait aucun mais avant.

« Combien de temps ?

– Pourquoi tu reviens pas me voir début vingt et unième siècle avec tes carnets ? Si tu les as toujours. Même si j'avais une liste de collectionneurs privés à appeler là tout de suite, même le plus cinglé d'entre eux voudrait pas être mêlé à une affaire aussi brûlante. »

Morris le fixait, incapable de parler. Enfin il dit :

« C'est pas ce que tu disais quand on planifiait… »

Andy se prit la tête à deux mains.

« On a rien planifié *du tout* ! Et n'essaie pas de me foutre ça sur le dos ! T'as pas intérêt ! Je te connais, Morrie. Tu les as pas volés pour les revendre, du moins pas avant de les avoir lus. Ensuite, j'imagine que peut-être, tu voudras en partager quelques-uns avec le reste du monde, si on te propose un bon prix. Mais concrètement, t'es juste barge de John Rothstein.

– Me traite pas de barge. »

Ça tambourinait dans ses tempes, pire que jamais.

« Je te traiterai de barge si c'est la vérité, et *c'est* la vérité. T'es barge de Jimmy Gold aussi. C'est à cause de lui que t'as fait de la taule.

– J'ai fait de la taule à cause de ma mère. Elle aurait aussi bien pu tourner elle-même la clé.

– Peu importe. C'est du passé. *Là*, c'est maintenant. À moins que t'aies de la chance, la police va pas tarder à te rendre une petite visite, et probablement avec un mandat de perquisition. Si t'as ces carnets le jour où ils frapperont à ta porte, t'es cuit.

– Pourquoi ils viendraient ? Personne nous a vus et mes partenaires… » Il lui fit un clin d'œil. « Disons que les morts ne parlent pas.

– Quoi ? Tu… tu les as *tués* ? Tués, *eux aussi* ? »

Sur le visage de Andy, l'horreur commençait à poindre.

Morris savait qu'il aurait dû garder ça pour lui, mais – marrant comme ces *mais* arrêtaient pas de ressortir – Andy le faisait carrément chier.

« C'est quoi le nom du bled où il habitait ? » Le regard de Andy scrutait les environs à nouveau, comme s'il s'attendait à ce que les flics leur tombent déjà dessus, arme au poing. « Talbot Corners, c'est ça ?

– Oui, mais c'est surtout des fermes là-bas. Ce qu'ils appellent Corners, c'est rien de plus qu'un resto, une épicerie et une station-essence où deux routes nationales se croisent.

– Combien de fois t'y es allé ?

– Cinq, peut-être. »

En réalité, entre 1976 et 1978, ça se rapprochait plus de la dizaine. D'abord tout seul, puis avec Freddy ou Curtis, ou les deux.

« T'as déjà posé des questions sur l'habitant le plus connu du secteur quand t'étais là-bas ?

– Ouais, une ou deux, bien sûr. Et alors ? Probable que tous les gens qui s'arrêtent à ce resto demandent…

– Non, c'est là que tu te goures. La plupart des gens qui foutent les pieds là-bas en ont rien à carrer de John Rothstein. Le seul truc qui les intéresse, c'est quand commence la saison de la chasse au cerf et quel genre de poissons ils peuvent pêcher dans le lac du coin. Tu crois pas que les locaux se souviendront de toi quand la police viendra leur demander s'il y a eu des inconnus un peu trop curieux sur le compte du type qu'a écrit *Le Coureur* ? Des inconnus un peu trop curieux qui auraient fait *plusieurs* visites ? En plus, t'as déjà un casier, Morrie !

– J'étais mineur. C'est classé.

– Dans une affaire aussi énorme, ça peut se rouvrir facilement. Et tes complices ? Est-ce qu'ils avaient des casiers, *eux* ? »

Morris ne dit rien.

« Tu sais pas qui t'a vu et t'as aucune idée de ce que tes complices ont pu raconter sur le braquage du siècle qu'ils étaient en train de préparer. La police pourrait te choper *aujourd'hui*, crétin. Si ça arrive et que tu m'incrimines, je nierai avoir jamais parlé de ça avec toi. Mais je vais te donner un bon conseil : débarrasse-toi de *ça*. » Il lui montrait le sac en papier marron. « De ça et de tous les autres carnets. Planque-les quelque part. Enterre-les ! Si tu fais ça avant qu'ils te chopent, peut-être que tu pourras t'en tirer. À supposer que t'aies laissé aucune empreinte ou autre. »

On a rien laissé, pensa Morris. Je suis pas débile. Et je suis pas un homo avec rien que de la gueule et pas de couilles, non plus.

« Peut-être qu'on pourra en reparler un jour, dit Andy, mais ça sera dans très longtemps, et seulement si tu te fais pas choper. » Il se leva. « En attendant, t'approche pas de moi, ou je me charge d'appeler la police moi-même. »

Il s'éloigna d'un pas rapide, tête baissée, sans se retourner.

Morris resta assis. La jolie serveuse revint lui demander s'il lui fallait autre chose. Il secoua la tête. Quand elle s'éloigna, il ramassa le sac contenant le carnet et s'éloigna lui aussi. Dans la direction opposée.

Il savait ce qu'était le sophisme pathétique, bien sûr – la nature faisant écho aux sentiments humains –, et c'était pour lui le tour de passe-passe facile des écrivains médiocres pour suggérer l'état d'âme de leurs personnages, mais aujourd'hui, ça semblait coller. Le soleil éclatant du matin avait tout à la fois reflété et amplifié son sentiment d'allégresse, mais à midi, ce soleil n'était plus qu'un cercle blafard derrière un voile de nuages, et vers trois heures de l'après-midi, alors que ses inquiétudes se multipliaient, le temps s'assombrit et il se mit à bruiner.

Il conduisit la Biscayne jusqu'au centre commercial près de l'aéroport, sans cesse à l'affût de voitures de police. Quand l'une d'elles surgit en vrombissant derrière lui sur Airline Boulevard, gyrophare bleu allumé, son estomac se glaça et son cœur sembla lui remonter dans la gorge. Lorsque le véhicule le doubla sans ralentir, il n'en éprouva aucun soulagement.

Il alluma la radio et trouva un bulletin d'informations sur BAM-100. La nouvelle du jour était une conférence de paix à Camp David entre Sadate et Begin (ouais, comme si *ça* risquait d'arriver, pensa Morris distraitement) mais la suivante concernait le meurtre du célèbre écrivain américain John Rothstein. La police parlait d'un « groupe de voleurs » et affirmait disposer d'un certain nombre de pistes. Probablement des conneries pour faire monter l'audience.

Ou peut-être pas.

Morris pensait pas qu'on puisse remonter jusqu'à lui sur la base des témoignages des vieux zigues à moitié sourds qui traînaient au Yummy Diner de Talbot Corners, peu importe ce que croyait Andy, mais il y avait autre chose qui l'inquiétait bien davantage. Lui, Freddy et Curtis avaient travaillé tous les trois pour Donahue Construction, une entreprise du bâtiment basée entre Danvers et North Beverly. Il y avait deux équipes d'ouvriers et Morris, pendant la majeure partie de ses seize mois de chantier passés à transporter des planches et à enfoncer des clous, avait travaillé à Danvers pendant que Curtis et Freddy bossaient sur l'autre site, huit kilomètres plus loin. Mais pendant un temps, ils avaient travaillé dans la même équipe et même après, quand ils avaient de nouveau été séparés, ils réussissaient à se retrouver pour déjeuner.

Beaucoup de monde était au courant.

Il gara la Biscayne en compagnie d'environ un millier d'autres à la sortie JC Penney du centre commercial, essuya toutes les surfaces qu'il avait touchées et laissa la clé sur le contact. Il s'éloigna rapidement en remontant son col et en enfonçant sa casquette des Indians sur sa tête. À l'entrée principale du centre commercial, il attendit sur un banc jusqu'à ce qu'arrive un bus pour Northfield et il glissa ses cinquante *cents* dans la machine. La pluie tombait plus fort et le bus avançait lentement, mais il s'en foutait. Ça lui laissait du temps pour réfléchir.

Andy était lâche et imbu de lui-même mais il avait raison sur un point. Morris devait cacher les carnets, et il devait le faire immédiatement, peu importe à quel point il avait envie de les lire, à commencer par ce Jimmy Gold encore méconnu. Si les flics débarquaient et qu'il avait pas les carnets, ils pourraient rien faire.... pas vrai ? Tout ce qu'ils auraient, ce serait des suspicions.

Pas vrai ?

Il n'y avait personne à la fenêtre chez les voisins, ce qui lui évita une autre conversation avec Mme Muller, et peut-être d'avoir à expliquer pourquoi il avait vendu sa voiture. Il pleuvait à verse à présent, et c'était tant mieux. Il n'y aurait personne en balade dans la friche entre Sycamore et Birch. Surtout après la tombée de la nuit.

Il vida la malle, résistant au désir presque oppressant d'ouvrir les carnets. Il ne pouvait pas se le permettre, même s'il en crevait d'envie, parce qu'une fois qu'il aurait commencé, il ne pourrait plus s'arrêter. Plus tard, pensa-t-il. Tu vas devoir différer ta récompense, Morrie. Bon conseil, mais dit par la voix de sa mère, et ça relança son mal de tête. Au moins, il aurait pas à différer sa récompense trop longtemps ; s'il avait toujours pas eu de visite de la police d'ici trois semaines – un mois au plus –, il pourrait se détendre et commencer ses investigations.

Il doubla la malle avec du plastique pour que le contenu reste au sec et remit les carnets à l'intérieur, y compris celui qu'il avait pris pour le montrer à Andy. Il plaça les enveloppes d'argent par-dessus. Il ferma la malle, eut un moment d'hésitation et la rouvrit. Il repoussa le plastique et préleva deux cents dollars dans l'une des enveloppes. Sûrement qu'aucun flic trouverait ce montant excessif, même si on le fouillait. Il pourrait leur dire que c'était sa prime de départ.

Le bruit de la pluie sur le toit du garage ne l'apaisait pas. Aux oreilles de Morris, ça résonnait comme des doigts de squelette qui pianotaient et ça aggravait sa migraine. Il se figeait dès qu'une voiture passait, attendant le moment où des phares et des lumières bleues clignotantes inonderaient l'allée de la maison. Va te faire foutre, Andy Halliday, t'avais pas à me fourrer ces craintes inutiles dans le crâne, pensa-t-il. Va te faire foutre, toi et tes copains homos qui te montent.

Sauf que ces craintes n'étaient peut-être pas si vaines. À mesure que l'après-midi tirait vers le crépuscule, l'idée que les flics puissent faire le rapprochement entre Freddy, Curtis et Morris Bellamy devenait de plus en plus vraisemblable. Cette putain d'aire de repos ! Pourquoi il avait pas au moins traîné les corps dans les bois ? Pas que ça aurait beaucoup ralenti le travail de la police, une fois que quelqu'un se serait arrêté, aurait vu tout le sang, et appelé le 911. Et les flics auraient des chiens…

« Et puis, dit-il à la malle, j'étais pressé. Hein, que j'étais pressé ? »

Dans un coin du garage, il y avait encore le diable de son père, ainsi qu'une pioche rouillée et deux pelles, rouillées elles aussi. Morris bascula la malle à la verticale sur le diable, la sangla bien serrée et regarda par la fenêtre du garage. Il faisait encore trop jour. Maintenant qu'il était sur le point de se débarrasser des carnets et de l'argent – temporairement, se rassura-t-il, temporairement –, il était de plus en plus persuadé que les flics seraient là bientôt. Suppose que Mme Muller ait signalé un comportement suspect ? Peu probable, vu qu'elle était aussi bornée qu'un champ de navets, mais qui pouvait vraiment savoir ?

Il se força à engloutir un autre plat surgelé, pensant que ça pourrait soulager son mal de tête. Mais à la place, celui-ci empira. Il fouilla dans le placard à pharmacie de sa mère, à la recherche d'aspirine ou d'Advil, et y trouva… que dalle. Va te faire foutre, maman, pensa-t-il. Franchement. Sincèrement. Va… te faire… *foutre*.

Il visualisa le sourire d'Anita Bellamy. Mince comme un crochet, ce sourire.

Il faisait encore jour à sept heures – maudite heure d'été, quel était le génie qui avait inventé *ça* ? – mais les lumières étaient toujours éteintes chez les voisins. Bien. Sauf que Morris savait que les Muller pouvaient rentrer à tout moment. Et puis il était trop nerveux pour attendre plus longtemps. Il farfouilla dans le placard de l'entrée jusqu'à ce qu'il trouve un poncho.

Il sortit par la petite porte du garage et traîna le diable à travers le jardin de derrière. L'herbe était mouillée, le sol en dessous spongieux et la progression difficile. Le sentier qu'il avait emprunté tant de fois quand il était gosse – le plus souvent pour aller au Centre Aéré de Birch Street – était abrité par des arbres et il put progresser plus facilement. Le temps qu'il arrive au petit ruisseau qui traversait en diagonale cette parcelle de friche aussi vaste qu'un pâté de maisons, il faisait nuit noire.

Il avait apporté une lampe de poche et il l'utilisa par à-coups pour repérer une cachette potentielle dans la berge du ruisseau, à bonne distance du sentier. La terre était molle et il lui fut facile de creuser jusqu'aux racines enchevêtrées d'un arbre surplombant le ruisseau. Il pensa changer d'emplacement, mais le trou était déjà presque assez grand pour la malle, et plutôt crever que tout recommencer, surtout que c'était juste une précaution temporaire. Il posa la lampe de poche dans le trou, la calant contre une pierre pour que le rayon lumineux éclaire les racines, et entreprit de les trancher avec la pioche.

Il glissa la malle dans le trou et se hâta de la recouvrir de terre qu'il tassa bien avec le plat de la pelle pour finir. Il pensait que ça suffirait. La berge n'était pas tellement herbeuse, et ce carré de terre retournée ne se remarquerait pas. L'important, c'était qu'elle soit hors de la maison, pas vrai ?

Pas vrai ?

Alors qu'il remontait le diable le long du sentier, il n'éprouvait aucun soulagement. Rien ne se déroulait comme prévu, rien. C'était comme si un destin funeste s'était interposé entre lui et les carnets, exactement comme le destin s'était interposé entre Roméo et Juliette. Cette comparaison semblait à la fois ridicule et parfaitement adaptée. Oui, il *était* amoureux. Ce maudit Rothstein l'avait trompé avec *Le Coureur ralentit*, mais ça ne changeait rien au fait.

Son amour était sincère.

De retour à la maison, il fila sous la douche comme le ferait un garçon nommé Pete Saubers de nombreuses années plus tard, dans cette même salle de bains, après avoir rendu visite à cette même berge et à ce même arbre surplombant le ruisseau. Il y resta jusqu'à avoir les doigts tout fripés et qu'il n'y ait plus d'eau chaude, puis il se sécha et enfila des habits propres qu'il prit dans le placard de sa chambre. Ils lui paraissaient enfantins et passés de mode mais ils lui allaient toujours (plus ou moins). Il mit son jean et son sweat maculés de terre à la machine, geste que reproduirait également Pete Saubers des années plus tard.

Morris alluma la télé, s'installa dans le vieux fauteuil de son père – sa mère disait le garder en guise de rappel, des fois qu'elle soit tentée de refaire la même grossière erreur – et absorba la dose classique d'inanités dopée à la pub. Il songea que n'importe laquelle de ces pubs (flacons de laxatifs bondissants, mamans se pomponnant, hamburgers chantants) aurait pu être écrite par Jimmy Gold, et son mal de tête revint en force. Il décida de descendre au Zoney's s'acheter de l'Anacin. Peut-être même se prendre une bière ou deux. Ça pourrait pas lui faire de mal. C'était l'alcool fort qui lui causait des problèmes, il avait bien appris sa leçon.

Il trouva l'Anacin, mais l'idée de boire de la bière dans une maison remplie de livres qu'il n'avait pas envie de lire et d'une télé qu'il n'avait pas envie de regarder le déprimait pire qu'avant. Surtout quand ce qu'il voulait *vraiment* lire était si vertigineusement proche. Morris buvait rarement dans les bars mais tout d'un coup, il eut le sentiment que s'il ne sortait pas se trouver un peu de compagnie et écouter de la musique forte et rapide, il deviendrait complètement dingue. Quelque part dans cette nuit pluvieuse, il était sûr qu'une jeune fille avait envie de danser.

Il paya son aspirine et, presque nonchalamment, demanda au jeune gars à la caisse s'il connaissait un bar à concerts où il pourrait se rendre en bus.

Le jeune gars lui répondit que oui.

2010

Quand Linda Saubers rentra à la maison à trois heures et demie de l'après-midi ce vendredi, Pete était assis à la table de la cuisine en train de boire un chocolat chaud. Ses cheveux étaient encore humides de la douche. Linda suspendit son manteau à l'un des crochets fixés à côté de la porte de derrière et posa à nouveau la face interne de son poignet contre le front de son fils.

« Aussi frais qu'un concombre, déclara-t-elle. Tu te sens mieux ?

– Ouais, dit-il. J'ai préparé des crackers au beurre de cacahuètes à Tina quand elle est rentrée de l'école.

– Tu es un bon grand frère. Et où est-elle ?

– Chez Ellen, où veux-tu qu'elle soit ? »

Linda leva les yeux au ciel et Pete rigola.

« Doux Jésus, c'est bien le sèche-linge que j'entends ?

– Ouais. Y avait des habits sales dans le panier, je les ai lavés. T'inquiète, j'ai suivi les indications sur la porte, les habits vont bien. »

Elle se pencha pour l'embrasser sur la tempe.

« Mais c'est une vraie petite abeille, ce garçon !

– J'essaye », dit Pete.

Il ferma sa main droite pour cacher son ampoule.

La première enveloppe arriva presque une semaine plus tard par un jeudi neigeux. L'adresse – M. Thomas Saubers, 23 Sycamore Street – était dactylographiée. Dans le coin supérieur droit était collé un timbre de quarante-quatre *cents* célébrant l'Année du Tigre. Il n'y avait pas de mention d'expéditeur dans le coin supérieur gauche. Tom – seul membre du clan Saubers présent à la maison à midi – l'ouvrit dans l'entrée, s'attendant soit à de la pub, soit à une autre relance de facture impayée. Dieu sait qu'ils en avaient reçu un paquet ces derniers temps. Mais c'était ni de la pub ni une facture.

C'était de l'argent.

Le reste du courrier – catalogues de trucs chers qu'ils ne pourraient jamais s'offrir et prospectus publicitaires adressés au LOCATAIRE – lui tomba des mains et s'éparpilla à ses pieds sans qu'il y prête aucune attention. D'une voix basse, presque grondante, Tom Saubers demanda :

« C'est *quoi* ce *bordel* ? »

Quand Linda rentra à la maison, l'argent trônait au milieu de la table de la cuisine. Tom était assis en face de la petite pile de billets bien rangés, le menton posé sur ses mains croisées. Il ressemblait à un général en train d'étudier un plan de bataille.

« C'est quoi ça ? demanda Linda.

– Cinq cents dollars. » Il regardait toujours les billets – huit de cinquante et cinq de vingt. « C'était dans le courrier.

– Qui nous l'envoie ?

– Je ne sais pas. »

Elle lâcha son cartable, s'approcha de la table et ramassa le tas de billets. Elle les compta puis regarda Tom avec des yeux ronds.

« Mon Dieu, Tommy ! La lettre disait quoi ?

– Y avait pas de lettre. Juste l'argent.

– Mais qui…

– Je ne sais pas, Lin. Mais il y a un truc dont je suis sûr.

– Quoi ?

– Ça pourrait sacrément nous servir. »

« Putain ! » s'exclama Pete quand ils le lui annoncèrent. Il était resté tard au collège pour un match de volley-ball interne et il était rentré juste avant l'heure du dîner.

« Ne sois pas vulgaire », dit Linda, l'air préoccupé.

L'argent était toujours sur la table.

« Combien ? » Et quand son père le lui dit : « Qui c'est qui l'a envoyé ?

– Bonne question, dit Tom. Et maintenant, la Question Banco, qui peut vous permettre de doubler votre gain. »

C'était la première blague que Pete l'entendait faire depuis bien longtemps.

Tina entra dans la cuisine.

« Moi, je crois que papa a une bonne fée. Hé, papa, maman ! Regardez mes ongles ! Ellen a eu un vernis à paillettes et elle m'en a mis.

– Ça te va bien, ma petite puce », dit Tom.

D'abord une blague, et maintenant un compliment. C'était tout ce qu'il fallait pour convaincre Pete qu'il avait pris la bonne décision. *Carrément* la bonne décision. Ses parents pouvaient pas vraiment renvoyer l'argent, hein ? Non. Sans expéditeur, ils pouvaient pas. Et au passage, ça faisait combien de temps que papa avait pas appelé Teenie ma petite puce ?

Linda lança un regard perçant à son fils.

« Tu saurais pas quelque chose de tout ça, par hasard ?

– Non, mais je peux en avoir ?

– C'est ça, compte là-dessus », dit-elle. Puis elle se tourna vers son mari, les mains sur les hanches. « Tom, quelqu'un a manifestement fait une erreur. »

Tom réfléchit à cette éventualité et quand il parla enfin, c'était pas du ouafi-ouafi. Sa voix était calme :

« Ça paraît peu probable. »

Il poussa l'enveloppe vers elle, tapotant de l'index son nom et son adresse.

« Oui, mais…

– Y a pas de mais qui tienne, Lin. On doit payer le chauffage, et avant ça, faut qu'on règle ta MasterCard. Sinon, ils risquent de te la retirer.

– Oui, mais…

– Tu perds ta carte de crédit et on peut dire adieu à ta cote de solvabilité. »

Toujours pas d'agressivité. Calme et raisonnable. Convaincant. Pour Pete, c'était comme si son père avait souffert d'une forte fièvre qui venait juste de retomber. Il souriait même. Il souriait, et il toucha la main de sa femme.

« Il se trouve que pour le moment, ta cote de solvabilité étant la seule que nous ayons, on ne peut pas se permettre de la perdre. Et puis, Tina pourrait avoir raison. Peut-être bien que j'ai une bonne fée. »

Non, pensa Pete. C'est un *bon fils* que tu as.

Tina s'exclama :

« Oh, attendez ! Je sais d'où il vient, cet argent. »

Tous se tournèrent vers elle. Pete eut soudain très chaud. Elle pouvait pas savoir, si ? *Comment* elle saurait ? Sauf qu'il avait dit ce truc débile sur les trésors enterrés et…

« D'où, ma chérie ? demanda Linda.

– Le truc du Fonds d'Urgence. Ils ont dû recevoir de l'argent en plus et maintenant ils le partagent. »

Pete laissa échapper en silence un soupir de soulagement, et c'est seulement quand l'air franchit ses lèvres qu'il s'aperçut qu'il avait retenu son souffle.

Tom ébouriffa les cheveux de Tina.

« Ils n'enverraient pas du liquide, ma puce. Ils enverraient un chèque. Et tout un tas de paperasse à signer. »

Pete se dirigea vers la gazinière.

« Je refais du chocolat chaud. Quelqu'un en voudra ? »

Ils en voulaient tous.

Les enveloppes continuèrent d'arriver.

Le prix des timbres augmenta mais la somme d'argent ne changea pas. Un bonus de six mille dollars par an. Pas énorme, mais net d'impôts et juste ce qu'il fallait pour éviter à la famille Saubers de crouler sous les dettes.

Les enfants eurent interdiction d'en parler à quiconque.

« Tina ne pourra jamais tenir sa langue, avait dit Linda à Tom, un soir. Tu le sais aussi bien que moi. Elle va le dire à son idiote de copine et Ellen Briggs s'empressera de le crier sur les toits. »

Mais Tina garda le secret. En partie parce que son frère, qu'elle idolâtrait, lui avait dit qu'elle serait interdite de séjour dans sa chambre si elle crachait le morceau, mais surtout parce qu'elle se souvenait des ouafis-ouafis.

Pete cacha l'argent dans le creux festonné de toiles d'araignées au fond du placard de sa chambre, derrière la plinthe branlante. Toutes les quatre semaines environ, il prélevait cinq cents dollars et les mettait dans son sac de cours avec une des cinquante enveloppes libellées qu'il avait préparées au collège sur un ordinateur de la Salle Informatique. Il s'en était occupé une après-midi après le volley-ball alors que la salle était déserte.

Il postait ses lettres à M. Thomas Saubers, 23 Sycamore Street, de diverses boîtes aux lettres de la ville, menant à bien son plan de sauvetage familial avec le savoir-faire d'un maître ès-criminalité. Il avait toujours peur que sa mère découvre ce qu'il trafiquait, qu'elle désapprouve (probablement avec véhémence) et que les choses redeviennent comme avant. Tout n'était pas tout rose, non plus, il y avait toujours des ouafis-ouafis épisodiques, mais il supposait qu'aucune famille n'était parfaite en dehors de ces vieilles sitcoms dans Nick at Nite.

Ils pouvaient regarder Nick at Nite maintenant, et aussi Cartoon Network, et MTV, et tout le reste, parce que, tenez-vous bien, mesdames et messieurs, le câble était *revenu*.

En mai, une autre bonne nouvelle tomba : papa fut engagé à mi-temps par une nouvelle agence immobilière en tant qu'« enquêteur prévente ». Pete ne savait pas ce que c'était et s'en contrefoutait. Tout ce qui comptait, c'est que son père pouvait travailler à la maison, par téléphone et ordinateur, et que ça rapportait un peu d'argent.

Deux autres choses comptèrent dans les mois qui suivirent la première rentrée d'argent. Et d'une, l'état de papa s'améliora. En juin 2010 (quand l'auteur du « Massacre du City Center », comme on l'appelait, fut enfin arrêté), Tom commença à marcher sans ses béquilles et à mettre la pédale douce sur les pilules roses. L'autre chose était plus difficile à expliquer, mais Pete la voyait. Et Tina aussi. Papa et maman se sentaient… disons… *bénis*, et maintenant, quand ils se disputaient, ils avaient l'air aussi coupables que furieux, comme s'ils étaient en train de cracher sur leur mystérieuse bonne étoile. Souvent, ils s'arrêtaient avant que ça tourne trop au vinaigre et changeaient de sujet. Souvent, c'était de l'argent qu'ils parlaient, et de qui pouvait bien l'envoyer. Ces discussions n'aboutissaient jamais nulle part, et c'était tant mieux.

Je me ferai pas prendre, se disait Pete. Je dois pas me faire prendre et je me ferai pas prendre.

Un jour, en août de cette année-là, papa et maman emmenèrent Tina et Ellen visiter une ferme pédagogique, la Ferme de la Vallée Heureuse. C'était l'occasion que Pete avait patiemment attendue et, dès qu'ils furent partis, il retourna au ruisseau avec deux valises.

Après s'être assuré qu'il n'y avait personne à l'horizon, il creusa pour extraire la malle de la berge et transféra les carnets dans les valises. Il réenterra la malle et retourna à la maison avec son butin. Sur le palier de l'étage, il tira l'échelle pliante du grenier et y monta les valises. C'était un petit espace au plafond bas, froid en hiver et étouffant l'été. Sa famille l'utilisait peu : le surplus de leurs affaires était toujours stocké au garage. Les quelques reliques entassées là-haut avaient probablement été abandonnées par les familles qui avaient occupé le 23 Sycamore Street avant eux. Il y avait une poussette sale inclinée sur une unique roue, un lampadaire avec des oiseaux tropicaux sur l'abat-jour, des vieux numéros de *Redbook* et *Good Housekeeping* liés avec de la ficelle, une pile de couvertures moisies qui sentaient vraiment pas bon.

Pete entassa les carnets dans le coin le plus reculé du grenier et, avant de les dissimuler sous les couvertures, en piocha un au hasard puis s'assit sous l'une des deux ampoules du plafond et l'ouvrit. L'écriture était cursive et assez petite, mais soignée et facile à lire. Il n'y avait aucune rature, et Pete trouva ça incroyable. Et, bien qu'il soit à la première page du carnet, un petit numéro entouré en haut indiquait 482, ce qui lui laissa penser que c'était la suite non pas d'un seul carnet, mais d'une demi-douzaine d'autres. Au moins.

Chapitre 27

L'arrière-salle du Drover était la même que cinq ans auparavant : même odeur de vieille bière mêlée à la puanteur des enclos à bestiaux et à l'âcre relent de gasoil émanant du dépôt routier qui faisait face à l'immensité déserte de cette moitié du Nebraska. Stew Logan n'avait pas changé, lui non plus. Même tablier blanc, mêmes cheveux anormalement noirs, et jusqu'à cette même cravate à motifs d'aras et de perroquets qui étranglait son cou rose.

« Ça alors, Jimmy Gold en chair et en os », dit-il. Et il sourit de son vieux sourire antipathique qui disait on s'aime pas, mais faisons semblant. « T'es venu me payer ce que tu me dois, alors ?

– Exactement », dit Jimmy, et il toucha sa poche arrière où attendait le pistolet.

Celui-ci était petit au toucher et donnait l'impression définitive d'un objet capable – utilisé correctement et avec courage – d'acquitter toutes les dettes.

« Alors entre, dit Logan. Viens prendre un verre. T'as l'air assoiffé.

– Je le suis, répondit Jimmy. Et avec le verre, je prendrais bien… »

Coup de klaxon dans la rue. Pete sursauta et regarda autour de lui, comme pris en faute. Comme s'il avait été en train de se branler et pas de lire. Et s'ils étaient rentrés plus tôt parce que cette cruche de Ellen avait été malade en voiture ou un truc du genre ? Et s'ils le trouvaient ici en haut avec tous ces carnets ? Tout pourrait se casser la figure.

Il fourra le carnet qu'il était en train de lire sous les vieilles couvertures (*peuh, l'odeur !*) et rampa jusqu'à la trappe, n'accordant qu'un bref regard aux valises. Pas le temps de s'en occuper. Alors qu'il descendait l'échelle, le changement de température, d'étouffante à estivale, le fit frissonner. Pete replia l'échelle et la poussa vers le plafond, grimaçant quand la trappe grinça sur ses gonds rouillés et se referma en claquant.

Il alla dans sa chambre regarder par la fenêtre.

Personne dans l'allée. Fausse alerte.

Ouf.

Il retourna dans le grenier récupérer les valises. Il les remit dans le placard d'en bas, prit une douche (se disant une fois de plus de pas oublier de nettoyer la baignoire après), puis enfila des vêtements propres et s'allongea sur son lit.

C'est un roman, se dit-il. Avec autant de pages, c'est forcément un roman. Et il se peut qu'il y en ait plus d'un, parce que aucun roman serait assez long pour remplir tous ces carnets. Même la Bible les remplirait pas tous.

Et puis… l'extrait qu'il avait lu était intéressant. L'idée de fouiller dans les carnets pour trouver celui où le roman commençait l'excitait. Voir s'il était vraiment bon. Parce qu'on pouvait pas juger de la qualité d'un roman rien qu'en lisant une page, si ?

Pete ferma les yeux et commença à sommeiller. D'habitude, il était pas du genre à faire des siestes, mais la matinée avait été longue, la maison était déserte et silencieuse, et il décida de se laisser aller. Pourquoi pas ? Tout allait bien, du moins là tout de suite, et c'était grâce à lui. Il méritait bien une sieste.

Mais ce nom… Jimmy Gold…

Pete aurait juré l'avoir déjà entendu quelque part. En cours, peut-être ? Mme Swidrowski leur donnant un peu de contexte sur l'un des auteurs au programme ? Peut-être. Elle faisait souvent ça.

Peut-être que j'irai voir sur Internet plus tard, se dit Pete. Oui, c'est ça. Je vais…

Il dormait.

1978

Morris était assis sur une couchette métallique, tête lancinante baissée, mains pendant entre ses cuisses vêtues d'orange, respirant une atmosphère empoisonnée de pisse, de vomi et de désinfectant. Son estomac était une boule de plomb semblant s'être dilatée jusqu'à l'emplir de l'entrejambe à la pomme d'Adam. Ses yeux palpitaient dans leurs orbites. Sa bouche avait un goût de benne à ordures. Il avait les boyaux en vrac et le visage douloureux. Ses sinus étaient bouchés. Quelque part, une voix enrouée et désespérée chantait : « *I need a lover that won't drive me* cray-zee*, I need a lover that won't drive me* cray-zee*, I need a lover that won't drive me* cray-zee[1]… »

« La ferme ! cria quelqu'un. C'est *toi* qui me rends fou, connard ! »

Silence. Puis :

« *I need a lover that won't drive me* cray-zee *!* »

Le plomb dans le ventre de Morris se liquéfia et gargouilla. Morris glissa de la couchette, atterrit sur les genoux (déclenchant un nouvel éclair de douleur atroce dans son crâne) et pencha sa bouche béante au-dessus des toilettes en acier fonctionnelles. Une seconde, il ne se passa rien. Puis tout se contracta et il expulsa ce qui ressemblait à deux gallons de pâte dentifrice jaune. L'espace d'un instant, la douleur fut si intense qu'il crut que sa tête allait tout simplement

1. « J'ai besoin d'une femme qui me rende pas *foou-ouu…* » (*Toutes les notes sont des traductrices.*)

exploser et, à ce moment-là, Morris l'espéra. N'importe quoi pour mettre un terme à la douleur.

Au lieu de mourir, il vomit à nouveau. Une pinte, cette fois, au lieu d'un gallon, mais ça *brûlait*. S'ensuivit un hoquet sec. Non, attendez, pas complètement sec : d'épais filets de mucosités pendaient à ses lèvres telles des toiles d'araignées, se balançant d'avant en arrière. Il dut les écarter de la main.

« Y en a un qui le *sent passer* ! » lança quelqu'un.

Des cris et des gloussements saluèrent cette saillie. Morris avait l'impression d'être enfermé dans un zoo, et il supposait qu'il l'était, sauf que, dans ce zoo, les cages contenaient des humains. La combinaison orange qu'il portait le prouvait.

Comment il avait atterri là ?

Il n'arrivait pas à se le rappeler, pas plus qu'il n'arrivait à se rappeler comment il était entré dans la maison de Sugar Heights qu'il avait saccagée. Ce qu'il se rappelait, en revanche, c'était sa propre maison de Sycamore Street. Et la malle, bien sûr. La malle qu'il avait enterrée dans les bois. Il était sorti avec de l'argent sur lui, deux cents dollars prélevés sur le butin de Rothstein, pour aller s'acheter des bières au Zooney's parce qu'il avait mal à la tête et qu'il se sentait seul. Il avait discuté avec le caissier, il en était presque sûr, mais de quoi, ça il s'en souvenait pas. Base-ball ? Sûrement pas. Il portait une casquette des Groundhogs mais son intérêt pour ce sport s'arrêtait là. Après ça, plus rien. Tout ce dont il pouvait être sûr, c'était que quelque chose avait horriblement mal tourné. Quand tu te réveilles en combinaison orange, c'est une déduction facile à faire.

Il se traîna jusqu'à la couchette, s'y hissa, ramena ses genoux contre sa poitrine et les enveloppa de ses bras. Il faisait froid dans la cellule. Il se mit à frissonner.

Il se peut que j'aie demandé au caissier quel était son bar préféré. Un bar accessible en bus. Et j'y suis allé, pas vrai ? J'y suis allé et je me suis soûlé. En dépit du mal que ça me fait. Et pas qu'un peu, apparemment – soûlé à plus pouvoir foutre un pied devant l'autre.

Eh ouais, incontestablement, en dépit de tout ce qu'il savait. Ce qui était déjà grave en soi. Mais il n'arrivait pas à se souvenir de la suite folle des événements, et ça c'était pire. Après le troisième verre (parfois même le deuxième), il tombait dans un trou noir et n'en ressortait que lorsqu'il se réveillait le lendemain, avec la gueule de bois, mais à jeun. Les trous noirs de l'alcool, comme on appelle ça. Et pendant ces trous noirs, il se livrait presque toujours à… eh bien, appelons ça des écarts de conduite. C'était à cause de ces écarts de conduite qu'il avait atterri au Centre de Détention pour Mineurs de Riverview, et sans aucun doute ici aussi. Où que soit cet *ici*.

Écarts de conduite.

Putains d'écarts de conduite.

Morris espérait qu'il s'agissait d'une bonne vieille bagarre de comptoir et pas d'une autre effraction. Pas d'une redite de son aventure à Sugar Heights, en d'autres termes. Parce qu'il était plus mineur depuis longtemps, à présent, et que ce serait pas la maison de redressement cette fois-ci, non monsieur. Il paierait son dû si crime il y avait eu. Pourvu que le crime ait rien à voir avec l'assassinat d'un certain génie des lettres américaines, par pitié. Parce que si c'était ça, il refoutrait plus le nez dehors avant longtemps. Peut-être même plus jamais. Parce qu'y avait pas seulement eu Rothstein, pas vrai ? C'est là qu'un souvenir remonta : Curtis Rogers lui demandant s'ils avaient la peine de mort dans le New Hampshire.

Morris s'allongea sur la couchette, frissonnant, pensant : Ça peut pas être ça. Ça *peut* pas.

Ou bien si ?

Il devait admettre que c'était possible, et pas seulement parce que la police pouvait avoir fait le lien entre lui et les deux hommes morts sur l'aire de repos. Il se voyait, quelque part par là, dans un bar ou un club de strip-tease : Morris Bellamy, le gars qu'avait lâché la fac pour s'autoproclamer spécialiste de la littérature américaine, s'enfilant du bourbon et vivant une expérience de sortie du corps. Quelqu'un se met à parler du meurtre de John Rothstein, l'immense écrivain, le *génie* américain reclus, et voilà Morris Bellamy – rond comme une queue de pelle et rempli de cette énorme colère qu'il tenait habituellement en cage, cet animal noir aux yeux jaunes – qui se retourne et dit : Il avait pas tellement l'air d'un génie quand je lui ai explosé le crâne. »

« *Jamais* j'aurais fait ça », murmura-t-il. Sa tête était de plus en plus douloureuse et quelque chose clochait sur le côté gauche de son visage. Ça le *brûlait.* « *Jamais* j'aurais fait ça. »

Seulement, qu'est-ce qu'il en savait ? Quand il buvait, c'était tous les jours le Jour de Tous les Possibles. L'animal noir sortait de sa cage. Lorsqu'il était adolescent, l'animal avait saccagé la maison de Sugar Heights, réduisant cette saloperie de baraque en miettes ou presque, et quand les flics avaient débarqué, prévenus par un signal d'alarme silencieux, il s'était bagarré avec eux jusqu'à ce que l'un d'eux le mette K-O d'un coup de matraque, et en le fouillant, ils avaient trouvé un putain de paquet de bijoux dans ses poches, la plupart de pacotille mais d'autres – imprudemment laissés hors du coffre de madame – extraordinairement précieux et alors, hop, vous là, direction Riverview, où votre jeune cul sensible se fera sodomiser et où vous vous ferez de passionnants nouveaux amis.

Il se dit : Celui qui déconne à ce point est parfaitement capable, sous l'effet de l'alcool, de se vanter d'avoir assassiné le créateur de Jimmy Gold, et tu le sais.

Encore que ça pouvait aussi être la police. S'ils l'avaient identifié et qu'ils avaient passé un appel à toutes les patrouilles. C'était tout aussi probable.

« *I need a lover that won't drive me* cray-zee *!*

– Ta gueule ! »

Cette fois, c'était Morris et il avait essayé de gueuler, mais tout ce qui sortit fut un croassement obstrué de vomi. *Aouh*, ce qu'il avait mal au crâne. Et son *visage*, aïe. Il passa une main sur sa joue gauche et regarda stupidement les écailles de sang séché qu'il ramena dans sa paume. Il tâtonna à nouveau et sentit des griffures, au moins trois. Des griffures d'ongle, et profondes. Et ceci nous apprend quoi, qui peut répondre dans la salle ? Eh bien, d'ordinaire – bien que toute règle ait son exception – les hommes se défendent à coups de poing et les femmes à coups de griffes. Qu'elles infligent avec leurs ongles car dans la plupart des cas, les dames en ont de longs et beaux afin de pouvoir griffer avec.

J'aurais essayé de fricoter sur un twist et elle m'aurait repoussé à coups d'ongles ?

Morris essaya de se rappeler mais rien à faire. Il se souvenait de la pluie, du poncho et de la lampe de poche éclairant les racines. Il se souvenait de la pioche. Il se rappelait *vaguement* avoir eu envie d'écouter de la musique forte et rapide et avoir parlé avec le caissier du Zoney's Go-Mart. Après ça ? Le noir complet.

Il pensa : Peut-être c'est la voiture. Cette maudite Biscayne. Peut-être que quelqu'un l'a vue sortir de l'aire de repos sur la Route 92 avec l'avant droit plein de sang. Et peut-être que j'ai laissé quelque chose dans la boîte à gants. Quelque chose avec mon nom dessus.

Mais ça paraissait peu vraisemblable. Freddy avait acheté la Chevy à une serveuse à moitié bourrée dans un bar de Lynn et l'avait payée avec l'argent qu'ils avaient mis en commun tous les trois. Elle avait signé le certificat de cession au nom de Harold Fineman, qui était en fait le nom du meilleur pote de Jimmy Gold dans *Le Coureur*. Elle n'avait jamais vu Morris Bellamy, qui avait eu l'intelligence de rester à distance le temps que la transaction soit effectuée. En plus, Morris avait fait tout ce qu'il fallait, à part écrire au blanc d'Espagne VOLEZ-MOI SVP sur le pare-brise de la bagnole quand il l'avait abandonnée sur le parking du centre commercial. Non, la Biscayne était maintenant quelque part sur un terrain vague, soit dans Lowtown, soit au bord du lac, désossée jusqu'aux essieux.

Alors comment j'ai fait pour me retrouver ici ? Toujours au même point, comme un rat galopant dans une roue. Si une femme m'a lacéré le visage à coups d'ongles, est-ce que moi je l'aurais cognée en retour ? Fracturé la mâchoire peut-être ?

Voilà qui ravivait une petite étincelle dans le noir total de sa mémoire. Si c'était ça, alors il allait probablement être inculpé pour coups et blessures, et il se pourrait bien qu'il passe par la case Waynesville : un petit tour dans le gros bus vert avec les vitres grillagées. Waynesville serait pas une bonne nouvelle, mais il était prêt à prendre quelques années pour coups et blessures s'il le fallait. Coups et blessures, c'était pas meurtre.

Par pitié, faites que ça soit pas Rothstein, pensa-t-il. J'ai une tonne de lecture qui m'attend, planquée en lieu sûr. Le plus beau dans tout ça, c'est que j'aurai l'argent pour subvenir à mes besoins pendant que je m'y adonnerai, plus de vingt mille dollars en billets de vingt et de cinquante non marqués. Ça me durera un bon bout de temps si je vis sobrement. Alors par pitié, faites que ça soit pas pour meurtre.

« *I need a lover that won't drive me* cray-zee *!*

– Encore une fois, enculé ! cria quelqu'un. Encore une fois et je t'arrache le cul par la bouche ! »

Morris ferma les yeux.

Bien qu'à midi il se sentît un peu mieux, il refusa le rata appelé repas : des nouilles flottant dans une sauce sanglante. Puis, vers deux heures de l'après-midi, un quatuor de gardiens longea le couloir qui séparait les cellules. L'un d'eux avait une tablette à pince et criait des noms.

« Bellamy ! Holloway ! McGiver ! Riley ! Roosevelt ! Titgarden ! Avancez-vous !

– C'est *Tea*garden, monsieur, dit le grand Noir dans la cellule voisine de celle de Morris.

– Ça ou John mon cul, je m'en fous. Si tu veux parler à ton commis d'office, avance. Sinon, tu peux rester un peu plus longtemps avec nous. »

Les six détenus s'avancèrent. Ils étaient les derniers qui restaient, du moins dans ce couloir. Les autres (y compris, Dieu merci, le type qui avait massacré John Mellencamp), incarcérés la veille comme eux, avaient été soit relâchés, soit conduits au tribunal pour la comparution du matin. C'était le menu fretin. Les comparutions de l'après-midi, Morris le savait, étaient réservées aux conneries plus sérieuses. Après sa petite escapade à Sugar Heights, il avait comparu l'après-midi. Devant cette connasse de juge Bukowski.

Alors que la porte de sa cellule provisoire se refermait en claquant, Morris pria un Dieu auquel il ne croyait pas. Coups et blessures, OK, Dieu ? Sans circonstances aggravantes. Mais pas meurtre. Leur laisse rien savoir de ce qui s'est passé dans le New Hampshire, OK, Dieu ? Ni sur une certaine aire de repos dans le nord de l'État de New York. C'est OK pour toi ?

« Avancez-vous, les gars, dit le gardien avec la tablette à pince. Avancez-vous et tournez-vous vers la droite. À un bras de distance de l'honnête citoyen américain qui se tient devant vous. Pas de tire-slip et pas de main au paquet par-derrière. Faites pas les cons avec nous et on vous rendra la pareille. »

Ils descendirent dans un ascenseur assez grand pour contenir un petit troupeau de bétail, longèrent un autre couloir, puis – Dieu sait pourquoi puisqu'ils étaient chaussés de sandales et que leurs combinaisons n'avaient pas de poches – passèrent au détecteur de métaux. Juste après, un parloir les attendait, avec huit compartiments individuels pareils à des isoloirs de bibliothèque. Le gardien avec la tablette à pince dirigea Morris vers le numéro 3. Morris prit place et regarda son commis d'office à travers une vitre en plexiglas qui avait été souvent souillée et rarement nettoyée. Le type côté liberté était un binoclard avec une coupe de cheveux ratée et des pellicules. Il avait un bouton de fièvre sous le nez et une mallette éraflée sur les genoux. Il faisait dix-neuf ans à tout casser.

C'est ça qu'on m'a refilé, pensa Morris. Oh, Seigneur, c'est ça qu'on m'a refilé.

L'avocat montra du doigt le téléphone mural dans le compartiment de Morris et ouvrit sa mallette. Il en sortit un unique feuillet de papier et l'incontournable bloc-notes jaune. Une fois le tout installé sur la tablette devant lui, il posa sa mallette par terre et décrocha son téléphone. Il avait pas le timbre de ténor hésitant qu'ont généralement les adolescents mais celui, confiant et rauque, d'un baryton, et bien trop ronflant pour la cage thoracique de poulet dissimulée sous le chiffon violet de sa cravate.

« Vous êtes dans la merde, monsieur... » – il consulta le feuillet posé sur son bloc-notes – « ... Bellamy. Je crois que vous devez vous préparer à un très long séjour en prison. À moins que vous n'ayez quelque chose à fournir en échange, bien sûr. »

Morris pensa : Il parle des carnets.

Un frisson lui remonta le long des bras tels de petits pieds de fées malveillantes. S'ils le détenaient pour le meurtre de Rothstein, ils le détenaient aussi pour Curtis et Freddy. Ce qui voulait dire réclusion à vie sans possibilité de libération conditionnelle. Il pourrait jamais récupérer la malle, jamais connaître la destinée ultime de Jimmy Gold.

« Parlez, dit l'avocat comme s'il s'adressait à un chien.

– Alors dites-moi à qui je suis en train de parler.

– Elmer Cafferty, temporairement à votre service. Vous êtes appelé à comparaître dans... » Il consulta sa montre, une Timex encore moins chère que son costume. « Trente minutes. La juge Bukowski est toujours à l'heure. »

Une douleur fulgurante, qui n'avait rien à voir avec sa gueule de bois, transperça le crâne de Morris.

« Non ! Pas elle ! C'est pas possible ! Cette salope était déjà là du temps de Mathusalem ! »

Cafferty sourit.

« J'en déduis que vous avez déjà eu affaire à la Grande Bukowski.

– Relisez votre dossier », répliqua Morris d'un ton morne.

Sauf que c'était sûrement pas dans le dossier. Comme il l'avait confié à Andy, l'affaire Sugar Heights devait être classée.

Putain de Andy Halliday. Tout ça c'est sa faute plus que la mienne.

« Homo. »

Cafferty fronça les sourcils.

« Qu'est-ce que vous venez de *dire* ?

– Rien. Continuez.

– Mon *dossier* concerne votre procès-verbal d'interpellation d'hier soir. La bonne nouvelle, c'est que votre destin sera entre les mains d'un autre juge lors de votre procès. La meilleure, du moins pour moi, c'est que d'ici là, quelqu'un d'autre vous représentera. Ma femme et moi déménageons à Denver, et vous, monsieur Bellamy, ne serez plus qu'un souvenir. »

À Denver ou en enfer, ça faisait pas de différence pour Morris.

« Dites-moi de quoi je suis inculpé.

– Vous ne vous en souvenez pas ?

– J'ai des trous noirs.

– Ah vraiment ?

– Oui vraiment », dit Morris.

Peut-être qu'il *pourrait* troquer les carnets, même si ça lui faisait mal rien que d'y penser. Mais même s'il le proposait – ou si Cafferty le faisait –, est-ce qu'un procureur saisirait l'importance de ce qu'ils contenaient ? C'était peu probable. Les avocats sont pas des littéraires. L'idée que devait se faire un procureur de la grande littérature se résumait sûrement à Erle Stanley Gardner. Et quand bien même les carnets – tous ces beaux Moleskine – auraient une valeur pour la partie civile, qu'est-ce que lui, Morris, gagnerait à les remettre ? Une seule condamnation à vie au lieu de trois ? Youpi.

Je peux pas. Quoi qu'il arrive, je le ferai *pas*.

Andy Halliday était peut-être un homo parfumé au *Cuir Anglais* mais il ne s'était pas trompé sur les motivations de Morris. Curtis et Freddy l'avaient fait pour l'argent : quand Morris leur avait assuré que le vieil écrivain avait peut-être bien mis cent mille dollars de côté, ils l'avaient cru. Les écrits de Rothstein ? Pour ces deux cul-terreux, la valeur de la production de Rothstein depuis 1960 était tout juste un *peut-être* brumeux, telle une mine d'or perdue. C'était Morris qui s'intéressait aux écrits. Si les choses s'étaient déroulées autrement, il aurait proposé à Curtis et Freddy sa part de l'argent contre les mots écrits, et il était sûr qu'ils auraient accepté. S'il y renonçait maintenant – surtout sachant que les carnets contenaient la suite du cycle Jimmy Gold –, il aurait fait tout ça pour rien.

Cafferty frappa une série rapide de coups contre le plexi avec le combiné de son téléphone puis le ramena contre son oreille.

« Cafferty à Bellamy, Cafferty à Bellamy, répondez, Bellamy.

– Excusez-moi. Je réfléchissais.

– Un peu tard pour ça, vous ne trouvez pas ? Essayez de rester concentré, si ce n'est pas trop vous demander. Vous allez être inculpé pour trois chefs d'accusation. Votre mission, si vous l'acceptez, est de plaider non coupable pour chacun d'entre eux. Plus tard, lors de votre procès, vous pourrez plaider coupable, si ça peut jouer en votre faveur. Ne pensez même pas à la remise en liberté sous caution, parce que Bukowski ne rigole pas : elle ricane comme la sorcière Hazel. »

Morris pensa : C'est mon pire cauchemar qui se réalise. Rothstein, Dow et Rogers. Trois inculpations pour meurtre au premier degré.

« Monsieur Bellamy ? Nous avons très peu de temps et je commence à perdre patience. »

Le combiné glissa de son oreille et Morris l'y ramena au prix d'un effort. Plus rien ne comptait à présent, mais l'avocat au candide visage de Richie Cunningham et à la voix bizarrement mûre de baryton continuait à pérorer à son oreille, et au bout d'un moment, ses mots commencèrent à faire sens.

« Ils iront crescendo, monsieur Bellamy, du moins grave au plus grave. Premier chef d'inculpation, refus d'obtempérer. Pour les besoins de la comparution initiale, plaidez non coupable. Deuxième chef d'inculpation, coups et blessures volontaires avec circonstances aggravantes – pas seulement sur la femme, mais aussi sur le premier policier arrivé sur les lieux avant qu'il ne vous menotte. Vous plaidez non coupable. Troisième chef d'inculpation, viol avec circonstances aggravantes. Il se peut qu'ils ajoutent tentative de meurtre par la suite, mais pour l'instant, c'est juste viol… si tant est qu'un viol puisse être *juste* quelque chose. Vous plaidez…

– Attendez une minute », dit Morris. Il effleura les griffures sur sa joue et ressentit… de *l'espoir*. « J'ai *violé* quelqu'un ?

– En effet, oui », répondit Cafferty, l'air satisfait. Probablement parce que son client semblait enfin le suivre. « Après que Mlle Cora Ann Hooper… » Il sortit un feuillet de sa mallette et le consulta. « Ça s'est passé peu après qu'elle a quitté le café-restaurant où elle travaille comme serveuse. Elle se dirigeait vers un arrêt de bus dans Lower Marlborough. Dit que vous l'avez plaquée au sol et traînée dans une ruelle près du Shooter's Tavern où vous aviez passé plusieurs heures à boire du Jack Daniel's avant de donner des coups de pied dans le juke-box et d'être prié de sortir. Mlle Hooper avait dans son sac à main un boîtier Police Alerte qu'elle a réussi à déclencher. Elle vous a aussi griffé au visage. Vous lui avez cassé le nez, l'avez maintenue au sol, étranglée et avez procédé à l'insertion de votre Johns Hopkins[1] dans son Sarah Lawrence[2]. Quand l'officier Philip Ellenton vous a ôté de là, vous en étiez encore aux inscriptions.

– Viol. Pourquoi je serais... »

Question stupide. Pourquoi il avait passé trois longues heures à saccager cette baraque de Sugar Heights, en faisant juste une courte pause pour pisser sur le tapis d'Aubusson ?

« Je n'en ai aucune idée, dit Cafferty. Le viol est étranger à mon mode de vie. »

Au mien aussi, pensa Morris. D'habitude. Mais j'avais picolé du Jack et j'ai eu des *écarts de conduite*.

« Je vais prendre combien ?

– L'accusation demandera une condamnation à vie. Si vous plaidez coupable au procès et que vous implorez la clémence de la cour, il se peut que vous écopiez de seulement vingt-cinq ans. »

Morris plaida coupable au procès. Il dit qu'il regrettait ce qu'il avait fait. Il incrimina l'alcool. Il implora la clémence de la cour.

Et prit perpète.

1. Université pour garçons.
2. Université pour filles.

2013-2014

En classe de première déjà, Pete Saubers savait quelle serait pour lui la prochaine étape : une bonne fac de Nouvelle-Angleterre où la sainteté passait non pas par la propreté, mais par la littérature. Il commença à faire des recherches sur Internet et à rassembler des brochures. Emerson et Boston College semblaient être les candidates les plus probables, mais Brown n'était peut-être pas hors d'atteinte. Ses parents lui déconseillaient de mettre la barre trop haut, mais Pete n'adhérait pas à ce genre de point de vue. Il estimait que si t'avais pas d'espoir et d'ambition quand t'étais ado, c'était foutu pour la suite.

Quant à se lancer dans des études de lettres, ça ne faisait aucun doute. Cette certitude était en partie liée à John Rothstein et aux romans de Jimmy Gold : à la connaissance de Pete, il était la seule personne au monde à avoir lu les deux derniers, et ils avaient changé sa vie.

Howard Ricker, son prof de lettres en première, avait lui aussi changé sa vie ; même s'il était la risée de beaucoup d'élèves, qui l'appelaient Ricky le Hippie à cause des chemises à fleurs et des pantalons pattes d'ef qu'il affectionnait. (La petite copine de Pete, Gloria Moore, l'appelait Pasteur Ricky parce qu'il avait l'habitude de brandir les mains au-dessus de sa tête quand il était exalté.) Cela dit, quasiment personne ne séchait ses cours. Il était amusant, il était enthousiaste et – à l'inverse de la plupart des professeurs – il semblait sincèrement aimer ses élèves, qu'il appelait « mes jeunes dames et messieurs ». Ses élèves levaient les yeux au ciel devant ses vêtements rétro et son rire perçant… mais ses tenues avaient un certain cachet funky et son rire était si joyeusement farfelu qu'il en était communicatif.

Le premier jour de cours, il était entré en soufflant un vent de fraîcheur sur la classe, avait souhaité la bienvenue à tous et écrit quelque chose au tableau que Pete Saubers n'avait jamais oublié :

C'est nul !

« Que dites-vous de ça, mes jeunes dames et messieurs ? demanda-t-il. Qu'est-ce que ça peut bien vouloir *dire* ? »

La classe resta muette.

« Je vais vous le dire, moi. Il se trouve que c'est la critique le plus fréquemment émise par des jouvenceaux tels que vous, condamnés à suivre un programme que nous commencerons avec *Beowulf* et terminerons avec Raymond Carver. Entre professeurs, nous appelons ces cours d'introduction générale des GGPG : Grand Galop Parmi les Géants. »

Il s'esclaffa gaiement, agitant aussi les mains en l'air à hauteur des épaules comme pour dire *ouh là là !* La plupart des élèves, dont Pete, rigolèrent avec lui.

« *Modeste proposition*, de Jonathan Swift. Verdict de la classe ? C'est nul ! *Le Jeune Maître Brown*, de Nathaniel Hawthorne ? C'est nul ! *En réparant le mur*, de Robert Frost ? Ça c'est modérément nul ! L'extrait de *Moby Dick* de rigueur ? *Extrêmement* nul ! »

Nouvelle vague de rires. Aucun d'entre eux n'avait encore lu *Moby Dick* mais tous savaient que c'était dur et ennuyeux à lire. Nul, en d'autres termes.

« Et parfois ! s'exclama M. Ricker en brandissant un doigt et le pointant de façon théâtrale sur les mots écrits au tableau. Parfois, mes jeunes dames et messieurs, *la critique est pertinente* ! Je me mets à nu ici devant vous et je l'admets. Je suis contraint de vous enseigner certaines antiquités que j'aimerais mieux ne pas enseigner. Je vois le manque d'enthousiasme dans vos yeux et mon âme se désole.

Oui ! *Se désole !* Mais je persévère, envers et contre tout, parce que je sais que la plupart de ce que j'enseigne n'est *pas* nul ! Même certaines antiquités auxquelles vous pensez ne jamais pouvoir vous identifier ont une profonde résonance qui se révélera un jour à vous. Me permettez-vous de vous apprendre à différencier le *pas-nul* du *certainement-nul* ? Voulez-vous que je vous livre ce grand secret ? Puisqu'il nous reste quarante minutes de cours et que nous n'avons pas encore donné de grain à moudre à nos intellects combinés, je crois que je vais le faire, oui. »

Il se pencha et posa les mains sur son bureau, sa cravate se balançant comme un pendule. Pete avait l'impression que M. Ricker le regardait droit dans les yeux, comme s'il connaissait – ou du moins percevait intuitivement – l'immense secret que Pete gardait sous une pile de couvertures dans le grenier de sa maison. Quelque chose de bien plus important que de l'argent.

« Il arrivera un moment au cours de l'année, peut-être même dès ce soir, où vous lirez quelque chose de difficile, quelque chose que vous ne comprendrez que partiellement, et votre verdict sera : *C'est nul.* Vais-je objecter, lorsque le lendemain, vous avancerez cette opinion en cours ? Pourquoi ferais-je une chose aussi inutile ? Nous avons très peu de temps à passer ensemble, seulement trente-quatre semaines de cours, et je ne le gaspillerai pas à plaider les mérites de telle nouvelle ou tel poème. Pourquoi le ferais-je, quand toutes ces opinions sont subjectives et qu'aucun compromis ne pourra jamais être trouvé ? »

Certains élèves – dont Gloria – avaient l'air perdus à présent, mais Pete voyait exactement ce que M. Ricker, alias Ricky le Hippie, voulait dire, car depuis qu'il avait commencé à lire les carnets, il avait lu des dizaines d'articles sur John Rothstein. De nombreux critiques considéraient Rothstein comme l'un des plus grands écrivains américains du vingtième siècle, de la même trempe que Fitzgerald, Hemingway, Faulkner et Roth. Il y en avait d'autres – une minorité, mais qui savait se faire entendre – qui affirmaient que son travail était médiocre et creux. Pete avait lu un article dans *Salon* où l'auteur traitait Rothstein de « roi du sarcasme et de saint patron des bouffons ».

« La réponse, c'est le temps », professa M. Ricker le jour de la rentrée de Pete en première. Il faisait les cent pas, dans le bruissement de ses pattes d'ef surannées, et brandissait occasionnellement les bras. « Oui ! Le temps trie impitoyablement le *certainement-nul* du *pas-nul.* C'est la sélection naturelle de Darwin. Voilà pourquoi les romans de Graham Greene sont disponibles dans toutes les bonnes librairies, et les romans de Somerset Maugham, non – ces romans existent toujours, bien sûr, mais il faut les commander, et pour les commander, encore faudrait-il les connaître. La plupart des lecteurs d'aujourd'hui ne les connaissent pas. Que ceux qui ont déjà entendu parler de Somerset Maugham lèvent la main. Je vais vous l'épeler. »

Aucune main ne se leva.

M. Ricker hocha la tête. Assez sombrement, selon Pete.

« Le temps a décrété que M. Greene n'était pas nul et que M. Maugham était... eh bien, pas exactement nul, mais disons plutôt peu mémorable. Selon moi, il a écrit de très bon romans – *L'Envoûté* est remarquable, mes jeunes dames et messieurs, *remarquable* – et il a également écrit un grand nombre d'excellentes nouvelles, mais rien de tout cela ne figure dans vos manuels.

« Devrais-je en pleurer ? Devrais-je enrager, taper du poing sur la table et crier à l'injustice ? Non. Bien sûr que non. Une telle sélection suit l'ordre naturel des choses. Vous en prendrez conscience, mes jeunes dames et messieurs, même si au moment où cela arrivera, je serai loin dans votre rétroviseur. Et voulez-vous savoir *comment* cela arrivera ? Vous lirez quelque chose – peut-être le poème de Wilfred Owen, "*Dulce et Decorum*" *Est.* Est-ce un bon exemple ? Pourquoi pas ! »

Et alors, d'une voix plus grave et profonde qui fit monter des frissons dans le dos de Pete et lui noua la gorge, M. Ricker déclama :

« "Pliés en deux, tels de vieux mendiants sous leurs sacs, harpies cagneuses et crachotantes, à coups de jurons nous pataugions dans la gadoue..." Et ainsi de suite. Et cetera. Certains d'entre vous diront : *C'est nul.* Vais-je pour autant rompre ma promesse de ne point réfuter votre argument bien que je considère les poèmes de M. Owen comme les plus grands poèmes issus de la Première Guerre mondiale ? Non !

Ce n'est que mon opinion personnelle, vous voyez, et les opinions, c'est comme les trous du cul : tout le monde en a. »

Tous hurlèrent de rire, jeunes dames et messieurs confondus.

M. Ricker se redressa.

« Il m'arrivera de coller certains d'entre vous si vous perturbez mon cours, je n'ai aucun problème avec le respect de la discipline, mais *jamais* je ne critiquerai votre opinion. Et pourtant ! Et pourtant ! »

Doigt en l'air.

« Le temps passera ! *Tempus fugit !* Le poème d'Owen s'effacera peut-être de votre esprit, auquel cas votre verdict, *C'est nul*, se sera vérifié. Du moins, pour vous. Mais pour d'autres, il continuera de résonner. Et de résonner. Et de résonner. Et à chaque fois, la marche assurée de votre maturité approfondira sa résonance. À chaque fois que ce poème reviendra se glisser dans votre esprit, il vous semblera un peu moins nul et un peu plus vital. Un peu plus important. Jusqu'à ce qu'il *flamboie*, mes jeunes dames et messieurs. Jusqu'à ce qu'il *flamboie.* Ainsi s'achève ma péroraison de rentrée, et maintenant je vous prie de vous reporter à la page seize de ce très excellent ouvrage qu'est *Langue et littérature.* »

L'une des nouvelles que M. Ricker leur donna à lire cette année-là était *Le Cheval à bascule* de D.H. Lawrence et, sans surprise, beaucoup des jeunes dames et messieurs de M. Ricker (parmi lesquels Gloria Moore, dont Pete commençait à se lasser en dépit de ses seins vraiment parfaits) la trouvèrent nulle. Mais Pete, non ; en grande partie parce que certains événements de sa vie l'avaient fait mûrir avant l'âge. Alors que 2013 s'effaçait devant 2014 – l'année du fameux Vortex Polaire où toutes les chaudières dans le nord du Midwest tournèrent en surrégime, brûlant l'argent à la pelle –, cette nouvelle revint souvent se glisser dans son esprit, et sa résonance continua de s'approfondir. Et de revenir.

Dans cette nouvelle, la famille ne semblait manquer de rien, mais ce n'était qu'une illusion ; il n'y avait jamais assez et le héros, un jeune garçon nommé Paul, entendait sa maison lui murmurer : « Il faut plus d'argent ! Il faut plus d'argent ! » Pete Saubers pouvait concevoir qu'il y ait des jeunes qui trouvent ça nul. C'était les chanceux qui n'avaient jamais eu à écouter des ouafis-ouafis tous les soirs de la semaine sur quelles factures payer. Ou le prix des cigarettes.

Le jeune protagoniste de la nouvelle de Lawrence découvrait un moyen surnaturel de gagner de l'argent. En chevauchant son cheval à bascule jusqu'au pays imaginaire de la chance, Paul pouvait connaître le résultat des courses de chevaux dans le monde réel. Il gagnait des milliers de dollars et pourtant la maison continuait de murmurer : « Il faut plus d'argent ! »

Après une dernière et longue chevauchée – et une ultime grosse rentrée d'argent –, Paul tombait raide mort suite à une hémorragie cérébrale ou autre. Pete, lui, n'avait pas eu le moindre mal de tête après sa découverte de la malle enterrée, mais c'était quand même son cheval à bascule, pas vrai ? Oui. Son cheval à bascule à lui. Pourtant en 2013, l'année où Pete fit la connaissance de M. Ricker, le cheval à bascule commençait à ralentir. L'argent de la malle était presque épuisé.

Cet argent avait permis à ses parents de traverser une zone de turbulences difficile et angoissante à un moment où leur couple aurait pu se crasher et brûler ; ça, Pete le savait, et pas une fois il n'avait regretté d'avoir joué les anges gardiens. Pour reprendre les paroles d'une vieille chanson, l'argent de la malle avait jeté un pont par-dessus des eaux troubles et la vie était meilleure – *bien meilleure* – de l'autre côté. Le plus gros de la récession était passé. Maman enseignait de nouveau à temps plein et touchait trois mille dollars de plus par an. Papa gérait sa propre petite entreprise, pas vraiment une agence immobilière, mais quelque chose qui s'appelait une expertise immobilière. Il avait plusieurs agences de la ville pour clients. Pete ne comprenait pas totalement comment ça marchait, mais il savait que ça rapportait de l'argent, et que ça pouvait en rapporter davantage dans les années à venir, si les prix du marché immobilier poursuivaient leur tendance à la hausse. Papa s'occupait aussi en son nom propre de la vente et de la location de plusieurs propriétés. Et le mieux, c'est qu'il ne prenait plus du tout de médicaments et qu'il marchait bien. Les béquilles étaient dans le placard depuis un an et il se servait seulement de sa canne quand il pleuvait ou neigeait et que ses os et ses articulations le faisaient souffrir. Tout allait bien. Super bien, même.

Et pourtant ! comme avait coutume de dire M. Ricker au moins une fois par cours. Et pourtant !

Il y avait Tina à prendre en considération, et ça c'était un très gros *Et pourtant*. Beaucoup de ses amies de leur ancien quartier du West Side, dont Barbara Robinson que Tina avait idolâtrée, entraient à Chapel Ridge à la rentrée, une école privée qui avait l'excellente réputation d'envoyer ses élèves dans de très bonnes universités. Maman avait dit à Tina que papa et elle ne voyaient pas comment ils pourraient financièrement l'envoyer là-bas dès l'année prochaine. Peut-être qu'elle pourrait y entrer en deuxième année si leurs finances continuaient de s'améliorer.

« Mais je connaîtrai *personne* à ce moment-là, avait répondu Tina en se mettant à pleurer.

– Tu connaîtras Barbara Robinson », lui avait dit maman. Et Pete (qui écoutait depuis la pièce d'à côté) entendit à sa voix qu'elle aussi était au bord des larmes. « Et aussi Hilda et Betsy. »

Mais Teenie était un peu plus jeune qu'elles et Pete savait que seule Barbs avait vraiment été copine avec sa sœur du temps du West Side. Hilda Carver et Betsy DeWitt ne se souvenaient probablement même plus d'elle. Idem pour Barbara d'ici un an ou deux. Leur mère semblait avoir oublié à quel point le lycée est une étape cruciale et à quelle vitesse on oublie ses copains de collège une fois qu'on y entre.

Tina résuma la totalité de ces pensées avec une concision admirable :

« Ouais, mais elles me connaîtront pas, *moi*.

– Tina…

– Mais vous avez cet argent, *là* ! s'exclama Tina. L'argent-mystère qui arrive tous les mois ! Pourquoi je pourrais pas en avoir un peu pour Chapel Ridge ?

– Parce qu'on est tout juste en train de se remettre des mauvais jours, ma chérie. »

À ça, Tina ne pouvait rien répondre, parce que c'était vrai.

Les projets universitaires de Pete étaient un autre *Et pourtant*. Il savait que pour certains de ses amis, peut-être la plupart d'entre eux, la fac semblait à des années-lumière, comme les planètes les plus éloignées du système solaire. Mais s'il en voulait une bonne (*Brown*, lui chuchotait son esprit, *Littérature anglaise à Brown*), ça voulait dire déposer des candidatures dès le premier semestre de terminale. Les candidatures à elles seules coûtaient de l'argent, tout comme les cours d'été qu'il devrait prendre s'il voulait avoir la moyenne à l'épreuve de mathématiques de l'examen d'entrée. Il avait un boulot à temps partiel à la bibliothèque de Garner Street, mais trente-cinq dollars par semaine, ça menait pas bien loin.

L'entreprise de papa s'était suffisamment développée pour rendre alléchante l'idée d'un bureau en ville, et ça c'était le *Et pourtant* numéro trois. Juste un petit local pas cher au dernier étage. Et être au cœur de l'action rapporterait des dividendes. Mais ça voudrait dire aligner plus d'argent et Pete savait – même si personne ne le disait clairement – que son père comptait sur l'argent-mystère pour se lancer. Ils avaient tous fini par dépendre de l'argent-mystère, et seul Pete savait qu'il serait épuisé avant fin 2014.

Et, ouais, d'accord, il en avait dépensé un peu pour lui. Pas une somme astronomique – ça aurait éveillé des soupçons – mais cent dollars par-ci, cent dollars par-là. Un blazer et une paire de mocassins pour le voyage scolaire à Washington. Quelques CD. Et des livres. Il était devenu dingue de livres depuis qu'il avait commencé à lire les carnets et qu'il était tombé amoureux de John Rothstein. Il avait commencé par les auteurs juifs contemporains de Rothstein comme Philip Roth, Saul Bellow et Irwin Shaw (il trouvait que *Le Bal des maudits* était un putain de chef-d'œuvre et il arrivait pas à comprendre pourquoi il faisait pas partie des classiques) et avait ensuite élargi son champ de lecture. Il achetait toujours des livres de poche, mais à l'heure actuelle, même les livres de poche coûtaient douze ou quinze dollars, sauf si on pouvait les trouver d'occase.

Le Cheval à bascule avait de la résonance, c'était clair, une sacrée résonance, parce que Pete entendait sa propre maison murmurer : *Il faut plus d'argent*... et que, sans tarder, c'était moins d'argent qu'il y aurait. Oui mais, dans la malle, y avait pas *que* de l'argent, pas vrai ?

C'était ça, le dernier *Et pourtant*. Celui auquel Pete pensait de plus en plus à mesure que le temps passait.

Dans le cadre de son travail de recherche de fin d'année pour le Grand Galop Parmi les Géants de M. Ricker, Pete avait rédigé une dissertation de seize pages sur la trilogie Jimmy Gold, citant divers critiques et incluant quelques citations des rares interviews que Rothstein avait données avant d'aller s'isoler dans sa ferme du New Hampshire et de disparaître de la circulation. Il avait conclu son essai en parlant de la visite des camps d'extermination allemands que Rothstein avait faite en tant que reporter pour le *New York Herald* – et ce, quatre ans avant la sortie du premier roman de la trilogie Jimmy Gold.

« Je pense que ce fut l'événement le plus important de la vie de M. Rothstein, avait écrit Pete. Certainement l'événement le plus important de sa vie d'écrivain. La quête de sens de Jimmy est toujours liée à ce que M. Rothstein a vu dans ces camps, et c'est pourquoi, quand Jimmy essaie de vivre la vie d'un citoyen américain ordinaire, il se sent toujours creux. Selon moi, ceci est le mieux explicité dans le passage où il lance un cendrier dans la télé dans *Le Coureur ralentit*. Il le fait pendant un reportage spécial de CBS sur l'Holocauste. »

Quand M. Ricker leur rendit leurs copies, un gros A+ ornait la couverture de son devoir, que Pete avait illustrée d'une photo scannée de Rothstein jeune homme, assis à une table du Sardi's à New York en compagnie d'Ernest Hemingway. En dessous du A+, M. Ricker avait écrit *Viens me voir à la fin du cours*.

Quand les autres élèves furent partis, M. Ricker fixa Pete si intensément que, l'espace d'un instant, celui-ci craignit que son professeur préféré ne l'accuse de plagiat. Puis M. Ricker sourit.

« C'est le meilleur devoir que j'aie lu en vingt-huit ans d'enseignement. Parce que c'est celui qui a été écrit avec le plus de conviction et la plus profonde sincérité. »

Le visage de Pete s'empourpra de plaisir.

« Merci. Vraiment. Merci beaucoup.

– Je ne suis pas tout à fait d'accord avec ta conclusion, cependant, dit M. Ricker en s'adossant à sa chaise et en croisant ses doigts derrière sa nuque. Ta peinture de Jimmy Gold en « noble héros américain, comme Huck Finn » n'est pas confirmée par le troisième et dernier tome de la trilogie. D'accord, il lance un cendrier dans son écran de télé, mais ce n'est pas un acte d'héroïsme. Le logo de CBS est un œil, tu le sais, et le geste de Jimmy est un aveuglement rituel de son œil intérieur, celui qui perçoit la vérité. Ce n'est pas de moi : je te cite presque mot pour mot l'essai de John Crowe Ranson, *Le Coureur abandonne*. Et Leslie Fiedler dit à peu près la même chose dans *Amour et mort dans le roman américain*.

– Mais…

– Je ne suis pas en train d'essayer de te démentir, Pete. Je suis seulement en train de te dire qu'il faut que tu apprennes à suivre les indices d'un livre *peu importe* où ils te mènent, ce qui implique de n'omettre aucun élément crucial allant à l'encontre de ta thèse. Que fait Jimmy *après* avoir lancé le cendrier et que sa femme lui a balancé la fameuse réplique : "Espèce de salaud, comment les enfants vont regarder Mickey, maintenant" ?

– Il sort acheter une autre télé, mais…

– Pas *n'importe* quelle télé, mais *la première télé couleur de sa rue*. Et ensuite ?

– Il crée la grosse campagne de pub pour le produit ménager Duzzy-Doo, mais… »

M. Ricker leva les sourcils, attendant la suite du *mais*. Comment Pete pouvait-il lui dire qu'un an après, tard le soir, Jimmy se glissait dans son agence de pub avec des allumettes et un bidon de pétrole et qu'il mettait le feu à l'immeuble connu sous le nom de Temple de la Publicité ? Que Rothstein annonçait ainsi les manifestations contre la guerre du Vietnam et le mouvement des droits civiques ? Que Jimmy quittait New York en stop sans un regard en arrière, abandonnant sa famille pour partir vers le Territoire Indien, tout comme Huck Finn et Jim ? Il ne pouvait rien dire de tout ça parce que c'était l'histoire racontée dans *Le Coureur part vers l'Ouest*, un roman qui existait seulement à l'état de carnets, dix-sept en tout, à l'écriture serrée, restés enterrés dans une vieille malle pendant plus de trente ans.

« Allez, donne-moi des *mais* qui tiennent, dit M. Ricker avec équanimité. Il n'y a rien que j'aime tant qu'une bonne discussion littéraire avec quelqu'un capable d'aller jusqu'au bout de son argumentation. J'imagine que tu as déjà raté ton bus mais je me ferai un plaisir de te raccompagner chez toi. » Il tapota la page de couverture du devoir de Pete : Johnny R. et Ernie H., ces deux titans jumeaux de la littérature américaine trinquant avec leurs deux verres de Martini géants. « Hormis ta conclusion, infondée à mes yeux – et que je mets sur le compte d'un désir touchant de voir la lumière à la fin d'un ultime roman extrêmement noir –, tu as fait un travail extraordinaire. Tout simplement extraordinaire. Alors, vas-y. Donne-moi des *mais* qui tiennent.

– Mais… rien, répondit Pete. Peut-être que vous avez raison. »

Sauf que non, M. Ricker n'avait pas raison. S'il subsistait le moindre doute, à la fin du *Coureur part vers l'Ouest*, sur la capacité de Jimmy Gold à retourner sa veste, ce doute était balayé dans le dernier et plus long roman de la série, *Le Coureur hisse le drapeau*. C'était le meilleur livre que Pete avait jamais lu. Le plus triste, aussi.

« Tu n'évoques pas la mort de Rothstein dans ton devoir.

– Non.

– Puis-je savoir pourquoi ?

– Parce que c'était hors sujet, j'imagine. Et le devoir aurait été trop long. Et puis… ben… c'est tellement pas cool qu'il soit mort comme ça, se faire tuer dans un stupide cambriolage.

– Il n'aurait pas dû garder d'argent liquide chez lui, dit M. Ricker d'un ton apaisant. Mais il l'a fait, et beaucoup de gens étaient au courant. Mais ne le juge pas trop sévèrement. Beaucoup d'écrivains ont été stupides et imprévoyants avec leur argent. Charles Dickens s'est vu contraint de subvenir aux besoins d'une famille de fainéants, y compris son propre père. Samuel Clemens a frôlé la ruine suite à des transactions immobilières foireuses. Arthur Conan Doyle a lâché des milliers de dollars à de faux médiums et en a dépensé des milliers d'autres pour acheter de fausses photos de fées. Au moins, l'œuvre majeure de Rothstein était achevée. À moins que tu ne croies, comme certains… »

Pete consulta sa montre.

« Euh… monsieur Ricker ? J'ai encore le temps de prendre mon bus si je me dépêche. »

M. Ricker fit ce geste rigolo avec ses mains comme pour dire *ouh là là !*

« Fais donc, fais donc. Je voulais juste te remercier pour ce travail formidable… et te donner un conseil amical : quand tu aborderas ce genre de devoir l'année prochaine – et ensuite à l'université –, ne laisse pas ton optimisme obscurcir ton œil critique. L'œil critique doit toujours être froid et acéré.

– D'accord », dit Pete, et il se dépêcha de sortir.

La dernière chose dont il avait envie de discuter avec M. Ricker, c'était de la possibilité que les cambrioleurs qui avaient ôté la vie à John Rothstein aient volé un tas de manuscrits inédits, en plus de l'argent, et qu'ils les aient détruits après avoir décidé qu'ils étaient sans valeur. Une ou deux fois, Pete s'était imaginé remettre les carnets à la police, même si ça impliquerait très certainement que ses parents découvrent d'où l'argent-mystère provenait. Car après tout, les carnets étaient une preuve de crime autant qu'un trésor littéraire. Mais c'était un *vieux* crime, de l'histoire ancienne. Mieux valait ne pas remuer le passé.

Pas vrai ?

Le bus était déjà parti, bien sûr, ce qui voulait dire trois kilomètres à pied pour rentrer à la maison. Mais ça ne le dérangeait pas. Il rayonnait toujours de l'éloge de M. Ricker et il y avait beaucoup de choses auxquelles il devait réfléchir. Principalement les manuscrits inédits de Rothstein. Il trouvait les nouvelles inégales, certaines seulement étaient vraiment bonnes et, de l'humble avis de Pete, les poèmes qu'il avait essayé d'écrire étaient plutôt… nuls. Mais ces deux derniers tomes du cycle Jimmy Gold, c'était… eh bien… de l'or[1] en barre. Compte tenu des indices semés à travers ces deux romans, Pete supposait que le dernier, dans lequel Jimmy brandit un drapeau en feu lors d'un rassemblement pacifiste à Washington, avait été achevé autour de 1973, parce que Nixon était toujours président à la fin du roman. Que Rothstein n'ait jamais publié les deux derniers Jimmy Gold (plus un autre roman sur la guerre de Sécession) sidérait Pete. C'étaient de tels chefs-d'œuvre !

Il descendait les Moleskine un par un du grenier et les lisait dans sa chambre, la porte fermée et l'oreille tendue, à l'affût de la moindre visite intempestive lorsque d'autres membres de sa famille étaient à la maison. Il gardait toujours un autre livre à portée de la main et, s'il entendait des bruits de pas, il glissait le carnet sous son matelas et attrapait le livre de rechange. La seule fois où il s'était fait surprendre, c'était par Tina, qui avait la fâcheuse manie de se promener en chaussettes.

« C'est quoi ? avait-elle demandé depuis la porte.

– C'est pas tes oignons, avait répondu Pete en glissant le carnet sous son oreiller. Et si tu dis quoi que ce soit à papa et maman, je te préviens, t'auras des soucis.

– C'est un magazine porno ?

– Non ! »

Même si John Rothstein était capable d'écrire des scènes plutôt osées, surtout pour un vieux mec. Comme celle où Jimmy et ces deux filles hippies…

« Alors, pourquoi tu veux pas que je le voie ?

– Parce que c'est privé. »

Le regard de Tina s'illumina.

« C'est le tien ? T'écris un *livre* ?

– Peut-être. Et alors ?

– C'est trop cool ! Ça parle de quoi ?

– De la vie sexuelle des insectes sur la lune. »

Elle gloussa.

1. *Gold* signifie « or » en anglais.

« Je croyais que t'avais dit que c'était pas porno. Je pourrai le lire quand t'auras fini ?

– On verra. Mais motus et bouche cousue, OK ? »

Elle acquiesça et, ce qu'il y avait de sûr avec Teenie, c'est qu'elle manquait rarement à sa parole. Mais ça, c'était il y a deux ans, et Pete était certain qu'elle avait déjà tout oublié.

Billy Webber arriva en roue libre sur un dix-vitesses rutilant.

« Hey, Saubers ! » Comme pratiquement tout le monde (M. Rickers étant une exception), Billy prononçait son nom *Sobbers*[1] au lieu de SOW-bers[2], mais quelle importance ? Ça restait un nom plutôt pourri, peu importe comment tu le prononçais. « Tu fais quoi cet été ?

– Je travaille à la bibliothèque de Garner Street.

– Encore ?

– J'ai réussi à décrocher un vingt heures par semaine.

– Oh, mec, t'es trop jeune pour faire esclave salarié !

– Ça me dérange pas », répondit Pete, ce qui était vrai. Bosser à la bibliothèque voulait dire accès libre à Internet, entre autres avantages, sans personne pour regarder par-dessus ton épaule. « Et toi ?

– Je vais dans notre maison de vacances dans le Maine. À China Lake. Plein de jolies filles en bikini, mon pote, et celles du Massachusetts savent comment s'y prendre. »

Alors peut-être qu'elles pourront te montrer, pensa Pete, narquois, mais quand Billy leva la main, il lui tapa dans la paume et le regarda partir avec une pointe de jalousie : vélo dix-vitesses sous le cul ; pompes Nike super chères aux pieds ; maison de vacances dans le Maine. Apparemment, il y avait des gens qui s'étaient déjà remis des mauvais jours. Ou peut-être que les mauvais jours les avaient carrément épargnés. Pas comme les Saubers. Ils s'en étaient bien sortis, mais…

Il faut plus d'argent, murmurait la maison dans la nouvelle de Lawrence. Il faut plus d'argent. Et mon coco, ça c'était de la *résonance*.

---

1. Littéralement : les sangloteurs.
2. Équivaut à *Sobers* : les sobres.

Est-ce que les carnets pouvaient être transformés en argent ? Y avait-il un moyen ? L'idée seulement de s'en défaire déplaisait à Pete, mais en même temps, il reconnaissait que c'était pas bien de les garder cachés comme ça dans son grenier. L'œuvre de Rothstein, surtout les deux derniers Jimmy Gold, méritait d'être partagée avec le reste du monde. Ces bouquins redoreraient sa réputation, Pete en était certain, mais sa réputation était encore plutôt bonne, et c'était pas ça le plus important. Les gens aimeraient ces bouquins, c'était ça qui comptait. Les *adoreraient*, s'ils pensaient comme Pete.

Sauf que des manuscrits holographes, c'était pas comme des billets de vingt et de cinquante impossibles à identifier. Pete se ferait arrêter et il risquerait la prison. Il savait pas exactement de quel crime on pourrait l'accuser – sûrement pas de recel d'objets volés puisqu'il avait pas *volé* les carnets mais qu'il les avait *trouvés* – mais il était certain qu'essayer de vendre des trucs qui t'appartiennent pas doit correspondre à un crime ou à un autre. Faire don des carnets à l'université de New York, l'alma mater de Rothstein, ressemblait à une solution possible, sauf qu'il devrait le faire de manière anonyme, sinon tout éclaterait au grand jour et ses parents découvriraient que leur fils les avait entretenus avec de l'argent volé à un homme assassiné. En plus, pour un don anonyme, on recevait que dalle de paiement.

Même s'il n'avait rien écrit sur la mort de Rothstein dans son devoir de fin d'année, Pete avait tout lu sur le sujet, principalement dans la salle informatique de la bibliothèque. Il savait que Rothstein avait été tué d'une balle dans la tête, style exécution sommaire. Il savait que les flics avaient trouvé suffisamment de traces dans la cour de la maison pour penser que deux, trois ou même quatre personnes étaient impliquées dans le meurtre, probablement tous des hommes à en juger par la taille de leurs empreintes de pas. Les enquêteurs pensaient aussi que deux d'entre eux avaient été exécutés peu de temps après sur une aire de repos dans l'État de New York.

Margaret Brennan, la première femme de l'écrivain, avait été interviewée à Paris peu de temps après le meurtre. « Tout le monde parlait de lui dans cette petite ville de province où il habitait, avait-elle dit. De quoi auraient-ils pu parler ? Des vaches ? Du nouvel épandeur à purin d'Untel ou Untel ? John était un sacré sujet pour ces provinciaux. Ils avaient cette idée fausse que les écrivains gagnent autant que les banquiers d'affaires et s'imaginaient qu'il avait des centaines de milliers de dollars planqués dans sa vieille ferme décrépite. Quelqu'un qui était pas du coin a dû entendre les commérages, c'est tout. La "retenue yankee" ? Mes fesses d'Irlandaise, oui ! Les gens du coin sont tout aussi en faute que les brutes qui ont fait ça. »

Questionnée sur la possibilité que Rothstein, outre de l'argent, ait accumulé des manuscrits inédits, Peggy Brennan avait répondu par ce que le journaliste appelait « un rire éraillé de fumeuse ».

« Encore des rumeurs, mon chou. Si Johnny s'était retiré du monde, c'était pour une raison et une seule. Il était au bout du rouleau et trop fier pour l'admettre. »

T'étais bien renseignée, pensa Pete. Il a probablement divorcé parce qu'il en pouvait plus de ton rire éraillé de fumeuse.

Il y avait beaucoup de spéculations dans les articles de journaux et de magazines que Pete avait lus, mais lui-même penchait pour ce que M. Ricker appelait « le principe du rasoir d'Ockham » selon lequel la réponse la plus simple et la plus évidente est généralement la bonne. Trois hommes étaient entrés par effraction et l'un d'eux avait tué ses complices pour pouvoir garder le butin pour lui. Pete n'avait aucune idée de ce qui avait amené ce type-là dans sa ville après ça, ni de la raison pour laquelle il avait enterré la malle, mais il était *certain* d'une chose : le braqueur survivant ne reviendrait jamais la chercher.

Pete était pas le meilleur en maths – c'était d'ailleurs pour ça qu'il avait besoin de ce cours d'été pour progresser –, mais pas besoin d'être Einstein pour faire de simples calculs et estimer certaines probabilités. Si le braqueur survivant avait trente-cinq ans en 1978, ce qui semblait être une estimation correcte aux yeux de Pete, il en avait soixante-sept en 2010 quand Pete avait trouvé la malle, et dans les soixante-dix aujourd'hui. Soixante-dix ans, c'est vieux. S'il se pointait pour récupérer son fric, ça serait sûrement en déambulateur.

Pete tourna dans Sycamore Street en souriant.

Selon lui, il y avait trois explications, toutes également valables, au fait que le braqueur survivant ne soit jamais revenu pour sa malle. Un, il était en prison quelque part pour un autre crime. Deux, il était mort. La trois était une combinaison de un et deux : il était mort en prison. Dans tous les cas, Pete ne pensait pas qu'il avait à se soucier de ce type. Les carnets, en revanche, c'était une autre histoire. Eux lui causaient un maximum de souci. Être assis dessus, c'était comme être assis sur une collection de magnifiques tableaux volés impossibles à revendre.

Ou sur une caisse remplie de dynamite.

En septembre 2013 – presque exactement trente-cinq ans après le meurtre de John Rothstein –, Pete glissa les derniers billets de l'argent-mystère dans une enveloppe adressée à son père. Le dernier versement s'élevait à trois cent quarante dollars. Et parce qu'il trouvait cruel d'entretenir un espoir qui ne se réaliserait jamais, il ajouta un mot d'une ligne :

C'est fini. Je suis désolé qu'il n'y en ait plus.

Il prit un bus pour le centre commercial de Birch Hill où il y avait une boîte aux lettres entre le Discount Electronix et les yaourts glacés. Il regarda autour de lui pour s'assurer que personne ne l'observait et porta l'enveloppe à ses lèvres pour y déposer un baiser. Puis il la glissa dans la fente et s'éloigna. À la Jimmy Gold : sans se retourner.

Une semaine ou deux après le nouvel an, Pete était en train de se faire un sandwich beurre de cacahuètes et confiture dans la cuisine quand il entendit ses parents parler à Tina dans le salon. C'était à propos de Chapel Ridge.

« Je pensais que *peut-être* on aurait pu te l'offrir, disait son père. Si je t'ai donné de faux espoirs, j'en suis vraiment désolé, Teenie.

– C'est parce qu'on reçoit plus d'argent-mystère, dit Tina. C'est ça ?

– En partie, mais pas seulement, lui répondit maman. Papa a demandé un prêt mais on le lui a refusé. Ils ont examiné les comptes de son entreprise et établi…

– Un prévisionnel sur deux ans », poursuivit papa. Un relent d'amertume post-accident s'insinua dans sa voix. « Beaucoup de compliments, parce que c'est gratuit. Ils ont dit qu'ils seraient peut-être en mesure de m'accorder un prêt en 2016, si mon chiffre d'affaires augmente de cinq pour cent. En attendant – foutu Vortex Polaire –, on est bien au-dessus du budget de ta mère pour le chauffage. Tout le monde l'est, du Maine au Minnesota. Je sais que c'est une piètre consolation, mais voilà.

– Ma chérie, on est tellement, tellement désolés », dit maman.

Pete s'attendait à ce que Tina pique une colère monstre – ce qui lui arrivait de plus en plus fréquemment maintenant qu'elle approchait des treize ans fatidiques –, mais non. Elle leur dit qu'elle comprenait, et que Chapel Ridge était probablement un établissement de snobs, de toute façon. Puis elle vint dans la cuisine et demanda à Pete s'il voulait bien lui faire un sandwich, le sien avait l'air bon. Ce qu'il fit, puis ils retournèrent au salon où ils regardèrent la télé tous ensemble et rirent un peu devant *The Big Bang Theory*.

Mais plus tard ce soir-là, Pete entendit Tina pleurer derrière la porte fermée de sa chambre et il se sentit terriblement mal. Il alla dans sa propre chambre, sortit un Moleskine de sous son matelas et se mit à relire *Le Coureur part vers l'Ouest*.

Pete était en cours d'Écriture Créative avec Mme Davis ce semestre-là et il avait beau avoir des A à toutes ses rédactions, il avait su dès le mois de février qu'il ne serait jamais un auteur de fiction. Il était doué pour les mots mais il y avait une chose que Mme Davis n'avait pas besoin de lui dire (même si elle le lui disait souvent) : il ne possédait tout simplement pas ce qu'il fallait d'étincelle créative. Son aspiration principale, c'était de *lire* de la fiction, puis d'essayer d'analyser ce qu'il avait lu en l'intégrant à un contexte plus vaste. Il avait pris goût à ce genre de travail d'investigation en écrivant son devoir de fin d'année sur Rothstein. À la bibliothèque où il travaillait, il avait réussi à dénicher l'un des livres que M. Ricker avait mentionnés, *Amour et mort dans le roman américain* de Fiedler, et il l'avait tellement aimé qu'il s'était acheté son propre exemplaire pour pouvoir surligner certains passages et écrire dans les marges. Il voulait plus que jamais faire des études de lettres, enseigner comme M. Ricker (mais peut-être à l'université plutôt qu'au lycée) et écrire un jour un livre comme celui de M. Fiedler, s'opposant aux critiques plus conventionnels et remettant en question les idées préconçues de ces mêmes critiques.

Et pourtant !

Il fallait plus d'argent. M. Feldman, le conseiller d'orientation, lui avait dit qu'il était « assez peu probable » qu'il obtienne une bourse couvrant tous les frais de scolarité pour une université de l'Ivy League[1], et Pete savait que même ça, c'était un euphémisme. Il n'était qu'un blanc-bec de lycéen parmi d'autres, venant d'une école moyenne du Midwest, un gamin bossant à mi-temps dans une bibliothèque et engagé dans des activités extrascolaires peu glamour comme le journal du lycée et l'album de promo. Et même s'il réussissait à obtenir une bourse, il y avait Tina à prendre en considération. Elle ramait en classe maintenant, n'avait quasiment plus que des B et des C et semblait plus intéressée par le maquillage, les chaussures et la musique pop que par les cours. Elle avait besoin d'un changement, d'un nouveau départ. Pete était suffisamment réaliste, même à pas tout à fait dix-sept ans, pour savoir que Chapel Ridge n'arrangerait peut-être pas tout… mais d'un autre côté, c'était toujours possible. Surtout qu'elle n'était pas totalement au fond du trou. Du moins pas encore.

Il me faut un plan, pensa-t-il, sauf que c'était pas exactement ça dont il avait besoin. Ce dont il avait besoin, c'était d'une *histoire*, et

1. Littéralement : Ligue du Lierre. Ensemble des universités les plus anciennes et les plus prestigieuses des États-Unis.

même s'il ne deviendrait jamais un grand écrivain de fiction comme John Rothstein ou D. H. Lawrence, il était tout à fait *capable* de construire une intrigue. C'était ça qu'il devait faire maintenant. Seulement voilà, toute intrigue reposait sur une idée, et de ce côté-là, il continuait à sécher.

Il avait commencé à passer beaucoup de temps chez Water Street Books, où le café était pas cher et même les livres de poche neufs étaient trente pour cent moins chers qu'ailleurs. Il s'y arrêta par une après-midi de mars, en chemin pour son boulot à la bibliothèque, se disant qu'il pourrait peut-être prendre un Joseph Conrad. Dans l'une de ses rares interviews, Rothstein avait qualifié Conrad de « premier grand écrivain du vingtième siècle même si ses meilleurs romans avaient été écrits avant 1900 ».

Devant la librairie, une grande table avait été installée sous un auvent. NETTOYAGE DE PRINTEMPS, disait la pancarte. TOUTE LA TABLE À -70 % ! Et en dessous : QUI SAIT QUEL TRÉSOR VOUS ALLEZ EXHUMER ! Cette dernière ligne était flanquée de gros smileys jaunes pour montrer que c'était une plaisanterie, mais Pete ne trouva pas ça drôle.

Il tenait enfin son idée.

Une semaine plus tard, il resta après les cours pour parler à M. Ricker.

« Content de te voir, Pete. »

Aujourd'hui, M. Ricker portait une chemise à motifs cachemire à manches évasées et une cravate psychédélique. Pete trouvait que la combinaison des deux en disait long sur les raisons de la débâcle de la génération Peace & Love.

« Mme Davis n'a que des éloges pour toi.

– Elle est bien, dit Pete. J'apprends beaucoup. »

C'était faux et Pete soupçonnait tous les élèves de son cours d'être dans le même cas. Elle était assez sympa, et elle avait souvent des choses intéressantes à dire, mais Pete en était venu à la conclusion que l'écriture créative ça ne s'enseigne pas, ça s'apprend seulement.

« Que puis-je faire pour toi ?

– Vous vous souvenez quand vous avez parlé de la valeur que pourrait avoir un manuscrit holographe de Shakespeare ? »

M. Ricker lui adressa un large sourire.

« Je parle toujours de ça en milieu de semaine, quand la classe commence à s'endormir. Rien de tel qu'un peu de cupidité pour réveiller l'intérêt des jeunes. Pourquoi ? Tu as trouvé un folio, Malvolio ? »

Pete sourit poliment.

« Non, mais quand j'étais chez mon oncle Phil à Cleveland pendant les vacances de février, j'ai trouvé tout un tas de vieux livres dans son garage. Surtout des Tom Swift. Vous savez, l'enfant inventeur.

– Je me souviens bien de Tom et de son ami Ned Newton, dit M. Ricker. *Tom Swift et sa Mobylette*, *Tom Swift et son Appareil Photo Sorcier*... Quand j'étais gosse, on plaisantait souvent sur *Tom Swift et sa Grand-Mère Électrique.* »

Pete réitéra son sourire poli.

« Il y en avait aussi une dizaine sur une fille détective, Trixie Belden, et une autre, qui s'appelle Nancy Drew.

– Je crois savoir où tu veux en venir avec tout ça, et je déteste te décevoir, mais il le faut. Tom Swift, Nancy Drew, les Frères Hardy, Trixie Belden... tous de très intéressants vestiges d'une époque révolue, et de merveilleux indicateurs nous permettant de juger à quel point la "littérature jeunesse" a changé au cours des quatre-vingts dernières années, mais ces livres ont très peu de valeur, voire aucune marchande, même trouvés dans un excellent état.

– Je sais, dit Pete. J'ai vérifié sur *Fine Books,* après. C'est un blog. Mais quand j'étais en train de jeter un coup d'œil à tous ces livres, mon oncle est venu me voir dans le garage pour me dire qu'il avait quelque chose qui pourrait encore plus m'intéresser. Parce que je lui avais dit que j'étais fan de John Rothstein. C'était un exemplaire relié et signé du *Coureur*. Pas dédicacé, juste signé. Oncle Phil m'a dit qu'un copain à lui, Al, le lui avait donné en paiement des dix dollars qu'il lui devait pour une partie de poker. Mon oncle m'a dit qu'il l'avait depuis presque cinquante ans. J'ai regardé la page de copyright et c'est une édition originale. »

M. Ricker, jusque-là renversé dans son fauteuil, se redressa d'un bond.

« Waouh ! Tu sais certainement que Rothstein signait très peu d'autographes, hein ?

– Oui, répondit Pete. Il appelait ça "défigurer un livre parfaitement bien fait".

– Exact, il était comme Raymond Chandler pour ça. Et tu sais aussi que les volumes signés ont plus de valeur quand il n'y a que la signature ? *Sans* dédicace ?

– Oui, c'est ce qu'ils disent sur *Fine Books*.

– Une édition originale signée, du plus célèbre des romans de Rothstein, *ça* ça vaut probablement de l'argent. » M. Ricker réfléchit. « Réflexion faite, retire le probablement. Dans quel état est-il ?

– En bon état, répondit Pete promptement. Un peu de piqûre, comme disent les collectionneurs, sur le rabat de la couverture et la page de titre, mais c'est tout.

– Tu t'es bien renseigné sur le sujet, dis-moi.

– Un peu plus depuis que mon oncle m'a montré le Rothstein.

– Et je suppose que tu n'es pas en possession de ce livre fabuleux, n'est-ce pas ? »

Je suis en possession de bien mieux, pensa Pete. Si seulement tu savais.

Parfois, il ressentait le poids de ce secret. Aujourd'hui, en débitant ces mensonges, plus que jamais.

Des mensonges *nécessaires*, se rappela Pete.

« Non, mais mon oncle m'a dit qu'il me le donnait, si je voulais. Je lui ai dit que j'allais y réfléchir parce qu'il a pas… enfin, vous voyez…

– Il n'a aucune idée de la valeur réelle que ça pourrait avoir ?

– Ouais. Et puis, j'ai pensé à un truc…

– Dis-moi. »

Pete plongea la main dans sa poche arrière et en sortit un bout de papier plié qu'il tendit à M. Ricker.

« J'ai cherché sur Internet des libraires qui achètent et qui vendent des éditions originales, ici en ville, et j'ai trouvé ces trois-là. Je sais que vous êtes un peu collectionneur vous-même…

– Bien peu, mon salaire ne me le permet pas vraiment, mais j'ai un Theodore Roethke signé que j'ai l'intention de léguer à mes enfants. *The Waking*. De très beaux poèmes. Un Vonnegut aussi, mais ça ne vaut pas énormément. Contrairement à Rothstein, le père Kurt signait tout.

– Quoi qu'il en soit, je me demandais si vous les connaissiez et si vous pouviez me dire lequel serait le mieux. Si je décidais d'accepter le livre… et puis, ben, de le vendre. »

M. Ricker déplia le bout de papier, y jeta un coup d'œil, puis regarda à nouveau Pete. Ce regard, à la fois perçant et compatissant, mit Pete mal à l'aise. C'était peut-être une mauvaise idée, il n'était décidément pas très bon en fiction, mais maintenant qu'il s'était mis dedans, il allait devoir se dépêtrer de ce bourbier d'une manière ou d'une autre.

« Il se trouve que je les connais tous les trois. Mais bon sang, petit, je connais aussi ton amour pour Rothstein, et je ne me base pas seulement sur ton devoir de l'année dernière. Annie Davis dit que tu fais souvent référence à lui en cours d'écriture créative. Elle prétend que la trilogie Gold est ta bible. »

Pete supposait que c'était vrai, mais il n'avait pas réalisé jusqu'à maintenant qu'il avait été trop bavard. Il résolut d'arrêter de parler autant de Rothstein. Ça pourrait être dangereux. Les gens pourraient s'en souvenir si…

Si.

« C'est bien d'avoir des héros littéraires, Pete, surtout si tu as l'intention de faire des études de lettres. Le tien, c'est Rothstein – du moins pour l'instant –, et ce livre pourrait être le premier de ta bibliothèque. Tu es sûr de vouloir t'en défaire ? »

Pete pouvait répondre à cette question en toute honnêteté, même si ce n'était pas vraiment d'un livre signé qu'il parlait.

« J'en suis sûr, oui. Les choses ont pas été très faciles à la maison…

– Je suis au courant pour ce qui est arrivé à ton père au City Center, j'en suis vraiment désolé. Au moins, ils ont arrêté le dégénéré avant qu'il ne fasse plus de mal.

– Mon père va mieux, et lui et ma mère retravaillent tous les deux maintenant, sauf que je vais sûrement avoir besoin d'argent pour la fac, vous comprenez…

– Je comprends.

– Mais c'est pas le plus urgent. Ma sœur veut aller à Chapel Ridge mais mes parents lui ont dit que c'était pas possible, du moins pas pour l'année prochaine. Ils n'ont pas encore tout à fait les moyens. Presque, mais c'est pas encore ça. Et je pense que c'est un endroit comme ça qu'il lui faudrait. Elle est un peu, je sais pas, *larguée.* »

M. Ricker, qui avait sans aucun doute connu un grand nombre d'élèves largués, acquiesça gravement.

« Mais si Tina pouvait y entrer, avec toutes ces grosses bûcheuses – surtout cette fille, Barbara Robinson, qu'elle connaissait quand on habitait dans le West Side –, les choses pourraient s'arranger.

– C'est très attentionné de ta part de penser à son avenir, Pete. Noble, même. »

Pete ne s'était jamais vu comme quelqu'un de noble. L'idée lui fit cligner des yeux. Remarquant peut-être son embarras, M. Ricker reporta son attention sur la liste.

« OK. Grissom Books aurait été ta meilleure chance du temps où Teddy Grissom était encore de ce monde, mais c'est son fils qui tient les rênes maintenant, et il est du genre pingre. Honnête, mais toujours à un dollar près. Il te dira que c'est l'époque qui veut ça, mais c'est aussi sa nature.

– OK…

– Je présume que tu es allé voir sur le Net à combien était estimée une édition originale signée et en bon état du *Coureur* ?

– Oui. Deux ou trois mille dollars. Pas suffisant pour une année à Chapel Ridge, mais c'est un début. Ce que mon père appellerait une somme honnête. »

M. Ricker hocha la tête.

« Ça me semble correct. Teddy Junior commencerait par t'en proposer huit cents. Tu pourrais monter jusqu'à mille, mais si tu continues à pousser, il prendra la mouche et t'enverra balader. L'autre, Buy the Book, c'est chez Buddy Franklin. Il est OK – j'entends par là honnête – mais Buddy n'est pas très intéressé par les romans de fiction du vingtième siècle. Son truc à lui, c'est de vendre des vieilles cartes et des atlas du dix-septième siècle aux nantis de Branson Park et Sugar Heights. Mais si tu arrives à convaincre Buddy d'expertiser le livre, tu pourrais ensuite aller voir Teddy Junior chez Grissom, et peut-être en tirer mille deux cents dollars. Je ne dis pas que c'est ce qui arrivera, je dis seulement que c'est possible.

– Et Andrew Halliday Rare Editions ? »

M. Ricker fronça les sourcils.

« J'éviterais Halliday si j'étais toi. Il a une petite boutique sur Lacemaker Lane, la rue piétonne perpendiculaire à Lower Main Street. Pas beaucoup plus large qu'un wagon d'Amtrak, sa boutique, mais punaise, presque aussi longue qu'un pâté de maisons. Il a l'air de s'en sortir plutôt bien, mais il est pas net. J'ai entendu dire qu'il n'était pas très regardant sur la provenance de certains objets. Tu vois de quoi je parle ?

– La transmission de propriété.

– C'est ça. Détenir un bout de papier qui dit que c'est *toi* le propriétaire *légal* de ce que tu essaies de vendre. La seule chose que je sais, c'est qu'il y a quinze ans, Halliday a vendu un jeu d'épreuves de *Louons maintenant les grands hommes* de James Agee et qu'il s'est avéré que ces épreuves avaient été volées dans la succession de Brooke Astor. Une riche petite vieille de New York avec un comptable véreux. Halliday a présenté un reçu, son histoire était crédible, l'enquête a été abandonnée. Mais les reçus peuvent être falsifiés, tu sais ça. Je l'éviterais.

– Merci, monsieur Ricker », dit Pete, songeant que s'il se décidait, c'était d'abord chez Andrew Halliday Rare Editions qu'il irait.

Mais il devrait être très, très prudent, et si M. Halliday n'acceptait pas de transaction en espèces, il n'y aurait *pas* de transaction *du tout*. Et en aucun cas Halliday ne devrait connaître le nom de Pete. Un déguisement pourrait être de circonstance, bien qu'il vaille mieux ne pas trop en faire de ce côté-là.

« Y a pas de quoi, Pete, mais je mentirais si je te disais que c'est une bonne décision. »

Pete pouvait comprendre. Lui non plus n'en était pas tellement sûr.

Un mois plus tard, retournant toujours dans sa tête les options qui s'offraient à lui, il en était presque arrivé à la conclusion qu'essayer de vendre ne serait-ce qu'un seul carnet représentait un trop gros risque pour une trop maigre récompense. Si le carnet atterrissait entre les mains d'un collectionneur privé – de ceux qui achètent des tableaux de grande valeur pour les accrocher dans des pièces secrètes où ils sont les seuls à pouvoir les admirer –, ça irait. Mais il ne pourrait pas en être certain. Il penchait de plus en plus pour le don anonyme ; peut-être qu'il pourrait les envoyer par courrier à la bibliothèque de l'Université de New York. Le conservateur d'un endroit comme ça comprendrait leur valeur, aucun doute là-dessus. Mais ça restait encore un peu trop public à son goût, pas du tout comme glisser les enveloppes d'argent dans des boîtes aux lettres au coin des rues. Et si quelqu'un se souvenait de lui au bureau de poste ?

Et puis, par un soir pluvieux d'avril 2014, Tina frappa de nouveau à sa porte. Elle avait abandonné Mme Beasley depuis longtemps et troqué son pyjama-grenouillère contre un maillot de football des Cleveland Browns trois fois trop grand, mais aux yeux de Pete, elle ressemblait beaucoup à la petite fille inquiète qui lui avait demandé, à l'Époque des Mauvais Pressentiments, si leurs parents allaient divorcer. Elle s'était fait des couettes et, le visage nettoyé du peu de maquillage que sa mère lui autorisait (Pete avait dans l'idée qu'arrivée à l'école, elle en rajoutait une couche), elle avait l'air plus près des dix ans que des treize. Il pensa : Teenie est presque une ado. C'était dur à croire.

« Je peux entrer une minute ?

– Bien sûr. »

Il était allongé sur son lit en train de lire *Quand elle était gentille,* un roman de Philip Roth. Tina s'assit dans son fauteuil de bureau, ramenant son maillot-chemise de nuit sur ses chevilles et soufflant quelques cheveux égarés de son front légèrement parsemé d'acné.

« Y a quelque chose qui va pas ?

– Hum… ouais. »

Mais elle s'arrêta là.

Il fronça le nez.

« Allez, crache. Un garçon sur lequel tu craques t'as envoyée balader ?

– C'est toi qui as envoyé l'argent, dit-elle. Pas vrai ? »

Pete la fixa, sidéré. Il essaya de parler, mais n'y parvint pas. Il chercha à se convaincre qu'elle avait pas dit ce qu'elle avait dit, sans y parvenir non plus.

Elle acquiesça comme s'il venait d'avouer.

« Ouais, c'est toi. Ça se voit sur ton visage.

– C'est pas moi, Teenie, je m'attendais pas à ce que tu dises ça, c'est tout. Où est-ce que j'aurais pu trouver autant d'argent ?

– J'en sais rien, mais je me rappelle la fois où tu m'as demandé ce que je ferais si je trouvais un trésor enterré.

– Je t'ai demandé ça ? »

Pensant : T'étais à moitié endormie. Tu *peux pas* t'en rappeler.

« Des doublons, t'as dit. Des pièces d'autrefois. Je t'ai dit que je le donnerais à papa et maman pour qu'ils arrêtent de se disputer, et c'est ce que t'as fait. Sauf que c'était pas un trésor de pirates, c'était de l'argent normal. »

Pete posa son livre.

« Va pas raconter ça à papa et maman. Ils pourraient te croire. »

Elle le considéra gravement.

« J'irai jamais leur raconter. Mais j'ai besoin de savoir… y en a vraiment plus ?

– C'est ce que disait le mot dans la dernière enveloppe, répondit Pete prudemment. Et y en a pas eu d'autre depuis, donc j'imagine qu'y en a plus, non. »

Elle soupira.

« Ouais. C'que j'me disais. Mais fallait que je demande. »

Elle se leva.

« Tina ?

– Quoi ?

– Je suis vraiment désolé pour Chapel Ridge et tout ça. J'aimerais qu'il en reste encore. »

Elle se rassit.

« Je garderai ton secret si tu gardes celui qu'on a, maman et moi. OK ?

– OK.

– En novembre dernier, elle m'a emmenée à Chap – c'est comme ça que les filles disent – pour une de leurs portes ouvertes. Elle voulait pas que papa le sache, parce qu'elle pensait que ça le mettrait en colère, mais à l'époque, elle pensait que *peut-être* ils pourraient me le payer, surtout si j'avais une bourse sur critères sociaux. Tu vois ce que c'est ? »

Pete acquiesça.

« Sauf qu'on recevait toujours l'argent à l'époque, et c'était avant toute la neige et tout ce froid bizarre de décembre et janvier. On a visité quelques salles de classe. Et les labos de science. C'est dingue le nombre d'ordis qu'ils ont. On a visité le gymnase aussi, qui est gigantesque, et les douches. Et ils ont des cabines privées pour se changer, pas des box pour parquer le bétail comme à Northfield. Pour les filles, en tout cas. Devine qui mon groupe avait comme guide ?

– Barbara Robinson ? »

Elle sourit.

« C'était chouette de la revoir. » Puis son sourire s'évanouit. « Elle m'a dit bonjour, elle m'a serrée dans ses bras, elle m'a demandé comment tout le monde allait et tout, mais ça se voyait qu'elle se souvenait à peine de moi. Pourquoi elle se souviendrait de moi, d'ailleurs ? Tu savais qu'elle, Hilda, Betsy et d'autres copines de l'époque étaient au concert des 'Round Here ? Là où celui qui a roulé sur papa a essayé de tout faire péter ?

– Ouais. »

Pete savait aussi que le grand frère de Barbara Robinson faisait partie de ceux qui avaient sauvé la vie de Barbara et ses copines et peut-être de milliers d'autres personnes. Il avait reçu une médaille, ou la clé de la ville, quelque chose comme ça. Ça, c'était héroïque, pas comme envoyer en douce de l'argent volé à ses parents.

« Tu savais qu'elle m'avait invitée à y aller avec elles, ce soir-là ?

– Quoi ? Non ! »

Tina hocha la tête.

« J'ai dit que je pouvais pas parce que j'étais malade. Mais c'était pas vrai. C'est parce que maman m'avait dit qu'ils avaient pas l'argent pour m'acheter la place. On a déménagé deux mois plus tard.

– Ouah, qui l'eût cru !

– Ouais, j'ai tout raté.

– C'était comment la visite, alors ?

– Bien, mais pas fou non plus. Northfield m'ira très bien. Et puis, quand ils sauront que je suis ta sœur, je serai peut-être chouchoutée. Hein, premier de la classe ? »

Pete se sentit triste tout à coup, comme s'il allait pleurer. C'était cette douceur, qui avait toujours fait partie du caractère de Tina, combinée à cette vilaine poussée de boutons sur son front. Il se demandait si on s'était déjà moqué d'elle à cause de ces boutons. Si ce n'était pas encore arrivé, ça n'allait pas tarder.

Il lui tendit les bras.

« Viens par là. » Il lui fit un gros câlin. Puis il la tint par les épaules et la regarda sévèrement. « Mais pour l'argent… c'était pas moi.

– Mmm-mmh, OK. Bon, et ce carnet que tu lisais, il était enterré avec l'argent ? Je parie que oui. » Elle rigola. « T'avais l'air tellement coupable quand je t'ai surpris en entrant. »

Il leva les yeux aux ciel.

« Va au lit, microbe.

– D'ac. » À la porte, elle se retourna. « J'ai bien aimé ces cabines pour se changer en sport, quand même. Et autre chose, aussi. Tu veux que je te dise ? Tu vas trouver ça bizarre.

– Vas-y, balance.

– Les élèves ont des uniformes. Pour les filles, des jupes grises avec des chemisiers blancs et des chaussettes blanches. Y a des pull-overs aussi, si on veut. Des gris comme la jupe et d'autres de ce beau rouge bordeaux, là. Barbara nous a dit qu'ils l'appellent le rouge chasse à courre.

– Des uniformes ? dit Pete, interloqué. T'es pour les *uniformes*, toi ?

– Je savais qu'tu trouverais ça bizarre. C'est parce que les garçons savent pas comment sont les filles. Les filles peuvent être des vraies pestes si tu portes pas les bons habits, ou alors si tu portes les bons mais trop souvent. Tu peux avoir plusieurs chemisiers et porter tes baskets que le mardi et le jeudi, tu peux changer de coiffure tous les jours, mais elles – les pestes – calculent vite qu'au final, t'as que trois pulls et six jupes potables pour l'école. Et alors, elles disent des trucs. Mais quand tout le monde porte les mêmes vêtements… sauf peut-être la couleur du pull… » Elle souffla sur ses quelques mèches égarées. « Les garçons n'ont pas ce genre de problème.

– Euh, figure-toi que si, admit Pete, moi je l'ai.

– Bref, maman va m'apprendre à faire mes propres vêtements, j'en aurai plus, du coup. Avec des patrons Simplicity et Butterick. Et puis, j'ai des amies, ici. Plein.

– Ellen, par exemple.

– Ellen est sympa. »

Et destinée à un boulot gratifiant de serveuse ou d'employée de fast-food, pensa Pete tout bas. Si elle tombe pas enceinte à seize ans, bien sûr.

« Je voulais juste te dire de pas t'inquiéter. Si jamais tu t'inquiétais.

– Non, dit Pete. Je m'en fais pas pour toi. Et c'est pas moi qui ai envoyé l'argent. Sérieusement. »

Elle lui décocha un sourire à la fois triste et complice qui n'avait rien d'un sourire de petite fille.

« OK. Pigé. »

Elle sortit en refermant doucement la porte derrière elle.

Pete resta éveillé longtemps, ce soir-là. Et c'est peu de temps après qu'il commit la plus grosse erreur de sa vie.

1979-2014

Morris Randolph Bellamy fut condamné à la prison à vie le 11 janvier 1979 et, pendant une courte période, les choses s'accélérèrent avant de ralentir. Ralentir. Ralentir. Les formalités de sa mise sous écrou à la prison d'État de Waynesville furent achevées à dix-huit heures le jour même de sa condamnation. Son compagnon de cellule, un condamné pour meurtre du nom de Roy Allgood, le viola pour la première fois quarante-cinq minutes après l'extinction des feux.

« Bouge pas, et chie pas sur ma bite, jeune homme, murmura-t-il à l'oreille de Morris. Sinon, j'te coupe le nez. T'auras l'air d'un porc qu's'a fait bouffer par un alligator. »

Morris, qui s'était déjà fait violer, ne bougea pas et se mordit l'avant-bras pour ne pas crier. Il pensa à Jimmy Gold. À Jimmy avant qu'il ne parte à la conquête du Billet d'Or. Quand il était encore un authentique héros. Il pensa à Harold Fineman, le copain de lycée de Jimmy (Morris avait jamais eu de copain de lycée), disant que toutes les bonnes choses ont une fin, ce qui impliquait que le corollaire était également vrai : toutes les mauvaises choses ont aussi une fin.

Cette mauvaise chose-là dura particulièrement longtemps et, le temps qu'elle dura, Morris se répéta en boucle le mantra de Jimmy dans *Le Coureur* : *Cette connerie c'est des conneries.* Ça l'aida.

Un peu.

Les semaines qui suivirent, Allgood le viola par en bas certains soirs, par en haut d'autres soirs. Dans l'ensemble, il préférait la prendre dans le cul, où y avait pas de papilles gustatives. L'un dans l'autre, il trouvait que Cora Ann Hooper, la femme qu'il avait si bêtement agressée pendant l'un de ses trous noirs, obtenait de la sorte ce qu'elle aurait probablement considéré comme une parfaite réparation. D'un autre côté, elle-même n'avait eu à subir qu'une seule intrusion d'un envahisseur indésirable.

Il y avait une usine de textile attenante à Waynesville. On y fabriquait des jeans et le genre de chemises que portent les ouvriers. Son cinquième jour à la teinturerie, l'un des copains de Allgood attrapa Morris par le poignet, l'emmena derrière la cuve bleue numéro trois et lui demanda de défaire sa ceinture.

« Tu bouges pas et tu me laisses faire », dit-il. Et quand il eut terminé son affaire : « J'suis pas pédé ni rien, OK ? Mais faut bien que j'fasse avec, comme tout le monde. Tu répètes à quelqu'un que j'suis pédé et je te fais ta peau, connard.

– Je dirai rien », répondit Morris.

Cette connerie c'est des conneries, se dit-il. Cette connerie c'est des conneries.

Un jour, vers la mi-mars 1979, un Hell's Angel avec des blocs de muscles tatoués s'amena vers Morris dans la cour de sport.

« Tu sais écrire ? lui demanda le type avec un fort accent du Sud profond reconnaissable entre mille : *Ti sè crère ?* On m'a dit qu'tu sais écrire.

– Oui, je sais écrire », répondit Morris.

Il vit Allgood s'amener, prendre note de qui marchait à côté de Morris, et changer de cap, direction le terrain de basket à l'autre extrémité de la cour.

« Moi, c'est Warren Duckworth. On m'appelle surtout Duck.

– Je suis Morris Bel…

– Je sais qui tu es. T'écris plutôt bien, non ?

– Oui. »

Morris répondit sans hésitation ni fausse modestie. La façon dont Roy Allgood s'était soudain trouvé un autre endroit où traîner ne lui avait pas échappé.

« Tu pourrais écrire une lettre à ma femme, si j'te dis plus ou moins quoi écrire ? Mais en faisant des plus belles phrases, tu vois l'genre ?

– Je peux faire ça, et je le ferai, mais j'ai un petit problème.

– Je sais c'est quoi ton problème, lui dit sa nouvelle connaissance. T'écris à ma femme une lettre qui la rendra heureuse – peut-être arrêter de causer divorce – et t'auras plus de problème avec cette petite pute dans ta piaule. »

C'est *moi* la petite pute dans ma piaule, pensa Morris, mais il ressentit une infime lueur d'espoir.

« Monsieur, je vais écrire à votre femme la plus belle lettre qu'elle ait jamais reçue de sa vie. »

En regardant les énormes bras de Duckworth, il se rappela un truc qu'il avait vu dans un documentaire animalier. Il y avait une espèce d'oiseau qui vivait dans la gueule des crocodiles, assurant jour après jour sa survie en picorant les petits restes de nourriture entre leurs crocs. Morris se disait que l'oiseau en question avait probablement fait une très bonne affaire.

« J'aurai besoin de papier. » Se rappelant la maison de redressement où cinq feuillets de Blue Horse pourris étaient tout ce à quoi t'avais droit, des feuillets où flottaient de gros grumeaux de pâte à papier ressemblant à des grains de beauté précancéreux.

« Je te trouverai du papier. Autant que t'en veux. Écris juste cette lettre, et à la fin, tu dis que tous les mots sont sortis de ma bouche, que toi t'as juste écrit.

– OK, dites-moi ce qui lui ferait le plus plaisir à entendre. »

Duck réfléchit, puis son visage s'illumina :

« Qu'elle est bonne au pieu ?

– Ça, elle doit déjà le savoir. » C'était au tour de Morris de réfléchir. « Quelle partie de son corps elle aimerait changer si elle pouvait ? »

Duck fronça les sourcils.

« Ch'ais pas. Elle dit toujours que son cul est trop gros. Mais tu peux pas écrire ça, ça ferait qu'aggraver les choses au lieu de les arranger.

– Non, ce que je vais écrire c'est à quel point vous aimez poser vos mains dessus et le tripoter. »

Duck souriait à présent.

« T'as intérêt à faire gaffe ou c'est moi qui vais te violer.

– C'est quoi sa robe préférée ? Elle en a une ?

– Ouais, une verte. Elle est en soie. C'est sa mère elle lui a offert l'an dernier avant j'me fasse serrer. Elle la met quand on sort danser. » Il baissa les yeux vers le sol. « Elle a pas intérêt à être en train de danser, là. Mais ça s'pourrait, je le sais. Peut-être que je sais pas écrire autre chose que mon putain de nom, mais j'suis pas con.

– Je pourrais écrire à quel point vous aimez lui tripoter les fesses quand elle porte cette robe, qu'est-ce que vous en dites ? Que rien que d'y penser, ça vous excite. »

Duck le dévisagea avec une expression totalement étrangère au quotidien de Morris dans la prison de Waynesville. Une expression de respect.

« Hé, c'est pas mal, ça. »

Morris cogitait toujours. Le sexe était pas le seul truc que les femmes avaient en tête quand elles pensaient aux mecs : le sexe, c'est pas l'amour.

« Elle a les cheveux de quelle couleur ?

– Ben, en ce moment, je sais pas. Bruns, je dirais, mais ça c'est quand elle se les teint pas. »

Brun, ça sonnait pas bien, du moins aux oreilles de Morris, mais y avait plein de façons d'esquiver ce genre de mot. Il lui vint à l'esprit que tout ça s'apparentait pas mal à vendre un produit dans une agence de pub, mais il repoussa bien vite l'idée. La survie, c'est la survie. Il poursuivit :

« J'écrirais à quel point vous aimez voir le soleil briller dans ses cheveux, surtout le matin. »

Duck ne répondit rien. Il fixait Morris, ses sourcils broussailleux rejoints par un froncement au milieu.

« Quoi ? C'est pas bon ? »

Duck lui saisit le bras et, pendant un terrible instant, Morris fut persuadé qu'il allait le briser comme une branche morte. HAINE était tatoué sur ses phalanges de gros costaud. Duck souffla :

« C'est comme d'la poïésie, ça. T'auras ton papier demain. Y en a plein à la bibiothèque. »

Ce soir-là, quand Morris retourna au bloc à vingt et une heures après avoir passé six heures à teindre des fringues en bleu, sa piaule était vide. Rolf Venziano, de la cellule voisine, informa Morris que Roy Allgood avait été emmené à l'infirmerie. Quand Allgood revint le lendemain, il avait deux énormes coquards et une attelle au nez. Il regarda Morris depuis sa couchette puis se retourna pour faire face au mur.

Warren Duckworth fut son premier client. Au cours des trente-six années suivantes, ils furent nombreux.

Parfois, quand il n'arrivait pas à dormir, allongé sur le dos dans sa cellule (au début des années quatre-vingt-dix, il en avait une individuelle, avec étagère approvisionnée en livres aux pages usées à force d'avoir été tournées), Morris essayait de se détendre en repensant à sa découverte de Jimmy Gold. Un rayon de soleil lumineux dans la grisaille de chaos et de colère de son adolescence.

À l'époque, ses parents se disputaient sans arrêt, et même s'il en était venu à les détester cordialement tous les deux, sa mère était la mieux armée contre le monde, alors il avait adopté son sourire en coin sarcastique et l'attitude supérieure et cassante qui allait avec. Excepté en littérature, où il avait des A (quand il voulait), il collectionnait les C. Ce qui propulsait Anita Bellamy, brandissant ses relevés de notes, dans des paroxysmes de fureur. Il avait aucun ami mais plein d'ennemis. À trois reprises, il s'était fait tabasser. Deux fois par des garçons qu'aimaient tout simplement pas son attitude en général, mais le troisième avait une raison plus précise. C'était une armoire à glace, un joueur de football de terminale du nom de Pete Womack, qui un jour à la cafèt' n'avait pas apprécié la façon dont Morris avait reluqué sa copine.

« Kess' tu regardes, tête de cul ? s'enquit Womack alors que le silence se faisait autour de Morris, assis tout seul à sa table.

– Elle », répondit Morris.

Il avait peur, et d'ordinaire, quand il était lucide, la peur lui imposait un minimum de retenue. Mais il n'avait jamais pu résister à l'attrait du public.

« Ben, t'arrêtes ça », fit Womack assez pitoyablement. Lui laissant sa chance.

Peut-être Pete Womack était-il conscient de faire un mètre quatre-vingt-dix et cent kilos alors que la petite merde de seconde aux lèvres rouges assis tout seul faisait un mètre soixante-dix et soixante kilos tout mouillé. Peut-être avait-il également conscience que ceux qui regardaient – dont sa copine clairement embarrassée – prendraient note de cette inégalité.

« Si elle veut pas qu'on la regarde, dit Morris, pourquoi elle s'habille comme ça ? »

Ce que Morris considérait comme un compliment (du genre maladroit, il est vrai), mais Womack, lui, n'était pas de cet avis. Il bondit sur lui, poing levé. Morris balança un seul coup, mais bien envoyé, et qui valut un coquard à Womack. Après ça, il reçut bien sûr sa raclée, presque légitime d'ailleurs, mais ce coup de poing fut une révélation. Il se *battrait* s'il le fallait. C'était bon à savoir.

Les deux garçons furent suspendus et, le soir même, Morris eut droit à un sermon de vingt minutes de la part de sa mère sur la résistance passive, ponctué par la remarque acerbe comme quoi *se battre à la cafétéria* n'était pas franchement le genre d'activité périscolaire que les meilleures universités recherchaient sur le curriculum de leurs futurs étudiants.

Derrière elle, le père de Morris leva son verre de Martini et lui décocha un clin d'œil. Cela sous-entendait que même si George Bellamy vivait principalement sous la coupe de sa femme, lui aussi était prêt à se battre dans certaines circonstances. Mais la fuite restait le mécanisme de défense préféré de ce cher papa et, au cours du deuxième semestre de seconde de Morris à Northfield, Georgie-la-Chiffe largua carrément sa femme, marquant seulement une pause pour vider ce qui restait sur le compte en banque des Bellamy. Les investissements dont il s'était vanté soit n'existaient pas, soit avaient capoté. Anita Bellamy se retrouva seule avec un stock de factures et un fils de quatorze ans rebelle sur les bras.

Deux biens seulement lui restèrent après le départ de son mari pour des contrées inconnues. Sa nomination pour le prix Pulitzer encadrée, pour ce bouquin qu'elle avait écrit. Et la maison dans laquelle Morris avait grandi, située dans le secteur le plus agréable du North Side, et libre d'hypothèque. Anita Bellamy avait obstinément refusé de cosigner les papiers que son mari avait rapportés de la banque, insensible pour une fois à ses élucubrations concernant une opportunité d'investissement à ne surtout pas manquer. Elle la vendit après son départ et ils déménagèrent dans Sycamore Street.

« Une régression, confessa-t-elle à Morris l'été d'avant son entrée en première, mais notre réserve financière va se renflouer. Et puis au moins, le voisinage est blanc. » Elle s'interrompit, se repassant cette dernière remarque, puis ajouta : « Pas que je sois raciste.

– Non, m'man, répondit Morris. Qui irait croire ça ? »

D'ordinaire, elle détestait qu'on l'appelle m'man et le disait, mais ce jour-là elle tint sa langue, ce fut donc un bon jour. C'était toujours un bon jour quand il pouvait lui balancer une pique. L'occasion se présentait si peu souvent.

Au début des années soixante-dix, au lycée de Northfield, les comptes rendus de lecture étaient encore un exercice obligatoire en classe de première. On remettait aux élèves une liste ronéotypée de bouquins approuvés par le conseil d'administration parmi lesquels ils devaient faire leur choix. Aux yeux de Morris, la plupart avaient l'air à chier, et, comme d'habitude, il ne se gêna pas pour le dire.

« Hé, regardez ! cria-t-il depuis sa place au dernier rang. Quarante parfums de bouillie américaine ! »

Certains de ses camarades rigolèrent. Il pouvait les faire rire, et même s'il pouvait pas se faire aimer d'eux, ça lui allait. C'étaient des minables voués à des mariages minables et des boulots minables. Ils élèveraient des gosses minables et feraient sauter sur leurs genoux des petits-enfants minables avant d'arriver à leur propre fin minable dans des hôpitaux et des maisons de retraite minables, propulsés vers les ténèbres en étant persuadés d'avoir vécu le Rêve Américain et que

Jésus les attendrait aux portes du paradis avec le Guide du Nouvel Arrivant. Morris était destiné à un meilleur avenir. C'était juste qu'il savait pas encore lequel.

Mlle Todd – qui avait alors l'âge approximatif qu'aurait Morris quand lui et ses complices s'introduiraient dans la maison de Rothstein – lui demanda de rester après son cours. Alors que les autres sortaient de classe, Morris se prélassa sur sa chaise, jambes écartées de part et d'autre de son pupitre, s'attendant à ce que Todd lui rédige un billet de retenue. Ce serait pas le premier qu'il récolterait pour l'avoir ouvert en classe, mais ce serait son premier en cours d'anglais et il s'en mordait un peu les doigts. Une vague pensée lui traversa l'esprit avec la voix de son père – *Tu files un mauvais coton, Morrie* – et disparut comme une fine volute de vapeur.

Au lieu de lui donner une colle, Mlle Todd (pas exactement belle de visage mais avec un sacré putain de corps) plongea la main dans son sac de bouquins rebondi et en sortit un livre de poche avec une couverture rouge. Un garçon appuyé contre un mur de brique et fumant une cigarette y était esquissé en jaune. Au-dessus figurait le titre : *Le Coureur*.

« Tu rates jamais une occasion de faire ton petit malin, n'est-ce pas ? » lui demanda Mlle Todd.

Elle s'était assise sur le pupitre voisin du sien. Sa jupe était courte, ses cuisses longues, ses collants scintillants.

Morris ne dit rien.

« Dans ce cas précis, je le voyais venir. C'est pourquoi j'ai apporté ce bouquin. C'est une mauvaise bonne nouvelle, mon petit monsieur-je-sais-tout. Tu seras pas collé, mais je te laisse pas le choix non plus. Tu liras ce bouquin, et ce bouquin seulement. Il n'est pas sur la liste du conseil d'administration et je suppose que ça pourrait m'attirer des ennuis, mais je compte sur ton bon fond, car j'aime à croire que tu en as un, aussi infime soit-il. »

Morris jeta un coup d'œil au livre puis, sans se fatiguer à dissimuler son intérêt, regarda les jambes de Mlle Todd.

Elle vit la direction de son regard et sourit. L'espace d'un instant, Morris entraperçut un avenir tout tracé pour eux, dont une grande partie passée au lit. Il avait déjà entendu parler de cas similaires. *Professeure sexy cherche jeune garçon pour cours particuliers d'éducation sexuelle.*

Sa petite bulle de fantasme eut une durée de vie d'environ deux secondes. Mlle Todd la fit éclater tout en gardant son sourire.

« Jimmy Gold et toi allez bien vous entendre. C'est une petite merde sarcastique plein de mépris pour lui-même. Vous vous ressemblez beaucoup. » Elle se leva. Sa jupe retomba cinq centimètres au-dessus des genoux. « Bonne chance pour ton compte rendu. Et la prochaine fois que tu lorgneras sous les jupes d'une femme, souviens-toi de ce qu'a dit Mark Twain : "N'importe quel clampin hirsute est capable de *regarder*." »

Morris s'éclipsa de la salle de classe le visage en feu, cette fois on ne l'avait pas seulement recadré, on lui avait mis le nez dedans et bien enfoncé. L'envie le démangeait de balancer le livre dans une bouche d'égout aussitôt descendu de bus au croisement de Sycamore et Elm, mais il se retint. Pas parce qu'il avait peur de se faire coller ou virer. Comment pouvait-elle lui faire *quoi que ce soit* alors que le livre qu'elle lui avait imposé était pas sur la liste agréée ? Il se retint à cause du garçon sur la couverture. Un garçon regardant à travers un nuage de fumée de cigarette avec une espèce d'insolence blasée.

C'est une petite merde sarcastique plein de mépris pour lui-même. Vous vous ressemblez beaucoup.

Sa mère n'était pas là et ne rentrerait pas avant dix heures du soir passées. Elle donnait des cours pour adultes au City College pour arrondir ses fins de mois. Morris savait qu'elle honnissait ces cours, qui étaient selon elle bien en deçà de ses compétences, et lui, ça le faisait bicher. Prends-toi ça, m'man, pensait-il. Prends-toi ça bien profond.

Le congélateur était bourré de plats cuisinés tout prêts. Il en prit un au hasard et le mit au four ; il lirait le temps qu'il soit prêt. Après manger, il irait peut-être en haut attraper un des *Playboy* de son père sous son lit (*l'héritage du vieux*, se disait-il parfois) pour se palucher un moment.

Il avait oublié de mettre le minuteur du four et c'est l'odeur de ragoût de bœuf brûlé qui le tira de son livre, quatre-vingt-dix minutes plus tard. Il avait lu les cent premières pages, désertant cette petite baraque d'après-guerre en préfabriqué de merde perdue au fond des rues aux noms d'arbres pour s'en aller traîner dans les rues de New York avec Jimmy Gold. Comme dans un rêve, Morris alla à la cuisine, enfila les gants matelassés, retira la masse coagulée du four, la jeta à la poubelle et retourna à son *Coureur*.

Faudra que je le relise, se dit-il. Il avait l'impression d'avoir un peu de fièvre. Et avec un surligneur. Y avait tellement de choses à noter et à se rappeler. Tellement.

L'une des révélations les plus électrisantes dans une vie de lecteur, c'est de découvrir qu'on *est* un lecteur – pas seulement capable de lire (ce que Morris savait déjà), mais amoureux de la lecture. Éperdument. Raide dingue. Le premier livre qui donne cette impression ne s'oublie jamais et chacune de ses pages semble apporter une nouvelle révélation, une révélation qui brûle et qui enivre : *Oui ! C'est ça ! Oui ! Je l'avais vu aussi !* Et, bien sûr : *C'est exactement ce que je pense ! C'est ce que je RESSENS !*

Morris écrivit un compte rendu de dix pages sur *Le Coureur*. Celui-ci revint des mains de MlleTood avec un A+ et un unique commentaire : *Je savais que tu apprécierais.*

Il avait envie de lui dire qu'il avait pas apprécié : il avait *aimé. Sincèrement* aimé. Et qu'un amour sincère ne meurt jamais.

Le Coureur voit de l'action était tout aussi bon que *Le Coureur*, sauf qu'au lieu d'être un étranger à New York, Jimmy était maintenant un étranger en Europe, combattant jusqu'au cœur de l'Allemagne, regardant ses amis mourir et, pour finir, fixant avec une hébétude dépassant l'horreur ce qu'il découvrait derrière les barbelés d'un camp de concentration. *Les survivants errants et squelettiques confirmaient ce que Jimmy soupçonnait déjà depuis des années*, écrivait Rothstein. *Tout ça était une monumentale erreur.*

Morris recopia cette phrase en lettres gothiques à l'aide d'un kit de pochoirs et la punaisa à la porte de sa chambre, celle-là même qu'occuperait plus tard un garçon nommé Peter Saubers.

Sa mère la vit accrochée là, sourit de son sourire en coin sarcastique et ne releva pas. Du moins pas tout de suite. Leur différend au sujet de la trilogie Gold survint deux ans plus tard, une fois qu'elle-même eut dévoré les livres. Suite à leur engueulade, Morris s'était soûlé ; suite à quoi il était entré par effraction dans une maison de Sugar Heights et l'avait vandalisée ; suite à sa condamnation pour voie de fait, il avait purgé neuf mois de détention au Centre pour Mineurs de Riverview.

Mais avant tout ça, il y avait eu la sortie du *Coureur ralentit,* que Morris lut en sentant monter en lui une horreur grandissante. Jimmy se mariait avec une gentille fille. Jimmy décrochait un boulot dans la pub. Jimmy commençait à s'empâter. La femme de Jimmy tombait enceinte du premier des trois petits Gold et ils déménageaient en banlieue pavillonnaire. Jimmy s'y faisait des amis. Lui et sa femme organisaient des barbecues dans leur jardin. Jimmy présidait le gril avec un tablier qui disait LE CHEF A TOUJOURS RAISON. Jimmy trompait sa femme et sa femme le lui rendait bien. Jimmy prenait de l'Alka-Seltzer pour ses aigreurs d'estomac et un truc appelé du Miltown pour ses gueules de bois. Et surtout, Jimmy courait après le Billet d'Or.

Morris avait lu ces terribles développements avec une consternation toujours plus vive et une rage croissante. Il supposa qu'il ressentait ce que sa mère avait ressenti quand elle avait découvert que son mari, qu'elle croyait sagement à sa botte, avait vidé tous leurs comptes en banque tout en continuant à se démener, s'empressant toujours d'obéir à ses ordres sans jamais lever une seule fois la main pour baffer ce sourire en coin sarcastique sur son visage de bêcheuse surdiplômée.

Morris continua d'espérer que Jimmy se réveillerait. Qu'il se rappellerait qui il était – ou qui il *avait* été – et qu'il renoncerait à la vie creuse et stupide qu'il menait. Au lieu de ça, *Le Coureur ralentit* s'achevait avec Jimmy Gold célébrant sa plus grande réussite publicitaire – le Duzzy-Doo, pour l'amour du ciel – et vociférant un vaniteux *Attendez de voir l'année prochaine !*

Au Centre de Détention pour Mineurs, Morris était contraint de voir un psy une fois par semaine. Le psy s'appelait Curtis Larsen. Les garçons le surnommaient Larsen l'Obscène. Larsen l'Obscène clôturait toujours leur séance par la même question : « De qui est-ce la faute, Morris, si tu es ici ? »

La plupart des gars, même les plus abyssalement cons d'entre eux, connaissaient la réponse à cette question. Morris aussi la connaissait, mais il refusait de la donner.

« De ma mère », répondait-il à tous les coups.

Lors de leur dernière séance, peu de temps avant la fin de peine de Morris, Larsen l'Obscène croisa les mains sur son bureau et regarda Morris durant de longues et silencieuses secondes. Morris savait que Larsen l'Obscène attendait qu'il baisse les yeux. Ce qu'il refusait de faire.

« Dans mon boulot, finit par dire Larsen l'Obscène, ta réponse a un nom. On appelle ça le déni de culpabilité. Penses-tu revenir ici si tu continues à pratiquer le déni de culpabilité ? Il est presque certain que non. Tu auras dix-huit ans dans quelques mois, alors la prochaine fois que tu décrocheras la timbale – car il y *aura* une prochaine fois –, tu seras jugé par un tribunal pour adultes. Sauf si bien sûr tu décides de changer. Donc pour la dernière fois, Morris : de qui est-ce la faute si tu es ici ?

– De ma mère », répondit Morris sans hésitation.

Parce que c'était pas du déni de culpabilité, c'était la vérité. La logique était imparable.

Entre quinze et dix-sept ans, Morris avait relu les deux premiers tomes de la trilogie Gold de manière obsessionnelle, surlignant et annotant. Il avait relu *Le Coureur ralentit* une seule fois, et en se forçant. Chaque fois qu'il l'ouvrait, il avait une boule de plomb qui se formait au creux du bide parce qu'il savait ce qui allait se passer. Son ressentiment envers le créateur de Jimmy Gold grandissait. Que Rothstein ait osé démolir Jimmy comme ça ! Qu'il lui ait même pas accordé le droit de partir auréolé de gloire, mais qu'il l'ait laissé *vivre* ! Se compromettre, magouiller et croire que coucher avec la pouffiasse de vendeuse d'Amway du bout de la rue faisait de lui un rebelle !

Morris pensa lui écrire une lettre pour demander – non, *exiger* – des explications mais il savait d'après l'article du *Time* que ce fils de pute ne lisait même pas le courrier de ses fans, alors y répondre…

Comme le suggérerait Ricky le Hippie à Pete Saubers des années plus tard, la plupart des jeunes gens qui s'éprennent des œuvres d'un auteur en particulier – des Vonnegut, des Hesse, des Brautigan et des Tolkien – finissent par se trouver de nouvelles idoles. Vu son désenchantement vis-à-vis du *Coureur ralentit*, c'est ce qui aurait pu arriver à Morris. S'il n'y avait pas eu l'accrochage avec la salope déterminée à lui pourrir la vie depuis qu'elle ne pouvait plus planter ses griffes dans l'homme qui lui avait pourri la sienne. Anita Bellamy et son Pulitzer raté de justesse encadré, son dôme laqué de cheveux teints en blond et son sourire en coin sarcastique.

Pendant ses vacances de février 1973, elle avait lu les trois tomes de la trilogie Jimmy Gold en une journée. Et c'était *ses* exemplaires à lui, ses exemplaires *privés* qu'elle était allée chercher sur l'étagère de *sa chambre*. Quand il était rentré, les livres jonchaient la table basse, *Le Coureur voit de l'action* s'imbibant d'un cercle de condensation laissé par son verre de vin. Ce fut l'une des rares fois dans sa vie d'adolescent où Morris resta sans voix.

Ce ne fut pas le cas d'Anita.

« Tu parles de ces bouquins depuis bien un an maintenant, alors je me suis enfin décidée à voir pourquoi ils t'emballaient autant. » Elle sirota son vin. « Et puisque je suis en vacances, je les ai lus. Je pensais que ça me prendrait plus d'une journée, mais honnêtement, il n'y a pas vraiment de *contenu*, là-dedans, si ?

– T'es… » Il s'étrangla un instant. Puis : « T'es rentrée dans ma chambre !

– Ça ne te pose pas de problème quand je rentre pour changer tes draps, ou pour ranger tes habits, bien propres et bien pliés. Tu croyais peut-être que c'était la Fée de la Lessive qui s'occupait de toutes ces menues corvées ?

– C'est mes livres ! Ils étaient rangés sur mon étagère spéciale ! T'avais pas le droit de les prendre !

– Je serais ravie de les remettre à leur place. Et ne t'inquiète pas, je n'ai pas touché aux magazines sous le lit. Je sais que les garçons ont besoin de… divertissement. »

Il s'avança sur des jambes aussi raides que des échasses et récupéra les livres avec des mains comme des crochets. La quatrième de couverture du *Coureur voit de l'action* était trempée à cause de son foutu verre et il pensa : Si un volume de la trilogie devait être mouillé, pourquoi c'est pas tombé sur *Le Coureur ralentit* ?

« Je reconnais que ce sont des objets intéressants. » Elle s'était mise à parler de sa voix de conférencière éclairée : « Disons qu'ils montrent tout au plus la maturation d'un écrivain légèrement talentueux. Les deux premiers sont terriblement simplistes, bien sûr, comme peut l'être *Tom Sawyer* comparé à *Huckleberry Finn*, mais le dernier – quoique en rien comparable à *Huck Finn* – montre une certaine maturité, je te l'accorde.

– Le dernier est *nul* ! hurla Morris.

– Tu n'as pas besoin de hausser le ton, Morris. De *hurler* comme ça. Tu peux défendre ton point de vue sans t'énerver. » Et voilà le sourire qu'il détestait tant, si mince et si tranchant. « Nous pouvons discuter tranquillement.

– Mais je veux *pas* discuter, merde !

– Et pourtant on *devrait* ! s'exclama Anita en souriant. Étant donné que j'ai passé ma journée – je ne dirais pas *perdu* ma journée – à essayer de comprendre mon intellectuel de fils égocentrique et plutôt prétentieux, qui collectionne par ailleurs les C en cours. »

Elle attendit qu'il réponde. Il n'allait pas lui donner ce plaisir. Tout était piégé avec elle. Elle pouvait l'aplatir comme elle voulait et, à cet instant, c'était ça qu'elle voulait.

« J'ai remarqué que les deux premiers tomes étaient bien abîmés, presque en lambeaux, usés jusqu'à la corde. Ils foisonnent de surlignages et de notes, dont certaines témoignent du bourgeonnement – je ne dirais pas *floraison*, on ne peut pas vraiment employer ce terme, n'est-ce pas, du moins pas encore – d'un esprit critique perspicace. Mais le troisième a l'air presque neuf et il n'est pas du tout annoté. Tu n'aimes pas ce qui lui est arrivé, n'est-ce pas ? Tu n'aimes plus ton Jimmy une fois qu'il a – et par transfert logique, l'auteur – grandi.

– C'est un vendu ! »

Morris serrait les poings. Il avait le visage en feu et palpitant, comme après la raclée que lui avait foutue Womack devant tout le monde ce jour-là à la cafèt'. Mais Morris lui en avait balancé une belle, et il avait envie d'en balancer une aujourd'hui. Il en avait besoin.

« C'est Rothstein qui l'a vendu ! Si t'arrives pas à voir ça, t'es complètement *débile* !

– Non », dit-elle. Son sourire avait disparu. Elle se pencha en avant, posa son verre sur la table basse, sans quitter une seconde Morris des yeux. « C'est là que tu te trompes. Un bon romancier ne guide pas ses personnages, il les suit. Un bon romancier ne crée pas les événements de son histoire, il les regarde se dérouler et ensuite il les écrit. Un bon romancier finit par réaliser qu'il est secrétaire, et non pas Dieu.

– C'est pas le personnage de Jimmy ! Ce connard de Rothstein l'a changé ! Il en a fait un bouffon ! Il en a fait un… un Monsieur-tout-le-monde ! »

Morris détestait la faiblesse de son argument, et il détestait le fait que sa mère l'ait poussé à défendre une position qui n'avait pas besoin d'être défendue, qui s'imposait comme une évidence à n'importe quel crétin doté d'un demi-cerveau et d'un minimum de sentiments.

« Morris. » Voix toute douce : « Il fut un temps où j'aurais voulu être la version féminine de Jimmy Gold, tout comme tu aimerais être Jimmy aujourd'hui. Jimmy Gold, ou quelqu'un comme lui, c'est l'île déserte où la plupart des adolescents vont s'exiler en attendant de devenir des adultes. Ce qu'il faut que tu comprennes – ce que Rothstein a fini par comprendre, au bout de trois livres –, c'est qu'on devient presque tous comme tout le monde. Je le suis devenue. » Elle regarda autour d'elle. « Sinon, pourquoi on vivrait ici, dans Sycamore Street ?

– Parce que t'as été conne et que t'as laissé mon père nous plumer ! »

Elle grimaça (*touché, joli coup*, exulta Morris), mais aussitôt le sourire en coin retroussa de nouveau ses lèvres. Comme un bout de papier se consumant dans un cendrier.

« Il y a de la vérité dans ce que tu dis, je l'admets, même si c'est cruel de ta part de rejeter ça sur moi. Mais t'es-tu seulement demandé *pourquoi* il nous a plumés ? »

Morris resta silencieux.

« Parce qu'il refusait de grandir. Ton père est un Peter Pan bedonnant qui s'est trouvé une fille de la moitié de son âge pour jouer les Fées Clochette au lit.

– Remets mes livres où tu les as trouvés ou balance-les », dit Morris d'une voix qu'il reconnut à peine. Une voix qui, pour son plus grand effroi, ressemblait à celle de son père : « Je m'en fous. Je me casse d'ici et je reviens pas.

– Bien sûr que tu vas revenir », répondit-elle, et elle avait raison, sauf qu'il mit presque un an à revenir et qu'à ce moment-là, elle ne le connaissait plus. En admettant qu'elle l'ait connu un jour. « Et tu devrais relire ce troisième roman encore une ou deux fois, je crois. »

Elle dut élever la voix pour dire le reste parce qu'il était en train de se précipiter vers l'entrée, en proie à des émotions si fortes qu'elles l'aveuglaient.

« Aie un peu de compassion ! Rothstein en a eu, lui, *et c'est ce qui sauve ce dernier tome !* »

Le claquement de la porte la coupa net.

Morris marcha jusqu'au trottoir tête baissée, puis il se mit à courir. Il y avait une rue commerçante avec un magasin d'alcools à trois blocs de chez lui. Arrivé là-bas, il s'assit sur le râtelier à vélos devant Hobby Terrific et attendit. Les deux premiers gars qu'il interpella refusèrent d'accéder à sa demande (le second avec un sourire sur lequel Morris aurait bien balancé son poing), mais le troisième portait des fringues de friperie et tanguait dangereusement sur bâbord. Il accepta d'acheter à Morris une bouteille de cinquante centilitres pour deux dollars ou d'un litre pour cinq dollars. Morris opta pour le litre, puis alla s'installer pour le boire au bord du ruisseau qui traversait la friche entre Sycamore et Birch Street. Le soleil commençait déjà à se coucher. Il avait aucun souvenir d'avoir fait le trajet jusqu'à Sugar Heights dans la voiture volée mais, arrivé là-bas, il avait décroché la méga timbale, comme aurait dit Larsen l'Obscène, aucun doute là-dessus.

De qui est-ce la faute, Morris ?

Il supposait qu'on pouvait attribuer une petite partie de la faute au pochetron qui avait acheté un litre de whisky à un enfant mineur, mais c'était surtout la faute de sa mère, et au moins une bonne chose en était sortie : quand le juge avait prononcé sa peine, il n'y avait plus aucune trace de ce sourire en coin sarcastique. Il avait enfin réussi à l'effacer de son visage.

Pendant les journées de confinement en cellule (il y en avait au moins une par semaine), Morris s'allongeait sur sa couchette, les mains croisées derrière la tête, et pensait au quatrième Jimmy Gold, se demandant s'il renfermait la rédemption qu'il avait tant espérée depuis *Le Coureur ralentit*. Était-il possible que Jimmy ait retrouvé ses vieux rêves et ses espoirs ? Sa fureur de vivre ? Si seulement il avait eu deux jours de plus avec les carnets ! Même un seul !

Il doutait que même John Rothstein ait réussi à rendre un tel retournement plausible. D'après les observations personnelles de Morris (ses parents étant ses principaux modèles), lorsque le feu s'éteignait, il ne se ranimait généralement jamais. Et pourtant, il arrivait que certaines personnes changent. Il se rappelait avoir suggéré cette possibilité à Andy Halliday un jour, au cours d'une de leurs fréquentes discussions à l'heure du déjeuner. C'était au Happy Cup, juste au bout de la rue de Grissom Books, là où travaillait Andy, et c'était pas longtemps après que Morris avait laissé tomber la fac, décidant que ce qui passait là-bas pour de l'enseignement supérieur était des conneries dénuées d'intérêt.

« Nixon a changé, avait dit Morris. L'anti-coco qu'il était a libéralisé les relations commerciales avec la Chine. Et Lyndon Johnson a fait passer le projet de loi pour les droits civiques au Congrès. Si une vieille hyène raciste comme lui est capable de changer de position comme ça, j'imagine que tout est possible.

– Les politiques. » Andy renifla comme s'il avait une mauvaise odeur dans le nez. C'était un gars maigrichon, aux cheveux coupés en brosse, à peine plus vieux que Morris. « Eux, ils changent par *opportunisme,* pas par idéalisme. Les gens ordinaires font même pas ça. Ils peuvent pas. S'ils refusent d'obéir, ils sont punis. Ensuite, après la punition, ils disent OK, oui monsieur, et ils se plient au programme comme les bons petits robots qu'ils sont. Regarde les opposants à la guerre du Vietnam. La plupart d'entre eux vivent des vies de petits-bourgeois maintenant. Gros et gras, heureux et républicains. Ceux qui ont refusé de se soumettre sont en prison. Ou en cavale, comme Katherine Ann Power.

– Tu peux pas dire que Jimmy Gold est *ordinaire* ! » s'exclama Morris.

Andy lui avait adressé un regard paternaliste.

« Oh, je t'en prie. Toute son histoire c'est rien d'autre qu'une longue épopée *vers* le conformisme. Le but de la culture américaine, c'est de créer une *norme*, Morris. Ce qui veut dire que les gens hors norme doivent être recadrés, et c'est ce qui arrive à Jimmy. Il finit *publicitaire*, bordel. Si c'est pas les meilleurs agents de la norme dans ce pays de dégénérés ! C'est le propos central de Rothstein. » Il secoua la tête. « Si c'est de l'optimisme que tu cherches, achète un roman Harlequin. »

Morris pensait que Andy dissertait simplement pour le plaisir de disserter. Des yeux de fanatique luisaient derrière ses lunettes à monture de corne, mais Morris cernait quand même l'homme. Il était fanatique des livres en tant qu'objets, pas des histoires et des idées qu'ils contenaient.

Ils déjeunaient ensemble deux à trois fois par semaine, habituellement au Cup, d'autres fois en face de Grissom Books, sur les bancs publics de Government Square. C'était pendant l'une de ces pauses-déjeuner qu'Andy Halliday avait pour la première fois fait allusion à la rumeur persistante selon laquelle John Rothstein avait continué à écrire mais que son testament précisait que tout devrait être brûlé à sa mort.

« Non ! s'était écrié Morris, sincèrement blessé. C'est pas possible un truc pareil. Si ? »

Andy haussa les épaules.

« Si c'est dans le testament, tout ce qu'il a écrit depuis qu'il a disparu de la circulation vaut autant que des cendres.

– Tu dis des conneries.

– Le truc à propos du testament est peut-être qu'une rumeur, je te l'accorde, mais dans les cercles de libraires, il est largement admis qu'il n'a jamais arrêté d'écrire.

– Les cercles de libraires, avait répété Morris, sceptique.

– On a notre propre téléphone arabe, Morris. C'est sa femme de ménage qui fait ses courses, OK ? Et pas que la bouffe. Une fois par mois à peu près, elle va chez White River Books à Berlin, c'est ce qui se rapproche le plus d'une ville pas loin de chez lui, pour récupérer des livres qu'il commande par téléphone. Elle a raconté aux gens qui bossent là-bas qu'il écrit tous les jours de six heures du matin à deux heures de l'après-midi. Le patron l'a répété à d'autres bouquinistes à la Foire du Livre de Boston, et la rumeur s'est propagée.

– Bordel de merde », avait murmuré Morris.

Cette conversation avait eu lieu en juin 1976. La dernière nouvelle publiée par Rothstein, *La Parfaite Tarte à la banane*, était parue en 1960. Si Andy disait vrai, alors Rothstein accumulait inédit sur inédit depuis seize ans. À ne serait-ce que huit cents mots par jour, ça faisait… Morris n'arrivait pas à compter, mais ça faisait beaucoup.

« Bordel de merde, comme tu dis, répéta Andy.

– Si y veut vraiment que tout soit brûlé à sa mort, il est complètement *taré* !

– Comme la plupart des écrivains. »

Andy se pencha vers Morris, le sourire aux lèvres, comme si ce qu'il s'apprêtait à dire était une blague. Et peut-être que c'en était une. Du moins pour lui.

« Tu veux que je te dise, quelqu'un devrait monter une mission de sauvetage. Peut-être même toi, Morris. Après tout, t'es son fan numéro un.

– Pas moi, non, répondit Morris, pas après ce qu'il a fait à Jimmy.

– Détends-toi, mec. Tu peux pas en vouloir à un homme d'avoir suivi son inspiration.

– Bien sûr que si.

– Alors braque-le, répliqua Andy en souriant toujours. Appelle ça un vol de protestation pour la noble cause de la littérature américaine. Et ramène-moi les manuscrits. Je les garderai un moment, puis je les vendrai. Si c'est pas du charabia de vieux gâteux, on pourrait en tirer jusqu'à un million de dollars. Je partagerai avec toi. Moite-moite, mon pote.

– On se ferait choper.

– J'pense pas, avait répondu Andy Halliday. Y a moyen de faire ça bien.

– Combien de temps tu devrais attendre avant de pouvoir les vendre ?

– Oh, quelques années », avait répondu Andy avec un geste désinvolte de la main comme s'il parlait de quelques heures. « Cinq peut-être. »

Un mois plus tard, complètement écœuré de vivre dans Sycamore Street et hanté par l'idée de tous ces manuscrits inédits, Morris chargea sa vieille Volvo et partit pour Boston où il fut embauché par un entrepreneur du bâtiment pour la construction de plusieurs lotissements en banlieue. Le boulot l'avait presque tué au début, puis il avait pris un peu de muscle (pas qu'il ressemblerait jamais à Duck Duckworth) et il s'en était mieux sorti après ça. Il s'était même fait deux copains : Freddy Dow et Curtis Rogers.

Un jour, il avait téléphoné à Andy :

« Tu pourrais *vraiment* en vendre, des manuscrits inédits de Rothstein ?

– Aucun doute, répondit Andy Halliday. Pas de suite, comme je te l'ai dit, mais qu'est-ce qu'on en a à foutre ? On est jeunes. Pas lui. Le temps jouerait en notre faveur. »

Ouais, du temps pour lire tout ce que Rothstein avait écrit depuis *La Parfaite Tarte à la banane.* L'argent – même un demi-million de dollars – était secondaire. Je suis pas un mercenaire, se dit Morris. Je suis pas intéressé par le Billet d'Or. Cette connerie c'est des conneries. Donnez-moi assez pour vivre – juste un peu, comme une subvention – et je serai plus qu'heureux.

Moi, je suis un *érudit.*

Les week-ends, il se mit à aller jusqu'à Talbot Corners dans le New Hampshire. En 1977, il commença à emmener Curtis et Freddy avec lui. Peu à peu, un plan prit forme. Un plan simple, efficace. Le cambriolage de base.

Les philosophes ont débattu du sens de la vie pendant des siècles sans jamais vraiment parvenir à la même conclusion. Morris aussi s'était penché sur la question durant ses années de prison, mais son questionnement à lui était plus pratique que cosmique. Il voulait connaître le sens de « à vie » d'un point de vue juridique. Et ce qu'il avait découvert était carrément schizo. Dans certains États, « à vie » voulait dire exactement ça. T'étais censé être détenu jusqu'à ce que tu crèves, sans possibilité de libération conditionnelle. Dans d'autres États, la libération conditionnelle était envisagée au bout de deux ans à peine. Cinq, sept, dix, ou quinze, dans d'autres. Dans le Nevada, elle était accordée (ou pas) selon un système de points compliqué.

En 2001, la condamnation à vie moyenne d'un homme dans les prisons américaines était de trente ans et quatre mois.

Dans l'État où Morris purgeait sa peine, les législateurs s'étaient basés sur des données démographiques pour inventer leur propre définition ésotérique de « à vie ». En 1979, date de la condamnation de Morris, l'Américain mâle moyen vivait jusqu'à soixante-dix ans ; Morris, qui avait vingt-trois ans à l'époque, pouvait donc considérer que sa dette envers la société serait payée dans quarante-sept ans.

Sauf si bien sûr on lui accordait la libération conditionnelle.

Il y fut éligible pour la première fois en 1990. Cora Ann Hooper se pointa à l'audience. Elle portait un tailleur bleu propret. Ses cheveux gris étaient tirés en un chignon si serré qu'il couinait. Elle tenait un grand sac à main noir sur ses genoux. Elle reraconta comment Morris Bellamy l'avait alpaguée alors qu'elle traversait la ruelle bordant la Shooter's Tavern et lui avait confié son intention de « s'en payer une tranche ». Elle décrivit aux cinq membres de la Commission des Libérations Conditionnelles comment il lui avait donné un coup de poing et cassé le nez lorsqu'elle avait réussi à déclencher l'Alerte Police qu'elle gardait dans son sac à main. Elle évoqua son haleine empestant l'alcool et comment il lui avait écorché le ventre avec ses ongles en lui arrachant ses sous-vêtements. Elle leur raconta comment Morris « m'étranglait toujours et me brutalisait avec son organe » quand l'officier Ellenton était arrivé et l'avait dégagée. Elle confia à la Commission qu'elle avait essayé de se suicider en 1980, et qu'elle était toujours suivie par un psychiatre. Elle leur raconta qu'elle allait mieux depuis qu'elle avait accepté de recevoir Jésus-Christ comme son sauveur personnel mais qu'elle faisait toujours des cauchemars. Non, répondit-elle à la Commission, elle ne s'était jamais mariée. L'idée d'avoir des relations sexuelles lui causait des crises de panique.

La mise en liberté sous conditions fut rejetée. Plusieurs raisons étaient mentionnées sur le papier vert qu'on lui passa à travers les barreaux ce soir-là, mais celle qui figurait en tête de liste était clairement l'objection principale de la Commission : *La victime déclare souffrir encore des séquelles psychologiques et physiques de son agression.*

Salope.

Hooper se présenta à nouveau en 1995, et encore en 2000. En 1995, elle portait le même tailleur bleu. À l'aube du nouveau millénaire – elle avait alors grossi d'au moins vingt kilos –, elle en portait un marron. En 2005, le tailleur était gris et une grosse croix blanche pendait sur son buste toujours plus imposant. À chaque comparution, elle tenait sur ses genoux ce qui ressemblait au même grand sac à main noir. Son Alerte Police était probablement à l'intérieur. Peut-être aussi un gaz lacrymogène Mace. Elle était pas convoquée à ces auditions ; elle venait d'elle-même.

Et racontait son histoire.

La libération conditionnelle était rejetée. Objection principale figurant sur le papier vert : *La victime déclare souffrir encore des séquelles psychologiques et physiques de son agression.*

Cette connerie c'est des conneries, se disait Morris. Cette connerie c'est des conneries.

Peut-être bien. Mais *merde*, il regrettait de pas l'avoir tuée.

À l'époque de son troisième refus de conditionnelle, Morris était très sollicité pour son travail d'écrivain : dans le petit monde de Waynesville, il était un auteur à succès. Il écrivait des lettres d'amour aux épouses et aux petites amies. Il en écrivait aux enfants de détenus, certaines confirmant d'une prose touchante l'existence du Père Noël. Il écrivait des lettres de motivation pour les prisonniers dont la date de libération approchait. Il rédigeait des rédactions pour les détenus qui suivaient des cours en ligne ou essayaient d'obtenir leur certificat de fin d'études. Il était pas avocat, mais il lui arrivait d'écrire à de vrais avocats au nom des prisonniers, expliquant avec pertinence chaque affaire et exposant les raisons de la demande d'appel. Certains avocats se laissaient impressionner par ces lettres et – pensant à l'argent qu'ils pourraient se faire avec les indemnisations pour détention abusive si la demande aboutissait – acceptaient de reprendre l'affaire. Alors que l'ADN devenait d'une importance capitale dans les procédures d'appel, il écrivait souvent à Barry Scheck et Peter Neufeld, les fondateurs de l'Innocence Project. L'une de ces lettres conduisit à la libération d'un mécanicien auto et voleur à temps partiel du nom de Charles Roberson, emprisonné à Waynesville depuis vingt-sept ans. Roberson obtint sa liberté ; Morris obtint la reconnaissance éternelle de Roberson, et rien d'autre… sauf si on comptait sa réputation grandissante, et ça c'était *loin* d'être rien. Ça faisait longtemps qu'il ne se faisait plus violer.

En 2004, Morris écrivit sa meilleure lettre, en retravaillant quatre versions à la virgule près. Elle était destinée à Cora Ann Hooper. Dans cette lettre, il lui disait vivre dans un terrible remords de ce qu'il avait fait et promettait que si la conditionnelle lui était accordée, il passerait le restant de ses jours à expier son crime, commis lors d'un trou noir causé par l'alcool.

« J'assiste ici aux réunions des AA quatre fois par semaine, écrivit-il, et je parraine actuellement six alcooliques et toxicomanes en voie de guérison. Je continuerai ce travail dehors, au centre d'hébergement et de réinsertion sociale St Patrick, dans le North Side. J'ai eu une prise de conscience spirituelle, madame Hooper, et j'ai laissé Jésus entrer dans ma vie. Vous comprendrez à quel point ceci est important, car je sais que vous aussi, vous avez accepté le Christ notre Sauveur. "Pardonne-nous nos offenses, a-t-il dit, comme nous pardonnons à ceux qui nous ont offensés." Me pardonnerez-vous un jour de vous avoir offensée ? Je ne suis plus l'homme qui vous a causé tant de souffrances ce soir-là. J'ai eu une conversion d'âme. Je prie pour que vous répondiez à ma lettre. »

Dix jours plus tard, sa prière fut exaucée. Aucune adresse de retour sur l'enveloppe, seulement *C.A. Hooper* soigneusement écrit au dos. Morris n'eut pas besoin de l'ouvrir : un maton chargé de vérifier le courrier des prisonniers au bureau de la réception s'en était déjà occupé. Un seul feuillet de papier à lettres à bordure irrégulière avait été glissé à l'intérieur. Dans les coins supérieur droit et inférieur gauche, des chatons tout poilus jouaient avec des pelotes de laine grise. Aucune salutation. Une seule phrase manuscrite au centre de la page :

« J'espère que vous croupirez encore longtemps là où vous êtes. »

La salope se présenta à l'audience l'année suivante les jambes boudinées dans des bas de contention et les chevilles débordant de ses chaussures orthopédiques. Elle ressemblait à une variante trop grosse et vengeresse d'une hirondelle de Capistrano version pénitentiaire. Elle raconta son histoire une fois de plus, et une fois de plus la mise en liberté sous conditions fut rejetée. Morris était un prisonnier modèle et, à présent, il ne restait plus qu'une seule objection à sa libération sur le papier vert :

La victime déclare souffrir encore des séquelles psychologiques et physiques de son agression.

Morris se persuada que cette connerie c'était des conneries et retourna dans sa cellule. Pas exactement un penthouse, juste un cinq mètres carrés, mais au moins il avait des livres. Les livres étaient son évasion. Les livres étaient sa liberté. Il s'allongea sur sa couchette, imaginant à quel point ce serait jouissif de passer quinze minutes seul à seule avec Cora Ann Hooper et un cloueur à air comprimé.

Morris travaillait à présent à la bibliothèque, ce qui était une formidable amélioration. Les matons se fichaient bien de savoir comment il dépensait sa paye dérisoire, ce fut donc sans aucun problème qu'il s'abonna à l'*American Bibliographer's Newsletter.* Il se fit aussi envoyer un certain nombre de catalogues, qui eux étaient gratuits, de négociants en livres rares. Il y voyait fréquemment des romans de Rothstein à des prix toujours plus exorbitants. Morris s'aperçut qu'il suivait sa cote avec autant de ferveur que certains prisonniers fans de sport suivaient leur équipe favorite. La plupart des écrivains perdaient de leur valeur après leur mort, mais une poignée de chanceux grimpaient dans les ventes. Rothstein étaient de ceux-là. De temps à autre, Morris tombait sur un Rothstein signé. Dans le catalogue Bauman de Noël 2007, un exemplaire du *Coureur* dédicacé à Harper Lee – un exemplaire dit « d'association », c'est-à-dire dédicacé aux proches d'un auteur – s'était vendu à dix-sept mille dollars.

Morris garda aussi un œil sur les journaux locaux durant ses années d'incarcération puis, à mesure que le vingt et unième siècle opérait sa révolution technologique, sur différents sites internet. Le terrain entre Sycamore Street et Birch Street était toujours empêtré dans un bourbier juridique interminable, et Morris s'en réjouissait. Il sortirait un jour et sa malle l'attendrait, fermement enracinée sous l'arbre surplombant la berge. Que les carnets puissent à présent valoir une fortune importait de moins en moins.

Il supposait que du temps où il était jeune, il aurait su profiter de toutes ces choses auxquelles les jeunes hommes aspirent quand ils ont encore les jambes solides et les couilles bien suspendues : les voyages et les femmes, les voitures et les femmes, les grandes baraques comme celles de Sugar Heights et les femmes. Maintenant, il rêvait à peine de ces trucs-là, et la dernière femme avec qui il avait eu une relation sexuelle conservait un rôle-clé dans son incarcération prolongée. L'ironie de la chose ne lui échappait pas. Mais ça allait. Tout partait en eau de boudin en ce bas monde. Tu perdais de la vitesse, tu perdais la vue, tu perdais même ton putain d'*Electric Boogaloo*, mais la littérature, elle, restait éternelle, et c'était ça qui l'attendait : une terre encore inexplorée que seul son créateur avait foulée. Et s'il devait attendre d'avoir soixante-dix ans pour l'explorer, soit. Il y avait aussi l'argent – toutes ces enveloppes de liquide. En aucun cas une fortune mais tout de même un joli petit pécule.

Au moins, j'ai un but, se disait-il. Combien ici peuvent en dire autant, surtout une fois que leurs cuisses deviennent flasques et que leur queue se lève seulement quand ils ont envie de pisser ?

Morris écrivit plusieurs fois à Andy Halliday, qui avait maintenant sa propre librairie – Morris l'avait appris par l'*American Bibliographer's Newsletter*. Il savait aussi que son vieux pote avait déjà eu des emmerdes au moins une fois, pour avoir essayé de vendre un exemplaire volé du livre le plus connu de James Agee, mais qu'il était passé entre les mailles du filet. Dommage. Morris aurait adoré accueillir cette tafiole parfumée à l'eau de Cologne à Waynesville. Il connaissait tout un tas de sales types qui lui auraient botté le cul avec grand plaisir de la part de Morrie Bellamy. Mais c'était qu'un fantasme. Même si Andy avait été reconnu coupable, il aurait probablement juste écopé d'une amende et c'est tout. Au pire, il aurait été envoyé au country club à l'ouest de l'État réservé aux voleurs en col blanc.

Aucune de ses lettres à Andy ne reçut de réponse.

En 2010, son hirondelle personnelle revint une nouvelle fois à Capistrano, vêtue d'un tailleur noir comme si elle se rendait à ses propres obsèques. Qui tarderont pas à arriver si elle perd pas du poids, pensa Morris vicieusement. Les bajoues de Cora Ann Hooper pendouillaient maintenant de chaque côté de son cou telles des crêpes de chair, ses yeux étaient presque entièrement enfoncés dans des poches de gras, sa peau était cireuse. Elle avait remplacé le sac à main noir par un bleu, mais tout le reste était idem. Cauchemars ! Thérapie sans fin ! Vie ruinée à cause de l'horrible bête qui avait surgi cette nuit-là de la ruelle ! Et ainsi de suite, bla-bla-bla.

Mais tu l'oublieras jamais, à la fin, ce viol pourri ? pensa Morris. Tu la tourneras *jamais*, la page ?

Morris regagna sa cellule en pensant : Cette connerie c'est des conneries. Putain, c'est des grosses conneries.

C'était l'année de ses cinquante-cinq ans.

Un jour, en mars 2014, un geôlier vint chercher Morris à la bibliothèque où il était en train de lire *Pastorale américaine* pour la troisième fois, installé au bureau principal. (De l'avis de Morris, c'était de loin le meilleur livre de Philip Roth.) Le geôlier lui dit qu'il était attendu à l'Administration.

« Pourquoi ? » demanda Morris en se levant.

Un petit passage par la case Administration, c'était généralement pas une bonne nouvelle. Souvent, c'était des flics qui voulaient que tu balances quelqu'un et qui te menaçaient de toutes sortes de trucs sordides si tu refusais de coopérer.

« Commission des Libérations Conditionnelles.

– Non, dit Morris. C'est une erreur. Je passe pas devant la Commission avant l'année prochaine.

– Je fais juste ce qu'on m'a demandé de faire, OK ? répliqua le geôlier. Si tu veux pas que je te signale, trouve quelqu'un pour te remplacer et bouge ton cul. »

La Commission – composée maintenant de trois hommes et trois femmes – était réunie dans la salle de conférences. Philip Downs, l'avocat principal de la Commission, faisait le septième mercenaire. Il lut une lettre de Cora Ann Hooper. Une lettre merveilleuse. La salope avait un cancer. C'était une bonne nouvelle, mais ce qui suivait était encore mieux. Elle abandonnait toutes ses objections à la mise en liberté sous conditions de Morris Bellamy. Elle disait être désolée d'avoir attendu si longtemps. Downs lut ensuite une lettre du Midwest Art and Culture Center, rebaptisé le MACC par les gens du coin. Ils avaient embauché beaucoup de détenus en conditionnelle au fil des années et ils étaient disposés à prendre Morris Bellamy en tant qu'archiviste et opérateur informatique à mi-temps à compter de mai si, bien entendu, la libération conditionnelle était accordée.

« Au vu de votre conduite exemplaire au cours des trente-cinq dernières années, et au vu de la lettre de Mme Hooper, déclara Downs, j'ai jugé bon d'avancer d'un an votre demande de mise en liberté sous conditions. Mme Hooper nous informe qu'il ne lui reste plus beaucoup de temps à vivre et je suis persuadé qu'elle aimerait mettre un terme à cette affaire. » Il se tourna vers les autres membres de la Commission. « Qu'en pensez-vous, mesdames et messieurs ? »

Morris savait déjà ce qu'en pensaient ces dames et ces messieurs, sinon ils ne l'auraient jamais fait appeler. Ils votèrent à l'unanimité en faveur de la liberté sous conditions.

« Et vous, Morris, qu'en pensez-vous ? » demanda Downs.

Morris, d'ordinaire habile avec les mots, était trop stupéfait pour dire quoi que se soit, mais il n'eut rien besoin de dire. Il fondit en larmes.

Deux mois plus tard, après la réunion de concertation obligatoire avant la mise en liberté, et peu de temps avant son premier jour de travail au MACC, Morris passa la porte A de la prison de Waynesville et remit les pieds dans le monde libre. Dans sa poche, il avait ses économies de trente-cinq années de travail à la teinturerie, à l'atelier de menuiserie et à la bibliothèque. Un montant de deux mille sept cents dollars et des poussières.

Enfin, les carnets de Rothstein étaient à sa portée.

DEUXIÈME PARTIE

VIEUX POTES

1

Kermit William Hodges – Bill pour les intimes – roule sur Airport Road, les vitres baissées et la radio allumée, poussant la chansonnette avec Dylan sur « It Takes a Lot to Laugh, It Takes a Train to Cry ». Il a soixante-six ans (plus tout jeune) mais l'air plutôt pas mal pour un rescapé de crise cardiaque. Il a perdu dix-huit kilos depuis son embolie gazeuse et a arrêté la malbouffe qui le tuait à petites (grosses) bouchées.

« Vous voulez arriver à soixante-quinze ans ? lui avait demandé son cardiologue. C'était après son premier bilan de santé, deux semaines après la pose du pacemaker. Dans ce cas, arrêtez la couenne de porc grillée et les donuts. Faites ami-ami avec la salade. »

Pas du même tonneau que « Aime ton prochain comme toi-même », comme conseil, mais Hodges l'avait pris au mot. Posée à côté de lui sur le siège passager, il y a une salade dans un sac en papier blanc. Il aura tout son temps pour la manger, avec de la Dasani pour la faire descendre, si l'avion d'Oliver Madden arrive à l'heure. Et si Madden arrive tout court. Holly Gibney lui a certifié que Madden était déjà en route – elle a trouvé son plan de vol sur un site qui s'appelle AirTracker – mais il est toujours possible que Madden flaire quelque chose et qu'il prenne une autre direction. Ça fait un bon moment qu'il joue au con maintenant, et les types comme lui ont un flair très développé.

Hodges dépasse la voie de desserte menant aux terminaux principaux et aux arrêts courte durée et continue sa route, suivant les panneaux FRET AÉRIEN, SIGNATURE AIR et THOMAS ZANE AVIATION. Il tourne vers cette dernière destination. Thomas Zane Aviation est une entreprise aéronautique privée indépendante, tapie – presque littéralement – dans l'ombre de la bien plus grande Signature Air FBO juste à côté. De l'herbe pousse dans les fissures de l'asphalte craquelé du parking, vide à l'exception de la première rangée. Celle-là a été réservée pour une douzaine de voitures de location environ. Au milieu des petites citadines et des sous-compactes, et les dominant toutes, il y a un Lincoln Navigator aux vitres fumées. Hodges prend ça pour un bon signe. Son homme aime avoir du style, caractéristique typique des ordures. Et même si son homme porte des costumes à mille dollars, ça n'en fait pas moins une belle ordure.

Hodges contourne le parking et va se garer devant l'entrée, sur le rond-point réservé aux CHARGEMENTS ET LIVRAISONS SEULEMENT.

Hodges escompte un beau chargement.

Il consulte sa montre. Onze heures moins le quart. Il repense à sa mère lui disant : « Il faut toujours arriver en avance aux grandes occasions, Billy », et ce souvenir le fait sourire. Il détache son iPhone de sa ceinture et appelle le bureau. Ça sonne juste une fois.

« Finders Keepers[1], j'écoute », répond Holly. Elle annonce toujours le nom de la société en décrochant, peu importe qui appelle : un de ses petits tics. Elle en a beaucoup. « T'y es, Bill ? Tu es à l'aéroport ? Tu y es ? »

Petits tics mis à part, cette Holly Gibney-ci est bien différente de celle qu'il a rencontrée il y a quatre ans, lorsqu'elle était venue en ville pour les funérailles de sa cousine. Différente dans le bon sens du terme, même si elle continue à s'en griller une en douce de temps en temps ; il le sent à son haleine.

« J'y suis, répond Hodges. Dis-moi que je vais être chanceux.

---

1. « Qui trouve garde. » La formule enfantine complète est *Finders Keepers, Losers Weepers* : Qui trouve garde, qui perd pleure.

– La chance n'a rien à voir là-dedans. AirTracker est un site très fiable. Pour ta gouverne, il y a actuellement six mille quatre cent douze avions dans l'espace aérien américain. Intéressant, non ?

– Carrément fascinant. L'heure d'arrivée de Madden est toujours onze heures trente ?

– Onze heures trente-sept, pour être précis. Tu as laissé ton lait écrémé sur ton bureau. Je l'ai remis au frigo. Le lait écrémé tourne très rapidement quand il fait chaud, tu sais. Même dans un environnement climatisé comme ici. *Enfin* climatisé. »

Elle avait seriné Hodges pour qu'il fasse installer l'air conditionné. Holly est une très bonne serineuse quand elle s'y met.

« Fais-toi un p'tit shot, Holly, dit-il. J'ai de la Dasani.

– Merci, mais non, j'ai mon Coca Zéro. Barbara Robinson a téléphoné. Elle voulait te parler. Elle était toute sérieuse. Je lui ai dit qu'elle pouvait te rappeler cet après-midi. Ou que tu la rappellerais. » Le doute s'immisce dans sa voix. « J'ai bien fait ? Je me suis dit que tu voudrais avoir ton téléphone disponible pour le moment.

– Pas de problème, Holly. Elle t'a dit pourquoi elle était si sérieuse ?

– Non.

– Rappelle-la et dis-lui que je la contacterai dès que tout ça sera plié.

– Sois prudent, hein ?

– Je suis toujours prudent. »

Même si Holly sait que ce n'est pas tout à fait vrai : lui, Jerome (le frère de Barbara) et Holly elle-même ont quand même bien failli mourir dans une explosion par sa faute il y a quatre ans... et la cousine de Holly *est* morte dans une explosion, même si celle-là s'était produite un peu avant. Hodges, qui était plus qu'un peu amoureux de Janey Patterson, la pleure encore. Et se sent toujours coupable. Aujourd'hui, il prend soin de lui *pour* lui, mais aussi parce qu'il pense que c'est ce que Janey aurait voulu.

Il dit à Holly de garder la boutique en son absence et remet son iPhone à sa ceinture, là où il portait son Glock avant d'être Off-Ret. Autrement dit, inspecteur de police à la retraite, quand il oubliait toujours son téléphone, mais cette époque est révolue. Ce qu'il fait ces temps-ci n'est pas aussi gratifiant que porter l'insigne, mais c'est pas trop mal non plus. En fait, c'est même plutôt bien. La plupart des poissons que Finders Keepers attrape sont du menu fretin, mais aujourd'hui, c'est un thon rouge qu'il taquine, et il est remonté à bloc. Un gros jour de paye l'attend, mais c'est pas ça le plus important. Il se sent *concerné*, voilà le plus important. C'est pour ça qu'il est fait, serrer des sales types comme Oliver Madden, et il a pas l'intention de s'arrêter de sitôt. Avec de la chance, il en a encore pour huit ou neuf ans, et il compte bien en chérir chaque jour. Il se dit que c'est ce que Janey aurait souhaité, aussi.

Ouais, l'entend-il répondre en fronçant le nez de cette drôle de façon qu'elle avait.

Barbara Robinson aussi a failli se faire tuer ce jour-là : elle était au concert fatidique avec sa mère et un groupe de copines. Barbs était une petite fille enjouée et heureuse à cette époque, et c'est une adolescente enjouée et heureuse aujourd'hui – il la voit quand il va manger chez les Robinson à l'occasion, mais ça lui arrive de moins en moins souvent maintenant que Jerome a quitté le domicile familial pour la fac. Ou peut-être qu'il est rentré pour l'été. Il demandera à Barbara quand il l'aura au téléphone. Hodges espère qu'elle s'est pas fichue dans le pétrin. Mais ça semble peu probable. C'est une chouette gosse sans histoires, du genre qui aide les vieilles dames à traverser la rue.

Hodges déballe sa salade, l'arrose de vinaigrette allégée et commence à se la fourrer dans le gosier. Il a les crocs. C'est bon d'avoir les crocs. C'est signe de bonne santé.

2

Morris Bellamy n'a pas faim du tout. Un bagel au fromage frais est tout ce qu'il arrive à avaler pour le déjeuner, et même pas en entier. Il bouffait comme un porc au début quand il est sorti – Big Macs, beignets, pizzas, tous les trucs dont il avait rêvé quand il était en prison –, mais c'était avant une nuit passée à vomir ses tripes suite à une escale peu raisonnable à Señor Taco dans Lowtown. Il avait jamais eu de problèmes avec la nourriture mexicaine quand il était jeune, c'est-à-dire y a à peine quelques heures, on dirait, mais une nuit passée à genoux à prier devant l'autel de porcelaine était tout ce qu'il avait fallu à Morris pour le ramener à la réalité : il a cinquante-neuf ans, et il est au seuil de la vieillesse. Les meilleures années de sa vie, il les avait passées à teindre des jeans, vernir des tables et des chaises qui seraient vendues au magasin de sortie d'usine de Waynesville, et à rédiger des lettres pour un flot incessant de charlots minables en combinaisons orange.

Maintenant, il vit dans un monde qu'il reconnaît à peine : un monde où on regarde des films sur des écrans surdimensionnés appelés IMAX et où tous les gens dans la rue ont soit un casque sur les oreilles, soit un écran miniature devant les yeux. On dirait qu'il y a des caméras de surveillance dans tous les magasins et le prix des produits les plus basiques – le pain, par exemple, soixante-quinze *cents* à l'époque où il s'est fait coffrer – sont tellement élevés qu'ils semblent irréels. Tout a changé : il se sent comme aveuglé par trop de lumière. Il est complètement à la ramasse et il sait que son cerveau conditionné par la prison remontera jamais la pente. Son corps non plus. Raide quand il se lève le matin et douloureux le soir quand il se couche ; il imagine que c'est un début d'arthrite. Suite à cette nuit de vomissements (et de diarrhée liquide et marronnasse), il avait tout simplement perdu l'appétit.

Pour la nourriture, du moins. Il pense aux femmes – comment ne pas y penser quand elles sont partout, les plus jeunes si court vêtues dans la chaleur naissante de l'été ? –, mais à son âge, il lui faudrait payer pour en avoir une de moins de trente ans, et s'il allait dans un de ces endroits où ce genre de transaction est possible, il enfreindrait les conditions de sa remise en liberté. S'il se faisait pincer, il serait renvoyé à Waynesville, les carnets de Rothstein toujours enterrés dans ce bout de friche, inconnus de tous sauf de l'auteur lui-même.

Il sait qu'ils sont encore là, et ça rend les choses encore pires. L'envie folle de les déterrer et de les avoir enfin en sa possession est une idée fixe et obsédante, comme un bout de chanson (*I need a lover that won't drive me cray-zee*) qui vous rentre dans la tête et veut pas en sortir. Mais pour l'instant, il a presque tout fait dans les règles en attendant que son agent de probation se détende et lâche un peu de lest. C'était l'évangile selon saint Warren « Duck » Duckworth, prêché à Morris dès qu'il était devenu admissible à la conditionnelle.

« Va falloir que tu fasses super gaffe au début », lui avait dit Duck. C'était avant la première audience de Morris, et la première apparition vengeresse de Cora Ann Hooper. « Comme si tu marchais sur des œufs, tu vois. Pass'que l'enculé se pointera quand tu t'y attendras le moins. Crois-moi sur parole. Si t'as dans l'idée de faire un truc qui pourrait te classer dans les Comportements Suspects – ils ont cette catégorie –, attends *après* que ton AP soit passé te rendre une petite visite surprise. Après tu pourras être peinard. Tu piges ? »

Morris pigeait, ouais.

Et Duck s'était pas trompé.

3

Pas même cent heures après sa remise en liberté (enfin, *semi*-liberté), Morris était rentré au vieil immeuble d'appartements où il créchait pour trouver son AP assis sur le perron en train de fumer une cigarette. Le tas de ciment et de parpaings orné de graffitis, rebaptisé le Manoir aux Barges par ses habitants, était un vivier subventionné par l'État d'anciens toxicos, alcoolos et taulards comme lui. Morris avait vu son AP l'après-midi même et été renvoyé après quelques questions de routine et un *À la s'maine prochaine*. C'était pas la semaine prochaine, c'était même pas le *lendemain*, mais il était là.

Ellis McFarland était un imposant monsieur noir avec un énorme bide et un crâne chauve et luisant. Ce soir, il portait un jean grand comme un parachute et un T-shirt Harley-Davidson taille XXL. Il avait un vieux sac à dos usé posé à côté de lui.

« *Yo*, Morrie », dit-il, puis il tapota le ciment sur lequel reposait son gigantesque arrière-train. « Asseyez-vous.

– Bonjour, monsieur McFarland. »

Morris s'assit, le cœur cognant si fort que c'en était douloureux. Pitié, juste un Comportement Suspect, pensa-t-il, même s'il voyait pas ce qu'il avait bien pu faire de suspect. Pitié, me renvoyez pas au trou, pas si près du but.

« Vous étiez où, mon ami ? Vous finissez le boulot à quatre heures. Il est six heures passées.

– Je… je me suis arrêté prendre un sandwich. Au Happy Cup. Je pouvais pas croire que le Cup était toujours là, mais si, il y est toujours. »

Bafouillant. Incapable de s'arrêter même s'il savait que c'était exactement ce que faisaient les gens défoncés à quelque chose.

« Et ça vous a pris deux heures, de manger un sandwich ? Le salopard devait faire un mètre de long.

– Non, il était normal. Jambon-fromage. J'ai mangé sur un banc, à Government Square, et puis j'ai donné les croûtes aux pigeons. C'est ce qu'on faisait avec un copain, à l'époque. Et puis, j'ai… vous savez, j'ai pas vu le temps passer. »

C'était la vérité, mais ça semblait tellement bidon comme excuse !

« Vous preniez l'air, quoi, suggéra McFarland. Vous profitiez de votre liberté. C'est à peu près l'idée ?

– Oui.

– Eh ben, vous savez quoi ? Moi, je crois qu'on va devoir monter, et puis je crois que vous allez devoir pisser un coup. Juste pour être sûr que vous profitiez pas un peu trop de votre liberté. » Il tapota son sac à dos. « J'ai mon petit kit là-dedans. Si l'urine vire pas au bleu, je vous lâcherai la grappe et je vous laisserai continuer votre soirée pépère. Vous n'y voyez aucune objection, n'est-ce pas ?

– Aucune. »

Morris éprouvait un soulagement quasi étourdissant.

« Et puis je regarderai pendant que vous ferez votre petit pipi dans le petit gobelet en plastique. Aucune objection à ça non plus ?

– Non. » Morris avait passé trente-cinq ans de sa vie à pisser devant des gens. Il était habitué. « Non, monsieur McFarland, pas de problème. »

D'une pichenette, McFarland balança son mégot dans le caniveau, attrapa son sac et se leva.

« Bon, dans ce cas je crois qu'on va oublier le test. »

Morris était bouche bée.

McFarland sourit.

« C'est bon, Morrie. Pour l'instant, en tout cas. Alors, qu'est-ce qu'on dit ? »

Pendant un instant, Morris ne trouva rien à dire. Puis ça lui vint à l'esprit :

« Merci, monsieur McFarland. »

McFarland ébouriffa les cheveux de son protégé, un homme de vingt ans son aîné, et dit :

« Bon garçon. À la s'maine prochaine. »

Plus tard, dans sa chambre, Morris se repassa ce *bon garçon* indulgent et paternaliste en regardant le mobilier spartiate et bon marché ainsi que les quelques livres qu'il avait eu le droit de rapporter du purgatoire et en écoutant les bruits d'animalerie – cris, hoquets, coups – de ses corésidents. Il se demanda si McFarland avait idée à quel point Morris le détestait, et il se dit que oui.

Bon garçon. J'aurai bientôt soixante ans mais je suis le bon garçon d'Ellis McFarland.

Il resta allongé sur son lit un moment puis se leva et se mit à faire les cent pas, repensant au conseil que lui avait donné Duck : *Si t'as dans l'idée de faire un truc qui pourrait te classer dans les Comportements Suspects – ils ont cette catégorie –, attends* après *que ton AP soit passé te rendre une petite visite surprise. Après tu pourras être peinard.*

Morris parvint à une décision et enfila son blouson en jean. Il descendit au rez-de-chaussée dans l'ascenseur empestant l'urine, longea deux blocs jusqu'à l'arrêt de bus le plus proche et attendit qu'un bus affichant la destination NORTHFIELD se pointe. Son cœur battait à nouveau à grands coups et il ne pouvait pas s'empêcher d'imaginer McFarland quelque part par là. McFarland pensant : *Ha ha, maintenant que je l'ai endormi, je vais repasser un coup, voir ce que ce lascar mijote vraiment.* Peu vraisemblable, évidemment ; McFarland était sûrement chez lui à l'heure qu'il était, attablé avec sa femme et ses trois gosses tous aussi obèses que lui. Mais quand même, Morris ne pouvait pas s'empêcher d'imaginer.

Et s'il repasse pour me demander où j'étais ? Je lui dirai que j'étais retourné voir mon ancienne maison, c'est tout. Pas de tavernes et de bars à nichons dans ce coin-là, juste quelques supérettes, une centaine de logements datant d'après la guerre de Corée et des rues aux noms d'arbres. Rien qu'une vieille banlieue dans cette partie de Northfield. Et un bout de forêt abandonnée de la taille d'un pâté de maisons pris dans les mailles d'un interminable procès dickensien.

Il descendit à Garner Street, pas loin de la bibliothèque où il avait passé tant d'heures quand il était môme. Cette bibli avait été son refuge, parce que les grands qu'auraient eu envie de te casser la figure l'évitaient comme Superman évite la kryptonite. Il traversa neuf blocs jusqu'à Sycamore, puis alla réellement faire un tour du côté de son ancienne maison. Elle avait toujours l'air aussi délabrée, comme toutes les maisons du quartier, mais la pelouse avait été tondue et la peinture semblait plutôt récente. Il regarda le garage où il avait rangé la Biscayne trente-six ans auparavant, loin du regard indiscret de Mme Muller. Il se souvenait avoir doublé la malle d'occasion avec du plastique pour que les carnets ne prennent pas l'eau. Une très bonne idée vu le temps qu'ils y avaient passé.

La lumière était allumée au numéro 23 : ceux qui habitaient là – ils s'appelaient Saubers d'après les recherches internet qu'il avait faites à la bibliothèque de la prison – étaient à la maison. Il regarda la fenêtre du haut, celle de droite, donnant sur l'allée, et se demanda à qui appartenait son ancienne chambre à présent. Sûrement à un gamin, et en ces temps de dégénérescence, un gamin qui préférait sans doute jouer sur son téléphone plutôt que de lire un livre.

Morris continua son chemin, tourna au coin de Elm Street et la remonta jusqu'au Centre Aéré (fermé maintenant depuis deux ans en raison de coupes budgétaires, selon ses recherches internet également), guetta les alentours, constata que les trottoirs étaient déserts des deux côtés et se dépêcha de rejoindre le mur de côté du Centre. Une fois derrière le bâtiment, il s'élança dans un trottinement laborieux à travers les terrains de basket – défraîchis mais toujours utilisés, apparemment – et le terrain de base-ball envahi par les herbes folles.

La lune était levée, presque pleine et assez lumineuse pour que son ombre se projette à côté de lui. En face se dressait un enchevêtrement de buissons et d'arbrisseaux chétifs aux branches entremêlées luttant pour se faire une place. Où était le chemin ? Il pensait être au bon endroit mais il ne le voyait pas. Il se mit à courir dans un sens puis dans l'autre le long de ce qui jadis avait été le champ droit du terrain de base-ball, tel un chien sur la trace d'une odeur insaisissable. Son cœur tournait à nouveau à plein régime, sa bouche sèche avait un goût de cuivre. Se balader dans son ancien quartier était une chose, mais traîner ici, derrière le Centre Aéré abandonné, en était une autre. C'était clairement un Comportement Suspect.

Il était sur le point de renoncer quand il vit un paquet de chips s'échapper en voletant d'un buisson. Il écarta le buisson et, bingo, le chemin était là, même s'il n'était plus que l'ombre de lui-même. C'était logique aux yeux de Morris. Quelques gamins devaient encore l'emprunter mais la fréquentation avait dû chuter après la fermeture du Centre. Et c'était tant mieux. Même si, se rappela-t-il, le Centre était resté ouvert pendant la plupart des années qu'il avait passées à Waynesville. Ça faisait beaucoup de passage à proximité de sa malle enterrée.

Il remonta le sentier, progressant lentement, s'immobilisant complètement à chaque fois que la lune disparaissait derrière un nuage, et repartant quand elle ressortait. Au bout de cinq minutes, il entendit le petit gloussement du ruisseau. Alors lui aussi était toujours là.

Morris s'avança sur la berge. Le ruisseau coulait à ciel ouvert et, avec la lune juste au-dessus, l'eau scintillait comme de la soie noire. Il repéra sans problème l'arbre sur l'autre rive, celui sous lequel il avait enterré la malle. L'arbre avait poussé en continuant à pencher par-dessus le ruisseau. Morris voyait quelques racines noueuses saillir à son pied avant de replonger dans la terre, mais sinon, rien ne semblait avoir bougé.

Morris traversa le ruisseau comme autrefois, passant de pierre en pierre et mouillant à peine ses chaussures. Il regarda une fois autour de lui et s'agenouilla sous l'arbre. Il savait qu'il était seul, s'il y avait eu quelqu'un d'autre dans le secteur, il l'aurait entendu, mais le coup d'œil furtif était un réflexe de prisonnier. Il entendit son souffle rauque racler dans sa gorge tandis qu'il arrachait l'herbe d'une main et se retenait à une racine de l'autre.

Il dégagea un petit cercle de terre et se mit à creuser, rejetant sur le côté cailloux et pierres lorsqu'il en déterrait. Il était enfoncé presque jusqu'au coude quand ses doigts touchèrent quelque chose de dur et lisse. Il reposa son front brûlant contre l'épaule noueuse d'une racine protubérante et ferma les yeux.

Toujours là.

Sa malle était toujours là.

Merci, mon Dieu.

Ça suffisait, du moins pour le moment. C'était le mieux qu'il pouvait faire et, oh, mon Dieu, quel soulagement. Il reboucha le trou et le recouvrit de feuilles mortes tombées l'automne dernier qu'il ramassa sur la berge du ruisseau. L'herbe repousserait vite – surtout par un temps doux comme celui-ci – et ça terminerait le boulot.

En un temps de plus grande liberté, il aurait continué à remonter le sentier jusqu'à Sycamore Street – l'arrêt de bus était plus près, par là –, mais pas aujourd'hui, parce que le jardin sur lequel le sentier débouchait appartenait aux Saubers à présent. Si l'un d'eux l'apercevait et appelait le 911, il serait sûrement de retour à Waynesville dès demain, peut-être même avec cinq ans de plus à purger que sa sentence initiale, juste pour lui porter chance.

Il fit donc demi-tour jusqu'à Birch Street, vérifia que les trottoirs étaient toujours déserts et marcha jusqu'à l'arrêt de bus de Garner Street. Il avait les jambes en coton et la main avec laquelle il avait creusé était écorchée et douloureuse, mais il se sentait léger comme une plume. Toujours là ! Il s'en doutait déjà mais la confirmation faisait *tellement* de bien.

De retour au Manoir aux Barges, il lava la terre de ses mains, se déshabilla et se coucha. L'immeuble était plus bruyant que jamais, mais pas aussi bruyant que l'aile D de Waynesville, surtout par une nuit comme celle-ci, quand la lune était presque pleine dans le ciel. Morris sombra presque aussitôt dans le sommeil.

Maintenant que la présence de la malle était confirmée, il fallait être prudent. Ce fut sa dernière pensée :

Plus prudent que jamais.

4

Ça fait presque un mois qu'il *est* prudent maintenant : se pointe au travail pile à l'heure tous les matins et rentre au Manoir aux Barges tous les soirs avec les poules. Le seul ancien de Waynesville qu'il ira voir, c'est Charlie Roberson, qui est sorti grâce aux tests ADN avec son aide, et Charlie n'est pas fiché comme complice notoire étant donné qu'il était innocent depuis le début. Du moins du crime pour lequel on l'avait enfermé.

Le chef de Morris au MACC est un connard de gros lard prétentieux à peine capable de se servir d'un ordi mais qui se fait probablement soixante mille dollars par an. Au moins soixante mille. Et Morris ? Onze dollars de l'heure, des coupons alimentaires et une piaule au huitième étage pas franchement plus grande que la cellule dans laquelle il a passé les soi-disant « plus belles années de sa vie ». Morris en mettrait pas sa main au feu, mais il serait pas étonné que son poste de travail soit sur écoute. Il a l'impression qu'aujourd'hui en Amérique, *tout* est sur écoute.

Sa vie est merdique, et à qui la faute ? Audience après audience, il avait répété sans hésiter à la Commission des Libérations Conditionnelles que c'était la sienne : il avait appris à jouer au jeu de la culpabilité avec Larsen l'Obscène. Plaider le regret est une nécessité. Si tu leur donnes pas du *mea culpa* en veux-tu en voilà, tu sortiras jamais, peu importe ce que racontera dans une lettre une salope rongée par le cancer espérant s'attirer les bonnes grâces de Jésus. Morris avait pas eu besoin de Duck pour lui expliquer ça. Il était pas tombé de la dernière pluie.

Mais est-ce que ç'avait *vraiment* été sa faute ?

Ou la faute de cet enfoiré, juste là-bas ?

De l'autre côté de la rue et quatre numéros plus loin que le banc où Morris est assis, avec sur les genoux les restes du bagel qu'il arrive pas à terminer, un chauve obèse sort en majesté de Halliday Rare Editions après avoir tourné l'écriteau sur la porte côté FERMÉ. C'est la troisième fois que Morris observe ce petit rituel de midi, parce que le mardi, il est d'après-midi au MACC. Il ira à une heure et travaillera à la mise à jour du vieux système de classement des fichiers jusqu'à quatre. (Morris ne doute pas que les gens qui font tourner cette boîte en savent un paquet sur l'art, la musique et le théâtre, mais ils connaissent que dalle au gestionnaire de tâches de Mac.) À quatre heures, il prendra le bus et rentrera dans son trou à rats du huitième étage.

Mais en attendant, il est là.

À observer son vieux pote.

En supposant que ça se passe comme les deux derniers mardis midi – Morris n'a aucune raison de penser que non, son vieux pote a toujours aimé son petit train-train –, Andy Halliday va descendre Lacemaker Lane en marchant (enfin, plutôt en *se dandinant*) jusqu'à un café appelé Jamais Toujours. Putain de nom à la con, ça veut absolument rien dire mais ça vous a un air prétentieux. Ah, mais c'est du Andy tout craché ça, pas vrai ?

Le vieux pote de Morris, celui avec qui il avait discuté de Camus, Ginsberg et John Rothstein au cours de nombreuses pauses-café et déjeuner, a pris au moins quarante-cinq kilos, changé sa monture de corne pour des lunettes de designer ruineuses, et porte des chaussures qui ont l'air de coûter plus cher que tout l'argent que Morris s'est fait en trente-cinq ans de labeur à la prison de Waynesville, mais au fond, Morris est quasi certain que son vieux pote n'a pas changé. L'arbre tombe toujours du côté où il penche – un autre vieux proverbe –, et à connard prétentieux un jour, connard prétentieux toujours.

Le propriétaire de Andrew Halliday Rare Editions s'éloigne dans la direction opposée à Morris, mais Morris ne se serait pas affolé si Andy avait traversé la rue et s'était approché. Après tout, qu'est-ce qu'il verrait ? Un vieux monsieur aux épaules étroites, avec des poches sous les yeux et des cheveux gris clairsemés, en veste de survêtement premier prix et pantalon gris encore moins cher achetés tous deux à Chapter Eleven. Son vieux pote passerait devant lui en poussant sa grosse bedaine sans un regard, encore moins deux.

J'ai dit à la Commission ce qu'ils voulaient entendre, pense Morris. Il le fallait, mais toutes ces années perdues, c'est ta faute à toi, salopard d'homo vaniteux. Si j'avais été arrêté pour les meurtres de Rothstein et de mes partenaires, ce serait différent. Mais c'est pas le cas. J'ai jamais été interrogé à propos de MM. Rothstein, Dow et Rogers. J'ai perdu toutes ces années à cause d'un rapport sexuel forcé et désagréable dont je me souviens même pas. Et pourquoi j'ai fait ça ? Eh bien, c'est un peu comme dans l'histoire de la maison que Jack a bâtie. J'étais dans la ruelle au lieu d'être dans la taverne quand cette pute de Hooper est passée. Je m'étais fait virer de la taverne parce que j'avais filé un coup de pied dans le juke-box. J'avais filé un coup de pied dans le juke-box pour la même raison qui m'avait poussé à entrer dans la taverne : parce que j'étais furax contre *toi.*

Pourquoi tu reviens pas me voir début vingt et unième siècle avec tes carnets ? Si tu les as toujours.

Morris regarde Andy s'éloigner en se dandinant, serre les poings et pense : Tu ressemblais à une fille ce jour-là. À la petite vierge en chaleur avec qui tu fricotes sur la banquette arrière de ta voiture et qui est là : *Oui, chéri, oh oui, oh oui, je t'aime tellement.* Jusqu'à ce que tu remontes sa jupe jusqu'à sa taille, bien évidemment. Alors là, elle serre les genoux presque assez fort pour te péter le poignet et c'est genre : *Non, oh non, arrête, tu me prends pour une fille facile ?*

T'aurais au moins pu être un peu plus diplomate, pense Morris. Un peu de diplomatie aurait pu m'épargner toutes ces années gâchées. Mais non, même ça, tu pouvais pas, hein ? Même pas un : bravo, ça a dû demander du courage. Tout ce à quoi j'ai eu droit c'est : *N'essaie pas de me foutre ça sur le dos !*

Son vieux pote trimballe ses chaussures de riche à l'intérieur du Jamais Toujours où il se fera sans aucun doute lécher son gros cul par le maître d'hôtel. Morris regarde son bagel et se dit qu'il devrait le terminer – ou au moins racler le fromage avec les dents –, mais il a l'estomac trop noué. Il va plutôt aller au MACC et passer l'après-midi à essayer de remettre un peu d'ordre dans leur système d'archivage numérique foireux et bordélique. Il sait qu'il devrait pas revenir ici, dans Lacemaker Lane – qui est même plus une rue mais plutôt une promenade commerçante friquée interdite aux voitures – et il sait aussi qu'il sera probablement assis sur ce même banc mardi prochain. Et le mardi d'après. Sauf s'il a les carnets. Ça changerait la donne. Plus besoin de s'emmerder avec son vieux pote.

Il se lève et jette son bagel dans la poubelle la plus proche. Il regarde en direction du Jamais Toujours et murmure : « Tu crains, vieux pote. Tu crains vraiment. Et y m'en faudrait pas beaucoup pour que je te... »

Mais non.

Non.

Seuls les carnets comptent, et si Charlie Roberson veut bien l'aider, il ira les chercher demain soir. Et Charlie l'aidera. Il doit une fière chandelle à Morris et Morris a bien l'intention d'en profiter. Il sait qu'il devrait attendre encore un peu qu'Ellis McFarland soit absolument sûr que Morris fait partie des bons élèves et reporte son attention sur quelqu'un d'autre, mais l'attrait de la malle et de son contenu est trop fort. Il adorerait avoir sa revanche sur le fils de pute obèse en train de s'empiffrer dans un restau de luxe, mais la vengeance est pas aussi importante que le quatrième Jimmy Gold. Y en avait peut-être même un cinquième ! Morris sait qu'il y a peu de chances, mais c'est toujours possible. Les carnets étaient bien remplis, sacrément bien remplis. Il se dirige vers l'arrêt de bus en lançant un dernier regard maléfique en direction du Jamais Toujours et en pensant : Tu sauras jamais la chance que t'as eue.

Vieux pote.

5

À peu près au moment où Morris Bellamy jette son bagel et part pour l'arrêt de bus, Hodges termine sa salade en se disant qu'il pourrait en manger deux autres comme ça. Il remet la boîte en polystyrène et la fourchette en plastique dans le sac en papier qu'il dépose sur le plancher côté passager, se rappelant de jeter tout ça plus tard. Il aime sa nouvelle voiture, une Prius avec pas encore dix mille bornes au compteur, et fait de son mieux pour la garder propre et nette. C'est Holly qui l'a choisie. « Tu consommeras moins d'essence et tu respecteras l'environnement », lui avait-elle dit. La femme qui naguère osait à peine sortir de chez elle gère maintenant bien des aspects de sa vie. Elle le lâcherait un peu si elle se trouvait un petit copain, mais Hodges sait que c'est fort peu probable. Il est ce qui pourra jamais se rapprocher le plus d'un petit copain pour elle.

Heureusement que je t'aime, Holly, pense-t-il, sinon je devrais te tuer.

Il entend le vrombissement d'un avion à l'approche, regarde sa montre et constate qu'il est onze heures trente-quatre. On dirait qu'Oliver Madden va être pile poil à l'heure, et ça c'est chouette. Hodges lui-même est un homme ponctuel. Il attrape sa veste en tweed sur la banquette arrière et descend de voiture. Elle n'a pas un tombé tout à fait parfait car il a des trucs lourds dans les poches.

Il y a un avant-toit triangulaire au-dessus des portes d'entrée, et il fait facile cinq degrés de moins là-dessous. Hodges sort ses nouvelles lunettes de la poche intérieure de sa veste et scrute l'horizon à l'ouest. L'avion, à présent sur sa ligne d'approche, grossit, passant d'un point à une tache, puis à une forme identifiable correspondant aux photos que lui avait imprimées Holly : un 2008 Beechcraft KingAir 350 rouge avec un liseré noir. Seulement mille deux cents heures au compteur et huit cent cinq atterrissages exactement. Celui auquel Hodges s'apprête à assister sera le numéro huit cent six. Prix de vente estimé : quatre millions et des poussières.

Un homme en combinaison sort par les portes principales. Il regarde la voiture de Hodges, puis Hodges.

« Vous pouvez pas vous garer ici, dit-il.

– Vous avez pas l'air si débordés que ça aujourd'hui, répond Hodges nonchalamment.

– Le règlement c'est le règlement, monsieur.

– Je pars bientôt.

– Bientôt c'est pas pareil que maintenant. C'est réservé aux chargements et aux livraisons ici. Vous avez le parking pour vous garer. »

Le KingAir survole maintenant l'extrémité de la piste d'atterrissage, à quelques mètres à peine de la Terre Mère. Hodges pointe le pouce dans sa direction.

« Vous voyez cet avion, là ? L'homme aux commandes est un animal de la pire espèce. Pas mal de gens sont à ses trousses depuis un certain nombre d'années, et le voilà. »

Le gars en combinaison réfléchit à ce qu'il vient d'entendre pendant que l'animal de la pire espèce pose son avion sans rien de plus qu'un petit nuage de caoutchouc brûlé gris-bleu. Tous deux regardent l'appareil disparaître derrière le bâtiment de Zane Aviation. Puis l'homme – probablement un mécano – se retourne vers Hodges.

« Vous êtes flic ?

– Non, répond Hodges, mais pas loin. Et puis, je connais des présidents. »

Il tend une main légèrement fermée, paume vers le bas. Un billet de cinquante dollars dépasse entre ses phalanges.

Le mécano tend la main à son tour puis se ravise.

« Va y avoir du grabuge ?

– Non. »

L'homme prend le billet.

« Je suis censé lui amener ce Navigator ici. Exactement où vous êtes garé. C'est uniquement pour ça que je suis venu vous embêter. »

Maintenant que Hodges y pense, c'est pas une mauvaise idée.

« Et pourquoi pas ? Faites donc. Garez-le bien droit, juste derrière ma voiture. Après ça, il se peut que vous ayez autre chose à faire quelque part par là, pendant à peu près quinze minutes ?

– Toujours des trucs à faire dans le hangar A, convient l'homme en combinaison. Hé, vous avez pas de pistolet, hein ?

– Non.

– Et le type dans le KingAir ?

– Il en aura pas non plus. »

C'est presque sûr, mais si par extraordinaire Madden en avait un, il sera probablement rangé dans son bagage à main. Et même s'il l'a sur lui, il n'aura pas l'occasion de mettre la main dessus, encore moins de l'utiliser. Hodges espère ne jamais être trop vieux pour un peu d'action, mais il n'a absolument aucun intérêt pour les fusillades genre OK Corral.

Il entend à présent le battement régulier des hélices dont le son s'amplifie alors que le KingAir s'approche du bâtiment.

« Feriez bien de vous dépêcher avec ce Navigator. Ensuite…

– Hangar A, compris. Bonne chance à vous. »

Hodges hoche la tête en signe de remerciement.

« Bonne journée à vous, monsieur. »

6

Hodges se tient à gauche des portes, la main droite dans la poche de sa veste, jouissant de l'ombre et de l'air doux de l'été. Son cœur bat un peu plus vite qu'à l'ordinaire, mais c'est OK. Tout à fait normal. Oliver Madden est le genre de voleur qui se sert d'un ordinateur plutôt que d'un flingue (Holly a découvert que ce salopard, très actif socialement, a huit comptes Facebook différents, sous huit noms différents), mais c'est pas une raison pour penser que c'est gagné d'avance. C'est la meilleure façon de se prendre un revers. Il écoute Madden couper le moteur du KingAir et l'imagine marcher jusqu'au terminal de cette petite entreprise aéronautique presque absente des radars de contrôle. Non, pas juste marcher, *s'élancer*. D'un pas élastique. Se rendre à l'accueil, où il prendra les dispositions nécessaires pour que son petit joujou turbopropulsé soit conduit au hangar. Et réapprovisionné en kérosène ? Probablement pas aujourd'hui. Il a des trucs à faire en ville. Cette semaine, il achète des autorisations d'exploitation de casinos. Qu'il croit.

Le Navigator se gare, chromes scintillant au soleil, vitres fumées de gangster reflétant la façade du bâtiment… et Hodges. Oups ! Il se décale un peu plus vers la gauche. L'homme en combinaison descend, fait un signe à Hodges et part en direction du hangar A.

Hodges attend, se demandant ce que Barbara peut bien lui vouloir, et qu'est-ce qui peut être assez important pour qu'une jolie fille comme elle, entourée de plein d'amis, en vienne à contacter un homme assez âgé pour être son grand-père. Peu importe ce dont elle a besoin, il fera tout son possible pour le lui procurer. Bien normal, non ? Il l'aime presque autant qu'il aime Jerome et Holly. Tous les quatre, ils ont fait la guerre ensemble.

On verra ça plus tard, se dit-il. Pour l'instant, priorité à Madden. Garde l'œil sur la proie.

Les portes s'ouvrent et Oliver Madden sort. Il sifflote et, oui, il a le pas élastique du gagnant. Il mesure au moins dix centimètres de plus que le bon mètre quatre-vingt-huit de Hodges. Épaules larges dans un costard d'été, col de chemise ouvert, cravate desserrée. Bel homme, traits burinés quelque part entre George Clooney et Michael Douglas. Il a une mallette dans la main droite et un sac de sport à l'épaule gauche. Sa coupe de cheveux est du genre que l'on se fait faire dans un de ces salons où il faut réserver une semaine à l'avance.

Hodges s'avance et lui souhaite une bonne journée. Madden se retourne en souriant.

« Pareillement, monsieur. Je vous connais ?

– Pas le moins du monde, monsieur Madden, répond Hodges en lui rendant son sourire. Je suis là pour l'avion. »

Le sourire se flétrit légèrement aux commissures. Madden fronce ses sourcils impeccablement soignés.

« Je vous demande pardon ?

– L'avion, répète Hodges. Le Beech KingAir 350 ? Dix places assises ? Immatriculé N114DL ? Propriété de Dwight Cramm, domicilié à El Paso, Texas ? »

Le sourire reste en place, mais bon Dieu, ce qu'il lutte.

« Vous devez confondre, mon cher ami. Je m'appelle Mallon, pas Madden. James Mallon. Quant à l'avion, le mien est un King, oui, mais immatriculé N426LL, et j'ai bien peur qu'il m'appartienne, à moi et moi seul. Vous cherchez probablement Signature Air, à côté. »

Hodges acquiesce comme si Madden avait raison. Puis il sort son portable, l'attrapant de la main gauche de manière à pouvoir garder la main droite dans sa poche.

« Pourquoi ne pas appeler M. Cramm, dans ce cas-là ? Tirer ça au clair, hein ? Il me semble que vous étiez à son ranch la semaine dernière ? Et que vous lui avez fait un petit chèque de deux cent mille dollars ? De la First Bank de Reno ?

– Je ne vois absolument pas de quoi vous parlez. »

Disparu, le sourire.

« Eh bien, vous savez quoi ? Lui, il voit très bien qui vous êtes. Enfin, il connaît James Mallon, bien sûr, pas Oliver Madden, mais quand je lui ai faxé une série de clichés, il n'a eu aucun mal à vous identifier. »

Le visage de Madden est complètement inexpressif à présent, et Hodges constate qu'en fait il n'est pas beau du tout. Ni même laid, d'ailleurs. Il est quelconque, ultra grand ou pas, et c'est comme ça qu'il a réussi à s'en tirer pendant toutes ces années, arnaque après arnaque, réussissant même à rouler un vieux coyote rusé comme Dwight Cramm. Oui, il est *quelconque*, et ça lui rappelle Brady Hartsfield, qui a bien failli faire sauter un auditorium rempli de gosses, y a pas si longtemps. Un frisson lui parcourt l'échine.

« Vous êtes de la police ? » demande Madden. Il examine Hodges de haut en bas. « Je pense pas, vous êtes trop vieux. Mais si vous en êtes, j'aimerais bien voir votre plaque. »

Hodges répète ce qu'il a dit à l'homme en combinaison :

« Pas exactement de la police, mais pas loin.

– Alors bonne continuation, monsieur Pas Loin d'Être Dans La Police. J'ai des rendez-vous, et je suis pas en avance. »

Il s'éloigne vers le Navigator, pas en courant, mais presque.

« Non, vous êtes arrivé pile à l'heure », rétorque aimablement Hodges en lui emboîtant le pas.

Quand il était jeune retraité, il aurait été facile pour lui de se laisser distancer. À l'époque, il vivait de Slim Jim et de Doritos et il aurait été essoufflé au bout du dixième pas. Aujourd'hui, il marche cinq kilomètres par jour, soit dehors, soit sur son tapis de course.

« Laissez-moi tranquille, dit Madden, ou j'appelle la police, la vraie.

– Rien qu'une petite minute », enchaîne Hodges en pensant : Bordel, j'ai l'air d'un témoin de Jéhovah.

Madden contourne le Navigator par l'arrière. Son sac de sport balance comme un pendule.

« Je ne veux rien entendre. Vous êtes complètement fêlé.

– Vous savez ce qu'on dit », répond Hodges alors que Madden saisit la poignée de la portière côté conducteur, « heureux les fêlés car ils laissent passer la lumière. »

Madden ouvre la portière. Ça va comme sur des roulettes, se dit Hodges en sortant le Happy Slapper de la poche de sa veste. Le Slapper est une chaussette nouée. En dessous du nœud, le pied est rempli de billes de roulement. Hodges lui imprime un mouvement de balancier qui le fait entrer en contact avec la tempe gauche de Madden. Un coup style Boucles d'Or, pas trop dur, pas trop mou, juste comme il faut.

Madden chancelle et lâche sa mallette. Ses genoux fléchissent mais sans se dérober totalement. Hodges le saisit au-dessus du coude, une étreinte aussi solide qu'impérieuse perfectionnée durant ses années de service dans la police de cette ville, et l'aide à entrer dans le Navigator. L'homme a le regard vaseux d'un boxeur qui s'est fait salement malmener et peut seulement espérer que le round se termine avant que son adversaire enchaîne et l'amène vraiment au tapis.

« Hop là ! » dit Hodges.

Et quand le cul de Madden est posé sur le siège-baquet en cuir, Hodges se penche et soulève la jambe gauche restée en rade. Il attrape les menottes dans la poche gauche de sa veste et rive Madden au volant en un clin d'œil. Les clés du Navigator, suspendues à un gros porte-clés Hertz jaune, sont dans l'un des porte-gobelets. Hodges les attrape, claque la portière, ramasse la mallette et contourne rapidement la voiture. Avant de monter, il balance les clés dans l'herbe, près du panneau CHARGEMENTS ET LIVRAISONS SEULEMENT. Une bonne idée, parce que Madden a repris ses esprits et qu'il est en train d'appuyer sur le bouton de démarrage automatique du SUV comme un forcené. À chaque tentative, le tableau de bord affiche CLÉ NON DÉTECTÉE.

Hodges claque la portière côté passager et considère Madden gaiement.

« Ah, Oliver, enfin seuls. Comme dans un cocon.

– Vous avez pas le droit de faire ça », dit Madden. Il s'exprime plutôt clairement pour un mec qui devrait voir des petits oiseaux de dessin animé voleter autour de sa tête. « Vous m'avez agressé. Je peux porter plainte. Où est ma mallette ? »

Hodges la soulève.

« En de bonnes mains. Je l'ai ramassée pour vous. »

Madden tend sa main libre.

« Donnez-la-moi. »

Hodges la couche par terre et pose ses pieds dessus.

« Pour le moment, elle est en détention provisoire.

– Qu'est-ce tu veux, connard ? »

Le grognement est en contraste saisissant avec le costard et la coupe de cheveux.

« Allons, Oliver, j'ai pas frappé si fort que ça. L'avion. L'avion de Cramm.

– Il me l'a vendu. J'ai un certificat de cession de véhicule.

– Au nom de James Mallon.

– C'est comme ça que je m'appelle. J'ai changé mon nom légalement il y a quatre ans.

– Oliver, vous et la légalité, ça fait deux. Mais là n'est pas la question. Votre chèque était en bois plus dur que celui des séquoias de Californie.

– C'est impossible. » Il tire d'un coup sec sur son poignet menotté. « Enlevez-moi ça !

– On discutera des menottes une fois qu'on aura discuté du chèque. Mon bonhomme, c'était finaud. La First de Reno existe vraiment et quand Cramm a téléphoné pour vérifier si votre chèque était approvisionné, l'indicateur d'appels a confirmé qu'il appelait bien la First. Il est tombé sur un de ces messages enregistrés, Bienvenue à la First de Reno, où le client est roi, bla-bla-bla, et quand il a tapé le chiffre du service souhaité, il a été redirigé vers une personne prétendant être gestionnaire de compte. Je crois savoir que c'était votre beau-frère, Peter Jamieson, arrêté ce matin à Fields, en Virginie. »

Madden cligne des yeux et se recule brusquement, comme si Hodges l'avait giflé. Jamieson est bien le beau-frère de Madden, mais il n'a pas été arrêté. Du moins pas à la connaissance de Hodges.

« En se faisant passer pour un certain Fred Dawlings, Jamieson a certifié à M. Cramm que vous aviez à peu près douze millions de dollars sur différents comptes de la First. Je suis sûr qu'il a su être très convaincant, mais c'est l'indicateur d'appels qui a été l'élément décisif. De la bidouille réalisée avec un programme informatique clairement illégal. Mon assistante s'y entend en ordinateurs et c'est elle qui a reniflé la combine. Rien que ça, ça pourrait vous valoir seize à dix-sept mois au Club Fed. Mais y a bien plus que ça. Il y a cinq ans, vous et Jamieson avez réussi à pirater la Cour des comptes et à détourner quatre millions de dollars.

– Vous délirez.

– Pour le commun des mortels, quatre millions divisés en deux auraient suffi. Mais vous êtes pas du genre à vous reposer sur vos lauriers. Vous aimez les sensations fortes, hein, Oliver ?

– Je vous parle pas. Vous m'avez agressé et vous allez aller en prison pour ça.

– Donnez-moi votre portefeuille. »

Les yeux écarquillés, Madden le fixe, sincèrement choqué. Comme s'il n'avait pas lui-même dépouillé moult portefeuilles et comptes en banque. Ah, on aime pas ça, se faire prendre à son propre jeu, pas vrai ? pense Hodges. Tout ça c'est pas de pot, hein ?

Il tend la main.

« Donnez.

– Allez vous faire foutre. »

Hodges montre son Happy Slapper à Madden. Le pied blindé de billes de roulement pendouille, larme sinistre.

« Donne, enfoiré, ou j'assombris ton monde et je le prends moi-même. C'est toi qui vois. »

Madden sonde Hodges du regard pour voir s'il est vraiment sérieux. Puis il glisse la main dans la poche intérieure de son veston – doucement, à contrecœur – et en sort un portefeuille bien rempli.

« Waouh, s'exclame Hodges. C'est de l'autruche ?

– C'en est, en effet. »

Hodges comprend que Madden veut qu'il vienne le chercher lui-même. Il pense lui dire de le poser sur la console entre les deux sièges, puis change d'avis. Il semblerait que Madden soit un élève plutôt lent, à qui un petit cours de rattrapage sur qui tient les rênes ici ferait pas de mal. Il tend alors la main, Madden l'agrippe, broyant ses phalanges dans un étau puissant, et Hodges lui fiche un coup de Happy Slapper sur le dos de la main. Le broyage de phalanges cesse aussitôt.

« Aouh ! *Aouh ! Putain !* »

Madden a porté sa main à sa bouche. Au-dessus, ses yeux incrédules sont noyés de larmes de douleur.

« On s'empare pas de ce qu'on peut pas garder », dit Hodges.

Il ramasse le portefeuille en se demandant brièvement si l'autruche est une espèce menacée. Pas que ce blaireau en aurait quelque chose à foutre, de toute façon.

Il se tourne vers le blaireau en question.

« C'était le deuxième avertissement et je donne jamais plus de deux petites tapes. On est pas dans une configuration flic-suspect, là. Vous refaites un truc comme ça et je vous cravache comme une mule louée, menotté au volant ou pas. Pigé ?

– Oui. »

Le mot sort d'une bouche encore tordue par la douleur.

« Vous êtes recherché par le FBI pour cette histoire de Cour des comptes. Vous êtes au courant ? »

Longue pause alors que Madden zieute le Slapper. Puis il dit oui à nouveau.

« Vous êtes recherché en Californie pour le vol d'une Rolls-Royce Silver Wraith, et en Arizona pour avoir volé la valeur d'un million de dollars d'équipement de chantier que vous avez ensuite revendu au Mexique. Vous êtes au courant de ça aussi ?

– Vous avez un micro sur vous ?

– Non. »

Madden décide de le croire.

« OK, ouais, je suis au courant. Même si j'ai revendu ces tractopelles et ces bulldozers pour une bouchée de pain, au final. C'était une putain d'arnaque.

– Si quelqu'un doit savoir reconnaître une arnaque quand elle se pointe et dit coucou, c'est bien vous. »

Hodges ouvre le portefeuille. Il n'y a presque pas de liquide dedans, peut-être quatre-vingts dollars en tout, mais Madden n'a pas besoin de liquide : il possède une bonne vingtaine de cartes de crédit à au moins six noms différents. Hodges le dévisage avec une franche curiosité.

« Comment vous faites pour vous y retrouver ? »

Madden ne répond pas.

Avec cette même curiosité, Hodges demande :

« Vous n'avez jamais honte ? »

Le regard fixé devant lui, Madden répond :

« La fortune de ce vieil enfoiré d'El Paso s'élève à cent cinquante millions de dollars. Il s'est fait la plus grande partie de son fric en vendant des concessions pétrolières qui valaient rien. OK, je me suis barré avec son avion. Il lui reste plus que son Cessna 172 et son Learjet 35. Pauvre chou. »

Hodges se dit : Si ce type avait une boussole à morale, elle pointerait toujours plein sud. Ça sert à rien de discuter… mais est-ce que ça a jamais servi à quelque chose ?

Il fouille dans le portefeuille et trouve une facture détaillée du KingAir : deux cent mille dollars payés, le reste en séquestre à la First de Reno, à verser après un vol d'essai satisfaisant. Techniquement, le document n'a aucune valeur – l'avion a été acheté sous un faux nom avec de l'argent inexistant. Hodges n'est pas spécialiste de ces choses-là mais il n'est pas encore trop vieux pour compter les coups et arracher des scalps.

« Vous l'avez verrouillé ou vous avez laissé les clés à l'accueil pour qu'ils puissent le mettre au hangar ?

– À l'accueil.

– OK, bien. » Hodges considère Madden gravement. « Vient maintenant la partie la plus importante de notre petite conversation, Oliver, alors écoutez-moi bien. J'ai été engagé pour retrouver l'avion et en prendre possession. C'est tout, fin de l'histoire. Je suis pas du FBI, je suis pas flic, je suis même pas détective privé. Mais mes sources sont bonnes et je sais que vous êtes sur le point de conclure une prise de participation majoritaire dans deux casinos du lac. Un à Grande Belle Cœur Island et un à P'tit Grand Cœur. » Du pied, il tapote la mallette. « Je suis sûr que la paperasse est là-dedans, tout comme je suis sûr que si vous tenez à rester un homme libre, elle sera jamais signée.

– Oh là, une petite minute !

– Fermez-la. Il y a un billet d'avion au nom de James Mallon qui vous attend au terminal Delta. Un aller simple pour Los Angeles. Qui part dans… » Il consulte sa montre. « … à peu près une heure trente. Ce qui vous laisse le temps de passer la sécurité et tout le bordel. Montez dans cet avion ou vous serez en prison ce soir. Vous comprenez ce que je vous dis ?

– Je peux pas…

– *Vous comprenez ?* »

Madden – qui est aussi Mallon, Morton, Mason, Dillon, Callen et Dieu sait combien d'autres encore – réfléchit aux options possibles, réalise qu'il n'en a pas vraiment et hoche la tête à contrecœur.

« Génial ! Maintenant je vais vous détacher, récupérer mes menottes et sortir de votre véhicule. Si vous tentez quoi que ce soit, j'hésiterai pas à vous faire mal. Est-ce que c'est bien clair ?

– Oui.

– Votre clé de voiture est dans l'herbe. Gros porte-clés Hertz jaune, vous pouvez pas le rater. En attendant, les deux mains sur le volant. À dix heures dix, comme papa vous l'a appris. »

Madden pose les mains sur le volant. Hodges déverrouille les menottes, les glisse dans la poche gauche de sa veste et sort du Navigator. Madden ne moufte pas.

« Allez, passez une bonne journée », dit Hodges, et il claque la porte.

7

Il monte à bord de sa Prius, va se garer à la sortie du rond-point de Zane Aviation et observe Madden ramasser les clés du Navigator dans l'herbe. Lorsqu'il passe en voiture devant lui, Hodges lui fait un coucou de la main. Madden ne lui répond pas, ce qui ne risque pas de fendre le cœur de Hodges. Il suit le Navigator sur la bretelle d'accès à l'aéroport, lui collant presque au cul. Quand Madden bifurque vers les terminaux principaux, Hodges lui fait ses adieux d'un appel de phares.

À peine un kilomètre plus loin, il se gare sur le parking de Midwest Airmotive et appelle Pete Huntley, son ancien coéquipier dans la police. Il a droit à un assez cordial : « Hey, Billy, ça va ? » mais rien de très expansif. Depuis que Hodges se l'est joué solo dans l'affaire du fameux Tueur à la Mercedes (échappant de justesse à de sérieux ennuis d'ordre juridique ensuite), ses relations avec Pete se sont légèrement refroidies. Peut-être que cet appel brisera un peu la glace. En tout cas, il n'a absolument aucun remords d'avoir menti au blaireau en route maintenant vers le terminal Delta : s'il y a bien un gars qui mérite d'avaler une cuillerée bien pleine de son propre sirop, c'est Oliver Madden.

« Ça te dirait de ferrer un bon gros poisson, Pete ?

– Gros comment ? »

Toujours cordial, mais d'une cordialité intéressée, à présent.

« Les Dix Plus Recherchés par le FBI, c'est assez gros ? Il est actuellement en train de s'enregistrer au terminal Delta pour le vol cent dix-neuf à destination de L.A., départ prévu à treize heures quarante-cinq. Réservation au nom de James Mallon mais son vrai nom est Oliver Madden. Il a volé un paquet de fric à la Banque centrale il y a cinq ans, sous le nom de Oliver Mason, et tu sais qu'Oncle Sam aime pas tellement qu'on lui fasse les poches. »

Il énumère encore quelques détails salés du pedigree de Madden.

« Et comment tu sais qu'il est à Delta, toi ?

– Parce que c'est moi qui ai acheté son billet. Je pars de l'aéroport, là. Je viens de saisir son avion. Qui n'était pas son avion, vu qu'il avait versé l'acompte avec un chèque en bois. Holly appellera Zane Aviation pour leur donner tous les détails. Elle adore cette partie du boulot. »

Un long silence. Puis :

« Tu vas donc jamais la prendre, ta retraite, Billy ? »

Ça a quelque chose de blessant.

« Tu pourrais dire merci. Ça te tuerait pas. »

Pete soupire.

« Je vais appeler la sécurité de l'aéroport, puis j'irai là-bas moi-même. » Une pause. Puis : « Merci. *Kermit.* »

Hodges sourit. C'est pas grand-chose, mais ça pourrait être un début de raccommodage d'une relation sinon brisée, du moins salement fissurée.

« Tu remercieras Holly. C'est elle qu'a réussi à le localiser. Elle est toujours un peu nerveuse avec les gens qu'elle connaît pas, mais devant un ordinateur, c'est une tueuse.

– J'y manquerai pas.

– Et dis bonjour à Izzy pour moi. »

Isabelle Jaynes est la coéquipière de Pete depuis que Hodges a pris sa retraite. Une rousse explosive et super intelligente. Il vient à l'esprit de Hodges, presque dans un choc, que bientôt elle aussi travaillera avec un nouveau coéquipier ; Pete lui-même va pas tarder à prendre sa retraite.

« J'y manquerai pas non plus. Tu me donnes le signalement de ce type pour les gars de la sécurité ?

– Difficile de le rater. Environ un mètre quatre-vingt-dix-huit. Costard havane, probablement l'air un peu sonné à l'heure qu'il est.

– Tu l'as frappé ?

– Je l'ai *calmé.* »

Pete rigole. C'est bon à entendre. Hodges raccroche et file en ville, bien parti pour s'enrichir de vingt mille dollars par la grâce d'un vieux Texan bourru du nom de Dwight Cramm. Il appellera Cramm pour lui annoncer la bonne nouvelle une fois qu'il saura ce que veut la Barbster de sœur de Jerome.

8

Drew Halliday (dans son petit cercle d'amis, il préfère maintenant qu'on l'appelle Drew) mange des œufs Benedict chez Jamais Toujours, à sa petite table de coin habituelle. Il avale lentement, en se contrôlant, alors qu'il pourrait tout gober en quatre gros coups de fourchette, puis soulève son assiette et lèche la délicieuse sauce jaune comme un chien lèche sa gamelle. Il n'a pas de parents proches, sa vie sentimentale est réduite à néant depuis bien quinze ans maintenant et – regardons les choses en face – ses amis sont tout au plus des connaissances. Les seules choses qui comptent pour lui maintenant sont les livres et la bouffe.

Enfin, non.

Ces jours-ci, il y a un troisième truc qui l'obsède.

Les carnets de John Rothstein sont réapparus dans sa vie.

Le serveur, un jeune type en chemise blanche et pantalon noir serré, glisse jusqu'à sa table. Cheveux mi-longs blond foncé, propres et attachés sur la nuque, dégageant ses pommettes élégantes. Drew fait partie d'une petite troupe de théâtre depuis maintenant trente ans (drôle comme le temps file… sauf que non, pas vraiment) et il trouve que William ferait un Roméo absolument parfait, en partant du principe qu'il sache jouer, bien sûr. Et les bons serveurs savent toujours jouer la comédie. Un peu.

« Y aura-t-il autre chose, monsieur Halliday ? »

Oui ! se dit-il. Encore deux fois ça, plus deux crèmes brûlées et un fraisier !

« Un autre café, ce sera tout. »

William sourit, dévoilant des dents qui n'ont eu à subir rien d'autre qu'une bonne hygiène dentaire.

« Je vous apporte ça en deux temps, trois mouvements ! »

Drew repousse son assiette vide à regret, laissant derrière lui les dernières traces de jaune d'œuf et de sauce hollandaise. Il sort son agenda. Un Moleskine – bien évidemment – en format poche. Il fait défiler l'équivalent de quatre mois de notes – adresses, pense-bêtes, prix de livres commandés ou à commander pour divers clients. Vers la fin de l'agenda, sur une page entière, il a écrit deux noms. Le premier est James Hawkins. Il se demande si c'est une coïncidence ou si le môme l'a choisi exprès. Est-ce que les jeunes lisent encore Robert Louis Stevenson de nos jours ? Drew a tendance à penser que celui-ci, oui ; après tout, il prétend être étudiant en lettres, et Jim Hawkins est le héros-narrateur de *L'Île au trésor*.

Le deuxième nom, en dessous de Jim Hawkins, est Peter Saubers.

9

Saubers – alias Hawkins – est venu au magasin pour la première fois il y a deux semaines, en se cachant derrière une ridicule moustache d'adolescent qui n'avait pas encore eu le temps de pousser beaucoup. Il portait des lunettes à monture de corne noire, comme celles que Drew (alors Andy) arborait à l'époque où Jimmy Carter était président. En règle générale, les adolescents franchissaient peu la porte de son magasin, ce qui allait parfaitement à Drew ; il avait peut-être toujours un faible pour certains jeunes hommes – William le Serveur en était un exemple – mais les ados avaient tendance à ne pas être soigneux avec les livres de valeur, ils les manipulaient sans ménagement, les remettaient à l'envers sur les étagères, les faisaient même tomber. Et puis, ils avaient la fâcheuse manie de voler.

On aurait dit que celui-ci allait tourner les talons et s'échapper en courant si Drew lâchait à peine un *bouh*. Il portait un blouson du City College, bien que la journée fût trop douce pour ça. Drew, qui avait lu sa part de Sherlock Holmes, fit le rapprochement entre la moustache et les lunettes d'étudiant et en déduisit que ce jeune homme voulait se faire passer pour plus vieux qu'il n'était, comme s'il essayait d'entrer dans une boîte de nuit du centre et pas dans une librairie spécialisée dans les livres rares.

Tu veux me faire croire que t'as au moins vingt et un ans, pensa Drew, mais je veux bien être pendu si t'as dix-sept ans et un jour. Et t'es pas là pour regarder non plus, n'est-ce pas ? Je crois bien que tu es un jeune homme en mission.

Le garçon trimballait un gros livre et une enveloppe kraft sous le bras. La première idée de Drew fut que le gamin voulait faire estimer un vieux machin moisi qu'il avait trouvé dans son grenier, mais alors que M. Moustache se rapprochait avec hésitation, Drew aperçut une pastille violette qu'il reconnut tout de suite, collée sur le dos du bouquin.

Drew réprima donc son premier réflexe, qui avait été de lancer un : Bonjour, fiston. Laissons croire au gamin que son déguisement d'étudiant est crédible. Où est le mal ?

« Bonjour, monsieur. Puis-je faire quelque chose pour vous ? »

Pendant un instant, le jeune M. Moustache ne dit rien. Le brun foncé de ses poils de barbe naissants jurait avec la pâleur de ses joues. Drew voyait bien qu'il hésitait entre rester ou marmonner un : *Non, ça ira*, et foutre le camp. Un seul mot suffirait sûrement à le faire déguerpir mais Drew souffrait de la maladie chronique de la curiosité assez répandue chez les antiquaires. Il gratifia donc le garçon de son plus charmant sourire je-ne-ferais-pas-de-mal-à-une-mouche, croisa les mains et attendit.

« Euh..., dit enfin le garçon. Oui, peut-être. » Drew leva les sourcils. « Vous vendez des livres rares et vous en achetez aussi, non ? C'est ce que dit votre site internet.

– C'est exact. Si je peux vendre à profit, bien évidemment. C'est tout le principe des affaires. »

Le garçon rassembla son courage – Drew put quasiment le voir faire – et marcha jusqu'à la caisse où le halo lumineux d'une lampe d'architecte à l'ancienne éclairait un désordre de paperasse semi-organisé. Drew tendit la main.

« Andrew Halliday. »

Le garçon la serra brièvement, puis retira la sienne, comme s'il craignait qu'on la retînt.

« James Hawkins.

– Enchanté.

– Mmm-mmh. Je crois... que j'ai quelque chose qui pourrait vous intéresser. Quelque chose qu'un collectionneur pourrait payer au prix fort. Si c'était le bon collectionneur.

– Pas le livre que vous avez sous le bras, j'imagine ? »

Drew pouvait lire le titre à présent : *Dépêches de l'Olympe*. Le sous-titre ne figurait pas sur le dos mais Drew le connaissait bien car il en possédait un exemplaire depuis de nombreuses années : *Lettres manuscrites de vingt grands écrivains américains.*

« Oh, non, pas celui-là. » James Hawkins lâcha un petit rire nerveux. « Celui-là, c'est juste pour comparer.

– Très bien, je vous écoute. »

Un court instant, « James Hawkins » sembla incertain sur la marche à suivre. Puis il cala l'enveloppe kraft plus fermement sous son bras et fit rapidement défiler les pages de papier glacé de *Dépêches de l'Olympe*, passant un mot assassin de Faulkner à l'intention d'un fournisseur basé à Oxford, Mississippi, au sujet d'une commande égarée ; une lettre exubérante de Eudora Welty à Ernest Hemingway ; un gribouillage à propos de qui savait quoi de Sherwood Anderson ; et une liste de courses que Robert Penn Warren avait ornée de deux pingouins qui dansaient, dont un fumant une cigarette.

Enfin, il trouva ce qu'il cherchait, posa le bouquin sur le bureau et le tourna pour le montrer à Drew.

« Là, dit-il. Regardez. »

Le cœur de Drew bondit à la vue du titre : *John Rothstein à Flannery O'Connor*. La lettre soigneusement photographiée avait été rédigée sur une feuille de papier à carreaux déchirée dans un carnet bon marché, effrangée sur tout le bord gauche. La petite écriture soignée de Rothstein, très différente de l'écriture de chat de tellement d'écrivains, était reconnaissable entre toutes.

19 février 1953

Ma chère Flannery O'Connor,

J'ai bien reçu ton merveilleux roman, La Sagesse dans le sang, *que tu m'as si gentiment signé. Je peux dire merveilleux car je l'ai acheté dès sa sortie, et je l'ai lu aussitôt. Je suis ravi de posséder cet exemplaire signé, tout comme, j'en suis certain, tu dois être ravie de toucher les droits sur une vente supplémentaire ! Je me suis délecté de ton panel bigarré de personnages, surtout Hazel Motes et Enoch Emery, un gardien de zoo que mon propre Jimmy Gold aurait apprécié et avec qui il se serait très certainement lié d'amitié. On t'a qualifiée de « connaisseuse du grotesque », miss O'Connor, mais ce que les critiques n'ont pas salué – probablement parce qu'ils en sont eux-mêmes dénués –, c'est ton sens de l'humour démentiel qui n'épargne personne. Je sais que tu es souffrante, mais j'espère que tu persévéreras dans ton travail malgré tout. C'est un travail important ! En te remerciant à nouveau,*

John Rothstein

P.-S. : La Poule Célèbre : j'en ris encore !!!

Pour se calmer, Drew parcourut la lettre plus longtemps que nécessaire, puis il leva les yeux vers le garçon qui se faisait appeler James Hawkins.

« Vous comprenez la référence à la poule ? Je peux vous expliquer, si vous voulez. C'est un bon exemple de son sens de l'humour démentiel, comme dit Rothstein.

– J'ai fait des recherches. Quand Mlle O'Connor avait six ou sept ans, elle avait – ou prétendait avoir – une poule qui marchait à reculons. Des reporters sont venus et l'ont filmée, et la poule s'est retrouvée au cinéma. Flannery O'Connor disait que ç'avait été le point culminant de sa vie et qu'après ça, tout n'avait été que déception.

– Tout à fait juste. Maintenant que nous avons couvert le sujet de la Poule Célèbre, que puis-je faire pour vous ? »

Le garçon inspira profondément et ouvrit le rabat de son enveloppe kraft. Il en sortit une photocopie et la posa à côté de la lettre de Rothstein dans *Dépêches de l'Olympe.* Le visage de Drew Halliday continua d'afficher un intérêt placide alors que son regard passait d'un texte à l'autre, mais derrière son bureau, ses doigts entrelacés étaient si serrés que ses ongles coupés ras s'enfonçaient dans le dos de ses mains. Il reconnut immédiatement ce qu'il avait sous les yeux. Les fioritures au bout des *y*, les *b* toujours détachés, les *h* qui s'envolaient et les *g* qui plongeaient. La question maintenant était de savoir ce que savait « James Hawkins ». Peut-être pas tout, mais certainement plus qu'un peu. Sinon, pourquoi se cacher derrière une moustache naissante et une paire de binocles qui ressemblaient bizarrement à ces lunettes sans correction qu'on pouvait acheter dans un bazar ou dans un magasin de déguisements ?

En haut de la page, entouré, était écrit le numéro 44. En dessous figurait un fragment de poésie.

Le suicide est circulaire, c'est du moins mon avis :
vous pouvez avoir votre propre opinion.
Mais s'il vous plaît, méditez ceci.

Une plaza juste après le lever du soleil,
Disons au Mexique.
Ou au Guatemala, si vous voulez.
Un endroit où au plafond dans les chambres
vous avez encore des ventilateurs en bois.

En tout cas tout est blanco *jusqu'au ciel bleu*
sauf les tignasses fatiguées des palmiers
et rosa *là où à moitié endormi, le garçon*
nettoie les pavés devant le café.
Au coin de la rue, attendant le premier

Ça s'arrêtait là. Drew regarda le môme.

« Ça continue après, expliqua James Hawkins. Il parle du premier bus de la journée. Ceux qui marchent avec des câbles. Il appelle ça un *trolebus*. C'est le mot espagnol pour tramway. La femme du narrateur, ou c'est peut-être sa copine, est assise dans un coin de la pièce, elle est morte. Elle s'est tiré une balle. Il vient de la trouver.

– Ça me semble pas tellement immortel comme poésie », commenta Drew.

Dans son état de sidération présent, c'était tout ce qui lui venait à l'esprit. Qualité mise à part, ce poème était la première œuvre inédite de Rothstein à faire surface en un peu plus d'un demi-siècle. Personne ne l'avait vue sauf l'auteur, ce garçon et Drew lui-même. Sauf si Morris Bellamy était tombé dessus, ce qui semblait peu probable étant donné le nombre important de carnets qu'il prétendait avoir volés.

Le nombre important.

Seigneur, le nombre important de carnets.

« Non, c'est clair que c'est pas du Wilfred Owen ou du T. S. Eliot, mais c'est pas vraiment la question, si ? »

Drew réalisa subitement que « James Hawkins » le regardait un peu trop attentivement. Et voyait quoi ? Sans doute beaucoup trop. Drew était habitué à bien cacher son jeu – il le fallait dans un business où sous-évaluer un prix d'achat est aussi important que surévaluer un prix de vente – mais *ça* c'était comme le *Titanic* remontant soudain à la surface de l'océan Atlantique, déglingué et rouillé, mais *là*.

OK, alors admets-le.

« Non, sûrement que non. » La photocopie et la lettre à O'Connor étaient toujours l'une à côté de l'autre et Drew ne pouvait s'empêcher de faire des allers-retours avec son doigt boudiné d'un point de comparaison à un autre. « Si c'est une contrefaçon, elle est sacrément ressemblante.

– C'est pas une contrefaçon. »

Dit avec une parfaite assurance.

« Où avez-vous trouvé ça ? »

Le garçon se lança alors dans une histoire à la con que Drew écouta à peine. Un truc comme quoi son oncle Phil de Cleveland était décédé et qu'il avait légué sa collection de livres au petit James et qu'au milieu des livres de poche et des Éditions Club il y avait six Moleskine et que, miracle, ces six carnets, remplis de toutes sortes de trucs intéressants – surtout de la poésie, avec quelques essais et des fragments de nouvelles –, étaient de la main de John Rothstein.

« Comment avez-vous su que c'était de lui ?

– J'ai reconnu son style, même dans les poèmes », répondit Hawkins. Il s'était préparé à cette question, c'était clair. « J'étudie la littérature américaine au City College et j'ai lu la plupart de ce qu'il a écrit. Mais il n'y a pas que ça. Par exemple, ce poème parle du Mexique, et Rothstein y a passé six mois à bourlinguer après la guerre.

– Comme une douzaine d'autres écrivains américains de renom, parmi lesquels Ernest Hemingway et le mystérieux B. Traven.

– Ouais, mais regardez ça. »

Le garçon sortit une seconde photocopie de l'enveloppe. Drew s'ordonna de ne pas se jeter dessus avidement… et se jeta dessus avidement. Il se comportait comme s'il était dans le métier depuis trois ans et pas trente, mais qui pouvait lui en vouloir ? C'était du lourd. C'était *énorme*. Le problème, c'était que « James Hawkins » semblait le savoir.

Ah, mais il sait pas ce que je sais *moi*, notamment leur provenance. Sauf si Morrie l'utilise comme pigeon, et comment ce serait possible avec Morrie en train croupir à la prison d'État de Waynesville ?

L'écriture sur la deuxième photocopie provenait clairement de la même main mais elle était moins propre. Alors qu'il n'y avait ni rature ni note marginale sur le fragment de poésie, ce texte en regorgeait.

« Je pense qu'il a dû l'écrire en étant soûl, dit le garçon. Il buvait beaucoup, vous savez, puis il a arrêté. Comme ça, du jour au lendemain. Lisez-le. Vous comprendrez. »

Le numéro en haut de la page était 77. En dessous, le texte commençait au milieu d'une phrase :

*jamais anticipé. Si les bonnes critiques ont toujours la saveur d'un bon dessert sur le court terme, on découvre qu'elles mènent à l'indigestion – insomnies, cauchemars, même des problèmes, cruciaux avec l'âge, de transit intestinal – sur le long terme. Et la stupidité est encore plus remarquable dans les éloges que dans les attaques. Voir Jimmy Gold comme une référence, un HÉROS, même, c'est comme qualifier Billy the Kid (ou Charles Starkweather, son plus proche avatard version XX*e *siècle) d'icône américaine. Jimmy c'est Jimmy, c'est moi, c'est toi ; il n'est pas calqué sur Huck Finn mais sur Étienne*

Lantier, le plus grand personnage de fiction du XIX*e* *siècle ! Si je me suis retiré de la vie publique, c'est parce que l'œil du public est contaminé, et que je ne vois aucune raison de lui présenter davantage de mattière. Comme dirait Jimmy, « Cette connerie*

Ça se terminait là, mais Drew connaissait la suite, et il était certain que Hawkins la connaissait aussi. C'était la célèbre devise de Jimmy Gold que l'on voyait encore imprimée sur des T-shirts, tant d'années après.

« Il a fait une faute à *avatar.* »

C'était tout ce que Drew trouvait à dire.

« Et à *matière*. Des vraies fautes, pas un texte nettoyé par un correcteur. » Les yeux du garçon luisaient. C'était une lueur que Drew avait souvent vue, mais jamais chez quelqu'un d'aussi jeune. « Un texte *vivant*, voilà ce que je pense. Vivant et qui respire. Vous avez vu la comparaison avec Étienne Lantier ? C'est le personnage principal de *Germinal*, d'Émile Zola. Et c'est nouveau ! Vous saisissez ? C'est un nouvel éclairage sur un personnage que tout le monde connaît, et qui provient de l'auteur lui-même ! Je parie qu'il y a des collectionneurs qui paieraient une fortune pour avoir l'original, et tout le reste que j'ai.

– Vous dites avoir six carnets en votre possession ?

– Mmm-mmh. »

Six. Pas une centaine ou plus. Si le gamin n'avait que six carnets, alors il n'agissait sûrement pas pour le compte de Bellamy, sauf si pour une raison ou une autre, Morris avait partagé son butin. Drew n'imaginait pas son vieux pote faire ça.

« Des Moleskine moyen format, quatre-vingts pages chacun. Ça fait quatre cent quatre-vingts pages en tout. Avec beaucoup de blancs – c'est toujours le cas avec les poèmes – mais il n'y a pas que des poèmes. Il y a des nouvelles aussi. Dont une sur Jimmy Gold enfant. »

Mais question : lui, Drew, croyait-il vraiment qu'il n'y en avait que six ? Et si le garçon gardait le meilleur pour lui-même ? Dans ce cas, le gardait-il pour le vendre plus tard ou parce qu'il ne voulait pas le vendre du tout ? La lueur qu'il voyait dans ses yeux le faisait pencher pour la deuxième solution, même si, pour le gamin, ce n'était peut-être pas encore un choix conscient.

« Monsieur ? Monsieur Halliday ?

– Pardon, excusez-moi. J'essayais juste de me faire à l'idée que c'est peut-être vraiment du Rothstein inédit que j'ai sous les yeux.

– C'en est », répliqua le garçon. Il n'y avait toujours aucun doute dans sa voix. « Alors, combien ?

– Combien *moi* je paierais ? » Maintenant qu'ils en venaient au marchandage, Drew se dit qu'il pouvait se permettre un *fiston*. « Fiston, je suis pas franchement Crésus. Tout comme je ne suis pas entièrement convaincu que ce ne sont pas des contrefaçons. Un canular… Il faudrait que je puisse voir les originaux. »

Drew vit Hawkins se mordre les lèvres derrière sa moustache naissante.

« Je ne parlais pas de *vous*, je parlais de collectionneurs privés. Vous devez bien en connaître qui seraient prêts à dépenser beaucoup d'argent pour des objets spéciaux comme ça.

– J'en connais quelques-uns, oui. » Il en connaissait une bonne dizaine. « Mais je ne m'aventurerais pas à leur écrire sur la base de deux pages photocopiées. Quant à les faire authentifier par un expert en écriture… ça pourrait être risqué. Rothstein a été assassiné, vous savez, ça fait de ces documents des biens volés.

– Sauf s'il les a donnés à quelqu'un avant de se faire tuer », répliqua du tac au tac le garçon, et Drew dut se rappeler encore une fois que le gosse s'était préparé à cette entrevue.

Mais moi je connais le métier, pensa-t-il. Je connais le métier et j'ai de la bouteille.

« Fiston, y a aucun moyen de prouver que c'est ce qui s'est passé.

– Et y a aucun moyen de prouver le contraire. »

Impasse, donc.

Le garçon récupéra brusquement les deux photocopies et les fourra dans l'enveloppe kraft.

« Hep là, s'écria Drew, inquiet. Attends une minute.

– Non, c'était une erreur, j'aurais pas dû venir. Y a une librairie à Kansas City, Jarrett's Fine Firsts and Rare Editions. C'est une des plus grosses du pays. J'essaierai là-bas.

– Si tu peux attendre une semaine, je peux passer quelques coups de fil. Mais il faut que tu me laisses les photocopies. »

Le garçon hésita, incertain. Puis il finit par dire :

« Combien vous pouvez en tirer, vous pensez ?

– Pour presque cinq cents pages d'écrits *jamais publiés* – bon sang, même *jamais vus* – de Rothstein ? L'acheteur voudrait au moins une analyse graphologique informatique, il existe de bons programmes qui font ça, et en supposant que l'analyse apporte la confirmation que ce sont des originaux, disons… » Il calcula le montant le plus bas à lui balancer tout en restant crédible. « Peut-être cinquante mille dollars. »

James Hawkins goba, ou sembla gober.

« Et quelle serait votre commission ? »

Drew rit poliment.

« Fiston… James… aucun revendeur ne prendrait une *commission* sur une transaction pareille. Pas quand l'auteur – légalement le propriétaire donc – a été assassiné et que l'ouvrage en question pourrait avoir été volé. Je prendrai cinquante pour cent.

– Non. » C'était sorti tout seul de la bouche du garçon. Il était peut-être pas encore capable de se faire pousser la moustache de motard de ses rêves, mais il était couillu en plus d'être futé. « Trente pour cent. Soixante-dix pour moi. »

Drew pouvait accepter ça, se faire deux cent cinquante mille dollars pour les six carnets et donner soixante-dix pour cent de cinquante mille au gosse, mais est-ce que « James Hawkins » s'attendrait pas à ce qu'il marchande au moins un peu ? Est-ce que ce serait pas louche s'il le faisait pas ?

« Soixante-quarante. C'est ma dernière offre, encore faut-il trouver un acheteur. Ça te ferait trente mille dollars pour des trucs trouvés dans un carton au milieu de vieux exemplaires des *Dents de la mer* et de *Sur la route de Madison*. Pas trop mal, je dirais. »

Le garçon dansait d'un pied sur l'autre, sans dire un mot, mais clairement indécis.

Drew renouvela son sourire je-ne-ferais-pas-de-mal-à-une-mouche. « Laisse-moi les photocopies. Reviens dans une semaine et je te dirai où on en est. Et un bon conseil, reste loin de Jarrett. Celui-là te fera les poches.

– Je veux du liquide. »

Drew pensa : Qui n'en voudrait pas ?

« Ne mets pas la charrue avant les bœufs, fiston. »

Le garçon se décida enfin et posa l'enveloppe kraft sur le bureau en pagaille.

« OK, je reviendrai. »

Drew pensa : Je n'en doute pas. Et je suis sûr que je serai en bien meilleure position pour négocier à ce moment-là.

Il tendit la main. Le garçon la serra à nouveau, aussi rapidement que possible tout en tâchant de rester poli. Comme s'il avait peur de laisser ses empreintes. Ce qu'il avait déjà fait, en un sens.

Drew resta où il était jusqu'à ce que « James Hawkins » sorte du magasin, puis il s'écrasa dans son fauteuil de bureau (qui lâcha un grognement résigné) et réveilla son Mac en veille. Il y avait deux caméras de surveillance installées au-dessus de la porte d'entrée, une pointant dans chaque direction de Lacemaker Lane. Il observa le garçon tourner au coin de Crossway Avenue et disparaître de l'écran.

La pastille violette sur le dos de *Dépêches de l'Olympe* : c'était ça la clé. L'exemplaire provenait d'une bibliothèque, et Drew connaissait toutes celles de la ville. Le violet correspondait aux éditions de référence de la bibliothèque de Garner Street, et les ouvrages de référence n'étaient pas censés circuler. Si le gamin avait essayé de le glisser sous son blouson du City College, les portiques de sécurité à l'entrée auraient sonné, parce que l'autocollant violet était aussi un antivol. Ce qui, ajouté à l'évidente passion du gamin pour la littérature, l'entraîna vers une nouvelle conclusion digne de Sherlock.

Drew se rendit sur le site de la Bibliothèque de Garner Street, où toutes sortes d'options s'offrirent à lui : HORAIRES D'ÉTÉ, PETITS ET ADOS, ÉVÉNEMENTS, COLLECTION DE FILMS CLASSIQUES, et, enfin et surtout : RENCONTREZ NOTRE ÉQUIPE.

Drew Halliday cliqua et n'eut pas besoin de cliquer davantage, du moins pour l'instant. Au-dessus de l'onglet PRÉSENTATION se trouvait une photo du personnel, ils étaient à peu près une vingtaine en tout, rassemblés sur la pelouse de la bibliothèque. La statue de Horace Garner, livre ouvert en main, se dressait derrière eux. Ils étaient tout sourire, y compris son gars, sans moustache et fausses lunettes. Deuxième rang, troisième en partant de la gauche. Selon la présentation, le jeune M. Peter Saubers était lycéen à Northfield High et travaillait actuellement à mi-temps. Il souhaitait étudier les lettres, option Science de la Documentation et des Bibliothèques.

Drew poursuivit ses recherches, aidé par le nom de famille assez peu commun du garçon. Il transpirait légèrement, et pourquoi pas ? Il considérait déjà les six carnets comme une misère, un amuse-gueule. La *totalité* des carnets – dont certains contenaient un quatrième volume de la saga Jimmy Gold, si son taré de copain avait dit vrai toutes ces années passées – pourrait valoir au moins cinquante millions de dollars, s'ils étaient vendus séparément à différents collectionneurs. Le quatrième roman à lui seul pourrait atteindre les vingt millions. Et avec Morrie Bellamy bien au chaud et en lieu sûr en prison, tout ce qui lui faisait barrage, c'était un ado même pas capable de se faire pousser une moustache digne de ce nom.

10

William le Serveur revient avec la note et Drew glisse son American Express dans le porte-addition en cuir. Elle ne sera pas refusée, il en est certain. Il est un peu moins sûr pour les deux autres, mais il veille à être relativement en règle avec son Amex car c'est celle qu'il utilise pour ses transactions commerciales.

Les affaires ont pas été très bonnes ces dernières années, or Dieu sait qu'elles auraient dû l'être. Elles auraient dû être excellentes, surtout entre 2008 et 2012, quand l'économie américaine s'est effondrée et paraissait incapable de se relever. Dans des période pareilles, le prix des marchandises de valeur – les vraies choses, pas comme les octets et les multiplets en vente à la Bourse de New York – explose toujours. L'or et les diamants, oui, mais aussi l'art, les antiquités et les livres rares. Cet enfoiré de Michael Jarrett à Kansas City roule en Porsche aujourd'hui. Drew l'a vue sur sa page Facebook.

Ses pensées dévient sur sa seconde entrevue avec Peter Saubers. Si seulement le gamin avait pas découvert l'existence de son troisième emprunt avec hypothèque ; ça avait été un tournant décisif. Peut-être même *le* tournant décisif.

Les déboires financiers de Drew remontent à ce foutu bouquin de James Agee, *Louons maintenant les grands hommes*. Un exemplaire splendide, comme neuf, signé par Agee *et* Walker Evans, le photographe. Comment Drew était-il censé savoir qu'il avait été volé ?

Bon d'accord, probablement qu'il le savait, probablement que tous les drapeaux rouges étaient hissés, qu'ils claquaient furieusement au vent et qu'il aurait dû passer au large, mais le vendeur n'avait aucune idée de la véritable valeur de l'ouvrage et Drew avait légèrement baissé sa garde. Pas assez pour écoper d'une amende ou d'une peine de prison, et merci Seigneur pour ça, mais les conséquences se sont ressenties sur le long terme. Depuis 1999, il traîne derrière lui une espèce d'*effluve* à chaque convention, symposium et vente aux enchères. Les vendeurs et acquéreurs de bonne réputation ont tendance à l'éviter, sauf bien sûr – et voilà l'ironie – s'ils ont une chose rien qu'un tantinet louche qu'ils aimeraient bien fourguer en échange d'un rapide profit. Parfois, quand il n'arrive pas à dormir, Drew se dit : C'est eux qui m'entraînent du côté obscur. C'est pas ma faute. Sincèrement, c'est moi la victime là.

Tout ça rend Peter Saubers d'autant plus important.

William réapparaît avec la note et la carte, le visage grave. Drew n'aime pas ça. Peut-être que la carte a été refusée, après tout. Et puis, son serveur préféré sourit et, dans un léger soupir, Drew relâche le souffle qu'il retenait.

« Merci, monsieur Halliday. C'est toujours un plaisir de vous voir.

– Pareillement, William. Pareillement. »

Il appose sa signature ponctuée d'une fioriture sur le reçu et range son Amex – légèrement pliée mais pas cassée – dans son portefeuille.

Dans la rue, marchant vers sa boutique (l'idée qu'il puisse se dandiner ne lui a jamais traversé l'esprit), ses pensées reviennent à la deuxième visite du garçon, qui s'est déroulée *relativement* bien, mais pas aussi bien que Drew l'avait espéré et imaginé. Lors de leur première rencontre, le garçon était tellement mal à l'aise que Drew avait redouté qu'il ait la tentation de détruire le trésor inestimable de manuscrits sur lequel il était tombé. Mais la lueur dans ses yeux avait infirmé cette hypothèse, surtout quand il avait commenté la deuxième photocopie et ses divagations d'alcoolique à propos des critiques littéraires.

Un texte vivant, avait dit Saubers, *voilà ce que je pense.*

Ce garçon peut-il tuer un texte vivant ? se demande Drew alors qu'il entre dans sa boutique et retourne la pancarte de la porte sur OUVERT. Je crois pas. Pas plus que lui-même pourrait laisser les autorités saisir tout ce trésor, en dépit des menaces qu'il a pu proférer.

Demain, c'est vendredi. Le garçon a promis de venir directement après les cours pour qu'ils puissent conclure leur affaire. Il doit s'imaginer que ce sera une séance de négociation. Il doit s'imaginer avoir toujours quelques cartes en main. Peut-être qu'il en a… mais celles de Drew sont plus fortes.

Son répondeur clignote. Probablement un démarcheur qui veut lui vendre une assurance ou une extension de garantie pour sa petite voiture (l'idée de Jarrett roulant en Porsche dans les rues de Kansas City pique fugitivement son ego), mais pas moyen de savoir tant qu'on a pas vérifié. Il a des millions à portée de la main, mais tant qu'il les a pas *en* main, les affaires restent les affaires.

Drew appuie sur le bouton pour vérifier qui a téléphoné pendant qu'il déjeunait et reconnaît la voix de Saubers au premier mot.

Ses poings se crispent tandis qu'il l'écoute.

11

Quand le petit malin précédemment connu sous le nom de Hawkins était revenu, le vendredi d'après sa première visite, sa moustache était un chouïa plus fournie mais sa démarche tout aussi hésitante : un animal timide s'approchant d'un appât goûteux. À ce moment-là, Drew en avait appris davantage sur le garçon et sa famille. Et sur les photocopies des carnets aussi. Trois logiciels différents avaient confirmé que la lettre à Flannery O'Connor et l'échantillon d'écriture figurant sur les deux documents étaient l'œuvre du même homme. Deux de ces logiciels comparaient les écritures. Le troisième – pas entièrement fiable étant donné la petite taille des échantillons scannés – avait repéré des similarités linguistiques, déjà pointées pour la plupart par le gosse. Drew gardait ces résultats de côté pour le moment où il aborderait des acheteurs potentiels. Lui-même n'avait aucun doute quant à leur authenticité, ayant vu de ses propres yeux l'un des carnets il y avait trente-six ans à la terrasse du Happy Cup.

« Bonjour », dit Drew.

Cette fois, il ne tendit pas la main au garçon.

« Bonjour.

– Tu n'as pas apporté les carnets.

– J'ai besoin que vous me donniez un chiffre d'abord. Vous avez dit que vous passeriez quelques coups de téléphone. »

Il n'en avait passé aucun. C'était encore beaucoup trop tôt.

« Si tu te souviens bien, je *t'ai donné* un chiffre. J'ai dit que ta part s'élèverait à trente mille dollars. »

Le garçon secoua la tête.

« C'est pas assez. Et soixante pour cent, c'est pas assez non plus. Ça devra être soixante-dix. Je ne suis pas stupide. Je sais ce que j'ai.

– Moi aussi, je sais des choses. Tu t'appelles Peter Saubers. Tu vas pas à la fac, tu vas à Northfield High. Et tu travailles à mi-temps à la bibliothèque de Garner Street. »

Les yeux du garçon s'agrandirent. Sa bouche s'ouvrit. Il tangua même légèrement et, l'espace d'un instant, Drew crut qu'il allait s'évanouir.

« Comment…

– Le livre que tu avais avec toi. *Dépêches de l'Olympe*. J'ai reconnu l'autocollant violet des ouvrages de référence. Après ça, c'était facile. Je sais même où tu habites : dans Sycamore Street. »

Ce qui collait parfaitement, divinement même. Morris Bellamy avait vécu dans Sycamore Street, dans la même maison. Drew n'y avait jamais mis les pieds – parce que Morris ne voulait pas qu'il rencontre son vampire de mère, soupçonnait-il – mais les archives de la ville le confirmaient. Les carnets étaient-ils planqués derrière un mur de la cave, ou bien enterrés sous le sol du garage ? Drew pariait que c'était l'un ou l'autre.

Il se pencha aussi loin que sa panse le lui permettait et accrocha le regard consterné du garçon.

« Voilà autre chose que je sais. Ton père a été grièvement blessé dans le Massacre du City Center en 2009. Il était là-bas parce qu'il s'est retrouvé sans emploi suite à la crise de 2008. J'ai lu un article dans le journal du dimanche, il y a deux ans, sur la façon dont s'en sortaient certains rescapés. Très intéressant comme lecture. Ta famille a déménagé dans le North Side suite au drame, ce qui a dû être une dégringolade considérable, mais vous les Saubers, vous êtes retombés sur vos pieds. Vous avez dû vous serrer la ceinture avec seulement ta maman qui travaillait, mais beaucoup d'autres s'en sont sortis plus mal. Une belle histoire de réussite à l'américaine. Tu tombes ? Relève-toi, époussette-toi et retourne au combat ! Sauf que l'article n'expliquait pas vraiment comment ta famille a réussi ce tour de force. N'est-ce pas ? »

Le garçon s'humecta les lèvres, essaya de parler, se racla la gorge, réessaya.

« Je m'en vais. J'aurais jamais dû venir ici. »

Il tourna les talons et commença à s'éloigner.

« Peter, si tu passes cette porte, je peux te garantir que tu seras en prison dès ce soir. Qu'est-ce que ce serait dommage alors, toi qui as toute la vie devant toi. »

Saubers se retourna, les yeux écarquillés, la bouche ouverte et tremblotante.

« J'ai aussi fait des recherches sur l'assassinat de Rothstein. La police pense que les cambrioleurs qui l'ont tué ont pris les carnets seulement parce qu'ils étaient dans le coffre avec l'argent. Selon la théorie, ils ont cambriolé la maison pour la raison habituelle, l'argent.

Beaucoup de gens du coin savaient que le vieux bonhomme gardait du liquide chez lui, peut-être même en grande quantité. Ces rumeurs ont couru dans Talbot Corners pendant des années. Et un beau jour, les mauvaises personnes ont décidé d'aller voir par eux-mêmes si les rumeurs étaient fondées. Et elles l'étaient, n'est-ce pas ? »

Saubers revint vers le bureau. Lentement. Pas à pas.

« Tu as trouvé les carnets volés, mais tu as aussi trouvé l'argent volé, voilà ce que je crois. Suffisamment pour que ta famille reste solvable le temps que ton père se remette sur pied. Littéralement, parce que l'article disait qu'il a été salement amoché. Est-ce que tes parents sont au courant, Peter ? Est-ce qu'ils sont de mèche ? Est-ce que c'est papa et maman qui t'envoient vendre les carnets maintenant que l'argent est dilapidé ? »

Tout ça n'était que pure spéculation – si Morris avait évoqué de l'argent ce jour-là à la terrasse du Happy Cup, Drew ne s'en souvenait pas –, mais il observait que chacune de ses suggestions produisait un impact sur le garçon, tels de violents coups de poing portés au visage et à l'abdomen. Drew en éprouvait la jubilation de tout détective constatant qu'il a suivi une bonne piste.

« Je ne sais pas de quoi vous parlez. »

Le gosse avait plus une voix de répondeur téléphonique que d'être humain.

« Quant aux six carnets *seulement*, ça ne tient pas vraiment la route. Rothstein s'est éclipsé en 1960, après la parution de sa dernière nouvelle dans le *New Yorker*. Et il a été assassiné en 1978. J'ai du mal à croire qu'il n'ait rempli que six carnets de quatre-vingts pages en dix-huit ans. Je suis prêt à parier qu'il y en a plus. *Beaucoup* plus.

– Vous ne pouvez rien prouver. »

Toujours ce même ton de robot monocorde. Saubers chancelait, encore deux ou trois uppercuts et il serait à terre. C'était assez jouissif.

« Que trouverait la police si elle venait chez toi avec un mandat de perquisition, mon jeune ami ? »

Au lieu de s'écrouler, Saubers se ressaisit. Ç'eût été admirable si sa remarque suivante n'avait pas été aussi irritante :

« Et vous alors, monsieur Halliday ? Vous avez déjà eu des ennuis une fois pour avoir revendu ce que vous aviez pas le droit de revendre. »

OK, c'était un coup… mais seulement un crochet oblique. Drew hocha gaiement la tête.

« Et c'est pour ça que tu es venu me voir, n'est-ce pas ? Tu as appris pour l'affaire Agee et tu t'es dit que je pourrais peut-être t'aider dans tes petites affaires illégales. Seulement j'avais les mains propres à l'époque, et j'ai les mains propres aujourd'hui. » Il les déploya devant lui à l'appui. « Je leur dirais que j'ai pris le temps de m'assurer que ce que tu étais en train de vendre était bien authentique avant de faire mon devoir de citoyen et d'appeler la police.

– Mais c'est pas vrai ! C'est pas vrai et vous le savez ! »

Bienvenue dans le monde des grands, Peter, pensa Drew. Mais il ne dit rien, attendant simplement que le gosse examine l'impasse dans laquelle il se trouvait.

« Je pourrais les brûler. » Saubers semblait se parler à lui-même plutôt qu'à Drew, comme pour jauger la viabilité de l'idée. « Je pourrais aller à la… là où ils sont, et les brûler.

– Combien y en a-t-il ? Quatre-vingts ? Cent vingt ? Cent *quarante* ? Ils trouveraient des résidus, fiston. Les cendres. Et même s'ils n'en trouvent pas, j'ai les pages photocopiées. Ils commenceraient par poser des questions sur comment ta famille s'y est prise exactement pour se sortir aussi bien de cette grosse récession, surtout avec les blessures de ton père et tous les frais médicaux. Je pense qu'un comptable compétent pourrait prouver que les dépenses de ta famille excédaient largement vos revenus. »

Drew n'avait aucune idée de la véracité de la chose, mais le gosse non plus. Il était au bord de la panique à présent, et c'était l'effet escompté. Les gens paniqués perdent leur lucidité.

« Y a aucune preuve. » Saubers en était réduit au murmure. « L'argent n'est plus là.

– Ça, je n'en doute pas, sinon tu ne serais pas ici. Mais il reste les traces des transactions financières. Et qui pourra les suivre, à part la police ? Le fisc ! Qui sait, Peter, peut-être que papa et maman pourraient aussi aller en prison pour évasion fiscale. Et alors ta petite sœur – Tina, je crois – se retrouverait toute seule. Mais peut-être qu'elle a une gentille vieille tante chez qui elle pourra aller vivre en attendant que tes parents sortent.

– Vous voulez quoi ?

– Ne te fais pas plus bête que tu n'es. Je veux les carnets. *Tous* les carnets.

– Et qu'est-ce que j'obtiens, si je vous donne les carnets ?

– L'assurance d'être laissé libre et de ne pas être inquiété. Ce qui, étant donné ta situation, n'a pas de prix.

– Vous êtes *pas sérieux* ?

– Fiston…

– M'appelez pas fiston ! »

Le garçon serra les poings.

« Peter, réfléchis bien. Si tu refuses de me donner les carnets, c'est *moi* qui te donne aux flics. Mais une fois que tu me les auras remis, tu seras tranquille. Je n'aurai plus de prise sur toi, puisque que j'aurai reçu de la marchandise volée. »

Tout en parlant, Drew promenait son index droit autour du bouton de l'alarme silencieuse installée sous son bureau. La déclencher était la dernière chose au monde qu'il souhaitait faire, mais il n'aimait pas du tout ces poings serrés. Dans sa panique, il pourrait venir à l'esprit de Saubers qu'il existait un autre moyen de faire taire Andrew Halliday. Ils étaient sous vidéosurveillance mais le garçon ne l'avait peut-être pas remarqué.

« Et vous, vous vous retrouvez avec des centaines de milliers de dollars, dit Saubers avec amertume. Peut-être même des millions.

– Tu as aidé ta famille à traverser une période difficile », répondit Drew. Il pensa ajouter : *Pourquoi en vouloir davantage*, mais vu les circonstances, ça risquait de paraître un peu… déplacé. « Je pense que tu devrais te satisfaire de ça. »

L'expression sur le visage du garçon était à elle seule une réponse : *Facile à dire.*

« J'ai besoin de temps pour réfléchir. »

Drew hocha la tête, mais non pour signifier son accord.

« Je comprends ce que tu ressens, mais non. Si tu pars d'ici maintenant, je peux t'assurer qu'une voiture de police t'attendra chez toi à ton retour.

– Et vous dites adieu à votre gros jour de paye. »

Drew haussa les épaules.

« Ce ne sera pas la première fois. »

Mais jamais aussi gros, ça c'était vrai.

« Mon père est dans l'immobilier, vous étiez au courant ? »

Le soudain changement de direction le prit un peu de court.

« Oui, j'ai vu ça quand je faisais mes recherches. Il a sa petite agence maintenant, et c'est tant mieux pour lui. Même si j'ai dans l'idée que l'argent de Rothstein doit y être pour quelque chose.

– Je lui ai demandé de recenser toutes les librairies de la ville, poursuivit Saubers. Je lui ai dit que j'écrivais un devoir sur l'impact du numérique sur la vente des livres papier. C'était avant que je vienne vous voir, quand j'hésitais encore à prendre le risque. Il a découvert que vous avez hypothéqué votre magasin pour la troisième fois l'année dernière, et que c'est grâce à l'emplacement que vous avez pu avoir l'emprunt. Lacemaker Lane étant un coin très chic, et tout ça.

– Je ne vois pas le rapport avec notre sujet de conv…

– Vous avez raison, on a traversé une période très difficile. Et vous savez quoi ? Après ça, on a du pif pour reconnaître les gens en difficulté. Même quand on est un enfant. Peut-être même *surtout* quand on est un enfant. Et je pense que vous êtes plutôt dans la dèche, vous aussi. »

Drew brandit le doigt qu'il tenait près du bouton d'alarme et le pointa sur Saubers.

« Joue pas au con avec moi, petit. »

Des couleurs étaient revenues à Saubers, par larges plaques irrégulières, et Drew vit quelque chose qui ne lui plut pas du tout et qu'il n'avait certainement pas prévu : il avait réussi à énerver le môme.

« Je sais que vous essayez de me faire prendre une décision à la va-vite, mais vous m'aurez pas comme ça. OK, j'ai ses carnets. Cent soixante-cinq en tout. Ils sont pas tous pleins, mais la plupart, si. Et devinez quoi ? La trilogie Gold, c'est un *cycle* ! Il y a deux romans de plus. Des premiers jets, ouais, mais plutôt propres. »

Le garçon parlait de plus en plus vite, déballant tout ce que sa frayeur, ainsi que Drew l'avait espéré, aurait dû l'empêcher de voir.

« Je les ai cachés mais j'imagine que vous avez raison, si vous appelez les flics, ils les trouveront. Sauf que mes parents ont jamais été au courant, et je pense que la police le croira. Quant à moi… je suis encore mineur. » Il sourit même un peu, comme s'il venait de le réaliser à l'instant. « Ils pourront pas me faire grand-chose puisque j'ai jamais rien volé à la base, ni les carnets ni l'argent. J'étais même pas né. Vous serez pas incriminé, d'accord, mais vous y gagnerez rien. Quand la banque saisira votre boutique – et mon père dit que ça arrivera tôt ou tard – et qu'y aura un Au Bon Pain à la place, je viendrai manger un croissant en votre honneur.

– Sacré discours, commenta Drew.

– C'est bon, j'ai terminé, je m'en vais.

– Je te préviens, tu commets une terrible erreur.

– Je vous l'ai dit, j'ai besoin de temps pour réfléchir.

– Combien de temps ?

– Une semaine. Et je vous demande de réfléchir aussi, monsieur Halliday. On peut encore essayer de s'arranger.

– Je l'espère, fiston. » Drew employa le mot délibérément. « Parce que si on y arrive pas, j'appelle la police. Et je plaisante pas. »

Le sursaut de courage du garçon retomba. Ses yeux s'emplirent de larmes. Il tourna les talons et sortit avant qu'elles ne se mettent à couler.

12

Et maintenant, ce message vocal, que Drew écoute avec rage mais aussi avec terreur, car le garçon a la voix terriblement froide et calme en surface et terriblement désespérée en dessous.

« Je ne pourrai pas venir demain, en fait. J'avais complètement oublié la sortie des délégués de classe de première-terminale, et j'ai été élu vice-président des terminales pour la rentrée prochaine. Je sais qu'on dirait une excuse, mais c'est vrai. J'imagine qu'avec vos menaces de m'envoyer en prison et tout, ça m'était totalement sorti de la tête. »

Efface ce message tout de suite, pense Drew, ses ongles lui mordant les paumes.

« C'est au Centre de Vacances de River Bend, dans le comté de Victor. On part en bus demain matin à huit heures – c'est une journée pédagogique, donc y a pas cours – et on revient dimanche soir. On est vingt. Je comptais esquiver mais mes parents s'inquiètent déjà pour moi. Ma sœur aussi. Si j'y vais pas, ils se douteront que quelque chose ne va pas. Je crois que ma mère pense que j'ai mis une fille enceinte. »

Le garçon lâche un rire laconique et semi-hystérique. Drew trouve qu'y a rien de plus terrifiant que les ados de dix-sept ans. On a absolument aucune idée de ce qu'ils peuvent faire.

« Je viendrai lundi après-midi à la place, conclut Saubers. Si vous pouvez attendre jusque-là, peut-être qu'on pourra s'arranger. Trouver un compromis. Et si vous pensez que je vous baratine, appelez River Bend et vérifiez la réservation. Conseil des Élèves du Lycée de Northfield. Alors à lundi, peut-être. Sinon, ben, tant pis. Au re... »

C'est là que le temps d'enregistrement – extra-long, pour les clients appelant en dehors des heures d'ouverture, généralement depuis la côte Ouest – se termine. *Biiiip.*

Drew s'assoit dans son fauteuil de bureau (ignorant, comme toujours, son couinement de désespoir) et fixe son répondeur pendant presque une minute entière. Il ne ressent aucun besoin de téléphoner à River Bend... qui se trouve, de manière assez comique, à seulement neuf ou dix kilomètres au nord de l'établissement pénitentiaire où le premier voleur des carnets purge une peine de prison à vie. Drew est sûr que Saubers dit vrai pour la sortie scolaire parce que c'est un alibi facile à vérifier. Quant à ses raisons pour ne pas y avoir renoncé, il est nettement moins sûr. Peut-être que Saubers a décidé de le mettre au pied du mur avec ses menaces d'appeler la police. Sauf que c'était pas du bluff. Il n'a aucune intention de laisser Saubers avoir ce que lui-même ne peut pas avoir. D'une façon ou d'une autre, le petit salaud va faire une croix sur ces carnets.

J'attendrai jusqu'à lundi après-midi, se dit Drew. Je peux me permettre d'attendre jusque-là, mais ensuite, on va régler ça, de gré ou de force. J'ai déjà lâché trop de lest.

À bien y réfléchir, le jeune Saubers et son vieil ami Morris Bellamy, bien que situés aux deux extrémités de l'éventail des âges, se ressemblent beaucoup en ce qui concerne les carnets de Rothstein. Tout deux convoitent leur *contenu.* C'est pour ça que le garçon voulait lui en vendre seulement six, et probablement les six qu'il juge les moins intéressants. Drew, en revanche, a peu d'intérêt pour John Rothstein. Il a lu *Le Coureur*, mais uniquement parce que Morris en était dingue. Et il n'a jamais pris la peine de lire les deux autres, ni le recueil de nouvelles.

C'est ton talon d'Achille, fiston, pense Drew. Cette convoitise de collectionneur. Alors que moi, je m'intéresse qu'à l'argent, et l'argent, ça simplifie tout. Alors, vas-y. Va faire mumuse à la politique avec tes petits copains de classe. Parce qu'à ton retour, on se la jouera à la dure.

Drew se penche par-dessus son énorme panse et efface le message.

13

Sur le chemin du retour, Hodges se renifle les aisselles et décide de faire un détour par chez lui le temps d'engloutir un steak végétarien et de prendre une petite douche. Et de se changer. Harper Road est pas trop loin de sa route et il sera plus à l'aise en jean. Pouvoir porter des jeans est l'un des avantages principaux qu'il y a à être travailleur indépendant, du moins en ce qui le concerne.

Il sort de chez lui quand Pete Huntley appelle pour informer son ancien coéquipier que Oliver Madden est en garde à vue. Hodges le félicite de cette belle prise et a à peine le temps de s'installer au volant de sa Prius que son téléphone sonne à nouveau. Cette fois, c'est Holly.

« Mais t'es *où*, Bill ? »

Hodges consulte sa montre et constate qu'elle affiche déjà trois heures et quart. Comme le temps passe vite quand on s'amuse, pense-t-il.

« Chez moi. Je pars juste, là.

– Mais qu'est-ce que tu fais *chez toi* ?

– Je me suis arrêté prendre une douche. Je voulais pas offenser ton nez délicat. Et j'ai pas oublié Barbara. Je l'appelle dès que…

– Pas la peine. Elle est là. Avec une petite copine à elle qui s'appelle Tina. Elles sont venues en taxi.

– En taxi ? »

D'habitude, les gosses pensent *même pas* à prendre des taxis. Peut-être que ce qui tracasse Barbara est un chouïa plus grave que ce qu'il pensait.

« Oui. Je les ai fait entrer dans ton bureau. » Holly baisse la voix : « Barbara est juste inquiète, mais l'autre a l'air de crever de peur. Je pense qu'elle s'est mise dans des embrouilles. Tu devrais arriver le plus vite possible, Bill.

– Cinq sur cinq.

– S'il te plaît, dépêche. Tu sais que je suis pas douée avec les émotions fortes. J'y travaille avec mon thérapeute, mais pour le moment, c'est pas *du tout* ça.

– J'arrive. Suis là dans vingt minutes.

– Je devrais aller leur acheter du Coca, tu crois ?

– J'en sais rien. » Le feu en haut de la côte passe au jaune, Hodges accélère et passe. « Écoute ton bon sens.

– Mais j'en ai si peu », se lamente Holly.

Et avant qu'il puisse répondre, elle lui redit de se dépêcher et raccroche.

14

Pendant que Hodges expliquait les choses de la vie à un Oliver Madden abasourdi et que Drew Halliday attaquait ses œufs Benedict,

Pete Saubers était à l'infirmerie du lycée de Northfield, prétextant une migraine et demandant à être dispensé de cours pour l'après-midi. L'infirmière lui a rédigé le billet de sortie sans hésitation parce que Pete fait partie des bons élèves : tableau d'honneur, beaucoup d'activités scolaires (quoique pas de sport), quasiment jamais absent. Et puis, il avait vraiment l'air de souffrir d'une migraine. Il avait le visage bien trop pâle et des cernes noirs sous les yeux. Elle lui a demandé s'il avait besoin qu'on le raccompagne chez lui.

« Non, a répondu Pete. Je vais prendre le bus. »

Elle lui a proposé de l'Advil – c'est tout ce qu'elle a le droit de donner aux élèves pour le mal de tête – mais il a décliné, prétextant qu'il avait des cachets spéciaux pour migraines. Il avait oublié de les apporter aujourd'hui mais il en prendrait un dès qu'il arriverait chez lui. Cette excuse lui posait aucun problème parce qu'il avait vraiment une migraine. Pas du genre physique, c'est tout. Sa migraine s'appelait Andrew Halliday et même un des comprimés de Zomig de sa mère (c'est elle la migraineuse de la famille) la ferait pas passer.

Pete savait qu'il devait s'en occuper lui-même.

15

Il n'a aucune intention de prendre le bus. Le prochain ne passera pas avant une demi-heure, et il peut être à Sycamore Street en un quart d'heure en courant, et il va courir, parce que cette après-midi de jeudi est tout ce dont il dispose. Ses parents sont au travail et ne rentreront pas à la maison avant quatre heures, au moins. Quant à Tina, elle ne rentre pas du tout. Elle prétend qu'elle a été invitée à passer deux nuits chez son ancienne amie Barbara, de Teaberry Lane, mais Pete pense plutôt qu'elle s'est invitée. Dans ce cas-là, ça voudrait dire que sa sœur n'a pas renoncé à ses espoirs d'entrer à Chapel Ridge. Pete pense encore pouvoir l'aider, mais seulement si tout se déroule parfaitement cette après-midi. C'est un très gros *si*, mais il doit faire *quelque chose*. Sinon, il va devenir cinglé.

Il a perdu du poids depuis qu'il a commis la grossière erreur de s'acoquiner avec Andrew Halliday, l'acné de sa préadolescence s'offre un match retour et, bien sûr, il y a ces gros cernes noirs sous ses yeux. Il dort mal et son peu de sommeil est hanté de cauchemars. Quand il se réveille en pleine nuit – souvent recroquevillé en position fœtale, le pyjama trempé de sueur –, Pete reste éveillé, à essayer de trouver un moyen de se sortir du traquenard dans lequel il s'est fourré.

Il avait réellement oublié la sortie de vendredi, et quand Mme Bran, l'accompagnatrice, la lui a rappelée hier, son cerveau a passé la cinquième. C'était après l'heure de français et, avant qu'il arrive à son cours de maths, juste deux portes plus loin, la vague idée d'un plan se profile dans sa tête. Un plan qui dépend en partie d'un vieux chariot rouge, et encore plus d'un certain jeu de clés.

Une fois loin du lycée, Pete appelle le numéro de Andrew Halliday Rare Editions, un numéro qu'il préférerait ne pas avoir dans son téléphone. Il tombe sur le répondeur, ce qui lui épargne au moins un autre ouafi-ouafi. Il laisse un long message et le bip du répondeur le coupe alors qu'il s'apprête à conclure, mais c'est OK.

S'il arrive à débarrasser la maison des carnets, la police ne trouvera rien, mandat de perquisition ou non. Il est convaincu que ses parents ne diront rien de l'argent tombé du ciel, comme ils l'ont toujours fait. Alors que Pete glisse son portable dans la poche de son pantalon, une formule de sa première année de latin surgit dans son esprit. C'est une formule terrifiante dans n'importe quelle langue, mais elle convient parfaitement à la situation.

Alea jacta est.

Les dés sont jetés.

16

Avant d'entrer dans la maison, Pete passe la tête dans le garage pour s'assurer que le vieux chariot Kettler de Tina est toujours là. Ils ont vendu beaucoup d'affaires au vide-grenier qu'ils ont organisé avant de déménager, mais Teenie avait fait tout un foin pour garder le Kettler avec ses barrières en bois à l'ancienne, et leur mère avait cédé. Pete le voit pas tout de suite et commence à s'inquiéter. Puis il le repère dans un coin du garage et laisse échapper un soupir de soulagement. Il se souvient de Tina le promenant à travers la pelouse avec toutes ses peluches entassées dedans (Mme Beasley trônant à la place d'honneur, bien sûr), leur disant qu'ils partaient faire un pic-pic dans les bois avec des samwich au jambon et des biski au gingembe pour les enfants sages. C'était le bon temps, avant que le malade en Mercedes volée vienne tout faire foirer.

Plus de pic-pic après ça.

Pete entre dans la maison et se rend directement dans le minuscule bureau de son père. Son cœur tambourine furieusement contre sa poitrine, parce que c'est là que tout se joue. Les choses peuvent mal tourner même s'il trouve les clés qu'il lui faut, mais s'il les trouve pas, tout sera fini avant d'avoir commencé. Et il a pas de plan B.

Bien que l'activité de Tom Saubers soit principalement axée sur la recherche de biens immobiliers – trouver les bonnes propriétés mises à la vente ou susceptibles de l'être, et communiquer ensuite ces prospections à de petites entreprises ou agences indépendantes –, il a tout doucement commencé à se relancer dans la vente directe, mais rien de bien gros, et seulement ici, dans le North Side. Ça lui a pas rapporté grand-chose en 2012, mais ces deux dernières années, il a empoché de belles commissions, et il détient maintenant l'exclusivité sur une douzaine de propriétés dans tout le quartier des rues aux noms d'arbres. L'une d'elles – l'ironie de la chose n'a échappé à personne dans la famille – est le 49 Elm Street, la maison qui a appartenu à Deborah Hartsfield et son fils Brady, le célèbre Tueur à la Mercedes.

« Je risque de mettre un moment à la vendre, celle-là », a dit papa un soir à table, et puis il s'est carrément marré.

Un tableau en liège est accroché au mur, à gauche de l'ordinateur de son père. Les clés des différents biens immobiliers dont il est actuellement l'agent y sont punaisées, chacune par son propre anneau. Pete inspecte le tableau avec inquiétude, trouve ce qu'il veut – ce qu'il lui *faut* – et donne un coup de poing triomphal dans le vide. Sur ce porte-clé, l'étiquette indique CTR AR BIRCH ST.

« Peu probable que j'arrive à me débarrasser d'un mastodonte de brique pareil, avait dit Tom Saubers à table lors d'un autre repas, mais si j'y arrive, on peut dire bye-bye à cette maison et retourner au Pays des Jacuzzis et des BMW. »

C'est comme ça qu'il appelle le West Side.

Pete fourre les clés du Centre Aéré dans sa poche avec son portable, puis se précipite à l'étage et récupère les valises dont il s'est servi pour transporter les carnets jusqu'à chez lui. Cette fois, c'est pour un très court trajet qu'il en a besoin. Il escalade l'échelle pliable du grenier et embarque les carnets (les manipulant avec délicatesse même dans sa hâte). Il descend les valises au premier étage une par une, décharge les carnets sur son lit, remet les valises dans le placard de ses parents, puis dévale les escaliers *jusqu'en bas*, carrément jusqu'à la cave. Il est en nage et schlingue probablement autant que l'enclos des singes au zoo, mais il faudra attendre pour la douche. Il doit changer de T-shirt, cela dit. Il a un polo Key Club qui fera parfaitement l'affaire pour ce qu'il a prévu. Le Key Club est toujours en train de rendre tout un tas de services à la con à la collectivité.

Sa mère garde un bon stock de cartons vides à la cave. Pete prend les deux plus gros et retourne à l'étage, faisant d'abord un détour par le bureau de son père pour attraper un marqueur.

Pense à le remettre à sa place quand tu rapporteras les clés, s'intime-t-il. Pense à *tout* remettre à sa place.

Il répartit les carnets dans les deux cartons – tous sauf les six qu'il espère toujours vendre à Andrew Halliday – et replie les rabats. Avec le marqueur, il écrit **USTENSILES CUISINE** sur chacun d'eux en grandes capitales. Il regarde l'heure à sa montre. Il a de la marge… enfin, tant que Halliday écoute pas son message et le balance pas aux flics. Pete n'y croit pas vraiment, mais c'est pas totalement exclu non plus. Il navigue en eaux troubles. Avant de quitter sa chambre, il cache les six carnets restants derrière la plinthe branlante dans son placard. Il y a juste la place, et si tout se passe bien, ils n'y resteront pas longtemps.

Il transporte les cartons jusqu'au garage et les installe dans le vieux chariot de Tina. Il commence à descendre l'allée, se rend compte qu'il a oublié de mettre le T-shirt Key Club et bombe à nouveau jusqu'à l'étage. Il est en train de passer le polo quand il réalise avec stupeur qu'il a laissé les carnets au beau milieu de l'allée. Ils valent un fric monstre et voilà qu'il les abandonne au grand jour où n'importe qui peut passer et les embarquer.

Quel con ! se fustige-t-il. Quel con, quel con, mais putain quel con !

Pete dévale les escaliers, son polo tout propre déjà collé au dos par la sueur. Le chariot est là, bien sûr ; sans déconner, qui s'emmerderait à voler des cartons marqués USTENSILES CUISINE ? Mais c'était quand même un truc idiot à pas faire, y a des gens prêts à voler tout ce qui traîne, et ça soulève une question pertinente : combien d'autres conneries du même genre est-il en train de faire ?

Il se dit : J'aurais jamais dû me foutre là-dedans, j'aurais dû appeler la police et leur remettre l'argent et les carnets dès que je les ai trouvés.

Mais parce qu'il a la fâcheuse tendance à être honnête avec lui-même (du moins la plupart du temps), il sait que si c'était à refaire, il referait probablement tout de la même manière, parce que ses parents étaient à deux doigts de se séparer et qu'il les aimait trop pour pas au moins essayer d'éviter ça.

Et ça a marché, se console-t-il. Le truc crétin, c'est de pas avoir pris la tangente tant que j'avais une longueur d'avance.

Mais.

Trop tard maintenant.

17

Sa première idée avait été de remettre les carnets dans la malle enterrée, mais Pete l'avait écartée presque aussitôt. Si les flics venaient, avec le mandat de perquisition dont l'avait menacé Halliday, où iraient-ils chercher après avoir fait chou blanc dans la maison ? Il leur suffirait de regarder par la fenêtre de la cuisine et d'apercevoir toute cette friche au-delà du jardin de derrière. L'endroit idéal. S'ils décidaient de suivre le sentier, ils verraient un carré de terre fraîchement retournée près du ruisseau, et ça serait *game over* pour lui.

Non, c'est mieux de faire comme ça.

Mais plus angoissant, aussi.

Il tire le vieux chariot de Tina le long du trottoir et tourne à gauche dans Elm. John Tighe, qui habite à l'angle de Sycamore et de Elm, est dehors en train de tondre sa pelouse. Son fils Bill s'amuse à lancer un frisbee à leur chien. Le frisbee vole par-dessus la tête du chien et atterrit dans le chariot où il vient se nicher entre les deux cartons.

« Renvoie-le ! » s'écrie Billy Tighe en traversant la pelouse au galop. Ses mèches de cheveux bruns rebondissent sur son crâne. « Renvoie-le *fort* ! »

Pete renvoie le frisbee mais lorsque Billy veut le lui renvoyer, Pete lui fait non de la main. Quelqu'un le klaxonne au moment où il tourne dans Birch et il manque s'évanouir de frayeur, mais c'est seulement Andrea Kellogg, la dame qui vient coiffer Linda Saubers une fois par mois. Pete la salue d'un signe du pouce et d'un sourire qu'il espère éblouissant. Au moins, elle, elle a pas envie de jouer au frisbee, pense-t-il.

Et voilà le Centre Aéré, une boîte en brique de deux étages avec une pancarte sur le devant qui dit : À VENDRE et APPELER THOMAS SAUBERS IMMOBILIER avec le numéro de portable de son père. Les fenêtres du rez-de-chaussée ont été condamnées avec du contreplaqué pour empêcher les gosses de casser les vitres, mais à part ça, le bâtiment a l'air encore pas mal. Deux ou trois tags ornent les briques, c'est sûr, mais déjà du temps où il était ouvert, le Centre Aéré était un super spot pour les tagueurs. La pelouse de devant a été tondue. Ça, c'est papa, pense Pete non sans fierté. Il a dû payer un gamin du quartier pour le faire. Je l'aurais fait gratis s'il me l'avait demandé.

Il gare le chariot au bas des marches, monte les cartons l'un après l'autre et il est en train de sortir les clés de sa poche quand une

Datsun cabossée se range le long du trottoir. C'est M. Evans, son entraîneur de Petite Ligue quand on jouait encore au base-ball dans cette partie de la ville. Pete a joué avec lui lorsque M. Evans entraînait les Zèbres de Zoney's Go-Mart.

« Hé, Receveur ! »

M. Evans s'est penché pour baisser la vitre côté passager.

Merde, pense Pete. Merde-merde-merde.

« Salut, Coach Evans.

– Qu'est-ce que tu fais ? Ils rouvrent le Centre ou quoi ?

– Non, je crois pas. » Pete a préparé une histoire pour une éventualité de ce genre mais il espérait ne pas avoir à la raconter. « Y a un genre de truc politique, la semaine prochaine. La Ligue des Femmes Électrices ou un truc comme ça. Peut-être un débat ? Je sais pas trop. »

Au moins, c'est plausible, parce que cette année est une année électorale, avec des primaires dans quinze jours et des problèmes municipaux à n'en plus finir.

« Largement matière à débat, c'est sûr. »

M. Evans – corpulent, sympa, jamais très grand stratège sur le terrain mais super pour l'esprit d'équipe et toujours content de distribuer des sodas après les matchs et les entraînements – porte aujourd'hui sa vieille casquette des Zèbres de Zoney, maintenant toute délavée et avec des auréoles de sueur.

« T'as besoin d'un coup de main ? »

Oh, non. *Par pitié.*

« Non non, ça va.

– Hé, ça me dérange pas. »

L'ancien entraîneur de Pete coupe le contact de sa Datsun et commence à déplacer son poids sur le siège, s'apprêtant à descendre.

« Vraiment, Coach, ça va. Si vous m'aidez, j'aurai fini trop tôt et faudra que je retourne en classe. »

M. Evans rigole et se recale derrière le volant.

« Pigé. » Il redémarre et sa Datsun largue un pet de fumée bleue. « Mais pense à bien refermer à clé derrière toi, OK ?

– Bien sûr », dit Pete.

Les clés du Centre glissent entre ses doigts mouillés de sueur et il se penche pour les ramasser. Quand il se redresse, la voiture de M. Evans est en train de s'éloigner.

Ouf. Merci, mon Dieu. Et s'il vous plaît, faites qu'il n'appelle pas mon père pour le féliciter de l'esprit civique de son fils.

La première clé que Pete essaie ne rentre pas dans la serrure. La deuxième rentre mais ne veut pas tourner. Il la secoue un peu dans un sens, puis dans l'autre, pendant que la sueur ruisselle sur son visage et lui dégouline, brûlante, dans l'œil gauche. Pas de bol. Il est en train de se dire qu'il va peut-être devoir réenterrer la malle après tout – autrement dit retourner au garage prendre des outils – quand la grosse vieille serrure se décide à coopérer. Il pousse la porte, transporte les cartons à l'intérieur, puis retourne chercher le chariot. Il n'a pas envie que quelqu'un se demande ce que fait ce truc au pied des marches.

Les grandes salles du Centre ont été presque entièrement débarrassées, ce qui fait paraître le bâtiment encore plus vaste. Il fait chaud à l'intérieur sans clim, et l'air sent la poussière et le renfermé. Avec les fenêtres condamnées, il fait sombre aussi. Les pas de Pete résonnent tandis qu'il trimballe les cartons à travers l'immense pièce centrale où les jeunes jouaient à des jeux de société et regardaient la télé, et les emporte dans la cuisine. La porte de l'escalier qui descend au sous-sol est verrouillée elle aussi, mais la première clé qu'il a essayée à la porte d'entrée est la bonne et au moins, il y a toujours l'électricité. Heureusement, car il n'a même pas pensé à emporter une lampe de poche.

Il descend le premier carton et découvre un spectacle réjouissant : le sous-sol est rempli de bazar. Des dizaines de tables de jeu sont empilées contre un mur, une bonne centaine de chaises pliantes sont alignées en rang les unes contre les autres, il y a des vieux composants de chaînes stéréo et des consoles de jeux vidéo démodées et, encore mieux que tout, des tas de cartons à peu près comme les siens. Il glisse un œil dans quelques-uns et entrevoit de vieux trophées sportifs, des photos encadrées d'équipes locales des années quatre-vingt et quatre-vingt-dix, un gant de receveur usé jusqu'à la corde, un fouillis de briques de LEGO. Ça alors, y en a même qui sont marqués CUISINE ! Pete pousse les siens contre ceux-là, où ils ont l'air parfaitement à leur place.

C'est le mieux que je puisse faire, pense-t-il. Et si j'arrive à sortir d'ici sans que quelqu'un vienne me demander ce que je fous là, je m'en tirerai à bon compte.

Il referme la porte du sous-sol et retourne à la porte d'entrée, écoutant l'écho de ses pas et se souvenant de toutes les fois où il a emmené Tina ici pour pas qu'elle entende leurs parents se disputer. Pour pas qu'ils les entendent tous les deux.

Il jette un œil dans Birch Street, voit qu'elle est déserte et traîne le chariot de Tina au bas des marches. Il remonte verrouiller la porte d'entrée et retourne à la maison en prenant bien soin de refaire un signe de la main à M. Tighe. C'est plus facile, maintenant ; il renvoie même deux fois le frisbee à Billy Tighe. Le chien le chipe la deuxième fois et ça les fait rire. Avec les carnets rangés au sous-sol du Centre Aéré abandonné, dissimulés au milieu de tous ces autres cartons légitimes, rire aussi devient facile. Pete se sent allégé de vingt-cinq kilos.

Peut-être même cinquante.

18

Quand Hodges pousse la porte de la réception des deux minuscules bureaux qu'ils occupent au sixième étage du Turner Building, au bout de Marlborough Street, il trouve Holly tournant comme un lion en cage, un Bic planté dans la bouche. Elle s'arrête quand elle l'aperçoit.

« Enfin !

– Holly, on s'est parlé au téléphone il y a à peine un quart d'heure. »

Il lui ôte gentiment le stylo de la bouche et observe les traces de morsures sur le capuchon.

« On dirait que ça fait plus longtemps. Elles sont dans ton bureau. Je mettrais ma main au feu que la copine de Barbara a pleuré. Elle avait les yeux tout rouges quand je leur ai apporté les Coca. Vas-y, Bill. Vas-y vas-y vas-y. »

Il n'essaiera pas de toucher Holly, pas quand elle est comme ça. Elle manquerait s'évanouir. Pourtant, elle va nettement mieux que lorsqu'il l'a rencontrée. Sous la tutelle patiente de Tanya Robinson, la mère de Jerome et Barbara, elle a même acquis un certain sens vestimentaire.

« J'y vais, dit-il, mais j'aimerais bien un petit aperçu de la situation. T'as idée de quoi il s'agit ? »

Les possibilités abondent car les *gentils* enfants sont pas *toujours* gentils. Ça pourrait être une histoire de vol à l'étalage sans gravité, ou d'herbe. Peut-être du harcèlement scolaire ou un oncle aux mains baladeuses. Au moins, il peut être sûr (enfin, *quasi* sûr, rien n'est impossible) que la copine de Barbara n'a assassiné personne.

« C'est au sujet du frère de Tina. Tina, c'est le nom de la copine de Barbara, je te l'avais dit ? »

Holly loupe le hochement de tête de Hodges : elle est en train de contempler son stylo avec regret. Privé de sa présence, elle se fait les dents sur sa lèvre inférieure.

« Tina pense que son frère a volé de l'argent.

– Quel âge a le frère ?

– Il va au lycée. C'est tout ce que je sais. Je peux ravoir mon stylo ?

– Non. Sors fumer une cigarette.

– Je fais plus ça depuis longtemps. »

Holly regarde en haut à gauche, un signe révélateur que Hodges a vu maintes fois dans sa vie de flic. Oliver Madden l'a même fait une ou deux fois, tiens, et question mensonge, Madden était un pro.

« J'ai arr…

– Rien qu'une. Ça te calmera. Tu leur as apporté quelque chose à manger ?

– Non, j'y ai pas pensé. Je suis dés…

– Non, c'est pas grave. Retourne en face leur acheter de quoi grignoter. Des NutraBars, un truc comme ça.

– Les NutraBars, c'est des *friandises pour chiens*, Bill. »

Patiemment, il corrige :

« Des barres énergétiques, alors. Des trucs sains. Pas de chocolat.
– D'accord. »

Elle disparaît dans un tourbillon de jupe et de talons plats. Hodges prend une forte inspiration, et entre dans son bureau.

19

Les filles sont assises sur le canapé. Barbara est noire et sa copine Tina est blanche. La première pensée amusée qui vient à Hodges c'est sel et poivre dans salière et poivrière assorties. Sauf qu'elles sont pas tout à fait assorties. Bien sûr, elles ont toutes les deux une queue de cheval presque identique. Bien sûr, elles portent des baskets à peu près semblables, le genre à la mode cette année pour les adolescentes. Et, bien sûr, chacune a entre les mains un magazine pris sur sa table basse : *Pursuit*, tout sur la profession du dépistage et de la traque, pas vraiment le genre de lecture habituelle des jeunes filles, mais bon, c'est pas grave, vu qu'il est assez clair que ni l'une ni l'autre n'est vraiment en train de lire.

Barbara porte son uniforme de lycée et paraît relativement calme. L'autre est en pantalon noir et T-shirt bleu avec un motif de papillon appliqué sur le devant. Elle a le visage blême et ses yeux cerclés de rouge le regardent avec un mélange d'espoir et de terreur qui fait mal au cœur.

Barbara se lève d'un bond et vient l'étreindre, alors qu'il n'y a pas si longtemps, elle lui aurait tapé le poing, phalanges contre phalanges, et point barre.

« Salut, Bill. Je suis contente de vous voir. »

Ce qu'elle fait adulte, et ce qu'elle a grandi. Est-ce qu'elle a déjà quatorze ans ? Est-ce possible ?

« Content aussi, Barbs. Comment va Jerome ? Il rentre à la maison cet été ? »

Jerome est étudiant à Harvard à présent et son alter ego, Tyrone Feelgood Delight, causeur d'argot afro-américain, semble avoir pris sa retraite. Du temps où Jerome était lycéen et faisait de menus travaux pour Hodges, Tyrone était un visiteur régulier. Hodges ne le regrette pas vraiment – Tyrone a toujours été une sorte de personnalité juvénile – mais Jerome lui manque.

Barbara fronce le nez.

« Il est rentré une semaine, et là, il est reparti. Il emmène sa copine, elle est originaire de quelque part en Pennsylvanie, à un *bal de débutantes.* Vous trouvez pas que ça fait sexiste ce truc ? Moi si. »

Hodges n'a aucune envie de s'embarquer là-dedans.

« Présente-moi ton amie, veux-tu ?

– Voici Tina. Elle habitait Hanover Street avant, à deux pas de chez nous. Elle veut aller à Chapel Ridge avec moi l'an prochain. Tina, c'est Bill Hodges. Il va pouvoir t'aider. »

Hodges s'incline légèrement afin de tendre la main à la jeune fille blanche restée assise sur le canapé. Elle a d'abord un mouvement de recul, puis elle lui serre timidement la main. En la relâchant, elle se met à pleurer.

« J'aurais pas dû venir. Pete va me *tuer.* »

Oh, merde, pense Hodges. Il attrape une poignée de mouchoirs en papier dans la boîte posée sur son bureau, mais avant qu'il ait pu les tendre à Tina, Barbara les lui prend et essuie les yeux de sa copine. Puis elle se rassoit sur le canapé et lui passe un bras autour des épaules.

« Tina, dit Barbara – et d'un ton plutôt sévère. T'es venue me voir pour me dire que t'avais besoin d'aide. On a trouvé de l'aide. »

Hodges est stupéfait d'entendre à quel point elle ressemble à sa mère.

« Tout ce que t'as à faire c'est lui dire ce que tu m'as dit. » Barbara reporte son attention sur Hodges. « Et vous, Bill, vous ne dites rien à mes parents. Holly non plus. Si vous le dites à mon père, il le dira au père de Tina. Et alors, son frère aura vraiment des ennuis.

– Oublions ça pour le moment. »

Hodges extrait sa chaise pivotante de derrière son bureau – ça passe juste, mais il y arrive. Il a pas envie de mettre un bureau entre lui et la copine apeurée de Barbara ; ça ferait trop proviseur de lycée. Il s'assoit, croise ses mains entre ses genoux et adresse un sourire à Tina.

« Commençons par ton nom. Tout entier.

– Tina Annette Saubers. »

Saubers. Ça lui dit vaguement quelque chose. Une affaire ancienne ? Peut-être.

« Qu'est-ce qui te tracasse, Tina ?

– Mon frère a volé de l'argent. »

À peine un murmure. Yeux de nouveau voilés de larmes.

« Peut-être beaucoup d'argent. Et il peut pas le rendre, parce qu'on l'a dépensé. Je l'ai dit à Barbara parce que je sais que son frère a aidé à arrêter le cinglé qui a blessé mon père quand le cinglé a essayé de se faire sauter au concert des 'Round Here au MACC. Je pensais que Jerome aurait pu m'aider, parce qu'il a eu une médaille de bravoure et tout ça. Il est passé à la télé.

– Oui », acquiesce Hodges.

Holly aussi aurait dû passer à la télé – elle a été tout aussi courageuse, et très réclamée – mais pendant cette période de sa vie, Holly Gibney aurait préféré avaler du déboucheur d'évier plutôt que de se présenter devant des caméras de télévision pour répondre à des questions.

« Sauf que Barbs m'a dit que Jerome est en Pennsylvanie et que je devrais vous parler à vous à la place, parce que vous avez été policier. »

Elle le regarde avec de grands yeux noyés de larmes.

Saubers, médite Hodges. Ah, ouais. Il se souvient pas du prénom du type mais ce nom de famille est difficile à oublier et il comprend pourquoi ça lui disait quelque chose. Saubers faisait partie des blessés du City Center quand Hartsfield a fauché tous ces malheureux pleins d'espoir à cette foire à l'emploi.

« Je voulais venir vous parler moi d'abord, ajoute Barbara. C'est ce qu'on avait décidé avec Tina. Pour genre tâter le terrain et voir si vous vouliez bien nous aider. Et puis Teenie est venue me voir à l'école aujourd'hui et elle était toute chamboulée…

– Parce qu'il va encore *pire* qu'avant ! s'exclame Tina. Je sais pas ce qui s'est passé, mais depuis qu'il se laisse pousser cette horrible moustache, il va encore *pire* ! Il parle en dormant – je l'entends – et il a maigri et ses boutons d'acné sont revenus et notre prof d'hygiène et santé nous a dit que ça pouvait venir du stress et… et… je crois que des fois, il *pleure*. » Elle paraît surprise de ce qu'elle vient de dire comme si elle n'arrivait pas bien à se faire à l'idée que son grand frère puisse pleurer. « Et s'il se suicide ? C'est de ça que j'ai vraiment peur parce que le suicide des adolescents est un *problème grave* ! »

Encore des anecdotes divertissantes qu'elle tient du cours d'hygiène et santé, pense Hodges. Mais ça n'en est pas moins vrai.

« Elle raconte pas de blagues, dit Barbara. C'est une histoire incroyable.

– Alors j'aimerais l'entendre, dit Hodges. Depuis le commencement. »

Tina prend une profonde inspiration, et se lance.

20

Si on lui avait posé la question, Hodges aurait dit qu'il doutait que le récit des malheurs d'une adolescente de treize ans puisse le surprendre, encore moins le stupéfier. Mais il *est* stupéfait. Clairement. Foutrement sidéré. Et il la croit sur parole : c'est trop incroyable pour être une invention.

Le temps que Tina ait fini, elle s'est considérablement calmée. Hodges a déjà vu ça avant. La confession peut, ou pas, soulager l'âme, mais elle calme indubitablement les nerfs.

Il va ouvrir la porte donnant sur la réception et aperçoit Holly assise devant son ordinateur, en train de jouer au solitaire. Elle a, posé à côté d'elle, un sachet rempli d'assez de barres énergétiques pour soutenir à quatre le siège d'une armée de zombies.

« Viens par là, Hols, dit-il. J'ai besoin de toi. Et apporte-nous ça. »

Holly entre d'un pas hésitant, épie Tina Saubers et semble soulagée de ce qu'elle voit. Chacune des filles prend une barre énergétique, ce qui semble accroître son soulagement. Hodges aussi en prend une. La salade qu'il a avalée pour déjeuner lui semble digérée depuis déjà un mois et le steak végé lui a pas tellement tenu au corps, non plus. Des fois, il rêve encore de faire une descente au MacDo et de commander tout ce qu'il y a sur la carte.

« Mmmh, c'est bon, dit Barbara en mastiquant. J'ai eu framboise. Et toi, Teenie ?

– Citron, répond Tina. Ouais, c'est *bon*. Merci, monsieur Hodges. Merci, madame Holly.

– Barb, intervient Holly. Où ta mère te croit-elle en ce moment ?

– Au cinéma, répond Barbara. Revoir *La Reine des neiges*, la version *sing-along*. Ils le passent toutes les après-midi au Seven. On dirait que ça fait une *éternité* qu'il y est. » Elle roule des yeux à l'adresse de Tina et Tina lui retourne le même roulement d'yeux complice. « Maman nous a dit qu'on pouvait rentrer en bus mais faut qu'on soit à la maison à six heures grand max. Tina dort chez moi. »

Ça nous laisse un peu de temps, pense Hodges.

« Tina, je veux que tu reprennes tout du début, pour que Holly puisse entendre. C'est mon assistante et elle est maligne. Et puis, elle sait garder un secret. »

Tina renouvelle son récit, avec plus de détails maintenant qu'elle est plus calme. Holly écoute attentivement, ses tics d'autiste Asperger presque tous disparus, comme à chaque fois qu'elle est complètement absorbée. Le seul qui persiste, ce sont ses doigts qui s'agitent sans relâche, pianotant sur ses cuisses comme si elle martelait un clavier invisible.

Lorsque Tina arrive à la fin, Holly demande :

« L'argent a commencé à arriver en février 2010 ?

– Février ou mars, répond Tina. Je m'en souviens parce que nos parents se disputaient beaucoup à cette époque. Papa avait perdu son travail, vous voyez… et il avait les jambes toutes cassées… et maman lui criait dessus parce qu'il fumait, et que ses cigarettes coûtaient cher…

– Je déteste qu'on me crie dessus, déclare Holly tout net. Ça me retourne l'estomac. »

Tina la gratifie d'un regard reconnaissant.

« La conversation à propos des doublons, intervient Hodges, c'était avant ou après que la livraison d'argent commence ?

– Avant. Mais pas *très* longtemps avant. »

La réponse est donnée sans hésitation.

« Et c'était cinq cents dollars tous les mois, poursuit Holly.

– Des fois c'était un peu moins d'un mois, genre trois semaines, et des fois c'était un peu plus. Quand c'était plus, mes parents se disaient que c'était fini. Une fois je crois que ça faisait genre six semaines, je me souviens que papa a dit à maman : "Bon, c'était bien le temps que ça a duré."

– Et ça c'était quand ? »

Holly s'est penchée en avant, les yeux brillants, ses doigts ne pianotent plus. Hodges adore la voir comme ça.

« Mmmh... » Tina fronce les sourcils. « Autour de mon anniversaire, j'en suis sûre. Quand j'ai eu douze ans. Pete était pas là pour mon goûter. C'était les vacances de printemps et son copain Rory l'avait invité à aller à Disney World avec sa famille. C'était pas un chouette anniversaire parce que j'étais complètement jalouse qu'il soit parti et que moi... »

Elle s'arrête, regardant d'abord Barbara, puis Hodges, enfin Holly, qu'elle semble avoir étiquetée comme Maman Cane.

« C'est pour *ça* que l'argent est arrivé en retard ! *Parce qu'il était parti en Floride !* »

Holly, un infime sourire ourlant ses lèvres, jette un petit coup d'œil à Hodges puis reporte son attention sur Tina.

« Probablement. Toujours en billets de vingt et de cinquante ?

– Oui, je les ai vus plein de fois.

– Et ça s'est arrêté quand ?

– En septembre dernier. Autour de la rentrée des classes. Et y avait un petit mot avec. Qui disait quelque chose comme : "C'est la dernière fois, je regrette mais il n'y en a plus."

– Et combien de temps après tu as dit à ton frère que tu pensais que c'était lui qui envoyait l'argent ?

– Pas très longtemps. Et il l'a jamais vraiment admis, mais je suis sûre que c'était lui. Et peut-être que tout ça c'est de ma faute, parce que j'arrêtais pas de parler de Chapel Ridge… et il disait qu'il regrettait qu'il y ait plus d'argent pour que je puisse y aller… et peut-être qu'il a fait une grosse bêtise et que maintenant il regrette et que c'est trop t-t-tard ! »

Elle se remet à pleurer. Barbara l'enlace et fait de petits bruits pour la réconforter. Holly se remet à pianoter mais ne montre aucun autre signe de désarroi : elle est perdue dans ses pensées. Hodges voit presque les engrenages tourner. Il aurait ses propres questions à poser mais, pour le moment, il est plus que disposé à laisser Holly prendre les rênes.

Quand les sanglots de Tina sont redevenus des reniflements, Holly reprend :

« Tu as dit que tu étais rentrée dans sa chambre un soir et qu'il avait un carnet qu'il a vite caché d'un air coupable. Sous son oreiller.

– Oui, c'est vrai.

– C'était vers la fin de l'argent ?

– Oui, je crois.

– C'était un de ses carnets de classe ?

– Non. Il était noir et ça avait l'air d'être un carnet cher. Avec un élastique, aussi, pour le refermer.

– Jerome en a des comme ça, dit Barbara. Ils sont en Moleskine. Je peux prendre une autre barre énergétique ?

– Fais-toi plaisir », lui dit Hodges.

Il attrape un bloc-notes sur son bureau et note *Moleskine*. Puis il se retourne vers Tina :

« Est-ce que ça pourrait être un carnet de comptes ? »

Tina fronce les sourcils tout en déchirant elle aussi l'emballage de sa deuxième barre énergétique.

« Pourquoi un carnet de comptes ?

– Il se peut qu'il ait tenu les comptes de ce qu'il avait envoyé et de ce qui restait.

– Peut-être, mais j'ai eu l'impression que c'était plutôt un journal intime chic. »

Holly regarde Hodges. Il incline la tête pour lui signifier : *Continue.*

« C'est parfait, Tina. Tu es un témoin hors pair. Tu ne trouves pas, Bill ? »

Il approuve de la tête.

« Bon, OK. Quand a-t-il commencé à se laisser pousser la moustache ?

– Le mois dernier. Ou peut-être que c'était fin avril. Papa et maman lui ont dit tous les deux que c'était ridicule, papa lui a dit qu'il ressemblait à un cow-boy de drugstore, je vois pas bien ce que ça peut être, mais il a pas voulu la raser. Je me suis dit que c'était juste une expérience qu'il faisait. » Elle se tourne vers Barbara. « Tu sais, comme quand on était petites et que t'as essayé de te couper les cheveux toute seule pour ressembler à Hannah Montana. »

Barbara fait la grimace.

« S'te plaît, parle pas de ça. » Et s'adressant à Hodges : « Ma mère a *sauté* au plafond.

– Et depuis, il est perturbé, poursuit Holly. Depuis la moustache.

– Pas trop au début, mais je voyais bien déjà qu'il était nerveux. Ça fait que deux semaines que je vois qu'il a peur. Et maintenant c'est *moi* qui ai peur ! *Vachement* peur ! »

Hodges vérifie si Holly a quelque chose à rajouter. D'un regard, elle lui signifie : *À toi.*

« Tina, je veux bien m'occuper de ça, mais je dois d'abord parler à ton frère. Tu comprends ça, n'est-ce pas ?

– Oui », souffle-t-elle. Délicatement, elle dépose sa barre énergétique, dont elle n'a pris qu'une seule bouchée, sur l'accoudoir du canapé. « Oh là là, il va me tuer.

– Tu risques d'être surprise, lui dit Holly. Il pourrait bien être soulagé que quelqu'un ait précipité les choses. »

Holly, dans ce domaine, parle d'expérience, Hodges le sait.

« Vous croyez ? demande Tina d'une petite voix.

– Oui, affirme Holly avec un hochement de tête péremptoire.

– D'accord, mais vous pourrez pas ce week-end. Il s'en va au Centre de Vacances de River Bend. Pour une rencontre de délégués de classe. Il a été élu vice-président pour l'année prochaine. S'il va encore en classe l'an prochain… » Tina presse la paume de sa main contre son front dans un geste de désespoir si adulte que la pitié étreint Hodges. « S'il va pas en *prison* l'an prochain. Pour *vol.* »

Holly a l'air aussi bouleversé que Hodges mais elle n'a pas pour habitude de toucher les gens, et Barbara est trop horrifiée par le mot prison pour se montrer maternelle. C'est à lui d'agir. Il tend le bras et prend dans ses grosses mains les petites mains de Tina.

« Je ne crois pas que ça arrivera. Ce que je crois, c'est que Pete pourrait avoir besoin d'aide. Quand rentre-t-il ?

– D-Dimanche soir.

– Et si je le rencontrais lundi après l'école. Ça irait ?

– Oui, je crois. » Tina a l'air complètement vidée. « En général, il prend le bus, mais vous pourriez l'intercepter juste avant.

– Et toi, Tina, ça va aller, ce week-end ?

– Ça, je m'en occupe », dit Barbara, et elle plante un gros baiser sur la joue de sa copine.

Tina lui répond d'un pauvre sourire fatigué.

« C'est quoi maintenant votre programme, toutes les deux ? demande Hodges. C'est sans doute trop tard pour le cinéma.

– On va aller chez moi, décide Barbara. On dira à ma mère qu'on a décidé de s'en passer. C'est pas exactement un mensonge, hein ?

– Non, convient Hodges. Vous avez assez pour reprendre un taxi ?

– Je peux vous ramener en voiture, sinon, propose Holly.

– On va prendre le bus, dit Barbara. On a des cartes d'abonnement. On a juste pris un taxi tout à l'heure parce qu'on était pressées. Pas vrai, Tina ?

– Oui. » Elle regarde Hodges, puis de nouveau Holly. « Je suis tellement inquiète pour lui, mais vous devez rien dire à nos parents. Pas tout de suite, en tout cas. Vous me promettez ? »

Hodges promet pour tous les deux. Il voit pas où est le mal, si le grand frère est pas là du week-end. Il demande à Holly de descendre avec les filles et de veiller à ce qu'elles montent bien dans le bus pour le West Side.

Holly accepte. Et leur demande d'emporter le sachet de barres énergétiques. Il doit bien en rester une dizaine.

21

Quand Holly revient, elle a son iPad à la main.

« Mission accomplie. Elles sont montées dans le 4 direction Teaberry Lane.

– Comment allait la petite Saubers ?

– Beaucoup mieux. Pendant qu'on attendait le bus, Barbara et elle ont répété quelques pas de danse qu'elles ont appris à la télé. Elles ont essayé de m'entraîner avec elles.

– Et tu l'as fait ?

– Non, les vraies dures ne dansent pas. »

Elle ne sourit pas en disant ça, mais ça pourrait quand même être une blague. Hodges sait qu'elle en sort maintenant, mais c'est toujours difficile d'être sûr. Une grande part de Holly Gibney reste un mystère pour lui, et il soupçonne que ce sera toujours le cas.

« Tu crois que la mère de Barb va leur tirer les vers du nez ? Elle est très perspicace, et un week-end c'est long quand on a un gros secret à cacher.

– Peut-être, mais je crois pas, dit Holly. Tina était beaucoup plus détendue après avoir craché le morceau. »

Hodges sourit.

« Si elle dansait à l'arrêt de bus, j'imagine que oui. Alors, Holly, ton avis ?

– Sur quelle partie ?

– Commençons par l'argent. »

Elle tapote son iPad et brosse distraitement ses cheveux pour les empêcher de lui tomber dans les yeux.

« Les enveloppes ont commencé à arriver en février 2010 et ont cessé en septembre de l'année dernière. Ce qui fait quarante-quatre mois. Si le grand frère…

– Pete.

– Si Pete a envoyé à ses parents cinq cents dollars par mois pendant quarante-quatre mois, ça nous fait vingt-deux mille dollars. À quelques centaines près. Pas exactement une fortune mais…

– Mais un gros paquet pour un gosse, termine Hodges. Surtout s'il a commencé à l'envoyer quand il avait l'âge de Tina. »

Ils se regardent. Qu'elle le regarde parfois en face comme ça, c'est en quelque sorte ce qu'il y a de plus extraordinaire dans la métamorphose de la femme terrifiée qu'elle était quand ils se sont rencontrés. Après un silence d'environ cinq secondes, tous deux se mettent à parler en même temps.

« Alors… » « Comment… »

« Toi d'abord », dit Hodges en riant.

Sans le regarder (c'est quelque chose qu'elle ne peut encore faire que par à-coups, même quand elle est absorbée par un problème), elle se lance :

« Cette conversation qu'il a eue avec Tina au sujet d'un trésor enterré – or, doublons, pierres précieuses. Je crois que c'est important. Je ne pense pas qu'il ait volé cet argent. Je pense qu'il l'a *trouvé*.

– Ça doit être ça. Les gosses de treize ans qui cambriolent des banques sont rares, si désespérés soient-ils. Mais où un gamin peut-il dénicher ce genre de butin ?

– Aucune idée. J'imagine que je peux lancer une recherche internet sur une période donnée et récupérer une liste de vols d'argent liquide. On peut être sûrs que le vol date d'avant 2010, si Pete a trouvé l'argent en février de cette année-là. Vingt-deux mille dollars, c'est un assez gros pactole pour que les journaux en aient parlé, mais comment établir un protocole de recherche ? Selon quels critères ? Jusqu'où remonter ? Cinq ans ? Dix ? Je parie qu'en remontant seulement jusqu'à 2005, la moisson d'infos serait déjà énorme. Parce que je pense devoir chercher sur les trois États contigus. Tu ne crois pas ?

– Même si tu cherchais sur tout le Midwest, tu ferais qu'une prise partielle. »

Hodges pense à Oliver Madden, qui a peut-être bien dupé des centaines de gens et des dizaines d'organisations au cours de sa carrière. C'était un expert en création de faux comptes bancaires mais Hodges parierait que ce bon vieux Oliv ne faisait aucune confiance aux banques pour ce qui était de son propre argent. Non, il lui fallait être certain d'avoir un bon matelas de côté.

« Pourquoi partielle ?

– Tu penses à des banques, des bureaux de change, des organismes de crédit rapide. Peut-être même des caisses de paris sur les courses de lévriers et les matchs des Groundhogs. Mais c'était peut-être pas de l'argent public. Le ou les voleurs ont pu mettre la main sur les enjeux d'une grosse partie de poker ou arnaquer un dealer de meth d'Edgemont Avenue, au Paradis des Pedzouilles. Pour ce qu'on en sait, le fric peut venir d'un cambriolage de maison particulière à Atlanta, San Diego ou n'importe où entre les deux. Ce genre de vol d'argent liquide peut même ne jamais avoir été signalé.

– Surtout si c'est de l'argent jamais déclaré au fisc pour commencer, renchérit Holly. D'accord d'accord d'accord. Alors qu'est-ce qu'il nous reste ?

– Parler à Peter Saubers, et franchement, j'ai hâte. Je pensais avoir tout vu, mais j'ai jamais vu un truc comme ça.

– Tu pourrais lui parler dès ce soir. Il ne part que demain. J'ai pris le numéro de portable de Tina. Je pourrais l'appeler et lui demander celui de son frère.

– Non, laissons-lui son week-end. Il est peut-être déjà parti, de toute façon. Ça lui laissera le temps de se calmer, et de réfléchir. Et laissons le sien à Tina. Lundi après-midi suffira.

– Et ce carnet noir qu'elle a vu ? Le Moleskine ? Tu as une idée là-dessus ?

– Probablement rien à voir avec l'argent. Ça pourrait être son journal sur ses *50 Nuances de fantasmes* sur la fille assise derrière lui en étude. »

Holly émet un *pfff* pour signifier ce qu'elle pense de ça et se met à faire les cent pas. « Tu sais ce qui m'intrigue ? Le décalage.

– Le décalage ?

– L'argent a cessé d'arriver en septembre, avec un mot disant qu'il regrette qu'il y en ait plus. Mais pour autant qu'on sache, Peter n'a commencé à devenir bizarre qu'en avril ou mai de cette année. Pendant sept mois, il va bien, et puis il se laisse pousser la moustache et commence à manifester des symptômes d'anxiété. Que s'est-il passé ? Des idées là-dessus ? »

Oui, une possibilité se détache pour Hodges.

« Il a décidé qu'il voulait davantage d'argent, peut-être pour que sa sœur puisse aller à la même école que Barbara. Il s'est dit qu'il connaissait un moyen, mais quelque chose a mal tourné.

– Oui ! C'est ce que je pense aussi ! » Elle croise les bras sur sa poitrine et prend ses coudes dans ses mains en un geste d'autoréconfort que Hodge lui a souvent vu faire. « Je regrette quand même que Tina ait pas vu ce qu'il y avait dans ce carnet. Ce carnet Moleskine.

– Tu as une intuition là, ou tu suis un enchaînement logique qui m'échappe ?

– J'aimerais savoir pourquoi il ne voulait pas qu'elle le voie et l'a caché aussi précipitamment, c'est tout. » Ayant habilement esquivé sa question, Holly se dirige vers la porte. « Je vais programmer une recherche internet sur les cambriolages intervenus entre 2001 et 2009. Je sais que ça fait long, mais il faut bien commencer par quelque chose. Tu vas faire quoi ?

– Rentrer chez moi. Réfléchir à tout ça. Demain j'ai des voitures à saisir et un fuyard en conditionnelle à serrer, un certain Dejohn Frasier qu'est sûrement planqué chez sa belle-mère ou son ex-femme. Et puis je vais regarder les Indians, et peut-être bien aller me faire une toile aussi. »

Holly allume une cigarette.

« Je peux aller au ciné avec toi ?

– Si tu veux.

– Je peux choisir ?

– Seulement si tu promets de pas me traîner voir une nullité romantique avec Jennifer Aniston.

– Jennifer Aniston est une excellente actrice et une comédienne très sous-estimée. Sais-tu qu'elle a joué dans le premier *Leprechaun* en 1993 ?

– Holly, tu es une mine d'informations, mais tu esquives le problème, là. Promets-moi : pas de comédie romantique, ou j'y vais tout seul.

– Je suis sûre qu'on peut trouver un terrain d'entente, dit Holly sans vraiment croiser son regard. Tu crois que ça va aller pour le frère de Tina ? Tu penses pas qu'il pourrait réellement essayer de se suicider, si ?

– Non, pas si j'en crois son comportement. Il s'est mis en quatre pour sa famille. Des gars comme ça, capables d'empathie, ont pas de tendances suicidaires en général. Mais Holly, ça te semble pas bizarre que la petite ait pigé que Peter était l'expéditeur de l'argent, et que leurs parents n'y aient vu que du feu ? »

La lumière s'éteint dans les yeux de Holly et, l'espace d'un instant, elle ressemble beaucoup à la Holly d'avant, celle qui a passé la majeure partie de son adolescence dans sa chambre, le genre de jeunes reclus névrosés que les Japonais appellent des *hikikomori*.

« Les parents peuvent être très bêtes », dit-elle, et elle sort.

Ouais, pense Hodges, les tiens l'étaient certainement, on est d'accord là-dessus.

Il s'approche de la fenêtre, croise ses mains derrière son dos et regarde fixement le bas de Marlborough Street où, à l'approche de l'heure de pointe de l'après-midi, la circulation est en train de s'intensifier. Il se demande si Holly a envisagé l'autre source d'angoisse possible du garçon : que les blaireaux qui ont planqué l'argent soient revenus, et l'aient trouvé envolé.

Et que, d'une façon ou d'une autre, ils aient découvert qui l'a pris.

22

Statewide Motorcycle & Small Engine Repair[1] n'est ni à l'échelle de l'État ni à celle de la ville : c'est une erreur de zonage délabrée, en tôle ondulée rouillée, située dans le South Side, à un jet de pierre du stade de Ligue Mineure où jouent les Groundhogs. Il y a une rangée de motos à vendre en façade, alignées sous des fanions en plastique ondulant mollement sous une longueur de câble pendouillante. La plupart des motos paraissent plutôt sommaires à Morris. Un gros type en gilet de cuir, assis par terre contre le mur, est en train

1. Réparation de motos et petits moteurs à l'échelle de l'État.

de tamponner sa peau écorchée par le bitume avec une poignée de Kleenex. Il lève les yeux vers Morris et ne dit rien. Morris ne dit rien non plus. Il a dû se taper la route à pied depuis Edgemont Avenue, quasiment deux bornes sous le soleil brûlant du matin, parce que les bus ne viennent jusqu'ici que les jours de match.

Il entre dans le garage et voilà Charlie Roberson, assis sur un siège de voiture maculé de cambouis devant une Harley à moitié démontée. Charlie ne voit pas Morris : il est en train d'examiner la batterie de la Harley, qu'il tient devant lui. Pendant ce temps, Morris, lui, l'examine. Même s'il doit avoir dépassé les soixante-dix ans, qu'il est chauve sur le dessus du crâne avec un pourtour de cheveux grisonnants, Charlie est toujours le même type musclé, compact comme une borne d'incendie. Il porte un T-shirt aux manches coupées et Morris peut lire le tatouage de prison fané sur l'un de ses biceps : WHITE POWER 4EVER[1].

L'une de mes réussites, pense Morris, et il sourit.

Roberson purgeait une peine de prison à vie à Waynesville pour avoir matraqué à mort une riche vieille dame de Branson Park dans Wieland Avenue. Elle s'était apparemment réveillée et l'avait surpris rôdant dans sa maison. Il l'avait aussi violée, peut-être bien avant de l'avoir matraquée, peut-être après, alors qu'elle gisait agonisante sur son palier à l'étage. Procès perdu d'avance pour Roberson, y avait pas photo. Il avait été vu dans le secteur à plusieurs reprises dans les jours précédant le cambriolage, il avait été photographié par la caméra de sécurité du portail de la vieille dame la veille de l'effraction, il avait discuté de la possibilité de visiter cette crèche-là et de voler cette dame-là avec plusieurs de ses copains des bas-fonds (tous plus qu'incités à témoigner par le procureur, ayant eux-mêmes quelques faux pas à faire éponger), et il avait un copieux casier pour vols et agressions. Le jury l'avait déclaré coupable ; le juge avait prononcé la perpétuité sans libération conditionnelle ; Roberson avait troqué la réparation de motos contre la confection de blue-jeans et le vernissage de meubles.

1. Pouvoir blanc pour toujours.

« J'ai fait mon lot de conneries, mais j'ai pas fait ça, avait-il confié à Morris maintes et maintes fois. *J'aurais pu*, j'avais le putain de code de sécurité, mais quelqu'un d'autre m'a coiffé au poteau. Je sais qui, en plus, parce qu'y a qu'un seul type à qui je l'avais donné. C'est un de ceux qui ont témoigné contre moi, putain, et si jamais je sors d'ici, ce type-là va crever. Je te le promets. »

Morris l'avait ni cru, ni pas cru – ses deux premières années en taule lui avaient appris que la « Ville » était remplie de types qui se prétendaient aussi innocents que la rosée du matin – mais quand Charlie lui avait demandé d'écrire pour lui à Barry Scheck, Morris avait accepté. C'était ça son vrai boulot en prison.

Il apparut que le cambrioleur-matraqueur-violeur avait laissé de son sperme sur les sous-vêtements de la vieille dame, que lesdits sous-vêtements étaient encore conservés dans l'une des caverneuses réserves à pièces à conviction de la ville, et que l'avocat envoyé par le Projet Innocence pour enquêter sur le cas de Charlie Roberson les avait retrouvés. Les test ADN, non disponibles à l'époque de la condamnation de Charlie, avaient prouvé que la semence n'était pas la sienne. L'avocat avait engagé un détective afin de retrouver la plupart des témoins appelés par l'accusation. L'un d'eux, en train de mourir d'un cancer, était non seulement revenu sur son témoignage mais avait reconnu le crime, dans l'espoir peut-être que ces aveux tardifs lui ouvriraient les portes du paradis.

« Hey, Charlie, lança Morris. Devine qui est là. »

Roberson se retourna, plissa les yeux, se leva.

« Morrie ? C'est toi, Morrie Bellamy ?

– En chair et en os.

– Ça alors, tu m'en bouches un coin. »

Sûrement pas, pense Morris, mais quand Roberson pose la batterie sur le siège de la Harley et s'avance vers lui, bras largement écartés, il doit se soumettre à l'étreinte de rigueur avec tapes fraternelles dans le dos. Il rend même la pareille, au mieux de ses capacités. La masse de muscles sous le T-shirt crade de Roberson est vaguement alarmante.

Roberson se recule et dévoile ses chicots restants dans un large sourire. « Jésus-Christ ! Conditionnelle ?

– Conditionnelle.

– La vieille t'a lâché la grappe ?

– Ouais, elle s'est décidée.

– Bon *Dieu*, c'est génial ! Viens au bureau arroser ça ! J'ai du bourbon. »

Morris secoue la tête.

« Merci, mais l'alcool me réussit pas. Et puis, le kapo pourrait débarquer à tout moment pour me réclamer un échantillon d'urine. Je me suis fait porter pâle au boulot, c'est assez risqué comme ça.

– C'est qui ton agent de probation ?

– McFarland.

– Grand nègre à grosses couilles, hein ?

– Il est noir, ouais.

– Ah, c'est pas le pire, mais c'est vrai qu'au début ils t'ont à l'œil. Viens quand même au bureau, je boirai ta part. Hé, t'as appris que Duck a claqué ? »

Morris l'avait appris, en effet, la nouvelle était tombée peu de temps avant celle de sa conditionnelle. Duck Duckworth, son premier protecteur, celui qui avait fait cesser les viols par le codétenu de Morris et ses copains. Morris n'éprouvait pas de chagrin particulier. Les gens arrivaient ; les gens repartaient ; cette connerie c'était des conneries.

Roberson secoue la tête en attrapant une bouteille sur l'étagère supérieure d'un rangement métallique rempli d'outils et de pièces détachées.

« Un truc au cerveau, apparemment. Tu sais ce qu'on dit : Au milieu de cette putain de vie, on est dans cette putain de mort. » Il verse du bourbon dans une tasse en plastique marquée WORLD'S BEST HUGGER[1] et la lève. « À ce bon vieux Ducky. » Il boit, claque des lèvres et lève à nouveau sa tasse. « Et à toi. Morrie Bellamy, retour à la vie civile. La quille et la frite. Ils t'ont collé à quoi ? Un genre de travail de bureau, à mon avis. »

Morris lui raconte son boulot au MACC et meuble la conversation pendant que Roberson se sert une nouvelle rasade de bourbon. Morris

1. Meilleur donneur de câlins du monde.

n'envie pas Charlie pour sa libéralité avec le whisky, il a perdu trop d'années de sa vie par la faute de la biture à haute tension, mais il se dit que Roberson sera plus accessible à sa demande s'il est un peu gai.

Quand il juge le moment venu, il dit :

« Tu m'avais dit de venir te voir si jamais je sortais et que j'avais besoin d'un service.

– Vrai, vrai… mais j'aurais jamais pensé que tu sortirais. Pas avec cette cul-bénit que tu t'es farcie et qui voulait plus te lâcher. »

Roberson glousse de rire et se ressert une dose.

« J'aurais besoin que tu me prêtes une voiture, Charlie. Pas longtemps. Même pas une demi-journée.

– Pour quand ?

– Ce soir. Enfin… cette après-midi. C'est ce soir que j'en ai besoin. Je peux te la ramener tout de suite après. »

Roberson a cessé de rigoler.

« C'est un plus gros risque que de boire un coup, Morrie.

– Pas pour toi : t'es dehors, libre et réhabilité.

– Non, pas pour moi, je me prendrais juste une tape sur les doigts. Mais conduire sans permis, c'est une grave violation de conditionnelle. Tu risques de retourner en cabane. Attention, je dis pas que je veux pas t'aider, au contraire, je veux juste être sûr que tu mesures l'enjeu.

– Je le mesure. »

Roberson se ressert et sirote tout en méditant. Morris aimerait pas être le proprio de la bécane que Charlie va remonter une fois que leur petite palabre sera terminée.

Enfin, Roberson parle :

« Ça t'irait une fourgonnette plutôt qu'une voiture ? J'en ai une petite que je pourrais te passer. Automatique en plus. Y a encore écrit "Fleurs Jones" sur le côté mais c'est à moitié effacé. Elle est derrière. Je peux te la montrer si tu veux. »

Morris veut, et un seul regard lui suffit pour décider que la petite fourgonnette noire est un cadeau du ciel… à condition qu'elle tourne bien. Roberson lui assure que oui, même si elle a déjà un tour de compteur.

« Je ferme de bonne heure le vendredi. Vers les quinze heures. Je peux t'y mettre un peu d'essence et te laisser les clés sous la roue avant droite.

– C'est parfait », dit Morris. Il peut encore aller au MACC, dire à son gros con de patron qu'il avait une grippe intestinale mais que c'est passé, bosser jusqu'à quatre heures comme un bon petit rond-de-cuir modèle, puis revenir ici. « Dis voir, les Groundhogs jouent ce soir, non ?

– Ouais, ils reçoivent les Dragons de Dayton. Pourquoi ? T'as envie de placer quelques paris ? Je pourrais être de la partie.

– Une autre fois, peut-être. Ce que je me disais, c'est que je pourrais te ramener la fourgonnette autour de dix heures, la garer à la même place, et prendre un bus pour retourner en ville.

– Sacré vieux Morrie, toujours le même », dit Roberson, et il se tapote la tempe de l'index. Ses yeux se sont notablement injectés de sang. « T'es pas tombé de la dernière pluie.

– Oublie pas de laisser les clés sous la roue. »

La dernière chose qu'il faudrait à Morris c'est que Roberson, torché au mauvais whisky, oublie.

« J'oublierai pas. Je te dois une fière chandelle, mon pote. Je te dois le *monde* entier. »

L'expression de ce sentiment nécessite une nouvelle étreinte fraternelle aux relents de sueur, de bourbon et d'après-rasage bon marché. Roberson le serre tellement fort que Morris a du mal à respirer, mais enfin, il lui rend sa liberté. Il raccompagne Charlie au garage en pensant que ce soir – dans douze heures, peut-être moins – les carnets de Rothstein seront de nouveau en sa possession. Avec une perspective aussi enivrante que celle-là, qui a besoin de bourbon ?

« Je peux te demander pourquoi tu travailles ici, Charlie ? Je croyais que tu devais toucher un paquet de fric de l'État pour erreur judiciaire.

– Oh, mec, ils m'ont menacé de ressortir d'anciennes inculpations. » Roberson se rassoit devant la Harley. Il ramasse une clé à molette et s'en tapote une jambe de pantalon noire de cambouis. « Y compris une dans le Missouri qui aurait pu me renvoyer derrière les barreaux pour le restant de ma vie. La règle des trois infractions, ou une connerie comme ça. Alors j'ai passé une espèce d'accord. »

Il observe Morris de ses yeux injectés de sang et, en dépit de ses biceps charnus (il est clair qu'il a pas laissé tomber l'habitude de la muscu prise en prison), Morris voit bien qu'il est vraiment vieux, et qu'il sera bientôt malade, aussi. S'il l'est pas déjà.

« Ils t'enculent en fin de compte, mon pote. Bien profond. Secoue le cocotier et ils t'enculent encore plus profond. Alors tu prends ce qu'on te donne. Voilà ce qu'on m'a donné, et ça me suffit.

– Cette connerie c'est des conneries », dit Morris.

Roberson beugle de rire.

« T'as toujours dit ça ! Et c'est la putain de vérité !

– Juste, oublie pas de laisser les clés.

– Je les laisserai. » Roberson brandit un doigt noir de cambouis sous le nez de Morris. « Et toi, te fais pas choper. Écoute papa. »

Je me ferai pas choper, pense Morris. J'ai attendu trop longtemps.

« Et, une dernière chose… »

Roberson attend.

« T'aurais pas un flingue ? » Morris voit la mine de Charlie et ajoute précipitamment : « Pas pour m'en servir, juste par sécurité. »

Roberson secoue la tête.

« Pas de flingue. Je me prendrais largement plus qu'une tape sur les doigts pour ça.

– Je dirais jamais que c'est toi. »

Les yeux injectés de sang épient Morris avec ruse.

« Je peux être franc ? T'es trop fraîchement sorti de taule pour un flingue. Tu trouverais le moyen de te coller une prune dans les couilles. La fourgonnette, OK. Je te dois ça. Mais si tu veux un flingue, va le chercher ailleurs. »

23

À trois heures, ce vendredi après-midi-là, Morris manque de peu foutre en l'air pour douze millions de dollars d'art moderne.

Enfin, non, pas exactement, mais il passe à deux doigts d'effacer toute trace de cet art moderne-là, y compris sa provenance et les coordonnées d'une douzaine de riches mécènes du MACC. Il a passé des semaines à mettre sur pied un protocole de recherche qui couvre toutes les acquisitions du MACC depuis le début du vingt et unième siècle. Ce protocole est une œuvre d'art en soi, et cette après-midi, au lieu de glisser tous les sous-fichiers dans le dossier maître, il les a balancés d'un clic de souris dans la corbeille avec tout un tas d'autres merdes inutiles. Le système informatique dépassé et poussif du MACC est surchargé d'un bordel sans nom, y compris une tonne de machins qui sont plus dans les lieux depuis belle lurette. Les machins en question ont été déménagés au Metropolitan Museum of Art de New York depuis 2005. Morris est sur le point de vider la corbeille pour faire de la place pour d'autres merdes, le doigt carrément sur la détente, quand il s'aperçoit qu'il est en train d'expédier des fichiers parfaitement valides et bien vivants au paradis des données informatiques.

Une seconde, il est de retour à Waynesville, en train de chercher à planquer de la contrebande avant une inspection de cellule que la rumeur dit imminente, peut-être rien de plus dangereux qu'un paquet de cookies mais assez pour te faire repérer si le maton est de mauvais poil. Il regarde son doigt, qui plane à moins de deux millimètres de la foutue touche suppression, et il ramène sa main contre sa poitrine où il sent son cœur cogner vite et fort. À quoi est-ce qu'il pensait, nom de Dieu ?

Son gros con de patron choisit cet instant pour passer la tête à la porte du réduit dans lequel Morris travaille. Les espaces dans lesquels les autres ronds-de-cuir passent leurs journées sont décorés de photos de leurs petits copains et petites copines, de la famille, même du putain de chien de la famille, mais Morris n'a accroché qu'une carte postale de Paris où il a toujours eu envie d'aller. Tu parles, comme si *ça* risquait d'arriver.

« Tout va bien, Morris ? demande le gros con.

– Impec », répond Morris priant pour que son patron n'entre pas jeter un coup d'œil à son écran.

Pas qu'il y comprendrait grand-chose. Le connard obèse sait envoyer des e-mails, il semble même avoir une vague notion de ce à quoi sert Google, mais en dehors de ça, il est perdu. Et pourtant, il réside en banlieue pavillonnaire avec bobonne et les mioches, et pas au Manoir aux Barges où les cinglés gueulent contre des ennemis invisibles en pleine nuit.

« Content de le savoir. Continuez comme ça. »

Morris pense : Et toi, continue de trimballer ton gros cul ailleurs.

Le gros con s'exécute, probablement direction la cafétéria pour s'empiffrer sa gueule de gros con. Quand il est parti, Morris clique sur l'icône corbeille, récupère ce qu'il a failli effacer et le réintègre au dossier maître. C'est pas terrible comme opération, mais quand il a fini, il souffle comme un démineur qui vient de désamorcer une bombe.

Où t'avais la tête ? se réprimande-t-il. À quoi tu pensais ?

Questions rhétoriques. Il pensait aux carnets de Rothstein, maintenant si proches. Et aussi à la petite fourgonnette noire, et à ce que ça va être flippant de conduire à nouveau après toutes ces années à l'ombre. Tout ce qu'il lui faudrait, c'est un accrochage… ou un flic qui lui trouverait l'air louche…

Faut que je tienne le coup encore un moment, pense Morris. Il le faut.

Mais il a déjà le cerveau en surchauffe, l'aiguille dans le rouge. Il pense qu'il ira mieux dès qu'il aura remis la main sur les carnets (sur l'argent aussi, même si c'est nettement moins important). Et qu'il aura planqué ces petits trésors au fond du placard de sa chambre au huitième étage du Manoir aux Barges. Alors il pourra se détendre, mais pour le moment, le stress le tue. C'est aussi le fait de se retrouver dans un monde transformé et de faire un vrai boulot pour un patron qui porte pas un uniforme gris mais à qui il faut quand même faire des courbettes. Et par-dessus tout, il y a le stress de devoir conduire sans permis un véhicule sans assurance.

Il pense : À dix heures ce soir, tout ira mieux. Entre-temps, arrime le barda et serre les dents. Cette connerie c'est des conneries.

« OK », chuchote Morris, et il essuie un fourmillement de sueur sur sa peau, entre son nez et sa lèvre supérieure.

24

À seize heures, il sauvegarde son travail, ferme les applis qu'il avait ouvertes et éteint l'ordi. Il débouche dans le hall luxueux du MACC et là, debout comme un mauvais rêve devenu réalité, jambes écartées et mains derrière le dos, il y a Ellis McFarland. Son agent de probation est en train d'examiner une toile de Edward Hooper comme l'amateur d'art qu'il est sûrement pas.

Sans se retourner (Morris comprend que le type a dû apercevoir son reflet dans le verre qui protège la toile, mais ça fout quand même les jetons), McFarland dit : « Holà, Morrie. Comment ça va, mon ami ? »

Il sait, pense Morris. Et pas juste pour la fourgonnette. Pour tout.

Non, c'est pas vrai, et il sait que c'est pas vrai, mais la partie de lui qui est encore en prison et qui y sera toujours lui assure que *c'est* vrai. Pour McFarland, le front de Morris Bellamy est une vitre transparente. Il voit tout ce qu'il y a derrière, le moindre engrenage en mouvement, le moindre rouage en surchauffe.

« Je vais bien, monsieur McFarland. »

Aujourd'hui, McFarland porte un veston sport à carreaux de la taille approximative d'un tapis de salon. Il examine Morris des pieds à la tête et de la tête aux pieds et quand son regard revient se poser sur le visage de Morris, celui-ci a toutes les peines du monde à le soutenir.

« Vous n'avez pas *l'air* d'aller si bien que ça. Vous êtes tout pâle et vous avez ces gros cernes noirs d'excès de branlette sous les yeux. Consommeriez-vous un produit non autorisé, Morris ?

– Non, monsieur.

– Vous livreriez-vous à des activités non autorisées ?

– Non. » Pensant à la fourgonnette avec FLEURS JONES encore visible sur le côté qui l'attend dans le South Side. Probablement avec les clés déjà sous la roue.

« Non qui ?

– Non, monsieur.

– Mmm-mmh. C'est peut-être la grippe. Parce que, franchement, vous avez l'air de dix kilos de merde dans un sac de cinq.

– J'ai failli faire une erreur, explique Morris. Elle aurait pu être rectifiée – sans doute – mais ça aurait impliqué de faire venir un technicien informatique de l'extérieur et peut-être même de fermer le serveur principal. Ça m'aurait valu des ennuis.

– Bienvenue dans le monde du travail, dit McFarland sans une once de sympathie.

– Mais c'est différent pour moi ! » explose Morris. Et bon Dieu, ce que ça fait *du bien* d'exploser, et de le faire à propos d'un truc sans danger. « Si quelqu'un doit savoir ça, c'est bien vous ! N'importe qui écoperait juste d'un blâme, mais pas moi. Et si on me vire – pour une étourderie, rien d'intentionnel – je replongerai.

– Peut-être », dit McFarland en se retournant vers le tableau représentant un homme et une femme assis dans une pièce et se donnant apparemment beaucoup de mal pour éviter de se regarder. « Ou peut-être pas.

– Mon patron m'aime pas », dit Morris. Il sait qu'il a l'air de geindre, et probablement que *oui*, il est en train de geindre. « J'en sais trois fois plus que lui sur le système informatique qu'ils ont ici, et ça le fout en rogne. Il aimerait que je dégage.

– Vous m'avez l'air un brin parano, Morris », commente McFarland.

Il a de nouveau les mains croisées au-dessus de son réellement très impressionnant postérieur et, tout à coup, Morris comprend pourquoi McFarland est ici. McFarland l'a suivi jusqu'à l'atelier de réparation de motos où travaille Charlie Roberson et il a décidé qu'il prépare un mauvais coup. Morris sait que c'est pas ça. Il sait que non.

« Pourquoi ils font ça, d'ailleurs, laisser un type comme moi tripoter leurs fichiers ? Un type en conditionnelle ? Si je fais une erreur, et j'ai failli en faire une, je pourrais leur coûter beaucoup d'argent.

– Vous vous attendiez à faire quoi, dehors ? » demande McFarland en continuant d'examiner la toile de Hooper qui s'intitule *Appartement 16-A*.

On dirait qu'elle le fascine, mais Morris n'est pas tombé de la dernière pluie. McFarland continue d'observer son reflet. De le jauger.

« Vous vous attendiez à quoi ? Vous êtes trop vieux et trop ramollo pour trimballer des cartons dans un entrepôt ou bosser avec une équipe de jardiniers. » Il se retourne. « Ça s'appelle de la réinsertion, Morris, et c'est pas à moi qu'on doit cette politique. Alors si vous voulez pleurnicher dans les jupes de quelqu'un, trouvez-vous quelqu'un qui se sente concerné.

– Excusez-moi, dit Morris.

– Excusez-moi *qui* ?

– Excusez-moi, monsieur McFarland.

– Merci, Morris, voilà qui est mieux. Maintenant, allons faire un tour aux toilettes où vous allez pisser dans le petit gobelet pour me prouver que votre paranoïa n'est pas induite par la drogue. »

Les derniers retardataires quittent les bureaux. En passant, plusieurs d'entre eux jettent des regards à Morris et au grand type noir en veston sport criard, avant de détourner rapidement les yeux. Morris a comme une envie de gueuler : *Eh ouais, c'est mon agent de probation, allez-y, rincez-vous bien l'œil !*

Il suit McFarland dans les toilettes pour hommes, qui sont désertes, Dieu merci. McFarland s'adosse au mur, bras croisés sur la poitrine, et regarde Morris délivrer son vieux machin-chose et produire un échantillon d'urine. Après trente secondes d'attente, comme elle vire pas au bleu, il tend le petit gobelet en plastique à Morris.

« Félicitations. Videz-moi ça, mon ami. »

Morris s'exécute. McFarland se lave méthodiquement les mains en se savonnant bien jusqu'aux poignets.

« J'ai pas le sida, vous savez. Si c'est ça que vous craignez. J'ai dû passer le test avant de sortir. »

McFarland essuie soigneusement ses grandes mains. Il se regarde un instant dans la glace (en regrettant peut-être de pas avoir quelques cheveux à peigner) puis se tourne vers Morris.

« Vous êtes peut-être clean question substances illicites, mais j'aime quand même pas du tout votre mine, Morrie. »

Morris ne répond rien.

« Laissez-moi vous dire quelque chose que dix-huit ans de métier m'ont appris. Il y a deux types de détenus en libération conditionnelle, et seulement deux : les loups et les agneaux. Vous êtes trop vieux pour être un loup, mais je doute que vous le sachiez. Vous l'avez pas encore *intégré*, comme dirait un psy. Je sais pas quelle manigance de loup vous avez derrière la tête, c'est peut-être rien de plus que chaparder des trombones dans la réserve des fournitures de bureau, mais je ne saurais trop vous conseiller de l'oublier. Vous êtes bien trop vieux pour hurler et *beaucoup* trop vieux pour galoper. »

Ayant délivré cette perle de sagesse, il s'en va. Morris se dirige à son tour vers la porte, mais ses jambes se changent en caoutchouc avant qu'il l'atteigne. Il pivote sur lui-même, se cramponne à un lavabo pour pas tomber, et se jette dans un des boxes des W-C. Là il s'assoit et baisse la tête jusqu'à ce qu'elle touche presque ses genoux. Il ferme les yeux et respire à longues et profondes bouffées. Quand le grondement dans sa tête reflue, il se lève et sort.

Je vais encore le trouver là, pense Morris. En contemplation devant cette maudite toile, les mains derrière le dos.

Mais cette fois, le hall d'entrée est désert à l'exception du gardien qui gratifie Morris d'un regard soupçonneux quand il passe.

25

Le match des Hogs contre les Dragons ne commence pas avant dix-neuf heures mais les bus affichant MATCH DE BASE-BALL démarrent dès dix-sept heures. Morris en prend un jusqu'au stade puis retourne à pied jusqu'à Statewide Motorcycle, conscient de chaque voiture qui passe et se maudissant d'avoir perdu les pédales dans les toilettes après le départ de McFarland. S'il était sorti plus tôt, il aurait peut-être pu voir quelle bagnole ce fils de pute conduisait. Mais il l'a raté et maintenant, n'importe quelle voiture pourrait être celle de McFarland. L'agent de probation serait facile à repérer, vu sa taille, mais Morris n'ose dévisager aucun des automobilistes qui le croisent trop attentivement. Il y a deux raisons à ça. La première, c'est qu'il aurait l'air coupable, pas vrai ? Ouais, évidemment, comme un homme avec des manigances de loup derrière la tête et surveillant son périmètre de sécurité. La deuxième, c'est qu'il risque de voir McFarland même si McFarland n'est pas là, parce qu'il est à deux doigts de la crise de nerfs. Et c'est pas étonnant, non plus. Y a une limite au stress qu'un homme peut encaisser.

Vous avez quel âge, d'abord, vingt-deux ans ? lui avait demandé Rothstein. *Vingt-trois ans ?*

Observateur, le mec. Morris avait effectivement vingt-trois ans. Maintenant, il est à l'orée des soixante, et les années entre-temps se sont volatilisées comme la fumée dans le vent. Il a entendu dire que la soixantaine, c'est la nouvelle quarantaine, mais alors ça, c'est vraiment des conneries. Quand t'as passé la majeure partie de ta vie en prison, la soixantaine, c'est la nouvelle soixante-quinzaine. Ou quatre-vingtaine. Trop vieux pour être un loup, selon McFarland.

Ben c'est ce qu'on va voir, pas vrai ?

Il tourne dans la cour de Statewide Motorcycle – les stores sont baissés, les motos qui étaient exposées dehors ce matin sont rentrées – et il s'attend à entendre une portière de voiture claquer derrière lui à l'instant où il aura violé une propriété privée. S'attend à entendre McFarland demander : *Holà, mon ami, qu'est-ce que vous faites par ici ?*

Mais le seul bruit est celui de la circulation en direction du stade, et quand il entre dans le parking derrière le magasin, la courroie invisible qui comprimait sa poitrine se relâche un peu. Un haut mur de tôle ondulée sépare ce carré de terre du reste du monde et les murs rassurent Morris. Il aime pas ça, il sait que c'est pas naturel, mais c'est comme ça. Un homme est la somme de ses expériences.

Il se dirige vers la fourgonnette – petite, poussiéreuse, tellement banale que c'en est une bénédiction – et tâtonne sous la roue avant droite. Les clés sont là. Il monte à bord et le moteur lui fait la faveur de démarrer au quart de tour. La radio s'allume dans une clameur de rock. Morris l'éteint illico.

« Je peux le faire, dit-il en réglant le siège puis en se saisissant du volant. Je peux le faire. »

Et, de fait, il peut. Il a pas oublié. C'est comme monter à vélo. Le seul moment difficile, c'est quand il faut s'engager à contre-sens du flot de véhicules qui se dirigent vers le stade, et même là, il s'en sort bien : après une minute d'attente, un des bus MATCH DE BASE-BALL s'arrête et le chauffeur fait signe à Morris d'y aller. Les voies montant vers le nord sont quasi désertes et il se débrouille pour éviter le centre en empruntant le nouveau périphérique qui contourne la ville. Il se régale presque à conduire de nouveau. Il se régalerait si y avait pas ce soupçon insistant que McFarland est en train de lui filer le train. Pour l'intercepter, pas encore, non : ça, il le fera pas avant d'avoir vu ce que son vieux pote – *son ami* – manigance.

Morris s'arrête au centre commercial de Bellows Avenue et entre chez Home Depot. Il déambule sous les néons aveuglants, prenant son temps : il pourra pas faire ce qu'il a à faire avant la tombée de la nuit et en juin il fait encore jour jusqu'à huit heures et demie, neuf heures. Au rayon jardinage, il achète une pelle et aussi une hachette, au cas où il devrait élaguer quelques racines – cet arbre en surplomb sur la berge pourrait bien retenir solidement sa malle. Dans la section marquée BONNES AFFAIRES, il attrape deux sacs de jardinage en toile imperméable soldés vingt dollars pièce. Il range ses achats à l'arrière de la fourgonnette et va pour se réinstaller au volant.

« Hé ! » lance une voix derrière lui.

Morris se fige, écoutant les pas qui se rapprochent et attendant que la main de McFarland se referme sur son épaule.

« Vous savez s'il y a un supermarché dans ce centre ? »

C'est une voix jeune. Et blanche. Morris découvre qu'il peut respirer à nouveau.

« Safeway », dit-il sans se retourner. Si y a ou pas un supermarché dans ce centre, il en a aucune idée.

« Ah. Super. Merci. »

Morris grimpe dans la fourgonnette et démarre. Je peux le faire, pense-t-il.

Je peux et je vais le faire.

26

Morris roule au pas le long des rues aux noms d'arbres de Northfield, jadis son terrain de jeu – pas qu'il ait jamais beaucoup joué : il avait plutôt toujours le nez dans un livre. Comme il est encore tôt, il se gare un moment dans Elm. Il y a une vieille carte poussiéreuse dans la boîte à gants et il fait semblant de la lire. Au bout d'une vingtaine de minutes, il roule jusqu'à Maple et fait de même. Puis direction le Zoney's Go-Mart où il achetait des friandises quand il était môme. Et des cigarettes pour son père. C'était du temps où un paquet coûtait quarante cents et on trouvait normal que des gosses aillent acheter des cigarettes pour leur père. Il se prend un granité et le fait durer. Puis il roule jusqu'à Palm Street et fait encore semblant de lire sa carte. Les ombres s'allongent, mais ah, tellement lentement.

J'aurais dû amener un livre, pense-t-il. Puis il se dit : Non – un type qui lit une carte, c'est OK, mais un type en train de lire un livre dans une vieille fourgonnette ? On le prendrait sûrement pour un pédophile aux aguets.

C'est être parano ou être futé ? Il saurait plus vraiment dire. Tout ce qu'il sait, c'est que les carnets sont tout proches maintenant. Ils émettent des *ping* dans sa tête comme des signaux radar.

Peu à peu, la longue lumière de ce soir de juin se fond dans le crépuscule. Les gosses qui jouaient dehors sur les trottoirs et les pelouses rentrent regarder la télé, jouer à des jeux vidéo ou passer une soirée éducative à envoyer à leurs copains et copines des textos mal orthographiés et des émoticones débiles.

Rassuré sur l'absence de McFarland dans les parages (mais pas *complètement* rassuré), Morris redémarre et roule lentement jusqu'à sa destination finale : le Centre Aéré de Birch Street où il allait quand la bibliothèque de Garner Street était fermée. Intello maigrichon, avec une regrettable tendance à parler à tort et à travers, on venait rarement le chercher pour les jeux d'extérieur, et les rares fois où ça arrivait, il se faisait quasiment toujours crier dessus : hé, mains de beurre, hé, andouille, hé, empoté. À cause de ses lèvres rouges, il avait écopé du sobriquet Revlon. Quand il allait au Centre, il restait le plus souvent à l'intérieur, à lire, ou peut-être à faire un puzzle. Maintenant, la ville a fermé le vieux bâtiment de brique et l'a mis en vente dans le sillage des coupes budgétaires municipales.

Derrière, quelques garçons tapent encore quelques paniers sur les terrains de basket envahis d'herbe. Mais comme y a plus de projecteurs extérieurs, ils débarrassent vite le plancher dès qu'il fait trop sombre pour y voir, criant, dribblant et se faisant des passes. Quand ils sont partis, Morris démarre la fourgonnette et s'engage dans l'allée le long du bâtiment. Il allume pas les phares et la petite fourgonnette noire est exactement de la couleur requise pour ce genre d'entreprise. Il la glisse à l'arrière du bâtiment où un panneau fané indique encore : RÉSERVÉ AUX VÉHICULES DU CENTRE. Il coupe le moteur, met pied à terre et hume l'air de juin embaumant l'herbe et le trèfle. Il entend des grillons et la rumeur du trafic sur le périph' qui contourne la ville, mais à part ça, la nuit tout juste tombée lui appartient.

Va te faire enculer, monsieur McFarland, pense-t-il. Va te faire enculer bien profond.

Il sort ses outils et ses deux sacs de jardinage de l'arrière de la fourgonnette et commence à partir en direction de la friche qui s'étend au-delà du terrain de base-ball où il avait laissé échapper tellement de chandelles pourtant faciles à attraper. Puis une idée le frappe et il se retourne. Il plaque la paume de sa main sur les vieilles briques encore tièdes de la chaleur du jour, glisse vers le sol pour s'accroupir et arrache quelques touffes d'herbe afin de pouvoir regarder par les vitres du sous-sol. Celles-là n'ont pas été condamnées. La lune vient de se lever, orange et pleine. Elle diffuse suffisamment de clarté pour qu'il aperçoive des chaises pliantes, des tables de jeu et des piles de cartons.

Morris a prévu de ramener les carnets à sa chambre du Manoir aux Barges, mais c'est risqué : M. McFarland peut venir fouiller sa chambre quand ça lui chante, ça fait partie des règles. Le Centre est beaucoup plus proche du lieu où sont enterrés les carnets, et le sous-sol, où tout un tas de bric-à-brac inutile a déjà été entreposé, ressemble à la planque idéale. Il pourrait peut-être tous les fourrer ici, et en ramener que quelques-uns à la fois pour les lire dans sa chambre. Morris est assez mince pour se glisser par cette fenêtre, même s'il lui faudra se tortiller un peu, et ça devrait pas être trop difficile de forcer le bouton-poussoir qu'il aperçoit à l'intérieur et de soulever la vitre. Un tournevis ferait l'affaire. Il en a pas mais y en a plein chez Home Depot. Il a même vu un petit étalage d'outils quand il était chez Zoney.

Il se penche plus près de la vitre sale pour l'examiner. Il sait que ce qu'il doit repérer, c'est les alarmes à adhésif incorporées (les pénitenciers d'État sont des lieux très éducatifs question science de l'effraction), et il n'en voit aucune. Mais imagine que l'alarme fonctionne plutôt par points de contact ? Il les verrait pas, et il entendrait pas non plus l'alarme se déclencher. Certaines sont silencieuses.

Morris regarde encore un peu, puis se redresse à contrecœur. Il lui paraît peu probable qu'un vieux bâtiment comme celui-ci soit sous alarme – les objets de valeur ont sans doute été transférés ailleurs depuis longtemps – mais il n'ose pas prendre le risque.

Mieux vaut s'en tenir au plan initial.

Il attrape ses outils et ses sacs et repart en direction de la friche, en prenant bien soin de contourner le terrain de base-ball. Il va pas le traverser, non, non, pas question. La lune lui servira quand il sera dans le sous-bois, mais là, sur cet espace découvert, le monde ressemble à une scène brillamment éclairée.

Le sachet de chips de l'autre fois n'est plus là pour le guider et il lui faut un moment pour retrouver le départ du sentier. Morris va et vient dans le sous-bois derrière le champ droit du terrain de base-ball (théâtre de plusieurs humiliations enfantines), avant de se repérer et de se lancer. Quand il entend le faible gloussement du ruisseau, il doit se retenir pour ne pas se mettre à courir.

Les temps sont durs, pense-t-il. Pourrait y avoir des gens qui dorment là, des SDF. Si l'un d'entre eux me voit...

Si l'un d'entre eux le voit, il se servira de la hachette. Sans hésitation. M. McFarland peut bien penser qu'il a plus l'âge d'être un loup, mais ce que son agent de probation ignore, c'est que Morris a déjà tué trois personnes, et que conduire une voiture n'est pas la seule chose qui revient aussi facilement que monter à vélo.

27

Les arbres rabougris, se gênant mutuellement dans leur lutte pour l'espace et la lumière, sont néanmoins assez hauts pour filtrer la clarté de la lune. Deux ou trois fois, Morris perd le sentier et se débat dans les broussailles pour essayer de le retrouver. Mais ça lui plaît bien, en fait. Il a le gargouillis du ruisseau pour le guider si vraiment il se perd, et le sentier peu marqué lui confirme que les mômes qui l'utilisent sont encore moins nombreux qu'à son époque. Morris espère juste qu'il est pas en train de mettre les pieds dans du sumac vénéneux.

La musique du ruisseau est toute proche quand il retrouve une dernière fois le sentier et, moins de cinq minutes plus tard, il se tient sur la rive opposée à l'arbre repère. Il s'arrête là un instant, dans la pénombre mouchetée de lune, cherchant du regard un signe quelconque d'occupation humaine : couvertures, sac de couchage, chariot de supermarché, morceau de plastique drapé sur les branches afin de créer une tente de fortune. Il n'y a rien. Juste l'eau glougloutant sur son lit de cailloux et l'arbre incliné au-dessus de l'autre rive. L'arbre qui a fidèlement gardé son trésor pendant toutes ces années.

« Bon vieil arbre », chuchote Morris, et il traverse prudemment le cours d'eau.

Il s'agenouille et dépose ses outils et ses sacs sur le côté afin de se livrer à un instant de méditation.

« Me voici », chuchote-t-il, et il applique ses paumes sur le sol comme s'il cherchait un battement de cœur.

Et on *dirait bien* qu'il en perçoit un. C'est le battement de cœur du génie de Rothstein. Le vieil écrivain a changé Jimmy Gold en un grotesque parjure mais qui peut dire si Rothstein n'a pas racheté

Jimmy durant ses années de composition solitaire ? Si c'est le cas… *si*… alors tout ce qu'a subi Morris n'aura pas été en vain.

« Me voici, Jimmy. Me voici enfin. »

Il attrape la pelle et commence à creuser. Il ne lui faut pas longtemps pour atteindre la malle mais les racines la retiennent, en effet, et Morris met presque une heure à les dégager à la hachette. Ça fait des années qu'il n'a plus fait de travail manuel pénible et il est épuisé. Il pense à tous les durs qu'il a connus – Charlie Roberson, par exemple – qui faisaient constamment de la muscu, et comment il les méprisait (dans sa tête – jamais ouvertement) pour leur comportement qu'il jugeait obsessionnel compulsif. Il ne les méprise plus maintenant. Il a mal au dos, aux cuisses et, pire que tout, sa tête l'élance comme une dent infectée. Une petite brise s'est levée, rafraîchissant la sueur qui huile sa peau, mais elle fait aussi balancer les branches et crée des ombres mouvantes qui l'effraient. Elles lui rappellent de nouveau McFarland. McFarland en train de remonter le sentier, marchant sans bruit, avec cette discrétion surnaturelle dont sont capables certains gros balèzes, soldats et ex-athlètes le plus souvent.

Quand il a repris son souffle et que son rythme cardiaque s'est un peu ralenti, Morris tend la main vers la poignée sur le côté de la malle et s'aperçoit qu'elle manque. Il se penche en avant, en appui sur ses paumes, et regarde dans le trou, regrettant de pas avoir pensé à emporter une lampe de poche.

La poignée est toujours là, seulement elle pendouille, cassée en deux.

C'est pas normal ça, pense Morris. Si ?

Il projette son esprit à travers le temps, essayant de se rappeler si l'une ou l'autre des poignées de la malle était cassée. Non, il pense pas. En fait, il est quasi sûr. Et puis soudain, il se souvient d'avoir posé la malle de champ dans le garage et il exhale un énorme soupir de soulagement qui fait gonfler ses joues. La poignée a dû se casser quand il a hissé la malle sur le diable. Ou alors quand il l'a trimballée jusqu'ici en se cognant à droite et à gauche tout le long du sentier. Il avait creusé le trou à la hâte et poussé la malle à l'intérieur sans ménagement. Pressé de se tailler et bien trop occupé pour remarquer un truc aussi insignifiant qu'une poignée cassée. Voilà, c'était ça. Ça devait être ça. Après tout, cette malle était pas neuve quand il l'avait achetée.

Il l'attrape par les côtés et la malle glisse si facilement hors du trou que Morris en perd l'équilibre et tombe sur le dos. Il reste là, les yeux levés vers la coupe lumineuse de la lune, tâchant de se dire que non, y a rien qui cloche. Sauf qu'il est pas si con. Il a peut-être réussi à se convaincre pour l'histoire de la poignée cassée, mais pour ça, non.

La malle est trop légère.

Morris se redresse maladroitement sur son séant, des traînées de terre marquant maintenant sa peau moite. Il dégage ses cheveux de son front d'une main tremblante, laissant une autre trace noire.

La malle est trop légère.

Il tend la main vers elle, puis la retire.

Je peux pas, pense-t-il. Je peux pas. Si je l'ouvre et que les carnets sont plus là, je vais… *craquer.*

Mais qui serait allé s'emparer d'un vieux tas de carnets ? L'argent, oui, mais les carnets ? Il restait même plus de place pour écrire dans la plupart d'entre eux ; Rothstein en avait presque rempli toutes les pages.

Et si quelqu'un avait pris l'argent et *brûlé* ensuite les carnets ? Sans comprendre leur valeur incalculable, juste pour se débarrasser d'une preuve compromettante ?

« Non, chuchote Morris. Personne ferait ça. Ils sont toujours là. Il faut qu'ils y soient. »

Mais la malle est trop légère.

Il la regarde fixement, petit cercueil exhumé incliné sur la berge au clair de lune. Derrière, il y a le trou, béant comme une bouche qui vient de vomir quelque chose. Morris tend de nouveau les mains vers la malle, hésite, puis bondit en avant et soulève les loquets d'un seul geste tout en priant un Dieu dont il sait qu'il se fout des gens comme lui.

Il regarde à l'intérieur.

La malle est pas tout à fait vide. Le plastique dont il l'avait doublée y est toujours. Il le retire dans un nuage crissant, espérant que quelques carnets seront restés en dessous – deux ou trois ou, oh, mon

Dieu, par pitié, juste un – mais il n'y a que quelques petits filets de terre dans les coins.

Morris plaque ses mains crasseuses sur son visage – naguère lisse, aujourd'hui profondément ridé – et se met à pleurer sous la lune.

28

Il avait promis de ramener la fourgonnette avant dix heures mais il est minuit passé quand il se gare derrière Statewide Motorcycle et remet la clé sous le pneu avant droit. Il s'embarrasse pas avec les outils et les sacs vides qui auraient dû être pleins : Charlie aura qu'à les prendre si ça lui chante.

Sur le terrain de petite ligue, un peu plus loin dans la rue, les projecteurs sont éteints depuis une heure. Les bus desservant le stade ne roulent plus mais les bars – ils sont nombreux dans ce quartier –, toutes portes ouvertes, déversent de la musique tonitruante de groupes *live* ou de juke-box, et hommes et femmes en T-shirts et casquettes des Groundhogs sont debout sur les trottoirs à fumer des cigarettes et à boire dans des gobelets en plastique. Morris les dépasse lourdement sans les regarder, ignorant deux ou trois hurlements amicaux de supporters de base-ball bien imbibés, ivres de bière et d'une victoire de leur équipe locale, lui demandant s'il veut prendre un verre. Bientôt, les bars sont derrière lui.

Il a cessé d'être obsédé par McFarland et la pensée des cinq kilomètres à pied qui le séparent du Manoir aux Barges ne lui traverse même pas l'esprit. Il se fiche de ses jambes douloureuses, aussi. C'est comme si elles appartenaient à quelqu'un d'autre. Il se sent aussi vide que la malle sous la lune. Tout ce pour quoi il a vécu durant ces trente-six dernières années vient d'être balayé comme une masure par un fleuve en crue.

Il arrive à Government Square et c'est là que ses jambes finissent par le lâcher. Il s'effondre plutôt qu'il ne s'assoit sur l'un des bancs. Il jette un regard hébété sur l'espace de béton désert autour de lui, s'avisant que sa présence ici paraîtra hautement suspecte à n'importe quels flics en maraude. Il est pas censé être dehors aussi tard de toute façon (comme un adolescent, il a un *couvre-feu* à respecter), mais quelle importance ? Cette connerie c'est des conneries. Qu'ils le renvoient à Waynesville. Pourquoi pas ? Au moins, il aura plus à supporter son gros con de patron. Ni à pisser pendant qu'Ellis McFarland regarde.

De l'autre côté de la rue, il y a le Happy Cup, où il a eu tant de conversations agréables à propos de livres avec Andrew Halliday. Sans parler de leur *dernière* conversation, qui fut loin d'être agréable. *T'approche pas de moi*, avait dit Andy. Voilà comment leur dernière conversation s'était terminée.

Le cerveau de Morris, qui tournait jusque-là au ralenti, repasse la première et une lueur se rallume dans son regard terne. *T'approche pas de moi, ou je me charge d'appeler la police moi-même*, avait dit Andy… mais c'était pas *tout* ce qu'il avait dit ce jour-là. Son vieux pote s'était aussi fendu d'un conseil.

Planque-les quelque part. Enterre-les.

Andy Halliday a-t-il réellement dit ça, ou est-ce seulement le fruit de son imagination ?

« Il l'a dit », chuchote Morris. Il regarde ses mains et s'aperçoit qu'elles se sont serrées en gros poings noirs de terre. « Il l'a dit, oui. Planque-les, il a dit. *Enterre*-les. »

Ce qui entraîne certaines questions.

Comme : qui était la seule personne au courant qu'il avait les carnets de Rothstein ?

Comme : qui était la seule personne à avoir effectivement *vu* un des carnets de Rothstein ?

Comme : qui savait où il habitait autrefois ?

Et – en voilà une importante – qui connaissait l'existence de cette friche, ces deux ou trois hectares à l'abandon, objet d'un procès sans fin, utilisés seulement comme raccourci par les gosses pour rejoindre le Centre Aéré ?

La réponse à toutes ces questions est la même.

Peut-être qu'on pourra en reparler dans dix ans, avait dit son vieux pote. *Ou peut-être dans vingt.*

Ben, ça avait fait foutrement plus que dix ou vingt, au bout du compte, hein ? Le temps s'était comme qui dirait dilaté. Assez pour que son vieux pote se mette à méditer sur ces précieux carnets qui avaient jamais refait surface – ni quand Morris avait été arrêté pour viol, ni plus tard quand la maison avait été vendue.

Son vieux pote avait-il à un moment ou à un autre décidé d'aller faire un tour du côté de l'ancien quartier de Morris ? Peut-être de remonter un certain nombre de fois le sentier entre Sycamore Street et Birch ? Muni peut-être d'un détecteur de métaux, espérant l'entendre sonner quand il détecterait les ferrures de la malle ?

Morris avait-il même fait *allusion* à la malle ce jour-là ?

Peut-être pas, mais quelle autre possibilité y avait-il ? Quoi d'autre aurait convenu ? Même un grand coffre-fort aurait été trop petit. Des sacs de papier ou de toile auraient pourri. Morris se demande combien de trous Andy a dû creuser avant de taper dans le mille. Une dizaine ? Une cinquantaine ? Cinquante, c'est beaucoup, mais dans les années soixante-dix, Andy était plutôt mince, pas le gros tas de lard qu'il est maintenant. Et la motivation y était. Ou peut-être qu'il avait même pas eu à creuser de trous. Peut-être qu'une crue de printemps ou autre avait suffisamment érodé la berge pour mettre à nu la malle dans son berceau de racines. Est-ce que ça, c'était pas possible ?

Morris se lève et reprend sa marche, repensant maintenant à McFarland et jetant de brefs regards autour de lui pour s'assurer qu'il n'est pas là. Ça compte à nouveau, parce que maintenant il a retrouvé une raison de vivre. Un but. Il est possible que son vieux pote ait vendu les carnets, le commerce est son boulot, aussi sûr que c'était celui de Jimmy Gold dans *Le Coureur ralentit*, mais il est tout aussi possible qu'il en ait gardé quelques-uns sous le coude. Y a qu'une seule façon de le savoir, et qu'une seule façon de savoir si le vieux loup a encore quelques dents. Il doit aller faire une petite visite à *son ami*.

Son vieux pote.

TROISIÈME PARTIE

PETER ET LE LOUP

1

C'est samedi après-midi et Hodges est au cinéma avec Holly. Ils engagent une âpre négociation dans le hall de l'AMC City Center 7 tout en consultant le programme. La suggestion de Hodges, *American Nightmare 2 : Anarchy*, est refusée, car trop effrayant. Holly aime bien les films effrayants, dit-elle, mais seulement sur son ordinateur, quand elle peut mettre le film en pause de temps en temps et marcher un peu pour relâcher la tension. Sa propre suggestion, *Nos étoiles contraires*, est rejetée par Hodges qui dit que ce sera trop sentimental. Ce qu'il veut dire vraiment c'est : trop émouvant. L'histoire d'une jeune fille mourant jeune lui rappellera trop Janey Patterson qui a perdu la vie dans une explosion destinée à le tuer, lui. Ils se décident pour *22 Jump Street*, une comédie avec Jonah Hill et Channing Tatum. C'est plutôt bien. Ils rient beaucoup en partageant un grand seau de pop-corn mais l'esprit de Hodges ne cesse de revenir à l'histoire de Tina et de l'argent qui a aidé ses parents à traverser les années difficiles. Où diable Peter Saubers a-t-il pu dénicher vingt mille dollars ?

Tandis que le générique défile, Holly pose sa main sur celle de Hodges et il est quelque peu alarmé en voyant des larmes dans ses yeux. Il lui demande ce qui ne va pas.

« Rien. C'est juste que c'est agréable d'avoir quelqu'un avec qui aller au cinéma. Je suis contente que tu sois mon ami, Bill. »

Hodges est plus que touché.

« Et je suis content que tu sois la mienne. Que vas-tu faire du reste de ton samedi ?

– Ce soir, je me commande du chinois et je me fais toute la saison de *Orange is the New Black*, répond Holly. Mais cette après-midi, je retourne sur Internet chercher d'autres cambriolages. J'en ai déjà une bonne liste.

– Des pistes vraisemblables, selon toi ? »

Elle secoue la tête.

« Je continue à chercher, mais je crois que c'est autre chose, même si je vois pas trop bien quoi. Tu penses que le frère de Tina va te le dire ? »

Hodges ne répond pas tout de suite. Ils remontent l'allée de la salle de cinéma. Bientôt, ils seront sortis de cette oasis de chimères, et de retour dans le monde réel.

« Bill ? Bill, ici la Terre ?

– Oui, j'espère vraiment, répond-il enfin. Pour son bien. Parce que de l'argent qui tombe du ciel, ça promet quasiment toujours des ennuis. »

2

Tina et Barbara passent leur dimanche après-midi dans la cuisine des Robinson, à faire des boules de pop-corn avec la mère de Barbara, et elles s'amusent comme des petites folles à s'en mettre partout. Pour la première fois depuis qu'elle est venue trouver sa copine, Tina semble oublier ses soucis. Tanya Robinson est contente. Elle ne sait pas ce qui tracasse Tina, mais une foule de petites choses – comment la gamine sursaute chaque fois qu'un courant d'air fait claquer une porte à l'étage, ou la rougeur de ses yeux qui révèle qu'elle a pleuré – lui signalent que quelque chose ne va pas. Elle ignore si ce quelque chose est petit ou gros, mais l'évidence est là : un peu de franche gaieté est tout à fait ce qu'il faut à Tina Saubers en ce moment.

Elles ont fini – et se menacent mutuellement de leurs mains collantes de sirop – quand une voix amusée déclare :

« Toute cette gent féminine à hue et à dia dans la cuisine ! Ma parole ! »

Barbara tourbillonne sur elle-même, voit son frère appuyé contre le chambranle de la porte et glapit :

« *Jerome !* »

Elle court vers lui et bondit. Il la rattrape et la fait virevolter deux fois avant de la reposer à terre.

« Je croyais que t'allais à un *bal* ! »

Jerome sourit.

« Hélas, mon smoking est retourné chez le loueur sans avoir été porté. Après un franc et complet échange de points de vue, Priscilla et moi avons décidé de casser. C'est une longue histoire, et pas très intéressante. Le truc important, c'est que j'ai décidé de rentrer à la maison goûter un peu le graillon de maman.

– Ne dis pas graillon, c'est vulgaire », s'insurge Tanya.

Mais elle aussi paraît totalement enchantée de voir Jerome. Il se tourne vers Tina et s'incline légèrement.

« Ravi de vous rencontrer, mademoiselle. Tous les amis de Barbara…, vous connaissez la suite.

– Je m'appelle Tina. »

Elle parvient à dire ça sur un ton à peu près normal mais ça représente un véritable effort. Jerome est grand, Jerome est large d'épaules, Jerome est extrêmement beau, et Tina Saubers tombe immédiatement amoureuse de lui. Sous peu, elle calculera l'âge qu'il lui faudra atteindre avant qu'il la considère autrement que comme une petite demoiselle en tablier de cuisine trop grand pour elle, les mains toutes collantes d'avoir confectionné des boules de pop-corn. Pour le moment, elle est trop époustouflée par sa beauté pour faire le calcul. Et plus tard ce soir-là, Barbara n'aura pas à insister beaucoup pour que Tina raconte tout à son frère. Même s'il ne lui sera pas toujours facile de s'y retrouver dans son histoire avec les yeux sombres de Jerome fixés sur elle.

3

Le dimanche après-midi de Pete est loin d'être aussi agréable. En fait, il est totalement merdique.

À deux heures, les délégués de classe de trois lycées se trouvent rassemblés dans la plus vaste salle de conférences du Centre de Vacances de River Bend pour que l'un des sénateurs de l'État leur délivre un speech long et barbant intitulé « Délégué de classe au lycée : un tremplin vers la politique et la fonction publique ». Ce mec, costume trois pièces et chevelure blanche coiffée en arrière (« une chevelure de méchant de série télé », pour Pete), a l'air parti pour tenir jusqu'à l'heure du dîner. Peut-être plus. Sa thèse semble être un truc comme quoi ils sont la NOUVELLE GÉNÉRATION et que leur fonction de délégués de classe les préparera à affronter la pollution, le réchauffement climatique, la raréfaction des ressources et, peut-être, le premier contact avec les extraterrestres de Proxima du Centaure. Chaque minute de cet interminable dimanche après-midi meurt dans une lente et misérable agonie tandis que ce mec poursuit sa litanie monocorde.

Pete se fiche pas mal d'endosser la fonction de vice-président des élèves au lycée de Northfield à la rentrée prochaine. En ce qui le concerne, la rentrée pourrait aussi bien avoir lieu là-bas, avec les extra-terrestres, sur Proxima du Centaure. Le seul futur qui lui importe est ce lundi après-midi, quand le moment sera venu de sa confrontation avec Andrew Halliday, un type qu'il aimerait maintenant de tout son cœur n'avoir jamais rencontré.

Mais je peux me sortir de ça, pense-t-il. Enfin, si j'arrive à me contrôler… Et à garder à l'esprit ce que la vieille tante de Jimmy Gold dit dans *Le Coureur hisse le drapeau*.

Pete a décidé qu'il commencera sa conversation avec Halliday par cette citation : *On dit que la moitié d'un pain vaut mieux que pas de pain du tout, Jimmy, mais dans un monde de pénurie, même une seule tranche vaut mieux que rien du tout.*

Pete sait ce que veut Halliday, et il va lui proposer davantage qu'une seule tranche, sans aller jusqu'à la moitié, et sûrement pas le pain tout entier. Pas moyen. Maintenant que les carnets sont à l'abri au sous-sol du Centre Aéré de Birch Street, il peut se permettre de négocier, et si Halliday veut tirer quelques marrons du feu, il devra négocier lui aussi.

Plus d'ultimatum.

Je suis prêt à vous donner trente carnets, Pete s'imagine lui dire. *Ils contiennent des poèmes, des essais et neuf nouvelles complètes. Je suis même prêt à partager cinquante-cinquante, juste pour en avoir terminé avec vous.*

Il *faut* qu'il exige d'être payé, même si, n'ayant aucun moyen de vérifier combien Halliday demandera exactement à son ou ses acheteurs, Pete suppose qu'il se fera arnaquer, et pas qu'un peu. Mais c'est bon. L'important, c'est de bien faire comprendre à Halliday qu'il plaisante pas. Qu'il sera pas le putain de pigeon de service, pour reprendre l'expression imagée de Jimmy Gold. Encore plus important, faut pas qu'il laisse voir à Halliday à quel point il a peur.

Qu'il crève de peur.

Le sénateur termine sur quelques formules retentissantes comme quoi le TRAVAIL VITAL de la NOUVELLE GÉNÉRATION commence dans les LYCÉES D'AMÉRIQUE, et comme quoi eux, les rares élus, doivent porter en avant LE FLAMBEAU DE LA DÉMOCRATIE. Les applaudissements sont enthousiastes, peut-être bien parce que le speech est enfin terminé et qu'ils vont pouvoir sortir. Pete désire désespérément sortir d'ici pour aller faire une longue balade à pied et passer encore plusieurs fois en revue son plan, à l'affût de failles et de chausse-trapes.

Sauf que c'est pas encore le moment de partir. La proviseure du lycée qui a organisé avec zèle cette après-midi d'interminable parlotte annonce que le sénateur a accepté de rester une heure de plus pour répondre à leurs questions.

« Je suis sûre que vous en avez plein », dit-elle, et les mains des lèche-culs et des gratteurs de bonnes notes – on dirait qu'y en a tout un tas des deux sortes dans l'assistance – se lèvent immédiatement.

Pete pense : Cette connerie c'est vraiment des conneries.

Il regarde vers la porte, calcule ses chances de s'éclipser sans être vu, et se recale dans son siège. Dans une semaine, tout ça sera terminé, se dit-il.

Cette pensée lui apporte un semblant de réconfort.

4

Un certain ex-détenu en libération conditionnelle se réveille à l'heure où Hodges et Holly sortent du cinéma et où Tina tombe amoureuse du frère de Barbara. Morris a dormi toute la matinée et une partie de l'après-midi, dans la foulée d'une nuit d'insomnie agitée. Il n'a fini par sombrer qu'au moment où les premières lueurs de l'aube de ce samedi matin commençaient à filtrer dans sa chambre. Il a fait pire que des mauvais rêves. Dans celui qui l'a réveillé, il ouvrait la malle et la trouvait remplie de veuves noires grouillant par milliers, gorgées de poison et palpitant sous le clair de lune. Elles se déversaient hors de la malle, ruisselaient sur ses mains et remontaient le long de ses bras en bruissant.

Hoquetant, toussant, Morris retrouve peu à peu le chemin de la réalité, étreignant si fort son torse qu'il a peine à respirer.

Il balance ses jambes hors du lit et reste assis là, tête baissée, dans la même position que la veille au MACC après le départ de McFarland des toilettes pour hommes. C'est de pas savoir qui le tue et cette incertitude doit être levée au plus vite.

Andy a forcément dû les prendre, pense-t-il. Y a aucune autre explication logique. Et t'as intérêt à les avoir encore, mon vieux. Que Dieu te vienne en aide si tu les as plus.

Il enfile un jean propre et s'en va prendre un bus pour le South Side, parce qu'il a décidé qu'il veut récupérer au moins un de ses outils, en fin de compte. Il va aussi reprendre les sacs de jardinage. Parce qu'il faut rester positif dans la vie.

Charlie Roberson est de nouveau assis devant la Harley, tellement désossée à présent qu'elle ressemble à peine à une moto. Il a pas l'air terriblement ravi de voir réapparaître l'homme qui l'a aidé à sortir de prison.

« S'est bien passé hier soir ? T'as pu faire ce que t'avais à faire ?

– C'est bon, répond Morris, et il le gratifie d'un sourire qui lui fait l'effet d'être trop large et trop dégagé pour être convaincant. Tout baigne. »

Roberson lui rend pas son sourire.

« Tant que ça coule pas… T'as pas tellement bonne mine, Morrie.

– Boh, tu sais, on réussit pas toujours tout d'un seul coup. Il me reste encore quelques détails à aplanir.

– Si t'as encore besoin de la fourgonnette…

– Non, non. J'ai juste laissé quelques trucs dedans, c'est tout. Ça te dérange pas si je les récupère ?

– Ça risque pas de me causer des ennuis plus tard, hein ?

– Absolument pas. Quelques sacs, c'est tout. »

Et la hachette, mais il néglige de la mentionner. Il pourrait acheter un couteau, mais une hachette, ça fait bien plus peur. Morris la met dans l'un des sacs, dit salut à Charlie et s'en retourne à l'arrêt de bus. La hachette va et vient dans le sac à chaque balancement de son bras.

M'oblige pas à m'en servir, voilà ce qu'il dira à Andy. *Je veux pas te faire de mal.*

Mais bien sûr, une partie de lui *veut* s'en servir. Une partie de lui *veut* faire du mal à son vieux pote. Parce que – carnets mis à part – il a droit à sa vengeance, et la vengeance, ça pardonne pas.

5

Lacemaker Lane et la zone marchande qu'elle longe grouillent de monde en ce samedi après-midi. Il y a des centaines de boutiques avec des noms cucul-la-praline comme Deb ou Buckle ou Forever 21. Il y en a aussi une qui s'appelle ChaBada et qui ne vend que des chapeaux. Morris y fait halte pour acheter une casquette des Groundhogs avec visière extra-longue. Pas loin de chez Andrew Halliday Rare Editions, il fait une deuxième halte au kiosque Sunglass Hut pour s'équiper d'une paire de lunettes de soleil.

Au moment où il aperçoit l'enseigne de l'établissement de son vieux pote, en lettrage à rinceaux doré à la feuille, une pensée décourageante lui vient : Et si Andy ferme de bonne heure le samedi ? Toutes les autres boutiques semblent ouvertes mais certaines librairies de livres rares ont des horaires flexibles, et ça alors, ça serait vraiment sa veine, hein ?

Mais quand il passe devant, balançant ses sacs à bout de bras (*clonk* et *plomp* fait la hachette), incognito derrière ses lunettes de soleil neuves, il voit la pancarte OUVERT accrochée à la porte. Il voit aussi autre chose : des caméras de surveillance braquées à droite et à gauche le long du trottoir. Il doit y en avoir d'autres à l'intérieur, mais ça ira : Morris a fait ses classes des décennies durant avec des voleurs.

Il remonte la rue en flânant, contemple la vitrine d'une boulangerie puis examine le contenu de la carriole d'un vendeur de souvenirs ambulant (même si Morris voit pas bien qui pourrait vouloir emporter un souvenir de cette petite ville craspec en bordure de lac). Il s'arrête même pour regarder un mime jongler avec des balles de couleur puis faire mine de grimper un escalier invisible. Morris dépose quelques pièces dans le chapeau du mime. Pour me porter chance, se dit-il. De la musique pop dégouline des haut-parleurs placés aux angles des rues. Il y a un parfum de chocolat dans l'air.

Il fait demi-tour. Il voit deux jeunes types sortir de la librairie de Andy et s'éloigner le long du trottoir. Cette fois, Morris s'arrête pour regarder dans la vitrine où trônent trois livres, ouverts sur des lutrins sous des projecteurs miniatures : *Ne tirez pas sur l'oiseau moqueur*, *L'Attrape-cœurs* et – c'est sûrement de bon augure – *Le Coureur voit de l'action*. Derrière la vitrine, la boutique est étroite et haute de plafond. Il n'aperçoit aucun autre client mais il *voit* son vieux pote, le seul et unique Andy Halliday, occupé à lire un livre de poche, assis au bureau qui se trouve à mi-distance du fond du magasin.

Morris se penche comme pour relacer ses chaussures et ouvre la fermeture Éclair du sac qui contient la hachette. Puis il se redresse et sans la moindre hésitation ouvre la porte de Andrew Halliday Rare Editions.

Son vieux pote lève les yeux de son livre et son regard passe des lunettes de soleil à la casquette à longue visière aux sacs de jardinage. Il fronce les sourcils mais à peine, parce que *tout le monde* dans ce secteur transporte des sacs et que dehors il fait beau et soleil. Morris détecte de la circonspection mais pas le moindre signe de véritable inquiétude, et ça c'est positif.

« Si ça ne vous dérange pas de laisser vos sacs au pied du portemanteau », le prie Andy. Il sourit. « Règlement intérieur.

– Non, pas du tout », répond Morris.

Il pose ses sacs, retire ses lunettes, replie les branches et les glisse dans sa poche de poitrine. Puis il enlève sa casquette neuve et passe une main dans ses cheveux blancs coupés en brosse. Il pense : Tu vois ? Rien qu'un vieux zigue qui vient d'entrer pour se mettre un peu à l'ombre et feuilleter quelques livres. Aucun souci à te faire de ce côté-là.

« Pffiou ! Ça chauffe dehors aujourd'hui. »

Il recoiffe sa casquette.

« Oui, et la météo dit qu'il va faire encore plus chaud demain. Que puis-je faire pour vous ?

– Oh, je regarde juste. Mais, j'y pense… Ça fait un moment que je cherche un livre assez rare intitulé *Un monstre à abattre*. De John D. MacDonald, un auteur de romans policiers. »

Les livres de MacDonald étaient très populaires à la bibliothèque de la prison.

« Je connais bien MacDonald ! s'exclame Andy, jovial. Il a écrit toute la série des Travis McGee. Avec des couleurs dans les titres. Publiés en format poche pour la plupart, hein ? Je ne fais pas dans le livre de poche, en règle générale : très peu sont dignes d'être collectionnés. »

Et dans les carnets ? pense Morris. Dans les Moleskine, pour être plus précis. Est-ce que tu fais dans ceux-là, gros connard de voleur ?

« *Un monstre à abattre* a été publié en édition brochée », dit-il tout haut en examinant une étagère de livres près de la porte.

Il ne veut pas trop s'éloigner de la porte pour le moment. Ni du sac qui contient la hachette.

« Un film en a été tiré. *Les Nerfs à vif*. J'achèterais bien un exemplaire de cette édition si vous pouvez m'en trouver un en excellent état. Catégorie Très Bon, Comme Neuf, comme vous dites dans le métier, je crois. Et si le prix est correct, bien sûr. »

Andy a l'air intéressé maintenant, et quoi d'étonnant à ça ? Il a ferré un poisson.

« Je suis sûr de ne pas l'avoir en stock mais je peux faire une recherche sur BookFinder pour vous. C'est une base de données. S'il figure au catalogue… et un MacDonald édition brochée y figure sûrement, surtout si un film en a été tiré *et* si c'est une première édition… je pourrais probablement vous l'avoir pour mardi. Mercredi au plus tard. Voulez-vous que je regarde ?

– Je veux bien, répond Morris. Mais le prix doit être correct.

– Naturellement, naturellement. »

Le gloussement de Andy est aussi gras que son bide. Il baisse les yeux vers l'écran de son portable. Dès qu'il le regarde plus, Morris retourne la pancarte de la porte sur FERMÉ. Il se penche et prend la hachette dans le sac ouvert. Il s'avance dans l'étroite allée centrale en la tenant cachée derrière sa jambe. Il se presse pas. Pas besoin de se presser. Andy tapote sur son clavier d'ordinateur, complètement absorbé par ce qu'il voit sur son écran.

« Je l'ai ! s'exclame son vieux pote. James Graham en a un, Très Bon, Comme Neuf, pour à peine trois cents dol… »

Il s'interrompt à l'instant où le fer de la hachette flotte d'abord à la périphérie de son champ de vision puis se déplace devant ses yeux. Il lève la tête, le visage décomposé par le choc.

« Posez vos mains où je peux les voir, dit Morris. J'imagine qu'il y a une sonnette d'alarme sous votre bureau. Si vous voulez garder tous vos doigts, n'y touchez pas.

– Que voulez-vous ? Pourquoi est-ce…

– Tu me reconnais pas ? » Morris sait pas s'il doit s'en amuser ou s'en offusquer. « Même en gros plan ?

– Non, je… je…

– Pas étonnant, j'imagine. Ça fait un bail depuis l'époque du Happy Cup, pas vrai ? »

Halliday scrute le visage hagard et ridé de Morris avec une horrible fascination. Morris pense : On dirait un oiseau qui fixe un serpent. C'est une idée plaisante, qui le fait sourire.

« Oh mon Dieu », dit Andy. Son visage a pris la couleur d'un vieux fromage. « C'est pas toi. C'est pas possible. T'es en prison. »

Morris secoue la tête, souriant toujours.

« Il doit exister une base de données des détenus en libération conditionnelle, comme il en existe pour les livres rares, mais je suppose que tu l'as jamais consultée. Tant mieux pour moi, dommage pour toi. »

L'une des mains de Andy glisse lentement du clavier de son portable. Morris agite la hachette.

« Fais pas ça, Andy. Je veux voir tes deux mains de chaque côté de ton ordinateur, paumes à plat. Cherche pas non plus à appuyer sur le bouton avec ton genou. Je le saurai si t'essaies, et les conséquences pour toi seront désagréables à l'extrême.

– Qu'est-ce que tu veux ? »

La question l'irrite mais son sourire s'élargit.

« Comme si tu le savais pas.

– Non, Morrie, je sais pas, je te jure ! »

La bouche de Andy ment, mais ses yeux disent la vérité, toute la vérité, rien que la vérité.

« Allons dans ton bureau. Je suis sûr que t'en as un dans le fond.

– Non ! »

Morris agite de nouveau la hachette.

« Tu peux t'en tirer sans une égratignure, ou bien avec quelques doigts en moins. Crois-moi, Andy. Je suis plus celui que tu as connu. »

Andy se lève, ses yeux ne quittent pas le visage de Morris, mais Morris est pas sûr que son vieux pote le voit encore. Il tangue, comme sous l'effet d'une musique inaudible, prêt à s'évanouir. S'il s'évanouit, il pourra répondre à aucune question tant qu'il reprendra pas connaissance. Et en plus, il faudrait que Morris le *traîne* jusqu'à son bureau. Il est pas sûr d'en être capable : Andy doit pas faire loin de cent cinquante kilos.

« Respire à fond, lui dit-il. Calme-toi. Tout ce que je veux, c'est quelques réponses. Ensuite, je m'en vais.

– Tu me promets ? »

Andy avance sa lèvre inférieure luisante de salive. On dirait un gros petit garçon en bisbille avec son papa.

« Oui. Allez, respire. »

Andy respire.

« Encore. »

La poitrine massive de Andy se soulève, tirant sur les boutons de sa chemise, puis s'abaisse. Il reprend un peu de couleurs.

« Au bureau. Maintenant. Vas-y. »

Andy se retourne et marche d'un pas lourd vers le fond de la boutique, se frayant un chemin entre des cartons et des piles de livres avec cette grâce appliquée que possèdent certains hommes obèses. Morris le suit. Sa colère augmente. Alimentée par cette façon qu'a le derrière de Andy d'osciller et de chalouper comme celui d'une fille sous son pantalon de gabardine grise.

Il y a un clavier mural à côté de la porte. Andy compose quatre chiffres – 9118 – et un voyant vert clignote. Au moment où il franchit le seuil, Morris lit à livre ouvert dans son esprit à travers l'arrière de son crâne chauve.

« T'es pas assez rapide pour me refermer la porte au nez. Si t'essaies, tu vas perdre quelque chose d'irremplaçable. Compte sur moi. »

Les épaules de Andy, qui se sont soulevées exactement dans ce but, se voûtent à nouveau. Il entre. Morris le suit et referme la porte.

C'est un petit bureau aux murs tapissés d'étagères bourrées de livres, éclairé par des globes suspendus. Le sol est couvert d'un tapis turc. La table de travail ici est beaucoup plus belle : acajou ou teck ou quelque autre bois exotique. L'abat-jour de la lampe a l'air d'être en véritable verre Tiffany. À gauche de la porte se trouve une desserte sur laquelle sont posées quatre lourdes carafes en cristal. Morris est pas sûr pour les deux qui contiennent un liquide transparent mais il parie que les deux autres renferment du scotch et du bourbon. Top qualité, aussi, s'il connaît bien son vieux pote. Pour fêter les grosses ventes, sans doute.

Morris se souvient des seules boissons fortes disponibles en prison, alcool frelaté de prune et de raisin, et même s'il picolait seulement en de rares occasions, comme son anniversaire (et celui de John Rothstein qu'il marquait toujours d'une unique rasade), sa colère grandit encore. De la bonne picole et de la bonne bouffe : voilà ce que Andy Halliday a eu pendant que Morris faisait de la teinture de jeans, inhalait les effluves de vernis et vivait dans une cellule à peine plus grande qu'un cercueil. Il était allé en taule pour viol, c'est sûr, mais jamais il se serait trouvé dans cette ruelle, dans un furieux trou noir induit par l'alcool, si ce type avait pas refusé sa demande et l'avait pas envoyé promener. *Morris, je devrais même pas être vu avec toi.* C'est ce qu'il avait dit ce jour-là. Avant de le traiter de *barge*.

« Super luxe, mon vieux. »

Andy regarde autour de lui, comme s'il s'apercevait pour la première fois du luxe ambiant.

« Oui, c'est ce qu'on dirait, admet-il. Mais les apparences peuvent être trompeuses, Morrie. La vérité, c'est que je suis quasi fauché. Cette librairie s'est jamais remise de la récession et de... certaines allégations. Tu dois me croire. »

Morris pense rarement aux enveloppes remplies de billets que Curtis Rogers a trouvées avec les carnets cette nuit-là dans le coffre de Rothstein, mais maintenant il y pense. Son vieux pote a chopé le fric en même temps que les carnets. Pour ce qu'en sait Morris, ce fric a servi à payer le bureau, le tapis, et les chics carafes à alcool en cristal.

Là-dessus, la bulle de colère finit par éclater et Morris – sa casquette en dégringole de sa tête – balance la hachette. Celle-ci décrit un arc de cercle oblique, mord l'épaisseur de gabardine grise et dans un *chomp*, vient se ficher dans la fesse bouffie en dessous. Andy pousse un cri strident et tombe en avant. De ses avant-bras, il amortit sa chute contre l'arête de son bureau, puis tombe à genoux. Un flot de sang se déverse par une fente de quinze centimètres dans son pantalon. Il plaque une main sur sa blessure et le sang ruisselle entre ses doigts. Il tombe sur le côté puis roule sur le tapis turc. Cette tache-là, pense Morris non sans satisfaction, tu réussiras jamais à l'enlever, mon vieux.

Andy piaille :

« T'avais dit que tu me ferais pas de mal ! »

Morris médite ces propos et secoue la tête.

« Je crois pas l'avoir exprimé aussi clairement mais je suppose que j'ai pu le sous-entendre. » Avec un sérieux sincère, il fixe du regard le visage convulsé de Andy. « Considère ça comme de la liposuccion à domicile. Et tu peux encore t'en sortir vivant. Tout ce que t'as à faire, c'est me donner les carnets. Ils sont où ? »

Cette fois-ci, Andy peut plus faire semblant d'ignorer de quoi parle Morris, pas avec le cul en feu et une fontaine de sang qui lui coule sous la hanche.

« Je les ai pas ! »

Morris pose un genou à terre en prenant bien soin d'éviter la mare de sang qui s'étale.

« Je te crois pas. Ils ont disparu, il reste plus que la malle qui les contenait, et personne à part toi savait que je les avais. Alors je te repose la question, et si tu veux pas examiner de près tes tripes et revoir ce que t'as bouffé à midi, tu ferais bien de soigner ta réponse. *Où sont les carnets ?*

– Un gosse les a trouvés ! C'est pas moi, c'est un gosse ! Il habite dans ton ancienne maison, Morrie ! Il a dû les trouver enterrés dans le sous-sol ou quelque part ! »

Morris regarde son vieux pote bien en face. Il cherche un mensonge sur son visage, mais il cherche aussi à s'adapter à ce soudain revirement d'une situation qu'il pensait maîtriser. C'est comme prendre un virage à cent quatre-vingts degrés au volant d'une voiture qui roule à cent.

« Je t'en prie, Morrie, je t'en prie ! Il s'appelle Peter Saubers ! »

Voilà qui achève de convaincre Morris car il connaît le nom de la famille qui vit maintenant dans la maison où il a grandi. De plus, un type avec une profonde entaille dans le cul pourrait difficilement inventer des détails aussi précis sur l'inspiration du moment.

« Comment tu sais ça ?

– *Parce qu'il veut me les vendre !* Morrie, j'ai besoin d'aller aux urgences ! Je saigne comme un porc égorgé ! »

T'es un porc, songe Morris. Mais t'en fais pas, vieux pote, dans pas longtemps, tu seras délivré de ta misère. Je m'en vais t'expédier là-haut dans la grande librairie du ciel. Mais pas encore, car Morris entrevoit un brillant rayon d'espoir.

Il veut me les vendre, a dit Andy. Pas *il a voulu.*

« Raconte-moi tout, dit Morris. Puis je m'en irai. Tu devras appeler l'ambulance toi-même, mais je suis sûr que tu pourras y arriver.

– Comment je peux savoir si tu dis la vérité ?

– Parce que si le gosse a les carnets, tu m'intéresses plus. Évidemment, tu dois me promettre de pas leur dire qui t'a blessé. C'était un type masqué, hein ? Probablement un drogué. Il voulait de l'argent, pas vrai ? »

Andy hoche vigoureusement la tête.

« Rien à voir avec les carnets, hein ?

– Non, rien ! Si tu crois que je veux voir mon nom mêlé à ça !

– J'imagine que non. Mais si tu cherches à inventer une histoire – et que mon nom figure dans cette histoire –, je devrai revenir.

– Je ferai pas ça, Morrie, je ferai pas ça ! » Et là-dessus, il sort une déclaration aussi puérile que cette lippe luisante de salive : « Parole d'Indien !

– Dis-moi tout alors. »

Andy s'exécute. La première visite de Saubers, avec les photocopies des carnets et des *Dépêches de l'Olympe* pour comparer. Comment, rien qu'avec l'étiquette de bibliothèque collée sur le dos des *Dépêches*, Andy a pu identifier le gosse se faisant passer pour James Hawkins. La deuxième visite du gosse, quand Andy a donné un tour d'écrou. Le message vocal au sujet du week-end des délégués de classe au Centre de Vacances de River Bend, et sa promesse de repasser le lundi après-midi, dans deux jours à peine.

« Quelle heure, lundi ?

– Il… il l'a pas dit. Après l'école, je dirais. Il va au lycée de Northfield. Morrie, je saigne.

– Oui, dit Morris d'un ton absent. Oui, sûrement. »

Il réfléchit furieusement. Le garçon prétend avoir tous les carnets. Il est possible qu'il mente, mais sans doute pas. Le nombre qu'il a annoncé à Andy paraît juste. *Et il les a lus*. Voici qui enflamme une étincelle de jalousie empoisonnée dans la tête de Morris Bellamy et déclenche un incendie qui se propage bientôt à son cœur. Le petit Saubers a lu ce qui était destiné à Morris et à Morris seul. C'est une grave injustice, qui doit être punie.

Il se penche sur Andy et demande :

« T'es gay ? T'es gay, hein, que tu l'es ? »

Les cils de Andy papillonnent.

« Si je suis… mais quel rapport ça a ? Morrie, j'ai besoin d'une *ambulance* !

– Tu vis avec quelqu'un ? »

Son vieux pote est blessé, mais pas idiot. Il voit bien ce qu'implique une telle question.

« Oui ! »

Non, pense Morris, et il balance la hachette : *tchomp*.

Andy pousse un hurlement et commence à se tortiller sur le tapis sanglant. Morris balance un autre coup et Andy hurle encore. Heureusement que la pièce est tapissée de livres, pense Morris. Les livres font une bonne isolation.

« Tiens-toi tranquille, bougre de toi », dit-il, mais Andy se tient pas tranquille.

Ça prend quatre coups en tout. Le dernier s'abat sur l'arête du nez de Andy, lui éclatant les deux yeux comme des raisins, et enfin le tortillement cesse. Morris retire la hachette dans un grincement étouffé d'os contre acier et la laisse tomber sur le tapis à côté de l'une des mains tendues de Andy.

« Voilà, dit-il. Terminé. »

Le tapis est trempé de sang. Le devant du bureau est constellé d'éclaboussures. L'un des murs aussi, ainsi que Morris lui-même. Le bureau de l'arrière-boutique est une scène d'abattoir. Mais ça ne perturbe pas Morris outre mesure : il est plutôt calme. Ça doit être le choc, pense-t-il, et après ? Il a *besoin* d'être calme. Les gens perturbés oublient des choses.

Il y a deux portes au fond de la pièce, derrière le bureau. L'une donne sur le cabinet de toilette privé de son vieux pote, l'autre sur un placard. Il y a plein de vêtements dans le placard, y compris deux costumes d'aspect coûteux. Mais ils ne sont d'aucune utilité à Morris. Il flotterait dedans.

Il regrette que le cabinet de toilette ait pas de douche, mais avec des si..., comme on dit. Il se contentera du lavabo. Tandis qu'il retire sa chemise sanglante et se lave, il tente de passer en revue tout ce qu'il a touché depuis qu'il est entré dans la boutique. Il pense pas qu'il y ait grand-chose. Mais faudra pas qu'il oublie d'essuyer la pancarte accrochée à l'entrée. Et aussi les boutons de porte du placard et de ce cabinet de toilette.

Il se sèche et retourne dans le bureau, abandonnant la serviette et sa chemise souillée de sang près du corps. Son jean aussi est éclaboussé, et ce problème est rapidement résolu par ce qu'il trouve sur une étagère du placard : une pile de T-shirts soigneusement pliés et séparés par des feuilles de papier de soie. Il en trouve un XL qui cachera son jean jusqu'à mi-cuisse, c'est-à-dire le plus gros des taches, et le déplie. Imprimé sur le devant, il y a écrit : ANDREW HALLIDAY RARE EDITIONS, plus le numéro de téléphone de la boutique, l'adresse internet et un livre ouvert en guise d'illustration. Morris pense : Il doit en faire cadeau à ses gros acheteurs. Qui les prennent, disent merci, les portent jamais et les oublient.

Il commence à enfiler le T-shirt, puis se dit qu'il a vraiment pas envie de se balader en affichant sur sa poitrine le lieu de son dernier meurtre, et le retourne sur l'envers. Les lettres se voient un peu par transparence, mais pas assez pour qu'on puisse les lire, et le livre ouvert pourrait être n'importe quel objet rectangulaire.

Ses Dockers restent un problème, néanmoins. Les semelles sont souillées de sang et le dessus en est éclaboussé. Morris examine les pieds de son vieux pote, hoche judicieusement la tête, et retourne voir dans le placard. Le tour de ceinture de Andy fait peut-être le double de celui de Morris, mais leur pointure semble à peu près la même. Il choisit une paire de mocassins et les essaie. Ils le serrent un peu, et il aura peut-être bien une ampoule ou deux, mais les ampoules sont un petit prix à payer pour ce qu'il a appris ici et pour la revanche tardive qu'il a extorquée.

Et puis, c'est des chaussures vachement classe.

Il rajoute les siennes à la pile de trucs gluants sur le tapis, puis examine sa casquette. Pas la moindre éclaboussure. Ça c'est une chance. Il la recoiffe et fait le tour du bureau, essuyant les surfaces qu'il sait avoir touchées, et celles qu'il aurait pu avoir touchées.

Il s'agenouille près du corps une dernière fois et lui fouille les poches, conscient qu'il remet du sang sur ses mains et qu'il va devoir les relaver. *C'est la vie.*

Ça c'est Vonnegut, pense-t-il, pas Rothstein, et il rit. Les allusions littéraires le réjouissent toujours.

Les clés de Andy sont dans une de ses poches de devant, son portefeuille glissé contre la fesse que Morris n'a pas entamée avec la hachette. Toujours de la veine. Pas grand-chose comme argent liquide, moins de trente dollars, mais y a pas de p'tites économies, comme on dit. Morris mets les billets et les clés en lieu sûr. Puis il retourne se laver les mains et essuie les robinets.

Avant de quitter le *sanctum sanctorum* de Andy, il contemple la hachette. Le fer est englué de sang et de cheveux. Le manche caoutchouté porte clairement l'empreinte de sa paume. Il devrait sans doute l'emporter dans l'un de ses sacs de jardinage, avec sa chemise et ses chaussures, mais une intuition – trop profonde pour être traduite en mots, mais très puissante – lui dit de la laisser, du moins pour le moment.

Morris la ramasse, essuie le fer et le manche pour en ôter toute empreinte, puis la dépose doucement sur le bureau chic. Comme un avertissement. Ou une carte de visite.

« Qui a dit que je suis pas un loup, monsieur McFarland ? demande-t-il au bureau vide. Qui l'a dit ? »

Puis il sort, se servant de la serviette maculée de sang pour tourner la poignée.

6

De retour dans la boutique, Morris range la serviette souillée dans l'un des sacs et remonte la fermeture Éclair. Puis il s'assoit à l'ordinateur de Andy pour en explorer le contenu.

C'est un Mac, beaucoup plus chouette que celui de la bibliothèque de la prison mais fondamentalement le même. Puisqu'il est déjà allumé, pas besoin de perdre du temps à essayer *x* mots de passe. Il y a quantité de dossiers commerciaux sur l'écran, et une application intitulée SÉCURITÉ dans la barre inférieure. Il devra explorer ça, aussi, et très attentivement, mais d'abord il ouvre un fichier intitulé JAMES HAWKINS et, oui, voici les renseignements qu'il cherche : l'adresse de Peter Saubers (qu'il connaît) et aussi le numéro de portable de Peter Saubers, probablement récupéré par l'intermédiaire du message vocal que son vieux pote a mentionné. Son père s'appelle Thomas. Sa mère Linda. Sa sœur Tina. Il y a même une photo du jeune M. Saubers, alias James Hawkins, posant en compagnie d'un petit groupe de bibliothécaires de la bibliothèque de Garner Street que Morris connaît bien. En dessous de ces données – qui pourraient s'avérer utiles, qui sait, qui sait – figure une bibliographie de John Rothstein à laquelle Morris n'adresse qu'un coup d'œil : il connaît l'œuvre de Rothstein par cœur.

À part ce que le jeune M. Saubers garde sous le coude, bien entendu. Ce qu'il a volé à son propriétaire légitime.

Il y a un bloc-notes près de l'ordinateur. Morris inscrit le numéro du garçon et glisse le feuillet dans sa poche. Puis il ouvre l'application SÉCURITÉ et clique sur CAMÉRAS. Six écrans apparaissent. Deux montrent Lacemaker Lane dans toute sa gloire consumériste. Deux sont braquées sur l'intérieur étroit de la boutique. La cinquième montre ce même bureau où Morris est assis dans son T-shirt neuf. La sixième montre le bureau de l'arrière-boutique et le corps vautré sur le tapis turc. En noir et blanc, les flaques et éclaboussures de sang ressemblent à de l'encre.

Morris clique sur l'image, et elle emplit l'écran. Des flèches apparaissent en bas. Il clique sur la flèche retour arrière, attend, puis clique sur PLAY et se regarde, fasciné, commettre à nouveau le meurtre de son vieux pote. Fascinant, vraiment. Mais pas un film amateur dont il a envie qu'il soit vu par n'importe qui, donc le portable repart avec lui.

Il débranche les diverses prises, y compris celle connectée à une boîte brillante estampillée VIGILANT SECURITY SYSTEMS. Les caméras sont directement reliées au disque dur du portable, aucun DVD n'est donc gravé automatiquement. Logique. Un tel système de gravure serait légèrement trop onéreux pour un petit commerce comme Andrew Halliday Rare Editions. Mais l'un des câbles qu'il a ôtés était relié à un graveur de disques, donc son vieux pote devait pouvoir graver lui-même ses DVD, s'il le désirait, à partir de ses enregistrements vidéo.

Morris fouille méthodiquement le bureau pour les trouver. Il y a cinq tiroirs en tout. Il ne trouve rien d'intéressant dans les quatre premiers, mais le tiroir central est fermé à clé. Morris y voit un signe. Il cherche parmi les clés de Andy, choisit la plus petite, déverrouille le tiroir et touche le gros lot. Les sept ou huit photos explicites de son vieux pote en pleine fellation sur un jeune type trapu bardé de tatouages l'intéressent pas, mais le revolver, oui. C'est un SIG Sauer P 238 rouge et noir avec des fleurs gravées et dorées à la feuille tout le long du canon. Morris déverrouille le magasin et voit qu'il est plein. Une cartouche est même déjà engagée. Il reverrouille le chargeur et dépose le revolver sur le bureau – un autre truc à embarquer. Il fouille plus loin dans le tiroir et trouve tout au fond une enveloppe blanche vierge au rabat rentré et non collé. Il l'ouvre, s'attendant à une dizaine d'autres photos cochonnes, et a le plaisir de tomber sur de l'argent – au moins cinq cents dollars. La chance est toujours avec lui. Il pose l'enveloppe à côté du SIG.

Il n'y a rien d'autre et il est sur le point de conclure que si Andy a gravé des DVD, il les a mis à l'abri quelque part dans un coffre. Mais Dame Fortune n'en a pas encore fini avec Morris Bellamy. Quand il se lève, son épaule heurte une étagère surchargée, à gauche du bureau. Quelques vieux livres dégringolent par terre, et, derrière eux, apparaît une petite pile de boîtiers de DVD en plastique maintenus ensemble par des élastiques.

« Comment tu fais ça ? murmure Morris doucement. Comment tu fais ça, mec ? »

Il se rassoit et les fait rapidement passer entre ses mains, comme un joueur bat des cartes. Andy a écrit un nom au marqueur noir sur chacun. Seul le dernier signifie quelque chose pour Morris, et c'est précisément celui qu'il cherchait : « HAWKINS », en capitales sur la surface luisante.

La chance lui a souri plein de fois cette après-midi (peut-être pour compenser l'horrible déception qu'il a connue hier soir) mais il est inutile de la pousser plus loin. Morris emporte l'ordinateur, le revolver, l'enveloppe contenant l'argent et le disque HAWKINS à l'entrée du magasin. Il les fourre dans l'un de ses sacs de jardinage sans regarder les gens qui vont et viennent sur le trottoir. Si t'as l'air d'être chez toi quelque part, la plupart des gens penseront que t'es chez toi. Il sort d'un pas confiant et verrouille la porte derrière lui. La pancarte FERMÉ oscille brièvement, puis s'immobilise. Morris baisse la longue visière de sa casquette des Groundhogs et s'en va.

Il fait une dernière halte avant de regagner le Manoir aux Barges : à L'Octet, un cybercafé. Pour douze des dollars de Andy, il se paie vingt minutes dans un box sur un ordi équipé d'un lecteur DVD, plus un café dégueu et hors de prix. Il lui faut moins de cinq minutes pour s'assurer de ce qu'il détient : son vieux pote en train de parler avec un gosse qui a tout l'air de porter des fausses lunettes et la moustache de son père. Dans la première séquence, Saubers tient à la main un livre, sûrement *Les Dépêches de l'Olympe,* et une enveloppe qui contient plusieurs feuillets, sûrement les photocopies dont Andy a parlé. Dans la deuxième séquence, Saubers et Andy ont l'air de se disputer. Ces mini-films en noir et blanc sont muets, et c'est très bien comme ça. Le gosse aurait pu proférer n'importe quelle phrase. Dans la deuxième séquence, celle de la dispute, il aurait même pu dire : la prochaine fois, je viendrai avec ma hachette, espèce de gros connard.

Morris quitte L'Octet en souriant.

Le type derrière le comptoir lui rend son sourire en disant :

« J'en déduis que vous vous êtes bien amusé.

– Oui, répond l'homme qui a passé plus des deux tiers de sa vie en prison. Mais ton café était dégueu, crâne d'œuf. J'aurais dû te le verser sur la tête, putain. »

Le sourire s'efface du visage de l'employé. Beaucoup, parmi les clients, sont des consommateurs de crack. Avec ces gens-là, vaut mieux filer doux et espérer qu'ils reviendront jamais.

7

Hodges a dit à Holly qu'il comptait passer au moins une partie du week-end affalé dans son La-Z-Boy à regarder le base-ball à la télé, et le dimanche après-midi, il regarde effectivement les trois premières manches du match des Indians. Mais une certaine nervosité s'empare de lui et il décide de sortir rendre une petite visite. Pas à un vieux pote, mais assurément à une vieille connaissance. Après chacune de ces visites, il se dit : OK, c'est la dernière, tout ça ne rime à rien. Il le pense vraiment, en plus. Et puis – un mois plus tard, ou deux, ou deux et demi – il reprend le même chemin. Quelque chose le pousse à le faire. Et de toute manière, les Indians perdent déjà de cinq points face aux Rangers, et on en est qu'à la troisième manche.

Il éteint la télé, enfile un vieux T-shirt Police Athletic League (du temps où il était costaud, il évitait les T-shirts, mais maintenant il aime leur façon de tomber bien droit sur son ventre quasi plat au-dessus de la ceinture) et il ferme la maison. La circulation est fluide le dimanche et vingt minutes plus tard il enfile sa Prius dans une place de stationnement au deuxième étage du parking visiteurs adjacent à la masse de béton tentaculaire et sans cesse en train de développer des métastases du John M. Kiner Hospital. Tout en se dirigeant vers l'ascenseur du parking, il adresse une prière à Dieu, comme il le fait pratiquement à chaque fois, pour le remercier d'être là en tant que visiteur et pas en tant que client. Non sans être parfaitement conscient, alors même qu'il prononce son très respectueux merci, que la plupart des gens deviennent tôt ou tard des clients, soit ici, soit dans l'un des quatre autres hostos, réputés ou non, de la ville. Personne voyage gratis et, à la fin, même le bateau qui tient le mieux la mer finit par couler, bloup-bloup-bloup. La seule façon de contrebalancer ça, selon Hodges, c'est de tirer parti au mieux de chaque jour en mer.

Mais si cet adage est vrai, alors que fout-il ici ?

Cette idée lui remet en mémoire deux vers d'un poème entendu ou lu il y a bien longtemps, et qui s'est logé dans son cerveau par la vertu de sa simple rime : *Oh, chasse cette pensée parasite/Et allons faire notre visite*[1].

8

Il est facile de se perdre dans n'importe quel grand hôpital, mais Hodges est venu ici des tas de fois et maintenant, c'est plutôt lui qui renseignerait les gens que le contraire. L'ascenseur du parking le ramène au niveau d'un passage couvert ; le passage couvert le conduit dans un hall d'entrée grand comme une gare ; l'ascenseur du couloir A l'emporte au deuxième étage ; un passage aérien lui fait franchir Kiner Boulevard et le conduit à sa destination finale où la peinture sur les murs est d'un rose apaisant et l'atmosphère feutrée. Le panneau au-dessus du bureau de la réception indique :

BIENVENUE À LA CLINIQUE
DES TRAUMATISÉS DU CERVEAU
DE LA RÉGION DES GRANDS LACS
L'UTILISATION DE TÉLÉPHONES PORTABLES
ET DE TOUT APPAREIL DE TÉLÉCOMMUNICATIONS
EST INTERDITE
CONTRIBUEZ AU MAINTIEN
D'UN ENVIRONNEMENT SILENCIEUX
NOUS VOUS REMERCIONS DE VOTRE COOPÉRATION

1. Allusion au poème de T.S. Eliot *La Chanson d'amour de J. Alfred Prufrock.*

Hodges se dirige vers le bureau où son badge de visiteur l'attend déjà. L'infirmière-chef le connaît ; en quatre ans, ils sont presque devenus de vieux amis.

« Comment va la famille, Becky ? »

Elle répond que tout le monde va bien.

« Et le bras du fiston ? »

Elle répond que ça va. On lui a enlevé son plâtre et il pourra retirer son écharpe d'ici une semaine, deux au maximum.

« C'est bien. Mon p'tit gars est dans sa chambre ou en rééducation ? »

Elle répond qu'il est dans sa chambre.

Hodges longe le couloir jusqu'à la chambre 217 où un certain patient réside aux frais de la princesse. Avant de l'atteindre, Hodges croise l'aide-soignant que les infirmières appellent Bibli Al. Il a la soixantaine et – comme à l'accoutumée – il pousse un chariot rempli de journaux et de livres de poche. Depuis peu, un ajout a été fait à son petit arsenal de distractions : un casier en plastique rempli de livres électroniques.

« Salut, Al, dit Hodges, comment ça va aujourd'hui ? »

Al, d'ordinaire bavard, semble à moitié endormi cette après-midi, et il a des cernes violets sous les yeux. La nuit a été rude pour certains, pense Hodges en souriant intérieurement. Il connaît les symptômes, pour en avoir vécu de rudes lui aussi. Il imagine un instant claquer des doigts devant les yeux de Al, à la manière d'un hypnotiseur de cabaret, puis décide que ce serait vache. Laissons cet homme venir à bout de son lendemain de cuite en paix. S'il est encore aussi vasouillard cette après-midi, Hodges n'ose pas imaginer comment il devait se sentir ce matin.

Mais avant que Hodges ait passé son chemin, voici Al qui revient à lui et lui sourit.

« Hé, c'est vous, inspecteur ? Faisait un bail que j'avais pas vu votre trogne dans le quartier !

– C'est seulement *monsieur*, maintenant, Al. Vous vous sentez bien ?

– Oui, oui. J'étais juste en train de penser… » Al hausse les épaules. « Bigre, j'sais plus à quoi j'étais en train de penser. » Il rit. « Vieillir, c'est pas un boulot pour les mauviettes.

– Vous n'êtes pas vieux, dit Hodges. On a dû oublier de vous annoncer la nouvelle : soixante ans, c'est la nouvelle quarantaine. »

Al renifle.

« Si c'est pas la nouvelle du siècle la plus bidon. »

Hodges est totalement d'accord. Il désigne le chariot du doigt.

« J'imagine que mon p'tit gars demande jamais de livres, si ? »

Al renifle encore.

« Harstfield ? Y saurait même plus lire un album de *Petit Ours.* » Il se tape gravement le front. « Y a plus que du porridge là-d'dans. Mais des fois, il tend la main pour avoir un de ces machins. » Il se saisit d'une liseuse électronique rose bonbon. « Ces trucs-là sont livrés avec des jeux.

– Il joue à des jeux ? »

Hodges n'en revient pas.

« Oh là là, non. Ses fonctions motrices sont niquées. Mais si je lui mets une démo, genre *Barbie top modèle* ou *Barbie va à la pêche*, il peut les regarder pendant des heures. Les démos rejouent toujours la même séquence en boucle, mais qu'est-ce qu'il en sait ?

– Rien, je suppose.

– Bonne supposition. Je crois qu'il aime les bruits aussi – les bips, les boops et les boinks. Quand je reviens, deux heures plus tard, la liseuse est posée sur son lit ou sur l'appui de la fenêtre, écran noir, batterie plate comme une crêpe. Mais c'est pas un problème, elle est pas morte pour autant, trois heures de chargeur et c'est reparti pour un tour. Lui, par contre, il recharge pas. Et c'est tant mieux, probablement. »

Al fronce le nez comme s'il avait flairé une mauvaise odeur.

Peut-être, peut-être pas, pense Hodges. Tant qu'il va pas mieux, il reste ici, dans une jolie chambre d'hôpital. Pas terrible, comme vue, mais il a l'air conditionné, la télé couleur et, de temps en temps, une liseuse rose bonbon à regarder. S'il était sain d'esprit – capable de participer à sa propre défense, selon la définition de la loi –, il devrait passer en jugement pour une dizaine de chefs d'inculpation, dont neuf pour meurtre. Dix, si le procureur décidait d'y ajouter la mère du salopard, morte empoisonnée. Et alors, ça serait la prison d'État de Waynesville pour le restant de ses jours.

Pas d'air conditionné, en taule.

« Ménagez-vous, Al. Vous m'avez l'air fatigué.

– Non, ça va, inspecteur Hutchinson. Bonne visite à vous. »

Al s'éloigne en poussant son chariot et Hodges le suit des yeux en plissant le front. Hutchinson ? *Bigre*, d'où sort-il *ça* ? Ça fait des années que Hodges vient ici et Al connaît parfaitement son nom. Ou le connaissait. Bon Dieu, il espère que le bonhomme n'est pas atteint de démence précoce.

Durant les quatre premiers mois, il y a eu deux gardiens à la porte de la chambre 217. Puis un seul. Désormais, il n'y en a plus aucun parce que garder Brady est un gaspillage de temps et d'argent. Quand le criminel peut même pas aller aux toilettes tout seul, y a pas grand danger d'évasion. Chaque année, on reparle de le transférer dans une institution moins onéreuse dans le nord de l'État, mais chaque année, le procureur rappelle aux uns et aux autres que ce charmant personnage, cerveau endommagé ou pas, est toujours techniquement en attente de jugement. Il est facile de le garder ici car la clinique finance une bonne partie de la facture. L'équipe de neurologues – surtout le Dr Felix Babineau, chef de service – trouve que Brady Hartsfield est un cas extrêmement intéressant.

Cette après-midi, il est assis près de la fenêtre, en jean et chemise à carreaux. Il a les cheveux longs et aurait bien besoin d'une visite du coiffeur, mais on vient de les lui laver et ils brillent comme de l'or dans la lumière du soleil. Des cheveux dans lesquels une fille adorerait passer ses doigts, pense Hodges. Si elle ignorait quel monstre c'était.

« Bonjour, Brady. »

Harstfield ne réagit pas. D'accord, il est en train de regarder dehors par la fenêtre, mais voit-il le mur de brique du parking qui constitue son unique panorama ? Sait-il que Hodges se trouve dans la chambre avec lui ? Sait-il seulement que *quelqu'un* se trouve dans la chambre avec lui ? C'est à ces questions que toute une équipe de neurologues aimerait avoir des réponses. Et aussi Hodges, qui s'assied au pied du lit en se demandant : Quel monstre *c'était* ? Ou *c'est* toujours ?

« Ça fait une baille, comme disait l'aumônier de marine à la Mère Supérieure. »

Hartsfield ne répond pas.

« Je sais, elle est un peu éculée. J'en ai des centaines comme ça, demande à ma fille. Comment va, aujourd'hui ? »

Hartsfield ne répond pas. Ses mains sont posées sur ses genoux, longs doigts blancs mollement entrecroisés.

En avril 2009, Harstfield a volé une Mercedes-Benz appartenant à la cousine de Holly et au volant de laquelle il a délibérément foncé dans une foule de demandeurs d'emploi au City Center. Il a tué huit personnes et en a blessé grièvement douze autres, dont Thomas Saubers, le père de Peter et Tina. Il a ensuite pris la fuite sans être inquiété. L'erreur de Hartsfield, cependant, a été d'écrire à Hodges, alors retraité de la police, pour le narguer.

L'année suivante, Brady a assassiné l'autre cousine de Holly, la sœur de la première, une femme délicieuse dont Hodges était en train de tomber amoureux. C'était Holly elle-même, fort opportunément, qui avait arrêté l'horloge interne de Brady en lui réduisant littéralement la cervelle en bouillie à l'aide du Happy Slapper personnel de Hodges avant que Harstfield n'ait pu déclencher le détonateur d'une bombe qui aurait décimé le public adolescent d'un concert pop.

Le premier coup de Slapper avait fracturé le crâne de Hartsfield mais c'était le second qui, de l'avis des spécialistes, avait causé des dégâts irréparables. Dans un profond coma dont il avait peu de chances de sortir un jour – *dixit* le Dr Babineau –, il avait été admis à la Clinique des Traumatisés du Cerveau. Et puis, par un sombre soir d'orage de novembre 2011, Harstfield avait ouvert les yeux et adressé la parole à l'infirmière occupée à changer la poche de sa perfusion. (Quand il médite sur cet instant, Hodges imagine toujours le Dr Frankenstein s'écriant : « Il est vivant ! Il est vivant ! ») Harstfield avait déclaré avoir mal à la tête et réclamé sa mère. Le Dr Babineau, appelé sur les lieux, avait demandé à son patient de suivre son doigt des yeux afin de vérifier ses mouvements extra-oculaires, et Hartsfield avait été capable de le faire.

Au cours des trente mois écoulés depuis, Brady Hartsfield a parlé en diverses occasions (quoique jamais à Hodges). La plupart du temps, il réclame sa mère. Quand on lui dit qu'elle est morte, il hoche parfois la tête, comme s'il comprenait… et puis un jour, ou une semaine plus tard, il réitère sa demande. Il est capable de suivre des instructions simples en salle de kinésithérapie et a réappris à marcher, même si ça ressemble davantage à un traînement de pieds assisté par un aide-soignant. Les bons jours, il est capable de manger seul mais reste incapable de s'habiller. Il est classé semi-catatonique. La plupart du temps, il reste assis dans sa chambre à regarder soit le parking par la fenêtre, soit une photo de fleurs sur le mur.

Mais au cours de la dernière année, quelques faits étranges se sont également produits qui ont fait de Brady Harstfield une sorte de légende à la Clinique des Traumatisés du Cerveau. Des rumeurs et des spéculations se sont propagées. Le Dr Babineau n'en tient pas compte et refuse même d'en parler… mais certains des aides-soignants et autres infirmières et infirmiers s'épanchent volontiers et un certain inspecteur de police à la retraite s'est montré un auditeur avide au fil des années.

Hodges se penche en avant, mains pendant entre les genoux, et sourit à Hartsfield.

« Tu joues la comédie, Brady ? »

Brady ne répond pas.

« Pourquoi tu te fatigues ? D'une façon ou d'une autre, tu vas passer le restant de ta vie enfermé. »

Brady ne répond pas mais une de ses mains se soulève lentement de ses genoux. Il manque se planter un doigt dans l'œil puis atteint son but et écarte une mèche de cheveux de son front.

« Tu veux pas me demander où est ta mère ? »

Brady ne répond pas.

« Elle est morte. En train de pourrir dans son cercueil. Tu lui as refilé du poison pour les rats. Elle a dû vachement souffrir. Tu l'as vue souffrir ? T'étais là ? Tu l'as regardée ? »

Pas de réponse.

« Ohé, Brady, t'es là ? Toc, toc, toc. »

Pas de réponse.

« Je crois que t'es là. J'espère que t'es là. Hé, j'vais t'dire une chose. J'ai été un buveur sévère. Et tu sais ce que je me rappelle le mieux de mes années de boisson ? »

Pas de réponse.

« Les lendemains de cuite. La lutte pour sortir du lit avec un cognement dans la tête comme un marteau sur une enclume. Aller vidanger le litre du matin en me demandant ce que j'avais fait la veille. Même pas savoir parfois comment j'étais rentré à la maison. Vérifier ma voiture pour d'éventuelles traces d'accrochage. C'était comme d'être perdu à l'intérieur de mon putain de cerveau, à chercher la porte pour pouvoir sortir sans réussir à la trouver avant au moins midi, quand les choses commençaient à s'éclaircir et à redevenir normales. »

Ça lui rappelle momentanément Bibli Al.

« J'espère que t'en es là, Brady. À errer à l'intérieur de ton cerveau à moitié déglingué et à chercher la sortie. Sauf que pour toi, y a pas de sortie. Pour toi, le lendemain de cuite en finit pas de continuer. T'en es là ? Bon sang, j'espère bien que t'en es là. »

Il a mal aux mains. Il les regarde et voit qu'il les tient tellement serrées que ses ongles lui mordent les paumes. Il relâche la pression et observe les croissants blancs se teinter de rouge. Il rafraîchit son sourire.

« Juste pour causer, mon pote. Juste pour causer. T'as què'que chose à répondre ? »

Hartsfield ne répond rien.

Hodges se lève.

« C'est bon. Reste bien assis près de cette fenêtre à essayer de trouver la sortie. La sortie qu'existe pas. Pendant ce temps, moi je vais sortir à l'air libre et respirer à pleins poumons. C'est une belle journée, aujourd'hui. »

Sur la table placée entre la chaise et le lit, il y a une photo que Hodges a vue pour la première fois dans la maison de Elm Street où Hartsfield vivait avec sa mère. Celle-ci est plus petite et entourée d'un cadre argenté. On y voit Brady et sa maman quelque part sur une plage, se tenant enlacés, joue contre joue, plus l'air de deux amoureux que de mère et fils. Au moment où Hodges se retourne pour partir, la photo bascule et tombe en avant avec un son mat. *Clac.*

Hodges la regarde, regarde Harstfield, puis regarde de nouveau la photo tombée à plat sur la table.

« Brady ? »

Pas de réponse. Y a jamais de réponse. Pas à ses questions, en tout cas.

« Brady, c'est toi qu'as fait ça ? »

Rien. Brady a les yeux baissés vers ses genoux où ses doigts sont de nouveau mollement entrelacés.

« Y a des infirmières qui disent… » Hodges ne termine pas sa phrase. Il repose la photo en position verticale, appuyée sur son petit support. « Si c'est toi qui as fait ça, refais-le. »

Rien du côté de Hartsfield, rien du côté de la photo. Mère et fils en des temps plus heureux. Deborah Ann Hartsfield et son lapin chéri.

« Très bien, Brady. À plus, dans l'bus. J'm'arrache, l'Apache. »

Il s'arrache, referme la porte derrière lui. Au même moment, Brady Hartsfield lève brièvement les yeux. Et sourit.

Sur la table, la photo bascule de nouveau en avant.

Clac.

9

Ellen Bran (surnommée Bran Stoker par les élèves qui ont suivi le cours de littérature fantastique et d'horreur au lycée de Northfield) est postée à la porte du bus scolaire garé dans la cour du Centre de Vacances de River Bend. Elle a son téléphone portable à la main. Il est seize heures, c'est dimanche et elle est sur le point d'appeler le 911 pour signaler la disparition d'un élève. C'est à ce moment que Peter Saubers déboule au pas de course du coin du bâtiment, côté restaurant.

Ellen est toujours impeccablement réglo avec ses élèves, elle s'en tient à son rôle de prof sans jamais essayer de copiner, mais là, elle laisse tomber les bienséances et enlace Peter dans une étreinte si forte et si fervente qu'il en a presque le souffle coupé. De l'intérieur du bus, où attendent les autres délégués et futurs délégués de classe, monte une petite salve d'applaudissements moqueurs.

Ellen relâche son étreinte, attrape Peter par les épaules et fait autre chose qu'elle n'a jamais fait auparavant à aucun de ses élèves : elle le secoue rudement.

« *Où* étais-tu ? Tu as raté les trois séminaires de la matinée, tu as raté le repas de midi, j'étais à deux doigts d'appeler la *police* !

– Je suis désolé, m'dame Bran. J'ai été malade, genre une indigestion. Et j'ai pensé que le grand air me ferait du bien. »

Mme Bran – accompagnatrice et organisatrice de ce week-end car elle est à la fois prof de politique américaine et d'histoire américaine – décide de le croire. Pas seulement parce que Peter est l'un de ses meilleurs élèves et ne lui a jamais causé la moindre difficulté auparavant, mais parce qu'il a *vraiment* l'air malade.

« Eh bien... tu aurais dû me prévenir, lui dit-elle. Je pensais que tu t'étais mis en tête de retourner chez toi en stop ou quelque chose comme ça. S'il t'était arrivé quoi que ce soit, c'est moi qui aurais porté le chapeau. Tu ne te rends pas compte que vous êtes sous ma responsabilité lors d'une sortie scolaire ?

– J'ai perdu la notion du temps. J'ai vomi et je voulais pas faire ça à l'intérieur. Ça doit être quelque chose que j'ai mangé. Ou un virus, genre gastro fulgurante. »

Ce n'est pas quelque chose qu'il a mangé et il n'a pas attrapé de virus fulgurant, mais l'histoire des vomissements est vraie. C'est la nervosité. La terreur pure, pour être plus précis. Il est terrifié à l'idée d'affronter Andrew Halliday demain. Ça peut bien se passer, il sait qu'il y a une chance pour que ça se passe bien, mais ce sera un peu comme enfiler une aiguille qui arrête pas de bouger. Et si ça se passe mal, il aura des ennuis avec ses parents et des ennuis avec la police. Quant à une bourse universitaire sur critères sociaux ou au mérite ? Des clous. Il se pourrait même qu'il aille en prison. C'est pourquoi il a passé toute la journée à errer sur les sentiers qui sillonnent les quinze hectares de propriété du centre de vacances, en répétant *x* et *x* fois dans sa tête l'imminente confrontation. Ce qu'il dira ; ce que dira Halliday ; ce qu'il lui répondra. Et oui, de fait, il a perdu la notion du temps.

Pete aimerait ne jamais avoir posé les yeux sur cette putain de malle.

Il pense : Mais je cherchais seulement à bien faire. Merde, c'est tout !

Ellen aperçoit les larmes qui noient les yeux du garçon et elle remarque pour la première fois – peut-être parce qu'il a rasé cette moustache ridicule – combien son visage est amaigri. Presque émacié. Elle laisse tomber son téléphone portable dans son sac et en sort un paquet de mouchoirs en papier.

« Essuie-toi le visage », dit-elle.

De l'intérieur du bus, une voix lance :

« Hey, Saubers, t'as un ticket !

– La ferme, Jeremy », répond Ellen sans se retourner. Puis, à Pete : « Je devrais te donner une semaine de colle pour cette petite escapade, mais je vais être indulgente. »

Elle va l'être, en effet, car une semaine de colle impliquerait un rapport oral à M. Waters, le proviseur adjoint, qui est aussi chargé de la discipline du lycée. Waters ne manquerait pas de s'informer des propres agissements de Bran et voudrait savoir pourquoi elle n'avait pas sonné l'alarme plus tôt, surtout lorsqu'elle reconnaîtrait ne pas avoir revu Pete Saubers depuis l'heure du dîner au réfectoire la veille au soir. Il s'était soustrait durant presque vingt-quatre heures à sa vue et à sa surveillance, ce qui était totalement hors normes dans le cadre d'un voyage scolaire.

« Merci, m'dame Bran.

– Tu crois que tu as terminé de vomir ?

– Oui. J'ai plus rien dans l'estomac.

– Alors monte dans le bus qu'on rentre à la maison. »

De nouvelles salves d'applaudissements sarcastiques s'élèvent lorsque Pete grimpe à bord et progresse le long du couloir central. Il s'efforce de sourire, comme si de rien n'était. Tout ce qu'il désire, c'est retrouver Sycamore Street et se tapir dans sa chambre en attendant demain et la fin de ce cauchemar.

10

Quand Hodges rentre de l'hôpital, il trouve un beau jeune homme en T-shirt de Harvard installé sur son perron d'entrée, occupé à lire un épais livre de poche à la couverture illustrée d'une bande de Grecs ou de Romains en plein combat. Assis à côté de lui, il y a un setter irlandais à la gueule fendue du genre de sourire insouciant qui semble être l'apanage des chiens élevés dans des foyers affectueux. Jeune homme et chien se lèvent quand Hodges se range dans le petit appentis qui lui sert de garage.

Le jeune homme vient à sa rencontre sur la pelouse, poing tendu. Hodges tape son poing contre le sien, tribut rendu à l'héritage noir de Jerome, puis lui serre la main, tribut rendu à son propre héritage wasp[1].

Jerome recule, tenant Hodges par les avant-bras pour l'examiner.

« Quelle forme ! s'exclame-t-il. Plus mince que jamais !

– Je marche, explique Hodges. Et j'ai acheté un tapis de course pour les jours de pluie.

– Excellent ! Vous allez vivre éternellement !

– J'aimerais bien », dit Hodges en se penchant. Le chien lui tend la patte et Hodges la serre. « Comment tu vas, Odell ? »

Odell répond d'un jappement qui doit signifier qu'il va bien.

« Entre, dit Hodges. J'ai du Coca. À moins que tu préfères une bière.

– Un Coca, ça me va. Et je parie qu'Odell apprécierait un peu d'eau. On est venus à pied. Et Odell marche plus aussi vite qu'avant.

– Sa gamelle est toujours sous l'évier. »

Ils rentrent et trinquent avec des verres de Coca glacé. Odell lape sa gamelle d'eau puis s'étend à sa place habituelle près de la télé. Hodges a été un téléphage compulsif durant ses premiers mois de retraite mais désormais, le poste est rarement allumé, sauf pour le *CBS Evening News* avec Scott Pelley, et les matchs des Indians.

1. *White Anglo-Saxon Protestant* : blanc anglo-saxon protestant.

« Comment ça se passe avec le pacemaker, Bill ?

– Je me rends même plus compte qu'il est là. Et c'est aussi bien comme ça. Et toi, tu devais pas te rendre à un grand bal dans un country club de Pittsburgh avec comment-s'appelle-t-elle-déjà ?

– C'est tombé à l'eau. La version, pour mes parents, c'est que comment-s'appelle-t-elle-déjà et moi, on s'est rendu compte qu'on était pas compatibles, tant sur le plan universitaire que personnel. »

Hodges hausse les sourcils.

« Ça fait très laïus d'avocat, ça, je trouve, pour un étudiant en philosophie avec option cultures antiques. »

Jerome sirote son Coca, étend ses longues jambes devant lui et sourit.

« Vous voulez la vérité ? Comment-s'appelle-t-elle-déjà – alias Priscilla – se servait de moi pour exciter la jalousie de son ex-petit copain de lycée. Et ça a marché. Elle m'a dit qu'elle était désolée de m'avoir fait de fausses promesses, qu'elle espérait qu'on reste bons amis et tout le bla-bla. Un peu embarrassant, mais bon, c'est probablement mieux comme ça. » Il s'interrompt. « Elle a encore toutes ses poupées Barbie et Bratz sur une étagère dans sa chambre et je dois reconnaître que ça m'a donné à réfléchir. J'imagine que ça me dérangerait pas trop si mes parents apprenaient que j'ai été le dindon de sa grosse farce amoureuse, mais si vous dites quoi que ce soit à ma Barbster de sœur, j'aurai pas fini de l'entendre.

– Motus et bouche cousue, dit Hodges. Alors, quels sont tes projets maintenant ? Tu retournes dans le Massachusetts ?

– Non, non, je suis ici pour l'été. J'ai un boulot sur les quais, manutentionnaire de containers.

– C'est pas un boulot pour un étudiant de Harvard, ça, Jerome.

– C'en est un pour moi. J'ai passé mon permis machines de chantier l'hiver dernier, le salaire est super élevé, et Harvard n'est pas donné, même avec une bourse d'études partielle. » Tyrone Feelgood Delight refait une apparition impromptue, bienheureusement brève. « Ce 'tit Noi'-là, missié Hodges, y va twimballer du poids et twanspiwer. » Puis, sans transition, retour à Jerome. « Qui c'est qui vous tond la pelouse ? C'est pas mal fait. Pas aussi bien qu'avec Jerome Robinson, mais pas mal du tout.

– Un gosse du quartier, dit Hodges. Dis-moi, Jerome, c'est juste une visite de courtoisie que tu me fais là, ou bien… ?

– Barbara et sa copine Tina m'ont raconté une drôle d'histoire, enchaîne Jerome. Tina était pas trop chaude pour me le dire, au départ, mais Barbs l'a convaincue. Elle est douée pour ça. Dites, Bill, vous savez que le père de Tina a été blessé dans l'attaque du City Center, pas vrai ?

– Oui.

– Si c'est vraiment son grand frère qui a envoyé l'argent pour maintenir la famille à flot, chapeau… Mais d'où est-ce qu'il tenait ce fric ? J'ai beau chercher, je vois pas.

– Moi non plus.

– Tina dit que vous allez lui demander.

– Après l'école demain, oui, c'est ça le plan.

– Holly est dans le coup ?

– Elle assure la logistique.

– Cool ! » Jerome sourit largement. « Et si je venais avec vous demain ? On reforme le groupe, mon vieux ! Et on rejoue tous les standards ! »

Hodges réfléchit.

« Je sais pas, Jerome. Un seul interlocuteur – un vieux de la vieille comme moi – risque de pas trop perturber le petit Saubers. Mais *deux*… surtout si l'un d'eux est un grand Black impressionnant de plus d'un mètre quatre-vingt-…

– Quinze rounds et j'ai toujours ma belle gueule ! » proclame Jerome en brandissant ses deux mains nouées au-dessus de sa tête. Odell aplatit les oreilles. « Ma belle gueule d'ange ! Ce vieil ours mal léché de Sonny Liston m'a même pas touché ! *Je flotte comme un papillon et je pique comme une…* » Jerome considère l'expression patiente de Hodges. « OK, d'accord, désolé, je me laisse un peu emporter, des fois. Où est-ce que vous allez l'attendre ?

– Devant l'entrée principale du lycée, c'était mon idée. C'est bien par là que sortent tous les jeunes, non ?

– Non, pas forcément. Il peut sortir par-derrière, surtout si Tina a laissé échapper qu'elle vous a parlé. » Jerome voit Hodges sur le point de dire quelque chose et lève la main pour l'arrêter. « Elle a promis qu'elle le ferait pas, mais les grands frères connaissent leurs petites sœurs, vous pouvez croire un gars qui en a une. S'il sait que quelqu'un veut lui poser des questions, il peut s'esquiver et couper par le terrain de football pour rejoindre Westfield Street. Je pourrais me garer là, et vous appeler si je l'aperçois.

– Tu saurais le reconnaître ?

– Oui, Tina m'a montré une photo qu'elle avait dans son porte-monnaie. Laissez-moi faire partie de l'équipe, Bill. Barbs aime cette gamine. Et moi aussi, je l'aime bien. Elle a eu du cran de venir vous trouver, même avec ma sœur pour l'aiguillonner.

– Je le sais.

– Et puis, je suis malade de curiosité. Tina dit que l'argent a commencé à arriver alors que son frère n'avait que treize ans. Un gamin si jeune en possession de tant d'argent… » Jerome secoue la tête. « Je suis pas surpris qu'il ait des ennuis aujourd'hui.

– Moi non plus. Bon, si tu veux faire partie de l'équipe, je suppose que c'est OK.

– Super ! »

Cette exclamation appelle un nouvel entrechoquement de poings.

« T'as été élève au lycée de Northfield, Jerome. Est-ce qu'il y a une autre sortie possible en dehors de l'entrée principale et de Westfield Street ? »

Jerome réfléchit.

« S'il passe par le sous-sol, il y a une porte qui donne sur le côté et sur l'ancienne zone fumeurs. S'il passe par là, il peut couper par l'auditorium et ressortir dans Garner Street.

– Je pourrais placer Holly à cet endroit-là, dit Hodges d'un ton pensif.

– Excellente idée ! s'exclame Jerome. Le groupe au complet ! Comme je disais !

– Mais si tu le vois, tu ne l'approches pas, précise Hodges. Tu m'appelles, c'est tout. C'est *moi* qui l'aborderai. Je donnerai la même consigne à Holly. Pas qu'elle s'y risquerait, de toute façon.

– Du moment qu'on arrive à lui tirer les vers du nez et à connaître toute l'histoire.

– Si j'y arrive, tu la connaîtras, dit Hodges en espérant ne pas faire de promesse inconsidérée. Sois à mon bureau au Turner Building à deux heures et on partira autour de deux heures et quart. Pour être en position à trois heures moins le quart.

– Vous êtes sûr que Holly sera d'accord ?

– Oui. Elle est douée pour l'observation. C'est la confrontation qui lui pose problème.

– Pas toujours.

– Non, confirme Hodges, pas toujours. »

Tous deux repensent à une confrontation en particulier – au MACC, avec Brady Hartsfield – dont Holly s'est brillamment tirée.

D'un bref coup d'œil, Jerome consulte sa montre.

« Faut que j'y aille. J'ai promis d'emmener ma Barbster de sœur au centre commercial. Elle veut s'acheter une Swatch. »

Il roule des yeux. Hodges sourit.

« J'adore ta sœur, Jerome. »

Jerome sourit aussi.

« Moi aussi, je l'adore. Allez, Odell, on y va. »

Odell se lève et se dirige vers la porte. Jerome saisit la poignée, puis se retourne. Son sourire a disparu.

« Vous revenez de là où je pense ?

– Peut-être bien.

– Est-ce que Holly sait que vous allez le voir ?

– Non. Et tu lui diras rien. Elle en serait terriblement affectée.

– Oui. Vrai. Comment va-t-il ?

– Toujours pareil. Même si... » Hodges pense à la photo et comment elle a basculé en avant. Ce son mat. *Clac.*

« Même si ?

– Rien. Toujours pareil. Tu veux bien me rendre un service ? Dis à Barbara de me prévenir si Tina l'appelle pour lui dire que son frère sait que les filles sont venues me parler vendredi.

– J'y manquerai pas. À demain, Bill. »

Jerome s'en va. Hodges allume la télé et a le plaisir de voir que les Indians jouent toujours. Ils ont remonté le score et on joue les prolongations.

11

Holly passe son dimanche après-midi dans son appartement à essayer de regarder *Le Parrain 2* sur son ordinateur. Ça devrait être une occupation très agréable pour elle, étant donné qu'elle considère ce film comme l'un des deux ou trois meilleurs du monde, du même tonneau que *Citizen Kane* et *Les Sentiers de la gloire*. Mais ce soir, elle n'arrête pas de mettre en pause pour se lever et faire les cent pas en cercles angoissés dans son salon. Ce n'est pas l'espace qui manque pour déambuler. Cet appartement n'est pas aussi luxueux que celui de la copropriété en bordure du lac où elle a vécu un temps après avoir emménagé en ville, mais il est situé dans un bon quartier et il est très spacieux. Elle a les moyens de se payer le loyer : selon les termes du testament de sa cousine Janey, Holly a hérité d'un demi-million de dollars. Un peu moins après prélèvement des impôts, naturellement, mais le pécule reste encore très conséquent. Et grâce à son travail avec Bill Hodges, elle peut se permettre de laisser le magot faire des petits.

Tandis qu'elle va et vient, elle marmonne quelques-unes des meilleures tirades du film.

« Je n'ai pas envie de tuer tout le monde. Uniquement mes ennemis. »

« Comment on dit Banana Daïquiri en espagnol ? »

« Ton pays, c'est pas ta famille, souviens-toi de ça. »

Et, évidemment, celle dont tout le monde se souvient : « Je sais que c'est toi, Fredo. Tu m'as brisé le cœur. »

Si elle était en train de regarder un autre film, elle entonnerait un couplet de citations totalement différent. C'est une forme d'autohypnose qu'elle a commencé à pratiquer à l'âge de sept ans après avoir vu *La Mélodie du bonheur.* (Sa réplique favorite dans ce film : « Je me demande quel goût a l'herbe. »)

En fait, elle pense au carnet Moleskine que le frère de Tina a caché précipitamment sous son oreiller. Bill est convaincu que ce carnet n'a rien à voir avec l'argent que Pete envoyait à ses parents, mais Holly n'en est pas si sûre.

Elle a tenu des journaux intimes la majeure partie de sa vie, énumérant tous les films qu'elle a vus, tous les livres qu'elle a lus, tous les gens à qui elle a parlé, l'heure à laquelle elle s'est levée, l'heure à laquelle elle s'est couchée. Même toutes les fois où elle est allée à la selle, sous le nom de code EFP, pour *Été Faire Popo* (parce qu'on ne sait jamais, quelqu'un pourrait tomber sur ses journaux après sa mort). Elle sait que ce genre de comportement relève du trouble obsessionnel compulsif – elle a abordé avec sa thérapeute la question des listes obsessionnelles qui, en réalité, ne sont rien d'autre qu'une forme de pensée magique – mais ça ne fait de mal à personne, pas vrai ? Et si elle préfère rédiger ses listes dans des carnets Moleskine, qui est-ce que ça regarde, à part elle ? Le truc, c'est qu'elle s'y connaît un peu en Moleskine et elle sait par conséquent qu'ils ne sont pas donnés. Avec deux dollars cinquante, tu te payes un carnet à spirale chez Walgreens, mais pour un Moleskine du même nombre de pages, il te faut en débourser dix. Pourquoi un gosse voudrait-il un carnet aussi cher, surtout un gosse venant d'une famille qui tire le diable par la queue ?

« C'est pas logique », observe Holly à voix haute. Puis, comme si c'était la suite logique de cette réflexion : « Laisse le flingue. Prends les cannellonis. » Celle-là, elle sort du film original *Le Parrain*, mais c'est quand même une bonne réplique. L'une des meilleures.

Envoie le fric. Garde le carnet.

Un carnet *coûteux*, fourré vite fait sous l'oreiller quand la petite sœur fait inopinément irruption dans la chambre. Plus elle y pense, plus Holly est d'avis qu'il y a quelque chose à en tirer.

Elle remet le film en route mais n'arrive pas à suivre son intrigue pourtant archiconnue et archi-aimée, à cause de cette histoire de carnet qui lui trotte dans la tête. Holly fait alors un geste inédit, du moins avant l'heure d'aller au lit : elle éteint son ordi. Puis elle se remet à faire les cent pas, mains nouées derrière le dos.

Envoie le fric. Garde le carnet.

« Et le décalage ! s'exclame-t-elle à l'adresse de la pièce déserte. N'oublie pas le décalage ! »

Oui. Les sept mois de dormance entre la fin de l'argent et le moment où le petit Saubers a commencé à être tendu comme une arbalète. Parce qu'il lui avait fallu sept mois pour imaginer un moyen de se procurer *davantage* d'argent ? C'est ce que pense Holly. Elle pense qu'il a eu une idée mais que c'était pas une *bonne* idée. Que c'est une idée qui lui a attiré des ennuis.

« Qu'est-ce qui attire des ennuis aux gens, quand il s'agit d'argent ? » demande Holly à la pièce déserte tout en accélérant le pas. « Le vol. Le chantage aussi. »

Est-ce que c'était ça ? Pete Saubers avait-il tenté de faire du chantage à quelqu'un au sujet de quelque chose figurant dans le carnet Moleskine ? Quelque chose concernant l'argent volé, peut-être ? Mais s'il avait volé cet argent lui-même, comment Pete aurait-il pu faire un quelconque chantage à quelqu'un ?

Holly s'approche de son téléphone, tend la main pour le saisir, la retire. Pendant près d'une minute, elle se tient là, sans bouger, à se mordiller les lèvres. Elle n'a pas l'habitude de prendre des initiatives. Peut-être qu'elle devrait appeler Bill d'abord pour lui demander si elle fait bien ?

« Mais Bill ne pense pas que le carnet ait une quelconque importance, annonce-t-elle à son salon. Moi, je pense différemment. Et j'ai le droit de penser différemment si je veux. »

Elle s'empare de son téléphone portable posé sur la table basse et appelle Tina Saubers avant de se dégonfler.

« Allô ? » interroge Tina prudemment. Chuchotant presque. « Qui est à l'appareil ?

– Holly Gibney. Tu n'as pas vu mon numéro s'afficher car il est sur liste rouge. Je suis très prudente en ce qui concerne mon numéro, mais je serai heureuse de te le donner, si tu le veux. On peut parler à tout moment, parce qu'on est amies, et que ça sert à ça, les amis. Ton frère est rentré de son week-end ?

– Oui. Il est arrivé vers six heures alors qu'on terminait de dîner. Maman lui a dit qu'il restait plein de rôti et de pommes de terre, qu'elle pouvait les lui réchauffer, s'il voulait, mais il a dit qu'ils s'étaient arrêtés chez Denny's sur le chemin du retour. Et il est monté directement dans sa chambre. Il a même pas voulu de la tarte aux fraises qu'il adore pourtant. Je me fais vraiment du souci pour lui, m'zelle Holly.

– Tu peux juste m'appeler Holly, Tina. »

Holly déteste ce m'zelle qui lui évoque un moustique zonzonnant autour de sa tête.

« D'accord.

– Il t'a dit quelque chose ?

– Juste salut, répond Tina d'une petite voix.

– Et tu ne lui as pas dit que tu es venue au bureau avec Barbara vendredi ?

– Oh, non !

– Où est-il maintenant ?

– Toujours dans sa chambre. Il écoute les Black Keys. J'ai horreur des Black Keys.

– Oui, moi aussi. »

Holly n'a aucune idée de qui sont ces Black Keys mais elle pourrait réciter le générique complet de *Fargo*. (Meilleure réplique de ce film, dans la bouche de Steve Buscemi : « Fous-moi la paix, vieux ! Va fumer le calumet de la paix ! »)

« Dis-moi, Tina, est-ce que Pete a un meilleur ami à qui il aurait pu raconter ce qui le perturbe ? »

Tina réfléchit. Holly en profite pour piquer une Nicorette dans le paquet ouvert à côté de son ordinateur et se la fourrer dans la bouche.

« Je crois pas, dit finalement Tina. J'imagine qu'il a des copains et des copines au lycée, il a plutôt la cote, mais son seul vrai ami, c'était Bob Pearson, qui habitait pas loin de chez nous. Mais ils ont déménagé à Denver l'an dernier.

– Et une petite amie ?

– Il est sorti avec Gloria Moore mais ils ont cassé après Noël. Pete a dit qu'elle aimait pas lire et qu'il pourrait jamais rester avec une fille qui aime pas les livres. » Nostalgique, Tina ajoute : « J'aimais bien Gloria. Elle m'avait montré comment me maquiller les yeux.

– Les filles n'ont pas besoin de se maquiller les yeux avant trente ans », déclare autoritairement Holly qui ne s'est elle-même jamais maquillé les yeux. Sa mère dit que seules les catins se maquillent les yeux.

« *Ah oui ?* » Tina a l'air stupéfait.

« Et ses profs ? Est-ce qu'il a un ou une prof préférée à qui il aurait pu se confier ? »

Holly n'est pas sûre qu'un grand frère ait pu parler à sa petite sœur de ses profs préférés ou que la petite sœur ait écouté s'il l'avait fait. Elle pose cette question parce que c'est la seule chose qui lui vient à l'esprit.

Mais Tina n'hésite même pas.

« Ricky le Hippie », répond-elle tout de go, et elle pouffe de rire.

Holly s'arrête, pied en l'air.

« Qui ?

– M. Ricker, c'est ça son vrai nom. Pete dit que certains élèves l'appellent Ricky le Hippie parce qu'il porte des chemises et des cravates à fleurs rétro. Pete l'a eu quand il était en première. Ou en seconde. Je me souviens plus. Il disait que M. Ricker s'y connaissait en bons livres. M'zelle… heu, je veux dire, Holly, est-ce que M. Hodges a toujours l'intention de parler à Pete demain ?

– Oui. Ne t'inquiète pas pour ça. »

Mais Tina s'inquiète beaucoup, au contraire. Elle paraît même au bord des larmes et Holly sent son propre estomac se contracter comme une petite balle dure.

« Oh, là, là, j'espère qu'il va pas me détester.

– Mais non », la rassure Holly. Elle mâchonne sa Nicorette à la vitesse de l'éclair. « Bill va trouver ce qui ne va pas et arranger ça. Et ensuite ton frère t'aimera encore plus qu'avant.

– Vous me promettez ?

– Oui ! *Aïe !*

– Qu'est-ce qu'y a ?

– Rien. » Elle s'essuie la bouche et regarde le sang sur ses doigts. « Je me suis mordu la lèvre. Il faut que j'y aille, Tina. Tu m'appelleras si tu penses à quelqu'un à qui il a pu se confier au sujet de l'argent ?

– Non, y a personne, dit Tina d'un ton désolé, et elle se met à pleurer.

– Bon… OK. » Et sentant qu'elle ne doit pas en rester là : « T'en fais pas pour tes yeux. Ils sont super jolis comme ça. T'as pas besoin de les maquiller. Au revoir. »

Elle coupe la communication sans attendre la réponse de Tina et recommence à faire les cent pas. Elle crache le reste de Nicorette dans la corbeille près de son bureau et se tamponne les lèvres à l'aide d'un mouchoir en papier, mais le saignement a déjà cessé.

Pas d'ami intime et pas de petite copine régulière. Aucun nom, sauf celui de ce prof, le hippie aux chemises à fleurs.

Holly se rassoit et rallume son ordinateur. Elle ouvre Firefox, va sur le site du lycée de Northfield, clique sur NOTRE ÉQUIPE PÉDAGOGIQUE, et voilà Howard Ricker, en chemise à motif floral et manches évasées, tout comme Tina l'a décrit. Et une cravate parfaitement ridicule. Est-il réellement impensable que Pete Saubers ait parlé à son prof d'anglais préféré, surtout si cela concerne ce qu'il écrivait (ou lisait) dans un carnet Moleskine ?

Quelques clics plus tard, le numéro de téléphone de Howard Ricker s'affiche sur l'écran de l'ordinateur. Il est encore tôt mais elle ne se sent pas d'appeler de but en blanc un total inconnu. Appeler Tina lui a déjà coûté et cet appel-là s'est conclu sur des larmes.

J'en parlerai à Bill demain, décide-t-elle. Il pourra appeler Ricky le Hippie s'il pense que ça en vaut la peine.

Elle retourne à son volumineux dossier films et se retrouve de nouveau bien vite absorbée dans *Le Parrain 2*.

12

Ce dimanche soir, Morris se rend dans un deuxième cybercafé et se livre à sa petite enquête perso. Quand il a trouvé ce qu'il cherche, il repêche le bout de papier où il a noté le numéro de portable de Peter Saubers et y inscrit l'adresse de Andrew Halliday. Coleridge Street est dans le West Side. Dans les années soixante-dix, c'était une enclave essentiellement classe moyenne blanche où toutes les maisons essayaient d'avoir l'air un peu plus coûteuses qu'elles ne l'étaient en réalité, et au final, toutes avaient l'air à peu près pareilles.

Un petit détour par quelques sites d'agences immobilières locales apprend à Morris que les choses n'ont guère changé de ce côté-là de la ville, même si un centre commercial haut de gamme, Valley Plaza, y a été construit. La voiture de Andy est peut-être restée garée devant sa maison là-bas. À moins qu'elle ne soit sur le parking derrière sa boutique, Morris n'a pas pensé à regarder (bon Dieu, on peut pas *tout* vérifier, pense-t-il), mais ça lui semble peu probable. Qui s'embêterait à prendre sa voiture matin et soir pour faire cinq bornes avec la circulation des heures de pointe alors que pour dix dollars tu peux te payer une carte de bus mensuelle et pour cinquante une carte valable six mois ? Morris a les clés de la maison de son vieux pote mais il ne prendra pas le risque de s'en servir : la maison a largement plus de chances d'être sous alarme que le Centre Aéré de Birch Street.

Il a aussi les clés de la voiture de Andy et une caisse pourrait bien lui être utile.

Il retourne à pied au Manoir aux Barges, convaincu que McFarland l'y attend et que, non content de faire pisser Morris dans son petit gobelet en plastique, il a l'intention cette fois de fouiller sa chambre. Et là, il trouvera le sac de jardinage contenant l'ordinateur volé, la chemise et les chaussures couvertes de sang. Sans parler de l'enveloppe de billets qu'il a prise dans le tiroir de bureau de son vieux pote.

Je le tuerai, songe Morris – qui est maintenant (du moins dans son propre esprit) Morris le Loup.

Mais il pourrait pas se servir du flingue : des tas de gens, au Manoir aux Barges, savent reconnaître un coup de feu, même le petit *p-pan* poli d'un mini-flingue de pédale comme le P238 de son vieux pote, et il a laissé la hachette dans le bureau de Andy. La hachette ferait peut-être pas l'affaire de toute manière, même s'il l'avait. McFarland est aussi balèze que Andy, mais pas gras ramollo comme Andy. McFarland est *costaud.*

C'est OK, se rassure Morris. Cette connerie c'est que des conneries. Parce qu'un vieux loup est un loup sournois, et que c'est comme ça qu'y faut que j'agisse, maintenant : sournoisement.

McFarland n'attend pas sous le porche, mais Morris n'a pas le temps de pousser un soupir de soulagement qu'il s'est déjà convaincu que son agent de probation l'attend en haut de l'escalier. Pas dans le vestibule. Car il est probablement nanti d'un passe qui lui donne accès à toutes les chambres de ce taudis minable empestant la pisse.

Viens me chercher, pense-t-il. Essaie juste pour voir, espèce d'enculé.

Mais sa porte est fermée à clé, la chambre est déserte et elle a pas l'air d'avoir été fouillée, même si McFarland a dû faire ça proprement… *sournoisement…*

Puis Morris se traite d'idiot. Si McFarland avait fouillé sa chambre, il l'aurait attendu en compagnie de deux flics, deux flics avec des menottes.

Quand bien même, il ouvre grand la porte du placard pour vérifier que les sacs de jardinage sont toujours là. Ils y sont. Il sort l'argent de l'enveloppe et le compte. Six cent quarante dollars. Pas des masses, même pas le dixième de ce qu'il y avait dans le coffre de Rothstein, mais c'est toujours ça de pris. Il le remet dans l'enveloppe, referme le sac, puis s'assied sur son lit et tend ses mains devant lui. Elles tremblent.

Faut que je sorte ça d'ici, pense-t-il, et faut que je le fasse demain matin. Mais pour l'emmener où ?

Morris reste allongé sur son lit, les yeux au plafond, à réfléchir. Il finit par s'endormir.

13

Lundi, le jour point, tiède et clair. Le thermomètre placé en façade du City Center affiche déjà vingt et un degrés alors que le soleil n'a pas encore totalement émergé de l'horizon. Ce ne sont pas encore les vacances d'été, il y en a encore pour deux semaines d'école, mais aujourd'hui risque d'être le premier jour de canicule de l'été, de ces jours où les gens s'épongent la nuque en plissant les yeux en direction du soleil et en parlant de réchauffement climatique.

Quand Hodges arrive à son bureau, à huit heures trente, Holly est déjà là. Elle lui raconte sa conversation téléphonique de la veille avec Tina et demande à Hodges s'il parlera à Howard Ricker, alias Ricky le Hippie, dans le cas où il n'arriverait pas à obtenir le fin mot de l'histoire de Pete lui-même. Hodges approuve l'idée et félicite Holly de l'avoir eue (elle s'empourpre sous le compliment), mais se dit en son for intérieur qu'il ne sera pas nécessaire de parler à Ricker. S'il n'arrive pas à faire craquer un gamin de dix-sept ans – un gamin qui meurt probablement d'envie de confier à quelqu'un ce qui le tourmente – il n'a plus qu'à arrêter de bosser et à déménager en Floride, lieu de villégiature de tant de flics retraités.

Il demande à Holly si elle voudra bien guetter le petit Saubers dans Garner Street à la sortie de l'école. Elle accepte, du moment qu'elle a pas à l'accoster elle-même.

« Non, ça c'est mon boulot, la rassure Hodges. Si tu le vois, t'auras juste à m'appeler. Je ferai le tour du bloc et je lui couperai la route. On a des photos de lui ?

– J'en ai téléchargé six sur mon ordi. Cinq de l'annuaire du lycée et une de la bibliothèque de Garner Street où il travaille comme élève-assistant ou quelque chose comme ça. Viens les voir. »

Le meilleur cliché – un gros plan de Pete Saubers en cravate et blazer foncé – a pour légende : VICE-PRÉSIDENT DES ÉLÈVES, CLASSE 2015. Il est brun et joli garçon. La ressemblance avec sa petite sœur n'est pas flagrante mais elle est néanmoins perceptible. Des yeux bleus intelligents fixent Hodges d'un regard direct. On y détecte même une infime pointe d'humour.

« Tu peux les envoyer par mail à Jerome ?

– C'est fait. »

Holly sourit et Hodges se dit – comme il se le dit à chaque fois – qu'elle devrait sourire plus souvent. Quand elle sourit, Holly est presque belle. Avec un peu de mascara, elle le serait probablement.

« Ouah ! Ça va me faire plaisir de revoir Jerome.

– Quel est mon programme de ce matin, Holly ? Quelque chose de prévu ?

– Tribunal à dix heures. L'inculpation pour coups et blessures.

– Ah, oui. Le gars qui s'en est pris à son beau-frère. Kelson le Cogneur Chauve.

– C'est pas gentil de donner des surnoms aux gens », dit Holly.

C'est sans doute vrai, mais aller au tribunal est toujours un emmerdement, et devoir y aller ce matin est particulièrement emmerdant. Même si ça ne devrait pas lui prendre plus d'une heure, sauf si la juge Wiggins a ralenti le rythme depuis l'époque où Hodges était flic. Pete Huntley avait surnommé Brenda Wiggins « FedEx » parce qu'elle assurait toujours la livraison dans les temps.

Le Cogneur Chauve s'appelle James Kelson et sa photo devrait figurer dans le dictionnaire à côté de la définition *racaille blanche*. Il habite le secteur de Edgemont Avenue, parfois désigné sous le nom de Paradis des Pedzouilles. Dans le cadre de son contrat avec l'un des concessionnaires auto de la ville, Hodges avait eu pour mission de saisir l'Acura MDX de Kelson pour laquelle ce dernier avait cessé tout paiement plusieurs mois auparavant. Quand Hodges s'était présenté à la maison délabrée de Kelson, Kelson n'était pas là. La voiture non plus. Mme Kelson – une dame avec un air de cheval fourbu remisé encore fumant à l'écurie – lui avait expliqué que son frère Howie avait volé l'Acura de son mari. Elle lui avait donné l'adresse, située aussi dans le Paradis des Pedzouilles.

« J'ai pas un sou d'affection pour Howie, avait-elle confié à Hodges, mais faudrait 't'être mieux que vous y arrivez avant que Jimmy le tue. Quand Jimmy est colère, il sait pas parler. Il sait que cogner. »

Quand Hodges était arrivé, James Kelson était effectivement en train de cogner Howie. Il s'était armé d'un manche de râteau et son crâne chauve luisait de sueur sous le soleil. Le beau-frère de Kelson était étendu par terre dans son allée envahie d'herbes folles au pied du pare-chocs arrière de l'Acura, se défendant en vain à coups de pied en tentant de protéger de ses mains son visage ensanglanté et son nez cassé. Hodges s'était approché de Kelson par-derrière et l'avait calmé à l'aide du Happy Slapper. À midi, l'Acura avait réintégré le parking du concessionnaire auto et Kelson le Cogneur Chauve répondait maintenant d'une inculpation pour coups et blessures volontaires.

« Son avocat va essayer de te faire passer pour le méchant, dit Holly. Il va te demander comment tu as neutralisé M. Kelson. Tu dois te préparer à ça, Bill.

– Oh, je t'en prie, réplique Hodges. Je lui en ai collé une pour l'empêcher de tuer son beau-frère, c'est tout. "Usé de la force et appliqué la contrainte par nécessité."

– Mais tu as employé une arme pour ce faire. Une chaussette remplie de billes de roulement, pour être plus précis.

– Exact, mais Kelson ne le sait pas. Il avait le dos tourné. Et l'autre était semi-conscient, au mieux.

– D'accord… » Mais Holly paraît soucieuse et ses dents s'acharnent sur l'endroit qu'elle mordillait quand elle parlait à Tina. « Je ne veux pas que tu t'attires des ennuis. Promets-moi de rester calme et de ne pas *crier*, ou agiter les *bras*, ou…

– Holly. » Il la prend par les épaules. Gentiment. « Sors. Va fumer une cigarette. Coolos. Tout se passera bien au tribunal ce matin et avec Pete Saubers cette après-midi. »

Elle lève de grands yeux vers lui.

« Tu me promets ?

– Oui.

– Très bien. Je vais juste fumer une *demi*-cigarette. » Elle part vers la porte en fouillant dans son sac. « On ne va pas avoir *une* minute à nous, aujourd'hui.

– C'est bien possible. Une dernière chose, avant que tu sortes. »

Elle se retourne, le regard interrogatif.

« Tu devrais sourire plus souvent. T'es belle quand tu souris. »

Holly rougit jusqu'à la racine des cheveux et se précipite dehors. Mais elle sourit encore une fois, et Hodges en est tout heureux.

14

Morris non plus n'a pas une minute à lui et ça fait du bien d'être occupé. Tant qu'il est actif, ses doutes et ses frayeurs n'ont pas le loisir de s'insinuer. D'autant plus qu'il s'est réveillé avec une certitude absolue : c'est aujourd'hui qu'il devient pour de bon *un loup*. Il en a fini de rafistoler le système informatique obsolète du MACC pour que son gros connard de chef puisse se la péter auprès de son chef à lui, et il en a fini de jouer le petit agneau de compagnie de M. Ellis McFarland, aussi. Fini de bêler *oui, m'sieur, non m'sieur, tout ce que vous voudrez, m'sieur,* chaque fois que McFarland débarque. Terminée, la probation. Dès qu'il aura récupéré les carnets de Rothstein, il se taillera de cette ville de merde. Filer au nord, direction le Canada, ne l'intéresse pas, mais il a le choix entre les quarante-huit États inférieurs. Il se dit qu'il optera peut-être pour la Nouvelle-Angleterre. Qui sait, peut-être même le New Hampshire. Aller lire les carnets là-bas, près des montagnes mêmes que Rothstein a dû contempler en écrivant : voilà qui vous avait un certain panache littéraire, pas vrai ? Oui, c'était précisément ça, la qualité supérieure des romans : leur panache. Comment au final, tout s'emboîtait. Il aurait dû savoir que Rothstein pouvait pas laisser Jimmy travailler indéfiniment dans cette putain d'agence de pub parce qu'y avait aucun panache là-dedans, rien qu'une bonne grosse dose de laideur. Peut-être que tout au fond de son cœur, Morris l'avait su. Peut-être que c'était ça qui l'avait gardé sain d'esprit toutes ces années.

Il s'est jamais senti aussi sain d'esprit de toute sa vie.

Quand son gros connard de chef verra qu'il est pas venu bosser ce matin, il préviendra sûrement McFarland. C'est ce qu'il est censé faire en tout cas, en cas d'absence non justifiée. Morris doit donc disparaître. Passer sous le radar. Éteindre les lumières.

Parfait.

Génial, même.

À huit heures ce matin-là, il prend le bus dans Main Street, parcourt toute la ligne et descend tout au bout, dans Lower Main où le bus repart en sens inverse, et il continue à pied jusqu'à Lacemaker Lane. Morris a enfilé son seul blazer et noué sa seule cravate, et ils sont en assez bon état pour coller avec le paysage, même s'il est encore trop tôt pour qu'aucune des boutiques huppées et prétenchieuses soit ouverte. Il s'engage dans la ruelle qui sépare Andrew Halliday Rare Editions et la boutique voisine, La Bella Flora Children's Boutique. Il y a trois places de stationnement dans la courette à l'arrière du bâtiment, deux pour la boutique de vêtements et une pour la librairie. Une Volvo est garée côté Bella Flora. L'autre place est vide. Idem pour celle réservée à Andrew Halliday.

Ça aussi, c'est parfait.

Morris repart du même pas alerte avec lequel il est arrivé, s'arrête pour jeter un coup d'œil réconfortant à la pancarte FERMÉ suspendue à l'intérieur de la porte vitrée de la librairie, et poursuit son chemin jusqu'à Lower Main où il attrape un bus vers le nord de la ville. Deux changements plus tard, il descend devant le centre commercial Valley Plaza, à deux blocs du domicile de feu Andrew Halliday.

Il marche de nouveau d'un pas alerte. Comme s'il savait où il se trouve, où il va, et qu'il avait tous les droits d'être là. Coleridge Street est quasi déserte, ce qui ne le surprend pas. Il est neuf heures et quart (son gros connard de chef doit en ce moment même regarder le bureau inoccupé de Morris et fulminer). Les mômes sont en classe ; les papas et mamans travailleurs sont en train de se casser le cul pour ne pas laisser la dette se creuser sur leur carte de crédit ; la plupart des livreurs et des fournisseurs de services ne commenceront à circuler dans le quartier qu'à partir de dix heures. Le seul autre meilleur moment serait les heures assoupies du milieu de l'après-midi mais il peut pas se permettre d'attendre si longtemps. Trop d'endroits à voir, trop de choses à faire. C'est le grand jour de Morris Bellamy. Sa vie a pris un long, long chemin de traverse, mais aujourd'hui, il est pratiquement revenu sur la piste principale.

15

Tina commence à se sentir mal à peu près à l'heure où Morris remonte tranquillement l'allée de feu Drew Halliday et aperçoit la voiture de son vieux pote rangée dans son garage. Tina n'a presque pas dormi de la nuit tellement elle s'inquiète de la façon dont Pete prendra le fait qu'elle l'a cafardé. Son petit déjeuner lui pèse comme une grosse boule sur l'estomac et tout à coup, pendant que Mme Sloan déclame « Annabel Lee » de Poe (Mme Sloan peut pas se contenter de *lire*), cette grosse boule indigeste commence à lui remonter dans la gorge et à chercher la sortie.

Tina lève la main. Qui lui semble peser au moins cinq kilos. Mais elle la tient en l'air jusqu'à ce que Mme Sloan lève les yeux.

« Oui, Tina ? Qu'est-ce qu'il y a ? »

Elle paraît agacée mais Tina s'en fiche. S'en contrefiche.

« Je me sens pas bien. Il faut que j'aille aux toilettes.

– Eh bien, vas-y, je t'en prie, mais reviens vite. »

Tina s'esquive en vitesse. Certaines filles pouffent de rire – à treize ans, les visites impromptues aux toilettes sont toujours amusantes – mais Tina est trop concentrée sur cette boule qui lui monte dans la gorge pour éprouver de l'embarras. Dès qu'elle est dans le couloir, elle se met à courir aussi vite qu'elle peut en direction des toilettes mais la boule est plus rapide qu'elle. Elle se plie en deux avant de les atteindre et vomit son petit déjeuner sur ses tennis.

M. Haggerty, chef de l'entretien du collège, arrive juste en haut de l'escalier. Il la voit se reculer en titubant de la flaque fumante à ses pieds et s'élance au trot vers elle, sa ceinture porte-outils cliquetant autour de sa taille.

« Hé, petite, ça va ? »

Tina cherche le mur d'un bras qui lui paraît mou comme du caoutchouc. Le monde ondoie autour d'elle. C'est en partie dû au fait qu'elle a vomi assez fort pour en avoir les larmes aux yeux. Mais pas seulement. Elle regrette aussi amèrement d'avoir laissé Barbara la persuader de parler à M. Hodges, elle regrette amèrement de pas avoir laissé Pete se débrouiller tout seul pour arranger ce qui cloche. Et s'il refusait de lui adresser la parole pour toujours ?

« Ça va, dit-elle. Je suis désolée, j'ai tout sal... »

Mais le monde continue d'ondoyer et de se brouiller autour d'elle. Elle ne s'évanouit pas vraiment mais sent le monde se retirer très loin, devenir quelque chose qu'elle regarderait à travers une vitre sale plutôt qu'un lieu dans lequel elle se trouverait. Elle glisse le long du mur, surprise de voir ses genoux en collants verts monter à sa rencontre. C'est à ce moment-là que M. Haggerty la rattrape et l'emporte au rez-de-chaussée vers l'infirmerie du collège.

16

La petite Subaru verte de Andy est parfaite, de l'avis de Morris – personne ne lui prêtera deux secondes d'attention, ni même une. Il y en a à peine quelques milliers comme elle. Il recule dans l'allée et prend la route du North Side, l'œil aux aguets afin de repérer des flics et respectant toutes les limitations de vitesse.

Au début, c'est presque la réplique du vendredi soir. Il fait de nouveau halte au centre commercial de Bellows Avenue et entre de nouveau chez Home Depot. Il se rend au rayon outillage où il sélectionne un tournevis à longue lame et un ciseau à bois. Puis il reprend la voiture et roule jusqu'au cube de briques massif qui abritait naguère le Centre Aéré de Birch Street où il se gare à nouveau dans l'emplacement marqué RÉSERVÉ AUX VÉHICULES DU CENTRE.

C'est un bon emplacement pour se livrer à des activités illicites. Il y a un quai de chargement d'un côté et une haute haie de l'autre. Il n'est visible que de l'arrière – du terrain de base-ball et des terrains de basket craquelés – mais comme les gosses sont à l'école, toutes ces zones sont désertes. Morris va directement à la fenêtre du sous-sol qu'il a repérée précédemment, il s'accroupit et enfonce la lame du tournevis dans la fente du haut. Elle pénètre facilement parce que le bois est pourri. Il se sert du ciseau à bois pour agrandir la fente.

Le carreau remue dans son cadre mais ne se brise pas, le mastic est vieux et il y a du jeu. L'éventualité de la présence d'une alarme dans cette vieille bâtisse s'éloigne davantage à chaque seconde.

Morris repose le ciseau à bois pour reprendre le tournevis. Il le fait pénétrer en force dans la brèche qu'il a pratiquée, touche le verrou et le repousse. Il regarde autour de lui pour s'assurer qu'il n'est pas observé – c'est un bon emplacement, certes, mais commettre une effraction en plein jour reste risqué – et ne voit rien d'autre qu'un corbeau perché sur un poteau téléphonique. Il insère le ciseau à bois à la base de la fenêtre, le tapotant de la paume pour le faire pénétrer le plus loin possible, puis appuie dessus pour faire levier. Un moment, rien ne se passe. Puis la fenêtre glisse vers le haut dans un crissement de bois et une pluie de poussière. Bingo. Il essuie la sueur sur son visage et scrute l'intérieur, les chaises empilées, les tables de jeu, les cartons de bazar, vérifiant qu'il lui sera facile de se glisser par l'ouverture et de se laisser choir sur le sol.

Mais c'est pas pour tout de suite. Pas tant qu'il reste la plus infime possibilité qu'une alarme silencieuse s'allume quelque part.

Morris ramène ses outils à la petite Subaru verte, reprend le volant et s'en va.

17

À l'école élémentaire de Northfield, Linda Saubers est en train de surveiller l'heure d'activités manuelles du milieu de la matinée quand Peggy Moran entre pour lui dire que le collège de Dorton a appelé pour l'avertir que sa fille est malade.

« Elle est à l'infirmerie, la renseigne Peggy à voix basse. D'après ce que j'ai compris, elle a vomi et perdu connaissance pendant quelques minutes.

– Oh, mon Dieu, dit Linda. Elle était toute pâle ce matin au petit déjeuner, mais quand je lui ai demandé si ça allait, elle m'a dit que oui.

– C'est toujours comme ça avec eux, commente Peggy en levant les yeux au ciel. Soit c'est le mélodrame, soit c'est *Je vais bien, m'man, lâche-moi les baskets*. Va la chercher et ramène-la à la maison. Je te remplace pour ce matin et M. Jablonski a déjà demandé un remplaçant pour cette après-midi.

– Tu es une sainte. »

Linda rassemble ses livres et les range dans son cartable.

« Ça doit être un genre de gastro », dit Peggy en s'installant au bureau que vient de libérer Linda. « Tu peux l'amener chez le docteur mais à quoi bon dépenser trente dollars ? Le virus traîne dans le coin.

– Je sais », dit Linda… mais elle se pose des questions.

Tom et elle se sont lentement mais sûrement dégagés de deux écueils majeurs : l'écueil financier et l'écueil du divorce. L'année qui a suivi l'accident de Tom, ils ont dangereusement frôlé la séparation. C'est là que l'argent-mystère a commencé à arriver, une espèce de miracle, et que la situation a commencé à s'inverser. Ils ne sont pas encore complètement sortis de ces deux tourmentes mais Linda pense maintenant qu'ils y parviendront.

Avec leurs deux parents concentrés sur la survie pure et simple (et Tom, bien sûr, confronté au défi supplémentaire de guérir de ses blessures), les gosses ont passé largement trop de temps à voler de leurs propres ailes, et en pilote automatique. C'est seulement maintenant, alors qu'elle a le sentiment d'avoir enfin de l'espace pour respirer et du temps pour regarder autour d'elle, que Linda perçoit clairement que quelque chose ne va pas chez Pete et Tina. Ce sont de chouettes gosses, des gosses *intelligents*, et elle ne pense pas que l'un ou l'autre se soit laissé prendre aux pièges qui menacent les jeunes ados – alcool, drogue, vol à l'étalage, sexe – mais il y a *quelque chose* et elle croit savoir ce que c'est. Et elle a comme l'intuition que Tom le sait aussi.

Dieu a envoyé la manne aux Israélites quand ils jeûnaient dans le désert mais l'argent ne tombe pas du ciel ; il provient de sources beaucoup plus prosaïques : banque, famille et amis en position de vous dépanner, héritage… L'argent-mystère ne provenait d'aucune de ces sources. Et sûrement pas de membres de la famille. À l'époque, en 2010, tous les membres de leurs familles respectives étaient aussi pris à la gorge que Tom et Linda eux-mêmes. Mais les enfants sont aussi des membres de la famille, non ? Il est facile de l'oublier parce qu'ils sont tellement proches. Mais ils le sont pourtant. Il est absurde d'imaginer que l'argent venait de Tina qui n'avait que neuf ans quand les enveloppes ont commencé à arriver et qui jamais n'aurait pu garder un tel secret, de toute façon.

Pete, en revanche… C'est lui le taiseux. Linda se souvient de sa propre mère disant de Pete alors qu'il n'avait que cinq ans : « Celui-ci a un verrou sur les lèvres. »

Seulement, d'où un gamin de treize ans avait-il pu sortir autant d'argent ?

Alors qu'elle roule vers le collège de Dorton pour aller chercher sa fille malade, Linda réfléchit. Nous n'avons jamais posé *aucune* question, pas vraiment, parce que nous avions peur de le faire. Il faut avoir vécu ces mois terribles d'après l'accident de Tom pour comprendre ça et je ne me sens pas coupable. Nous avions des raisons de faire l'autruche. Plein de raisons. Les deux plus importantes vivaient sous notre toit et comptaient sur nous pour assurer leur survie. Mais le moment est venu de poser cette question-ci : qui assurait la survie de qui ? Si c'était Pete, et que Tina l'a découvert et que c'est ça qui la perturbe, il faut que j'arrête de faire l'autruche. Il faut que j'ouvre les yeux.

Et que j'obtienne des réponses.

18

Milieu de matinée.

Hodges est au tribunal et son comportement est exemplaire. Holly serait fière de lui. Il répond aux questions de l'avocat du Cogneur Chauve avec une concision cassante. L'avocat lui a fourni plein d'occasions de réagir à l'emporte-pièce, et même si c'est un piège dans lequel Hodges est souvent tombé quand il était inspecteur en exercice, il l'évite à présent adroitement.

Linda Saubers ramène sa fille silencieuse et blême à la maison où elle lui fera boire un verre de ginger ale pour soulager son estomac avant de la mettre au lit. Elle a finalement pris la décision de demander à Tina ce qu'elle sait de l'argent-mystère mais pas avant que sa fille se sente mieux. Elles auront largement le temps dans l'après-midi et elle devrait aussi associer Pete à la conversation, quand il rentrera de l'école. Ils ne seront que tous les trois et c'est probablement mieux. Tom est en visite avec un groupe de clients dans un complexe de bureaux récemment libéré par IBM à quatre-vingts kilomètres au nord de la ville et il ne sera pas rentré avant dix-neuf heures. Plus tard, même, s'ils s'arrêtent en route pour dîner.

Pete est en troisième heure de cours, et même s'il a les yeux fixés sur M. Norton, son prof de physique, qui est en train de déblatérer avec extase sur le boson de Higgs et l'accélérateur de particules construit par le CERN en Suisse, il a l'esprit beaucoup plus près de chez lui. Il est en train de réviser encore une fois son scénario pour l'entrevue de cette après-midi et de se rappeler, encore une fois, que c'est pas parce qu'il a un scénario prêt que Halliday le suivra. Halliday est dans la profession depuis longtemps et c'est probablement pas la première fois qu'il frôle les marges de la loi. Pete n'est qu'un gosse et il aura tout intérêt à pas l'oublier. Il devra faire preuve de prudence et compenser d'une façon ou d'une autre son manque d'expérience. Il devra réfléchir avant de parler, à chaque fois.

Par-dessus tout, il devra se montrer courageux.

Il commence par dire à Halliday : La moitié d'un pain vaut mieux que pas de pain du tout, mais dans un monde de disette, même une seule tranche vaut mieux que rien du tout. Je vous offre trois dizaines de tranches. Réfléchissez bien à ça.

Il continue en disant à Halliday : Je serai pas le putain de pigeon de service, réfléchissez bien à ça, aussi.

Et en disant : Si vous croyez que je bluffe, allez-y, cherchez-moi. Mais si vous faites ça, on est perdants tous les deux.

Il pense : Si j'arrive à garder mon sang-froid, je peux m'en sortir. Et je le garderai. Je le peux. Je le dois.

Morris Bellamy s'en va garer la Subaru volée à deux pâtés de maisons du Manoir aux Barges et retourne à sa crèche à pied. Il s'attarde devant la vitrine d'une boutique d'occasion le temps de s'assurer que McFarland est pas dans le coin puis détale vers le bâtiment misérable et monte laborieusement les huit volées de marches. Les deux ascenseurs sont en panne aujourd'hui, ce qui est dans l'ordre des choses. Il fourre des vêtements au hasard dans l'un des deux sacs de jardinage puis quitte sa chambre minable pour la dernière fois. Sur tout le trajet jusqu'au coin de la rue, son dos le brûle et il a la nuque raide comme une planche à repasser. Il trimballe un sac dans chaque main et ils lui font l'effet de peser cinquante kilos chacun. Il s'attend toujours à entendre McFarland le héler. Sortir de l'ombre d'un porche et lui demander pourquoi il est pas au travail. Lui demander à quoi il joue, là. Lui demander ce qu'il trimballe dans ces sacs. Et puis lui annoncer qu'il retourne en prison : ne passez pas par la case Départ, ne touchez pas deux cents dollars. Morris ne se détend pas avant que le Manoir aux Barges ne soit définitivement hors de vue.

Tom Saubers déambule avec sa petite meute d'agents immobiliers à travers le complexe IBM vide, leur désignant tour à tour ses divers atouts et les invitant à prendre des photos. Tous sont enthousiasmés par l'énorme potentiel des lieux. Quand viendra la fin de la journée, ses jambes et ses hanches reconstituées chirurgicalement le feront souffrir comme tous les diables de l'enfer mais pour le moment, il se sent bien. Ce complexe industriel et ces bureaux abandonnés pourraient être le tournant de sa carrière. La chance de sa vie, enfin.

Jerome a débarqué à l'improviste au bureau de Hodges pour faire la surprise à Holly, qui glapit de joie en le voyant, puis de frayeur quand il l'enlace pour la faire tournoyer comme il le fait avec sa petite sœur. Ils bavardent pendant une bonne heure, se racontant les dernières nouvelles, et Holly lui fait part de ses impressions sur l'affaire Saubers. Elle est heureuse de voir Jerome prendre au sérieux son sentiment à propos du carnet Moleskine et encore plus heureuse quand elle découvre qu'il a vu *22 Jump Street*. Ils lâchent le sujet Pete Saubers et discutent du film en long et en large, le comparant aux autres opus de Jonah Hill. Puis la discussion évolue vers diverses applications informatiques.

Andrew Halliday est le seul à ne pas être occupé. Les premières éditions n'ont plus aucun intérêt pour lui, pas plus que les jeunes serveurs en pantalons noirs moulants. Pour lui maintenant, le pétrole et l'eau ne sont guère différents du vent et de l'air. Il dort du grand sommeil dans une mare de sang coagulé qui attire les mouches.

19

Onze heures. Il fait vingt-six degrés en ville et la radio annonce que le mercure risque de monter jusqu'à trente-deux. C'est sûr, c'est le réchauffement climatique, disent les gens.

Morris passe deux fois devant le Centre Aéré et constate avec satisfaction (et sans réelle surprise) que l'endroit est plus désert que jamais : rien qu'un tas de briques en train de cuire au soleil. Pas de voitures de police, ni de vigiles. Même le corbeau est parti vers des contrées plus tempérées. Il fait le tour du pâté de maisons et remarque qu'une mignonne petite Ford Focus est maintenant stationnée dans l'allée de son ancienne maison. M. ou Mme Saubers a débauché de bonne heure. Bigre, peut-être même les deux. Ça ne fait ni chaud ni froid à Morris. Il retourne au Centre Aéré et s'engage cette fois dans l'allée pour aller se garer à l'arrière du bâtiment dans ce qu'il considère maintenant comme « son » emplacement.

Il est certain de pas être observé mais c'est quand même plus prudent de pas traîner. Il emporte ses deux sacs au pied de la fenêtre qu'il a forcée et les laisse choir sur le ciment du sous-sol où ils atterrissent dans un claquement sec et deux nuages jumeaux de poussière. Il jette un bref coup d'œil autour de lui puis se glisse à plat ventre, pieds en avant, par l'ouverture de la fenêtre.

Un léger vertige l'étourdit lorsqu'il aspire sa première bouffée d'air frais au parfum de moisi. Il titube un peu et écarte les bras pour garder l'équilibre. C'est la chaleur, pense-t-il. Tu as été trop occupé pour t'en apercevoir mais tu dégoulines de sueur. Et puis, t'as rien pris au petit déjeuner.

Tout cela est vrai mais la raison principale est plus simple et plus évidente : il n'est plus aussi jeune qu'il l'était et les efforts physiques qu'il faisait à la teinturerie de la prison sont derrière lui depuis des années. Il doit ralentir le rythme. Près de la chaudière, il aperçoit deux gros cartons marqués **USTENSILES CUISINE** sur les côtés. Morris s'assoit sur l'un d'eux jusqu'à ce que son cœur ralentisse et que l'étourdissement passe. Puis il tire sur la fermeture Éclair du sac qui contient le petit automatique de Andy, glisse le revolver dans la ceinture de son pantalon, contre ses reins, et fait bouffer sa chemise par-dessus. Il prélève cent dollars de l'argent de Andy, juste au cas où il ait à faire face à des dépenses imprévues, et laisse le reste pour plus tard. Il reviendra ici ce soir, y passera peut-être même la nuit. Ça dépend plus ou moins du gosse qui a volé ses carnets et des mesures que Morris devra employer en vue de les récupérer.

Tous les moyens seront bons, petit con, pense-t-il. Tous les moyens seront bons.

Pour l'heure, il est temps de décarrer. Plus jeune, il se serait hissé sans difficulté jusqu'à cette fenêtre de sous-sol, mais c'est plus le cas. Il tire l'un des cartons **USTENSILES CUISINE** en dessous de la fenêtre – il le trouve étonnamment lourd, il doit contenir un vieil appareil déglingué – et s'en sert comme marchepied. Cinq minutes plus tard, il est en route pour Andrew Halliday Rare Editions où il rangera la voiture de son vieux pote dans l'emplacement réservé de son vieux pote, avant de rentrer se gaver d'air conditionné en attendant que le jeune voleur de carnets arrive.

James Hawkins, tu parles, pense-t-il.

20

Deux heures et quart.

Hodges, Holly et Jerome sont en route pour rejoindre leurs postes de surveillance autour du lycée de Northfield : Hodges devant l'entrée principale, Jerome au coin de Westfield Street, Holly dans Garner

Street de l'autre côté de l'auditorium du lycée. Quand ils seront en position, ils préviendront Hodges.

Dans la librairie de Lacemaker Lane, Morris rajuste sa cravate, tourne la pancarte sur OUVERT et déverrouille la porte. Il retourne au bureau et s'assoit. Si un client se présente pour flâner parmi les rayons – moins que probable à cette heure torpide de la journée, mais possible – il se fera un plaisir de l'aider. S'il y a un client dans la boutique au moment où le gosse arrive, il imaginera quelque chose. Il improvisera. Son cœur bat fort mais ses mains ne tremblent pas. Ne tremblent plus. Je suis un loup, se dit-il. Je mordrai s'il le faut.

Pete est en cours d'écriture créative. Ils étudient le texte de Strunk et White, *The Elements of Style*, et discutent aujourd'hui la célèbre règle 13 : *Omettre les mots inutiles*. Ils ont reçu comme consigne de lire la nouvelle de Hemingway *Les Tueurs* et la discussion de classe est animée. Quantité de mots sont échangés sur la façon dont Hemingway omet les mots inutiles. Pete les entend à peine. Il n'arrête pas de surveiller la pendule dont les aiguilles avancent régulièrement vers son rendez-vous avec Andrew Halliday. Et il n'arrête pas de réviser son scénario.

À deux heures vingt-cinq, son téléphone vibre contre sa cuisse. Il le glisse hors de sa poche et regarde l'écran.

M'man : Rentre directement à la maison après l'école, il faut qu'on parle.

Une crampe lui contracte l'estomac et son cœur passe la vitesse supérieure. C'est peut-être juste une corvée à faire mais Pete n'y croit pas. *Il faut qu'on parle*, c'est la Formule à M'man pour dire *Houston, nous avons un problème*. Ça pourrait être l'histoire de l'argent, et en fait ça lui paraît plus que probable, parce que les problèmes arrivent jamais seuls. Si c'est ça, alors Tina a craché le morceau.

D'accord. Si c'est comme ça, d'accord. Il va rentrer à la maison et ils vont parler, mais il doit d'abord régler le problème Halliday. Ses parents ne sont pas responsables de la merde dans laquelle il s'est mis et il *refuse* de les en rendre responsables. Il refuse de se culpabiliser, aussi. Il a fait ce qu'il avait à faire. Si Halliday refuse de s'entendre avec lui, s'il appelle la police en dépit des bonnes raisons que Pete peut lui donner de pas le faire, alors moins ses parents en sauront, mieux ce sera. Il tient pas à ce qu'ils soient inculpés de complicité ou autre.

Il pense un instant éteindre son portable puis décide que non. Si elle lui envoie un autre texto – ou Tina –, il vaut mieux qu'il le sache. Il lève les yeux vers la pendule et voit qu'il est trois heures moins vingt. La cloche va bientôt sonner et il va quitter le lycée.

Pete se demande s'il y reviendra jamais.

21

Hodges range sa Prius à une quinzaine de mètres de l'entrée principale du lycée. La bordure du trottoir est peinte en jaune mais il a une vieille carte POLICIER EN FACTION dans sa boîte à gants, qu'il garde précisément pour les problèmes de stationnement de ce genre. Il la place bien en vue sur le tableau de bord. Quand la cloche sonne, il descend de voiture et s'appuie contre le capot, bras croisés, yeux rivés sur les portes. Gravée au-dessus de l'entrée figure la devise du lycée : L'ÉDUCATION EST LE FLAMBEAU DE LA VIE. Hodges a son téléphone à la main, prêt à passer ou à recevoir un appel, selon qui sort ou ne sort pas du lycée.

L'attente est brève car Pete Saubers figure parmi le premier groupe de lycéens à se précipiter au-dehors dans la chaleur de cette journée de juin et à dévaler les larges marches de granit. La plupart des jeunes vont par deux ou trois. Le petit Saubers est seul. D'autres vont solo, bien sûr, mais lui a une expression butée sur le visage comme s'il vivait déjà dans le futur et non dans l'ici et maintenant. Les yeux de Hodges sont toujours aussi bien entraînés et il trouve que ça pourrait être le visage d'un soldat se préparant au combat.

Ou alors le petit est juste tracassé par ses notes de fin d'année.

Au lieu de se diriger vers les bus jaunes rangés le long du bâtiment sur la gauche, il tourne à droite vers où Hodges est garé. Hodges s'avance tranquillement à sa rencontre tout en appelant Holly grâce à la touche de raccourci.

« Je l'ai. Préviens Jerome. »

Il coupe la communication sans attendre sa réponse.

Le gosse s'écarte pour éviter Hodges sur le trottoir. Hodges fait un pas de côté pour lui couper la route.

« Hé, Pete, t'as une minute ? »

Les yeux du gosse se fixent sur lui. Il est joli garçon mais son visage est trop mince et il a le front grêlé d'acné. Ses lèvres sont si étroitement serrées qu'on ne voit presque plus sa bouche.

« Qui êtes-vous ? » demande le garçon.

Ni *Oui, monsieur* ou *Que puis-je faire pour vous*. Juste *Qui êtes-vous*. Sa voix est aussi tendue que son visage.

« Je m'appelle Bill Hodges. J'aimerais te parler. »

Des gamins les dépassent, bavardant, se bousculant, riant, déconnant, rajustant leurs bretelles de sac à dos. Quelques-uns jettent un bref coup d'œil à Pete et au vieux mec aux cheveux blancs clairsemés mais aucun ne manifeste un quelconque intérêt. Ils ont d'autres choses à faire et d'autres gens à voir.

« De quoi ?

– Dans ma voiture, ce sera mieux. Nous serons plus tranquilles. »

Il désigne la Prius du doigt.

Le gosse répète :

« De quoi ? »

Il ne bouge pas.

« Je t'explique en deux mots, Pete. Ta sœur Tina est copine avec Barbara Robinson. Je connais la famille Robinson depuis des années, ce sont des amis, et Barb a persuadé Tina de venir me parler. Elle est très inquiète pour toi.

– Pourquoi ?

– Si tu veux savoir pourquoi *moi*, c'est parce que j'ai été inspecteur de police dans ma vie d'avant. »

Une lueur d'alarme s'allume dans les yeux du gosse.

« Si tu veux savoir pourquoi Tina s'inquiète, il vaudrait vraiment mieux qu'on en discute pas dans la rue. »

Sans transition, la lueur d'alarme disparaît des yeux du gosse et son visage est de nouveau inexpressif. C'est le visage d'un bon joueur de poker. Hodges a déjà questionné des suspects capables de neutraliser l'expression de leur visage comme ça et ce sont habituellement ceux qui sont les plus durs à faire craquer. Pour peu qu'on arrive à les faire craquer.

« Je ne sais pas ce que Tina vous a dit mais elle n'a aucune raison de s'inquiéter.

– Si ce qu'elle m'a dit est vrai, elle pourrait bien en avoir. » Hodges gratifie Pete de son plus franc sourire. « Allons, Pete. Je vais pas te kidnapper. Je te le jure. »

Pete hoche la tête à contrecœur. Quand ils arrivent devant la Prius, le gosse s'arrête net. Il a vu la carte sur le tableau de bord.

« Vous *avez été* inspecteur de police ou vous l'êtes toujours ?

– Je l'ai été, confirme Hodges. Cette carte… disons que c'est un souvenir. Elle m'est bien utile, parfois. Je suis à la retraite depuis cinq ans. Monte, je t'en prie, on parlera plus à l'aise. Je suis venu en ami. Si on reste debout là plus longtemps, je vais fondre.

– Et si je veux pas ? »

Hodges hausse les épaules.

« Alors t'es libre.

– Bon d'accord, pas plus d'une minute alors, dit Pete. Je dois rentrer à la maison à pied aujourd'hui pour pouvoir passer à la pharmacie chercher un médicament pour mon père. Il prend du Vioxx. Parce qu'il a été grièvement blessé il y a quelques années. »

Hodges hoche la tête.

« Je sais. Au City Center. J'étais l'inspecteur en charge.

– Ah ouais ?

– Ouais. »

Pete ouvre la portière passager et monte dans la Prius. Être dans la voiture d'un inconnu ne semble pas le rendre nerveux. Il est prudent et sur ses gardes, mais pas nerveux. Hodges, qui a conduit environ dix mille interrogatoires de suspects et de témoins au fil des années, est à peu près sûr que le gosse a pris sa décision, mais il ne saurait dire s'il a choisi de lâcher ce qu'il a sur le cœur ou de le garder pour lui. D'une façon ou d'une autre, il ne va pas tarder à le savoir.

Il contourne le véhicule et monte au volant. Ça ne paraît pas déranger Pete, mais quand Hodges met le moteur en route, le gosse se raidit et saisit la poignée de la portière.

« Relax. C'est juste pour avoir l'air conditionné. Il fait une foutue chaleur au cas où t'aurais pas remarqué. Surtout si tôt dans l'année. Ça doit être le réchauffement clim…

– Bon, traînons pas, que je puisse passer prendre le médicament de mon père et rentrer chez moi. Que vous a dit ma sœur ? Vous savez qu'elle a que treize ans, hein ? Je l'aime à mort mais ma mère appelle Tina la Reine du Drame. » Et il ajoute, comme si ça expliquait tout : « Avec sa copine Ellen, elle rate jamais un épisode de la série *Pretty Little Liars*[1]. »

OK, donc la décision initiale est de ne pas parler. Pas très surprenant. Le boulot, maintenant, c'est de le faire changer d'avis.

« Parle-moi de l'argent qui est arrivé par la poste, Pete. »

Pas de raidissement du corps ; pas de petit sourire entendu. Il savait que j'allais parler de ça, pense Hodges. Il l'a su dès que j'ai prononcé le nom de sa sœur. Il a peut-être même été prévenu à l'avance. Tina a pu changer d'avis et lui envoyer un texto.

« Vous voulez dire l'argent-mystère, dit Pete. C'est comme ça qu'on l'appelle.

– Ouais. C'est ça que je veux dire.

– Ça a commencé à arriver il y a à peu près quatre ans. Je devais avoir l'âge qu'a Tina aujourd'hui. Une enveloppe adressée à mon père tous les mois environ. Jamais de lettre d'explication, juste l'argent.

– Cinq cents dollars.

– Une ou deux fois il a dû y avoir un peu moins, ou un peu plus, je crois. J'étais pas toujours là quand l'enveloppe arrivait et après les trois ou quatre premières fois, papa et maman ont arrêté d'en parler.

– De peur que ça leur porte malheur ?

1. *Les Menteuses.*

– Ouais, genre. Et à un moment donné, Teenie s'est mis dans la tête que c'était moi qui l'envoyais. Comme si j'aurais pu. J'avais même pas d'argent de poche, à l'époque.

– Si ce n'est pas toi, qui est-ce ?

– J'en sais rien. »

On dirait qu'il va s'en tenir à ça, et puis il continue. Hodges écoute paisiblement, espérant que Pete en dise trop. Ce gosse est intelligent, de toute évidence, mais parfois même les plus intelligents en disent trop.

« Vous savez, à Noël, aux informations, on entend toujours des histoires de gens qui distribuent des billets de cent dollars dans un Walmart ou un autre ?

– Ouais, je sais.

– Je pense que c'est un truc comme ça. Quelqu'un de riche a décidé de jouer les Père Noël pour un des blessés du City Center et il a choisi mon père au hasard dans la liste. »

Il se tourne pour regarder Hodges en face pour la première fois depuis qu'ils sont montés dans la voiture. Il a les yeux écarquillés, le regard grave… et totalement pas crédible.

« Pour ce que j'en sais, il envoie peut-être de l'argent aux autres, aussi. Probablement ceux qui ont été le plus grièvement blessés et ont dû arrêter de travailler. »

Hodges pense : Bien joué, petit. Ça pourrait être assez logique, en effet.

« Distribuer des billets de cent dollars à dix ou vingt personnes au hasard à Noël est une chose. Distribuer vingt mille dollars à une seule famille pendant quatre ans en est une autre. Si on rajoute d'autres familles, on arrive à une petite fortune.

– C'est peut-être quelqu'un qui est à la tête d'un fonds d'investissement, dit Pete. Vous savez, de ces gens qui se sont enrichis pendant que tous les autres s'appauvrissaient et qui se sentent coupables. »

Il ne regarde plus du tout Hodges. Maintenant il regarde droit devant lui à travers le pare-brise. Il dégage une odeur particulière, semble-t-il à Hodges. Pas une odeur de sueur, mais de fatalisme. De nouveau, Hodges pense à un soldat se préparant au combat sachant qu'il a cinquante pour cent de chances d'être blessé ou tué.

« Écoute-moi, Pete. C'est pas l'argent qui m'intéresse.

– C'est pas moi qui l'ai envoyé ! »

Hodges en rajoute une louche. Ça a toujours été sa meilleure stratégie.

« Ça a été une aubaine et tu l'as utilisé pour aider tes parents à se sortir d'une situation difficile. Ce n'est pas une mauvaise action, c'est une action admirable.

– C'est pas tout le monde qui penserait ça, dit Pete. Si c'était vrai, je veux dire…

– Tu te trompes. C'est ce que penseraient *la plupart* des gens. Et je vais te dire une chose que tu peux prendre pour une certitude absolue parce qu'elle est basée sur quarante ans d'expérience de flic. Aucun procureur dans cette ville, aucun procureur *dans ce pays* n'oserait inculper un gamin qui aurait trouvé de l'argent et l'aurait utilisé pour aider sa famille, sachant que son père avait d'abord perdu son travail puis eu les jambes écrasées par un cinglé. La presse exécuterait l'homme ou la femme qui chercherait à engager des poursuites pour *ça.* »

Pete se tait, mais sa gorge remue comme s'il retenait un sanglot. Il veut parler, mais quelque chose le retient. Pas l'argent, mais quelque chose lié à l'argent. Ça doit être ça. Hodges est curieux de savoir d'où venait cet argent envoyé chaque mois par la poste – n'importe qui serait curieux de le savoir – mais il est bien plus concerné par ce que trame ce gosse maintenant.

« Tu leur as envoyé l'argent…

– Je vous répète que *non* !

– … et ça a été comme sur des roulettes. Et puis tu as remporté un autre gros lot mais qui t'a moins bien réussi. Dis-moi ce que c'est, Pete. Laisse-moi t'aider à arranger ça. »

Un instant le gosse tremble, au bord de la révélation. Puis ses yeux se déplacent vers la gauche. Hodges les suit et voit la carte qu'il a laissée sur le tableau de bord. Elle est jaune, la couleur de la prudence. La couleur du danger. POLICIER EN FACTION. Il regrette amèrement de pas l'avoir laissée dans la boîte à gants et de pas être allé se garer cent mètres plus loin. Bon Dieu, il fait de la marche tous les jours. Qu'est-ce que c'est que cent mètres à pied ? Il les aurait facilement parcourus.

« Y a rien à arranger », dit Pete. Il parle maintenant d'une façon aussi mécanique que la voix générée par ordinateur qui sort du GPS de bord de Hodges, mais on voit son pouls battre à ses tempes, il tient ses mains étroitement crispées sur ses genoux et son visage est perlé de sueur en dépit de l'air conditionné. « J'ai pas envoyé l'argent. Il faut que j'aille chercher les médicaments de mon père.

– Écoute, Peter. Même si j'étais encore flic, cette conversation n'aurait aucune valeur dans un tribunal. Tu es mineur et il n'y a aucun adulte présent pour te conseiller. En plus, je ne t'ai pas fait connaître tes droits... »

Hodges voit le visage du gosse se fermer comme un coffre-fort de banque. Il a suffi d'une formule : *fait connaître tes droits*.

« Je vous remercie de votre sollicitude », dit Pete de cette même voix de robot polie. Il ouvre la portière. « Mais j'ai pas besoin de votre aide. Vraiment.

– Et pourtant si », dit Hodges. Il extrait une de ses cartes professionnelles de sa poche de poitrine et la lui tend. « Prends ça. Appelle-moi si tu changes d'avis. Quel que soit le problème, je pourrai t'aid... »

La portière se referme. Hodges voit Pete Saubers s'éloigner d'un pas vif, il remet lentement la carte dans sa poche et pense : Merde, j'ai tout fait foirer. Il y a encore six ans, peut-être même deux, je l'aurais eu.

Mais incriminer son âge est trop facile. Il sait, à un niveau plus profond, plus analytique et moins émotif, qu'il n'a vraiment bien joué à aucun moment. Penser qu'il aurait pu obtenir un résultat était une illusion. Pete s'est armé si solidement pour le combat qu'il est psychologiquement incapable de faire machine arrière.

Le gosse est déjà devant la pharmacie City Drug, il sort l'ordonnance de son père de sa poche arrière et entre. Hodges appelle Jerome.

« Bill ! Comment ça s'est passé ?

– Pas bien. Tu connais City Drug ?

– Ouais, bien sûr.

– Il entre chercher des médicaments. Ramène-toi devant la pharmacie aussi vite que possible. Il m'a dit qu'il rentrait chez lui ensuite mais ça peut être vrai ou pas, et je veux savoir *où* il va. Tu penses pouvoir le filer ? Il connaît ma voiture mais pas la tienne.

– Pas de problème. J'arrive. »

Moins de trois minutes plus tard, Jerome tourne le coin de la rue. Il se glisse dans une place de stationnement que vient de libérer une maman après avoir récupéré deux crevettes qui ont l'air bien trop jeunes pour être au lycée. Hodges démarre, adresse un salut à Jerome au passage et se dirige vers le poste d'observation de Holly dans Garner Street tout en appuyant sur la touche raccourci de son numéro. Ils pourront attendre ensemble le rapport de Jerome.

22

Le père de Pete prend effectivement du Vioxx, depuis qu'il s'est sevré de l'OxyContin, mais il en a toujours en réserve. Le papier plié que Pete sort de sa poche arrière pour y jeter un coup d'œil avant d'entrer dans la pharmacie est une note sévère du proviseur adjoint rappelant aux élèves de terminale que le Jour de Grâce des Terminales est un mythe et que toutes les absences de ce jour-là seront examinées avec le plus grand soin par la scolarité.

Pete ne brandit pas ostensiblement le papier : Bill Hodges est peut-être retraité mais il a sûrement pas l'air d'un attardé. Non, Pete le consulte brièvement, comme pour s'assurer que c'est le bon, avant d'entrer dans la pharmacie. Il va directement au comptoir de délivrance des ordonnances, dans le fond, où M. Pelkey le salue amicalement.

« Hé, Pete. Je te sers quoi aujourd'hui ?

– Rien, monsieur Pelkey, on a tout ce qu'il faut. Mais je suis suivi par des mecs qui m'en veulent de pas les avoir laissés copier les réponses du devoir d'histoire qu'on avait à faire à la maison. Je me demandais si vous pourriez m'aider. »

M. Pelkey fronce les sourcils et se dirige aussitôt vers le portillon pivotant. Il aime bien Peter qui est un garçon toujours joyeux et avenant alors que sa famille a traversé des temps incroyablement durs.

« Tu vas me les montrer. Je vais leur dire d'aller se faire voir ailleurs.

– Non, je me débrouillerai avec eux demain. Quand ils se seront calmés. Je voulais juste vous demander si je peux m'échapper par la porte de derrière... »

M. Pelkey lui glisse un clin d'œil de conspirateur pour lui signifier que lui aussi a eu dix-sept ans.

« Bien sûr. Viens, passe par le portillon. »

Il conduit Pete entre des rayonnages garnis de boîtes de comprimés et de flacons puis à travers un petit bureau dans l'arrière-boutique. Là, une porte affiche un grand avertissement en rouge : ATTENTION ALARME. D'une main, M. Pelkey abrite le clavier mural fixé à côté, et entre le code de l'autre. On entend un bourdonnement.

« Vas-y, file », dit-il à Pete.

Pete le remercie, se glisse sur le quai de chargement à l'arrière de la pharmacie et de là saute sur le ciment craquelé du trottoir. Une ruelle le conduit dans Frederick Street. Il regarde des deux côtés, cherchant des yeux la Prius de l'ex-flic, ne la voit pas et s'élance au pas de course. Il lui faut vingt minutes pour atteindre Lower Main Street et même s'il ne voit à aucun moment la Prius bleue, il fait deux ou trois crochets de diversion en chemin, juste pour être sûr. Il vient de tourner dans Lacemaker Lane quand son téléphone vibre à nouveau. Cette fois, c'est un texto de sa sœur.

Tina : Ta parlé à M. Hodges ? Jespère ke oui. M'man sait. Je lui é pas dit. Elle SAVAIT. Sois pas faché. Ste plé. ☹

Comme si je pouvais, pense Pete. S'ils étaient plus proches en âge, peut-être qu'ils auraient pu avoir ce genre de rivalité qui oppose parfois frères et sœurs, et encore. Il arrive qu'elle l'agace mais il est jamais vraiment fâché contre elle, même quand elle fait sa chipie.

Bon, la vérité sur l'argent est éventée, mais peut-être qu'il peut encore dire qu'il a *seulement* trouvé de l'argent et cacher le fait qu'il a essayé de vendre les biens les plus intimes d'un mort juste pour que sa sœur puisse aller dans une école où elle aurait pas à se doucher en commun. Et où sa débilos de copine Ellen disparaîtrait enfin dans le rétroviseur.

Il sait que ses chances de s'en tirer sans encombre sont quasiment nulles, mais à un certain moment – peut-être cette après-midi même, en classe, alors qu'il regardait les aiguilles de la pendule avancer régulièrement vers trois heures – c'était devenu secondaire. Ce qu'il veut vraiment faire, c'est envoyer les carnets, surtout ceux qui contiennent les deux derniers romans de Jimmy Gold, à la NYU[1]. Ou peut-être au *New Yorker*, puisque c'est eux qui ont publié presque toutes les nouvelles de Rothstein dans les années cinquante. Et baiser Andrew Halliday. Oui, l'enculer bien profond. Et à sec. Y a pas moyen que Halliday vende *le moindre* écrit de la dernière période de Rothstein à un quelconque collectionneur riche et cinglé qui les enfermera dans une pièce secrète à l'hygrométrie contrôlée à côté de ses Renoir, ses Picasso, ou sa précieuse bible du quinzième siècle.

Quand il était plus jeune, Pete voyait dans les carnets un simple trésor enterré. *Son* trésor. Il est plus avisé aujourd'hui, et pas seulement parce qu'il est tombé amoureux de la prose ravageuse, drôle et parfois follement émouvante de John Rothstein. Les carnets n'ont jamais été seulement à lui. Pas plus qu'ils n'ont été uniquement ceux de Rothstein, peu importe ce que pouvait en penser l'auteur lui-même, planqué dans sa ferme du New Hampshire. Ils méritent d'être vus et lus par tous. Peut-être que le petit glissement de terrain qui avait révélé la présence de la malle, en ce fameux jour d'hiver, n'était rien d'autre qu'un hasard, mais Pete n'y croit pas. Il croit que les carnets, comme le sang d'Abel, criaient depuis leur tombeau. Si c'est être un indécrottable romantique de penser comme ça, eh ben, soit. Y a des conneries, c'est *pas* des conneries.

À mi-parcours de Lacemaker Lane, il repère l'enseigne de la librairie, en forme de parchemin à l'ancienne. Ça ressemble à l'enseigne

1. New York University.

d'un pub anglais même si celle-ci indique : Andrew Halliday Rare Editions et pas : Le Repos du Laboureur, ou autre. En la voyant, les derniers doutes de Pete se dissipent comme de la fumée.

Il pense : John Rothstein non plus sera pas le pigeon de service, m'sieur Halliday. Ni maintenant, ni jamais. T'auras aucun des carnets. *Drèck, mon goy*, comme dirait Jimmy Gold. Si t'appelles les flics, je leur raconterai tout, et après les emmerdes que t'as eues à cause du bouquin de James Agee, on verra qui ils préféreront croire.

Un poids – invisible mais très lourd – semble lui être ôté des épaules. Quelque chose dans son cœur semble s'être remis d'aplomb pour la première fois depuis bien longtemps. Pete s'élance vers la librairie Halliday d'un pas redoublé, sans avoir conscience qu'il a les poings serrés.

23

Il est trois heures passé de quelques minutes – à peu près l'heure où Pete monte dans la Prius de Hodges – quand un client entre dans la boutique. C'est un type joufflu dont les grosses lunettes et la barbiche poivre et sel ne peuvent masquer sa ressemblance avec Elmer, le chasseur sachant chasser.

« Puis-je vous aider ? demande Morris alors que ce qui lui vient tout de suite à l'esprit c'est plutôt : *Euh, quoi d'neuf, docteur ?*

– Je ne sais pas encore, répond Elmer prudemment. Où est Drew ?

– Il a eu une sorte d'urgence familiale dans le Michigan. » Morris sait que Andy est originaire du Michigan donc de ce côté-là, ça va, mais il doit faire gaffe à pas en rajouter côté famille : si Andy a un jour parlé de ses proches avec lui, Morris a tout oublié. « Je suis un vieil ami. Il m'a demandé de garder la boutique cette après-midi. »

Elmer est dubitatif. La main gauche de Morris, pendant ce temps, se glisse au creux de ses reins et tâte la forme rassurante du petit automatique. Il veut pas flinguer ce mec, pas prendre le risque d'une détonation, mais s'il doit le faire, il le fera. Y a plein de place pour Elmer à l'arrière, dans le bureau privé de Andy.

« Il devrait avoir reçu un livre pour moi pour lequel j'ai versé un acompte. Un édition originale de *On achève bien les chevaux.* De…

– Horace McCoy », complète Morris.

Les bouquins posés sur l'étagère à gauche du bureau – ceux derrière lesquels se cachaient les DVD de sécurité – avaient des languettes de papier qui dépassaient des pages et, depuis son arrivée au magasin aujourd'hui, Morris les a tous examinés. C'est des commandes de clients et le McCoy y figure.

« Joli exemplaire signé. Simple signature, sans dédicace. Quelques piqûres sur la tranche. »

Elmer sourit.

« C'est celui-là. »

Morris descend le livre de l'étagère, tout en jetant un petit coup d'œil à sa montre. 3:13. Les cours finissent à trois heures au lycée de Northfield, ce qui signifie que le gosse pourrait être là au maximum à trois heures et demie.

Il retire la languette de papier et lit *Irving Yankovic, $750.* Il tend le livre à Elmer, en l'accompagnant d'un sourire.

« Celui-ci a un statut spécial. Andy – je crois qu'il préfère se faire appeler Drew dorénavant – m'a dit qu'il vous le laissait pour cinq cents. Comme il a pu le négocier à un meilleur prix que ce qu'il escomptait, il voulait vous faire profiter de l'aubaine. »

La perspective d'économiser deux cent cinquante dollars fait s'évaporer tout ce qui restait des soupçons d'Elmer tombant sur un inconnu à la place habituelle de Drew. Il sort son chéquier de sa poche.

« Donc… avec l'acompte, ça nous fait… »

Morris a un geste magnanime de la main.

« Il a oublié de me préciser le montant de l'acompte. Déduisez-le vous-même. Je suis sûr qu'il vous fait confiance.

– Après toutes ces années, oui, j'espère bien. »

Elmer se penche sur le comptoir et entreprend de rédiger son chèque. Avec une lenteur exaspérante. Morris consulte la pendule de l'ordinateur. 3:16.

« Vous avez lu *On achève bien les chevaux* ? demande l'autre.

– Non, répond Morris. Je suis passé à côté de celui-là. »

Que fera-t-il si le gosse arrive pendant que ce prétentieux connard à barbiche est encore en train de pérorer au-dessus de son chéquier ? Il pourra pas dire à Saubers que Andy l'attend dans l'arrière-boutique, pas après avoir dit à Elmer qu'il est parti dans le Michigan. La sueur commence à lui dégouliner sur le front et les joues. Il le sent. Il suait comme ça en prison, quand il attendait de se faire violer.

« Merveilleux bouquin, commente Elmer en s'interrompant, stylo en l'air au-dessus du chèque à moitié rédigé. Merveilleux roman noir doublé d'une formidable critique sociale de l'envergure des *Raisins de la colère*. » Il se tait, réfléchissant au lieu d'écrire, et maintenant il est 3:18. « Bon… peut-être pas *Les Raisins*, j'exagère peut-être un peu, mais ça rivalise nettement avec *En un combat douteux* qui ressemble plus à un tract socialiste qu'à un roman, vous ne trouvez pas ? »

Morris donne son assentiment. Ses mains sont comme ankylosées. S'il doit dégainer le revolver, il risque de le lâcher. Ou de se tirer un coup directement dans la raie des fesses. Voilà qui le fait soudain japper de rire, un son surprenant dans cet espace tapissé de livres.

Elmer lève les yeux, sourcils froncés.

« Quelque chose de drôle ? Concernant Steinbeck, peut-être ?

– Non, non, pas du tout, dit Morris. C'est… Je souffre d'une maladie rare. » Il se passe une main sur une joue moite. « Je commence par transpirer, puis je me mets à rire. » La mine d'Elmer le fait rire à nouveau. Il se demande si Andy et Elmer ont déjà couché ensemble et l'idée de toute cette chair rebondissant et claquant le fait redoubler de rire. « Je suis désolé, monsieur Yankovic. Vous n'y êtes pour rien. Et, au fait… êtes-vous apparenté au célèbre chanteur pop humoriste Weird Al Jankovic ?

– Non, pas du tout. »

Yankovic griffonne sa signature en vitesse, déchire le chèque du talon et le tend à Morris tout sourire qui se dit que c'est une scène qu'aurait pu écrire John Rothstein. Durant l'échange, Yankovic veille à ce que leurs doigts ne se touchent pas.

« Désolé pour le rire », dit Morris en riant encore plus fort. Il vient de se souvenir qu'ils appelaient le célèbre chanteur pop humoriste

Weird Al Yank-My-Dick[1]. « Je ne peux absolument pas le contrôler. » La pendule indique maintenant 3:21, et même ça, c'est drôle.

« Je comprends. » Elmer bat en retraite, le livre serré contre sa poitrine. « Merci. »

Il se hâte vers la porte. Morris le rappelle :

« N'oubliez pas de dire à Andy que je vous ai fait la réduction. Quand vous le verrez. »

Et ça fait rire Morris encore plus fort parce qu'elle est bien bonne, celle-là. Quand vous le verrez ! T'as pigé ?

Lorsque la crise finit par passer, il est 3:25 et, pour la première fois, il vient à l'esprit de Morris qu'il a peut-être bousculé M. Irving « Elmer » Yankovic sans aucune raison. Peut-être que le gosse a changé d'avis. Peut-être qu'il viendra pas, et ça, ça n'a rien de drôle.

Bon, pense Morris, s'il se ramène pas ici, va falloir que j'aille le voir à la maison. Et là, rira bien qui rira le dernier. Pas vrai ?

24

Quatre heures moins vingt.

Plus besoin de stationner contre une bordure de trottoir jaune maintenant : les parents qui encombraient tout à l'heure le secteur du lycée, attendant pour récupérer leurs gosses, sont tous partis. Les bus scolaires aussi. Hodges, Holly et Jerome sont installés dans une berline Mercedes qui appartenait naguère à Olivia, la cousine de Holly. Cette voiture a servi d'arme au City Center, mais aucun d'entre eux ne pense à ça en cet instant. Ils ont bien d'autres choses en tête, à commencer par le fils de Thomas Saubers.

« Ce gamin, dit Jerome, il a peut-être des ennuis, mais il réfléchit vite, on peut lui reconnaître ça. » Après avoir stationné dix minutes dans la rue sans perdre de vue le City Drug, Jerome est entré dans la pharmacie pour constater que le lycéen qu'il avait pour mission de suivre était parti. « Un pro n'aurait pas fait mieux.

1. Tire ma bite.

– Vrai », fait Hodges.

Le gamin s'est transformé en défi, un défi assurément bien plus grand que Madden le voleur d'avion. Hodges n'a pas interrogé le pharmacien lui-même et n'a nul besoin de le faire. Pete passe prendre les médicaments de son père depuis des années : il connaît le pharmacien et le pharmacien le connaît. Il aura inventé une histoire à la con et le pharmacien l'aura laissé sortir par la porte de derrière, et hop ! fait la belette. Ils n'ont même pas pensé à surveiller Frederick Street parce que ça ne semblait pas nécessaire.

« Alors, qu'est-ce qu'on fait maintenant ? demande Jerome.

– Je crois qu'on devrait aller faire un tour à la maison des Saubers. On avait une faible chance de laisser les parents en dehors de ça, à la demande de Tina, mais je pense que la promesse ne tient plus.

– Ils doivent déjà se douter que c'est lui, dit Jerome. Je veux dire, ce sont ses *parents.* »

Hodges a envie de dire : *Il n'y a pas plus aveugle que celui qui ne veut pas voir*, mais il préfère hausser les épaules.

Holly n'a encore rien dit, elle est juste assise au volant de son paquebot de voiture, bras croisés sur la poitrine, se tapotant légèrement les épaules du bout des doigts. Voilà qu'elle se tourne vers Hodges, affalé sur la banquette arrière.

« Tu as parlé du carnet à Peter ?

– J'ai même pas eu le temps », répond Hodges. Holly a une idée derrière la tête avec ce carnet et il aurait dû en parler au gosse, rien que pour la satisfaire, mais la vérité vraie, c'est qu'il y a même pas pensé. « Il a décidé de filer et il a décarré vite fait. Même pas pris la carte que je lui tendais. »

Holly montre le lycée du doigt.

« Je crois qu'on devrait aller parler à Ricky le Hippie avant de partir. » Et comme ni l'un ni l'autre ne répond : « La *maison* des Saubers sera *encore là*, vous savez. Elle ne va pas *s'envoler*, ni rien.

– J'imagine que ça peut pas faire de mal », dit Jerome.

Hodges soupire :

« Pour lui dire quoi exactement ? Qu'un de ses élèves a trouvé ou volé une grosse galette et qu'il a distribué l'argent à ses parents sous forme de pension mensuelle ? C'est les parents qui devraient découvrir ça avant un quelconque prof qui probablement ne se doute de rien. Et c'est Pete qui devrait le leur dire. Ça allégerait la pression qui pèse sur sa sœur, pour commencer.

– Oui, mais si Pete se trouve dans une sorte d'impasse… et qu'il veut pas que ses parents le sachent mais qu'il a quand même envie d'en parler à quelqu'un… vous savez, un adulte… »

Jerome a quatre ans de plus qu'il n'en avait lorsqu'il a aidé Hodges à débrouiller l'affaire Brady Harstfield, il a l'âge de voter et d'acheter légalement de l'alcool mais il est encore assez jeune pour se rappeler comment c'est d'avoir dix-sept ans et de s'apercevoir soudain qu'on s'est fourré dans le pétrin. Quand ce genre de chose arrive, on a envie de parler à quelqu'un qui a un peu de bouteille.

« Jerome a raison », dit Holly. Elle se tourne vers Hodges. « Allons parler à ce prof et voir si Pete lui a demandé conseil pour quoi que ce soit. S'il nous demande pourquoi on veut savoir ça…

– Bien sûr qu'il nous demandera pourquoi, dit Hodges, et je peux difficilement invoquer le secret professionnel. Je suis pas avocat.

– Ni prêtre, ajoute Jerome sans grande utilité.

– Tu peux lui dire qu'on est des amis de la famille, réplique fermement Holly. Et c'est vrai. »

Elle ouvre la portière.

« Tu flaires quelque chose, dit Hodges. Ou je me trompe ?

– Non, tu vois juste. Appelons ça le Holly-flair. Allons-y. »

25

Alors qu'ils sont en train de grimper les larges marches de l'entrée du lycée et de passer sous la devise L'ÉDUCATION EST LE FLAMBEAU DE LA VIE, la porte de Andrew Halliday Rare Editions s'ouvre à nouveau et Pete Saubers entre. Il remonte l'allée centrale puis s'arrête, sourcils froncés. C'est pas M. Halliday qui est assis au bureau. Par bien des aspects, le type qui le remplace est même l'exact *opposé* de M. Halliday, pâle au lieu de rougeaud (sauf ses lèvres qui sont étrangement rouges), les cheveux blancs au lieu de chauve, et mince au lieu de gros. Presque squelettique. Merde. Pete s'attendait à ce que son scénario foire, mais pas aussi vite.

« Où est M. Halliday ? J'avais rendez-vous avec lui. »

L'inconnu lui sourit.

« Oui, bien sûr, sauf qu'il ne m'a pas donné votre nom. Il m'a juste parlé d'un jeune homme. Il vous attend dans son bureau de l'arrière-boutique. » Ce qui est vrai. Dans un certain sens. « Allez-y, frappez juste et entrez. »

Peter se détend un peu. Il trouve logique que Halliday ne tienne pas à avoir une entrevue aussi cruciale ici, où n'importe quel client en quête d'un exemplaire d'occasion de *Ne tirez pas sur l'oiseau moqueur* peut entrer et les interrompre. Il fait preuve de prudence, de prévoyance. Si Pete n'en fait pas autant, il pourra dire au revoir à ses maigres chances de se sortir de tout ça indemne.

« Merci », dit-il, et il se dirige vers le fond du magasin entre les hauts rayonnages de livres.

Dès qu'il a dépassé le bureau, Morris se lève et file discrètement à l'entrée du magasin. Il retourne la pancarte accrochée à la vitre pour qu'elle indique FERMÉ et non plus OUVERT.

Puis il tourne le verrou.

26

Au bureau de la scolarité du lycée de Northfield, la secrétaire jette un regard curieux au trio de visiteurs qui se présente après les heures de cours mais elle ne pose aucune question. Peut-être imagine-t-elle que ce sont des gens apparentés à un élève en difficulté et qui viennent plaider sa cause. Qui qu'ils soient, du reste, c'est le problème de Howie Ricker, pas le sien.

Elle consulte un tableau magnétique couvert d'étiquettes multicolores et dit :

« Il devrait encore être dans sa salle. La 209, au deuxième étage, mais s'il vous plaît, jetez un coup d'œil par la fenêtre avant d'entrer pour vous assurer qu'il n'est pas avec un élève. Il assure des permanences aujourd'hui jusqu'à seize heures. Et comme la fin de l'année approche, les élèves sont nombreux à venir trouver leurs professeurs pour des conseils de dernière minute sur leurs devoirs de fin d'année, ou pour leur demander un sursis. »

Hodges la remercie et ils empruntent l'escalier où leurs pas résonnent dans l'établissement quasi désert. Quelque part dans les étages inférieurs, un quatuor de musiciens joue « Greensleeves ». Quelque part au-dessus d'eux, une cordiale voix masculine s'exclame jovialement : « Tu *déconnes*, Malone ! »

La salle 209 est située à mi-couloir au deuxième étage et M. Ricker, cravate desserrée sur une chemise à motifs cachemire acidulés et col déboutonné, est en pleine conversation avec une jeune fille qui s'explique avec de grands gestes mélodramatiques. Ricker lève les yeux, note qu'il a de la visite, et reporte son attention sur sa jeune élève.

Ses visiteurs attendent, debout contre le mur du couloir tapissé d'affiches pour des cours d'été, des ateliers d'été, des camps d'été et un bal de fin d'année. Deux filles, toutes deux en maillot et casquette de soft-ball, arrivent en dansant du fond du couloir. L'une d'elles jongle avec un gant de receveur, qu'elle fait passer d'une main dans l'autre comme dans le jeu de la patate chaude.

Le téléphone de Holly se met à sonner, diffusant une poignée de notes menaçantes du thème des *Dents de la mer*. Sans ralentir, une des deux filles lance : « Vous allez avoir besoin d'un plus gros bateau », et toutes deux de rire.

Holly consulte son téléphone et le range.

« Texto de Tina », dit-elle.

Hodges hausse les sourcils.

« Sa mère sait, pour l'argent. Et son père saura aussi dès son retour du boulot. » Du menton, elle désigne la porte fermée de la salle de M. Ricker. « On n'a plus besoin d'y aller à demi-mot, maintenant. »

27

La première chose qui frappe Pete lorsqu'il ouvre la porte du bureau plongé dans l'ombre, c'est la puanteur qui monte par vagues.

Une odeur à la fois métallique et organique, comme des copeaux de métal mélangés à du chou pourri. La deuxième, c'est le bruit, un bourdonnement bas. Des mouches, pense-t-il, et même s'il ne peut voir ce qu'il y a dans la pièce, la rencontre du bruit et de l'odeur dans son esprit produit un choc sourd comme la chute d'un meuble lourd. Il se retourne pour fuir.

L'employé aux lèvres rouges est là, debout sous l'un des globes suspendus qui éclairent le fond de la boutique, et il tient à la main un drôle de petit revolver rouge et noir avec des motifs en guirlandes dorées. La première pensée de Pete c'est : On dirait un faux. Ils ont jamais l'air faux dans les films.

« Pas de panique, Peter, dit l'employé. Ne fais aucun geste inconsidéré et tu t'en tireras sans être blessé. C'est juste une conversation entre nous. »

La deuxième pensée de Pete c'est : Tu mens. Je le vois dans tes yeux.

« Retourne-toi, fais un pas en avant et allume la lumière. L'interrupteur est à gauche de la porte. Puis entre. Mais n'essaie pas de claquer la porte derrière toi, sauf si tu veux recevoir une balle dans le dos. »

Pete fait un pas en avant. Tout en lui, de la poitrine jusqu'aux talons, lui paraît désarticulé et branlant. Il espère qu'il va pas se pisser dessus comme un bébé. Bon, ça serait sûrement pas si grave – il serait sûrement pas le premier à mouiller sa culotte sous la menace d'une arme à feu –, mais à lui, ça lui paraît grave. Il tâtonne de la main gauche, trouve l'interrupteur et l'actionne. Quand il voit ce qui est étendu sur le tapis souillé, il veut crier mais les muscles de son diaphragme refusent de coopérer et tout ce qui sort de lui est une plainte larmoyante. Des mouches tournoient et se posent sur ce qui reste du visage de M. Halliday. Autrement dit, pas grand-chose.

« Je sais, dit l'employé avec commisération. Pas très joli, hein ? Les leçons de choses le sont rarement. Il m'a énervé, Pete. Toi aussi, tu veux m'énerver ?

– Non », répond Pete d'une voix aiguë et tremblante. Ça ressemble plutôt à la voix de Tina. « Je veux pas.

– Dans ce cas, t'as bien appris ta leçon. Vas-y, entre. Très lentement. Mais te sens pas obligé de marcher dans le sang. »

Pete avance sur des jambes qu'il sent à peine, prenant à gauche le long d'un des rayonnages de livres, tâchant de poser ses mocassins sur la partie du tapis qui n'est pas souillée de sang. Elle n'est pas très étendue. Sa panique initiale a été remplacée par une nappe de terreur vitreuse. Il n'arrête pas de penser à ces lèvres rouges. De se représenter le Grand Méchant Loup disant au Petit Chaperon rouge : *C'est pour mieux t'embrasser, mon enfant.*

Il faut que je réfléchisse, se dit-il. Il faut que je réfléchisse, sinon je vais mourir dans cette pièce. Je risque d'y mourir de toute façon, mais si j'arrive pas à réfléchir, c'est sûr que c'est ce qui va m'arriver.

Il continue de contourner la tache violacée jusqu'à ce qu'une desserte en merisier lui bloque le passage, et il s'arrête là. Aller plus loin impliquerait de poser le pied sur la partie ensanglantée du tapis qui risque d'être encore assez humide pour faire *sleurp*. Sur la desserte sont posées des carafes en cristal remplies d'alcool et plusieurs gros verres à whisky. Sur le bureau, il aperçoit une hachette dont le fer renvoie un éclat de lumière du plafonnier. C'est sûrement l'arme que le type aux lèvres rouges a employée pour assassiner M. Halliday. Pete suppose que cette révélation devrait le terrifier encore davantage mais étrangement, la vue de la hachette lui éclaircit les idées comme une bonne gifle.

La porte se referme derrière lui dans un *clic*. L'employé qui n'est probablement pas un employé s'est adossé contre elle et pointe son joli petit revolver sur Pete.

« Très bien, dit-il, et il sourit. Maintenant on peut parler.

– De… de… » Pete s'éclaircit la voix, essaie encore et se reconnaît un peu plus, cette fois. « De quoi ? Parler de quoi ?

– Fais pas ton malin. Des carnets. Ceux que t'as volés. »

Tout converge dans l'esprit de Pete. Sa bouche s'ouvre en grand.

L'employé qui n'est pas un employé sourit.

« Ah. Ça y est, je vois que t'as pigé. Dis-moi où ils sont et tu peux encore t'en sortir vivant. »

Non, Pete ne le pense pas.

Ce qu'il pense, c'est qu'il en sait déjà trop pour ça.

28

Quand la fille émerge de la salle de M. Ricker, elle a le sourire, preuve que son entrevue s'est bien passée. Elle esquisse même un petit signe dans leur direction – s'adressant peut-être à eux trois, mais plus vraisemblablement à Jerome seul – tout en se hâtant vers le bout du couloir. M. Ricker, qui l'a accompagnée à la porte, dévisage Hodges et ses associés.

« Madame, messieurs, puis-je vous aider ?

– Peu probable, répond Hodges, mais ça coûte rien d'essayer. On peut entrer ?

– Je vous en prie. »

Ils s'installent aux pupitres du premier rang tels des lycéens attentifs. Ricker se perche sur le coin de son bureau, familiarité dont il s'est dispensé lors de son entretien avec sa jeune élève.

« Je suis à peu près sûr que vous n'êtes pas des parents d'élèves, alors qu'est-ce qui vous amène ?

– C'est au sujet d'un de vos élèves, dit Hodges. Un garçon nommé Peter Saubers. Nous pensons qu'il pourrait s'être attiré des ennuis. »

Ricker fronce les sourcils.

« Pete ? Ça ne lui ressemble pas. C'est un des meilleurs élèves que j'aie jamais eus. Témoignant d'un authentique amour de la littérature, tout spécialement la littérature américaine. Tableau d'honneur tous les trimestres. Quel genre d'ennuis pensez-vous qu'il se soit attirés ?

– C'est bien ça la question. Nous l'ignorons. Je l'ai interrogé, mais il m'a opposé une fin de non-recevoir. »

Le froncement de sourcils de Ricker s'accentue.

« Ça ne ressemble pas du tout au Peter Saubers que je connais.

– Cela concerne une somme d'argent dont il est semble-t-il entré en possession il y a quelques années. Je peux vous communiquer ce que nous savons à ce sujet. Ce ne sera pas long.

– Je vous en prie, mais ne me dites pas que c'est lié à un trafic de drogue.

– Non, ça ne l'est pas. »

Ricker paraît soulagé.

« Bien. J'ai trop vu ce genre de choses et nos gamins les plus intelligents courent les mêmes risques que les plus idiots. En courent même davantage, dans certains cas. Racontez-moi. Je vous aiderai si je le peux. »

Hodges commence par l'argent qui s'est mis à arriver quand les Saubers traversaient ce qu'il faut bien appeler une période noire. Il raconte à Ricker comment sept mois après la fin des livraisons mensuelles d'argent-mystère, Pete a commencé à paraître perturbé et malheureux. Il termine par la conviction de Tina selon laquelle son frère aurait essayé d'obtenir davantage d'argent, peut-être en captant la même source que celle de l'argent-mystère, et qu'il se serait retrouvé dans une situation inextricable.

« Il s'est laissé pousser la moustache, remarque Ricker, songeur, lorsque Hodges a terminé. Il est dans la classe d'écriture créative de Mme Davis, cette année, mais je l'ai croisé dans le couloir et je l'ai chambré à ce sujet.

– Il l'a pris comment ? demande Jerome.

– Je ne suis pas sûr qu'il m'ait entendu. Il semblait sur une autre planète. Ce qui n'est pas inhabituel chez les adolescents, comme vous devez le savoir. Surtout quand les vacances d'été se rapprochent à grands pas. »

Holly demande :

« Vous aurait-il parlé d'un carnet ? Un carnet Moleskine ? »

Ricker réfléchit pendant que Holly le considère d'un œil plein d'espoir.

« Non, répond-il enfin. Je ne crois pas. »

Elle se rembrunit.

« Vous aurait-il parlé de *quoi que ce soit* ? demande Hodges. N'importe quel sujet qui aurait pu le tracasser, si mineur soit-il ? J'ai élevé une fille et je sais que parfois les enfants s'expriment en langage codé. Vous devez le savoir, vous aussi. »

Ricker sourit.

« Le fameux ami-qui.

– Pardon ?

– Comme dans : “J’ai un ami qui a peut-être mis sa copine enceinte.” ou : “J’ai un ami qui sait qui a bombé les graffitis homophobes sur le mur des toilettes des garçons.” Au bout de quelques années d’enseignement, tous les profs connaissent le fameux ami-qui. »

Jerome demande :

« Est-ce que Pete Saubers a eu un ami-qui ?

– Pas que je me souvienne. Je suis vraiment désolé. Je vous aiderais volontiers si je le pouvais. »

D’une petite voix quelque peu vidée d’espoir, Holly demande :

« Il ne vous a jamais parlé d’un ami qui tenait un journal secret ou qui aurait peut-être découvert des informations inestimables dans un carnet intime ? »

Ricker secoue la tête.

« Non. Je regrette vraiment beaucoup. Bon Dieu, je déteste penser que Pete ait pu s’attirer des ennuis. Il m’a écrit l’un des meilleurs devoirs de fin d’année qu’il m’ait été donné de lire. C’était sur la trilogie Jimmy Gold.

– John Rothstein, dit Jerome en souriant. J’ai eu un T-shirt qui disait…

– Ne m’en dites pas plus, le coupe Ricker. *Cette connerie c’est des conneries.*

– En fait, non. C’était la citation qui dit qu’on est pas le pigeon de service.

– Ah, fait Ricker en souriant. *Celle-là.* »

Hodges se lève.

« Je suis plus branché Michael Connelly. Merci de nous avoir accordé de votre temps. »

Il tend sa main à Ricker qui la serre. Jerome se lève aussi, mais Holly reste assise.

« John Rothstein, dit-elle. C’est lui qui a écrit ce roman sur ce gamin en rupture avec ses parents qui s’enfuit à New York, c’est ça ?

– Oui, c'était le premier tome de la trilogie Gold. Pete était dingue de Rothstein. Il l'est probablement toujours. Il se découvrira certainement d'autres héros à l'université, mais quand il était dans ma classe, il pensait que Rothstein marchait sur l'eau. Vous l'avez lu ?

– Non, jamais, dit Holly en se levant à son tour. Mais je suis une grande fan de cinéma et je vais tout le temps sur le site Deadline. Pour connaître les dernières nouvelles d'Hollywood. Il y a eu un article sur tous ces producteurs qui ont voulu faire un film sur *Le Coureur*. Sauf qu'ils ont beau lui avoir offert des sommes astronomiques, il leur a dit à tous d'aller se faire foutre.

– Ça ressemble bien à Rothstein, ça, dit Ricker. L'ours mal léché. Il détestait le cinéma. Prétendait que c'était un art de dégénérés. Il ironisait sur le mot *pellicules*. Il a même écrit un essai là-dessus, je crois. »

Holly s'est illuminée.

« Et puis il a été *assassiné* et comme il n'a pas laissé de *testament*, ils ne peuvent toujours pas faire de *film* à cause des implications *légales*.

– Holly, il faudrait qu'on y aille », dit Hodges.

Il veut aller sonner chez les Saubers sans tarder. Où que soit Pete en ce moment, c'est chez lui qu'il finira par revenir.

« OK… oui… »

Elle soupire. Bien qu'elle approche de la cinquantaine et qu'elle prenne des régulateurs de l'humeur, Holly passe encore trop de temps sur les montagnes russes de l'émotion. Tout à coup, la lumière s'est éteinte dans ses yeux et elle paraît terriblement déprimée. Hodges est désolé pour elle et il voudrait lui dire que même si toutes les intuitions n'aboutissent pas, cela ne signifie pas qu'il faut cesser d'être à leur écoute. Parce que celles qui aboutissent dévoilent parfois des trésors. Ça n'est pas spécialement une perle de sagesse, mais plus tard, quand il aura un moment d'intimité avec elle, il la lui offrira. Pour tenter d'atténuer un peu sa déception.

« Merci pour le temps que vous nous avez consacré, monsieur Ricker. »

Hodges ouvre la porte. Faiblement, comme de la musique entendue dans un rêve, leur parvient l'air de « Greensleeves ».

« Oh, nom de Dieu, s'exclame Ricker. Attendez une minute. »

Tous se tournent vers lui.

« Pete est effectivement venu me parler de quelque chose, et il n'y a pas si longtemps que ça. Mais je vois passer tellement d'élèves… »

Hodges hoche la tête d'un air compréhensif.

« Et puis, ça n'était pas un gros dilemme, rien d'un *Sturm und Drang* adolescent. En fait, je me souviens plutôt d'une conversation très agréable. Ça vient juste de me revenir à l'esprit parce que vous avez mentionné ce roman, madame Gibney. *Le Coureur.* » Il esquisse un sourire. « Pete n'avait pas un *ami-qui* mais un *oncle-qui.* »

Hodges sent soudain une étincelle chaude et crépitante flamber en lui, telle une amorce qui s'enflamme.

« Qu'avait donc cet oncle qui méritait discussion ?

– Pete m'a raconté que son oncle possédait une édition originale signée du *Coureur.* Et qu'il la lui avait offerte parce que Pete était fan de Rothstein – c'est l'histoire qu'il m'a servie, en tout cas. Pete m'a confié qu'il avait l'intention de la vendre. Je lui ai demandé s'il voulait vraiment se séparer d'un livre signé par son idole littéraire et il m'a confirmé qu'il y pensait sérieusement. Il espérait que l'argent pourrait aider sa petite sœur à entrer dans une école privée, dont j'ai oublié le nom…

– Chapel Ridge », dit Holly.

La lumière s'est rallumée dans ses yeux.

« Oui, je crois que c'est ça. »

Hodges retourne à pas lents vers le bureau de Ricker.

« Racontez-moi… racontez-*nous*… tout ce dont vous vous souvenez de cette conversation.

– C'est vraiment tout, excepté un détail qui m'a comme qui dirait chatouillé le déconomètre. Il m'a dit que son oncle avait gagné le livre au *poker.* Je me rappelle avoir pensé que c'est le genre de trucs qui arrivent dans les romans et dans les films, mais rarement dans la vraie vie. Mais bien sûr, il arrive que la vie *imite* l'art. »

Hodges s'apprête à poser la question évidente mais Jerome le devance :

« Il vous a interrogé sur d'éventuels acheteurs ?

– Oui, c'était pour ça, en fait, qu'il était venu me voir. Il avait une petite liste de négociants locaux, sans doute glanée sur Internet. Je l'ai dissuadé de s'adresser à l'un d'eux. Réputation légèrement louche. »

Jerome regarde Holly. Holly regarde Hodges. Hodges regarde Howard Ricker et pose l'évidente question suivante. Il est complètement focalisé maintenant, l'amorce flambe brillamment dans son esprit.

« Quel est le nom de ce négociant en livres à la réputation louche ? »

29

Pete ne voit plus qu'une seule chance de s'en sortir vivant. Tant que le type aux lèvres rouges et au teint cireux ignore où sont les carnets de Rothstein, il n'appuiera pas sur la détente de son revolver, qui fait moins joujou de minute en minute.

« Vous êtes l'associé de M. Halliday, c'est ça ? dit-il sans exactement regarder le cadavre – cette vision est trop ignoble – mais en donnant un coup de menton dans cette direction. Vous êtes de mèche avec lui ? »

Lèvres Rouges lâche un rire bref puis fait une chose choquante pour Peter qui pensait pourtant que plus rien ne pouvait le choquer. Il crache sur le corps.

« Il a *jamais* été mon associé. Même s'il aurait pu l'être, à une époque, quand je lui ai donné sa chance. T'étais pas encore une étincelle dans l'œil de ton père, Peter. Je dois dire que je trouve ta tentative de diversion admirable mais je te demanderais de t'en tenir à notre sujet. Où sont les carnets ? Planqués dans ta maison ? Qui, soit dit en passant, était *ma* maison. C'est-y pas une coïncidence intéressante, ça ? »

Encore un choc.

« *Votre...*

– Encore de l'histoire ancienne. Peu importe. C'est là-bas qu'ils sont ?

– Non. Ils y ont été un moment, mais je les ai déménagés.

– Et je devrais te croire ? Non, je te crois pas.

– À cause de lui. » Pete désigne à nouveau le cadavre du menton. « J'ai essayé de lui en vendre quelques-uns et il a menacé de me dénoncer à la police. Il *fallait* que je les déménage. »

Lèvres Rouges réfléchit à ça, puis hoche la tête.

« D'accord, je peux comprendre ça. Ça colle avec ce qu'il m'a raconté. Alors, tu les as mis où ? Crache le morceau, Peter. Déballe tout. On se sentira mieux après, tous les deux. Surtout toi. "Si, une fois fait, c'était fini, il serait bon que ça soit vite fait." *Macbeth*, Acte I. »

Pete ne déballe rien. Tout déballer, c'est mourir. Voici l'homme qui, le premier, a volé les carnets, Pete le sait maintenant. Volé les carnets et assassiné John Rothstein il y a plus de trente ans. Et maintenant il a assassiné M. Halliday. Aura-t-il des scrupules à ajouter Pete Saubers à sa liste ?

Lèvres Rouges n'a aucun mal à lire dans ses pensées.

« J'ai pas besoin de te tuer, tu sais. Pas tout de suite, du moins. Je peux te coller une balle dans la jambe. Si ça te délie pas la langue, je peux t'en coller une dans les parties. Sans ses bijoux de famille, un jeune type comme toi a plus grand-chose à espérer de la vie, si ? »

Poussé dans ses derniers retranchements, Pete n'a plus rien sur quoi se rabattre que l'indignation brûlante, désespérée, que seuls les adolescents savent éprouver.

« Vous l'avez tué ! *Vous avez tué John Rothstein !* » Des larmes lui montent aux yeux ; elles roulent sur ses joues en ruisselets tièdes. « Le meilleur écrivain du vingtième siècle et vous avez cambriolé sa maison et vous l'avez tué ! Pour de l'argent ! Rien que pour de l'argent !

– *Non*, pas pour l'argent ! riposte Lèvres Rouges. *Il a trahi !* »

Il fait un pas en avant et le canon de son arme pique légèrement du nez.

« Il a envoyé Jimmy Gold en enfer et il a appelé ça la publicité ! Et puis d'ailleurs, qui t'es pour me donner des leçons ? Toi-même t'as cherché à vendre les carnets ! Moi, je veux pas les vendre. J'ai peut-être voulu, par le passé, quand j'étais jeune et bête, mais c'est fini, ça. Je veux les lire. Ils sont à moi. Je veux caresser l'encre et sentir les mots qu'il a écrits de sa main. C'est de penser à ce moment qui m'a empêché de devenir fou pendant trente-six ans ! »

Il fait un autre pas en avant.

« Oui, et parlons-en de l'argent. L'argent dans la malle ! Tu l'as pris aussi ? Bien sûr que tu l'as pris ! C'est toi le voleur, pas moi ! *Toi !* »

À ce moment-là, Pete est trop furieux pour penser à s'enfuir, parce que cette dernière accusation, si injuste soit-elle, est on ne peut plus vraie. Il se saisit soudain d'une des carafes d'alcool et la lance de toutes ses forces sur son bourreau. Lèvres Rouges ne s'attend pas à ça. Il se baisse, en pivotant légèrement sur la droite, et la bouteille le frappe à l'épaule. Le bouchon de verre saute quand elle heurte le tapis. L'odeur âpre et piquante du whisky se mêle à celle du vieux sang. Leur festin interrompu, les mouches bourdonnent en une nuée agitée.

Pete s'empare d'une autre carafe et se précipite sur Lèvres Rouges en la brandissant telle une matraque, tout revolver oublié. Il trébuche sur les jambes écartées de Halliday, tombe sur un genou et, quand Lèvres Rouges fait feu – le bruit, dans la pièce close, résonne comme un claquement de mains mat – la balle frôle sa tête, passant assez près pour balayer ses cheveux. Pete l'entend siffler : *zzzzz*. Il lance la deuxième carafe et celle-ci frappe Lèvres Rouges juste en dessous de la bouche et il se met à saigner. Dans un cri, il titube en arrière, heurte le mur.

Les deux dernières carafes sont derrière lui maintenant et Pete n'a plus le temps de se retourner pour s'en saisir. Il pousse sur ses jambes afin de se relever et attrape la hachette sur le bureau, non par son manche gainé de caoutchouc mais par le fer. Il sent la morsure du fil dans sa paume mais c'est une douleur lointaine, ressentie par quelqu'un qui vit dans un autre pays. Lèvres Rouges n'a pas lâché le revolver et il le retourne vers Pete pour viser et tirer. Pete n'a pas exactement la possibilité de réfléchir mais une partie profonde de son esprit, qui n'a peut-être jamais été sollicitée jusqu'à ce jour, comprend que s'il était plus près, il pourrait saisir Lèvres Rouges à bras-le-corps et lui arracher son arme. Facilement. Il est plus jeune, plus fort. Mais il y a le bureau entre eux, alors il lance plutôt la hachette. Elle tournoie en direction de Lèvres Rouges, cul par-dessus tête, tel un tomahawk.

Lèvres Rouges hurle et rentre la tête dans les épaules afin de lui échapper, levant la main qui tient le revolver afin de protéger son visage. Le côté contondant du fer heurte son avant-bras. Le revolver s'envole, frappe l'un des rayonnages et tombe sur le sol dans un claquement. Un autre claquement se fait entendre lorsque la balle part. Pete ignore où est partie cette deuxième balle, mais elle n'est pas dans sa peau, et pour lui c'est tout ce qui compte.

Lèvres Rouges rampe vers le revolver, ses fins cheveux blancs en travers des yeux, du sang goutte de son menton. Il est d'une rapidité surnaturelle, un peu comme un lézard. Pete calcule, toujours sans réfléchir, et comprend que s'il essaie de prendre Lèvres Rouges de vitesse pour récupérer le revolver, il perdra. Il s'en faudra d'un cheveu, mais il perdra. Il a peut-être une chance de saisir le bras de l'homme avant que celui-ci ne tourne le revolver vers lui et tire, mais elle est faible.

Il préfère bondir vers la porte.

« Reviens, petit merdeux ! braille Lèvres Rouges. On a pas terminé ! »

Une pensée cohérente fait brièvement surface. Oh, que si, se dit Pete.

Il ouvre la porte à la volée et franchit le seuil en courbant le dos. Il claque la porte derrière lui d'un violent geste de la main gauche et pique un sprint vers l'entrée du magasin en direction de Lacemaker Lane, des autres gens et de leurs vies bénies. Il entend un autre coup de feu – étouffé – et il voûte un peu plus les épaules, mais il ne ressent ni impact, ni douleur.

Il tire sur la poignée de la porte. Elle résiste. Il jette un coup d'œil affolé par-dessus son épaule et voit Lèvres Rouges sortir en trébuchant du bureau de Halliday, le menton festonné d'une barbiche de sang. Il a le revolver à la main et il tente de viser. Pete s'en prend au verrou avec des doigts qui ne sentent rien, parvient à s'en saisir, et tourne. L'instant d'après, il est sur le trottoir ensoleillé. Personne ne le regarde ; il n'y a personne dans les environs. En cette chaude après-midi de semaine, la zone piétonne de Lacemaker Lane est quasi déserte.

Pete court aveuglément, sans du tout savoir où il va.

30

C'est Hodges qui conduit la Mercedes de Holly. Il respecte la signalisation et ne change pas de voie à tout bout de champ. Il n'est pas du tout surpris que cette course du North Side jusqu'à la librairie de Halliday dans Lacemaker Lane lui en rappelle une autre, bien plus folle, à bord du même véhicule. C'était Jerome qui conduisait, cette fois-là.

« Comment tu peux être sûre que le frère de Tina est allé voir ce Halliday ? » demande Jerome.

Il est assis à l'arrière cette après-midi.

« Parce que, répond Holly sans lever les yeux de son iPad qu'elle a retiré de la spacieuse boîte à gants de la Mercedes. J'en suis sûre, et je pense même savoir pourquoi. C'était même pas un livre signé, en plus. » Elle tapote l'écran et marmonne : « Allez allez allez. *Connecte-toi*, couillounousse !

– Qu'est-ce que tu cherches, Hollyberry ? » demande Jerome en se penchant entre les deux sièges.

Elle se retourne pour le fusiller du regard.

« M'appelle pas comme ça, tu sais que je déteste.

– OK, OK, désolé. »

Jerome lève les yeux au ciel.

« Je te le dirai dans une minute, répond-elle. J'y suis presque. J'aimerais juste avoir une connexion Wi-Fi au lieu de cette saloperie de connexion réseau. C'est tellement *lent* et *caca boudin*. »

Hodges éclate de rire. C'est plus fort que lui. Cette fois, c'est vers lui que Holly se tourne pour le fusiller du regard, non sans continuer à taper sur l'écran de sa tablette. Hodges est déjà sur la rampe d'accès au périphérique intérieur et il s'adresse à Jerome :

« Je commence à y voir clair. En supposant que le livre dont Pete a parlé à Ricker soit en fait un carnet d'écrivain : celui que Tina l'a vu cacher précipitamment sous son oreiller.

– Oh oui, c'était ça, intervient Holly sans quitter des yeux son iPad. Holly Gibney est formelle là-dessus. » Elle tape autre chose, fait défiler l'écran et lâche un cri de dépit qui fait sursauter ses deux compagnons. « Oooh, ces *toufues* pubs ! Ça me rend dingo !

– Calme-toi », lui dit Hodges.

Elle ne l'écoute pas.

« Attendez. Attendez, vous allez voir.

– L'argent et le carnet étaient ensemble, dit Jerome. Le petit Saubers les a trouvés en même temps. C'est ça que vous pensez ?

– Ouais, confirme Hodges.

– Et le contenu du carnet valait encore plus d'argent. Sauf pour un négociant en livres rares à la réputation intacte qui aurait refusé de s'en approcher à moins de…

– *JE L'AI !* » hurle Holly, les faisant à nouveau sursauter.

La Mercedes fait une embardée. Le conducteur sur la voie de gauche lance un coup d'avertisseur irrité et décoche un geste éloquent de la main.

« Quoi ? demande Jerome.

– Pas *quoi*, Jerome, *qui* ! *John Rothstein*, nom de Dieu ! Assassiné en 1978 ! Trois hommes, apparemment, se sont introduits dans sa ferme – dans le New Hampshire, c'était – et l'ont tué. Ils ont aussi forcé son coffre. Écoutez ça. Publié dans le *Union Leader* de Manchester trois jours après le meurtre. »

Tandis qu'elle lit, Hodges quitte le périph' à la sortie Lower Main.

« "Il semble de plus en plus certain que les cambrioleurs recherchaient autre chose que de l'argent. 'Il est possible qu'ils aient emporté un certain nombre de carnets contenant des écrits réalisés par M. Rothstein après son retrait de la vie publique', indique une source proche de l'enquête. Ces carnets, dont la présence a été confirmée hier par la femme de ménage de John Rothstein, pourraient se négocier à prix d'or au marché noir." »

Les yeux de Holly flamboient. Elle est en pleine révélation divine, un de ces moments où elle s'oublie complètement elle-même.

« Les cambrioleurs ont planqué leur butin, dit-elle.

– Les vingt mille dollars, dit Jerome.

– *Et* les carnets. Pete en a trouvé certains, peut-être même tous. Il s'est servi de l'argent pour aider ses parents et il s'est attiré des ennuis *seulement* quand il a essayé de vendre les carnets pour aider sa sœur. Halliday est au courant. À l'heure qu'il est, c'est peut-être lui qui détient les carnets. Dépêche, Bill. Dépêche dépêche *dépêche* ! »

31

Morris titube jusqu'à la porte du magasin, un cognement dans le cœur, un battement dans les tempes. Il lâche le revolver de Andy dans la poche de son blazer, attrape un livre sur l'un des présentoirs, l'ouvre et se le colle sur le menton pour éponger le sang. Il aurait pu s'essuyer de la manche de son blazer, il a failli le faire, mais il a recommencé à réfléchir et il s'est retenu. Il va devoir se montrer en public et il tient pas à le faire avec du sang sur lui. Le gosse en avait sur son pantalon, et ça c'est un bon point. Un super point, en fait.

Je retrouve mes esprits, et le gosse a intérêt à retrouver les siens. S'il fait ça, je peux encore sauver la situation.

Il ouvre la porte du magasin et regarde des deux côtés de la rue. Aucune trace de Saubers. Il ne s'attendait pas à moins. Les adolescents sont rapides. Ils ressemblent à des cafards, pour ça.

Morris fouille dans sa poche pour retrouver le bout de papier où il a noté le numéro de portable de Pete et vit un moment de panique pure en ne le trouvant pas. Enfin, ses doigts palpent quelque chose, ratatiné dans un coin tout au fond, et il pousse un soupir de soulagement. Il a le cœur qui cogne, cogne, et il frappe sa poitrine osseuse du plat de la main.

Me lâche pas maintenant, pense-t-il. T'as pas intérêt à me lâcher.

Il se sert du téléphone fixe pour appeler Saubers parce que ça aussi ça colle avec l'histoire qu'il est en train de fabriquer dans sa tête. Morris trouve que c'est une bonne histoire. Il se demande si John Rothstein aurait pu en écrire une meilleure.

32

Quand Pete revient complètement à lui, il se trouve dans un endroit que Morris Bellamy connaît bien : Government Square, en face du Happy Cup Café. Il s'assoit pour reprendre son souffle, regardant anxieusement dans la direction d'où il vient. Il ne voit pas trace de Lèvres Rouges, ce qui ne le surprend pas. Pete aussi a retrouvé ses esprits et il sait que l'homme qui a essayé de le tuer ne manquerait pas d'attirer l'attention dans la rue. Je l'ai bien chopé, pense Pete sombrement. Lèvres Rouges c'est Menton Sanglant maintenant.

Pas mal jusque-là, mais ensuite ?

Comme en réponse, son téléphone portable se met à vibrer. Pete l'extrait de sa poche et regarde le numéro affiché. Il reconnaît les quatre derniers chiffres – 8877 – de la fois où il a appelé Halliday pour lui laisser le message au sujet du week-end au Centre de Vacances de River Bend. Ça doit être Lèvres Rouges : c'est sûr que ça peut pas être M. Halliday. Cette pensée est tellement horrible qu'elle le fait rire, même si le son qui sort de sa bouche ressemble plus à un sanglot.

Son premier réflexe est de ne pas répondre. Ce qui le fait changer d'avis, c'est quelque chose que Lèvres Rouges a dit : *Ta maison c'était ma maison. C'est-y pas une coïncidence intéressante, ça ?*

Le texto de sa mère lui enjoignait de rentrer à la maison directement après l'école. Le texto de Tina lui disait que leur mère savait pour l'argent. Donc elles sont ensemble à la maison, à l'attendre. Pete ne tient pas à les alarmer inutilement – surtout quand c'est *lui* la cause de leur alarme – mais il doit connaître le motif de cet appel, surtout sachant que son père n'est pas là pour les protéger toutes les deux au cas où le cinglé déciderait de se pointer à Sycamore Street. Son père est parti dans le comté de Victor pour une de ses visites guidées.

Je vais appeler la police, pense Pete. Quand je vais lui dire ça, il va décamper. Il sera bien obligé. Cette idée le réconforte un peu et il appuie sur la touche ACCEPTER.

« Salut, Peter, dit Lèvres Rouges.

– J'ai rien à vous dire, dit Peter. Vous feriez mieux de décamper parce que j'appelle les flics.

– Je suis content que tu m'aies répondu avant de commettre une erreur aussi grossière. Tu ne me croiras pas, mais je te dis ça en ami.

– Vous avez raison, dit Pete. Je vous crois pas. Vous avez voulu me tuer.

– Je vais te dire autre chose que tu ne croiras pas : je suis content de ne pas l'avoir fait. Parce que sinon, je n'aurais jamais pu savoir où tu caches les carnets de Rothstein.

– Vous le saurez jamais », dit Pete. Et il ajoute : « Je vous dis ça en ami. »

Il se sent un peu plus calme maintenant. Lèvres Rouges ne le pourchasse pas et il n'est pas non plus en route pour Sycamore Street. Il se planque dans la librairie et téléphone sur le fixe.

« C'est ce que tu penses maintenant parce que tu n'as pas une vue à long terme des choses. Moi, oui. Je t'expose la situation : Tu es allé voir Andy pour lui vendre les carnets. Il a essayé de te faire du chantage et tu l'as liquidé. »

Pete ne dit rien. Il en est incapable. Il est soufflé.

« Peter ? Tu es là ? Tu ferais mieux si tu veux pas passer un an au Centre de Détention pour Mineurs de Riverview suivi de vingt de plus à Waynesville. J'ai fait les deux et je peux te dire que c'est pas des endroits pour des jeunes mecs au cul vierge. L'université t'irait beaucoup mieux, tu crois pas ?

– J'étais même pas en ville le week-end dernier, dit Pete. J'étais en voyage scolaire. Je peux le prouver. »

Lèvres Rouges n'a pas la moindre hésitation.

« Alors, tu l'as fait avant de partir. Ou peut-être à ton retour, dimanche soir. La police va trouver ton message vocal – j'ai bien fait attention à pas l'effacer. Il y a aussi le DVD de sécurité où on te voit te disputer avec lui. J'ai pris les disques mais je peux faire en sorte que la police les reçoive si on arrive pas à un accord, toi et moi. Et puis, il y a tes empreintes. Ils vont les trouver sur les poignées de porte de son bureau. Mieux même, ils vont les trouver sur l'arme du crime. Je crois que tu es fait, même si tu arrives à rendre compte de chaque minute de ton emploi du temps du week-end. »

Pete s'aperçoit avec consternation qu'il peut même pas faire ça. Il a *tout* loupé du programme du dimanche. Il revoit Mme Bran – alias Bran Stoker – debout à la porte du bus, il y a à peine vingt-quatre heures, son téléphone portable à la main, prête à appeler le 911 pour signaler la disparition d'un élève.

Je suis désolé, lui a-t-il dit. *J'étais malade. J'ai pensé que le grand air me ferait du bien. J'ai vomi.*

Il la voit très clairement au tribunal dire que oui, Peter avait *l'air* malade cette après-midi-là. Et il entend le procureur signaler au jury que n'importe quel adolescent aurait inévitablement *l'air malade* après avoir découpé un vieux libraire avec une hachette pour en faire du petit bois.

Mesdames et messieurs les jurés, je vous soumets l'hypothèse que Pete Saubers a rejoint la ville en auto-stop ce dimanche matin-là parce qu'il avait rendez-vous avec M. Halliday, lequel pensait que M. Saubers avait finalement décidé de céder à ses tentatives de chantage. Sauf que M. Saubers n'avait aucunement l'intention d'y céder.

C'est un cauchemar, pense Pete. Comme recommencer depuis le commencement les tractations avec Halliday, mais en mille fois pire.

« Peter ? Tu es là ?

– Personne voudra vous croire. Jamais. Pas quand ils sauront qui vous êtes.

– Et qui je suis, exactement ? »

Le Loup, pense Pete. Vous êtes le Grand Méchant Loup.

Des gens ont dû l'apercevoir, ce dimanche, déambuler sur le terrain du Centre de Vacances. *Plein* de gens, parce qu'il n'est quasiment pas sorti des sentiers balisés. Certains se souviendront sûrement de lui et se manifesteront pour témoigner. Mais, comme l'a dit Lèvres Rouges, cela laisse encore la possibilité d'avant et après le voyage scolaire. Surtout le dimanche soir, quand il est allé directement s'enfermer dans sa chambre. Dans *Les Experts* et *Esprits criminels*, la police scientifique est toujours capable de calculer le jour et l'heure exacts de la mort d'une personne assassinée, mais dans la vraie vie, comment savoir ? Pete ne sait pas. Et si la police tient un bon suspect, dont les empreintes se trouvent sur l'arme du crime, l'heure de la mort peut fort bien être négociable.

Mais je pouvais pas faire autrement que lui lancer la hachette ! pense-t-il. J'avais que ça !

Persuadé que les choses ne peuvent qu'empirer, Pete baisse les yeux et voit une tache de sang sur son genou.

Le sang de M. Halliday.

« Je peux arranger ça, dit Lèvres Rouges d'une voix onctueuse. Et si on arrive à s'entendre, je le ferai. Je peux effacer tes empreintes. Je peux effacer ton message vocal. Je peux détruire les DVD de sécurité. Tout ce que tu as à faire, c'est me dire où sont les carnets.

– Comme si je pouvais vous faire confiance !

– Tu devrais. » Voix basse. Câline et raisonnable : « Réfléchis, Pete. Si tu disparais du tableau, le meurtre de Andy apparaît comme un cambriolage qui a mal tourné. Le geste d'un consommateur de crack ou de meth. C'est bon pour nous deux. Si tu restes dans le tableau, l'existence des carnets est dévoilée. Pourquoi est-ce que je voudrais ça ? »

Tu t'en fous, pense Pete. Tu t'en foutras puisque tu seras déjà plus dans les environs quand on découvrira Halliday mort dans son bureau. T'as dit que t'as été à Waynesville. Du coup, ça fait de toi un ex-repris de justice, et tu connaissais M. Halliday. Tout ça mis ensemble, ça fait de toi un suspect, aussi. Tes empreintes sont partout, comme les miennes, et je crois pas que tu puisses les effacer toutes. Ce que tu peux faire – si je te laisse faire – c'est prendre les carnets et te tirer. Et une fois que tu te seras tiré, qu'est-ce qui t'empêche d'envoyer les DVD de sécurité à la police, par pure méchanceté ? Pour te venger de moi de t'avoir frappé avec la carafe de whisky et de m'être sauvé ? Si j'accepte ce que tu proposes…

Il conclut sa pensée à voix haute :

« Je m'enfoncerai un peu plus. Peu importe ce que vous prétendez.

– Je t'assure que ce n'est pas vrai. »

Il a un ton d'avocat, de ces avocats véreux avec des coiffures pas possibles qui font des pubs, tard le soir, sur les chaînes privées. La fureur de Pete revient et le fait se redresser sur le banc comme sous l'effet d'un électrochoc.

« Allez vous faire foutre. Vous aurez *jamais* ces carnets. »

Et il coupe la communication. Le téléphone vibre de nouveau dans sa main presque aussitôt, même numéro, Lèvres Rouges qui rappelle. Pete appuie sur REFUSER et éteint son téléphone. Là, tout de suite, il faut qu'il réfléchisse plus vite et plus fort qu'il a jamais réfléchi de toute sa vie.

Maman et Tina, c'est elles le plus important. Il faut qu'il parle à sa mère, lui dire qu'elle et Tina doivent quitter la maison tout de suite. Aller dans un motel, n'importe où. Il faut qu'elles…

Non, pas maman. C'est à sa sœur qu'il doit parler, du moins pour commencer.

Il n'a pas pris la carte de M. Hodges mais Tina doit savoir comment entrer en contact avec lui. Et si ça, ça marche pas, il devra appeler la police et prendre ses responsabilités. Il mettra sa famille en danger sous aucun prétexte.

Pete appuie sur la touche raccourci de son téléphone pour appeler sa sœur.

33

« Allô ? Peter ? Allô ? *Allô ?* »

Rien. Ce salaud de voleur a raccroché. Le premier réflexe de Morris est de vouloir arracher le téléphone fixe de la prise murale et de le balancer contre l'un des rayonnages, mais il se retient au dernier moment. Il a mieux à faire que de se laisser aller à la rage.

Alors ? Que faire maintenant ? Est-ce que Saubers va appeler la police en dépit de toutes les preuves accumulées contre lui ?

Morris peut pas se permettre de croire ça, car sinon, les carnets sont perdus pour lui à jamais. Et il y a ça aussi : le gosse prendrait-il une décision aussi irrévocable sans en parler d'abord à ses parents ? Sans leur demander conseil ? Sans les prévenir ?

Je dois agir vite, pense Morris.

Et tout haut, tandis qu'il essuie ses empreintes sur le téléphone :

« Si, une fois fait, c'était fini, il serait bon que ça soit vite fait. »

Et il serait bon qu'il se lave le visage et sorte par la porte de derrière. Il ne pense pas que les coups de feu aient été entendus de la rue – le bureau de l'arrière-boutique doit être plutôt bien insonorisé, tapissé de bouquins comme il est – mais il ne tient pas à prendre ce risque.

Il frictionne sa barbiche de sang dans le cabinet de toilette de Halliday, prenant bien soin de laisser la serviette souillée dans le lavabo à l'intention de la police, pour quand elle se décidera à venir. Cela fait, il longe un couloir étroit en direction d'une porte surmontée d'un boîtier lumineux SORTIE et avec plein de cartons de livres empilés devant. Il les déplace en se disant qu'il est stupide de condamner une sortie de secours avec des cartons de livres. Stupide et inconséquent.

Ça pourrait être l'épitaphe de mon vieux pote, songe Morris. Cigît Andrew Halliday, homosexuel obèse, stupide et inconséquent. Il sera pas regretté.

La chaleur du milieu de l'après-midi l'assomme tel un marteau et il titube. Sa tête l'élance d'avoir été frappée par cette foutue carafe mais son cerveau tourne à plein régime à l'intérieur. Il monte dans la Subaru, où il fait encore plus chaud, et allume l'air conditionné au maximum aussitôt qu'il a démarré. Il s'examine dans le rétroviseur. Il a un horrible bleu violet autour d'une coupure en forme de croissant au menton mais il ne saigne plus, et au final, ça pourrait être plus vilain. Il regrette de pas avoir un ou deux cachets d'aspirine, mais ça peut attendre.

Il recule hors de la place de stationnement de Andy et remonte la ruelle qui débouche sur Grant Street. Grant est moins classe que Lacemaker Lane avec ses boutiques chic, mais au moins, on peut y rouler en voiture.

Au moment où Morris s'arrête à l'entrée de la ruelle, Hodges et ses deux partenaires débouchent de l'autre côté de l'immeuble et se plantent devant la pancarte FERMÉ accrochée à la porte de Andrew Halliday Rare Editions. La circulation sur Grant Street s'interrompt juste au moment où Hodges essaie d'entrer dans la librairie et trouve la porte ouverte. Sans attendre, Morris tourne à gauche et prend la direction du périphérique intérieur. C'est tout juste le début de l'heure de pointe et il peut être dans le North Side en quinze minutes. Peut-être même douze. Il faut qu'il empêche Saubers d'aller voir la police – à condition qu'il l'ait pas déjà fait – et y a un seul moyen sûr de l'en empêcher.

Tout ce qu'il a à faire, c'est de coiffer au poteau le voleur de carnets et rejoindre avant lui sa petite sœur.

34

Derrière la maison des Saubers, près de la clôture qui sépare leur jardin de la friche, il y a un vieux portique rouillé que Tom Saubers a prévu de démonter depuis longtemps, maintenant que ses deux enfants sont trop grands pour y jouer. Cette après-midi, Tina est assise dans la nacelle d'enfant et elle se balance lentement d'avant en arrière. *Divergente* est ouvert sur ses genoux mais elle a pas tourné une seule page au cours des cinq dernières minutes. Sa mère a promis de regarder le film avec elle dès qu'elle aura fini le livre mais aujourd'hui, Tina n'a pas envie de lire des histoires d'adolescents errant dans les ruines de Chicago. Aujourd'hui, ça lui semble atroce plutôt que romantique. Se balançant toujours lentement, elle ferme le livre. Et les yeux.

S'il te plaît, Dieu, prie-t-elle, ne laisse pas Pete s'attirer des super graves ennuis. Et le laisse pas me détester. Je mourrai s'il me déteste, alors s'il te plaît, fais qu'il comprenne pourquoi je l'ai dit. *S'il te plaît.*

Dieu lui répond aussitôt. Dieu lui dit que Pete ne lui en voudra pas parce que maman a deviné toute seule, mais Tina est pas sûre de vouloir Le croire. Elle ouvre à nouveau son livre mais ne peut toujours pas lire. La journée semble suspendue au-dessus d'elle, attendant que quelque chose d'atroce se produise.

Le téléphone portable qu'elle a eu pour ses onze ans est en haut dans sa chambre. C'est un modèle bon marché, pas l'iPhone avec toutes les sonneries et les applications dont elle rêvait, mais il représente son bien le plus précieux et elle s'en sépare rarement. Sauf cette après-midi. Elle l'a laissé dans sa chambre quand elle est sortie, aussitôt après avoir envoyé un texto à Pete. Il *fallait* qu'elle lui envoie ce message, elle pouvait pas le laisser arriver, innocent, sans savoir, mais elle supporte pas l'idée de recevoir une réponse accusatrice et fâchée. Elle devra l'affronter dans un petit moment, c'est inévitable, mais sa mère sera avec elle à ce moment-là. Et maman dira à Pete que c'est pas la faute de Tina et il la croira.

Probablement.

Maintenant le téléphone commence à vibrer et à tressauter sur son bureau. Elle a une chouette musique des Snow Patrol en sonnerie mais – avec son estomac tout retourné et sa mortelle inquiétude pour Pete –, elle a pas pensé à modifier le mode silencieux, obligatoire pour l'école, lorsqu'elle est rentrée à la maison avec sa mère, et Linda Saubers, qui est au rez-de-chaussée, ne l'entend pas. L'écran s'allume et affiche la photo de son frère. Finalement, le téléphone se tait. Au bout de trente secondes, il recommence à vibrer. Puis encore une troisième fois. Puis il s'arrête pour de bon.

La photo de Pete disparaît de l'écran.

35

Dans Government Square, Peter fixe son téléphone, incrédule. C'est la première fois que Teenie répond pas à son portable en dehors des heures de cours.

Maman, alors… ou peut-être que non. Pas encore. Elle voudra lui poser un million de questions, et le temps est compté.

Et puis (encore qu'il veuille pas tout à fait l'admettre), il a pas envie de lui parler tant qu'il y sera pas absolument obligé.

Il va sur Google pour essayer de trouver le numéro de M. Hodges. Il tombe sur neuf William Hodges dans cette ville, mais celui qu'il cherche doit être K. William, dont la société s'appelle Finders Keepers. Pete appelle et tombe sur un répondeur. À la fin du message – qui lui semble durer au moins une heure – Holly dit : « Si vous avez besoin d'une assistance immédiate, veuillez composer le 555-1890. »

Pete hésite encore une fois à appeler sa mère, puis décide d'essayer d'abord le numéro donné par la voix enregistrée. Ce qui emporte sa conviction, ce sont ces deux mots : *assistance immédiate.*

36

« Euurgh, fait Holly lorsqu'ils approchent du bureau désert au centre de l'étroite boutique de Andrew Halliday. C'est quoi, cette odeur ?

– Du sang », répond Hodges. Ça sent aussi la viande avariée, mais il a pas envie d'en rajouter. « Vous deux, vous restez là.

– Vous êtes armé ? demande Jerome.

– J'ai mon Slapper.

– C'est tout ? »

Hodges hausse les épaules.

« Alors je viens avec vous.

– Moi aussi », dit Holly et elle s'empare d'un bouquin volumineux intitulé *Plantes et fleurs sauvages d'Amérique du Nord.*

Elle le tient brandi comme si elle comptait s'en servir pour claquer un insecte piqueur.

« Non, leur oppose Bill patiemment. Vous allez rester sagement ici. Tous les deux. Et faire la course pour voir lequel des deux appelle le 911 le premier si je vous crie de le faire.

– Bill.., tente Jerome.

– Discute pas, Jerome, et perdons pas de temps. J'ai idée que le temps pourrait être compté.

– Une intuition ? demande Holly.

– Peut-être même un peu plus. »

Hodges sort le Happy Slapper de la poche de son veston (il l'emporte quasiment toujours à présent, alors qu'il porte rarement sur lui son ancienne arme de service) et l'empoigne au-dessus du nœud. Il avance rapidement et silencieusement en direction de la porte qu'il pense être celle du bureau privé de Andrew Halliday. Elle est légèrement entrebâillée. L'extrémité chargée de billes du Slapper se balance au bout de sa main droite. Il se poste légèrement en retrait d'un côté de la porte et frappe de sa main gauche. Et comme cet instant semble être de ceux où la stricte vérité s'impose, il lance d'une voix forte :

« C'est la police, monsieur Halliday. »

Pas de réponse. Il frappe une deuxième fois, plus fort, et, toujours sans réponse, il pousse la porte. L'odeur est immédiatement plus forte : sang, décomposition et alcool renversé. Autre chose, aussi. Poudre brûlée, une odeur qu'il connaît bien. Et un bourdonnement de mouches somnolentes. Les lumières sont allumées, tels des projecteurs dirigés vers le corps étendu au sol.

« Oh, merde, il lui manque presque la moitié de la tête ! » s'écrie Jerome.

Il est si proche que Hodges sursaute de surprise, élevant le Slapper pour le rabaisser aussitôt. Mon pacemaker vient de s'emballer, pense-t-il. Il se retourne et ils sont là tous les deux, bouchant le passage. Jerome a la main devant la bouche. Les yeux exorbités.

Holly, quant à elle, a l'air calme. Elle serre contre sa poitrine *Plantes et fleurs sauvages d'Amérique du Nord* et paraît évaluer le carnage sanglant étalé sur le tapis. Elle dit à Jerome :

« Dégobille pas. C'est une scène de crime.

– Je compte pas dégobiller. »

La voix de Jerome est étouffée par sa main.

« On peut pas vous faire confiance, dit Hodges. Si j'étais votre prof, je vous expédierais au bureau du proviseur. J'entre. Vous deux, vous bougez pas de là. »

Il franchit le seuil. Jerome et Holly, côte à côte, lui emboîtent aussitôt le pas. On dirait les foutus Jumeaux Bobbsey, pense Hodges.

« C'est le frère de Tina qui a fait ça ? demande Jerome. Bon Dieu, Bill, vous croyez que c'est lui ?

– Si c'est lui, ça date pas d'aujourd'hui. Le sang est quasi sec. Et il y a des mouches, même si je vois pas encore d'asticots... »

Jerome s'étrangle.

« Jerome, *non* », prévient Holly d'un ton sévère. Puis à Hodges : « J'aperçois une petite hache. Une hachette. Peu importe comment ça s'appelle. C'est l'arme du crime. »

Hodges ne répond pas. Il évalue la scène. Il pense que Halliday – s'il s'agit bien de Halliday – est mort depuis au moins vingt-quatre heures, peut-être plus. *Probablement* plus. Mais il s'est passé quelque chose ici depuis, parce que les odeurs d'alcool renversé et de poudre brûlée sont fraîches et fortes.

« Bill, c'est un impact de balle, ça ? » demande Jerome.

Il désigne du doigt une étagère à gauche de la porte, près d'une petite desserte en merisier. Il y a un petit trou rond dans un exemplaire de *Catch-22*. Hodges s'en approche, l'examine attentivement et pense : Ça risque de faire baisser le prix de revente. Puis il regarde la desserte. Deux carafes en cristal sont posées dessus, probablement des Waterford. La desserte est légèrement poussiéreuse et il distingue la trace laissée par deux autres carafes qui s'y trouvaient. Il regarde de l'autre côté de la pièce, au-delà du bureau, et, ouais, elles sont là, renversées par terre.

« Sûr, c'est un impact de balle, dit Holly. Je sens l'odeur de poudre.

– Il y a eu une bagarre », dit Jerome, puis il désigne du doigt le cadavre sans le regarder. « Mais *lui* était déjà hors circuit.

– Oui, confirme Hodges. Et les deux adversaires sont déjà partis.

– Est-ce que l'un des deux était Peter Saubers ? »

Hodges pousse un gros soupir.

« C'est pratiquement certain. Je pense qu'il est venu ici après nous avoir semés à la pharmacie.

– Quelqu'un a pris l'ordinateur de M. Halliday, annonce Holly. Il y a encore son branchement DVD là-bas, à côté de la caisse enregistreuse, et la souris sans fil – je vois aussi une petite boîte avec des clés USB dedans – mais l'ordinateur a disparu. Il y a un espace vide sur son bureau là-bas. Ça devait être un ordinateur portable.

– Qu'est-ce qu'on fait maintenant ? demande Jerome.

– On appelle la police. »

Hodges n'en a pas envie, il pressent que Pete Saubers a de graves ennuis et qu'appeler la police ne pourrait que les aggraver, du moins dans un premier temps, mais il a déjà joué les justiciers solitaires dans l'affaire du Tueur à la Mercedes et ça a bien failli coûter la vie à quelques milliers d'adolescents.

Il sort son téléphone portable, mais avant qu'il ait pu s'en servir, celui-ci s'allume et sonne dans sa main.

« Peter », dit Holly. Elle a les yeux qui brillent et la voix empreinte d'une certitude absolue. « Je vous parie six mille dollars que c'est lui. *Maintenant* il veut te parler. Vas-y, bouge, Bill, réponds à ton toufu téléphone. »

Hodges s'exécute.

« J'ai besoin d'aide, débite Peter Saubers d'une voix rapide. S'il vous plaît, monsieur Hodges. J'ai vraiment besoin d'aide.

– Une seconde. Je mets le haut-parleur pour que mes associés puissent t'entendre.

– Vos associés ? » Peter prend un ton plus alarmé que jamais. « Quels associés ?

– Holly Gibney. Ta sœur la connaît. Et Jerome Robinson. C'est le grand frère de Barbara Robinson.

– Ah. Alors… alors, ça va. Je crois. » Et comme se parlant à lui-même : « Au point où j'en suis, ça peut pas être pire.

– Peter, nous sommes à la librairie de Andrew Halliday. Il y a un cadavre dans son bureau. J'imagine que c'est le sien, et j'imagine que tu es au courant. Je me trompe ? »

Il y a un instant de silence. Sans la faible rumeur de circulation à l'endroit où Pete se trouve, Hodges pourrait croire qu'il a coupé la communication. Puis le garçon se remet à parler, et ses mots roulent comme un torrent :

« Il était mort quand je suis arrivé. C'est l'homme aux lèvres rouges. Il m'a dit que M. Halliday m'attendait derrière, alors je suis allé dans son bureau, il m'a suivi et il avait un revolver et il a essayé de me tuer parce que je voulais pas lui dire où étaient les carnets. Je voulais pas… parce qu'il mérite pas de les avoir et en plus, il m'aurait tué *quand même*, je le voyais bien à ses yeux. Il… je…

– Tu t'es défendu en lui lançant les carafes, c'est ça ?

– Oui ! Les bouteilles de whisky ! Et il m'a tiré dessus ! Il m'a manqué mais c'est passé si près que j'ai entendu les balles siffler. J'ai réussi à m'enfuir en courant mais il m'a rappelé par téléphone pour me dire qu'on m'accuserait, que la police m'accuserait, parce que je lui ai lancé la hachette aussi… vous avez vu la hachette ?

– Oui, dit Hodges. Je suis en train de l'examiner.

– Et… il y a mes empreintes dessus, vous savez… parce que je l'ai prise pour lui lancer… et il a des vidéos de moi et M. Halliday en train de s'engueuler… parce qu'il a essayé de me faire du chantage ! Halliday, je veux dire, pas le bonhomme aux lèvres rouges, sauf que maintenant, *lui aussi* il essaie de me faire du chantage !

– Cet homme aux lèvres rouges a les vidéos de sécurité du magasin ? demande Holly. C'est ça que tu veux dire ?

– *Oui !* Il a dit que la police allait m'arrêter et c'est vrai parce que je suis allé à aucune des réunions de dimanche à River Bend et il a aussi un message vocal *et je sais plus quoi faire* !

– Où es-tu, Peter ? demande Hodges. Où es-tu à cet instant précis ? »

Il y a un autre silence et Hodges sait exactement ce que fait Pete : il cherche des repères. Il a beau avoir toujours vécu dans cette ville, il est tellement affolé qu'il ne sait plus reconnaître sa droite de sa gauche.

« Government Square, dit-il enfin. En face du restaurant là, le Happy Cup ?

– Vois-tu l'homme qui a tiré sur toi ?

– N-non. J'ai couru et je crois pas qu'il aurait pu me poursuivre longtemps à pied. Il est plutôt vieux et on peut pas conduire dans Lacemaker Lane, c'est une rue piétonne.

– Ne bouge pas de là, dit Hodges. Nous allons venir te chercher.

– S'il vous plaît, n'appelez pas la police. Mes parents en mourraient, après tout ce qui leur est déjà arrivé. Je vous donnerai les carnets. J'aurais jamais dû les garder, et j'aurais jamais dû essayer d'en vendre. J'aurais dû juste m'en tenir à l'argent. » Sa voix se brouille, il est en train de craquer : « Mes parents… ils étaient tellement en galère. Y avait *tout* qui partait en vrille ! Je voulais juste les aider !

– Je suis sûr que tu dis la vérité, mais je *dois* appeler la police. Si tu n'as pas tué Halliday, les preuves le montreront. Tu seras innocenté. Je vais venir te chercher et nous allons aller chez toi. Tes parents seront là ?

– Papa est en déplacement mais ma mère et ma sœur seront là, oui. » Pete doit inspirer brusquement avant de continuer : « Je vais aller en prison, hein ? Ils me croiront jamais pour l'histoire de l'homme aux lèvres rouges. Ils penseront que je l'ai inventée.

– Tout ce que tu as à faire, c'est de dire la vérité, intervient Holly. Bill ne laissera rien de mal t'arriver. » Elle saisit la main de Bill et la presse farouchement. « C'est vrai, hein ? »

Hodges répète :

« Si tu ne l'as pas tué, tu seras innocenté.

– Je l'ai pas tué ! Je vous le jure !

– Le coupable est l'autre homme. Celui aux lèvres rouges.

– Oui. Il a tué John Rothstein aussi. Il dit que Rothstein était un vendu. »

Hodges aurait un million de questions, mais c'est pas le moment.

« Écoute-moi, Pete. Très attentivement. Reste où tu es. On sera à Government Square dans quinze minutes.

– Si vous me laissez conduire, dit Jerome, on peut y être dans dix. »

Hodges ne l'écoute pas.

« Nous irons chez toi ensemble, tous les quatre. Tu nous raconteras toute l'histoire, à ta mère, à moi et à mes associés. Elle voudra peut-être appeler ton père et voir avec lui pour te trouver un avocat. Ensuite, on appellera la police. C'est le mieux que je puisse faire. »

Et mieux que ce que je *devrais* faire, pense-t-il, les yeux fixés sur le cadavre défiguré, se rappelant qu'il a bien failli aller en prison lui-même il y a quatre ans. Pour le même genre d'histoire, aussi : de justicier solitaire à la con. Mais bon, trente ou quarante-cinq minutes de plus peuvent pas faire grand mal. Et ce qu'a dit le garçon à propos de ses parents n'est pas tombé dans l'oreille d'un sourd. Hodges était au City Center ce jour-là. Et ce qu'il a vu n'était pas beau à voir.

« D-d'accord. Faites vite.

– On arrive. »

Il coupe la communication.

« Qu'est-ce qu'on fait pour *nos* empreintes ? demande Holly.

– On les laisse, dit Hodges. Allons chercher ce gosse. J'ai hâte d'entendre son histoire. »

Il lance la clé de la Mercedes à Jerome.

« Me'ci, missié Hodges ! glapit Tyrone Feelgood. Ce nègwe-là, c'est le meilleu' chauffeu' du pays ! Y va vous conduiwe où vous…

– Ferme-la, Jerome. »

Hodges et Holly ont parlé en même temps.

37

Pete respire à fond en tremblant et referme son téléphone portable. Tout tourne dans sa tête comme dans un manège de cauchemar et il est sûr d'avoir parlé comme un imbécile. Ou comme un meurtrier effrayé à l'idée d'être pris et prêt à inventer n'importe quelle histoire à dormir debout.

Il a oublié de dire à M. Hodges que Lèvres Rouges a habité dans la maison où il habite aujourd'hui, et il aurait dû le lui dire. Il pense rappeler Hodges puis se dit que c'est pas la peine, vu qu'il va arriver avec les autres dans pas longtemps.

Ce type ira pas à la maison, de toute façon, se convainc Pete. Il peut pas. Il doit rester invisible.

Mais il pourrait quand même. S'il pense que j'ai menti en disant que j'ai déplacé les carnets, il pourrait vraiment. Parce qu'il est fou. Totalement déjanté.

Il essaie encore le portable de Tina, et n'obtient rien que son message d'accueil : « Salut, c'est Teenie, désolée chuis pas là, laissez-moi un message. » *Biiip.*

Bon, d'accord.

Alors maman.

Mais avant qu'il puisse l'appeler, il voit arriver un bus et lit sa destination : NORTH SIDE, comme un cadeau du ciel. Pete décide brusquement qu'il ne va pas rester assis là à attendre M. Hodges. Le bus l'emmènera là-bas plus vite et il veut rentrer à la maison *tout de suite*. Il rappellera M. Hodges une fois dans le bus, et lui demandera de le rejoindre chez lui, mais d'abord il va appeler sa mère pour lui dire de verrouiller toutes les portes.

Le bus est pratiquement vide mais Pete s'en va quand même dans le fond. Et il n'a pas besoin d'appeler sa mère, après tout : son téléphone sonne dans sa main au moment où il s'assoit. M'MAN s'affiche à l'écran. Il respire un grand coup et appuie sur ACCEPTER. Elle commence à parler avant même qu'il ait dit allô.

« Où es-tu, Peter ? » *Peter*, pas Pete. Mauvais signe. « Je t'attends à la maison depuis une heure.

– J'arrive, dit-il. Je suis dans le bus.

– Ne me mens pas, tu veux ? Le bus est arrivé et reparti. Je l'ai vu.

– Non, pas le bus scolaire, le bus de la ville. Du North Side. J'avais… » Quoi ? Une course à faire ? C'est tellement absurde qu'il a envie de rire. Sauf qu'y a pas de quoi rire. Loin de là. « J'avais quelque chose à faire avant. Tina est là ? Elle est pas allée chez Ellen ou un truc comme ça ?

– Elle est dans le jardin, elle lit son livre. »

Le bus dépasse des travaux sur la voirie, il roule avec une lenteur exaspérante.

« Maman, écoute-moi. Tu…

– Non, *toi* tu vas m'écouter. C'est toi qui envoyais l'argent ? »

Il ferme les yeux.

« Alors ? J'attends. Un simple oui suffira. Nous pourrons approfondir les détails plus tard. »

Les yeux toujours fermés, il dit :

« Oui. C'était moi. Mais…

– D'où venait cet argent ?

– C'est une longue histoire, et c'est pas le problème maintenant. C'est pas *l'argent* le problème. Y a un type…

– Qu'est-ce que ça *veut dire*, c'est pas le problème ? Y en a eu pour plus de *vingt mille dollars* ! »

Il réprime une envie de dire : *Tu viens juste de t'en rendre compte ?*

Le bus continue de se traîner comme un escargot à travers le chantier. De la sueur dégouline sur le visage de Pete. Il voit clairement la tache de sang sur son genou, brun sombre maintenant et plus rouge, mais quand même aussi voyante que le nez au milieu de la figure. *Coupable !* hurle-t-elle. *Coupable, coupable !*

« Maman, je t'en prie, tais-toi et écoute-moi. »

Silence choqué au bout du fil. Il a plus dit à sa mère de se taire depuis l'époque de ses colères de bébé.

« Y a un type, il est dangereux. » Il pourrait lui préciser l'étendue du danger, mais il veut juste la mettre en alerte, pas dans tous ses états. « Je crois pas qu'il va venir à la maison, mais il pourrait. Tu devrais faire rentrer Tina et fermer toutes les portes à clé. Le temps que j'arrive. Et d'autres personnes aussi. Des gens qui vont nous aider. »

Du moins, j'espère, pense-t-il.

Mon Dieu, oui, j'espère.

38

Morris Bellamy tourne dans Sycamore Street. Il a conscience que sa vie est rapidement en train de se rétrécir à la dimension d'un point. Tout ce qu'il a, c'est quelques centaines de dollars volés, une voiture volée, et le désir de mettre la main sur les carnets de Rothstein. Ah, il a autre chose aussi : une cachette temporaire où il peut se réfugier, pour lire et découvrir ce qui est arrivé à Jimmy Gold après que cette campagne de pub pour le Duzzy-Doo l'a propulsé au sommet de leur tas de fumier, les mains pleines de Billets d'Or. Morris se rend bien compte que c'est un objectif complètement fou, ce qui doit signifier qu'il est lui-même un individu complètement fou, mais c'est tout ce qu'il a, et ça lui suffit.

Voici son ancienne maison, qui est maintenant la maison du voleur de carnets. Avec une petite voiture rouge dans l'allée.

« La folie c'est que des conneries, dit tout haut Morris Bellamy. La folie c'est que des conneries. TOUT est des conneries. »

Devise inoubliable.

39

« Bill, dit Jerome. Je suis navré de le dire mais j'ai l'impression que notre oiseau s'est envolé. »

Hodges sort de ses pensées et lève les yeux pendant que Jerome traverse Government Square. Il y a pas mal de monde assis sur les bancs – à lire le journal, à bavarder en buvant un café, à nourrir les pigeons –, mais il n'y a aucun adolescent de l'un ou l'autre sexe.

« Je ne le vois assis à aucune table en terrasse non plus, rapporte Holly. Il est peut-être entré prendre un café ?

– Prendre un café doit être le cadet de ses soucis en cet instant précis », commente Hodges.

Il se flanque un coup de poing sur la cuisse.

« Les bus du North Side et du South Side passent ici tous les quarts d'heure, dit Jerome. Si j'étais dans ses baskets, je sais que rester assis là, à attendre que quelqu'un arrive pour me récupérer, serait de la torture. J'aurais qu'une envie, c'est de bouger. »

C'est à ce moment-là que le téléphone de Hodges sonne.

« Un bus est arrivé et j'ai décidé de pas attendre », dit Pete. Il a la voix plus calme maintenant : « Je serai chez moi quand vous y arriverez. Je viens juste de parler à ma mère au téléphone. Elle et Tina vont bien. »

Hodges n'aime pas ça.

« Pourquoi n'iraient-elles pas bien, Peter ?

– Parce que ce type aux lèvres rouges sait où on habite. Il m'a dit qu'il habitait dans notre maison *avant*. J'avais oublié de vous le dire. »

Hodges vérifie où ils se trouvent.

« Combien jusqu'à Sycamore Street, Jerome ?

– On y sera dans vingt minutes. Peut-être moins. Si j'avais su qu'il prendrait le bus, j'aurais pris par le périph'. »

« Monsieur Hodges ? »

Pete encore.

« Je suis là.

– Il serait con d'aller chez moi, de toute façon. S'il fait ça, je serai plus le coupable idéal. »

Pas bête, ce gosse.

« Tu leur as dit de bien s'enfermer à l'intérieur ?

– Oui.

– Et tu as donné son signalement à ta mère ?

– Oui. »

Hodges sait que s'il appelle les flics, M. Lèvres Rouges s'évanouira dans la nature, laissant Pete tributaire de l'analyse scientifique pour le disculper. Et de toute manière, ils peuvent peut-être encore prendre les flics de vitesse.

« Dis-lui d'appeler ce type », dit Holly.

Elle se penche vers Hodges et braille :

« *Appelle-le pour lui dire que tu as changé d'avis et que tu vas lui donner les carnets !*

– Pete, t'as entendu ?

– Ouais, mais je peux pas. Je sais même pas s'il a un portable. Il m'a appelé avec le fixe de la librairie. On a pas vraiment eu le temps d'échanger nos coordonnées, vous voyez.

– Oh, si c'est pas *caca boudin* ça ? demande Holly à personne en particulier.

– Très bien. Appelle-moi dès que tu arrives chez toi et que tu as vérifié que tout va bien. Sans nouvelles de toi, je me verrai contraint d'appeler la police.

– Je suis sûr qu'elles vont b... »

Déjà dit. Hodges coupe la communication et se penche en avant.

« Mets la gomme, Jerome.

– Aussitôt que je peux. » Il désigne le trafic, trois voies dans chaque sens, chromes étincelants au soleil. « Dès qu'on aura passé le rond-point, là-bas, on sera partis comme Enron. »

Vingt minutes, pense Hodges. Vingt minutes maximum. Que peut-il se passer en vingt minutes ?

La réponse – il en a fait l'amère expérience – c'est : *beaucoup*. La vie et la mort. Tout ce qu'il peut faire, en cet instant précis, c'est espérer que ces vingt minutes ne reviendront jamais le hanter.

40

Linda Saubers est allée attendre Pete dans le petit bureau de son mari parce qu'elle peut y jouer au solitaire sur son ordinateur. Elle est trop perturbée pour pouvoir lire.

Après avoir parlé à Pete, elle est plus perturbée que jamais. Effrayée, aussi, mais pas par quelque sinistre méchant d'opérette rôdant dans Sycamore Street. Elle a peur pour son fils, parce qu'il est clair que *lui* y croit, à son sinistre méchant d'opérette. Tout a commencé à s'éclaircir pour elle. La pâleur de son fils, sa perte de poids… la moustache stupide qu'il s'est laissé pousser… le retour de son acné et ses longs silences… tout ça se tient, maintenant. S'il est pas en train de faire une dépression nerveuse, il en prend le chemin.

Elle se lève et regarde sa fille par la fenêtre. Tina a mis sa plus jolie tunique aujourd'hui, la jaune à manches bouffantes, et franchement, elle ne devrait pas la porter sur cette vieille balançoire crasseuse qui aurait dû être démontée depuis des années. Elle a un livre ouvert sur les genoux mais n'a pas l'air de lire. Elle a les traits tirés et l'air triste.

Quel cauchemar, pense Linda. D'abord Tom, si grièvement blessé qu'il boitera jusqu'à la fin de sa vie, et maintenant notre fils, qui voit des monstres tapis dans l'ombre. Cet argent, c'était pas la manne tombée du ciel, c'était une pluie acide. Peut-être qu'il lui faut juste soulager sa conscience. Nous raconter d'où venait l'argent, toute l'histoire. Une fois qu'il aura fait ça, le processus de guérison pourra commencer.

Entre-temps, elle va faire ce qu'il lui a demandé : rappeler Tina à l'intérieur et barricader la maison. Ça ne peut pas faire de mal.

Une lame de plancher crisse derrière elle. Elle se retourne, s'attendant à voir son fils, mais ce n'est pas Pete. C'est un homme au teint pâle, aux cheveux blancs clairsemés, et aux lèvres rouges. C'est l'homme que son fils a décrit, le sinistre méchant d'opérette, et la première réaction de Linda n'est pas la terreur mais un puissant et absurde sentiment de soulagement. Son fils n'est pas en train de faire une dépression, en fin de compte.

Puis elle voit l'arme dans la main de l'homme, et la terreur survient, brûlante et aveuglante.

« Vous devez être la maman, dit l'intrus. La ressemblance ne trompe pas.

– Qui êtes-vous ? demande Linda Saubers. Que faites-vous ici ? »

L'intrus – là, en chair et en os, sur le seuil du bureau de son mari et pas dans l'esprit dérangé de son fils – jette un coup d'œil par la fenêtre et Linda doit réprimer l'envie de dire : *Je vous interdis de la regarder.*

« C'est votre fille ? demande Morris. Hé, elle est jolie. J'ai toujours aimé les petites filles en jaune.

– Que voulez-vous ? demande Linda.

– Ce qui m'appartient », répond Morris et il lui tire dans la tête. Du sang gicle et éclabousse la vitre de gouttelettes rouges. Ça fait un bruit de pluie.

41

Tina entend un *pan !* inquiétant en provenance de la maison et elle court vers la porte de la cuisine. C'est la cocotte-minute, se dit-elle. Maman a encore oublié cette fichue cocotte-minute. Ça lui est déjà arrivé avant, un jour qu'elle faisait des conserves. C'est une vieille cocotte-minute, du genre avec soupape qui se bloque, et Pete avait dû passer tout un samedi après-midi perché sur un escabeau à gratter la confiture de fraises séchée au plafond. Maman était en train de passer l'aspirateur au salon quand c'était arrivé : une chance. Tina espère qu'elle n'était pas non plus dans la cuisine cette fois-ci.

« Maman ? »

Elle se précipite à l'intérieur. Y a rien sur le gaz.

« Mam… »

Un bras se referme autour de sa taille, brutal. Tina expulse l'air de ses poumons dans un souffle explosif. Ses pieds se soulèvent du sol et se débattent. Elle sent des poils de barbe contre sa joue. Elle renifle une odeur de transpiration, âcre et brûlante.

« Ne crie pas et je te ferai pas de mal dit l'homme au creux de son oreille et ces mots lui hérissent la peau. Tu comprends ? »

Tina réussit à faire oui de la tête mais son cœur bat la chamade et le monde s'obscurcit.

« Laissez-moi… respirer », lâche-t-elle dans un hoquet et l'étau se desserre.

Ses pieds retouchent terre. Elle se retourne et voit un homme à la figure pâle et aux lèvres rouges. Il a une coupure au menton, qui est pas jolie-jolie. Tout le tour de la plaie est boursouflé et violacé.

« Ne crie pas, répète-t-il et il lève un doigt menaçant. Ne crie *surtout* pas. »

Il sourit, et s'il pense que ça va la rassurer, il se trompe. Il a les dents jaunes. Ça ressemble plus à des crocs qu'à des dents.

« Qu'est-ce que vous avez fait à ma mère ?

– Elle va bien, dit l'homme aux lèvres rouges. Où est ton téléphone portable ? Une jolie petite fille comme toi a forcément un portable. Tous ces petits copains et petites copines à appeler et à textoter. Il est dans ta poche ?

– N-n-non. En haut. Dans ma chambre.

– Allons le chercher, dit Morris. Tu vas appeler quelqu'un. »

42

L'arrêt de Pete est sur Elm Street, à deux rues de chez lui, et le bus y est presque. Il remonte le couloir central vers la porte quand son portable sonne. Son soulagement est tel, quand il voit le visage souriant de sa sœur sur l'écran, que ses genoux faiblissent et il doit se retenir à une poignée.

« Tina ! Je serai là dans…

– Il y a un homme ici ! » Tina hurle si fort qu'il la comprend à peine. « Il est dans la maison ! Il… »

Et puis Tina n'est plus là et il reconnaît trop bien la voix qui remplace la sienne. Il préférerait tellement ne pas la connaître.

« Salut, Peter, dit Lèvres Rouges. T'es en route ? »

Peter est incapable de dire quoi que ce soit. Sa langue est collée à son palais. Le bus s'arrête à l'angle de Elm et de Breckenridge Terrace, mais Pete reste figé sur place.

« Te fatigue pas à répondre, et te fatigue pas à rentrer chez toi, parce que personne sera là pour toi.

– Il ment ! hurle Tina. Maman est... »

Puis elle hurle de douleur.

« Lui faites pas de mal », dit Pete. Les quelques autres passagers ne lèvent pas les yeux de leurs journaux ni de leurs portables parce qu'il a à peine proféré un murmure. « Faites pas de mal à ma sœur.

– Je lui ferai pas de mal si elle la ferme. Il faut qu'elle se taise. Toi aussi, tu dois te taire et m'écouter. Mais d'abord, tu dois répondre à deux questions. As-tu appelé la police ?

– Non.

– As-tu appelé *quelqu'un* ?

– Non. »

Pete ment sans hésiter.

« Bien. Excellent. C'est maintenant que tu dois écouter. T'écoutes ? »

Une grosse dame chargée d'un sac de commissions grimpe dans le bus en soufflant. Pete descend dès qu'elle a libéré le passage. Il marche comme dans un rêve, le téléphone collé à l'oreille.

« J'emmène ta sœur avec moi dans un endroit sûr. Un endroit où on pourra se rencontrer, quand tu auras les carnets. »

Pete s'apprête à lui dire que non, c'est pas la peine qu'il fasse ça, qu'il va lui dire tout de suite où sont les carnets, quand il se rend compte de la grossière erreur que ce serait. Une fois que Lèvres Rouges saura que les carnets sont au sous-sol du Centre Aéré, il n'aura plus aucune raison de garder Tina en vie.

« T'es là, Peter ?

– Ou-oui.

– T'as intérêt. Crois-moi, tu as intérêt. Récupère les carnets. Quand tu les auras – et pas avant – appelle-moi sur le portable de ta sœur. Si t'appelles pour n'importe quoi d'autre, c'est elle qui prend.

– Ma mère va bien ?

– Elle va bien. Mise hors d'état de nuire, c'est tout. T'en fais pas pour elle et te fatigue pas à passer par la maison. Va juste chercher les carnets et appelle-moi. »

Là-dessus, Lèvres Rouges disparaît. Pete n'a pas le temps de lui dire qu'il *doit* passer à la maison. Prendre le petit chariot de Tina. Pour retransporter les cartons. Il faut aussi qu'il récupère la clé du Centre Aéré. Il l'a raccrochée au tableau dans le bureau de son père et il en a besoin pour y retourner.

43

Morris glisse le petit portable rose de Tina dans sa poche et arrache le cordon d'alimentation de son ordinateur de bureau.

« Tourne-toi. Mains derrière le dos.

– Vous l'avez tuée ? » Des larmes roulent sur les joues de Tina. « C'est ça, le bruit que j'ai entendu ? Vous avez tiré sur ma mè... »

Morris la gifle, fort. Du sang gicle du nez de Tina et du coin de sa bouche. Ses yeux se dilatent sous le choc.

« Ferme ton clapet et tourne-toi, je t'ai dit. Mains derrière le dos. »

Tina s'exécute en sanglotant. Morris lui attache les poignets derrière le dos en serrant vicieusement les nœuds.

« Aïe ! *Aaaïe*, monsieur ! C'est trop serré !

– Débrouille-toi avec ça. »

Il se demande combien de balles il reste dans le revolver de son vieux pote. Deux suffiraient : une pour le voleur et une pour la sœur du voleur.

« Avance. Redescends l'escalier. Sors par la porte de la cuisine. On y va. Hop hop hop. »

Elle se retourne pour le regarder, les yeux dilatés, injectés de sang et noyés de larmes.

« Vous allez me violer ?

– Non », dit Morris.

Puis il ajoute quelque chose qui est d'autant plus terrifiant qu'elle ne le comprend pas :

« Je referai pas cette erreur deux fois. »

44

Linda revient à elle, les yeux fixés au plafond. Elle sait où elle se trouve : dans le bureau de Tom, mais elle sait pas ce qui lui est arrivé. Le côté droit de sa tête est en feu et quand elle porte une main à son visage, elle la ramène couverte de sang. La dernière chose qu'elle se rappelle, c'est Peggy Moran lui disant que Tina est tombée malade à l'école.

Va la chercher et ramène-la à la maison, lui a dit Peggy. *Je te remplace.*

Non, elle se rappelle autre chose. Quelque chose concernant l'argent-mystère.

J'allais en parler à Pete, pense-t-elle. Lui tirer quelques réponses. Je jouais au solitaire sur l'ordinateur de Tom, juste pour tuer le temps en attendant qu'il rentre du lycée, et puis…

Et puis, trou noir.

Et maintenant, cette terrible douleur à la tête, comme une porte qui arrête pas de battre. C'est encore pire que les migraines auxquelles elle est parfois sujette. Pire que les douleurs d'accouchement. Elle essaie de soulever la tête, y parvient, mais le monde se met à apparaître et à disparaître au rythme de son pouls, d'abord *se contractant*, puis *se dilatant*, chaque oscillation accompagnée d'une si épouvantable agonie…

Elle baisse les yeux et voit que le devant de sa robe grise a viré au pourpre boueux. Elle se dit : Oh, mon Dieu, ça fait beaucoup de sang. Est-ce que j'ai eu une attaque ? Une sorte d'hémorragie cérébrale ?

Non, sûrement pas, les hémorragies cérébrales sont seulement des saignements internes, mais quoi qu'il en soit, elle a besoin d'aide. Elle a besoin d'une ambulance mais elle n'arrive pas à diriger sa main vers le téléphone. Elle se soulève, tremble et retombe à terre.

Elle entend un jappement de douleur non loin d'elle puis des pleurs qu'elle reconnaîtrait entre tous, même à l'heure de sa mort (qui, soupçonne-t-elle, est peut-être arrivée). C'est Tina.

Elle parvient à se soulever sur une main sanglante, suffisamment pour regarder par la fenêtre. Elle voit un homme pousser Tina devant lui pour descendre les marches de derrière et traverser le jardin. Tina a les mains liées dans le dos.

Linda oublie sa douleur, oublie qu'elle a besoin d'une ambulance. Un homme s'est introduit chez elle et maintenant il est en train d'enlever sa fille. Il faut qu'elle l'arrête. Il faut qu'elle appelle la police. Elle tente de se hisser dans la chaise de bureau pivotante mais ses doigts glissent et n'arrivent pas à s'accrocher au siège. Alors elle se propulse en position assise et, sur le moment, la douleur est si intense que le monde vire au blanc tandis qu'elle se cramponne à sa conscience et aux accoudoirs de la chaise. Quand sa vision s'éclaircit, elle voit l'homme ouvrir le portail et pousser Tina de l'autre côté. *L'aiguillonner*, comme un animal qu'on mène à l'abattoir.

Ramenez-la ! hurle Linda. *Ne faites pas de mal à mon bébé !*

Mais elle hurle seulement dans sa tête. Quand elle tente de se mettre debout, la chaise tourne et elle lâche les accoudoirs. Le monde s'obscurcit. Elle entend l'horrible son d'un haut-le-cœur avant de perdre connaissance et elle a juste le temps de penser : C'était moi, ça ?

45

C'est *pas* tout rose après le rond-point. Au lieu d'une rue dégagée, ils tombent sur des voitures à l'arrêt et deux panneaux de signalisation orange. L'un annonce ATTENTION SIGNALEUR. L'autre ATTENTION TRAVAUX. Leur file attend pendant que le signaleur donne la priorité aux véhicules se dirigeant vers le centre. Après trois minutes d'attente, qui toutes semblent durer une heure, Hodges dit à Jerome de prendre par les rues adjacentes.

« J'aimerais bien, mais on est bloqués. »

Jerome indique du pouce la file de voitures immobilisée derrière lui jusqu'au rond-point. Holly, penchée jusque-là sur son iPad qu'elle martèle sans relâche, lève les yeux.

« Prends par le trottoir, dit-elle avant de replonger vers sa tablette magique.

– Y a des boîtes à lettres, Hollyberry, dit Jerome. Et aussi une chaîne de sécurité. Je pense pas qu'on ait la place. »

Holly lève à nouveau brièvement les yeux.

« Si, t'as la place. Tu risques de frotter un peu, mais cette voiture en a vu d'autres. Ce ne sera pas la première fois. Fonce.

– Qui paiera l'amende si je me fais arrêter pour conduite en état de négrosité ? Toi ? »

Holly lève les yeux au ciel. Jerome se tourne vers Hodges qui soupire et fait oui de la tête.

« Elle a raison. T'as la place. Je paierai la foutue amende. »

Jerome bifurque vers la droite. La Mercedes frotte le pare-chocs de la voiture arrêtée juste devant et franchit le bord du trottoir dans une secousse. Et voici la première boîte à lettres. Jerome dévie encore un peu sur la droite, il est complètement sorti de la chaussée à présent. On entend un choc sourd lorsque le côté gauche de la voiture renverse la boîte, puis une rafale de cliquetis lorsque le côté droit caresse la chaîne de sécurité. Une femme en train de tondre sa pelouse, en short et débardeur, se met à leur crier après quand le géant U-Boot allemand de Holly emporte une pancarte indiquant ENTRÉE INTERDITE, DÉMARCHAGE ET PORTE-À-PORTE INTERDITS. La femme se rue dans son allée, hurlant toujours. Puis elle se contente de les suivre du regard, yeux plissés sous sa main en visière. Hodges voit ses lèvres continuer à remuer.

« Oh, *mamma mia*, dit Jerome. Elle relève ta plaque.

– Roule, lui dit Holly. Roule roule roule. » Et, sans transition : « Lèvres Rouges s'appelle Morris Bellamy. Voilà son nom. »

Maintenant, c'est le signaleur qui hurle après eux. Les ouvriers de la voirie, occupés à dégager une canalisation d'égout sous la chaussée, se sont arrêtés de travailler pour les fixer avec intérêt. Certains rigolent. L'un d'eux fait un clin d'œil à Jerome, assorti du geste de la bouteille qu'on incline. Et les voilà passés. Dans une secousse, la Mercedes reprend contact avec la chaussée. La circulation en direction du North Side demeurant entravée derrière eux, la route s'ouvre, merveilleusement dégagée devant eux.

« J'ai consulté les archives de la ville, dit Holly. À l'époque du meurtre de John Rothstein, les impôts locaux du 23 Sycamore Street étaient payés par une certaine Ellaine Anita Bellamy. J'ai fait une recherche Google sur ce nom et obtenu une cinquantaine de pages – Mme Bellamy est une universitaire plutôt réputée – mais une seule digne d'intérêt. Son fils a été jugé et condamné pour viol aggravé l'année du meurtre. Ici, dans cette même ville. Il a écopé d'une peine de prison à vie. Il y a une photo de lui dans l'un des articles. Regarde. »

Elle tend l'iPad à Hodges.

Sur le cliché, Morris Bellamy descend les marches d'un palais de justice dont Hodges se souvient bien, quoi qu'il ait été remplacé il y a quinze ans par la monstruosité de béton qui défigure maintenant Government Square. Bellamy y apparaît flanqué de deux inspecteurs de police. Hodges se rappelle l'un d'eux, Paul Emerson. Bon flic, à la retraite depuis longtemps. Il est en costume. L'autre aussi, mais celui-là a jeté son veston sur les mains de Bellamy pour dissimuler ses menottes. Bellamy aussi est en costume, ce qui signifie que la photo a été prise soit pendant la durée du procès, soit juste après l'annonce du verdict. C'est une photo en noir et blanc, ce qui rend encore plus saisissant le contraste entre le teint pâle de Bellamy et sa bouche sombre. On dirait presque qu'il a du rouge à lèvres.

« Ça doit être lui, dit Holly. Si tu appelles la prison d'État, je te parie six mille dollars qu'il a été libéré.

– Je parie rien, répond Hodges. Combien de temps jusqu'à Sycamore Street, Jerome ?

– Dix minutes.

– Catégorique ou optimiste ? »

À contrecœur, Jerome répond :

« Ben… peut-être légèrement optimiste.

– Fais de ton mieux en essayant d'écraser personne en… »

Le portable de Hodges sonne. C'est Pete. Il paraît hors d'haleine.

« Vous avez appelé la police, monsieur Hodges ?

– Non. »

Même si la police doit déjà avoir reçu le numéro d'immatriculation de Holly, mais il ne voit aucune raison de le signaler à Pete. Le gamin a l'air plus perturbé que jamais. Presque affolé.

« Ne le faites pas. Il faut pas. En aucun cas. Il a enlevé ma sœur. Il dit que si je lui donne pas les carnets, il va la tuer. Alors je vais les lui donner.

– Pete, ne… »

Mais il parle dans le vide. Peter a coupé la communication.

46

Morris bouscule Tina dans le chemin. Une branche qui dépasse déchire sa tunique de mousseline jaune et écorche son bras qui se met à saigner.

« Ralentissez, monsieur ! Je vais tomber ! »

Morris lui flanque une tape derrière la tête, juste au-dessus de sa queue de cheval.

« Économise ta salive, salope. Et sois reconnaissante que je te fasse pas courir. »

Il la tient par les épaules pour traverser le ruisseau, la maintenant en équilibre pour qu'elle ne tombe pas, et quand ils arrivent à l'endroit où la friche et les arbres rabougris débouchent sur l'espace du Centre Aéré, il lui ordonne de s'arrêter.

Le terrain de base-ball est désert mais quelques garçons courent sur l'asphalte craquelé des terrains de basket. Ils sont torse nu, leurs épaules luisent de sueur. Il fait vraiment très chaud pour jouer dehors, ce qui explique, selon Morris, qu'ils soient si peu nombreux.

Il délie les mains de Tina. Elle lâche une petite plainte soulagée et frictionne doucement ses poignets zébrés de profondes marques rouges.

« On va marcher le long des arbres, lui dit-il. Le seul moment où ces garçons pourront bien nous voir, c'est quand on sortira de l'ombre des arbres pour s'approcher du bâtiment. S'ils nous saluent, ou s'il y en a un que tu connais, tu leur fais juste un signe de la main et tu continues à marcher. Pigé ?

– Ou-oui.

– Si tu cries ou que t'appelles à l'aide, je te colle une balle dans la tête. *Ça aussi*, t'as pigé ?

– *Oui*. Ma mère aussi ? Vous lui avez tiré dessus ?

– Mais non, j'ai juste tiré dans le plafond pour qu'elle se calme. Elle va bien et t'iras bien aussi si tu fais ce que je te dis. Allez, avance. »

Ils marchent sous le couvert des arbres. L'herbe haute du terrain de base-ball bruisse contre le pantalon de Morris et le jean de Tina. Les garçons sont totalement absorbés par leur jeu et ne regardent même pas autour d'eux, mais s'ils le faisaient, il est sûr que la tunique jaune vif de Tina contre le vert des arbres la signalerait comme un fanal.

Lorsqu'ils arrivent derrière le Centre Aéré, Morris lui fait contourner la Subaru de son vieux pote tout en gardant un œil sur les garçons. Une fois que le mur de brique du bâtiment se trouve entre eux et les terrains de basket, il rattache les mains de Tina dans son dos. Pas question de prendre des risques si près de Birch Street. Y a des tas de maisons dans Birch Street.

Voyant Tina prendre une profonde inspiration, il lui saisit l'épaule.

« Crie pas, fillette. Si t'ouvres la bouche, je te l'arrache d'une baffe.

– S'il vous plaît, ne me faites pas de mal, chuchote Tina. Je ferai tout ce que vous voudrez. »

Morris hoche la tête, satisfait. S'il a jamais entendu une réponse sensée, c'est bien celle-là.

« Tu vois cette fenêtre du sous-sol ? Celle qu'est ouverte ? Mets-toi à plat ventre, tu vas entrer par là. »

Tina s'accroupit et scrute les ombres. Puis elle tourne vers lui son visage enflé et ensanglanté.

« C'est trop haut ! Je vais tomber ! »

Exaspéré, Morris lui décoche un coup de pied dans l'épaule. Elle pousse un cri. Il se penche et applique le canon de l'automatique contre sa tempe.

« T'as dit que tu ferais tout ce que je voudrais, et c'est ça que je veux. Tu passes par cette fenêtre tout de suite ou j'enfonce une balle dans ta minuscule cervelle de morveuse. »

Morris se demande s'il a vraiment l'intention de le faire. Il décide que oui. Les petites filles aussi, c'est que des conneries.

En larmes, Tina se faufile par la fenêtre ouverte. Elle hésite, moitié dedans, moitié dehors, implorant Morris du regard. Il fait mine de vouloir lui donner de l'élan d'un coup de pied au visage. Elle se laisser tomber et hurle, malgré l'interdiction de Morris.

« Aïe ! Ma cheville ! Je me suis cassé la cheville ! »

Morris se fout royalement de sa cheville. Il jette un regard circulaire pour s'assurer qu'il n'est toujours pas observé puis se glisse par la fenêtre du sous-sol du Centre Aéré de Birch Street où il atterrit sur le carton fermé qu'il a utilisé la dernière fois comme marchepied. La sœur du voleur a dû mal atterrir sur le carton et rouler par terre. Son pied est de traviole et il commence déjà à enfler. Pour Morris Bellamy, ça aussi c'est que des conneries.

47

M. Hodges a mille questions à poser mais Pete n'a le temps de répondre à aucune. Il coupe la communication et s'élance au pas de course dans Sycamore Street en direction de chez lui. Il a décidé qu'aller récupérer le chariot de Tina lui prendrait trop de temps : il trouvera un autre moyen de transporter les carnets quand il arrivera au Centre Aéré. Tout ce dont il a réellement besoin, c'est de la clé du bâtiment.

Il se précipite dans le bureau de son père pour la récupérer et s'arrête net. Sa mère est couchée par terre à côté de la table de travail, ses yeux bleus luisent au milieu d'un masque de sang. Il y a aussi du sang sur l'ordinateur de son père et sur le devant de sa robe, le fauteuil de bureau et la fenêtre derrière elle sont aussi tout éclaboussés. De la musique tintinnabule dans les haut-parleurs de l'ordinateur et, même dans sa détresse, Peter reconnaît la mélodie. Maman jouait au solitaire. Elle faisait de mal à personne, elle jouait juste au solitaire en attendant que son fils rentre à la maison.

« *Maman !* »

Il court vers elle en pleurant.

« Ma tête, dit-elle. Regarde ma tête. »

Il se penche, écarte délicatement des mèches de cheveux sanglantes et voit un sillon courir de sa tempe vers l'arrière de sa tête. À un endroit, presque au milieu du sillon, il aperçoit une zone trouble blanc-gris. C'est son crâne, pense-t-il. C'est vilain, mais au moins c'est pas son cerveau, non, mon Dieu, faites que ça soit pas son cerveau, le cerveau c'est mou, ça sortirait. Non, c'est juste son crâne.

« Un homme est arrivé, dit-elle, parlant avec grand effort. Il... a emmené... Tina. Je l'ai entendue crier. Il faut que tu... oh, Seigneur Jésus, ma tête résonne comme une *enclume.* »

Pete hésite, le temps d'une interminable seconde, balançant entre son besoin de porter secours à sa mère et son besoin de protéger sa sœur, de la ramener à la maison. Si seulement ça *pouvait* être un cauchemar, pense-t-il. Si seulement je pouvais me réveiller.

Maman d'abord. Maman tout de suite.

Il attrape le téléphone sur le bureau de son père.

« Chut, maman. Ne parle plus, et ne bouge pas. »

Elle ferme les yeux avec lassitude.

« Il venait pour l'argent ? Il venait pour l'argent que tu as trouvé ?

– Non, répond Pete. Pour ce qui était *avec* l'argent. »

Et il enfonce les touches des trois chiffres qu'il a appris à l'école primaire.

« Neuf cent onze j'écoute, répond une femme. Quelle est votre urgence ?

– Ma mère a reçu une balle, dit Pete. Vingt-trois Sycamore Street. Envoyez une ambulance. Tout de suite. Elle saigne à mort.

– Donnez-moi votre nom, s'il... »

Pete raccroche.

« Il faut que j'y aille, maman. Il faut que j'aille chercher Tina.

– Fais attention… à toi… »

Elle a la voix pâteuse maintenant. Ses yeux sont toujours fermés et il remarque avec horreur qu'elle a même du sang dans les cils. C'est sa faute, tout ça c'est de sa faute.

« Et… à Tina… »

Elle se tait mais elle respire. Oh, mon Dieu, faites qu'elle continue à respirer.

Pete attrape la clé du Centre Aéré de Birch Street sur le tableau de son père.

« Ça va aller, maman. L'ambulance va arriver. Des amis aussi. »

Il commence à se diriger vers la porte, puis une idée lui vient et il se retourne.

« Maman ?

– Qu-oi…

– Est-ce que papa fume toujours ? »

Sans ouvrir les yeux, elle dit :

« Il croit… que je le sais… pas. »

À toute vitesse – il faut qu'il soit parti avant que Hodges arrive et essaie de l'empêcher de faire ce qu'il doit faire – Pete se met à fouiller les tiroirs du bureau de son père.

Au cas où, se dit-il.

Juste au cas où.

48

Le portail de derrière est entrouvert. Pete ne le remarque pas. Il dévale le sentier. À l'approche du ruisseau, il dépasse un lambeau de mousseline jaune accroché à une branche qui dépasse sur le chemin. Quand il atteint le ruisseau, il se retourne, presque sans s'en rendre compte, pour regarder l'endroit où la malle est enterrée. La malle qui a causé toute cette horreur.

Au niveau des pierres du gué, Pete s'arrête soudain. Ses yeux s'écarquillent. Ses jambes, soudain en coton, se dérobent. Il se laisse choir durement sur le sol, les yeux fixés sur le courant peu profond et écumeux qu'il a traversé tant de fois, souvent avec sa petite sœur babillant sur tel ou tel sujet qui l'intéressait à ce moment-là. Mme Beasley ou Bob l'Éponge. Sa copine Ellen ou son casse-croûte préféré pour l'école.

Ses vêtements préférés.

Comme la tunique en mousseline jaune aux manches bouffantes, par exemple. Maman lui dit toujours qu'elle ne devrait pas la porter aussi souvent parce qu'il faut la faire nettoyer à sec. Est-ce que Teenie la portait, ce matin, en partant pour l'école ? Ça lui paraît dater d'il y a un siècle, mais il pense…

Il pense que oui.

Je l'emmène dans un endroit sûr, a dit Lèvres Rouges. *Un endroit où on pourra se rencontrer, quand tu auras les carnets.*

Est-ce possible ?

Bien sûr que oui. Si Lèvres Rouges a grandi dans la maison de Pete, il a dû passer du temps au Centre Aéré. Tous les enfants de ce quartier y ont passé du temps avant qu'il ferme. Et il devait connaître ce sentier puisque la malle était enterrée à moins de vingt pas du passage à gué.

Mais il sait pas pour les carnets, pense Pete. Pas encore.

À moins qu'il les ait découverts depuis son dernier appel. Dans ce cas, il les aura déjà emportés. Il sera parti. Ça serait parfait s'il a laissé la vie sauve à Tina. Et pourquoi pas ? Quelle raison aurait-il de la tuer une fois qu'il a trouvé ce qu'il cherche ?

La vengeance, pense froidement Pete. Pour se venger de moi. Je suis le voleur qui lui a pris les carnets. Je l'ai frappé avec une carafe et je me suis enfui de la librairie et je mérite d'être puni.

Il se lève et titube, pris de vertige. Quand le malaise passe, il traverse le ruisseau. De l'autre côté, il se remet à courir.

49

La porte d'entrée du 23 Sycamore Street est grande ouverte. Hodges descend de la Mercedes avant que Jerome ne se soit complètement arrêté. Il court à l'intérieur, une main dans sa poche, refermée sur le Happy Slapper. Il entend une musique tintinnabulante qu'il connaît bien pour avoir passé des heures à jouer au solitaire sur son ordinateur.

Il s'oriente au son et découvre une femme assise – *affalée* – contre un bureau dans une alcôve aménagée en espace de travail. Un côté de son visage est enflé et couvert de sang. Elle le regarde en essayant d'accommoder.

« Pete », dit-elle. Puis : « Il a emmené Tina. »

Hodges s'agenouille et écarte prudemment les cheveux de la femme. Ce qu'il voit est vilain, mais nettement moins vilain que ça aurait pu l'être : cette femme a gagné à la seule loterie qui compte vraiment. La balle a creusé un sillon de dix centimètres de long dans son cuir chevelu, mettant son crâne à nu à un endroit, mais c'est pas une blessure du cuir chevelu qui va la tuer. Elle a perdu beaucoup de sang, cependant, et elle souffre autant du choc psychologique que de la commotion cérébrale. Le moment est mal choisi pour l'interroger, mais il doit le faire. Morris Bellamy est en train de laisser derrière lui un sillage de violence et Hodges se situe encore à la mauvaise extrémité.

« Holly. Appelle une ambulance.

– Pete… l'a fait », dit Linda. Et, comme si sa voix faible l'avait fait apparaître comme par enchantement, ils entendent une sirène. Elle est encore lointaine, mais elle se rapproche rapidement. « Avant… de partir.

– Madame Saubers, est-ce que Pete a emmené Tina ? C'est cela que vous avez dit ?

– Non. *L'autre.* L'homme.

– Un homme aux lèvres rouges, madame Saubers ? demande Holly. L'homme qui a emmené Tina, avait-il des lèvres rouges ?

– Des lèvres… d'Irlandais, dit Linda. Mais pas… rouquin. Des cheveux blancs. Il était vieux. Je vais mourir ?

– Non, dit Hodges. Les secours arrivent. Mais vous devez nous aider. Savez-vous où est allé Peter ?

– Il est sorti… par derrière. Le portail. Je l'ai vu. »

Jerome regarde par la fenêtre et voit le portail ouvert.

« Qu'y a-t-il par là ?

– Un sentier, dit-elle d'une voix lasse. Les enfants… l'empruntaient… pour aller au Centre Aéré. Avant qu'il soit fermé. Il a pris… je crois qu'il a pris la clé.

– Pete a pris la clé du Centre Aéré ?

– Oui… »

Ses yeux se tournent vers un tableau où sont pendues de nombreuses clés. Un crochet est vide. La bande Dymo collée en dessous indique CTR AR BIRCH ST.

Hodges prend une décision.

« Jerome, tu viens avec moi. Holly, tu restes avec Mme Saubers. Trouve un linge froid à appliquer sur le côté de sa tête. » Il inspire un grand coup. « Mais avant de faire ça, appelle la police. Demande à parler à mon ancien coéquipier. Huntley. »

Il s'attend à ce qu'elle regimbe mais Holly hoche simplement la tête et décroche le téléphone.

« Il a pris le briquet de son père aussi », dit Linda. Elle semble un peu plus présente maintenant. « Je ne sais pas pourquoi. Et le petit bidon de Ronson. »

Du regard, Jerome questionne Hodges qui répond :

« C'est de l'essence à briquet. »

50

Pete marche dans l'ombre des arbres, tout comme Morris et Tina avant lui, même si les gars qui jouaient au basket sont rentrés chez eux, laissant les terrains déserts, à l'exception de quelques corneilles occupés à nettoyer des chips éparpillées. Il aperçoit une petite voiture engagée sur le quai de chargement. Planquée là, en fait. Et la plaque d'immatriculation personnalisée suffit à faire disparaître les derniers doutes que Pete aurait pu avoir. Lèvres Rouges est bel et bien là, et il n'a pas pu faire entrer Tina par la porte de devant. Cette porte donne sur la rue, où il doit y avoir pas mal de passage à cette heure-ci, et de toute façon, il n'a pas la clé.

Pete dépasse la voiture et, au coin du bâtiment, il s'agenouille et regarde alentour. Une des fenêtres du sous-sol est ouverte. La pelouse et les mauvaises herbes qui poussaient devant ont été piétinées. Il entend une voix d'homme. Ils sont bel et bien là, en bas. Avec les carnets. La seule question est de savoir si Lèvres Rouges les a déjà trouvés.

Pete recule et s'adosse contre les briques chauffées par le soleil en se demandant quoi faire maintenant. Réfléchis, s'intime-t-il. T'as mis Tina dans ce merdier et maintenant tu dois l'en sortir, alors *réfléchis*, putain !

Sauf qu'il y arrive pas. Son cerveau est saturé de bruit blanc.

Dans une de ses rares interviews, l'irascible John Rothstein avait exprimé son agacement face aux questions du genre où-trouvez-vous-vos-idées. Les idées d'histoires viennent de nulle part, affirmait-il. Elles surgissent hors de l'influence polluante de l'intellect de l'auteur. L'idée qui vient soudain à Peter semble elle aussi surgir de nulle part. Elle est tout à la fois horrible et horriblement attirante. Elle ne marchera pas si Lèvres Rouges a déjà découvert les carnets, mais s'il les a découverts, *plus rien* ne marchera.

Pete se lève et contourne le gros cube de brique par l'autre côté, dépassant une fois de plus la voiture verte à la plaque révélatrice. Il s'arrête au coin avant droit du cube de brique abandonné pour observer la circulation dans Birch Street. C'est comme contempler un monde différent par la fenêtre, un monde où les choses seraient normales. Il se livre à un rapide inventaire : portable, briquet, essence à briquet. Le bidon d'essence à briquet était dans le tiroir avec le Zippo de son père. Il n'est qu'à moitié plein, à en juger par le bruit du liquide à l'intérieur quand il l'agite, mais ça suffira amplement.

Il tourne le coin, complètement exposé à la vue depuis Birch Street maintenant, essayant de marcher normalement et espérant que personne – du genre M. Evans, son entraîneur de Petite Ligue – ne le hélera.

Personne ne le hèle. Cette fois, il sait laquelle des deux clés utiliser et cette fois, elle tourne facilement dans la serrure. Il ouvre lentement la porte, pose le pied dans le hall d'entrée, et la referme silencieusement. L'odeur de renfermé et la chaleur sont brutales. Il pense à Tina et espère qu'il fait plus frais au sous-sol. Elle doit être terrifiée, se dit-il.

Si elle est encore en vie pour éprouver quoi que ce soit, lui murmure une petite voix diabolique. Lèvres Rouges était peut-être en train de parler tout seul, debout au-dessus de son cadavre. Il est fou et c'est bien ce que font les fous.

Sur sa gauche, il y a l'escalier qui monte au premier étage, lequel consiste en un vaste espace ouvert occupant toute la longueur du bâtiment. Son nom officiel est Salle Communautaire du North Side, mais les jeunes lui ont toujours donné un nom différent, un nom que Lèvres Rouges doit se rappeler.

Pete s'assoit sur les marches pour retirer ses chaussures (faudrait pas que le bruit de ses pas résonne à travers le plafond) et il pense encore : C'est moi qui l'ai mise dans ce merdier, c'est mon boulot de l'en sortir. Et le boulot de personne d'autre.

Il appelle le portable de sa sœur. D'en dessous lui parvient, étouffée mais bien reconnaissable, la sonnerie des Snow Patrol de Tina.

Lèvres Rouges répond aussitôt :

« Salut, Peter. » Il paraît plus calme maintenant. Maître de lui. Ce qui pourrait être bon ou mauvais pour son plan. Pete ne sait pas trop quoi en penser. « T'as les carnets ?

– Oui. Ma sœur va bien ?

– Elle va très bien. Où es-tu ?

– C'est plutôt marrant », dit Pete. Et quand on y pense, c'est vraiment marrant. « Jimmy Gold trouverait ça super marrant, je parie.

– Je suis pas d'humeur pour les énigmes fantaisistes. Faisons ce qu'on a à faire et séparons-nous, tu veux bien ? Où es-tu ?

– Le Samedi Cinéma Palace, ça vous dit quelque chose ?

– Qu'est-ce que tu… » Lèvres Rouges s'interrompt. Réfléchit. « Tu parles de la Salle Communautaire où ils nous passaient tous ces navets… » Il s'interrompt encore, pigeant. « T'es *ici* ?

– Oui. Et vous êtes au sous-sol. J'ai vu votre voiture dehors. Et vous étiez à deux étages des carnets tout du long. » Même plus près que ça, pense Pete. « Montez les chercher. »

Il coupe la communication avant que Lèvres Rouges essaie d'imposer des conditions plus à sa convenance. Pete court à la cuisine sur la pointe des pieds, ses chaussures à la main. Il doit être hors de vue avant que Lèvres Rouges ait monté l'escalier du sous-sol. S'il y arrive, tout peut bien se passer. S'il y arrive pas, lui et sa sœur mourront probablement ici ensemble.

D'en bas, plus fort que la sonnerie de son portable – *beaucoup* plus fort – il entend Tina pousser un cri de douleur.

Toujours en vie, pense Pete, et puis : Ce salaud lui a fait mal. Sauf que non, c'est pas ça la vérité.

C'est moi qui lui ai fait mal. Tout ça c'est ma faute. La mienne, la mienne, la mienne.

51

Morris, assis sur un carton marqué **USTENSILES CUISINE**, referme le portable de Tina et ne fait d'abord rien d'autre que le regarder. Une seule question se pose, vraiment. Une seule exige une réponse. Le gosse dit-il la vérité ou ment-il ?

Morris pense qu'il dit la vérité. Ils ont tous les deux grandi dans Sycamore Street et ils ont tous les deux assisté aux séances de cinéma du samedi à l'étage, assis sur des chaises pliantes, en mangeant du pop-corn vendu par la troupe locale des filles scouts. Il est logique de penser que tous les deux aient choisi pour cachette ce bâtiment désaffecté tout proche à la fois de la maison qu'ils ont en commun et de la malle enterrée. Ce qui emporte la conviction de Morris, c'est la pancarte qu'il a vue sur la pelouse devant le Centre Aéré lors de sa première tournée de reconnaissance : APPELEZ THOMAS SAUBERS IMMOBILIER. Si le père de Peter est l'agent chargé de la vente, le gosse pourrait facilement lui avoir fauché la clé.

Il attrape Tina par le bras et la traîne jusqu'à la chaudière, énorme relique poussiéreuse tapie dans le coin. La petite lâche un autre de ces glapissements énervants quand elle essaye de s'appuyer sur sa cheville enflée et que celle-ci se dérobe sous elle. Il la gifle à nouveau.

« Ferme-la, dit-il. Arrête de faire ta salope pleurnicharde. »

Le câble d'ordinateur n'est pas assez long pour l'attacher là mais il y a une lampe baladeuse suspendue au mur avec plusieurs mètres de câble orange enroulés autour. Morris n'a pas besoin de la lampe mais le cordon électrique est un don du ciel. Il pensait qu'il pourrait pas être plus furax contre le voleur, mais il se trompait. *Jimmy Gold trouverait ça super marrant, je parie,* qu'il avait dit, et de quel droit il se permettait de faire référence à l'œuvre de John Rothstein ? L'œuvre de Rothstein est *à lui*. À *lui*.

« Tourne-toi. »

Tina ne bouge pas assez vite au goût de Morris, toujours fou de colère contre son frère. Il l'attrape aux épaules et la fait pivoter. Tina ne crie pas cette fois, mais un grognement s'échappe de ses lèvres étroitement serrées. Sa tunique jaune adorée est maintenant toute tachée de poussière et de saleté.

Morris noue le câble électrique orange au cordon d'ordinateur qui lui entrave les poignets puis lance la baladeuse par-dessus l'un des tuyaux de la chaudière. Il tire d'un coup sec sur le câble, arrachant un autre grognement à la fillette dont les mains attachées remontent brutalement presque au niveau de ses omoplates.

Morris fixe le nouveau câble à l'aide d'un double nœud en pensant : Ils étaient là tout le temps et il trouve ça *marrant* ? S'il veut se marrer, je vais lui donner de quoi se marrer, il pourra crever en se marrant.

Il se penche, mains en appui sur les genoux, pour regarder la sœur du voleur les yeux dans les yeux.

« Je monte à l'étage récupérer ce qui m'appartient, fillette. Et aussi liquider ton emmerdeur de frère. Puis je reviens te liquider, toi. » Il pique une bise sur le bout de son nez. « Ta vie est terminée. Je veux que tu réfléchisses à ça pendant mon absence. »

Il file au trot vers l'escalier.

52

Pete est dans la réserve. La porte est seulement entrebâillée mais c'est suffisant pour voir Lèvres Rouges passer en se hâtant, le petit revolver noir et rouge dans une main, le portable de Tina dans l'autre. Pete écoute l'écho de ses pas tandis qu'il traverse les pièces vides du rez-de-chaussée, et dès qu'il entend le *ploum-ploum-ploum* des pieds gravissant l'escalier pour rejoindre ce qu'ils appelaient naguère le Samedi Cinéma Palace, il se précipite vers l'escalier du sous-sol. Il abandonne ses chaussures en chemin. Il veut avoir les mains libres. Il veut aussi que Lèvres Rouges sache exactement où il est allé. Peut-être que ça le ralentira un peu.

Tina écarquille les yeux en le voyant.

« Pete ! *Aide-moi à sortir d'ici !* »

Il la rejoint et examine l'enchevêtrement de nœuds – cordon blanc, câble orange – qui retient ses mains derrière son dos et à la chaudière. Les nœuds sont serrés et il sent le désespoir l'envahir en les regardant. Il desserre l'un des nœuds orange, permettant ainsi aux mains de Tina de descendre un peu et de soulager la tension sur ses épaules. Alors qu'il s'attaque au deuxième, son portable vibre. Le Loup n'a rien trouvé à l'étage et il le rappelle. Au lieu de répondre, Pete court au carton placé en dessous de la fenêtre. Son écriture est visible sur le côté : **USTENSILES CUISINE**. Il distingue des empreintes de chaussures sur le dessus et il sait qui les a laissées.

« Qu'est-ce que tu *fais* ? demande Tina. Détache-moi ! »

Mais la libérer n'est qu'une partie du problème. Le reste, c'est la faire sortir d'ici, et Pete ne pense pas avoir suffisamment de temps pour les deux avant que Lèvres Rouges revienne. Il a vu la cheville de sa sœur, tellement enflée maintenant qu'elle ne ressemble plus du tout à une cheville.

Lèvres Rouges ne se fatigue même plus à utiliser le portable de Tina. Il braille depuis là-haut. *Hurle* depuis là-haut.

« *T'es où, enfoiré de fils de pute ?* »

Deux Petits Cochons au sous-sol et le Grand Méchant Loup en haut, pense Pete. Et on a même pas une maison de paille, sans parler d'une maison de brique.

Il transporte jusqu'au milieu de la pièce le carton que Lèvres Rouges utilisait comme marchepied et en déplie les rabats pendant que des bruits de pas cavalent à travers la cuisine au-dessus d'eux, martelant le plancher assez fort pour faire osciller les vieilles bandes d'isolant qui pendent entre les poutres. Le visage de Tina est un masque d'horreur. Pete renverse le carton, libérant un flot de carnets Moleskine.

« Pete ! Qu'est-ce que tu fais ? Il *arrive* ! »

À qui le dis-tu, pense Pete, et il ouvre le deuxième carton. Alors qu'il rajoute le reste des carnets à la pile renversée sur le ciment du sous-sol, les bruits de pas s'arrêtent. Il a vu les chaussures. Lèvres Rouges ouvre la porte du sous-sol. Il est prudent maintenant. Il essaye de réfléchir à la situation.

« Peter ? Tu es venu voir ta sœur ?

– Oui, répond Pete. Je suis venu la voir avec un revolver à la main.

– Tu sais quoi ? dit le Loup. Je te crois pas. »

Pete dévisse le bouchon du bidon d'essence à briquet et renverse le contenu sur la pile de carnets, aspergeant le fouillis d'histoires, de poèmes et de divagations énervées et à moitié ivres qui bien souvent s'interrompent en milieu de phrase. Et aussi les deux romans qui parachèvent l'histoire d'un Américain déglingué nommé Jimmy Gold traversant tant bien que mal les années soixante en quête d'une sorte de rédemption. En quête – selon ses propres mots – de conneries qui soient pas que des conneries. D'une main fébrile, Pete cherche le briquet qui lui glisse d'abord entre les doigts. Merde, il aperçoit déjà l'ombre du bonhomme là-haut. Et aussi l'ombre du revolver.

Tina, entravée comme un animal, le nez et les lèvres barbouillés de sang, a les yeux dilatés par la terreur. Ce salaud l'a battue, pense Pete. Pourquoi il a fait ça ? C'est qu'une petite fille.

Mais il sait. Sa sœur est un substitut semi-acceptable de celui que Lèvres Rouges veut *vraiment* battre.

« Vous feriez mieux de me croire, dit Pete. C'est un quarante-cinq, beaucoup plus gros que le vôtre. Il était dans le bureau de mon père. Vous feriez mieux de partir. Ça serait la chose la plus intelligente à faire. »

Mon Dieu, Seigneur, faites que ça marche.

Mais la voix de Pete flanche sur les derniers mots et monte dans les aigus incertains du garçon de treize ans qu'il était quand il a trouvé les carnets. Lèvres Rouges entend ça, rigole, et commence à descendre les marches. Pete se saisit à nouveau du briquet – solidement, cette fois – et fait sauter le clapet du pouce au moment où Lèvres Rouges apparaît entièrement à sa vue. Il actionne la molette qui produit les étincelles, s'apercevant soudain qu'il a oublié de vérifier si le briquet était plein, un oubli qui pourrait signer la fin de sa vie, et de celle de sa sœur, dans les dix secondes qui viennent. Mais l'étincelle produit une robuste flamme jaune.

Peter lève le briquet trente centimètres au-dessus de la pile de livres.

« Vous avez raison, dit-il. J'ai pas de revolver. Mais j'ai trouvé ça dans le bureau de mon père. »

53

Hodges et Jerome traversent le terrain de base-ball au pas de course. Jerome prend de l'avance mais Hodges n'est pas bien loin derrière. Jerome s'arrête à l'angle du petit terrain de basket décrépit et désigne du doigt une Subaru verte garée près du quai de chargement. Hodges lit la plaque d'immatriculation personnalisée – BOOKS4U[1] – et hoche la tête.

Ils viennent à peine de reprendre leur course quand un hurlement furieux leur parvient de l'intérieur : « *T'es où, enfoiré de fils de pute ?* »

1. Se lit « *Books for you* » et signifie « Des livres pour vous ».

Ça, ça doit être Bellamy. Et l'enfoiré de fils de pute est sans aucun doute Peter Saubers. Le garçon s'est introduit dans les lieux avec la clé de son père, ce qui veut dire que la porte d'entrée est ouverte. Hodges se désigne du doigt, puis désigne le bâtiment. Jerome hoche la tête mais dit à voix basse :

« Vous avez pas de revolver.

– Exact, mais mes pensées sont pures et ma force est pareille à la force de dix[1].

– Hein ?

– Tu restes ici, Jerome. Et je plaisante pas.

– Vous êtes sûr ?

– Oui. Tu aurais pas un couteau, par hasard ? Même juste un canif ?

– Non. Désolé.

– C'est pas grave, regarde autour de toi. Et trouve une bouteille. Il doit y en avoir, les jeunes viennent probablement boire des bières ici en cachette après la tombée de la nuit. Casse-la. Et puis amuse-toi à crever des pneus. Si ça part en vrille, il reprendra pas la voiture de Halliday pour se tirer. »

Le visage de Jerome indique qu'il aime pas trop les implications possibles d'un tel ordre. Il saisit le bras de Hodges et le serre.

« Pas de mission kamikaze, Bill, vous m'entendez ? Parce que vous n'avez rien à racheter.

– Je sais. »

La vérité, c'est qu'il ne sait rien de tel. Il y a quatre ans de ça, une femme qu'il aimait est morte dans une explosion qui lui était destinée. Il ne se passe pas un jour sans qu'il pense à Janey, pas une nuit sans qu'il reste les yeux ouverts dans son lit à penser : Si seulement j'avais été un peu plus rapide. Un peu plus malin.

Cette fois-ci non plus, il a pas été assez rapide, et pas assez malin, et c'est pas de se dire que la situation a évolué trop vite qui va sortir ces gosses de l'impasse potentiellement mortelle dans laquelle ils sont

1. Citation du poème « Sir Galahad » d'Alfred Tennyson : « Ma force est pareille à la force de dix/Car mon cœur est pur. »

coincés. Tout ce qu'il sait, c'est que ni Tina ni son frère ne peuvent mourir aujourd'hui alors qu'il est de quart. Il fera tout ce qu'il faudra pour empêcher que ça arrive.

Il tapote la joue de Jerome.

« Fais-moi confiance, petit. Je ferai ma part. Toi, tu t'occupes de ces pneus. Tu peux aussi arracher quelques câbles de démarrage, tant que tu y es. »

Hodges commence à s'éloigner et ne se retourne qu'une fois qu'il a atteint l'angle du bâtiment. Jerome le regarde d'un air mécontent, mais cette fois, il reste où il est. Ce qui est une bonne chose. Ce qui serait encore pire que si Bellamy tuait Peter et Tina, ce serait qu'il tue Jerome.

Hodges tourne au coin du bâtiment et court vers l'entrée principale.

La porte, ici comme au 23 Sycamore Street, est grande ouverte.

54

Lèvres Rouges, comme hypnotisé, regarde fixement la pile de carnets Moleskine. Enfin, il lève les yeux vers Pete. Il lève aussi le revolver.

« Allez-y, dit Pete. Tirez et vous verrez ce qui arrivera aux carnets quand je lâcherai le briquet. J'ai versé l'essence sur le dessus mais elle a eu le temps de s'infiltrer jusqu'au centre. Et ils sont vieux. Ils vont flamber comme une torche. Et peut-être tout le bordel qu'il y a ici avec.

– C'est une impasse mexicaine alors, dit Lèvres Rouges. Le seul problème, Peter – et je me mets dans tes godasses, là –, c'est que mon revolver va tenir plus longtemps que ton briquet. Qu'est-ce que tu feras quand il s'éteindra ? »

Il essaie d'avoir le ton calme du mec qui gère la situation mais ses yeux arrêtent pas de faire du ping-pong entre le Zippo et les carnets. Les couvertures de ceux du dessus luisent d'un éclat humide, comme de la peau de phoque.

« Je saurai quoi faire le moment venu, dit Pete. À la seconde où la flamme commencera à baisser et virera au bleu, je le lâcherai. Et là, *vouff* !

– Tu le feras pas. »

La lèvre supérieure du Loup se soulève, découvrant ses dents jaunes. Ses crocs.

« Pourquoi non ? C'est que des mots. Comparés à la vie de ma sœur, c'est que des conneries.

– Ah oui ? » Lèvres Rouges oriente le revolver sur Tina. « Alors éteins ton briquet ou je la tue sous tes yeux. »

À la vue du revolver pointé sur le ventre de sa sœur, des mains de fer étreignent douloureusement le cœur de Pete, mais il ne referme pas le Zippo. Il se penche, l'abaissant très lentement vers la pile de carnets.

« Vous saviez qu'il y a deux autres romans du cycle Jimmy Gold là-dedans ?

– Tu mens. » Lèvres Rouges garde le revolver pointé sur Tina mais ses yeux sont de nouveau attirés – c'est plus fort que lui, apparemment – vers les carnets Moleskine. « Y en a qu'un. Où il part vers l'Ouest.

– Deux, répète Pete. *Le Coureur part vers l'Ouest* est bien mais *Le Coureur relève le drapeau* est ce qu'il a écrit de meilleur. C'est un long roman, aussi. Une épopée. Ça serait dommage que vous puissiez jamais le lire. »

Les joues pâles de l'homme sont en train de s'empourprer.

« Comment oses-tu ? Comment oses-tu me *provoquer* ? J'ai donné ma *vie* pour ces livres ! J'ai *tué* pour ces livres !

– Je sais, dit Pete. Et puisque vous êtes un si grand fan, voici une petite gâterie pour vous. Dans le dernier bouquin, Jimmy retrouve Andrea Stone. Ça vous fait quoi ? »

Les yeux du Loup s'agrandissent.

« Andrea ? Il la retrouve ? Comment ? Qu'est-ce qui se passe ? »

Vu les circonstances, cette question est au-delà du bizarre, mais elle est aussi totalement sincère. Honnête. Pete se rend compte que cette Andrea de fiction, le premier amour de Jimmy, est plus réelle pour ce type que ne l'est sa sœur. Aucun être humain n'est plus réel pour Lèvres Rouges que Jimmy Gold, Andrea Stone, M. Meeker, Pierre Retonne (surnommé aussi le Vendeur de Voitures de la Perdition) et tous les autres. C'est sûrement un indicateur de profonde et authentique folie, mais dans ce cas, ça fait également de Pete un fou parce qu'il sait ce que ressent ce cinglé. Il sait exactement ce qu'il ressent. Il a été embrasé par la même excitation, saisi par la même *incrédulité* lorsque Jimmy a aperçu Andrea dans Grant Park pendant les émeutes de Chicago en 1968. Des larmes lui sont même montées aux yeux. Ces larmes-là, Pete s'en rend compte – oui, il s'en rend compte juste à cet instant, *surtout* à cet instant car leurs vies y sont suspendues –, ces larmes sont l'indicateur du pouvoir suprême de la fiction. Ce même pouvoir qui a tiré des larmes à des centaines de milliers de gens apprenant que Charles Dickens était mort d'une attaque. Le même qui, durant des années, a poussé un inconnu à venir poser une rose sur la tombe d'Edgar Allan Poe tous les 19 janvier, jour de l'anniversaire de Poe. Le même aussi qui conduirait Peter à haïr ce type même s'il n'était pas en train de braquer un revolver sur le ventre vulnérable et tremblant de sa sœur. Lèvres Rouges a ôté la vie à un grand écrivain, et pour quelle raison ? Parce que Rothstein avait osé suivre un personnage dans une direction que désapprouvait Lèvres Rouges ? Oui, c'était exactement ça. En le tuant, il avait obéi à sa croyance intime : que l'écriture est en quelque sorte plus importante que l'écrivain.

Lentement et délibérément, Pete secoue la tête.

« Tout est dans les carnets. Seize pour *Le Coureur relève le drapeau*. Vous pourriez le lire ici, mais comptez pas sur moi pour vous en dire plus. »

Pete se fend même d'un sourire.

« Pas de *spoiler*.

– Les carnets sont à moi, espèce de salaud ! *À moi !*

– Ils vont se transformer en cendres si vous laissez pas partir ma sœur.

– *Pitou*, je peux même plus *marcher* ! » gémit Tina.

Pete peut pas se permettre de la regarder, il doit seulement regarder Lèvres Rouges. Seulement le Loup.

« C'est comment votre nom ? Il me semble que je mérite de le savoir. »

Lèvres Rouges hausse les épaules, comme si ça n'avait plus d'importance.

« Morris Bellamy.

– Jetez votre revolver, monsieur Bellamy. Faites-le glisser sous la chaudière. Une fois que vous aurez fait ça, je fermerai le briquet. Je détacherai ma sœur et on s'en ira. Je vous laisserai plein de temps pour vous enfuir avec les carnets. Tout ce que je veux, c'est ramener Tina à la maison et emmener ma mère aux urgences.

– Et je suis censé te faire confiance ? » ironise Lèvres Rouges.

Pete abaisse encore le briquet.

« Faites-moi confiance, ou regardez les carnets brûler. Décidez-vous vite. Je sais pas quand mon père a rechargé ce briquet pour la dernière fois. »

Du coin de l'œil, Pete voit quelque chose bouger. Quelque chose dans les escaliers. Il ose pas regarder. S'il regarde, Lèvres Rouges regardera aussi. Et je le tiens presque, se dit Pete.

C'est bien ce qu'il semble. Lèvres Rouges commence à abaisser le revolver. L'espace d'un instant, chaque ride de son visage accuse son âge, et plus. Puis il relève l'arme et la pointe à nouveau sur Tina.

« Je la tuerai pas. » Il a le ton catégorique du général qui vient de prendre une décision stratégique cruciale. « Pas tout de suite. Je lui tirerai d'abord dans la jambe. Comme ça, tu pourras l'entendre crier. Si tu mets le feu aux carnets après ça, je lui tirerai dans l'autre jambe. Et ensuite dans le ventre. Elle mourra mais elle aura largement le temps de te détester d'abord, si c'est pas déj… »

Un double claquement retentit sur la gauche de Morris. Ce sont les chaussures de Pete qui viennent d'atterrir au bas des marches. Morris, sur la défensive, pivote dans cette direction et tire. Le revolver est petit mais dans l'espace clos du sous-sol, la détonation est puissante. Pete sursaute malgré lui et lâche le briquet. On entend un *whoumff* explosif et les carnets du sommet de la pile se coiffent soudain d'une couronne de feu.

« *Non !* » hurle Morris en tournant le dos à Hodges qui dévale l'escalier à sa rencontre, si vite qu'il manque perdre l'équilibre.

Morris a Pete en droite ligne. Il lève le revolver pour l'ajuster mais avant qu'il ait pu tirer, Tina propulse tout son corps vers l'avant à l'extrême limite de ses liens et lui décoche un coup de son pied valide à l'arrière de la jambe. La balle passe entre le cou et l'épaule de Pete.

Les carnets, pendant ce temps, brûlent avec vigueur.

Hodges rejoint Morris avant qu'il puisse tirer à nouveau et se saisit de la main tenant le revolver. Hodges est le plus lourd des deux et il est en meilleure forme physique mais Morris Bellamy est doté de la force de la folie. Ils décrivent une valse soûle à travers le sous-sol, Hodges maintenant le poignet droit de Morris de telle sorte que le petit automatique soit dirigé vers le plafond, Morris se servant de sa main gauche pour griffer Hodges au visage, tentant de lui arracher les yeux.

Pete contourne les carnets à toute vitesse – ils flambent maintenant, alors que s'embrase l'essence qui s'est infiltrée au cœur de la pile – et s'attaque à Morris par-derrière. Morris tourne la tête, montre les dents et essaie de le mordre. Ses yeux roulent dans leurs orbites.

« *Sa main ! Attrape sa main !* » crie Hodges.

Ils sont arrivés en titubant sous l'escalier. Le visage de Hodges est strié de sang, plusieurs lambeaux de chair pendent de sa joue.

« Attrape sa main avant qu'il m'écorche vif ! »

Pete attrape la main gauche de Bellamy. Derrière eux, Tina hurle. Hodges envoie son poing dans la face de Bellamy, à deux reprises : deux solides uppercuts. Voilà qui semble l'achever : son visage devient flasque et ses genoux se dérobent. Tina continue à hurler et le sous-sol s'illumine de plus en plus.

« *Le plafond, Pitou ! Le plafond prend feu !* »

Morris est à genoux, la tête baissée, du sang jaillit de son menton, de ses lèvres et de son nez cassé. Hodges saisit son poignet droit et le tord. On entend un craquement lorsque le poignet de Morris se rompt, laissant choir le petit automatique qui tombe à terre en cliquetant. Hodges a juste le temps de penser que c'est fini quand le salopard, d'un geste brusque du tranchant de sa main libre, le frappe dans les parties. Hodges sent son ventre s'emplir d'une douleur liquide. Morris détale entre ses jambes écartées. Hodges hoquette, mains en coquille sur son entrejambe qui le lance.

« *Pitou, Pitou, le plafond !* »

Pete pense que Bellamy court récupérer son revolver mais le type dédaigne complètement son arme. Son objectif, c'est les carnets. Ils flambent à présent comme un feu de joie, leurs couvertures rebiquant, leurs pages brunissant et faisant monter des étincelles qui ont enflammé plusieurs bandes de l'isolant qui pendouille. Le feu commence à se propager au plafond, laissant choir des serpentins embrasés. L'un d'eux atterrit sur la tête de Tina et une odeur de cheveux roussis s'ajoute à l'odeur de papier et d'isolant carbonisés. Avec un cri de douleur, Tina secoue la tête pour s'en débarrasser.

Pete court vers elle, expédiant au passage le petit automatique à l'autre bout du sous-sol d'un coup de pied. Il tape sur les cheveux de sa sœur pour les éteindre puis recommence à se bagarrer avec les nœuds.

« *Non !* » hurle Morris mais ce n'est pas à Pete qu'il s'adresse.

Il tombe à genoux devant les carnets tel un zélote devant un autel où flambe un brasier. Il plonge la main dans les flammes, cherchant à atteindre le cœur de la pile. De nouveaux essaims d'étincelles montent en spirale vers le plafond.

« *Non non non non !* »

Hodges voudrait courir vers Pete et sa sœur mais tout ce dont il est capable, c'est de tituber comme un ivrogne. La douleur dans son entrejambe est en train de se propager à ses jambes, amollissant des muscles qu'il a bossé dur pour raffermir. Il arrive malgré tout à les rejoindre et s'attaque à l'un des nœuds du câble orange. À nouveau, il regrette de pas avoir de couteau, mais il faudrait plutôt un tranchoir de boucher pour sectionner ça. *Costaud*, cette connerie, merde.

D'autres bandes d'isolant enflammé tombent autour d'eux. Hodges les frappe de la main pour en protéger la fillette, terrifiée à l'idée que sa tunique en mousseline prenne feu. Le nœud est en train de céder, de céder enfin, mais la gamine se débat…

« Arrête, Teenie », lui dit Pete. De la sueur ruisselle sur son visage. L'air dans le sous-sol commence à être brûlant. « C'est des nœuds coulants, tu les resserres, arrête de te débattre. »

Les cris de Morris se changent en hurlements de douleur. Hodges n'a pas le temps de le regarder. La boucle sur laquelle il tirait vient de céder brusquement et il entraîne Tina, mains toujours liées derrière le dos, à l'écart de la chaudière.

La sortie par l'escalier s'annonce impossible : les marches inférieures brûlent déjà et celles du haut sont en train de prendre. Les tables, les chaises, les cartons de documents : tout est en train de brûler. Morris Bellamy aussi. Son blazer et la chemise qu'il porte en dessous sont en flammes. Pourtant, il continue de fouiller au cœur du brasier, tentant d'atteindre les quelques carnets encore intacts au bas de la pile. Ses doigts commencent à noircir. Malgré la douleur, qui doit être atroce, il continue. Hodges a le temps de penser au conte dans lequel le Loup descend par la cheminée et atterrit dans un chaudron d'eau bouillante. Sa fille Alison refusait qu'il lui lise cette histoire. Elle disait qu'elle était horr…

« Bill ! Bill ! Par ici ! »

Hodges aperçoit Jerome à l'une des fenêtres du sous-sol. Il se rappelle avoir pensé : On peut pas vous faire confiance, et il est soudain ravi de constater que c'était faux. Jerome est à plat ventre, il leur tend les bras par la fenêtre.

« Soulevez-la ! Soulevez-la que je l'attrape ! Dépêchez-vous, vous allez tous griller ! »

C'est Pete presque à lui tout seul qui emporte Tina vers la fenêtre ouverte, à travers des gerbes d'étincelles et des écharpes d'isolant en flammes. L'une d'elles atterrit sur les épaules du garçon et Hodges la balaye de la main. Pete soulève sa sœur. Jerome l'attrape sous les aisselles et la tire dehors, la prise du câble d'ordinateur dont Morris s'est servi pour lui attacher les mains se balançant et cognant derrière elle.

« À toi maintenant », souffle Hodges.

Pete secoue la tête. « Vous d'abord. » Il lève les yeux vers Jerome. « Tu tires, je pousse.

– OK, dit Jerome. Levez les bras, Bill. »

Pas le temps de tergiverser. Hodges lève les bras et se sent empoigné. Il a le temps de penser : On dirait qu'on me passe les menottes, puis il se sent hissé vers le haut. Lentement d'abord – il est beaucoup plus lourd que la fillette – mais soudain deux mains se plaquent fermement sur son cul et poussent. Il s'élève et débouche à l'air libre, l'air libre et clair – chaud, certes, mais nettement plus frais que celui du sous-sol –, et atterrit près de Tina Saubers. Jerome tend à nouveau les bras par la fenêtre.

« À toi, petit ! Dépêche ! »

Pete lève les bras et Jerome lui saisit les poignets. Le sous-sol est en train de se remplir de fumée et Pete se met à tousser, presque à en vomir, tandis qu'il s'aide de ses pieds en pédalant contre le mur. Il glisse à travers l'ouverture et se retourne pour plonger le regard dans le sous-sol.

Un épouvantail carbonisé y est agenouillé, fouillant parmi les carnets en feu avec des bras de flammes. Le visage de Morris est en train de fondre. Il pousse un cri strident et se met à serrer contre sa poitrine embrasée les restes brûlants et fumants de l'œuvre de Rothstein.

« Regarde pas ça, petit », dit Hodges en posant une main sur son épaule. « Regarde pas. »

Mais Pete veut regarder. Il a besoin de regarder.

Il pense : Ça aurait pu être moi, là, en train de brûler.

Il pense : Non. Parce que je sais faire la différence. Je sais ce qui compte.

Il pense : Mon Dieu, je t'en prie, si t'es là... fais que ça soit vrai.

55

Pete laisse Jerome porter Tina jusqu'au terrain de base-ball puis lui dit :

« Passe-la-moi, s'il te plaît. »

Jerome le jauge du regard : le visage blême marqué par le choc, une oreille cloquée, le T-shirt brûlé de trous.

« T'es sûr ?

– Ouais. »

Tina lui tend déjà les bras. Elle n'a pas dit un mot depuis que Jerome l'a hissée hors du sous-sol en flammes mais quand Pete la prend contre lui, elle noue ses bras autour de son cou, enfouit son visage contre son épaule et éclate en sanglots.

Holly surgit en courant au bout du sentier.

« Dieu merci ! s'exclame-t-elle. Vous êtes là ! Où est Bellamy ?

– Là-bas, dans le sous-sol, répond Hodges. Et s'il est pas encore mort, il doit espérer l'être vite. T'as ton portable sur toi ? Appelle les pompiers.

– Est-ce que maman va bien ? demande Pete.

– Je crois qu'elle est tirée d'affaire », lui dit Holly en décrochant son téléphone de sa ceinture. « L'ambulance l'a emmenée à Kiner Memorial. D'après les médecins urgentistes, ses signes vitaux étaient bons.

– Seigneur, merci », dit Pete. Maintenant, c'est lui qui se met à pleurer, ses larmes traçant des sillons clairs sur ses joues barbouillées de suie. « Si elle était morte, je me serais tué. Parce que tout ça, c'est de ma faute.

– Non », lui dit Hodges.

Pete le regarde. Tina le regarde aussi, ses bras toujours refermés autour du cou de son frère.

« T'as trouvé l'argent et les carnets, c'est bien ça ?

– Oui. Par hasard. Ils étaient enterrés dans une malle au bord du ruisseau.

– Ce que tu as fait, tout le monde l'aurait fait, dit Jerome. C'est pas vrai, Bill ?

– Si, affirme l'intéressé. Pour sa famille, on fait tout ce qu'il est possible de faire. Comme tu l'as fait en prenant Bellamy en chasse lorsqu'il a enlevé Tina.

– J'aurais préféré ne jamais trouver cette malle », dit Pete.

Ce qu'il ne dit pas, ne dira jamais, c'est à quel point ça lui fait mal de savoir que les carnets n'existent plus. Ça le brûle comme du feu de savoir ça. Il comprend parfaitement ce qu'a pu éprouver Morris, et ça aussi, ça brûle comme du feu.

« J'aurais préféré qu'elle reste enterrée. Si seulement je l'avais jamais trouvée...

– Avec des si, dit Hodges, on referait le monde. Allons-y. J'ai besoin d'appliquer de la glace avant que ça n'enfle trop.

– Avant que quoi n'enfle ? » s'enquiert Holly.

Hodges passe un bras autour de ses épaules. Parfois, Holly se raidit quand il fait ça, mais aujourd'hui non, alors il pose aussi un baiser sur sa joue. Lequel baiser fait naître un sourire hésitant sur ses lèvres.

« Est-ce qu'il t'a frappé là où ça fait mal aux garçons ?

– Oui. Maintenant, chut. »

Ils marchent lentement, en partie pour ménager Bill, en partie pour ménager Pete. Sa sœur commence à peser mais il ne veut pas la lâcher. Il veut la porter jusqu'à la maison sans s'arrêter.

APRÈS

PIQUE-NIQUE

C'est le vendredi qui ouvre les festivités du long week-end de Labor Day[1]. Une Jeep Wrangler – plus de la première jeunesse mais toujours chérie de son propriétaire – entre sur le parking des terrains de Petite Ligue du stade McGinnis et s'arrête à côté d'une Mercedes bleu layette, plus toute jeune elle non plus. Jerome Robinson met pied à terre et descend la pelouse vallonnée en direction d'une table de pique-nique déjà garnie de nourriture. Il balance un sac en papier au bout de son bras.

« Hey, Hollyberry ! »

Elle se retourne.

« Combien de fois t'ai-je dit de ne pas m'appeler comme ça ? Cent ? Mille ? »

Mais elle sourit en disant ça, et, quand il la serre contre lui, elle lui rend son étreinte. Jerome n'insiste pas, cependant : il la relâche bien vite et demande ce qu'il y a à manger.

« Salade de poulet, salade de thon et salade de chou. J'ai aussi apporté un sandwich au rosbif. Pour toi. Si tu le veux. Moi, j'ai arrêté la viande rouge. Ça perturbe mon rythme circadien.

– Alors, si je peux t'éviter d'être tentée… »

Ils s'assoient. Holly leur sert du Snapple dans des verres en carton. Ils trinquent à la fin de l'été puis attaquent les victuailles, parlant de tout et de rien, de films et de séries télé, évitant pour le moment la

1. Premier lundi de septembre aux États-Unis.

raison qui les a conduits ici : ce n'est qu'un au revoir, temporaire certes, mais un au revoir tout de même.

« Dommage que Bill n'ait pas pu venir, dit Jerome alors que Holly lui tend un morceau de tarte au chocolat. Tu te souviens quand on s'est tous retrouvés ici pour pique-niquer après son audition ? Pour fêter sa relaxe par la juge d'instruction ?

– Je m'en souviens parfaitement bien, dit Holly. Tu voulais qu'on vienne en bus !

– Le bus c'était gwatuit, m'zel' Holly ! s'exclame Tyrone Feelgood. Moi y en a vouloi' tout ça là gwatuit !

– Change de disque, Jerome. Celui-là est usé. »

Jerome soupire.

« Ouais, c'est clair.

– Bill a reçu un appel de Peter Saubers, explique Holly. C'est pour ça qu'il n'a pas pu venir. Il m'a dit de te transmettre son amitié et de te dire qu'il te verra avant que tu repartes à Cambridge. Essuie-toi le nez. Tu as une tache de chocolat dessus. »

Jerome résiste à l'envie de lancer : *Moi y en a pwéféwer couleu' chocolat !*

« Pete va bien ?

– Oui. Il avait une bonne nouvelle à annoncer à Bill *de vive voix*. J'arrive pas à finir ma tarte, j'en ai trop. Tu la veux ? Sauf si ça t'embête de manger mes restes. Je comprendrais très bien, mais je suis pas enrhumée, ni rien.

– J'utiliserais même ta brosse à dents s'il le fallait, lui dit Jerome, mais je suis repu.

– Beuuh, dit Holly. Moi, j'utiliserais jamais la brosse à dents de quelqu'un d'autre. »

Elle ramasse leurs verres et assiettes en carton et va les jeter dans la poubelle la plus proche.

« Tu pars à quelle heure demain matin ? demande Jerome.

– Le soleil se lève à six heures quarante-cinq. Je compte avoir décollé à sept heures trente au plus tard. »

Holly part en voiture à Cincinnati voir sa mère. Toute seule. Jerome a du mal à y croire. Il est content pour elle, mais il a peur aussi. Que se passera-t-il en cas de pépin, si elle panique ?

« Arrête de t'inquiéter, lui dit-elle quand elle vient se rasseoir. Tout ira bien. C'est que de l'autoroute, pas de conduite de nuit et la météo annonce un temps clair. Et puis j'emporte les CD de mes trois musiques de film préférées : *Les Sentiers de la perdition*, *Les Évadés* et *Le Parrain 2*. Cette BO étant la mieux, à mon humble avis, même si Thomas Newman est dans l'ensemble largement meilleur que Nino Rota. La musique de Thomas Newman est *mystérieuse.*

– John Williams, *La Liste de Schindler,* dit Jerome. Y a rien au-dessus.

– Jerome, je voudrais pas dire que tu dis que des conneries... mais je le dis. »

Jerome rigole, ravi.

« J'aurai mon portable et mon iPad, batterie chargée au max. La Mercedes sort de la révision. Et vraiment, ça fait que six cents kilomètres.

– Super. Mais surtout, appelle en cas de besoin. Moi ou Bill.

– Évidemment. Quand repars-tu à Cambridge ?

– La semaine prochaine.

– Tu as terminé sur les quais ?

– Terminé, et je suis bien content de passer à autre chose. Le travail physique, c'est peut-être bon pour le corps, mais je crois pas que ça ennoblisse l'âme. »

Holly a encore du mal à soutenir le regard des gens – même de ses amis les plus proches – mais aujourd'hui elle fait un effort et soutient le regard de Jerome.

« Pete va bien, Tina va bien, leur mère est de nouveau sur pied. Tout ça, c'est parfait, mais *Bill*, est-ce qu'il va bien, lui ? Dis-moi la vérité.

– Je vois pas ce que tu veux dire. »

Subitement, c'est Jerome qui a du mal à soutenir son regard.

« Il est trop mince, pour commencer. Il a poussé son régime gym-salade trop loin. Mais c'est pas ça qui m'inquiète le plus.

– C'est quoi ? »

Mais Jerome *sait,* et il n'est pas surpris que Holly *sache,* même si Bill pense avoir réussi à le lui cacher. Holly a ses méthodes.

Elle baisse la voix comme si elle craignait d'être entendue même s'il n'y a personne d'autre qu'eux à cent mètres à la ronde :

« Il va le voir souvent ? »

Jerome n'a pas besoin de demander de qui elle parle.

« Je sais pas trop.

– Plus d'une fois par mois ?

– Je pense, oui.

– Une fois par semaine ?

– Peut-être pas aussi souvent. »

Mais qui peut l'affirmer ?

« *Pourquoi ?* » Holly a les lèvres qui tremblent. « Il est... Brady Hartsfield est un *légume* ou pas loin !

– T'as rien à te reprocher, Holly. Crois-moi. Tu l'as frappé parce qu'il s'apprêtait à faire sauter deux mille jeunes dans une salle. »

Il essaie de lui toucher la main mais elle la retire brusquement.

« Je me reproche *rien* ! Je le referais ! Encore et encore et encore ! Mais je déteste penser que Bill est obsédé par lui. Je sais ce que c'est, l'obsession, et c'est *pas agréable* ! »

Elle croise les bras sur sa poitrine, vieux geste de réconfort dont elle s'est en grande partie sevrée.

« Je crois pas que ce soit de l'obsession à proprement parler. » Jerome s'exprime avec précaution, cherchant les mots justes : « Je crois pas qu'il soit question du passé.

– Et de quoi d'autre ? Parce que ce monstre a aucun avenir ! »

Bill en est pas si sûr, pense Jerome, mais jamais il le dirait. Holly va mieux, mais elle est encore fragile. Et comme elle l'a dit elle-même, l'obsession, elle sait ce que c'est. De plus, lui-même n'a pas la moindre idée de ce que signifie cet intérêt persistant de Bill pour Brady. Il a seulement un pressentiment. Une intuition.

« Restons-en là », dit-il.

Cette fois, quand il pose sa main sur la sienne, elle le laisse faire, et ils bavardent de choses et d'autres encore un moment. Puis il consulte sa montre.

« Faut que j'y aille. J'ai promis de passer chercher Barbara et Tina à la piste de roller.

– Tina est amoureuse de toi, lâche Holly tout de go tandis qu'ils remontent la pente vers leurs voitures.

– Si c'est le cas, ça lui passera, dit Jerome. Je repars dans l'Est et dans pas longtemps, un mignon garçon va faire irruption dans sa vie. Elle écrira son nom sur les couvertures de ses livres.

– Je veux bien le croire, dit Holly. C'est comme ça que ça se passe en général, non ? Je ne veux pas que tu la taquines, c'est tout. Elle penserait que tu te moques d'elle et ça la rendrait triste.

– Je la taquinerai pas », dit Jerome.

Ils sont arrivés aux voitures et, encore une fois, Holly se force à soutenir son regard.

« Moi, je suis pas *amoureuse* de toi, pas comme elle, mais je t'aime quand même beaucoup, alors prends soin de toi, Jerome. Il y a des étudiants qui font de grosses bêtises. Ne sois pas l'un d'eux. »

Cette fois, c'est elle qui le prend dans ses bras.

« Oh, j'ai failli oublier, s'exclame Jerome. J'ai un petit cadeau pour toi. C'est un T-shirt, mais je pense pas que tu voudras le mettre pour aller voir ta mère. »

Il lui tend son sac en papier. Elle en sort un T-shirt rouge vif et le déplie. Un slogan, imprimé en lettres noires sur le devant, clame :

CETTE CONNERIE C'EST DES CONNERIES

Jimmy Gold

« Ils les vendent à la librairie du City College. Je te l'ai pris en XL, au cas où tu voudrais t'en servir comme chemise de nuit. » Il scrute son visage tandis qu'elle contemple le slogan imprimé sur le devant du T-shirt. « Bien sûr, tu peux le ramener et l'échanger contre autre chose, si tu l'aimes pas.

– Je l'aime beaucoup », dit-elle, et son visage s'éclaire d'un sourire. C'est le sourire qu'aime Hodges, celui qui la rend belle. « Et je *vais* le mettre pour aller voir ma mère. Rien que pour la faire chier. »

Jerome paraît si interloqué qu'elle éclate de rire.

« T'as jamais envie de faire chier ta mère ?

– Si, de temps en temps. Et, Holly… moi aussi je t'aime. Tu sais ça, hein ?

– Oui, je le sais », dit-elle en serrant le T-shirt contre sa poitrine. « Et je suis bien contente. Cette connerie c'est loin d'être des conneries. »

MALLE

Arrivant par Birch Street, Hodges remonte le sentier qui traverse la friche et trouve Pete assis au bord du ruisseau, les genoux remontés contre la poitrine. Près de lui, un arbre rabougri penche au-dessus de l'eau réduite à un mince filet après un long été caniculaire. Sous l'arbre, le trou où était enterrée la malle a été de nouveau excavé. La malle elle-même est posée en travers de la berge. Elle a un air vieux, fatigué, et quelque peu menaçant : une voyageuse temporelle venue d'une époque où le disco était encore à la mode. Un tripode de photographe est posé non loin de là. Il y a aussi deux sacs qui ressemblent à de l'équipement de pro.

« La fameuse malle », dit Hodges en s'asseyant à côté de Pete.

Pete hoche la tête.

« Ouais. La fameuse malle. Le photographe et son assistant sont partis déjeuner mais je crois qu'ils vont pas tarder à revenir. Ils avaient pas l'air emballés par nos restaurants en ville. Ils viennent de New York. » Il hausse les épaules, comme si ça expliquait tout. « Au début, le gars voulait me faire asseoir dessus, avec le menton dans la main. Vous savez, comme la statue célèbre. J'ai réussi à l'en dissuader mais ça a pas été facile.

– C'est pour le journal local ? »

Pete secoue la tête, un sourire naissant sur ses lèvres.

« Non, monsieur Hodges, c'est *ça* ma bonne nouvelle. C'est pour le *New Yorker*. Ils veulent publier un article sur ce qui s'est passé. Et pas un petit. C'est pour les pages centrales. Les “pages chaudes”, comme ils disent. Un vraiment grand article, peut-être le plus grand qu'ils aient jamais publié.

– C'est formidable !

– Ouais, si je le foire pas. »

Hodges scrute un instant son visage.

« Attends une seconde. C'est *toi* qui vas l'écrire ?

– Ouais. D'abord, ils voulaient envoyer un de leurs journalistes – George Packer, c'est un bon – pour m'interviewer et écrire l'histoire. C'est un gros coup pour eux parce que John Rothstein était une de leurs stars à l'époque, de la même trempe que John Updike, Shirley Jackson… enfin, vous voyez qui je veux dire. »

Hodges ne voit pas, mais il fait oui de la tête.

« Rothstein était comme qui dirait la référence en son temps pour les ados dépressifs, et ensuite pour la classe moyenne dépressive. Un peu comme John Cheever. Je suis en train de lire Cheever. Vous connaissez sa nouvelle *Le Nageur* ? »

Hodges secoue la tête.

« Vous devriez la lire. Elle est épatante. Bon, en tout cas, ils veulent l'histoire des carnets. Toute l'histoire, du début à la fin. Ça, c'est depuis qu'ils ont fait travailler trois ou quatre graphologues sur les photocopies que j'avais faites et sur les fragments. »

Hodges est au courant, pour les fragments. Il restait assez de papier roussi dans les restes carbonisés du sous-sol pour valider l'affirmation de Pete selon laquelle les carnets perdus étaient véritablement l'œuvre de Rothstein. L'enquête de police retraçant l'histoire de Morris Bellamy avait achevé de corroborer les dires du garçon. Dont Hodges n'avait jamais douté un seul instant.

« T'as pas voulu de Packer, j'imagine.

– J'ai voulu de *personne*. Si quelqu'un doit écrire cette histoire, c'est moi. Pas juste parce que je l'ai vécue, mais parce que lire John Rothstein a changé ma… »

Il s'interrompt et secoue la tête.

« Non. J'allais dire que son œuvre a changé ma vie mais c'est faux. Je ne crois pas qu'un ado ait déjà une vie à changer. J'ai juste eu dix-huit ans le mois dernier. Je crois que ce que je veux dire, c'est que son œuvre a changé mon *cœur.* »

Hodges sourit.

« Je comprends ça.

– L'éditeur en charge de l'article m'a sorti que j'étais trop jeune – ça vaut mieux que de dire que j'ai pas de talent, hein ? – alors je lui ai envoyé quelques-uns de mes écrits. Ça a aidé. Et aussi, je lui ai tenu tête. *Ça* n'a pas été trop difficile. Négocier avec un mec d'un magazine new-yorkais, c'était pas la mer à boire, après m'être coltiné Bellamy. Ça, c'était de la *négociation.* »

Pete hausse les épaules.

« Ils le corrigeront comme ils voudront, bien sûr, j'ai assez lu pour savoir comment ça se passe, et je l'accepte. Mais s'ils veulent le publier, ce sera avec mon nom sur mon histoire, et pas autrement.

– Une position dure, Pete. »

Pete regarde fixement la malle et, l'espace d'un instant, il fait beaucoup plus que ses dix-huit ans.

« On vit dans un monde dur. Je l'ai découvert quand mon père s'est fait écraser au City Center. »

Aucune réponse ne semble appropriée, alors Hodges se tait.

« Vous pigez ce qu'ils veulent surtout, au *New Yorker* ? »

Hodges n'a pas été inspecteur de police pendant quasiment trente ans pour rien.

« Un résumé des deux derniers romans, je suppose. Jimmy Gold, sa sœur et tous ses copains. Qui a fait quoi à qui, quand et comment, et comment tout finit par s'arranger à la fin.

– Ouais. Et je suis le seul à savoir tout ça. Ce qui m'amène au chapitre excuses… »

Il considère Hodges gravement.

« Pete, tu n'as besoin de faire aucune excuse. Aucune charge n'a été retenue contre toi et moi je n'ai absolument rien à te reprocher. Holly et Jerome non plus, d'ailleurs. On est juste contents que ta mère et ta sœur s'en soient bien sorties.

– Elles s'en sont sorties de justesse. Si je ne vous avais pas envoyé balader, ce jour-là dans votre voiture, et si je ne vous avais pas filé entre les doigts en passant par la pharmacie, je parie que Bellamy ne serait jamais venu chez nous. Tina fait encore des cauchemars.

– Elle t'en veut pour ça ?

– En fait… non.

– Ben voilà, dit Hodges. T'avais le couteau sous la gorge. Au propre comme au figuré. Halliday t'avait terrorisé et tu n'avais aucun moyen de savoir qu'il était mort, ce jour-là, quand t'es retourné à sa librairie. Quant à Bellamy, tu ne savais même pas qu'il était encore en vie, et encore moins qu'il était sorti de prison.

– Tout ça c'est vrai, mais c'est pas juste parce que Halliday m'avait menacé que j'ai refusé de vous parler. Je pensais avoir encore une chance de garder les carnets, vous voyez ? C'est pour *ça* que j'ai pas voulu vous parler. Et que je me suis enfui. Je voulais les garder. C'était pas là, en gros plan, dans ma tête, mais c'était en arrière-plan, c'est sûr. Ces carnets… eh ben… – et ça je dois le dire dans l'article que je suis en train d'écrire pour le *New Yorker* –,… ils m'ont ensorcelé. J'ai besoin de faire des excuses parce que en réalité, je ne suis pas tellement différent de Morris Bellamy. »

Hodges prend Pete par les épaules et le regarde au fond des yeux.

« Si c'était vrai, tu ne serais jamais allé au Centre Aéré pour les brûler.

– J'ai pas fait exprès de lâcher le briquet, dit doucement Pete. Le coup de feu m'a fait sursauter. Je pense que je l'aurais fait de toute façon – s'il avait tiré sur Tina – mais j'en serai jamais sûr à cent pour cent.

– *Moi*, j'en suis sûr, dit Hodges. À deux cents pour cent.

– Ouais ?

– Ouais. Alors dis-moi, combien ils te payent pour ça ?

– Quinze mille dollars. »

Hodges commente d'un sifflement.

« À acceptation. Mais ils vont l'accepter, c'est sûr. M. Ricker m'aide, et ça vient plutôt bien. J'en ai déjà écrit la moitié, le premier jet. Je suis pas doué pour la fiction, mais ça, ça me va. Je pourrai peut-être en faire mon métier, plus tard.

– Qu'est-ce que tu comptes faire de l'argent ? Le placer pour financer tes études à l'université ? »

Pete secoue la tête.

« L'université, j'irai, d'une façon ou d'une autre. Je m'en fais pas pour ça. Non, l'argent c'est pour payer Chapel Ridge. Tina y entre cette année. Vous pouvez pas savoir comme elle est excitée.

– C'est bien, dit Hodges. C'est vraiment bien. »

Ils restent un petit moment assis en silence, les yeux fixés sur la malle. On entend des bruits de pas sur le sentier, et des voix d'hommes. Les deux types qui surgissent portent quasiment la même chemise à carreaux et le même jean neuf encore marqué des plis de la boutique. Ils doivent croire que tout le monde s'habille comme ça dans l'intérieur des terres, se doute Hodges. L'un a un appareil photo autour du cou ; l'autre transporte un projecteur additionnel.

« Vous avez bien mangé ? » leur lance Pete alors qu'ils traversent le ruisseau en se dandinant de pierre en pierre.

« Super bien, dit l'homme à l'appareil photo. Chez Denny's. J'ai pris un *Moons Over My Hammy*[1]. Les galettes de pommes de terre étaient un rêve culinaire à elles toutes seules. Ramène-toi, Pete. On va commencer par une série de toi à genoux devant la malle. Je veux aussi faire une série où tu regarderas *dans* la malle.

– Mais elle est vide », objecte Pete.

Le type se tapote le front du bout du doigt.

« Les gens *imagineront*. Ils se diront : "Qu'est-ce que ça a dû être quand il a ouvert cette malle pour la première fois et qu'il a vu tous ces trésors littéraires ! Tu piges ? »

Pete se lève, essuie le fond de son jean déjà délavé et à l'aspect bien plus naturel.

« Vous voulez rester pour la prise de vue, monsieur Hodges ? C'est pas tous les jours qu'un jeune de dix-huit ans a droit à un portrait en double page dans le *New Yorker* à côté d'un article écrit de sa main.

1. Littéralement : « Lunes (œufs au plat) sur mon jambon ». Calembour sur le titre de la chanson populaire *Moon over Miami* (Lune au-dessus de Miami).

– J'adorerais, Pete, mais j'ai une course à faire.
– OK. Merci d'être venu et de m'avoir écouté.
– Tu voudras bien rajouter une seule chose à ton histoire ?
– Quoi ?
– Qu'elle n'a pas commencé avec ta découverte de la malle. »

Hodges considère l'objet : noir, éraflé, une relique au couvercle moisi et aux charnières rouillées.

« Elle a commencé avec l'homme qui l'a placée là. Et quand tu auras envie de te reprocher la façon dont les choses ont tourné, tu feras bien de te souvenir de la phrase que Jimmy Gold dit toujours. "Cette connerie c'est des conneries". »

Pete rigole et lui tend la main.

« Vous êtes un chic type, monsieur Hodges. »

Hodges la lui serre.

« Tu peux m'appeler Bill. Je te laisse maintenant, va sourire pour la photo. »

Il s'arrête de l'autre côté du ruisseau pour jeter un coup d'œil en arrière. Suivant les instructions du photographe, Pete s'est agenouillé, une main posée sur le couvercle râpé de la malle. C'est la pose classique de revendication de propriété. Elle rappelle à Hodges une photo qu'il a vue un jour, d'Ernest Hemingway, agenouillé à côté d'un lion qu'il venait de tuer. Mais le visage de Pete est totalement dénué de cette assurance souriante, imbécile, complaisante qu'arborait Hemingway. Le visage de Pete dit : *J'ai jamais été propriétaire de ça.*

Oublie jamais ça, petit, pense Hodges en reprenant le chemin de sa voiture.

Oublie jamais ça.

CLAC

Il a dit à Pete qu'il avait une course à faire. C'était pas tout à fait exact. Il aurait pu dire qu'il avait à bosser sur un dossier, mais c'est pas tout à fait exact non plus. Quoique ç'aurait été plus proche de la vérité.

Juste avant de partir pour son rendez-vous avec Pete, il a reçu un coup de fil de Becky Helmington, de la Clinique des Traumatisés du Cerveau. Hodges lui verse une petite somme tous les mois pour qu'elle le tienne au courant de l'évolution de l'état de santé de Brady Hartsfield, le patient qu'il appelle « mon p'tit gars ». Elle le tient aussi au courant de tous les phénomènes étranges qui surviennent dans le service et lui transmet les dernières rumeurs. Le cerveau rationnel de Hodges soutient que ces rumeurs ne reposent sur rien, et que certains phénomènes étranges ont en fait des explications rationnelles, mais son cerveau est constitué de bien plus que la partie rationnelle en surface. Dans ses profondeurs, en dessous de cette partie rationnelle, s'étend un océan souterrain – il y en a un dans toutes les têtes, croit-il – où évoluent d'étranges créatures.

« Comment va votre fils ? a-t-il demandé à Becky. J'espère qu'il est pas retombé d'un arbre, ces jours-ci.

– Non, Robby se porte comme un charme. Vous avez lu le journal d'aujourd'hui, monsieur Hodges ?

– Non, je l'ai même pas encore sorti du plastique. »

En cette nouvelle ère, où l'on a tout au bout des doigts sur Internet, il y a des jours où il ne le sort pas du tout. Le journal reste là, à côté de son La-Z-Boy, tel un enfant abandonné.

« Lisez la section métropolitaine. Page deux. Et rappelez-moi. »

Il l'a rappelée cinq minutes après.

« Mon Dieu, Becky.

– C'est exactement ce que je me suis dit… C'était une chic fille.

– Vous êtes de garde aujourd'hui ?

– Non, je monte voir ma sœur dans le nord de l'État. On y passe le week-end. » Becky s'interrompt une seconde : « En fait, à mon retour, j'ai dans l'idée de demander mon transfert à l'unité de soins intensifs de l'hôpital général. Il y a un poste qui se libère et j'avoue que j'en ai un peu marre du Dr Babineau. C'est vrai, ce qu'on dit : parfois, les neurologues sont plus cinglés que leurs patients. » Elle s'interrompt encore, puis ajoute : « Je pourrais dire que j'en ai un peu marre de Hartsfield aussi, mais ça serait pas tout à fait juste. La vérité, c'est qu'il me fout les jetons. Comme la maison hantée du quartier me foutait les jetons quand j'étais petite.

– Ah ouais ?

– Mmm-mmh. Je savais qu'y avait aucun fantôme dedans mais en même temps, si y en avait eu ? »

Hodges arrive à l'hôpital peu après quatorze heures. En cette après-midi de veille de grand week-end, la Clinique des Traumatisés du Cerveau ne pourrait pas être plus déserte. Du moins dans la journée.

L'infirmière de service – Norma Wilmer, d'après son badge – lui remet son passe visiteur. Tout en l'épinglant à sa chemise, Hodges remarque, juste pour passer le temps :

« Il semblerait que vous ayez eu une tragédie dans le service, hier.

– Je ne peux pas en parler, répond l'infirmière Wilmer.

– Vous étiez de garde ?

– Non. »

Elle retourne à son travail de bureau et ses écrans de contrôle.

C'est bon ; il en apprendra plus de la bouche de Becky à son retour, quand elle aura eu le temps de contacter ses sources. Si elle va jusqu'au bout de son projet de transfert (pour Hodges, c'est encore le meilleur signe que tout ça est peut-être bien réel), il trouvera quelqu'un d'autre pour le renseigner un peu. Certaines infirmières sont des fumeuses invétérées, en dépit de tout ce qu'elles savent de cette funeste habitude, et celles-là sont toujours contentes d'empocher un peu d'argent pour les clopes.

Hodges se dirige d'une démarche nonchalante vers la chambre 217, conscient que son cœur bat plus vite et plus fort que la normale. Encore un signe qu'il a commencé à prendre tout ça au sérieux. L'article dans le journal du matin l'a secoué, et pas qu'un peu.

Il rencontre Bibli Al en chemin, qui pousse son petit chariot, et lui lance son salut habituel :

« Salut, Al, comment ça va aujourd'hui ? »

Al ne répond pas tout de suite. Il a même pas l'air de le voir. Les cernes style coquards qu'il a sous les yeux sont plus marqués que jamais et ses cheveux – d'ordinaire soigneusement peignés – sont en bataille. Et aussi, son foutu badge est à l'envers. Hodges se demande une nouvelle fois si Al est pas en train de perdre le nord.

« Tout va bien, Al ?

– Oui, oui, répond Al d'un ton absent. Jamais aussi bien que ce qu'on voit pas, hein ? »

Hodges ne voit absolument pas quoi répondre à pareille absurdité, et avant que quelque chose ait pu lui venir à l'esprit, Al a déjà passé son chemin. Hodges, perplexe, le regarde s'éloigner, avant d'en faire de même.

Brady est assis à sa place habituelle près de la fenêtre, vêtu de sa tenue habituelle : jean et chemise à carreaux. On lui a coupé les cheveux. Mal. Quelqu'un a vraiment salopé le boulot. Hodges doute que son p'tit gars en ait quelque chose à faire. C'est pas comme s'il devait sortir ce soir pour aller danser.

« Salut, Brady. Ça fait une baille, comme disait l'aumônier de marine à la Mère Supérieure. »

Brady continue à regarder par la fenêtre et les mêmes sempiternelles questions font la ronde dans la tête de Hodges. Brady voit-il quelque chose là-dehors ? Sait-il qu'il a de la compagnie ? Et dans ce cas, sait-il qu'il s'agit de Hodges ? A-t-il seulement des *pensées* ? *Parfois*, il pense – suffisamment, en tout cas, pour prononcer quelques phrases simples –, et en salle de kiné, il est capable de traîner les pieds sur les vingt mètres environ de Torture Avenue, comme l'appellent les patients. Et après ? Ça veut dire quoi ? Les poissons peuvent bien nager dans l'aquarium, ça veut pas dire qu'ils pensent.

Hodges se dit : Jamais aussi bien que ce qu'on voit pas.

Et ça aussi, qu'est-ce que ça peut bien vouloir dire… ?

Il soulève la photo encadrée de Brady et sa mère enlacés, souriant à pleines dents. Si ce salopard a jamais aimé quelqu'un, c'était sa chère vieille maman. Hodges guette sa réaction au fait que son visiteur tripote la photo de Deborah Ann. Pas de réaction apparemment.

« Elle a l'air sexy, Brady. Elle était sexy ? C'était la super chaudasse, dis ? »

Pas de réponse.

« Je te demande ça juste parce que, quand on a craqué ton ordinateur, on a trouvé des photos d'elle plutôt ollé ollé. Nuisette, bas nylon, petite culotte et soutien-gorge, tu vois, ce genre de trucs. Elle m'a paru sexy, en petite tenue. Aux autres flics aussi, quand ils l'ont matée. »

Il a beau servir ce mensonge avec son panache habituel, il n'obtient toujours pas de réaction. *Nada*.

« Tu te l'es tapée, Brady ? Je parie que t'en crevais d'envie. »

Il a rêvé, là ? Ou il a vu l'infime frémissement d'un sourcil ? Une imperceptible moue ?

Peut-être bien, mais Hodges sait aussi que ça pourrait juste être son imagination, parce qu'il *veut* que Brady l'entende. Personne en Amérique ne mérite plus que cet enfoiré d'assassin qu'on frictionne du sel sur ses plaies.

« Peut-être que tu l'as tuée et qu'*ensuite* tu te l'es tapée. Plus besoin de s'embarrasser de politesses, hein ? »

Rien.

Hodges s'installe dans le fauteuil visiteur et repose la photo sur la table de nuit à côté du Zappit, l'un des livres électroniques que Al remet aux patients qui en demandent. Il croise les mains et regarde Brady, qui aurait jamais dû sortir de son coma, mais qui en est sorti.

Enfin.

Plus ou moins.

« Tu joues la comédie, Brady ? »

Il lui pose toujours cette question, et il a jamais obtenu de réponse. Il en obtient aucune aujourd'hui non plus.

« Une infirmière s'est suicidée la nuit dernière dans le service. Dans les toilettes. Tu savais ça ? Son nom n'a pas été révélé, mais ils disent dans le journal qu'elle est morte d'hémorragie massive. J'imagine que ça veut dire qu'elle s'est tailladé les veines, mais j'en suis pas sûr. Si tu l'as su, je suis sûr que ça t'a fait bicher. T'as toujours adoré les suicides, hein ? »

Il attend. Rien.

Hodges se penche en avant, plonge son regard dans le visage inexpressif de Brady, et lui parle gravement.

« Le truc – ce que je comprends pas –, c'est comment elle a fait ça. Les miroirs sont pas en verre dans ces toilettes, mais en métal poli. J'imagine qu'elle a pu se servir du miroir de son poudrier ou autre, mais ces petits machins-là me semblent pas tellement de taille pour un boulot pareil. Comme sortir son couteau dans une fusillade. » Il s'adosse au fauteuil. « Hé, peut-être qu'elle avait un couteau. Un de ces petits couteaux suisses, tu sais ? Dans son sac. T'en as déjà eu un, toi ? »

Rien.

Ou si ? Il a l'impression, très forte, que derrière ce masque vide, Brady l'observe.

« Brady, certaines infirmières pensent que t'es capable d'ouvrir et de fermer l'eau dans ta salle de bains depuis ta chambre. Elles pensent que tu le fais juste pour leur fiche la frousse. C'est vrai ? »

Rien. Mais cette impression d'être observé est toujours forte. Brady *adorait* les suicides. On pourrait même dire que le suicide était sa signature. Avant que Holly ne le calme à coups de Happy Slapper, Brady a tenté de pousser Hodges lui-même au suicide. Il n'y est pas arrivé… mais il a réussi avec Olivia Trelawney, la propriétaire de la Mercedes que Holly Gibney possède aujourd'hui et s'apprête à conduire jusqu'à Cincinnati.

« Si tu peux le faire, fais-le maintenant. Vas-y. Épate-moi. Fais-moi ton numéro. Tu veux ? »

Rien.

Certaines infirmières ont la conviction que les coups répétés qu'il a reçus sur le crâne le soir où il a voulu faire sauter l'auditorium Mingo ont d'une façon ou d'une autre modifié les capacités cérébrales de Hartsfield. Que les coups répétés sur le crâne lui ont donné… des pouvoirs. Le Dr Babineau dit que c'est ridicule, l'équivalent hospitalier d'une légende urbaine. Hodges est persuadé qu'il a raison, mais cette impression d'être observé est indéniable.

Tout comme le sentiment qu'en son for intérieur, Brady se fout de sa gueule.

Hodges ramasse le livre électronique. Celui-ci est bleu. La dernière fois qu'il est venu à la clinique, Bibli Al lui a dit que Brady aimait bien les démos. *Il les regarde pendant des heures*, a dit Al.

« T'aimes ce machin, hein ? »

Rien.

« Quoique tu puisses pas faire grand-chose avec, hein ? »

Zéro. Nib. Que dalle.

Hodges repose le Zappit à côté de la photo et se lève.

« Je vais voir ce que je peux apprendre au sujet de cette infirmière, OK ? Et ce que j'arriverai pas à faire remonter, mon assistante s'en chargera. On a nos sources. T'es content que cette infirmière soit morte ? Qu'est-ce qu'elle t'avait fait ? Pincé le nez ? Tordu ton bout de quéquette inutile ? Peut-être parce que t'avais écrasé un de ses parents ou amis au City Center ? »

Rien.

Rien.

Rie…

Les yeux de Brady roulent dans leurs orbites. Il regarde Hodges, et Hodges éprouve une seconde de terreur brute, irraisonnée. Ces yeux-là sont morts en surface mais ce qu'il entrevoit en dessous paraît à peine humain. Ça lui rappelle ce film sur la petite fille possédée par Pazuzu. Puis les yeux retournent vers la fenêtre et Hodges s'intime de pas être stupide. Babineau dit que Brady est revenu aussi loin qu'il reviendra jamais, c'est-à-dire pas bien loin. Il est l'ardoise vierge classique, sans rien d'écrit dessus sauf les propres sentiments que

Hodges nourrit envers ce type, l'être le plus méprisable qu'il ait jamais rencontré au cours de toutes ses années dans les forces de l'ordre.

Je veux qu'il soit conscient pour pouvoir lui faire mal, pense Hodges. C'est tout ce qui le motive. Il découvrira sans doute que le mari de l'infirmière l'avait laissée tomber, ou qu'elle se droguait et qu'elle allait se faire virer, ou les deux.

« OK, Brady, dit-il. Je change de crèmerie. Je file comme un spaghetti. Mais avant de partir, je me dois de te dire, en copain entends-moi bien, que t'as une coupe de cheveux vraiment *merdique*. »

Aucune réponse.

« À la revoyure, enflure. À la revoyance, sale engeance. »

Il s'en va, refermant doucement la porte derrière lui. Si Brady *est* conscient, la claquer pourrait lui donner le plaisir de savoir qu'il a foutu Hodges hors de lui.

Oui, sacrément hors de lui.

Hodges parti, Brady lève la tête. À côté de la photo de sa mère, le Zappit bleu revient soudain à la vie. Des poissons animés zigzaguent dans tous les sens sur l'écran, une petite musique joyeuse, pétillante, se fait entendre. L'écran passe à la démo du jeu *Angry Birds*, puis à *Barbie Défilé de Mode*, puis à *Galactic Warrior*. Après quoi, l'écran redevient noir.

Dans la salle de bains, l'eau jaillit dans le lavabo, puis s'arrête.

Brady regarde la photo de lui et sa mère souriant, joue contre joue. Il la fixe du regard. La fixe du regard.

La photo bascule en avant.

Clac.

26 juillet 2014

NOTE DE L'AUTEUR

On écrit un livre tout seul dans une pièce, c'est comme ça, et pas autrement.

J'ai écrit le premier jet de celui-ci en Floride, en regardant des palmiers par la fenêtre. Je l'ai retravaillé dans le Maine, en regardant des forêts de pins descendant en pente douce vers un lac magnifique où les plongeons arctiques viennent converser à la nuit tombée. Mais dans aucun de ces deux endroits, je n'ai été entièrement seul ; peu d'écrivains le sont. Quand j'ai eu besoin d'aide, l'aide était toute proche.

Nan Graham a édité ce livre. Susan Moldow et Roz Lippel travaillent aussi chez Scribner et je ne m'en sortirais jamais sans elles. Ces trois femmes sont d'une valeur inestimable.

Chuck Verrill est mon agent pour ce livre. C'est mon homme de référence depuis trente ans, il est malin, marrant, et il n'a peur de rien. C'est pas non plus un béni-oui-oui : quand je déconne, il n'hésite pas à me le dire.

Russ Dorr se charge de la recherche et il devient de plus en plus performant avec les années. Tel le premier assistant d'un chirurgien en salle d'opération, il se tient prêt avec le prochain instrument dont j'aurai besoin avant même que je ne le réclame. On trouve ses contributions au présent ouvrage pratiquement à chaque page. Littéralement, s'entend : c'est Russ qui m'a donné le titre quand j'étais en panne d'inspiration.

Owen King et Kelly Braffet, tous deux excellents romanciers, ont lu le premier jet et l'ont considérablement affûté. On trouve aussi leurs contributions pratiquement à chaque page.

Marsha DeFilippo et Julie Eugley s'occupent de mon bureau dans le Maine et me maintiennent en contact avec le monde réel. Barbara MacIntyre, qui s'occupe de mon bureau en Floride, fait de même. Sherley Sonderegger est mon assistante émérite.

Tabitha King est ma meilleure critique et mon seul vrai amour.

Et toi, fidèle lecteur, Dieu merci, tu es encore là après toutes ces années. Si tu t'amuses, moi aussi.

OUVRAGES DE STEPHEN KING

Aux Éditions Albin Michel

CUJO
CHRISTINE
CHARLIE
SIMETIERRE
L'ANNÉE DU LOUP-GAROU
UN ÉLÈVE DOUÉ – DIFFÉRENTES SAISONS
BRUME
ÇA (deux volumes)
MISERY
LES TOMMYKNOCKERS
LA PART DES TÉNÈBRES
MINUIT 2
MINUIT 4
BAZAAR
JESSIE
DOLORES CLAIBORNE
CARRIE
RÊVES ET CAUCHEMARS
INSOMNIE
LES YEUX DU DRAGON
DÉSOLATION
ROSE MADDER
LA TEMPÊTE DU SIÈCLE
SAC D'OS
LA PETITE FILLE QUI AIMAIT TOM GORDON
CŒURS PERDUS EN ATLANTIDE
ÉCRITURE
DREAMCATCHER
TOUT EST FATAL
ROADMASTER
CELLULAIRE
HISTOIRE DE LISEY
DUMA KEY

JUSTE AVANT LE CRÉPUSCULE
DÔME, tomes 1 et 2
NUIT NOIRE, ÉTOILES MORTES
22/11/63
DOCTEUR SLEEP
JOYLAND
MR MERCEDES
REVIVAL

SOUS LE NOM DE RICHARD BACHMAN

LA PEAU SUR LES OS
CHANTIER
RUNNING MAN
MARCHE OU CRÈVE
RAGE
LES RÉGULATEURS
BLAZE

Composition Nord Compo

www.albin-michel.fr
ISBN : 978-2-226-31922-7
N° d'édition : 21617/01
Dépôt légal : mars 2016
Imprimé au Canada chez Marquis imprimeur inc.